MERIDIANE

Aus aller Welt
Band 34

Nedim Gürsel

Turbane in Venedig

ROMAN

AUS DEM TÜRKISCHEN VON
MONIKA CARBE

AMMANN VERLAG

Die Originalausgabe ist 1999 unter dem Titel »Resimli Dünya«
im Verlag Can Yayınları Ltd. Şti in Istanbul erschienen.

Die Übersetzung wurde gefördert vom Literarischen Colloquium Berlin
mit Mitteln der Stiftung Pro Helvetia. Der Verlag bedankt sich hierfür.

Die Übersetzerin dankt Veysel Barut herzlich für seine Umsicht und sein
Einfühlungsvermögen beim Korrekturlesen.

*Der Villa Mont-Noir und dem Civitella Ranieri Center
danke ich für ihre Unterstützung.*
N. G.

Erste Auflage
Im 20./21. Jahr des Ammann Verlags
© 2002 by Ammann Verlag & Co., Zürich
Homepage: www.ammann.ch
Alle deutschsprachigen Rechte vorbehalten
© 1999 Nedim Gürsel / Can Yayınları Ltd. Şti.
Satz: Gaby Michel, Hamburg
Druck und Bindung: Clausen & Bosse, Leck
ISBN 3-250-60034-2

Für Istanbul: da ich dort zu schreiben begann –
für Venedig: da ich dort fast aufgehört hätte.

»Nel mezzo del cammin di nostra vita
mi ritrovai per una selva oscura
chè la diritta via era smarrita.«

Dante (Inferno)

»So lange das Leben währt, ist jeder Reisende unterwegs –
und irgendwo stirbt er, ohne ans Ziel zu gelangen.«

Yahya Kemal

I

Müde war Kâmil Uzman, Professor für Kunstgeschichte, nicht, als er an der Stazione Santa Lucia aus dem Zug stieg. Genauer gesagt, fühlte er sich völlig fit, im Kopf allerdings etwas benommen. Die ganze Nacht lang hatte er in der obersten Koje des Liegewagens kein Auge zugetan. Die Bilder Venedigs wirbelten durch seine Phantasie, und die Schatten flirrten in dem Licht, das aus dem Gang hereinfiel. Auf dieser ersten Reise, zu der er um Mitternacht in die Serenissima Republica aufgebrochen war, war er nicht allein. Er hatte die Stadt zwar noch nie gesehen, aber das Bild Venedigs, das ihm aus Büchern, von Bildern und Fotografien her vertraut war, begleitete ihn; fast bis in die kleinsten Details kannte er die alten Bauten auswendig, die Plätze mit den prachtvollen Palästen und dem Menschengewimmel, die Brücken und Kanäle, ja sogar die engsten Kanäle. Dieses Bild entsprach vielleicht nicht der Realität, aber ebensowenig konnte man sagen, daß es nun ganz und gar ein Phantasiegebilde war. Jahrelang hatte Kâmil Uzman sich die Stadt der heruntergekommenen Edelleute, die in alten, vom Meer und den Ratten benagten Palästen lebten, vorgestellt und jenes Bild in seiner Phantasie gehätschelt. Es war nur natürlich, daß er nicht schlafen konnte, während er auf den Morgen wartete, an dem er Venedig zum ersten Mal sehen würde. Er war ganz allein im Abteil. Ohne weiteres hatte er im Nachtzug einen Platz gefunden, Koffer und Mantel auf der unteren Liege abgelegt, war in die oberste Koje geklettert und hatte sich auf den Rücken gelegt, ohne sich auszuziehen.

Anfangs hatte er geglaubt, er würde durch das monotone Rattern der Räder sofort einschlafen. Aber wie eine ehemalige

Geliebte, die man herbeisehnt und nach Jahren endlich wiederfindet, leistete ihm Venedig bis zum Morgen Widerstand und ließ ihn keinen Moment in Ruhe. Als er auf dem Bahnsteig stand, war er so irritiert, daß er darauf verzichtete, im nächstbesten Café einen doppelten Espresso zu trinken, und beschloß, sich in dem Studio, das er für einen Monat gemietet hatte, auszuschlafen.

Während er die Stufen des Bahnhofsgebäudes hinabstieg, herrschte dichter Nebel. Auf der linken Seite fiel ihm ein rötliches, fast violettes Gebäude im Licht vier blauer Sterne auf: Hotel Bellini. Die sternförmigen Neonlichter schimmerten durch den Nebel. Im ersten Gebäude, das ihm begegnete – so ging es ihm durch den Kopf –, wurde ihm mit dem Wappen des Hotels wie ein deutliches Zeichen des Schicksals gleich der Grund für diese Reise auf die Stirn gebrannt.

Das kleinste einer Reihe von Gemälden, die Gentile Bellini gemalt hatte, um die Wände der Scuola di San Giovanni Evangelista zu schmücken, wurde mit einem Ausdruck dieser Epoche – *telero* – mit allen Einzelheiten in seinem Gedächtnis lebendig. Zuerst kam ihm das Wasser des Kanals smaragdgrün vor. So reglos wie die Kristallgläser, so durchsichtig wie die Vasen und gläsernen Karaffen mit dem Schwanenkörper, die in Murano von menschlichem Atem geformt wurden. Die weißen Gewänder der Männer, die miteinander rivalisierten, um die Hülle des Heiligen Kreuzes zu retten, die in den Kanal gefallen und aus unerfindlichen Gründen nicht gesunken war, hatten sich wie Seerosen im Wasser geöffnet. Im Vordergrund erkannte er den Schirmherrn der Scuola, Andrea Vendramin. Mit der rechten Hand hob er die Hülle in die Luft, und mit der Linken schwamm er. Nein, er schwamm nicht – er schwebte. Kâmil Uzman erkannte Vendramin, da er mit seinen spärlichen weißen Haaren, der selbstsicheren Haltung und dem gleichmäßigen Profil dem Dogen Andrea Vendramin glich, den Meister Gentile auf einem anderen Gemälde dargestellt hatte. Aber der Doge war ein Zeitgenosse des Malers und nicht der Held eines Wunders, das sich fast hundertfünfzig Jahre vor der Anfertigung des Gemäldes ereignet hatte.

Kâmil Uzman tauchte in den Nebel ein. Während er die Stufen der steinernen Brücke direkt gegenüber hinaufstieg, überlegte er einen Augenblick, ob er im Hotel Bellini übernachten sollte. Die erste Nacht in Venedig mußte er in dem Hotel verbringen, das den Namen des Malers trug, dessen Leben und Werk er seit einiger Zeit erforschte. Dann verwarf er diesen Gedanken wieder. Das hiesige Studio eines Bekannten hatte er nicht umsonst gemietet. Und wer weiß, was eine Übernachtung im Hotel kostete; Kâmil Bey aber hatte ziemlich genau kalkuliert, wieviel Geld er auf dieser Reise ausgeben konnte. Er zog den Koffer hinter sich her und stieg die Treppe der Brücke hinauf. Während des Treppensteigens nahm das Gemälde von der Errettung des Wahren Kreuzes, das in den Kanal von San Lorenzo gefallen war, in seiner Phantasie mehr und mehr Gestalt an; er kannte nicht nur jede einzelne Figur, die darauf abgebildet war, sondern auch die Geschichte seiner Entstehung auswendig.

Als man das Heilige Kreuz in seiner Umhüllung zur Kirche von San Lorenzo trug und die Menschenmenge sich auf der kleinen Brücke drängte, sprang der Schirmherr der Scuola di San Giovanni Evangelista, Andrea Vendramin, ins Wasser, als ob er vor allen anderen erkannt hätte, was passieren würde – und zog das heilige Gut, das bei diesem Wirrwarr in den Kanal gefallen war, heraus, bevor es ein weiteres Mal sank. Daher sah es auf dem Gemälde aus, als würde er schweben, statt zu schwimmen. In seiner Dogenkleidung wirkte Andrea Vendramin, der zwei Jahre lang über das Territorium der ehrwürdigen Republik herrschte, zu Lande wie zur See, über Inseln und Schiffe, Soldaten und Kaufleute, entschlossen und selbstsicher. Er hielt seinen Kopf so aufrecht wie das Heilige Kreuz. Eigentlich aber hätte er nervös und beunruhigt sein müssen.

Denn in seiner Regierungszeit fielen eine nach der anderen Venedigs Festungen, und die türkischen Kanonen, von müden
Kamelen geduldig gezogen, donnerten nach und nach auf
Euböa, auf dem Peloponnes und an Dalmatiens Küsten. Der
Brand, den *Sultan Fâtih Mehmet* in Friaul gelegt hatte, war so
nahe gekommen, daß man ihn vom Turm der Markuskirche
aus sehen könnte. Das Meer aber war ein Wald von Galeeren-
masten. Auf dem Gemälde wirkte Vendramin, der im Alter
von dreiundachtzig Jahren zum Dogen gewählt worden war,
ziemlich rüstig. Er hatte auch nicht die leiseste Ahnung, daß
er eine Weile später während der Pestepidemie sterben würde.
Die übrigen Würdenträger, die versuchten, rechtzeitig zum
Schauplatz des Ereignisses zu kommen, glichen in den weißen
Kleidern der Scuola Engeln, die vom Himmel gefallen waren,
aber da war auch etwas an der Art und Weise, wie sie durchs
Wasser preschten, das an Haie erinnerte. Der nackte Schwarze
und der freche, ganz in Rot gekleidete kleine Junge, die das sahen, waren schon nahe daran, ins Wasser zu springen, der
Schwarze von der Anlegestelle vor der Küche des Hauses auf
der rechten Seite, der Junge vom hölzernen Brückengeländer
aus; beide aber überlegten es sich in letzter Minute anders, und
daher verharrten sie im Sprung. Gondeln und Boote steuerten
die Stelle an, wohin die Hülle gefallen war, und glitten mit
ihrem ganz dünnen schwarzen Rumpf über das Wasser.

Kâmil Uzman hatte Schwierigkeiten, seine Umgebung
wahrzunehmen, und als er auf der steinernen Brücke ankam,
geisterte das Gemälde weiter durch seinen Kopf.

In der linken Ecke kniete *Caterina Cornaro* vor den Frauen,
die in festlichen Kleidern an der Kaimauer standen. Sie war
noch nicht als Braut nach Zypern gegangen und hatte auch
noch nicht als Jacopo Lusignans Witwe auf Zyperns Thron
gesessen. Sie kannte Aphrodites Insel nicht, kannte nicht den
Ruf des türkisfarbenen Meeres, das an die Felsen schlug, und
wußte nichts von dem wahnsinnigen Sturm, der im Winter

den Schnee auf den steilen Hängen gegen die Bergklöster blies. Ja, die vom Pech verfolgte Frau, die um der Serenissima willen auf den Thron verzichtet hatte, kniete nieder und blickte auf das heilige Gut – bevor sie Königin wurde. Die Arme ausgebreitet wie Jesus am Kreuz, schickte sich ein Mann vor Caterina an, in den Kanal zu springen. Die Jahre aber, die sie als künftige Königin im Exil von Asolo verbringen würde, lagen noch in weiter Ferne. Kâmil Uzman kannte sie von einem anderen Gemälde Gentile Bellinis her, das er in Budapest gesehen hatte: dieses edle, runde Gesicht, den verträumten Blick und die Frische des Teints, ein Zeichen unterdrückter Sinnlichkeit.

Wie eine frühere Erinnerung kam ihm Caterina Cornaros Nacktheit in den Sinn. Auf diesem Bild war sie allerdings etwas gealtert und auch so dick, wie eine Königin sein mußte, die Thron und Untertanen verloren hatte. Jetzt hatte sie weder Land noch Gatten. Auch kein Kind, das ihre Existenz auf dieser vergänglichen Welt fortsetzen würde. Ihr waren nur Name und Titel geblieben: »Zyperns Königin Caterina Cornaro«. Ja, so stand es in einer Ecke des Gemäldes im Museum. Der Maler hatte auf schwarzem Grund alle Brauntöne ausprobiert. Gelb und Braun. Das braune Gewand der Königin mit der schwarzen Seidenkordel, die ihre Figur unmittelbar unter dem Busen einschnürte, erinnerte an einen Panzer. Als ob sie in Gefahr wäre. Als wollte man ein Attentat auf sie verüben, als würde man sie in eine Falle locken, um sie zu erdolchen. Da war sie also in einen Panzer gehüllt, auch wenn sie mit dem Perlencollier, den Ohrringen und den Juwelen, die auf der Krone und ihrer weißen Haut schimmerten, immer noch an eine Königin erinnerte.

Plötzlich verschwammen die Farben. Ganz langsam entfernte sich das Menschengewimmel auf dem venezianischen Gemälde mit dem Gesicht der Cornaro. Die Gestalten fingen an zu schwanken, im Wasser zu zerfallen, sich aufzulösen und zu verformen. Dann schwand alles dahin. Auf einmal nahm finstere Nacht die Stelle ein, an der das Gemälde aufgetaucht war. Kâmil Uzman war, als sähe er, wie die Herbstblätter am 14. November 1473 auf den Königspalast zutrieben. Selbst der Bart des Erzbischofs von Nikosia wurde vom Wind zerzaust. Der Palast stand innerhalb der Stadtmauern, auf dem Hügel neben der Kathedrale. Er war auch nicht so unerreichbar wie die Festung St. Hilarion auf dem Gipfel der Berge und lag mitten in der Stadt, zwischen den Häusern und Straßen.

In der Stille der Nacht wurde das Tor von verräterischer Hand geöffnet. Hinter dem Erzbischof glitten drei Schatten in den Innenhof. Rasch stiegen sie die Treppen hinauf und entwaffneten die Wachposten vor den Gemächern der Königin. Dann drangen sie weiter vor und stürzten sich auf die sechzehnjährige verwitwete Königin, die splitternackt vom Bett sprang. Caterina war schwanger. Sie zwangen sie dazu, ihr ungeborenes Kind auf Zyperns Thron verzichten zu lassen – zugunsten des Bastards, den Jacopo Lusignan von einer anderen Frau hatte. Als der Neffe der Königin und der Arzt auf das Getöse hin herbeigerannt kamen, zogen die Eindringlinge ihre Dolche und metzelten beide vor Caterinas Augen auf der Stelle nieder. Im Nu verwandelte sich alles in ein Meer von Blut. Der weiße Körper der Königin, die ihren Mann im ersten Jahr ihrer Ehe verloren hatte und nun durch ein Komplott des Erzbischofs und seiner Spießgesellen auch ihren geliebten Neffen, schimmerte in der Dunkelheit wie ein Dolch, den man aus der Scheide gezogen hatte. Kâmil Uzman freute sich, daß die Mörder ihr Ziel nicht erreichen konnten, da die Serenissima Republica eingriff. Ihm krampfte sich das Herz zusammen, als wäre er unmittelbarer Zeuge dieser Katastrophe, die sich vor fünfhundert Jahren ereignet hatte. Plötzlich wurde ihm schwarz vor Augen. Er ließ den Koffer los und wäre fast zu Boden gestürzt, wenn er sich nicht am Brückengeländer festgehalten hätte. Eine Weile stand er so, mitten im Nebel, ohne sich zu rühren. Er wartete darauf, daß jene Bilder sich entfernten, die ihn völlig durcheinanderbrachten. Dann setzte er seinen imaginären Spaziergang auf dem Gemälde fort, zurück zu Caterina Cornaros vertrautem Gesicht.

Die Details, die an die Herrschaft der Familie Cornaro über das Königreich Zypern erinnerten, unter anderem Marco und Francesco, die Brüder Caterinas, interessierten ihn nicht weiter; er konnte ihre Gesichter unter den Männern in der Menschenmenge erkennen, hinter den Frauen im Gefolge der Königin. Die Leute allerdings, die in Samt gekleidet in der rechten Ecke knieten und auf das Kreuz blickten, traten so deutlich hervor, als wären sie dem Nebel entglitten. Da waren also alle Mitglieder der Familie Bellini versammelt. Ganz vorn, von rechts nach links, Vater Jacopo, und hinter ihm, dem Alter nach, der Neffe Leonardo, die Söhne Gentile und Giovanni, ganz hinten aber der Schwiegersohn Mantegna. Zu beiden Seiten des Kanals knieten sie vor den reichverzierten Häusern Venedigs und beobachteten die Rettung des Heiligen Kreuzes. Das Rot Gentiles war leuchtend rot, und die Schwarztöne ziemlich schwarz. Es gab auch Zwischentöne, jedenfalls gingen die Farben rasch ineinander über. In Kâmil Uzman regte sich Enthusiasmus. Vielleicht könnte er heute in der Accademia das Original dieses unvergleichlichen venezianischen Bildes sehen, das sich zum Himmel mit den weißen Wolken im Hintergrund hin perspektivisch verjüngte.

Der Abstieg von der Brücke war nicht ganz einfach. Weniger, weil der Koffer voller Bücher und Akten so schwer war, sondern wegen des Nebels, der so dicht geworden war, daß man keinen Schritt vor dem anderen sah. An der Kaimauer blieb er eine Weile stehen und nahm den Nebeldunst und das Schrillen der Dampfersirenen in sich auf. Direkt gegenüber wuchs Unkraut auf den Treppen der Kirche, die Ähnlichkeit mit einem griechischen Tempel hatte. Er konnte sich nicht erklären, warum überall Grün hervorsproß, selbst aus dem Marmor. Stieg das Wasser etwa so hoch? Als er dasselbe Unkraut weiter oben zwischen den Reliefskulpturen über dem Tor sah, wollte er seinen Augen kaum trauen. Dann schaute er auf den detaillierten Plan, den er in der Hand hielt. Er mußte sich nach rechts wenden, die Säulen der Kirche mit der grünen Kuppel hinter sich lassen, eine Weile weitergehen und mußte, ohne den kleinen Park zu betreten, zuerst eine steinerne, danach eine Holzbrücke überqueren, um auf die Piazzale Roma zu gelan- gen. Von dort aus würde er an den Zeitungsverkäufern und den kleinen Souvenirläden vorbeikommen, bis an den Kai, der direkt unter dem Fuß einer anderen Brücke über dem schma- len Kanal begann. Wenn er nicht nach rechts zum Kanal ein- biegen würde, wo die Gondeln parkten, würde der Kai ihn ge- radewegs zu einem Hotel führen, von der Ecke des Hotels aus würde ihn die Straße, die in einen kleinen Platz mündete, zu dem alten Kirchturm bringen, die Kaimauer des engen Kanals aber, ein Ausläufer der steinernen Bogenbrücke, die diagonal zum Turm lag, würde ihn zu einer anderen Straße führen. Das Studio, das er gemietet hatte, lag also im Kellergeschoß des Hauses, das auf den Kanal am Ende dieser Straße hinausging. Der Nebel war jedoch so dicht, daß er kaum mehr etwas sehen konnte, ganz zu schweigen von den Gebäuden. Er faltete den Plan zusammen, den der Hausbesitzer fein säuberlich gezeich- net hatte, steckte ihn in die Hosentasche und entschied sich für den feuchten Sessel einer Gondel, die wie ein schwarzer Sarg am Kai wartete.

»In welches Hotel, mein Herr?«

Mit seinem ausgezeichneten Italienisch antwortete er: »Ich fahre nicht ins Hotel. Nach Santa Croce, bitte!«

»Ist das Ihr Ernst? Das liegt doch gleich um die Ecke!«

»Um so besser, dann setzen Sie mich auf der Stelle wieder ab und suchen sich einen anderen Kunden...«

Kâmil erwartete natürlich nicht, daß der Gondoliere die Ruder eintauchte und gleichzeitig »O sole mio« anstimmte. Aber es war ihm unangenehm, daß der Typ sich mürrisch und

abweisend verhielt, weil Kâmil Uzman kein einträgliches Ge‚
schäft versprach. Er konnte sein Gesicht allerdings nicht sehen.
Während der Bug der leicht nach rechts geneigten Gondel,
der an das Käppchen der Dogen erinnerte, sich einen Weg
durch den Nebel bahnte, ließ Kâmil sich einen Augenblick
lang vom Rauschen des Wassers verführen. Als er seine Hand
ins Wasser des Kanals tauchte, durchschauderte es ihn. Er
spürte die Kühle des tausend Jahre alten Wassers in der Tiefe
und die Sedimente tief darunter, die sich Schicht für Schicht
darin abgelagert hatten. Das Schaudern breitete sich allmäh‚
lich über seinen ganzen Körper aus, und ein seltsamer Traum,
der vom Wasser auf ihn überging, versetzte ihn in einen Zu‚
stand der Benommenheit, den der Nebel noch verstärkte. Daß
er, kaum in Venedig angekommen, in die erstbeste Gondel stei‚
gen würde, die vor ihm auftauchte, wäre ihm nie in den Sinn
gekommen. Auch wenn die Wegbeschreibung, die der Haus‚
besitzer gezeichnet hatte, ein bißchen chaotisch war, zeigte sie
ihm doch die Richtung, in die er zu gehen hatte, so deutlich,
daß auch der leiseste Zweifel ausgeschlossen war. Er zweifelte
jedoch daran, ob er seinen Weg bei diesem Nebel finden würde.
Wie peinlich, kaum setzte er einen Fuß in die Stadt Gentile
Bellinis, stürzte er sich auch schon auf eine frischlackierte
Gondel, deren Sessel aus schwarzer Eiche gerade ausgebessert
worden war. Wie ein Tourist, der jahrelang geduldig auf den
Tag wartete, an dem die geheimnisvolle Gondel, die zur Zierde
auf der Kredenz im Gästezimmer stand, Wirklichkeit würde.
Irgendwann einmal wandte Kâmil Uzman sich um und
schaute den Gondoliere an. Den Strohhut mit den roten Bän‚
dern auf dem Kopf und in dem schwarzen Gewand, das ihm
etwas zu weit war, unterschied er sich nicht von den Gondo‚
lieri eines x‚beliebigen Films, den man in Venedig gedreht
hatte. Während er mit raschen Bewegungen ruderte, versuchte
er tadellos die ihm aufgetragene Rolle auszuführen. Eigentlich
konnte man es nicht Rudern nennen. Das linke Bein stand vorn

an der Spitze des Hecks, mit voller Wucht stützte er sich auf die lange Ruderstange, die schräg ins Wasser getaucht war, und zog sich dann sofort zurück. Nach und nach wurden seine Bewegungen schneller, aber Kâmil Uzman hatte nicht den Eindruck, daß sie vorankamen. Der Gondoliere wiederholte, was er bei seinen Meistern gesehen hatte, und seine Bewegungen waren so alt wie die Ablagerungen von Schlick und Schlamm, die das Kanalnetz notwendig machten, das die Stadt durchzog. Einen Augenblick lang träumte er, der Gondoliere habe sich in ein Phantom mit einer schwarzen Pelerine verwandelt. Um den Hals baumelte ihm ein Latz mit Klöppelspitzen, vor dem Gesicht aber trug er die schrecklichste und schönste Karnevalsmaske in leuchtendem Weiß. Sie versuchten, entlang der moosbewachsenen Steinmauern weiter voranzukommen, glitten an Häusern mit finsteren Fenstern und verschlossenen Rolläden vorbei und fuhren unter niedrigen Brücken hindurch. Der Gondoliere mußte zweimal das Ruder einziehen und sich bücken. Einmal verpaßte die Gondel die Einfahrt in einen Kanal und prallte gegen die Steine der Kaimauer. Der Gondoliere tat so, als sei nichts passiert, stieß sich mit der Hand ab, und nachdem er einen ellenlangen Fluch auf Venezianisch ausgestoßen hatte, von dem man nur *puttana* und *madre* verstehen konnte, hatte er das Ruder wieder in der Hand. Als sie mit Mühe und Not am Kai des Hauses anlegten, war er in Schweiß gebadet. Als Kâmil ihm ein reichliches Trinkgeld gab, schaute er dem Gondoliere in die Augen. Die Maske von vorhin war verschwunden, und er lächelte.

* * *

Wie vereinbart fand Kâmil Uzman den Schlüssel zum Studio im Briefkasten. Kaum hatte er die Tür aufgeschlossen, stieß er auf eine Zwischenwand aus Holz. Dieses Gatter reichte bis zur halben Höhe der Haustür. Als er sah, daß es mit einem Vorhängeschloß an der Türklinke befestigt war, machte er gar nicht erst den Versuch, es anzuheben. Zuerst warf er den Koffer über das hölzerne Gatter und sprang dann selbst hinüber. Es war ein Studio von mittlerer Größe mit einer niedrigen Decke. Im Flur lag die Küche, und dort war auch der Kleiderschrank; auf der rechten Seite des Zimmers stand das Bett unter den Büchern, die auf dem verstaubten Regal aufgereiht waren. Der lange Tisch vor der linken Wand und die Stühle waren leer. Die beiden kleinen, von hölzernen Läden verschlossenen Fenster gingen auf den Kanal hinaus. Toilette und Waschbecken lagen in einem Raum neben dem rechten Fenster. Der Nebenraum hatte ebenfalls ein kleines Fenster zum Kanal hin und eine blau gekachelte Duschkabine. Als er den Plastikvorhang der Dusche zur Seite schob, stieß er auf einen Motor. Wie beim hölzernen Gatter, das den Eingang versperrte, konnte er auch den Sinn dieses Motors nicht deuten. Als er zurückging und sich an den Tisch setzte, fiel sein Blick auf einen Zettel, den der Hausbesitzer dort hingelegt hatte. Er schaltete die Lampe an und fing an zu lesen:

»Willkommen in Venedig. Ich hoffe, daß Du Dich in der Stadt der Liebesmythen wohl fühlst. Bitte, füll den beiliegenden Zettel aus und überweis die Miete auf mein Konto. Das Telefon habe ich sperren lassen. Wenn es sein muß, kannst Du Dich an die Post wenden und die Sperre aufheben lassen. Versuch nicht, das hölzerne Gatter an der Haustür aus den Angeln zu heben. Das ist eine Sicherheitsvorkehrung gegen Hochwasser, weil das Studio direkt am Kanal liegt. Der Motor hinter dem Plastikvorhang der Dusche ist auch dafür da. Erschrick bloß nicht, wenn er von allein anfängt zu rattern. Sobald das Wasser steigt, pumpt er es in den Kanal. Vergiß nicht, alle drei Tage die Blumen zu gießen.«

Mit diesen Informationen waren alle Fragen geklärt. Für alles, was eintreten konnte, war Vorsorge getroffen, und nichts blieb dem Zufall überlassen. Die Einrichtung des Studios war so detailliert wie die Wegbeschreibung in seiner Hosentasche.

Er war erleichtert, nahm seine Kleidung aus dem Koffer und verstaute sie im Schrank. Die paar Bücher und Akten, die er mitgebracht hatte, legte er auf den Tisch. Endlich hatte er seine lang ersehnte Einsamkeit. Er war ganz allein in einer Stadt, in der er niemanden kannte. Ganz allein und frei. Als er die Fensterläden öffnete, sah er, daß der Nebel sich allmählich verzog. Ihm war danach, auszugehen und sich ins Getümmel der Stadt zu stürzen. Im gleichen Augenblick spürte er, daß sein Körper allmählich schwerer wurde und eine angenehme Müdigkeit an die Stelle der kurz zuvor erlebten Frische trat. Als er sich aufs Bett legte, wanderte der Schlaf von seinen Zehenspitzen nach und nach bis zum Kopf empor.

Irgendwann einmal war ihm, als ob er aufwachte. Ein Lichtspiel des Wassers, das sich an der Decke spiegelte, traf sein Gesicht. Vor dem Fenster zog eine Gondel vorbei, dahinter ein Motoscafo, ein Taxi mit verschlossenen Tüllgardinen. Dank der Spiegel, die zu beiden Seiten der Fenster angebracht waren, konnte er vom Bett aus sehen, was auf dem Kanal vor sich ging. Direkt gegenüber erhob sich eine Gartenmauer aus Ziegelsteinen. Hinter der Mauer standen hohe Bäume, deren Namen er nicht kannte. Bis jetzt hatte sich noch keine einzige Blüte geöffnet, und die Äste des Baums waren völlig kahl. Die Steintreppe, die vor dem Gartentor zum Kanal führte, war von Moos überwachsen. Die dauernde leise Bewegung des Kanals schaukelte ein kleines Boot, das zur Hälfte untergetaucht war, sachte hin und her. Obwohl das Boot mit einer Last beschwert war, kam es Kâmil vor, als glitte es an der Gartenmauer entlang. Das dazugehörige Haus, das ein wenig links stand, wirkte mit seinen dunkelgrünen Fensterläden, mit den weißen Arkadensäulen des Balkons der mittleren Etage und den Kronleuchtern, die an der Decke des Salons hingen, wie ein kleiner Palast. Statt in diesem dunklen Studio mit der niedrigen Decke zu übernachten, dachte Kâmil, sollte er in ein Hotel gehen oder in einem echten venezianischen Palast wohnen, der so aussah wie das Haus gegenüber. Es paßte ihm nicht, daß er in einem Raum in dieser abgelegenen Ecke leben sollte, der sich nicht von einem Maulwurfsbau unterschied. Schließlich war er in diese Stadt gekommen, um – wenn auch nur vorübergehend – eine Weile zu bleiben und am Alltagsleben teilzunehmen, und nicht, um von morgens bis abends in der Bibliothek seiner Forschung nachzugehen oder hier zu sitzen und seine Eindrücke niederzuschreiben. Derlei Gedanken vertrieben ihm erst recht den Schlaf. Er stand auf und kochte Kaffee. Und nachdem er heiß geduscht hatte, ging er hinaus.

* * *

Während er in seinem Maulwurfsbau zwischen Schlaf und Wachen geschwankt hatte und sich ganz und gar nicht entscheiden konnte, ob er ausgehen sollte oder nicht, war das Leben draußen in vollem Gang. Der Nebel hatte sich fast gänzlich aufgelöst, und die Sonne war hinter den Wolken hervorgekommen. Oben der strahlende Himmel und unten die wogende Menschenmenge. Kais, Gassen und Plätze waren voller Menschen. Vor lauter Gewimmel gelangt man kaum auf die Brücken, in die Restaurants und Cafés oder zu den Terrassen, die sich, eine neben der anderen, an der Kaimauer entlangstrecken. An der Piazzale Roma stieg er in den Vaporetto No. 1. Er ging durch das Gedränge der Passagiere und fand einen Platz auf dem Achterdeck. Das ist ein Wunder, das dir die Wintersonne bringt, ging es ihm durch den Kopf, da bist du also an den ersten Tagen des neuen Jahres in Venedig! Schau dir doch im Licht, das vom wolkenlosen Himmel strahlt, den Canalazzo an! Sieh dir die Gondolieri an, die mit ihren langen Rudern die Gesetze der Schwerkraft herausfordern, die Touristen, die in den Gondeln schaukeln, und die Passanten auf dem Ponte degli Scalzi, die Taxis, die mit rasender Geschwindigkeit durch die Wasser des Kanals preschen – und die Frachtkähne! Und vergiß nicht die Paläste auf beiden Seiten des Kanals! Gleite nur auf diesem größten Wasserweg der Stadt entlang, an den Palästen, Palästen, Palästen!

Rechts also Palazzo FoscariContarini! Wie liebenswert
sind doch seine aprikosenfarbenen Mauern, die Säulen an der
Fassade mit den Arkaden, die roten Dachziegel und die
Schornsteine, die wie umgestülpte Glocken wirken! Er erinnert eher an ein Sommerhaus als an einen Palast, ebenso der
Palazzo Gritti, und wenn Kâmil nicht gewußt hätte, daß der
große Kommandant und Doge Andrea Gritti bei einem Weihnachtsmahl, das man in diesem Palast gegeben hatte, an Verdauungsbeschwerden gestorben war, hätte er vermutet, daß die
venezianische Aristokratie fern von Genuß und Fröhlichkeit
gelebt habe. Vielleicht stammte diese Genußsucht, diese Gier
nach Reichtümern auch aus den Jahren, die Gritti in Istanbul
verbracht hatte; wenn man bedachte, daß er dort drei Bastarde
gezeugt hatte, fand man dies bestätigt. Andrea Gritti war nicht
immer der Greis mit dem weißen Bart auf Tizians Porträt gewesen; wie Kâmil Uzman hatte auch er Frauen, die ihm in
Istanbul hinterherrannten und an seiner Haustür weinten.
Auch er hatte, wenn auch nicht in Bebek, so doch etwas weiter entfernt, in Rumelihisarı gelebt. Er kannte die Freundschaft
der Türken genauso gut wie die Kerker der Festung. Vergiß
jetzt aber die Finsternis der Kerker und versuch einfach mal,
dich vom Licht verwöhnen zu lassen.

Auf der linken Seite also der Palazzo Flangini, der steinerne Bau mit Balkons. In seiner überwältigenden Erscheinung war der womöglich ein echtes Schloß, aber er hatte nicht
den Charme des Palazzo CornerContarini. Contarini war
wegen seiner Erdbeerfarbe und der Schränke in Herzform berühmt. Im Garten nebenan blühten die Blumen, und ein Baum
neigte seine Zweige dem Wasser zu, als erwiese er dem Palast
seine Referenz.

Kaum ist man links an der Kirche San Marcuola vorbeigefahren, fällt der Schatten eines anderen großen Palastes aufs

Wasser: Palazzo Vendramin Calergi, das Gebäude, dunkel und geheimnisvoll, in dem Wagner an einem regnerischen Wintertag starb. Traurig wie die Musik von »Tristan und Isolde«, die in seinen Räumen komponiert wurde. Jetzt werden die Phantasien dort nicht mehr von Wagners Melodien, sondern vom Wirbeln der Roulettekugeln aufgewühlt, die sich bis zum Morgen drehen. Schau dir auf der rechten Seite auch den breiten Kai mit der renovierten Fassade des Fondaco dei Turchi an und stell dir vor, wie die osmanischen Kaufleute, den schweren Turban auf dem Kopf, in ihrem Kaftan, der über die moosbewachsenen Steine schleifte, von diesem Kai aus die Galeonen mit dem runden Heck beluden. Wiederum auf der rechten Seite die Kornkammern, elegant wie ein Palast, vielleicht sind sie immer noch mit Weizen und Gerste gefüllt, und links Palazzo Belloni-Battaglia, Palazzo Soranzo, Palazzo Barbarigo und Palazzo Grimani della Vida, dessen Fassade einst mit Tintorettos Fresken geschmückt waren, die Paläste des Canal Grande, der nach und nach einen Kreis beschrieb und sie in sich schloß, indem er ein S skizzierte, jene stattlichen Bauten, die, von ihrer eigenen Schönheit geblendet, seit Jahrhunderten ihre Pracht im Spiegel des Wassers betrachteten, ohne sich daran satt zu sehen. Wer weiß, was für Freuden, welche Schmerzen man in jedem einzelnen der Paläste erlebt hatte, wie viele Verliebte sich in ihren Gärten ein Stelldichein gegeben hatten, wie viele Mörder und funkelnd glänzendes Dukatengold einst in ihren finsteren, unterirdischen Gewölben versteckt waren? Jetzt brachen sie also samt ihrer Marmorsäulen, den schmalen Balkons und den Wappen, die an den Anlegestellen eingemeißelt waren, zu einer Spazierfahrt auf und prunkten mit ihrem Aussehen!

Plötzlich wurde Kâmil Uzman schwindlig. Jedes Mal, wenn die Taue an einer Anlegestelle ausgeworfen wurden, wurde der Vaporetto von einem nervösen Zittern erschüttert. Und bei jeder Erschütterung bebten in Kâmils Augen auch

Venedigs Paläste, die einst bessere Tage gesehen hatten. Die Gemälde an den Wänden gingen ineinander über, Licht und Schatten vermischten sich miteinander, und eine Welt, die nur aus Formen und Farben bestand, begann im Kerzenlicht der kristallenen Kronleuchter zu vibrieren. Müde vom Betrachten der Bauten am Kanal, von der Geschichte jedes einzelnen Palastes, die er sich vorstellte, von den Geschichten um die Abenteuer der Leute, die einst darin lebten, wen sie geliebt hatten und wer sie liebte (dort, im Palazzo Mocenigo, aus istrischem Stein erbaut, hatte Lord Byron gelebt und mit seinem »Don Juan« begonnen), Geschichten von den Ermordeten, die man gefoltert und im prasselnden Feuer verbrannt hatte (um an die Geheimnisse der Alchemie zu gelangen, hatte Giovanni Mocenigo, der diesem Palast seinen Namen gab, Giordano Bruno nach Ca' Mocenigo Vecchia gerufen und der Inquisition ausgeliefert), von den Geschichten der Leute, die sich vor Schmerzen zwischen den Feuerzangen der Eifersucht krümmten (im Palazzo Contarini-Fasan da drüben, schwarz wie die Blicke Othellos, hatte Desdemona gelebt!), ja, ermüdet vom Träumen aller dieser Erscheinungen, schloß Kâmil die Augen und überließ sich dem Schütteln und Rütteln des Vaporetto. Die Fahrt hätte ewig dauern können. Als er irgendwann einmal die Augen öffnete, nahm er undeutlich wahr, daß das Boot unter der Rialto-Brücke hindurch an den Palästen entlang weiterfuhr, die sich im Wasser spiegelten. Als sie an der Piazza San Marco anlegten, wogten ihm die Bilder des Canal Grande immer noch durch den Kopf. Vom ersten Tag an nahm Venedig Kâmil Uzman gefangen und ergriff von seinem Bewußtsein Besitz; während es ihn mit seiner Schönheit verzauberte, war es nahe daran, ihn mit einem Netz zu erdrosseln, das aus Kanälen und Brücken, aus engen Gassen und Kais geflochten war. Er mied das Menschengewimmel auf dem Markusplatz und ging zur Biblioteca Marciana.

In dem alten Saal mit seinen Mauern aus Stein setzte er sich an einen abgelegenen Tisch. Es war still in der Bibliothek. Im Tageslicht, das durch das Oberlicht an der Decke fiel, saß ein jeder so in seine eigene Welt vertieft, als hätte er alles ringsum vergessen. Eine Zeitlang überflog Kâmil Uzman die Notizen, die er sich im Zusammenhang mit seinen Forschungen über Gentile Bellini gemacht hatte. Dann ging er in den Seitenflügel und blätterte alle Kataloge durch, die in den verstaubten Regalen lagen. Es gab davon nicht allzuviel. Die beiden französischen Bücher, die er gelesen hatte, bevor er hierhergekommen war, eine italienische Abhandlung, ein kurzes Kapitel in der Geschichte der Malerei von Crowe und Cavalcaselle, ein mehrbändiges Werk, das das Regal der Nachschlagewerke füllte, und die Materialien zu Gentile Bellini in den Enzyklopädien, die sich mit Venedigs Malern des fünfzehnten Jahrhunderts befaßten. Das war schon fast alles. In einem historischen Werk war er auch, eher durch Zufall, auf ein paar Hinweise auf Gentile Bellinis Reise nach Istanbul gestoßen. Es gab jedoch nur eine einzige Monographie über Gentile Bellini, den Porträtmaler des Dogenpalastes, den man mit allen denkbaren Titeln ausgezeichnet und der seiner Epoche einen unverwechselbaren Stempel aufgedrückt hatte; leider gab es dieses Buch nur auf Deutsch. Es war eindeutig, daß der berühmte Maler später im Schatten seines Bruders Giovanni Bellini stand. Mit der Zeit hatte sich Giovannis Bedeutung erwiesen, und man kam zu dem Schluß, das Genie des Vaters Jacopo sei auf Giovanni übergegangen, Gentile jedoch sei ein unfähiger Künstler gewesen, der nichts anderes getan hatte, als die venezianischen Zeremonien in Bildern wiederzugeben. Nur war es gerade dieser Bellini, für den Kâmil sich interessierte. Denn Gentile war es gewesen, der nach Istanbul gereist war und Fâtihs Porträt gemalt hatte. Während der anderthalb Jahre, die er im Osmanischen Reich verbrachte, hatte er auch Porträts der Janitscharen und des Hofstaats des Sultans angefertigt, und wenn man den Gerüchten Glauben schenken sollte, so hat Gentile auch die Haremsgemächer des Topkapı Serails auf Wunsch des Sultans mit erotischen Bildern dekoriert; kaum aber hatte Beyazıt II. den Thron bestiegen, soll er angeordnet haben, diese Bilder zu übertünchen, und die Gemäldesammlung seines Vaters zur Versteigerung in Galata freigegeben haben.

Kâmil begriff, daß er in der Markusbibliothek keine brauchbaren Informationen finden würde. Trotzdem entschloß er sich, die italienischen Nachschlagewerke durchzublättern, die dort zur Verfügung standen. Er saß ganz allein an seinem Tisch. Die Leute, die an den anderen Tischen arbeiteten, blieben nicht lange und verschwanden, nachdem sie die alten Dokumente, die ihnen die Bibliotheksangestellten brachten, eine Weile untersucht hatten, so leise, wie sie gekommen waren. Kâmil blieb bis zum Abend zwischen den Büchern sitzen. Trotz der schlaflosen Nacht im Zug und trotz der Aufregung, die daher rührte, daß er zum ersten Mal in Venedig war, spürte er keinerlei Müdigkeit.

* * *

Kaum hatte er die Bibliothek verlassen, schlug ihm ein kalter Wind ins Gesicht. Die Piazzetta war gähnend leer. Noch nicht einmal Tauben waren zu sehen. Er setzte sich auf die Terrasse des Cafés unter den kalten, steinernen, dunklen Arkaden. Jemand spielte eine melancholische Melodie auf dem Klavier, und er konnte nicht herausfinden, was für ein Stück das war. Vielleicht eine der Nocturnes von Chopin, vielleicht eine ganz alte, mehr oder weniger unbekannte Sonate, vielleicht auch... Das war doch nicht etwa Mozarts Requiem? Aber das ließ sich doch gar nicht auf dem Klavier spielen! Die Noten zappelten an den Wänden dieser überdachten Passage genau gegenüber dem Dogenpalast, erhoben sich zur Decke, suchten eine Lücke, durch die sie entweichen könnten, und entfernten sich dann plötzlich, vom Wind verführt, zur See hin. Draußen auf dem Meer wirkte die Kirche auf der Insel San Giorgio mit ihrer breiten Kuppel, dem spitzen Glockenturm, der sich in den Himmel bohrte, und den Marmorsäulen an der Fassade wie ein Ausläufer der Stadt. Beim Untergang der Sonne entfernte sie sich ganz langsam. Kâmil stellte sich vor, die Insel würde den Wind hinter sich herziehen, den hohen, kupferfarbenen Mauern der *Fondazione Giorgio Cini,* die an eine Festung gemahnte, entgleiten und mit den Zypressen allmählich auf die offene See hinaustreiben.

Die Gondeln an der Kaimauer waren allesamt leer. Mal hoben und mal senkten sie sich zwischen den langen hölzernen Ruderstangen, die ins Wasser gerammt waren. Die Vaporetti schaukelten auf dem Meer oder preschten summend wie Bienen von einer Landungsbrücke zur anderen. Es mußte die Wirkung des Klavierspiels sein, denn die Sehnsucht nach einem fernen, sonnenbeschienenen Sandstrand regte sich in Kâmil Uzman. Im gleichen Augenblick sah er, wie ein schneeweißes Passagierschiff mit seinen vielen übereinanderliegenden Decks am Dogenpalast vorbeiglitt und volle Fahrt zum Lido aufnahm. Dann kam es Kâmil vor, als würden die Wasser sich bis zur Säule des Drachen erheben, der zu Füßen Theodors und des geflügelten Löwen von San Marco mit dem Tod rang. Er hielt es zuerst für die Wogen des Schiffes, das vorbeigeglitten war, aber das Wasser stieg weiter vom Fuß der Säulen nach oben. Die weiß geriffelten Steine der Piazetta fingen auf einmal an zu schwanken, und die Ornamente am Dach des Palastes, die Statuen auf beiden Seiten der Galerie und der wie Klöppelspitzen ziselierte Marmor spiegelten sich im Wasser. Der leere Platz füllte sich plötzlich mit den Schemen von Bronzepferden, die sich von der vorderen Galerie der Markuskirche bis zum Glockenturm aufbäumten; die Gelb-, Blau-, Rot- und Weißtöne der Mosaiken flatterten durch den Spiegel des Wassers. Er sah, wie Kuppeln und Engel mit goldenen Flügeln, wie Darstellungen von Heiligen und Marmorsäulen einander umarmten. Alles harmonierte mit den Melodien, die sich ständig wiederholten – wie ein Irrweg oder eine lange Totenklage, die aus einer unendlichen Tiefe kam. Der menschenleere Platz bei Sonnenuntergang, die Spuren der prachtvollen Vergangenheit, das Wasser, das ganz langsam stieg... Ja, das Wasser stieg mit dem Schmerz der Sehnsucht, die sich sachte in Kâmils Seele erhob und ihn davontrug.

Plötzlich schwieg das Klavier. Eine pechschwarze Gondel glitt über das Wasser. Eine andere folgte ihr. Die Gondeln fuhren dicht hintereinander über das Wasser, in dem sich der Dogenpalast und die Markuskirche spiegelten, an ihm vorbei zum Uhrturm. Er glaubte, er träumte. Kaum war er am Ende einer schlaflosen Nacht in Venedig angekommen, war er in dichtem Nebel versunken und hatte sich dann, abgesehen von seinem Ausflug mit dem Dampfer in der Wintersonne am Canal Grande entlang, zwischen den steinernen Mauern der ältesten Bibliothek der Stadt vergraben. Es war nur natürlich, daß er träumte. Er kam jedoch zu sich, als der Pianist sich seinem Tisch näherte und sagte: »*Aqua alta* – es hat schon angefangen. Am besten gehen Sie so schnell wie möglich hier weg.« Das Wasser stieg nicht nur in seiner Phantasie, sondern tatsächlich. Das Meer überschwemmte den Markusplatz.

»Eines Tages wird Venedig untergehen«, rief er dem Pianisten zu.

»Jawohl, mein Herr«, gab der Pianist zur Antwort, »unsere Stadt wird allmählich zu einem Unterwassermuseum.«

Es kam ihm vor, als sähe er Schemen in dem tiefen Blau. Fische schwammen die moosbewachsenen, engen Gassen entlang. Mit den Luftbläschen tauchte ein Schwarm von Silberfischen durch das offene Fenster in ein Haus ein. Ein großer Taschenkrebs ging mit langsamen, entschlossenen Schritten durch den Salon. Er sah, wie Kirchtürme zur Oberfläche emporstiegen, die das Licht reflektierte. Das waren Wegweiser einer alten Stadt, die ins Meer gesunken war.

»Wir machen jetzt zu«, sagte der Pianist, »wir müssen schließen.«

»Ja, aber was wird dann aus mir? Wie komme ich denn nach Hause?«

»Wo übernachten Sie?«

»In der Nähe der Piazzale Roma.«

»Gehen Sie an den Prokuratien entlang, ohne den Platz zu betreten. Dann folgen Sie den Pfeilen. Gehen Sie bis zum Rialto, von dort aus ans andere Ufer, und so kommen Sie zur Piazzale Roma. Sie müssen sich weiter keine Sorgen machen. Wenn wir *aqua alta* haben, reicht das Meer nur bis hierher.«

Er zahlte und verließ das Café auf der Stelle. Wie der Pianist ihm empfohlen hatte, ging er auf dem Rückweg auf das Museo Correr zu, ohne den Markusplatz zu betreten. Als er von dort aus weiterlief, fand er sich in den engen Gassen der Stadt wieder. Es war dunkel geworden. Er kam an Cafés vorbei, in denen matte Lichter schimmerten. Hier ging das Leben weiter, als ob nichts passiert wäre. In den Cafés herrschte Gedränge. Er sah Leute, die an der Theke oder mitten im Raum standen. Während sie am Glas nippten, unterhielten sie sich laut und lachten miteinander. Sie waren so sorglos und vergnügt, als lebten sie nicht in einer Stadt, die jeden Tag ein Stückchen weiter ins Meer rutschte. Einen Moment lang wollte er unter ihnen sein. Er wollte einer der ihren sein, wollte am Ende eines anstrengenden Arbeitstages alles vergessen und über das Wetter und das Wasser reden – vor allem über das Wasser –, vielleicht auch über alles, was *aqua alta* in letzter Zeit angerichtet hatte. Aber er konnte es nicht wagen stehenzubleiben. Je weiter er lief, desto weniger Lichter waren zu sehen. Er kam unter Balkons vorbei, in deren Blumenkästen Tausende verschiedener Blumenarten blühten. Das Wasser in den Kanälen wurde nach und nach dunkel. Und je länger er lief, um so leerer wurden die Straßen, und die Lichter der Cafés verloschen allmählich. Im Nu vergrub sich die Stadt hinter den verschlossenen Rolläden der Geschäfte. Manchmal fiel Licht aus einem Fenster, das irgendwie offengeblieben war, oder vom Kronleuchter eines Palastes auf das Wasser, brach sich mit der Bewegung des Kanals und breitete sich aus. Er lief an feuchten Mauern entlang, von denen der Putz bröckelte, ging über Plätze mit steinernen Kirchen und kleine Brücken. Es kam auch vor, daß er hinter dem Licht herlief, das durch die geschlossenen Tüllgardinen eines Wassertaxis drang, oder in das Plätschern der Gondeln versunken weiterging.

Irgendwann einmal setzte er sich auf die Steine der Kaimauer und schaute auf den Kanal: kaltes, überaltertes Wasser. Die Finsternis ist jederzeit bereit, diejenigen, die sich im dunklen Wald verirrt haben, in ihre Tiefe zu ziehen. Nicht nur an den Brücken, auch an den Kais und vor den Mauern der Gärten stieß er auf Treppen. Stufen führten zum Kanal hinab und steigerten die Angst, die in ihm wuchs. Nein, vor der Einsamkeit fürchtete er sich nicht. Ganz im Gegenteil, wie oft war sie doch ein überaus seltenes Gut, dem er hinterherjagte. Auch vor dem geisterhaften Charakter der Stadt schreckte er nicht zurück. Er fürchtete sich vor dem Wasser, hatte Angst davor, sich, vom Ruf des Wassers verführt, in den Kanal zu werfen. Am stärksten war diese Neigung, wenn er sich über ein Brückengeländer beugte und sah, wie seine Gestalt sich im Wasser spiegelte. Während er auf der Kaimauer saß, spürte er, daß sein Körper beim Gedanken an dieses Gefühl erschauerte. Das Wasser war grün, manchmal gelb, oft aber auch schwarz, pechschwarz. Die Fassaden der Häuser waren rot. Ein wunderschönes, seltsames Rot, das ins Orangefarbene spielte, »ocre« – mit einem Begriff der Franzosen. Wenn aber der Tag verging und das Licht abnahm, wurden auch die Farben undeutlicher, und alles war von einer geheimnisvoll verschwommenen Atmosphäre umgeben. Die Häuserfassaden und das Abbild seiner Gestalt schlingerten im Kanal, die Formen setzten sich mal zusammen, mal zerfielen sie wieder, Wasser und Steine tauschten die Plätze. Auf der Kaimauer mit den Beinen baumelnd, ließ er sich von dem Gedanken hinreißen, daß er auf der Schwelle zu einem neuen Leben stand. Das Firmament fing jetzt unter seinen Füßen an. Die Vergangenheit blieb dahinter zurück, aber in einer fernen Zeit, deren Kälte er so real wie die Mauersteine in seinem Herzen spürte. Vor ihm lag jedoch ein ungewisser Freiraum, so unklar und verlockend wie das Wasser des Kanals. Er war jemand, der weder Vergangenheit noch Zukunft hatte, jemand, der in einem Viertel am Stadtrand von Venedig auf der Kaimauer saß und die Beine baumeln ließ; er könnte ein Dämon sein, der in seine eigene Gestalt versunken war, vielleicht aber auch ein Träumer, der sich von diesem Spiegelspiel verführen ließ und phantasierte, daß alles total auf den Kopf gestellt wäre und das Himmelsgewölbe an seinen Zehenspitzen anfing. Er dachte darüber nach, ob er vielleicht nicht im Keller, sondern auf dem Meeresboden wohnte und das Studio, in das er gleich zurückkehren würde, in diesem Augenblick schon unter Wasser stünde. Ihm fiel noch nicht einmal ein, daß in einer solchen Situation der Motor hinter der Dusche von selbst anspringen und das Wasser in den Kanal pumpen würde.

Das Spiel eines Schifferklaviers weckte ihn aus seinem Traum. Eine große Gondel fuhr in den Kanal ein. Vorne hockte ein älterer Mann, der Ziehharmonika spielte, hinten stand der Gondoliere, der ruderte, und in der Mitte saßen vier Japaner. Sie saßen einander auf den Sesseln gegenüber und blickten auf einen genau fixierten Punkt. Auf ihren Gesichtern lag nicht die leiseste Regung. Sie unterschieden sich nicht von Kamikaze-Kämpfern, die amerikanische Kriegsschiffe im Sturzflug versenkt hatten. Ihm fiel auf, daß es sich bei allen vieren um Männer handelte. Als die Gondel Kâmils Höhe erreicht hatte, begann das Akkordeon »Rückkehr nach Sorrent« zu spielen. Einer der Japaner wandte sich um und sah ihn an. Als Kâmil lächelte, wirkte es fast so, als bewegte der Japaner die Lippen, und seine Gesichtszüge lockerten sich. Dann nahm sein Blick wieder den früheren Ausdruck an. Die Gondel fuhr weiter den Kanal entlang und verschwand hinter einer Brücke. Kâmil stand auf und lief weiter durch die verlassenen Straßen.

Während er weiterlief, suchte er einen Vergleich, um sich die Enge der Gassen Venedigs zu erklären. »...so eng, daß zwei Personen nicht aneinander vorbeikommen« – das gefiel ihm nicht. »Wie eine Gasse, in der die Katze Fische fängt«, ein solcher Spruch kam ihm zu gestelzt vor. In diesem Augenblick blitzte es, und gleich darauf noch einmal. Es donnerte, und zugleich wurde es ringsum taghell. Er sah die Pflastersteine der Gasse und die Ziegel der Mauern im Licht. Außerdem die Zweige der Bäume, die darüber hingen. Einen Moment lang bedauerte er, keinen Schirm bei sich zu haben. Kaum hatte er überlegt, ob ein Wolkenbruch niedergehen würde, fing es auch schon an zu regnen. Nach und nach lief er schneller, aber es kam ihm vor, als nähme die Straße kein Ende. Selbst wenn er einen Schirm hätte, dachte er, könnte er ihn in dieser engen Gasse gar nicht aufspannen. Jetzt hatte er endlich den Vergleich gefunden! Ja, manche Gassen Venedigs waren so eng, daß man noch nicht mal einen Schirm aufspannen konnte. Dann fiel ihm ein, daß er dies in einem Buch gelesen haben könnte. Und wenn schon, auch wenn er nicht selbst darauf gekommen war, wie schön erklärte das doch die Enge der Gasse, die er da vor sich hatte! Jene Gasse führte ihn zu einem großen Platz. Dort betrat er eine Pizzeria und setzte sich an einen Tisch.

Während er auf die Pizza wartete, zog er den Stadtplan, den er am Morgen an der Landungsbrücke gekauft hatte, aus der Tasche und breitete ihn aus. Sosehr er sich auch anstrengte, er konnte nicht herausfinden, wie er vom Markusplatz aus hierher zum Campo San Margherita gekommen und durch welche Ecken und Winkel er gegangen war. Er war an den Kais entlanggelaufen, durch dunkle Straßen, hatte ein paar Plätze und kleinere oder größere Brücken überquert, aber er hatte Mühe, das alles auf dem Plan zu finden. Und da war noch etwas, das er nicht begreifen konnte: Wie kam es denn nur, daß er, ohne über die Rialto-Brücke gegangen zu sein, hier, auf dem rechten Ufer des Canal Grande gelandet war? Als er sich den Stadtplan etwas genauer anschaute, erkannte er, vom Rialto aus gesehen, etwas weiter vorn eine andere Brücke, die beide Ufer miteinander verband. Das war die Scalzi-Brücke, deren Stufen ihm am Morgen solche Mühe gemacht hatten. Demnach mußte er von der anderen Seite des Campo San Stefano gekommen und von dort aus die Brücke überquert haben. Dann hatte er sich wieder verirrt, war in das Labyrinth der Gassen geraten, und ohne es für nötig zu halten, den Plan aus der Hosentasche zu ziehen und sich zu orientieren – bis der Wolkenbruch niederging –, hatte er sich der Dunkelheit der Stadt überlassen. Er beruhigte sich mit dem Gedanken daran, daß er morgen in die Accademia gehen und in Gentile Bellinis Welt sein würde. Die Spannung, unter der er gerade noch gestanden hatte, wich. Als er im Reiseführer auf das Foto eines Kanals stieß, dessen Wasser abgelassen war, war er verblüfft. Das hieß, die Kanäle waren gar nicht so tief, daß man darin ertrinken könnte! Ein paar Boote, die im schwarzen Schlick festsaßen, waren zum Greifen nahe. Wieder erinnerte er sich daran, daß die Häuser ihr Fundament auf festem Boden hatten und Venedig tatsächlich auf Inseln erbaut war, und er begriff, daß es nicht wie ein trunkenes Schiff ohne weiteres seine Taue kappen und verschwinden könnte, auch wenn es ziemlich weit vom Festland entfernt war. Im Vertrauen darauf, daß es solide Wurzeln in der Erde hatte, entspannten sich seine Nerven. Was ihn beruhigte, war nicht nur dieser Gedanke, sondern vielleicht auch der köstliche Wein, den er zur Pizza trank. Als er das Restaurant verließ, war ihm ein wenig schwindlig. Aber diesmal fand er die Straße, in der er wohnte, ohne sich zu verlaufen. Im Nu hatte er sich ausgezogen und lag im Bett.

2

Die Scheiben waren beschlagen, weil er den elektrischen Ofen über Nacht nicht abgestellt hatte. Wie auch immer, ihm fiel ein, daß er vergessen hatte, die Fensterläden zu schließen. Das kam daher, daß er betrunken gewesen war. Aber letzte Nacht war er doch nur ein bißchen beschwipst. Da er bis zum Morgen tief und fest geschlafen hatte und sich auch nicht an seinen Traum erinnern konnte, mußte er doch ein Quentchen über den Durst getrunken haben. Er schlief nicht mehr wie früher sofort ein, nachdem er ein paar Glas gekippt hatte, ganz im Gegenteil, der Wein schüttelte die Schläfrigkeit ab und belebte ihn. Der Alkohol verscheuchte seinen Trübsinn und machte ihn zu einem amüsanten Plauderer. Manchmal langweilte er seine Tischgenossen auch mit langwierigen Erklärungen zur Kunstgeschichte, als ob er beweisen müßte, daß er Professor an einer der berühmtesten Universitäten Istanbuls war. Bei einem Essen mit Freunden, bei dem er seine Gelehrsamkeit zur Schau stellte, sagte man über ihn: »Es gibt kein Thema, das Kâmil Uzman nicht aus dem Effeff beherrscht, das heißt, er ist immer *Uzman,* immer Experte.« Dieser Ausspruch wurde sofort als geflügeltes Wort aufgegriffen, man übernahm ihn in seinem Freundeskreis, und nach und nach machte er sogar unter seinen Studenten die Runde. Immer wenn er anfing, einen Vortrag über Kunst zu halten, wurde er damit unterbrochen: »...Kâmil Uzman ist immer Uzman, immer Experte«, und schließlich wurde es zu einer spöttischen Replik. Oder es war schon ein Zeichen dafür, daß er allmählich alt wurde! Wenn der Wolf altert, wird er zum Gespött der Hunde. Eigentlich war er weder ein Wolf noch ein alternder

Professor. Noch hielt man ihn für jung, und viele Lebensjahre lagen vor ihm. Reifejahre – und jedes einzelne voller Abenteuer, voller neuer Reize. Wie sein Name. Er lächelte. »Wenn du reifer wirst, liebst du deinen Namen«, hatte sein Vater eines Tages gesagt und damit auf die Bedeutung von Kâmil angespielt; das bedeutete Vollendung, Reife. Mußte man ihm denn den Namen Kâmil geben, wenn seine Schulkameraden alle Demir, Derin und Devrim hießen?

Er hatte immer Leute um sich. Kollegen von der Universität, Schriftsteller, Maler und Journalisten, vor allem auch Frauen. Beim Trinken saß er nicht allzugern mit Männern zusammen. Es reichte ihm, wenn ein paar Frauen ihm Gesellschaft leisteten. Geheiratet hatte er nie. Es hatte viele, ziemlich viele Frauen in seinem Leben gegeben, aber nur mit ganz wenigen hatte er eine echte Beziehung aufbauen können. Die Frauen an seinem Tisch waren natürlich nicht nur Dekoration, nicht nur Augenweide für Professor Kâmil Uzman, denn nach jeder Sauferei gab es ein Danach. Es war auch gut, morgens, wenn es in Istanbul feucht und kalt war, nicht allein aufzuwachen. Sein Freundeskreis allerdings begann sich seit einiger Zeit zu lichten. Vielleicht hatte er angefangen, den Leuten auf die Nerven zu gehen, weil er oft wahllos drauflosredete. Statt über Kunst und Literatur zu plaudern, klagte er jetzt über seine Schmerzen. Er war in fast noch jugendlichem Alter zum Professor berufen worden; daß Kunsthistoriker in der Blüte ihres Professorenlebens starben, kam allerdings ziemlich selten vor. Die meisten starben, nachdem sie die Altersgrenze erreicht und emeritiert oder schon ziemlich hinfällig geworden waren. Manche malten, um ihre freie Zeit zu nutzen. Kâmil Bey wartete nicht auf die Emeritierung, um zur Sonntagsmalerei überzugehen, sondern hatte schon als Student, noch vor Eintritt ins Berufsleben, seine Fähigkeiten ausprobiert und war dabei sogar recht erfolgreich.

Obwohl er seine Bilder bis jetzt noch nicht ausgestellt hatte, wurden seine Landschaftsbilder in Kunstkreisen mit Interesse aufgenommen, wurden diskutiert und fanden sogar Anklang. Der Gedanke an eine Vernissage war ihm unangenehm, weil er seine Gemälde nicht aus der Hand geben wollte. Eines Tages würden seine Werke, die an allen Wänden seines Hauses hingen, an Wert gewinnen, und dennoch würde er bis zu seinem Tod keines davon verkaufen. Nach seinem Tod jedoch – aber was ging es ihn an, was danach kam. Nein, er wollte es nicht dem König gleichtun, der sagte: »Nach mir die Sintflut!« Er hatte vor, seine Bilder einer Stiftung zu vermachen oder – warum eigentlich nicht – dem Museum für Schöne Künste, falls man sie dort nähme.

Es stimmte, er schlief nicht mehr wie früher sofort ein. Jetzt wurde ihm bereits schwindlig, bevor er beim Abendessen, das er seit einiger Zeit allein einnahm, eine Flasche Wein auch nur zur Hälfte geleert hatte, oder er wanderte völlig betrunken durch die Straßen. An die Stelle des Professors für Kunstgeschichte war jemand anderes getreten; man konnte nicht sagen, daß er tagsüber Mensch und nachts Wolf war, aber so etwas Ähnliches war es schon. Irgendwo hatte er gelesen, daß die Nacht dem Wolf gehörte. Er wußte nicht, ob der Mensch sich in der Nacht der hell erleuchteten großen Städte in einen Wolf verwandelte und ob ihm Zähne und Klauen wüchsen, aber da er sich seit langem keine Horrorfilme mehr anschaute, blieb ihm nichts anderes übrig, als in diesem stillen Viertel Venedigs zu schlafen, das an eine Stadt erinnerte, die bei Nacht verlassen war.

In den letzten Jahren war er viel gereist, tagsüber durch die Museen und nachts durch die Bordelle Europas geschlendert. Was für Kunstwerke hatte er doch gesehen – und was für Frauen! Ja, jede einzelne bot ein anderes Bild. Manche hatten einen so dunklen Blick, daß man glaubte, im nächsten Moment würde ein Mord begangen oder wenigstens ein Unwetter losbrechen. Wenn er mit manch einer in inniger Umarmung lag, lösten sich die Wolken am Himmel auf. Die Wolken lösten sich auf, aber die eng umschlungenen nackten Körper trennten sich nicht voneinander. Wenn er manch einer durch die Haare wühlte, fing ein pechschwarzer Wald zu dröhnen an. Manche waren reglos wie das Meer. Unruhig, erregt und reizbar. Seicht und tief. Richtig, er war viel durch fremde Länder gereist, aber er kam zum ersten Mal nach Venedig. In dem Moment, als er vor Freude, in der Stadt aufzuwachen, von der er seit Jahren träumte, übermütig aus dem Bett springen wollte, spürte er einen stechenden Schmerz im rechten Knie. Im Zimmer war es warm. Das Bett aber war noch wärmer. Ihm war gar nicht danach, aufzustehen. Er dachte an den Schmerz, den er seit einer Weile morgens beim Aufwachen spürte, wie er im rechten Knie anfing und sich dann auf sämtliche Gelenke ausweitete. Das mußte an der Feuchtigkeit liegen. Es waren bestimmt die Nässe und der Schimmel Venedigs, die seinen Körper so schwer machten wie einen Klumpen und ihn ins Bett zogen. Früher sprang er mit einem Satz aus dem Bett und machte Gymnastik, bevor er den Tee aufsetzte. Früher... Warum erinnerte er sich jetzt nur an die Vergangenheit, an die guten alten Zeiten, an die Morgen, als man frisch und munter aufstand? Da war er also in einer neuen Stadt, vielleicht auf der Schwelle eines neuen Abenteuers. Es mußte reichen, glücklich zu sein und den Tag voller Freude zu beginnen.

Er stand auf und wischte die beschlagenen Scheiben ab. Wieder blickte er auf die Mauer mit den Ziegelsteinen gegenüber und auf die hohen Bäume hinter der Mauer, die ihre Blätter verloren hatten. Der Kanal war trübe. Das kleine Boot von gestern lag nicht mehr da. Es kam ihm vor, als sei das Wasser etwas gestiegen. Was hieß hier *etwas,* es reichte jetzt fast bis zum Fensterbrett, und wenn er das Fenster öffnete, würde es hereinschwappen. Er ging zur Toilette hinüber, wusch sich das Gesicht am Waschbecken – und warf einen kurzen Blick in

den Spiegel. Seine Haare waren wirr und die Augen verschla-
fen. Nun ja, der morgendliche Kater; bald wäre das vorüber.
Er freute sich, daß ihm die Haare an der Stirn nicht ausgefallen waren. Das kalte Wasser klatschte ihm an die Wangen;
er wusch sich gründlich die Stirn, den Dreitagebart, die Ohren und spülte den Mund aus. Nachdem er sich abgetrocknet
hatte, sah er sich wieder die purpurroten Ringe unter den
Augen an. Sie schienen schon zurückgegangen zu sein, und
bald wären sie ganz verschwunden. Seine Augen strahlten vor
Freude. Während er sich rasierte, lauschte er darauf, ob der
Motor hinter dem Plastikvorhang angesprungen war, was
nicht der Fall war. Wenn er angesprungen wäre, hätte er das
hören müssen. Fraglich war allerdings, ob er das Geräusch der
Pumpe gehört hätte, als er tief und fest schlief, nachdem er so
viel Wein getrunken hatte. Dieser Frage blieb er die Antwort
schuldig. In aller Eile rasierte er sich, zog sich an, sprang über
das hölzerne Gatter an der Haustür und lief an der Kaimauer
entlang zur Piazzale Roma. Dort ging er zuerst auf die Theke
des Cafés gegenüber der Bushaltestelle zu, dann überlegte er es
sich anders und nahm an einem der Tische am Fenster Platz,
statt an der Bar zu stehen. Mit Genuß trank er den dampfenden Cappuccino Schluck für Schluck und zündete sich eine
Zigarre an. Seine Gelenke schmerzten nicht mehr. Die Finsternis des Studios und das trübe Wasser des Kanals, das bis
zum Fenster stieg, hatte er längst vergessen. Wenn auch kalt
und regnerisch, so lag doch ein endlos langer Tag vor ihm. Er
war glücklich. Selbst wenn er den vielen Menschen im Café
nicht zurufen konnte, daß er glücklich war, so konnte er es sich
doch selbst einreden. Dreimal nacheinander wiederholte er es
sich: »Ich bin Türke, bin glücklich und fleißig!« Dieses vertraute Gelöbnis, das ihm hier ganz unerwartet von den Lippen
kam, brachte ihn diesmal nicht in seine Kindertage und zu den
Flaggenzeremonien der Schulzeit zurück, an denen er sich mit
Begeisterung beteiligt hatte. Kaum war er pflichtbewußt vom

Tisch aufgestanden und hatte wieder die Professorenmaske aufgesetzt, schrumpfte das Glück in seinen Mundwinkeln.

Als er am Parkhaus vorbeikam, dachte er daran, daß Venedig ein Eldorado für Fußgänger war. Außerdem natürlich für Vaporetti und Gondeln. Wie die Autofahrer ihren Wagen in dem häßlichen Parkhaus an der Piazzale Roma abstellen mußten, wenn sie in die Stadt kamen, wollte er alles, was er über Venedig wußte, vor dem Tor lassen und ohne jedes akademische Joch die Stadt begehen. Daher mußte er auch die Paläste am Canal Grande und das laute, ausgelassene Spiel von Lichtern und Farben meiden, an dem er sich gestern kaum hatte satt sehen können. Er verzichtete auf die Fahrt mit dem Vaporetto und durcheilte die Gassen. Kaum hatte er die Accademia betreten, kamen mit dem ersten Gemälde schon die Assoziationen zurück, und alles, was er über Venedig wußte, fing an, sich in seinem Gedächtnis zu regen – wie der dichte Bootsverkehr auf dem Canal Grande.

Als erstes sah er die Farben, die auf dem Flügelaltar von Paolo Veneziano auf vergoldetem Grund aufgetragen waren. In dem Licht, das von oben hereinfiel, bewegten sich Rot- und Blautöne, regten sich Grün, Gelb, Schwarz und Rosa und raschelten wie die glänzenden Stoffe, die einst in Massen aus den riesigen Schiffsbäuchen auf den Ladentischen an den Kaimauern Venedigs aufgehäuft worden waren. Einen Augenblick lang überließ Kâmil sich dem Farbenspiel und vertiefte sich in den Himmel der byzantinischen Ikonen, an die er sich aus seiner Studienzeit erinnerte, in die Welt der Mosaiken der Hagia Sophia und des Kariye-Museums, wohin er so lange nicht mehr gegangen war. Dann wurden Gestalten deutlich, und das *Polyptychon* tauchte auf, mit der Komposition, die aus acht symmetrischen Szenen zu beiden Seiten der von Jesus gekrönten Maria bestand. Kâmil Uzman war, als sähe er, wie die Figuren sich in dieser unvergleichlichen Farbenwelt bewegten, in dieser Welt, die eine neue Verbindung zwischen Byzanz und der Gotik darstellte, und es kam ihm so vor, als sähe er die Schar der Engel, die über den Köpfen von Maria und Jesus mit ihrem Heiligenschein Flöte, Harfe, Mandoline und Bratsche spielten. Seine Seele war von der Melodie erfüllt, die zum Himmel des Chors emporstieg. Auf den Bildern, die sich dort aus den vier verschiedenen Szenen rechts und links der beiden Hauptfiguren zusammensetzten, wurden Ereignisse aus dem Leben Jesu erzählt. Er mußte diese Ereignisse nicht mehr näher untersuchen, da sie ihm in allen Einzelheiten und mit ihren unterschiedlichen Interpretationen von seinen Besuchen in Europas Museen vertraut waren. Das Niederknien der Sterndeuter vor dem Neugeborenen im Stall, wie Johannes mit seinem Umhang aus Kamelhaar Jesus, den Propheten, in einem trüben Bach von dunklem Olivgrün taufte, dessen Wasser an Venedigs Kanäle erinnerte, den blutroten Wein, der beim letzten Abendmahl mit den Jüngern auf den Tisch kam, ja sogar das Blut selbst, dann Jesu Gefangennahme und sein Weg nach Golgatha mit dem Kreuz auf dem Rücken, seine Kreuzigung, als würde er dort an den goldgelben Himmel genagelt, die Auferstehung im Felsengrab und seine Auffahrt zum Himmel – all das zog an Kâmils Augen vorüber, und er erinnerte sich an Matera, wo er auf einer seiner Italienreisen vorbeigekommen war.

Mit seiner italienischen Geliebten, die an einer Doktorarbeit über Carlo Levi schrieb, traf er sich damals in Bari, und sie fuhren nach Basilicata, in die ärmste Gegend des Landes. Als sie das Bergdorf fanden, in das Levi zu Mussolinis Zeiten in die Verbannung geschickt worden war, blieben sie eine Nacht lang dort, in Matera. Wenn man von der Terrasse des Lokals aus, in dem sie aßen, herabblickte, standen die Häuser der Altstadt dort unten so da, als nisteten sie am Abhang eines tiefen, engen Tals. Die Fenster, die an ausgehöhlte Stellen in dunklen Grotten erinnerten, die eingefallenen Dächer, die Innenhöfe – ein untrennbarer Teil der wilden Natur, die unten im Tal begann. Höfe, die mit den Felsen eins waren, Räume, Dielen, Zimmerdecken und Feigenbäume, die durch die Dek, ken wuchsen, das waren Schemen einer verlassenen Stadt. Das Fundament des einen Hauses ging in das Dach eines anderen über; die in Schichten von oben nach unten angelegten Terras, sen waren ringsum von zerfallenen mittelalterlichen Mauern, Säulen, die aus unerfindlichen Gründen stehengeblieben wa, ren, und engen Treppengassen umgeben. Von irgendwoher er, innerte er sich an diese dunkle, geheimnisvolle Welt, an die Klöster auf den Hügeln gegenüber, an Steinmauern und blinde Fenster. Als hätte er diese seltsame Stadt früher schon einmal gesehen. Als wären ihm die elenden Hütten, die armen Menschen, die dunklen Höhlenöffnungen und dieser wahn, sinnige Sturm vertraut, der an den steilen Abhängen des Tals heulte. Auf einmal blitzten die Szenen eines Films in seinem Gedächtnis auf, den er vor Jahren in Istanbul in der Cinema, thek von Sıraselviler gesehen hatte. Jesus war mit seinen Jün, gern unterwegs. Sein Gesicht war ganz schmal, und sein Blick sorgenvoll. Kurz darauf würde man ihn auf einem der gegen, überliegenden Hügel ans Kreuz schlagen. Er wandelte trotz des Windes, und währenddessen wanderte auch der Heiligen, schein über seinem Kopf weiter. War Jesus nicht gerade wegen seines Wandelns berühmt? Entweder wandelte er über das Meer, ging über festes Land oder schwebte durch die Luft. Nachdem Jesus die Wogen des Wassers überquert und die Fi, sche vermehrt hatte, fühlte Kâmil Uzman sich ihm seltsam nahe. Jetzt wünschte er sich, daß ihm Flügel wüchsen – und daß er fliegen könnte. Die Menschen schauten Jesus mit liebe, voller Anteilnahme an. Aber nicht nur die Menschen, auch die Tiere der Stadt begegneten Gottes Sohn voller Freude, und so, bald er sich den Türen der schmutzigen Hütten näherte, wurde ihm weit geöffnet. Der junge Mann mit den langen Haaren war stattlich und dunkel und immer in Bewegung. Wie auf dem Flügelaltar von Veneziano ging er von einem Haus zum anderen, kam zu Johannes dem Täufer, und nachdem er die Händler aus dem Tempel gejagt hatte, wurde er von den römischen Soldaten gefangengenommen, mit dem Kreuz auf dem Rücken und der Dornenkrone auf dem Haupt auf den Weg nach Golgatha geschickt und dort ans Kreuz geschlagen. Der Film, den Pasolini nicht in Jerusalem, sondern in Matera gedreht hatte, hatte in Kâmils Gedächtnis ein deutliches Gefühl von Geschwindigkeit hinterlassen. Er konnte nicht deuten, warum er sich Jahre später nun, hier in Venedig, an ihn erinnerte. Vielleicht hatte die Ähnlichkeit eines Films mit den Tafeln von Venezianos Gemälde diese Assoziation bei ihm geweckt, vielleicht sehnte er sich aber auch nach seiner kleinen römischen Geliebten. Seit langem hatte er nichts mehr von ihr gehört. Inzwischen würde sie verheiratet sein und sich um ihre Kinder kümmern. Vermutlich arbeitete ihr Mann bei einer Bank. Kâmil überlegte sich, daß ihr Abenteuer so banal war, daß es noch nicht einmal auf den Tafeln dieses Flügelaltars Platz finden würde. Gott sei Dank hatte er mit dieser kleinbürgerlichen Welt nichts zu tun. Vielleicht lebte sie allein und war gealtert. Dann wäre sie frei! Er fühlte einen körperlichen Schmerz, als führten alle Wege nach Golgatha. Einst aber hatten für ihn alle Wege nach Rom geführt, selbst wenn er ständig in Istanbuls Sackgassen herumlief, denn seine italienische Geliebte wohnte in der Ewigen Stadt.

Wenn er in einem Café an der Piazza Barberini auf sie wartete, spielte Triton im Brunnen inmitten des nicht abreißenden Verkehrsstroms mit den Delphinen. Und aus der Riesenmuschel, die er in der Hand hielt, ließ er glasklares Wasser strahlend gen Himmel sprudeln. Kâmil gab sich der Harmonie von Marmor und Wasser hin und merkte nicht, wie die Sonne sich auf die Dächer des Palazzo Barberini senkte. Die Schatten wurden länger, und die Lichter des Kinos gegenüber fielen auf das Brunnenbecken. Genau in diesem Augenblick kam auch seine Freundin, Hand in Hand gingen sie nach oben, zur Villa Borghese, ohne ihre Zeit in den Cafés an der Via Veneto zu vertrödeln, einst Kulisse für »Dolce vita«. Dort erwartete sie der kühle Rasen unter den Bäumen, die allmäh‚ lich dunkler wurden.

Wenn sie einander im Park liebten, war es das Lebens‚ elixier Tritons, das er auf dem Höhepunkt der Lust in den kleinen, halbnackten Körper sprudeln ließ, der seinen Leib in‚ nig umschlang, und das sich mit der Kühle der unterirdischen Ströme vereinigte. Wenn er sich auf der jungen Frau bewegte, in die er eindrang, spürte er das Brausen der Erde. Und solange er sich bewegte, ließ er sich zu dem Gefühl hinreißen, er fiele Schicht um Schicht in die Tiefen der alten Stadt und glaubte, er gelange zur Unsterblichkeit, indem er dem Geheimnis Roms auf den Grund kam. Am nächsten Tag blieb er vor jedem Marmorbrunnen und jeder kopflosen Statue, die sich verges‚ sen in einem stillen Hof befand, stehen, folgte der Spur jedes alten Steins und wanderte dann zwischen Mauern aus Ziegeln, zwischen Aquädukten und gigantischen Säulen umher. Wenn er sich im Vatikan Michelangelos verblassende Farben an der Decke der Sixtinischen Kapelle anschaute, wenn er im Café auf dem Campo dei Fiori zu Füßen des Standbilds von Gior‚ dano Bruno einen Campari Bitter nach dem anderen kippte oder wenn er sich in einem der versteckten Lokale von Traste‚ vere mit Genuß über einen wagenradgroßen Teller Spaghetti mit Miesmuscheln hermachte, war seine kleine Geliebte immer bei ihm. Als bestünde Rom nur aus dieser winzigen Frau, die wie ein Wasserfall plapperte und die Geilheit in Person war. In den Blicken dieser jungen Frau, die ihren Doktor an der Uni‚ versität von Sapienza machte, wurde alles Realität, all die Bau‚ ten, Monumente und Plätze, die Katakomben und die bunt schillernden Fresken mit ihren verblassenden Farben in den Kuppeln. Nachdem er sie zu später Stunde vor dem Haus ab‚ gesetzt hatte, das sie mit ihrer Mutter bewohnte, ging er zum Ufer des Tibers und wanderte allein durch die dunklen, engen

Gassen. Am Ende dieser langen Wanderungen legte er sich ins Bett, wo er müde, aber unersättlich liebeshungrig auf den Morgen wartete; der Lärm der Stadt in einer Sommernacht drang durch das offene Fenster ins Zimmer.

So schnell wie möglich mußte er von diesem Gemälde fort, mußte endlich die nackten, schmerzverzerrten Körper wie Jesus am Kreuz, mußte seine Liebschaften, die alle miteinander ein schlimmes Ende nahmen, vergessen; die Erinnerung daran war quälend. Aber wie verzaubert, wie angenagelt blieb er vor Venezianos Flügelaltar stehen. Die Altarbilder hatten ihn längst fortgetragen, ihn in eine andere Welt als die des Werks gerissen. Sie rührten ihn mit dem Schmerz seiner eigenen Geschichte.

Die Leute, die die Accademia an diesem Tag besichtigten, sahen einen Mann mittleren Alters und von mittlerer Statur mit schütterem Haar auf dem Hinterkopf reglos vor Paolo Venezianos Flügelaltar am Eingang stehen. Der Mann blickte nicht auf das Gemälde; seine Augen starrten auf eine leere Stelle hinter den heiligen Figuren, die mit Leimfarbe auf Holz aufgetragen waren, als würde er auf jemanden warten.

Kâmil Uzman bemerkte erst nach einiger Zeit, daß er so lange vor Venezianos Werk stehengeblieben war, daß er den anderen Besuchern auffiel. Wenigstens war das Museum kaum besucht. Als er – ohne sich noch länger am Eingang aufzuhalten – in die obere Etage stieg, wo Gentile Bellinis Bilder hingen, war schon Mittag. Er überlegte sich, ob er rasch etwas in der Cafeteria zu sich nehmen sollte. Sein Morgenspaziergang im Freien – »frei« oder »offen« im wahrsten Sinne des Wortes, es war vielleicht der Tag, an dem Venedig so wolkenverhangen und ohne jedes Licht war wie sonst nie – hatte ihm Appetit gemacht, aber derart in die Geschichte des Flügelaltars vertieft, hatte er alles, sogar seinen Hunger, vergessen. Es wäre gar nicht so übel, jetzt schnell ein paar *tramezzini* zu essen und ein Glas Weißwein zu trinken. Er fragte einen der Aufseher nach der

Cafeteria, und als er die Antwort erhielt, in der Accademia gebe es keine, war es mit seiner guten Laune vorbei. Er könnte ja in die Bar auf der anderen Straßenseite gehen, ging es ihm durch den Kopf. Danach würde er zurückkommen und seine Besichtigung dort fortsetzen, wo er sie abgebrochen hatte. Aber dazu fehlte ihm die Energie, und auf der Suche nach den Werken der Bellinis ging er an den Gemälden von Lorenzo, Tizian, Veronese und Tintoretto vorbei. Die Bilder von Jacopo und Giovanni waren in derselben Abteilung, aber Gentiles narrative Wandgemälde, die *teleri,* waren anderswo; sie wurden zusammen mit den Bildern Carpaccios ausgestellt. Obwohl er einen anderen Tag für Giovanni vorgesehen hatte, konnte er es nicht lassen, einen Blick in den Saal zu werfen, in dem die Madonnenbilder hingen. Jacopos genialer Sohn verzauberte ihn auf den ersten Blick und trug ihn davon in die stille Welt seiner Madonnen.

Als wäre das Jesuskind nicht durch den Heiligen Geist, sondern den Leib Mariens geboren und durch ihre Liebe und Güte geformt worden. Auf diesem Gemälde, das der Maler anscheinend in seiner Jugendphase gemalt hatte, glich Maria den Frauen auf byzantinischen Ikonen. Ihr Mantel breitete sich auf der schwarzen Fläche des Gemäldes aus und wurde mit dem dunklen Grund eins. Mit ihren großen, roten Händen hielt sie das Kind ganz dicht an sich geschmiegt. Es war auch bekleidet, aber nicht, wie die Mutter, ganz in Schwarz, sondern in einen orangefarbenen Schal gehüllt. Als Kâmil sich die Hände Mariens, die dem schwarzen Mantel entglitten waren, genauer anschaute, sah er, wie das Kind den Daumen der Mutter auf eine seltsame Weise festhielt. Es sah so aus, als würde es seine Betrachter mit der anderen Hand, die aufrecht in der Luft stand, segnen. Es hatte den Kopf leicht nach rechts geneigt und blickte in eine ganz andere Richtung als die Mutter. Als würde Maria ihm dabei helfen, aufrecht zu stehen. Vielleicht war das auch der Grund, daß es ihren Daumen so festhielt, fast auf eine erotische Art und Weise. Denn es konnte die Frau nicht sehen, deren Wärme es spürte. Es sah so aus, als suchte es mit seinen Blicken die Mutter, die ihm nur Nähe und Vertrauen bedeutete. In der Wärme, die von der Mutter auf das Kind überging, wollte Kâmil dahinschmelzen und verschwinden; er zitterte bei der Erinnerung an ein fast vergessenes, sehr schönes Gefühl, und die Sehnsucht danach breitete sich wie ein langer Seufzer in seiner Seele aus.

Auf einem anderen Gemälde aber war das Jesuskind splitternackt. Wieder lag seine Hand auf dem Daumen der Mutter, umklammerte ihn diesmal aber nicht, denn es saß ohnehin auf einem aprikosenfarbenen Kissen. Maria hielt das Kind mit der rechten Hand fest, und mit der Linken, die sachte unter dem Stoff von dunklem Olivgrün hervorglitt, versuchte sie, es zu stützen. Sie war auf diesem Gemälde nicht allein. Zu ihrer Rechten wie zu ihrer Linken waren noch zwei Frauen, so jung wie Maria. Die junge Frau zu ihrer Rechten hatte die Haare aufgesteckt und mit edlem Schmuck durchflochten. Ihre Gesichtszüge traten in dem Licht ziemlich deutlich hervor. Still blickte sie das Kind an. Die Frau auf der linken Seite Mariens aber ließ ihre langen Locken auf die Schultern fallen. Sie war hellblond, hatte ihre zarten Hände mit den langen Fingern auf der Brust gekreuzt und war in einen Traum vertieft, in das Licht, das von dem nackten Kind ausging, dessen Körper vor Gesundheit strotzte. Sie war sehr schön. Das Licht strahlte ihr auch von der Stirn, die sich deutlich vor dem schwarzen Hintergrund abhob, von ihrem langen, schönen Hals und der ebenmäßigen Nase, die auf den kleinen Mund zulief. Sie trat in Erscheinung wie ein Engel ohne Flügel, der plötzlich aus dem Jenseits aufgetaucht war.

Die Nähe der Frauen schien das Kind ein wenig zu beunruhigen. Es schaute ohnehin niemanden an, selbst Maria nicht; seine Augen waren nach oben, auf einen Punkt gerichtet, der für den Betrachter des Bildes unsichtbar blieb. Suchte es dort

jemanden, oder sann es einer fernen Vision nach, ohne zu wissen, welchen Verlauf sein Leben noch nehmen würde? Vielleicht suchte es auch den Blick der Mutter. Inmitten der beiden
Frauen wirkte Maria würdevoll und traurig. Ihre Nase war zart
und ebenmäßig, und ihr Mund klein. Das Gemälde war in ein
Licht getaucht, das vom nackten Körper des Kindes ausging.
Es war ein ganz intensives, fast grelles Licht, aber es gönnte
dem Auge Ruhe und schuf eine milde, heitere, stille Atmosphäre. Über den Köpfen der Heiligen Jungfrau und der beiden
Heiligen schwebte aus unerfindlichen Gründen keine Aureole.
Als wären es Frauen, denen wir Tag für Tag auf der Straße begegnen könnten. Warum war das Kind in dieser Umgebung
gerade jetzt nur so unruhig? Kâmil bückte sich ein wenig,
als könnte er auf dem Schild neben dem Gemälde die Antwort auf diese Frage finden, und da las er: »GIOVANNI
BELLINI – Die Jungfrau mit dem Kind zwischen Katharina
von Alexandria und Maria Magdalena, 1490«.

Er dachte daran, was dreiunddreißig Jahre später passieren
würde, dachte an das dreiunddreißigste Jahr des christlichen
Kalenders. Dann wäre Maria freilich nicht mehr so jung und
ihr Blick nicht mehr so mild. Aber bei Jesu Kreuzabnahme
würde sie sich ihm wieder genauso liebevoll zuwenden und
den schwachen, nackten, schmerzensreichen Körper in ihrem
Schoß liebkosen. Anscheinend wollte Giovanni Bellini, daß
die Mutter immer jung und schön bliebe. Die Mutter sollte immer in dem Alter bleiben, in dem sie das Kind zur Welt gebracht hatte. Kâmil erinnerte sich an den Leichnam Jesu auf
einem Gemälde des Malers, den man, mit der Dornenkrone
auf dem Haupt, zwischen zwei Engeln vom Kreuz nahm. Auf
einem anderen Bild wiederum, das er in Mailand gesehen
hatte, war nicht das Gesicht Jesu schmerzverzerrt, sondern das
Antlitz Mariens, das auch nicht die leiseste Spur der früheren
Schönheit trug. Sie hatte purpurrote Ringe unter den Augen.
Diesmal war sie es, die die blutende Hand des Toten in ihrer

Hand hielt. In dem Loch inmitten seiner Hand war das Blut gerade geronnen. Der Heilige Johannes jedoch konnte dieses Grauen nicht länger ertragen und wandte sein Haupt ab. Gelb war das Himmelsgewölbe im Hintergrund über den Bäumen, die verschwommen zu erkennen waren. Bei Sonnenuntergang war die Welt ein gelbgrüner Traum. Der Schmerz war dem Menschen eigen, nicht der Natur. Maria hielt ihren Sohn recht fest im Arm und wandte ihr Gesicht seinem dornigen Haupt zu, als flüsterte sie ihm etwas ins Ohr. Ob es die Liebesworte von damals, vor dreißig Jahren waren – oder das Totengebet für den leblosen Körper? Ja, auf den Gemälden Giovanni Bellinis war Maria meist jung, hatte einen liebevollen Blick und zarte, lange Hände. In ihrer Haltung lag ein edler Ausdruck. Aber aus unerfindlichen Gründen verbarg sie ihre Blicke immer vor dem Kind.

Kâmil konnte seine Augen nicht von den Madonnen abwenden. Er ging ein paar Schritte weiter und blieb vor einem anderen Gemälde stehen. Eine junge Frau saß auf einem Marmorthron, von Vasen und kleinen, sich aufbäumenden Pferden umgeben, die an Statuen Donatellos erinnerten. Wie zum Gebet hatte sie ihre Hände über der Brust gefaltet und schaute das Kind an, das auf ihren Knien schlief. Vielleicht konnte sie das Kind nur so unschuldig und mit einer solchen Beharrlichkeit anschauen, da es schlief und da sie wußte, daß ihre Blicke sich nicht begegnen würden. Die rechte Hand des Kindes hing herab, bis zu der Stelle, an der Mariens Kleid aus kastanienbraunem Stoff zerknittert war. Wenn Jesus seine Augen einen Moment lang öffnen würde, könnte er das weiße Gesicht sehen, das sich über ihn neigte, und die Lippen, die sich leise bewegten. In Kâmil regte sich der unwiderstehliche Wunsch, an der Stelle des Kindes zu sein. Er erinnerte sich an das Gesicht, das ihn abends anhauchte, nachdem es das Nachtgebet gesprochen hatte.

Der feuchte dunkle Keller in einem der Armenviertel

Istanbuls wurde in seinem Gedächtnis lebendig. Ihm war, als sähe er das Gesicht seiner Mutter, die sachte ins Zimmer glitt und sich über ihn neigte, bevor er einschlief. Er überließ sich dem Zauber der Worte aus ihrem kleinen Mund. Das Gesicht leuchtete in der Dunkelheit, kam näher und hielt über ihm inne. Dann löste es sich auf. Weiter oben, hinter den verschlossenen Vorhängen, wanderten Schatten vorüber. So war es abends immer. Nachdem seine Mutter das Nachtgebet gesprochen und ihn angehaucht hatte, würde der Schlaf mit den Engeln herabsteigen und ihn in die Tiefe ziehen. Beim Geräusch der Schritte, das durch das Fenster kam, würde er einschlafen. Mit dem Tageslicht, das morgens durch die verschlossenen Vorhänge drang, würde alles zurückkehren. Das Zimmer, die Möbel und die Schritte auf dem nassen Straßenpflaster. Nur das Gesicht bliebe unsichtbar. Wenn er aufstand und in die Diele hinüberging, würde er seinen Vater im kalten Licht der nackten Glühbirne frühstücken sehen. Er hatte die Nacht durchgemacht und kümmerte sich nicht weiter um den Jungen. Kâmil wußte, daß seine Mutter sehr früh zur Arbeit ging. Kaum hatte der Tag begonnen, sehnte er sich schon nach dem Abend. Wieder sollte es im Zimmer dunkel werden, und sobald er im Bett lag, sollten die Möbelstücke, eines nach dem anderen, schweigen, wenn die Nacht mehr und mehr dämmerte, sollte das Gesicht seiner Mutter sich über ihn beugen; sie sollte ein arabisches Gebet flüstern und ihn auf die Stirn küssen, und wenn er krank wäre, wenn sein vom Fieber geschüttelter Körper brannte, sollte sie ihm die Schläfen mit Essig einreiben und seine Hand bis zum Morgen nicht loslassen, ja, sie sollte seine Hand nie mehr loslassen! Und dann, kaum ein paar Jahre später, kam das Gesicht nicht mehr an das Kopfende seines Bettes. Und tauchte nie wieder auf. Vergeblich wartete der Junge im Bett auf sie. Wie auch immer, er glaubte, sie würde kommen, würde wieder beten und sein Gesicht anhauchen, während die Schatten sich hinter dem geschlossenen Vorhang regten. Was für ein Zusammenhang könnte denn nur zwischen der Bewegung der Schatten und dem Verlust seiner Mutter bestehen!

Den ganzen Tag lang führte Kâmil sein Zwiegespräch mit den Madonnen Giovanni Bellinis, und ihm blieb keine Zeit, die Gemälde Gentiles zu betrachten. Das konnte er auf morgen, und wenn nicht auf morgen, dann auf übermorgen verschieben. Die Werke Gentiles waren ohnehin immer da.

* * *

Als er die Accademia verließ, fing es an zu regnen. Es war ein kalter Regen, der nicht aufhören wollte; gleichförmig und bedrückend nieselte es. Der Regen hatte die Farben des Tages fortgetragen. Wie ein bleigrauer Vorhang hing er zwischen der Stadt und dem Wasser. Als wäre die Stadt nicht schon naß genug. Als Kâmil die Stufen des Ponte dell' Accademia hinaufstieg, spürte er wieder den stechenden Schmerz im rechten Knie, der ihm schon am Morgen zu schaffen gemacht hatte. Warum quälte ihn dieser Schmerz nur wieder so! Vielleicht war es Verkalkung oder eine Entzündung. Er verscheuchte die üble Prognose aus seinen Gedanken. Als er mitten auf der Brücke ankam, wurde der Schmerz heftiger, und sein Herz schlug rascher. Das kam daher, daß die Stufen so steil waren. Wenn es diese Bogenbrücken nicht gäbe ... dann wäre auch Venedigs ganzer Charme dahin... Eine Zeitlang mußte er sich an dem hölzernen Geländer festhalten. Auf der rechten Seite, hinter den steinernen Palästen am Canal Grande, erinnerten die Kuppeln von Santa Maria della Salute an die Tage der Pest. Er wandte seinen Blick von diesem ungefälligen steinernen Gebäude ab, das den Albtraum der Stadt in den Tagen und Wochen der Seuche ins Gedächtnis rief, und schaute nach links; dort sah er Ca' Rezzonico in der Biegung des Canal Grande. Als würde der Palast sich die Vaporetti ansehen, die vor dem Gebäude mit seinen zahllosen Fenstern vorüberfuhren.

48

Die Decks der Vaporetti waren menschenleer. Nur am Bug eines der Boote fiel ihm ein Tourist mit der Kamera in der Hand auf. Ohne sich vom Regen abhalten zu lassen, filmte er Ca' Rezzonico. Kâmil nahm sich vor, ein andermal auch dorthin zu gehen und sich diesen Palast anzuschauen. Wer weiß, wie schön Tiepolos Himmelsgewölbe auf den Deckengemälden des Gebäudes waren, das einst die berühmte Familie Rezzonico beherbergte, aus der sogar ein Papst hervorgegangen war. Indigoblaue, hohe Firmamente, die es nicht so regnen ließen. Dann die Pastellbilder Rosalbas, die er aus den Büchern kannte, Longhis edle venezianische Frauen, jene unsichtbaren Geheimnisse des Lebens, die sich in den prachtvollen Sälen der Paläste abspielten, Masken und echte Gesichter, lachende Augen, traurige Münder und die unvergleichlichen venezianischen Panoramen Canalettos. All das schmückte die Wände von Ca' Rezzonico. Aber der Tourist filmte das Gebäude von außen.

Kâmil hatte Venedig auf den Bildern Canalettos immer geliebt. Sein Name paßte so gut zu der Stadt. Es gab eine Zeit, da waren ihm die Veduten sehr nahe, damals, als er sie in europäischen Museen oder Privatsammlungen gesehen hatte. Ja, vielleicht interessierte er sich auch allein aus dem Grund für Canalettos Werk, weil er sich daran versuchte, die Ansichten Istanbuls wie Canaletto in einer klaren Perspektive wiederzugeben, ohne das Licht des Mittelmeers und die Trägheit der Stunden des Mittagsschlafs zu vernachlässigen, den Schatten, der auf einen stillen Platz fiel, und die Poesie des Lichts, das sich auf den Wassern regte. Auf seinen Gemälden war er zum ersten Mal durch Venedig geschlendert; das Menschengewimmel auf dem Markusplatz, die Frauen, die das Tageslicht durch die hölzernen Fensterläden ins Haus ließen, die wirbelnde Begeisterung des Karnevals und die Stille der Kaimauern, die Parade der Gondeln, die hinter dem *Bucintero* mit den geflügelten Löwen auf den leuchtend roten Standarten herfuhren, das alles lernte er durch Canaletto schätzen – und

ihm hatte Kâmil es zu verdanken, daß ihm die Paläste, Brük-
ken und Kanäle der Stadt so vertraut waren. Auf den Gemälden war Venedig fast zum Anfassen nahe, in einem warmen,
harmonischen Licht, bei dem alles Metaphorische weggefallen
war. Was hatte er nicht alles von diesem Maler gelernt, als er
seine Ansichten von Istanbul malte! Aber auf Kâmils Bildern
fehlte der Tumult der Stadt, das Verkehrsgewühl, das Menschengewimmel, das Tag und Nacht über die Straßen wogte,
fehlten die Bauten, in denen das Gedröhn der Metropole widerhallte. Da gab es nur Natur und Landschaft. Der Blick auf
den Bosporus vom Çamlıca-Hügel aus, ein Café mit einem
Laubengang auf der Festung Anadoluhisarı, alte Fischer, die
Netze knüpfen – das war die friedliche Stadt, die jetzt der Vergangenheit angehörte und in alten Büchern, auf alten Bildern
lebte, das Istanbul seiner Kindheit. An Ferientagen entdeckte
er also dieses Istanbul, stellte seine Staffelei an einem Hang
auf, fern von den lärmenden Straßen und dem Gedränge der
Marktplätze, manchmal auch auf einem freien Gelände, und
zeichnete ein Stück Natur, das sich noch vor der Vereinnah-
mung durch die Stadt und der Umweltzerstörung hatte retten
können, zeichnete Boote, an einer Landungsbrücke für Dampfer vertäut, die nicht mehr in Betrieb war, malte das Meer, das
zu jeder Stunde des Tages die Farbe wechselte – mal grün, mal
tiefblau, mal blau mit rötlichem Schimmer –, skizzierte die
spärlichen Bäume, Feldblumen und die Einfahrt eines weißen
Passagierschiffes in den Bosporus in der Ferne. Wenn es noch
so einen verregneten Tag geben sollte, müßte er unbedingt in
den Palast von Ca' Rezzonico gehen und sich auch die Werke
Canalettos ansehen. Wie auf den Gemälden von Tiepolo waren auch seine Himmelsgewölbe frei und offen, ab und zu mit
ein paar Wolken, aber es waren Himmelszelte, die einem immer Lebensfreude gaben, denn der Moment nach dem Regen
war manchmal so strahlend und verblüffend wie die Sonne, die
über Istanbul hinter den Wolken hervorkam.

Der Regen war heftiger geworden. Kâmil stieg die Stufen der Brücke hinab, und als er auf dem Campo San Stefano stand, ging ein Platzregen nieder. Im Nu leerte sich der riesengroße Platz. Die Leute flüchteten in Seitengassen und suchten Schutz unter Vordächern oder in Cafés. Kâmil aber zögerte einen Moment lang, und statt wie jedermann in ein Café zu gehen, schlug er den Weg zu der Kirche auf der linken Seite des Platzes ein. Von weitem hatte er nicht bemerkt, daß das Tor wegen Restaurationsarbeiten geschlossen war. Er spürte, wie er bis auf die Haut durchnäßt war. Als er weiterging und sich nach rechts wandte, fand er sich vor einem schäbigen Gebäude wieder. Ohne die brüchige Statue am Eingangstor zu beachten, ging er rasch in den Innenhof. Dort teilten Marmorsäulen den Arkadengang vom Innenhof. Er ging zwischen den Säulen hindurch und stellte sich in der Loggia unter. Hier war es wie in einem Zufluchtsort, der von hohen Mauern umgeben war. Auf beiden Seiten der Arkaden prasselte der Regen auf die ineinander übergehenden Innenhöfe nieder. So gut es irgend ging, duckte Kâmil sich in seinen Wintermantel und wischte die Regentropfen, die über den Stoff perlten, mit der Hand ab. Auch seine Schuhe waren klatschnaß. Als ob kaltes Wasser von den feuchten Pflastersteinen bis zu seinen Knien gewandert wäre. Er zitterte vor Angst. Das Wasser stieg an seinem Körper allmählich immer höher, und ihm war, als würde er ertrinken. Genau in diesem Augenblick drang eine Stimme aus einem der offenen Fenster in den Innenhof. Von Violinen begleitet, hallte sie zwischen den alten Mauern, den verwinkelten Treppen und den Säulen der Arkaden wider, mal senkte die Stimme sich, und mal erreichte sie höhere Töne. Kâmil erkannte die Musik Vivaldis. Es war ein Falsetto, das in einem traurigen, resignierten Tonfall sang: *»Stabat Mater dolorosa | juxta crucem lacrimosa.«* Das letzte Wort wiederholte sie, und bei jeder Wiederholung wurde die Hand mit den langen, zarten Fingern ans Kreuz genagelt. *»Lacrimosa!«,* klagte die Stimme,

»dum pendebat Filius!« Trauernd stand die Mutter dort unter dem
Kreuz, an das ihr Sohn geschlagen wurde. Die Stimme, die
mit dem Schmerz Mariens klagte, übertönte einen Augenblick
lang das Prasseln des Regens. Jetzt war nur noch das *Stabat
Mater* zu hören, einsam und verlassen wie eine Taube flatterte
es durch den dunklen Innenhof und überließ seinen feuchten
Flaum dem Regen.

»Durch die Seele voller Trauer, seufzend unter Todes‚
schauer, jetzt das Schwert des Leidens ging«, sang die Stimme,
»welch ein Weh der Auserkornen, da sie sah den Eingebor‚
nen, wie er mit dem Tode rang.« Am Ende eines jeden Largos
war der Reim ein spitzer Nagel, der in das weiche Fleisch ein‚
drang, Adagissimo, Andante, dann wieder das Largo; die
hohe Stimme des Falsetts dehnte den schmerzerfüllten Reim
und wiederholte stets dasselbe Wort.

Eine aschgraue Decke hatte sich über die Stadt gelegt.
Venedig wurde zu einem dunklen, grauen Monstrum, das aus
dem Wasser gestiegen war. Mit ihrem milden, liebevollen Blick
rotierten die Madonnen Giovannis durch Kâmils Kopf und
hielten nicht mehr still, stöhnten und weinten mit dem Klang
der Barockmelodie, die sich in einen Schrei, ein unaufhörliches
Klagen verwandelte. Nach einem unerwarteten Allegro ging
das *Stabat Mater* abrupt mit einem »Amen« zu Ende. Im glei‚
chen Augenblick hörte auch der Regen auf, als ob er sich mit
der Musik abgesprochen hätte. Jesu Haupt fiel zur Seite. Kâmil
war, als sähe er seinen letzten Atemzug am Kreuz. Sein Ge‚
sicht verzerrte sich vor Schmerz. Kâmil wollte so schnell wie
möglich aus diesem dunklen Hof verschwinden. Als er sich
zum Tor wandte, fiel ihm eine Statue auf, die er nicht bemerkt
hatte, als er sich vor dem Regen hierherflüchtete, die Statue
einer stehenden Frau. Nicht wirklich stehend, ihr linkes Bein,
das unter dem Mantel hervorkam, hatte sie ein wenig nach
vorn gestellt, als habe sie vor zu gehen. Das Buch, das sie in der
rechten Hand hielt, drückte sie fest an die Brust. Ihr linker

Arm reichte nur bis zum Ellenbogen; der Rest war abgebrochen, vielleicht wegen des Dauerregens in Venedig, vielleicht
wegen der Feuchtigkeit, vielleicht war aber auch der Salzgehalt
des Wassers schuld. Als Kâmil die Statue sah, wurde ihm klar,
daß es sich bei dem Gebäude um den Palazzo Pisani handelte,
in dem seit dem Zweiten Weltkrieg das Konservatorium untergebracht war. Über dem Gesicht der Bronzestatue lag ein
Tuch, das ihr bis auf die Schultern reichte. Als würde er vor
ihr flüchten, betrat Kâmil den Campo San Stefano, überquerte
den Platz mit raschen Schritten, bog in die Calle del Spezier
ein und lief von dort aus zum Campo San Maurizio. Als er
auf dem Markusplatz ankam, wäre er vor Müdigkeit fast um-
gefallen.

Der Platz war menschenleer. Weder das Gewimmel von
Touristen noch Tauben, die auf Futter warteten. Während er
auf das Café zulief, in das er sich gestern abend gesetzt hatte,
als er aus der Markusbibliothek kam, fiel ihm auf, daß sich das
Wasser trotz des Regens vom Platz zurückgezogen hatte. Und
dennoch stand es immer noch so hoch, daß es seine Hosenbeine
durchnäßte. Im Licht, das aus den Schaufenstern der geschlossenen Läden kam, ging er am Campanile vorbei, versuchte,
nicht in die Pfützen zu treten, die sich hier und da regten, und
setzte sich an den ersten Tisch im Café Chioggia. Das Klavier
war längst verstummt. Vielleicht hatte es auch den ganzen Tag
lang nicht gespielt. Ein paar Leute hasteten an ihm vorbei.
Sie entfernten sich so rasch, als würden sie zur Landungsbrücke von San Zaccaria rennen. Er bestellte beim Kellner
einen Weißwein. Als er den Wein in kleinen Schlucken trank,
dachte er darüber nach, daß er seit seiner Ankunft in Venedig
mit niemandem geredet hatte, abgesehen von ein paar Sätzen;
vielleicht kamen ihm die letzten beiden Tage deshalb so lang
wie ein Jahrhundert vor.

3

Zuerst blickte er auf die hölzernen Balken der Decke, die aussahen, als würden sie über ihm zusammenbrechen, und dann auf die Bücher in den verstaubten Regalen. Kaum hatte er morgens die Augen geöffnet, merkte er, daß er nicht in seiner Etagenwohnung in Bebek aufwachte. Auch befand er sich nicht in einem jener Hotelzimmer, in denen er auf seinen häufiger werdenden Reisen nachts zu später Stunde Zuflucht suchte. Mit seiner niedrigen Decke war das hier ein merkwürdiger Ort. Ein enger, dunkler Raum, der ihm nicht gehörte, in dem er ziemlich lange bleiben würde. Zeuge seiner flüchtigen Existenz auf der Welt, und Zeuge seines einsamen Aufwachens. Da es nicht in Bebek war, wo er aufwachte, konnte er nicht auf den Balkon gehen, konnte auch nicht die grünen Hügel in der Ferne, am gegenüberliegenden Ufer sehen, weder das Blau des Bosporus, das sich im Morgenlicht regte, noch den stillen Park am Ufer, auf der anderen Seite der lauten Straße, die Blätter der hohen Platanen, das Minarett der kleinen Moschee, die verschwommen zwischen den Blättern zu erkennen war, noch die Jachten, die in der Bucht vor Anker lagen. Er konnte sein Fenster nicht öffnen, das einen aschgrauen Wintermorgen offenbart, sobald die Sonne über Bebek aufgeht. Er könnte nur aufstehen und eins der beiden Fenster des Studios öffnen. Kaum hätte er das getan, würde das trübe, schmutzige Wasser des Kanals hereinschwappen, und sofort spränge die Pumpe neben der Dusche an. In Wirklichkeit hatte er das Geräusch dieser Pumpe noch nie gehört. Vielleicht zweifelte er deshalb daran, daß sie funktionierte. Oder sie war zu verrostet, um loszurattern! Er sprang aus dem Bett, als wollte er diesen unangenehmen Gedanken so schnell wie möglich vergessen. Und kaum war er aufgesprungen, verzog er das Gesicht vor Schmerzen, die er in den Gelenken spürte. Sein Körper fühlte sich wie ein Klumpen an. Seine Hände und Füße waren noch warm, aber im Zimmer herrschte Kälte. Er überlegte sich, ob er die beiden Fenster sperrangelweit öffnen und Morgengym, nastik machen sollte, statt den elektrischen Ofen anzustellen. Dann fiel dieser Gedanke wie all seine morgendlichen Pläne seiner Unentschlossenheit zum Opfer. Am besten war es, sich anzuziehen und wegzugehen. Um zum ersten Mal das Tages, licht draußen, in den Bäumen des Platzes am Anfang der Straße zu sehen, um das Wasser, die Nässe und den Schimmel zu vergessen, selbst wenn es nur für einen Augenblick wäre. Dann ein rascher Spaziergang am Kai entlang, der Kanal, wo die Gondeln parkten, die Bogenbrücke aus Stahl und die Piaz, zale Roma. Ein dampfender Cappuccino an dem Tisch von gestern vormittag, der Abwechslung halber vielleicht einen *Gazettino* am Kiosk kaufen, dann ein Grappa, warum denn nicht, nein, wenn er in dieser Morgenstunde anfinge zu trin, ken, wie sollte er dann in der Bibliothek arbeiten! Gentile Bel, linis Leben mußte er wie einen Tempel betreten, so sauber und von allen menschlichen Schwächen gereinigt. War das Arbei, ten nicht Gottesdienst, ein langes, ganz langes Vergessen? War es nicht ein Trost, ein Gegengift zu den Augenblicksgenüssen?

Auf der Stelle zog er sich an und ging hinaus. Er trank allerdings weder einen Cappuccino im Café von gestern, noch kaufte er sich eine Zeitung am Kiosk. Nachdem er bei der Bank vorbeigegangen war und die Miete überwiesen hatte, überquerte er die Piazzale Roma und ging zu den Fahrkarten, schaltern. Dort fragte er, ob es ein schnelleres Boot zur Piazza San Marco gebe, das nicht durch den Canal Grande fuhr. Fünf Minuten später saß er in seinem Wintermantel auf dem Ach, terdeck des Vaporetto No. 52 gegen die Fahrtrichtung und rauchte die erste Zigarre des Tages in der Morgensonne.

Der Vaporetto fuhr vor einer uralten Kirche mit Mauern aus Ziegelstein in den breiten Kanal ein, der anscheinend Industriegebiet war, und setzte seinen Weg an den Bahnschienen entlang fort. Es schien, als wäre das Wasser hier im Vergleich zu den Kanälen der Altstadt sauberer. Man sah keine anderen Schiffe als Frachtkähne und die Motorboote der Polizei. Es beruhigte Kâmil Uzman, daß es ein Meer ohne Gondeln gab, denn er hatte gar nicht erwartet, daß es außerhalb des Venedigs der Ansichtskarten noch eine andere Stadt geben könnte, in der das alltägliche Leben seinen Gang ging. Als der Vaporetto an der Landungsbrücke von San Marta vorbeikam, sah Kâmil die Schiffe, die auf der linken Seite im Hafen vor Anker lagen, die Kräne und in der Ferne die Schornsteine der Petrochemie-Werke. Obwohl es Tag war, schoß eine leuchtende Flamme aus den Schloten. Einen Augenblick lang versenkte er sich in die Flamme. Ihm stand der nackte Körper der Frau mit den flammend roten Haaren im zerwühlten Bett vor Augen, neben der er eines Morgens aufgewacht war – und ihre tiefen, blauen Blicke, die bei Tageslicht sogar noch dunkler wurden. Tagelang hatte er die Farbe dieses Blicks gesucht und sich Mühe gegeben, den Farbunterschied zwischen den langen, schlanken Beinen und dem Weiß der Bettlaken herauszuarbeiten, und während er die Farben anrührte, ärgerte er sich darüber, daß er das Schimmern der Haare nicht auf der Leinwand wiedergeben konnte. Und dennoch war das Bild, das er malte, doch ein Stück Natur. Er aber wollte, daß das Blau des Meeres die Tiefe der Augen wiedergab, die ihn voller Verlangen anschauten, wollte, daß jenes Licht, das aus den Wolken auf den Horizont fiel, den Glanz der Haare enthielte, deren Duft er die ganze Nacht lang eingeatmet hatte. Bis zum Abend preßte er den Spachtel auf die Leinwand, als würde er den Körper der Frau, der sich vor Lust unter ihm wand, mit seinem Leib niederzwingen, und dennoch gelang es ihm nicht, die Flammenfarbe zu treffen. Das Werkzeug mußte die Fortsetzung seiner Hand sein, und die Abbildung der Körper auf der Leinwand, die sich am Ende der unersättlichen Nacht immer noch voller Verlangen bewegten, sollte die Fortsetzung des liebenden Ineinanders darstellen, das anhielt, als würde es nie enden. Als sie am Morgen Abschied nahmen, wußte er, sie würden einander nicht mehr wiedersehen. Auch wenn es nicht für die Ewigkeit war, mußte er den Zauber des Abenteuers einer einzigen Nacht bis zu einem nächsten Abenteuer hinüberretten, und wenn er die Farben anrührte, mußte er seine Erschütterung durch die Frauen erkennen, die ihn manchmal wie ein Meteor trafen, und mit dem Spachtel in ein Kunstwerk verwandeln. Ohne jede Vorbereitung und ohne einen Entwurf zu zeichnen, versuchte er, das Bild allein mit dem Druck des Werkzeugs in seiner Hand herauszuarbeiten. Als sie am Morgen gegangen war, hatte die Frau mit dem Flammenhaar gesagt, ihr Name sei Feuerfunke. Es war weder ein Wortspiel noch ein Scherz, und auch keine Provokation. Der Vorname der jungen Frau, die ihn eine Nacht lang dermaßen entzündet hatte und seine Asche am Morgen danach ins Meer blies, war tatsächlich Kıvılcım – Feuerfunke. Und ihr Familienname Alev – Flamme!

Als sie in den Giudecca-Kanal einfuhren, wurde das Meer vor ihnen zur offenen See. Zur Linken sah er die Giudecca, die wie eine Flunder dalag. Das leerstehende Gebäude mit dem spitzen Turm an einem Ende der Insel verdarb den Eindruck des Horizontalen, den das Bild machte. Er konnte den Sinn des imposanten Äußeren von Mulino Stucky nicht deuten, einer Mühle, die so ungewöhnlich war, als wäre sie in einem Hafen des Nordens abgebaut und auf diese verlassene Insel an der Adriatischen Küste versetzt worden. Die Mauern der Fabrik, die auch die Zeit zermahlte, während sie jahrelang Mehl gemahlen hatte, waren so hoch und furchterregend wie die Mauern einer Festung. Auf der rechten Seite lagen Schiffe am Kai vor Anker.

Kâmil konnte von seinem Platz aus beide Ufer des Kanals

sehen. Unter den Schiffen, die vor Anker lagen, erkannte er die türkische Autofähre. Entlang ihres weißen Rumpfes stand in blauen Lettern »Turkish Maritime Lines«. Auf der anderen Seite des Schornsteins, der das Wappen der *Türk Deniz Yolları* trug, standen Kräne und Kirchtürme dicht nebeneinander. Einen Augenblick lang regte sich bei ihm Heimweh nach Istanbul. Er träumte davon, dasselbe Schiff würde durch den Bosporus fahren, während er auf einer der Bänke vor dem Denkmal von Fuzuli im Park von Bebek saß. Das Schiff nähme volle Fahrt zur Fâtih-Brücke auf. Kurz danach würde es ins Schwarze Meer aufbrechen. Vielleicht wäre es wie die Argos, die zwischen schroffen Felsen hindurchglitt, auf der Suche nach dem Goldenen Vlies, vielleicht würde es aber auch zwischen den stürmischen Wogen zerschellen. Vor der Landungsbrücke von Kandilli war eine gefährliche Strömung. Er dachte an die Schiffe, die sich im Laufe der Zeit von der Satansströmung hatten verführen lassen und zum Marmarameer abgetrieben worden waren. Zwei Städte, die seit Jahrhunderten durch den Seeweg miteinander verbunden waren. Segelschiffe, Galeonen und Galeeren, Dampfer und Ozeanriesen, jeder einzelne so groß wie ein Stadtviertel, fuhren jahrelang von dieser Küste des Adriatischen Meers in die Ägäis, von dort aus ins Marmarameer und verbanden eine Stadt, die seit ihrer Gründung dem Wasser ergeben war, mit einer anderen Stadt, die von einem Kanalnetz durchzogen war. Und jetzt erfüllten Autofähren dieselbe Funktion. Jahrhunderte nach den Kreuzrittern, die von den Galeonen der ehrwürdigen Republik mit ihren riesigen Schiffsbäuchen an Land gingen und gegen die Stadtmauern anstürmten, griff die neue Technologie mit den Fährschiffen der »Turkish Maritime Lines« das alte Byzanz an. Die Straßen und Autobahnen Istanbuls waren voller Wagen, und selbst auf den engen Gassen, die zum Meer hinabführten, wurde die Menschenmenge, die die Bürgersteige überflutete, in einem Meer von Autos ertränkt.

Kâmil Uzman war froh, daß er keinen Wagen gekauft hatte wie jedermann, der auch andere Dinge besaß, die er wirklich nicht haben wollte, und er freute sich darüber, nie davon zu träumen, an den Wochenenden mit Frau und Kindern zum Picknick aufzubrechen. In seiner Vorstellungswelt war kein Platz dafür, kalten Braten mit Eiern, trockenes Köfte, Toma⁄ten, Paprika und Gurken, Teekännchen und Küchengeschirr mit Kind und Kegel ins Auto zu packen und ans Meer oder in die Erholungsgebiete in der Umgebung Istanbuls zu fahren. Wenn das Wetter schön war, stieg er sonntags ins Taxi, um vor die Tore der Stadt zu gelangen, fuhr dorthin, wo es ihm ge⁄fiel, und stellte seine Staffelei auf, wo Istanbul den schönsten Anblick bot. Das war ihm tatsächlich genug. Abgesehen von den Trinkgelagen, bestand der einzige Luxus in seinem Leben darin, daß er in Istanbul ins Taxi stieg und Flüge oder Rei⁄sen mit Schnellzügen unternahm. Außerdem natürlich seine Freude an Dampferfahrten. Da er kein Auto hatte, stieg er an der Landungsbrücke von Bebek auf den Dampfer, statt stun⁄denlang auf der Brücke im Stau zu stecken, und konnte nach Lust und Laune nach Kandilli, Anadoluhisarı oder Kanlıca fahren. Und jetzt saß er gegen die Fahrtrichtung auf dem Ach⁄terdeck eines Vaporetto, der den kleinen Booten glich, die den ganzen Tag lang zwischen den beiden Ufern des Bosporus ver⁄kehrten, und betrachtete die Aussicht, die entlang des Giu⁄decca⁄Kanals an ihm vorbeizog. Auf der linken Seite die schlichten Häuser der Insel, die spitzen Glockentürme, wie zwei kleine Minarette, die Kuppel der Kirche Il Redentore, als stünde sie direkt daneben, zur Rechten die rötlich⁄violetten Kai⁄mauern und die Kanäle, die sich zur Stadtmitte schlängelten.

Kâmil Uzman träumte in Venedig von Istanbul, hatte auf dem Achterdeck des Vaporetto, der die grünen Gewässer der Giudecca zum Schäumen brachte, seine Freude an der Winter⁄sonne und machte auf diese Weise, ganz versunken und voller Bewunderung, eine schöne Reise unter freiem Himmel bis zur

Landungsbrücke von San Zaccaria. Kaum war er an Land, mied er das Touristengewimmel und lief zur Biblioteca Marciana, und als er kurz davor war einzutreten, überlegte er es sich anders und beschloß, zur Correr-Bibliothek zu gehen. Er wandte sich nach links, setzte seinen Weg an den Prokuratien entlang fort und betrat das Tor des Gebäudes etwas weiter vorn. Am Ende der ineinander übergehenden Innenhöfe, die von hohen, gelb getünchten Mauern umgeben waren, fuhr er mit dem Fahrstuhl nach oben, direkt in die Correr-Bibliothek, eine Abteilung des Museo Correr. Nachdem er die Anmelde-formalitäten erledigt hatte, setzte er sich an einen der Tische im Lesesaal. Er wollte die Kataloge durchstöbern, alle Zettel der Kartothek durchsehen, die etwas mit Gentile Bellini zu tun hatten, und ins Archiv hinuntergehen; dort sollte es reiche Schätze zur Bildenden Kunst geben. Er war voller Forschungs-drang. War der Anfang erst einmal gemacht, lief alles andere wie geschmiert. Du wendest dich von einem Fund zum näch-sten, von den Büchern zu den Enzyklopädien, von dort aus zu den Urkunden, dann – und das machte sowieso den meisten Spaß – zu den Reproduktionen, und wie ein Detektiv, der ei-nem Mörder auf der Spur ist, gönnst du dir keine Ruhe, bis du das Geheimnis des Mordes gelöst hast. Dann ein anderes Ge-heimnis, neue Funde, und Wanderungen, so lustvoll, als wür-dest du eine Frau streicheln, während du sie ausziehst. Kâmil überlegte sich, daß ihm das Forschen sehr viel lieber war als das Lehren und sein Interesse an Kunstgeschichte vor allem von dieser Recherchearbeit herrührte; vielleicht malte er auch des-halb gern in der freien Natur, um ab und zu auf Distanz zur verstaubten Welt der Archive zu gehen.

Beim Blättern in einem Sammelband von Kunstzeitschrif-ten am Tag zuvor in der Biblioteca Marciana hatte er festge-stellt, daß Ausgaben, die ihn interessierten, in der Correr-Bi-bliothek waren. Er wollte eine Abhandlung lesen, die Gentiles Kunst genauer untersuchte. Er stand auf, wandte sich der Abteilung zu, in der die Kartothek stand, schrieb die Signatur des Zeitschriftenbandes, der die entsprechende Ausgabe enthielt, auf ein Stück Papier und gab es einem Mitarbeiter der Bibliothek. Er kehrte zu seinem Platz zurück, und während er auf die Zeitschrift wartete, beschloß er, seine Eindrücke über die Gemälde zu notieren, die er gestern in der Accademia gesehen hatte. Auf Giovanni Bellinis *Sacra Conversazione* war ihm das Licht aufgefallen, das von Maria Magdalenas Gesicht zur Linken Mariens herrührte. Es war verblüffend, diese Meisterschaft, die man sonst nur bei Leonardo da Vinci antraf, auf einem Gemälde Giovannis zu entdecken. Während er diese Beobachtung niederschrieb, drang ihm ein angenehmer Duft in die Nase. Es war ein seltsames Parfüm, das nur Frauen benutzten und das er bis heute noch nie geschnuppert hatte, zum einen sehr zart, zum anderen recht streng. Als er den Kopf hob, sah er eine junge Frau. Sie bückte sich unter der Last einiger schwerer Folianten, die sie mit beiden Händen festhielt, und lächelte. Ihr Gesicht kam Kâmil gar nicht fremd vor. Irgendwoher erinnerte er sich an diesen langen, nackten Hals, an die ebenmäßige Nase, die direkt unter der breiten Stirn anfing, an das runde Kinn, das mit den sinnlichen Lippen harmonierte, und an die kaum sichtbaren Brauen über den hellbraunen Augen. Die junge Frau legte den Zeitschriftenband, den Kâmil verlangt hatte, auf seinem Tisch ab und ging weg. Als sie mit den Büchern in der Hand zu den anderen Tischen ging, sah Kâmil sie von hinten. Sie hatte ihre schwarzen Haare im Nacken zusammengebunden und trug ein weißes Hemd mit dunkelblauen Streifen, eine Art Bluse, der man auf den ersten Blick ansah, daß sie aus Seide war. Die Jeans ließen ihre Hüften und ihre gut geformten Beine deutlich hervortreten. Sie war ziemlich groß. Er vermutete allerdings, daß sie in Wirklichkeit nicht ganz so groß sein könnte, da sie Schuhe mit hohen Absätzen trug. Wenn sie ihre Haare doch auf die Schultern fallen ließe und ihrem Gang etwas Wiegendes geben würde... Das war vielleicht nicht der passende Ort, aber wenn sie statt der Jeans einen kurzen Rock trüge... Er konnte seine Augen nicht von der jungen Frau abwenden. Aufmerksam beobachtete er, wie sie in aller Eile von einem Tisch zum anderen ging und jedes Mal, wenn sie die Folianten in ihrem Arm auf einem der Tische ablegte, ein wenig gekünstelt lachte. Als sie ihre Arbeit erledigt hatte und sich zum Ausgang wandte, begegneten sich ihre Augen. Kâmil wandte seinen Blick nicht ab. Die junge Frau hielt seinen Augen einen Moment lang stand, dann neigte sie ihren Kopf nach vorn. In diesem Augenblick erinnerte sie ihn an die Gestalt der Heiligen Katharina auf Giovanni Bel-linis *Sacra Conversazione*. Ihm wurde klar, daß die junge Frau hier der Heiligen, die Maria auf dem Bild zur Rechten stand, aufs Haar glich. Kâmil wollte zu ihr gehen, um ihr zu sagen, daß er sie wegen dieser Ähnlichkeit so beharrlich angeschaut und nichts Schlimmes im Sinn habe, aber die Bibliothekarin hatte den Saal schon verlassen. Er schaute sich eine Weile das Deckblatt des Zeitschriftenbandes, der vor ihm lag, ganz ge-nau an, dann öffnete er ihn und begann, darin zu blättern. Die junge Frau ging ihm jedoch nicht aus dem Sinn. Daß es so eine Ähnlichkeit gab! Wie viele Maler der Renaissance hatte Gio-vanni Bellini vielleicht auch eine der Frauen skizziert, die er kannte. Eine adlige Venezianerin oder seine Geliebte. Kâmil wußte, daß Giovanni selbst nicht ehelich gezeugt war. Dafür gab es überzeugende Beweise.

Vielleicht war das auch der eigentliche Grund dafür, daß seine Madonnen so mild und traurig wirkten. In jedem Pinsel-strich suchte er die Mutter als Opfer der verbotenen Liebe und verzehrte sich vor Sehnsucht nach ihr. So scheu verbarg die Mutter ihren Blick vor dem Kind, als ob sie eine Verbreche-rin wäre. Aber der weise Blick der Heiligen Katharina, ihr Scharfsinn, der Theologen und Gelehrte, die von allen Seiten herbeigeströmt waren, in Gegenwart des Kaisers Maxentius zum Schweigen brachte, obwohl sie jung und attraktiv war,

und ihre Tugend, der es gelang, sie zu schützen, bis ihr schöner Körper durch die Folter zerfetzt wurde – mit den Eigenarten welcher Frau zu Giovannis Lebzeiten stimmte das alles
überein? Wohl kaum mit denen einer seiner Mätressen.

Seine Kenntnisse über die Heilige Katharina hatte Kâmil
sich freilich nicht ohne Grund angeeignet. Was ihn vor allem
anderen interessierte, waren die Porträts von Cem Sultan, dem
Sohn Mehmets II., die zahlreiche abendländische Maler angefertigt hatten. Kâmil war viel gereist, um eine Abhandlung
über dieses Thema schreiben zu können, und er hatte das Porträt, das Gentile Bellini gemalt haben sollte, als er in Istanbul
war, und von dem man annahm, daß es Cem Sultan darstellte,
zuerst in der Wiener Nationalbibliothek in einem alten Al-
bum – unter dem Titel »Junger türkischer Prinz« – und dann
im Gardner Museum von Boston genau untersucht.

Auf diesem Bild saß ein junger Mann mit gekreuzten Beinen und zeichnete mit dem Stift in der Hand eine Miniatur.
Sein Kaftan mit dem gelbblättrigen Muster war bis in die feinsten Einzelheiten hinein ausgearbeitet. Der Prinz hatte einen
weißen Turban auf dem Kopf, der um eine Kopfbedeckung
gewickelt war, die ins Fliederfarbene spielte und auf den umge-
schlagenen Kragen des Kaftans abgestimmt war. Die Hakennase, das fein gezeichnete Profil und die hellen Augen hatten
große Ähnlichkeit mit dem Porträt in Wien. In der oberen
rechten Ecke des Gemäldes im Gardner Museum stand jedoch
auf Persisch: »Ein Werk des berühmten europäischen Malers
Ibn Müezzin«. Das verstehe, wer wolle! Warum sollte von dem
Maler Gentile Bellini, das heißt, dem Sohn des Malers Jacopo
Bellini, als vom Sohn eines *Müezzin* die Rede sein? Sollte dieses Bild vielleicht gar nicht von Bellini stammen? Oder war die
persische Signatur dem Gemälde später hinzugefügt worden?
Außerdem hielt Cem Sultan sich damals gar nicht im Topkapı
Serail, sondern in Konya auf. Aber aus irgendeinem Grund
könnte er ja nach Istanbul gekommen sein.

Kâmil dachte daran, daß er das Geheimnis noch nicht hatte lösen können, dachte an andere Geheimnisse des Porträts, das seinen Schöpfer nicht ohne weiteres preisgab, und während ihm mancherlei andere Fragen durch den Kopf gingen, auf die er keine Antwort wußte, fiel ihm der Wandschmuck jenes Hauses an der Küste des Atlantischen Ozeans ein, in dem eine Frau unglücklich gelebt hatte und reich gestorben war. Was für ein Haus! Es lag zwar in Boston, aber ein wenig von der City entfernt, und war nicht von Venedigs Palästen zu unterschei-den. Von griechischen und römischen Statuen im Innenhof bis hin zu byzantinischen Säulen, von gotischen Reliefs und chi-nesischen Vasen bis hin zu Fayencen aus İznik und aztekischen Mosaiken gab es alles, was das Herz begehrte. Warum sollte in diesem Haus, das an Ali Babas Schatzkammer erinnerte, nicht auch das Porträt von Fâtihs Sohn, Cem Sultan, dem Un-glücksraben, zu finden sein, das ein venezianischer Künstler in Istanbul gemalt hatte, in diesem Haus, wo Gobelins hingen, wo sich Statuen und Bilder befanden, die man aus dem Fernen Osten importiert hatte, silberne Kandelaber und feinste Klöp-pelspitzen, gotische Kamine und Liegen im Stil der Renais-sance, sogar eine Sänfte, die französische Adlige im 18. Jahr-hundert getragen hatte, und selbst arabische Kalligraphien. In der Abhandlung, die er bei seiner Rückkehr veröffentlichte, stellte er deutlich heraus, daß es sich trotz der persischen Signa-tur um ein Bild von Gentile Bellini handelte.

Dieses Interesse an Cem Sultan brachte es auch mit sich, daß er in die Abteilung der Borgias im Vatikan kam. Dort stieß er auf die Geschichte der Heiligen Katharina auf der Freskenmalerei des Malers aus Perugia, kurz gesagt, von Pin-turicchio, bekannt als Bernardino di Betto; von einem Ende zum anderen waren die Wände dort damit bedeckt. Inmitten eines Gewimmels von Menschen stand die Heilige vor einem Triumphbogen mit drei Toren. Vor dem Kaiser Maxentius auf seinem Thron verteidigte sie die Überlegenheit der christlichen

Lehre. Die Menschenmenge, die sich um sie drängte, lauschte ihr gespannt. Es war eine ganz junge, wunderschöne Frau, und ihrem Gesicht war auch nicht das geringste Anzeichen für ihre Gelehrsamkeit abzulesen. Sie hatte keinerlei Ähnlichkeit mit der Katharina der *Sacra Conversazione,* die er gestern in der Accademia gesehen hatte. Mit den blonden Haaren, die ihr auf die Schultern fielen, der weißen Haut und den zarten Armen erinnerte sie eher an eine Nixe denn an eine Heilige. Es schien, als kräuselte sich ihr sinnlicher Mund unter ihrem Blick, der auch nicht ganz keusch war. Sie trug ein Seidenkleid, das zur Farbe der Bäume im Hintergrund paßte, und ihr zarter Körper war in einen dunkelroten Mantel gehüllt.

Die Figuren mit Turban in der Menschenmenge interessierten Kâmil viel mehr als die Gestalt Katharinas, zum Beispiel der Reiter, der in der rechten unteren Ecke des Freskos auf einem Schimmel saß. Oder der junge Mann mit dem Schnurrbart, der direkt neben dem Thron stand, zwischen dem Kaiser und der Heiligen. Auch an der Kleidung der beiden Gestalten wurde deutlich, daß es Orientalen waren. Kunstsachverständige betrachteten den weißen Turban des Schimmelreiters, schauten sich die vergoldete Pelerine über dem Krummschwert und die Hakennase an und argumentierten, daß es sich um Cem Sultan handeln könnte, der zu der Zeit, als das Fresko gemalt wurde, im Vatikan lebte. Aber am Schluß der Untersuchung, die er sehr genau nahm, hatte Kâmil bewiesen, daß der Reiter, der dem Betrachter den Rücken zuwandte und nur im Halbprofil zu erkennen war, Cesare Borgia, der Sohn des Papstes Rodrigo Borgia, war. Denn er hatte andere Porträts von Cesare untersucht. Er erkannte die Locken, die ihm auf die Schultern fielen, den Spitzbart und seinen üblen Charakter, der sich sogar in den Gesichtszügen spiegelte. Damit aber hatte Kâmil sich noch nicht begnügt und anhand der Quellen entdeckt, daß Juan und Cesare, die Söhne des Papstes, sich in türkischer Verkleidung an den Spazierritten, die Cem Sultan nach seiner Ankunft im Vatikan unternahm – besser gesagt, nachdem man ihn dorthin gebracht hatte –, beteiligten. Laut Kâmil Uzman war der Reiter auf dem Fresko eindeutig Cesare Borgia und nicht Cem Sultan. Dagegen glich der andere Türke mit Turban, der junge Mann mit dem leichten Silberblick, dessen Gesicht mit blasser Haut und sorgenvoller Miene direkt von vorn dargestellt war, Cem aufs Haar, der den Schmerz des Exils durchlitten und sich viele Jahre als Gefangener in fremden Ländern aufgehalten hatte.

Wie Cem hatte er einen robusten Körperbau, wirkte kräftig und energisch. An seiner Haltung erkannte man die blühende Gesundheit, die darauf zurückzuführen war, daß er seine Jugend in der anatolischen Steppe verbracht hatte, über die Ebene von Konya galoppiert war, die Klingen gekreuzt, Pfeile geschleudert und in kalten Gewässern gebadet hatte. Aber sein Gesicht war bleich geworden. Wie eine geduldige Ratte schien das Exil den Prinzen bis ins innerste Mark zu zerfressen. Nach und nach verlor er das Strahlen seiner Augen. Ja, dieser müde, unglückselige Mann mußte Cem Sultan sein. Nach dem Tod seines Vaters war er im Streit um den Thron unterlegen; zuerst suchte er Asyl in den Wüsteneien der arabischen Halbinsel, dann bei den Rittern von Rhodos; dauernd wurde er von einer Burg zur anderen geschickt, und zum Schluß trank er den Tod aus einer goldenen Schale aus der Hand der Borgias.

Kâmil Uzman erinnerte sich an die gleiche Figur mit Turban auf den Bildern der Bibliothek der Kathedrale von Siena. Diesmal schlichter gekleidet, auf dem Kopf wieder dieser Turban mit Wulst – der obere Teil ragte spitz aus der Umhüllung heraus –, trug der Abgebildete eine rote Pelerine und einen gelben Kaftan ohne Vergoldung. Um die Hüften hatte er einen Leibgurt geschlungen, an den Beinen trug er seltsame grüne Strümpfe, die man unter dem Kaftan erkannte. So stand er kerzengerade da, etwas verträumt, und seine Schnurrbarthaare

66

hingen herab. Kâmil erinnerte sich nicht mehr genau daran, ob er auf diesem Bild genauso traurig wirkte und ob sein Gesicht so blaß war wie auf dem Fresko im Vatikan, aber ihm war klar, daß dieser junge Osmane im Gefolge von Papst Pius II. Cem Sultan war. In der Epoche, in der Pius lebte, war Cem zwar noch nicht im Exil, aber zu dem Zeitpunkt, als das Bild gemalt wurde, hielt er sich in Rom auf. In der Ära Pius' II. war Cems Vater Mehmet so mächtig, daß der Papst die ganze christliche Welt aufwiegelte und sich unterfing, ein Heer für einen Kreuzzug aufzustellen, um Istanbul aus der Hand der Türken zurückzugewinnen. Trotz seiner kleinen Statur oder vielleicht gerade deswegen hatte Pinturicchio, der Maler, es für nötig gehalten, eine Figur mit Turban in der Menschenmenge unterzubringen, und den Anachronismus in Kauf genommen, Cem wie eine einsame Zypresse neben Papst Pius II. zu stellen. Eigentlich hatte man von ihm verlangt, daß er die Lebensgeschichte dieses Humanisten in Bildern darstellte, die Geschichte des glänzendsten Mitglieds der Familie Piccolomini, Enea Silvio, der sich — nach seiner Wahl zum Papst — Pius II. nannte. Kâmil fühlte sich der Kunst des Mannes aus Perugia, der bescheiden wie ein Derwisch lebte und sich wegen seiner kleinen Statur selbst das »Malerchen« nannte, so nahe, daß er ihn »Däumling« nannte. Bevor er die Freskenmalereien sah, hatte er die Madonnen des Däumlings kennengelernt, die schönsten Madonnen der Welt, mild, still und verschwiegen und bis ins Detail mit Sorgfalt gezeichnet. Mit Jesuskindern, die aus unerfindlichen Gründen nie im Schoß lagen, sondern immer aufrecht standen. Die Jesuskinder des Däumlings waren nicht nackt wie auf den Bildern seiner Zeitgenossen. In ihren Seidenkleidern waren die Kinder für ihr Alter erstaunlich reif. Entweder lasen sie ein Buch, schmiegten sich an ihre Mütter oder umfaßten mit ihren winzigen Patschhänden einen Stift und schrieben. Von Kindheit an dachte Kâmil, das Schreiben sei nur für Gott bestimmt. War Er nicht derjenige, der jedem

Menschen das Schicksal mit unsichtbaren Buchstaben auf die Stirn zeichnete? Aber Gott war doch niemals Kind! Allah ließ sich nicht in Bildern darstellen, man konnte ihn mit nichts und niemandem vergleichen, und er paßte in keine Vorstellung. Seine Texte schrieb er nur in die Wolken.

Ja, die Jesusfiguren des kleinen, stämmigen Malers waren winzig, aber sie blickten ernst drein. Man erkannte an ihrer Haltung, daß man sie ans Kreuz schlagen würde, sobald sie erwachsen würden, um im Namen der gesamten Menschheit die Schuld jedes einzelnen von uns zu büßen. Manchmal hatten sie auch etwas anderes als Buch und Stift in der Hand. Zum Beispiel einen Granatapfel, eine Feige oder einen gläsernen Kelch mit einem Kreuz. Auf solchen Bildern waren die Jesusgestalten glücklich wie Kinder, die ihr lang ersehntes Spielzeug bekommen hatten. Und wie blau waren dann die Berge im Hintergrund, wie grün die Bäume, und was für eine Ruhe strahlten Wiesen und Weiden aus! Cem Sultan hatte er auch – wie das Jesuskind – vor einer solchen Landschaft dargestellt, der Meister Pinturicchio, der, klein von Statur, ein großes Talent hatte. Genau in der Mitte des Bildes saß der Papst in einer Sänfte, von zwei jungen Männern getragen. Der Heilige Vater konnte sich jetzt nur mit Mühe auf dem Thron halten. Aber von seinem früheren Vorhaben, die Türken dorthin zu verjagen, woher sie kamen, bis in die Steppen Asiens hinein, von seinem Plan, ein Heer für den Kreuzzug aufzustellen, ließ er nicht ab, und obwohl er krank und müde war, reiste er von Rom nach Ancona. Sein Gesicht war so weiß wie die Segel der Flotte, die vor den Stadtmauern wartete. Es war zerknittert wie ein Taschentuch und so hell wie seine Handschuhe. Beim geringsten Hauch würde er umfallen. Der Doge Christofero Moro hatte sein Käppchen abgenommen und kniete vor ihm, aber die Schiffe, die Venedig dem Papst versprochen hatte, waren nicht in Sicht. Wenn sie eines Tages – eins nach dem anderen – am Horizont auftauchen würden, wäre der Papst schon tot. Noch bevor er angefangen hätte, wäre der Kreuzzug an der Adriatischen Küste gescheitert. Die venezianische Flotte war nicht in Sicht, aber was hatte denn Cem Sultan dann dort zu suchen? Um eine klare Antwort auf diese Frage zu finden, mußte Kâmil nach Siena reisen und dort im Archiv nachforschen, um Urkunden, Briefwechsel und Verträge ans Tageslicht zu fördern, die etwas mit Pinturicchio zu tun hatten.

Mit seinem Forschungsinteresse am türkischen Einfluß auf die Bilder des Abendlands war Kâmil Uzman dem Spott seines Freundeskreises ausgesetzt. Seine Freunde zogen ihn auf: »Na, wie lange willst du denn deine Jagd auf die Männer mit Turban noch treiben?« Aber Kâmil war bewußt, daß er seinem Land einen wichtigen Dienst erwies. Er hatte die westliche Kultur angenommen, hatte seine Schulausbildung an einem der berühmtesten Internate Istanbuls in einer Fremdsprache absolviert und in Paris in Kunstgeschichte promoviert. Später hatte er eine starke Neigung zur italienischen Renaissancemalerei entwickelt, und er liebte die Sprache und die Menschen jenes Landes, das den Schwerpunkt seiner Forschungen bildete. Dann erst hatte er sich der Geschichte seines eigenen Landes zugewandt. Auch wenn die Bildende Kunst mit den traditionellen Werten des Islams haderte, glaubte er doch, daß sie ihren festen Platz im Osmanischen Reich hatte.

Konnte man Gentile Bellinis Ankunft in Istanbul auf den Ruf Fâtihs hin sowie die Tatsache, daß er sich nicht damit begnügte, das Porträt des Sultans zu malen, und sich im Serail ein Atelier einrichtete, nicht im wörtlichen Sinne einen Beginn der Renaissance nennen? Eine Renaissance, die durch den frommen Beyazıt im Keim erstickt wurde, wie Schwalben, die zu früh kommen und in der Märzkälte eingehen. Kâmils Interesse an Cem rührte ein wenig daher, daß dieser Sultanssohn der zweite Osmane nach seinem Vater Fâtih war, von dem Porträts angefertigt wurden. Wenn er den Thron bestiegen hätte, hätte er den Weg seines Vaters fortgesetzt, und das Schicksal

des Osmanischen Reichs – wie der heutigen Türkei – wäre völ\
lig anders verlaufen. Dieser Ansatz Kâmil Uzmans wurde aus
unerfindlichen Gründen nie ernst genommen.

In den Diskussionen bei den Trinkgelagen wurden die
Rückständigkeit der Türkei und ihre Schwierigkeiten der In\
tegration in Europa immer an wirtschaftlichen Gründen fest\
gemacht. Wenn man auf die Malerei zu sprechen kam, began\
nen die Sticheleien wegen seiner »Jagd auf die Männer mit
Turban«, und dann blieb ihm nichts anderes übrig, als zu
schweigen. Manchmal ließ er sich dann jedoch erst recht auf
weitschweifige Erläuterungen ein und langweilte seine Tisch\
genossen mit bis in alle Einzelheiten ausgeführten Überlegun\
gen. Kâmil Uzman verweilte gern bei seinen Spezialgebieten
und wollte nicht über etwas sprechen, wovon er nichts ver\
stand. Außerdem fühlte er sich mit der Zeit den Osmanen
recht nahe, die im Abendland mit dem Turban auf dem Kopf
abgebildet waren. Als er die Jahre der Verbannung Cem Sul\
tans untersuchte, hatte er da nicht einen Spion entdeckt, Burak
Reis, der Cem, den Prinzen, in seinem späteren Bericht den
»Mann mit dem Turban« nannte? Von Beyazıt ıı., Cems älte\
rem Bruder, nach Europa geschickt, war Burak Reis, der in
den Jahren danach mit seinen Heldentaten bei den Seegefech\
ten in die Geschichte eingehen sollte, heimlich zur Burg Bour\
ganeuf vorgedrungen, wo Cem eingesperrt war, und es war
ihm gelungen, den Prinzen zu erspähen.

Die Osmanen waren tatsächlich Männer mit Turban und
trugen gelbe, weiße und melonenfarbene Kopfbedeckungen,
die wie reife Kürbisse aussahen. Burak Reis berichtete auch,
daß Cem in Samt gekleidet war, in einem Umhang wie ein
Stadtbürger und mit Bart herumlief, erzählte, daß er seinen
Bart stutzte und sich den Schnurrbart ganz und gar hatte ab\
nehmen lassen, außerdem würde sein Teint von Tag zu Tag
matter. Kâmil versprach sich etwas von einer Reise nach Bour\
ganeuf. Nicht, um den Kerker zu sehen, in dem Cem gelebt

hatte, sondern er vermutete, daß er vielleicht eine Spur des Prinzen fände, ein Bild, das in einem verborgenen Winkel versteckt wäre – oder einen Kupferstich.

Bourganeuf lag in einer Region, die sich La Creuse nannte. Mit dem Wagen des Leiters der Stadtbibliothek, der ihn vom Bahnhof La Souterraine abholte, machten beide sich auf den Weg. Es war unebenes Gelände; Hügel mit Bäumen, Weiden, mit Hecken umzäunt, auf den Weiden wiederkäuende Kühe, und ganz vereinzelt glitten Häuser auf beiden Seiten an ihnen vorbei. Am Horizont sah man weder Fabrikschornsteine noch Kirchtürme. Unterwegs weder ein Wagen noch Dorfleute zu Fuß. Sie fuhren über alte Steinbrücken mit moosüberwachsenen Pfeilern, die wirkten, als hätte sie seit Jahren niemand mehr überquert. Bisweilen, wenn man das Echo eines Schusses aus der Ferne hörte, flogen Wachteln aus dem Dorngestrüpp auf. »Das sind die Jäger«, hatte der Leiter der Bibliothek gesagt, »hier fängt die Jagdsaison spät an.« Kâmil lachte verstohlen und hätte ihm sagen wollen, daß er selbst ein Jäger war; wie oft war er in Europas Museen auf Jagd nach den Männern mit Turban gegangen. Und was die Jagd auf Frauen anging, das war noch eine andere Welt. Kâmil konnte dem Bibliotheksleiter, der am Steuer lümmelte, als würde er das Land von seinem Wagen aus regieren, schließlich nichts von seinen Jagdzügen nach Nutten um Mitternacht erzählen, nichts von den Bordellen und seiner Erregung, die ihn jedes Mal erfaßte, wenn er in diesen dunklen, schmutzigen Straßen mit einer neuen Frau schlief.

Sie waren in einer der Regionen Frankreichs, wo sich Fuchs und Hase gute Nacht sagen, in einer Gegend, wo alles zu spät passierte, alles zu spät losging und sich sogar der Abend verspätete. Irgendwoher kam der Geruch nach Erde. Die Bäume verloren ihre Blätter. Die Landschaft war mit Herbstblättern von gelb bis kastanienbraun übersät. Kâmil hätte seine Staffelei am liebsten auf eine Lichtung im Wald gestellt und ein Bild dieser Einsamkeit gemalt, ein Bild des bedeckten Himmels, der auf den Zweigen lastete, und der Bäume mit ihren moosbedeckten Stämmen. Man hörte das Rauschen eines Stroms, der brausend dahinfloß. Auch wenn er ihn nicht sähe, würde er sich sogar daranwagen, das schauerliche Rauschen des Stroms auf dem Gemälde festzuhalten, der vom Regenwasser angeschwollen war. Er sah weder die Straße noch Spuren von Menschen dieser Gegend. In diesem Augenblick tauchte hinter einer Kurve Bourganeuf mit seiner Burg am Steilhang des Hügels gegenüber auf.

»Na bitte, Zizims Burg!« sagte der Leiter der Bibliothek, »und der Turm, in dem Ihr osmanischer Prinz in Gefangenschaft war, das ist der Rundbau da links – sehen Sie, der da drüben, mit dem spitzen Turm.«

»Die Burg des Osmanen?«

»Ja, hier hat Prinz Zizim zwei Jahre lang gelebt.«

Erst eine Weile später kam er darauf, daß es Cem Sultan sein könnte, den der Franzose Prinz Zizim nannte. Das hieß, daß vor ihm, schon vor vielen Jahren, ein anderer Türke den Weg hierher gefunden hatte. Er erinnerte sich an Cems Einsamkeit und daran, daß der Sohn des Sultans, der vor Gier nach dem Thron brannte, gleichzeitig ein talentierter Dichter, ja sogar der erste türkische Dichter im Exil war.

Hier, in Venedig, war ihm wieder der Schimmelgeruch in die Nase gestiegen, der ihn dort empfing, als er das Innere des Turms betrat; es war ein Moderduft, der genauso roch wie die Luft in dem Studio, wo er seit zwei Nächten – ja, seit genau zwei Nächten – übernachtete. Die Kühle, die ihm ins Gesicht schlug, war nicht nur die Nässe der Herbstblätter. Während Kâmil sich durch den Kopf gehen ließ, was der Franzose alles erzählte, war er allein die steinerne Wendeltreppe zu den Turmkammern hinaufgeklettert, wo Cem Sultan »sein Luxusleben als Sträfling« verbracht hatte. Als Kâmil hinaufkletterte, konnte er es nicht lassen, sich vorzustellen, daß die Stu-

fen, die er zurücklegte, ihn wie die vergangenen Jahre, die da⁄
zwischen lagen, in die alte Zeit zurückbrachten, in die Epo⁄
che, in der Cem Sultan gelebt hatte. Als würde er, je höher er
stieg, nicht nach oben, sondern immer weiter in die Vergan⁄
genheit gelangen. Er erinnerte sich daran, was er in den Ge⁄
schichtsbüchern gelesen hatte: Als die Nachricht von Fâtihs
Tod Konya erreichte, stieg Cem aufs Pferd, galoppierte durch
die Steppe und wollte so schnell wie möglich nach Istanbul; in
Amasya handelte sein großer Bruder Beyazıt jedoch rascher,
rief mit Hilfe seiner Anhänger öffentlich seine Nachfolge auf
dem Thron des Sultans aus und sorgte dafür, daß Cem, der
den Weg über Bursa nahm, eine Niederlage erlitt; schließlich
kam der Prinz nach Rhodos, überquerte das Mittelmeer von
Ost nach West und fuhr zum Hafen von Nizza. Wie schön
erzählten doch die alten Quellen von Cems Abenteuer, das
dreizehn Jahre dauerte! Sie beschrieben vor allem die Land⁄
schaften, die er auf seiner Seereise sah. In den *Wahrhaftigen Er⁄
eignissen aus dem Leben von Sultan Cem* heißt es über Stromboli:
»Nach einer Weile war eine Insel mit einem Vulkan zu erken⁄
nen, der Feuer spie. Dort steht ein hoher Berg. Vom Morgen
bis zum Abend stößt er schwarze Rauchwolken gen Himmel.
Vom Abend bis zum Morgen tauchen Flammen auf wie Brok⁄
ken von Berggestein und verteilen sich in der Luft. Bei einem
solchen Anblick vertraute man sich der Allmacht Gottes an
und fuhr vorbei.« Als Kâmil genau fünf Jahrhunderte später
mit dem Schiff nach Marseille reiste, sah er genau diesen Vul⁄
kan. Aber damals war er noch nicht auf der »Jagd nach den
Männern mit Turban«. Ebensowenig konnte er wissen, daß
auch ein osmanischer Prinz von dem erschreckenden Bild
Strombolis hingerissen war, von Stromboli und dem Vulkan,
der aus seinem Krater schwarze Rauchwolken spie. An einer
anderen Stelle hieß es in derselben Quelle über die Delphine:
»Eines Tages war am späten Vormittag ein Fisch zu erkennen,
der mit dem Rücken aus dem Wasser auftauchte.« Und in allen

Einzelheiten wurde berichtet, wie die Seefahrer die Delphine jagten. Cem Sultan aber war nicht auf Entdeckungsreisen gegangen. Er war ein Verbannter. Es war jedoch ganz natürlich, daß der Dichterprinz von allem, was er sah, beeindruckt war. Während Kâmil auf Zizims Turm kletterte, hielt er sich Stufe um Stufe vor Augen, was der Prinz alles durchmachen mußte, und dachte daran, daß Cem in einem seiner Gedichte von den »Qualen«, sprach, »die er sich selbst aufgebürdet hatte«. Und je weiter er die Stufen hinaufstieg, um so lebhafter wurde Cems bleiches Gesicht, das er von den Bildern her kannte, in seiner Phantasie, Cems Silberblick und die Hakennase, die der seines Vaters glich, Mehmets II.

Er stellte sich Cem Sultan im Serail von Konya vor, mit dem Dichter Saadi am Becken eines Teichs. Am Himmel stand ein strahlender Vollmond. Das Mondlicht spiegelte sich im Wasser. Als wäre es vom Himmel in den Teich gefallen. Im Innenhof des Klosters der Derwische, etwas weiter vorn, hatte schon der Tanz begonnen. Die Derwische drehten sich im Takt der Flöten, Trommeln und Klappern. Und je mehr sie sich drehten, um so weiter öffneten sich die schneeweißen Seerosen in der kühlen Steppennacht. Noch aus dieser Zeit mußte der Laut der Rohrflöte in Cems Ohren nachklingen. Wie Wasser strömte die Flötenmusik durch die Nacht und sprach von der Trennung, als würde sie das Schicksal des Prinzen kennen. »Wer die Geliebte von sich trennte, / Der wartet, wartet sehnsüchtig auf die Vereinigung.«

Aber Cems Trennung war etwas anderes. Er war von der Heimat getrennt, von der Muttersprache und dem Land seiner Väter, vom osmanischen Grund und Boden, mit dem er sich mit seiner ganzen Person identifizierte. Auch wenn sie wie ein liebenswertes Echo, das der Seele Ruhe gab, wie ein langes Flehen durch die Nacht hallte, konnte die Flöte Cems Trennungsschmerz nicht wiedergeben. Andere Töne, Instrumente und eine Unmenge von Spielern, vielleicht ein Chor waren nötig,

um von seinem Abenteuer zu erzählen und die Zuhörer zu beeindrucken. Vielleicht spürte Cem seine Sehnsucht beim Klang
der Flöte, der ihn auch in der Fremde nicht verließ, merkte aber,
daß eine andere Stimme fehlte, die er ganz und gar nicht be-
schreiben konnte, ein Chor, der seinen Schmerz herausschrie.

Cems Frau und seine Kinder lebten in Ägypten, er jedoch
war dem Anschein nach Sultan, in Wirklichkeit aber Gei-
sel, ein halber Kriegsgefangener, ein Mittel, um seinem großen Bruder Beyazıt das Geld aus der Tasche zu ziehen. Als die
Kirchenglocken in einer Weihnachtsnacht an den steinernen
Mauern der Burg von Bourganeuf widerhallten und die Wölfe
im Wald heulten, nutzte Cem einen Augenblick lang die Un-
aufmerksamkeit der Wachposten, sprang nach oben und begann, sich auf der Plattform des Turms wie ein Derwisch im
Kreis zu drehen. Je mehr er sich drehte, um so mehr drehten
sich auch die Sterne am wolkenlosen Himmel. Der Vollmond
war so weiß wie der Schnee, der seit Tagen vom Himmel fiel.
Im Tal rauchten die Schornsteine der Stadt. Im Licht der Kerzen war alles ringsum taghell erleuchtet. In den Häusern
brannten die Herde, und aus den Burgküchen erhob sich der
Duft nach gebratenem Fleisch. Die Menschen waren glücklich
im Kreis ihrer Familien. Cem Sultan aber war mutterseelenallein mit seinen Phantasien von der Rückkehr in die Hauptstadt und auf den Thron, auf den er immer noch nicht verzichten konnte. Die Leute aus seinem Gefolge schliefen längst.
Der einzige Muslim, der noch wach war, war Cem. Ohne sich
um die verdutzten Blicke der Nachtwächter von Saint-Jean zu
kümmern, drehte er sich vor dem höchsten Turm der Burg unaufhörlich im Kreis und schrie gleichzeitig das Gedicht, das er
als letztes geschrieben hatte, in die Winternacht hinaus:

»Von Land zu Land bin ich gezogen
auf bettelarmen Reisen;
Lieber Gott, wie schwer mir das fällt,
eine unfreiwillige Reise.«

Waren die Reisen, die man gezwungenermaßen unternahm, denn wirklich so hart? Als Kâmil sich in Bourganeuf
Cem Sultans Schicksal durch den Kopf gehen ließ, dankte er
Gott, daß er alle seine Reisen aus eigenem Antrieb gemacht
hatte. Und wie immer kehrte er auch von dieser Reise nicht mit
leeren Händen zurück. Er hatte das allseits bekannte Liebes-
abenteuer erforscht, das der Prinz in Dauphiné mit Hélène, der
Tochter des Barons Jacques de Sassenage, erlebte, als er, gerade
vierundzwanzig Jahre alt, auf der Burg Rochechinard eingesperrt war, und erfahren, daß Cem die Wände seines Kerkers
mit Gobelins schmückte, die Hélène darstellten, nachdem man
ihn von seiner Geliebten getrennt und im Turm von Bourganeuf eingesperrt hatte. Auf der Rückfahrt hatte er einen dieser
Teppiche im Museum von Cluny in Paris gesehen. Die junge
Frau inmitten von Blumen, Vögeln und Jagdwild mußte Hélène sein. Zwischen einem kleinen Pferd, das sich aufbäumte,
und einem Löwen mit üppiger Mähne war sie mit ihrer Magd
zu sehen. Sie hielt einen kleinen weißen Vogel in der Hand.
Kurz darauf würde der Vogel davonfliegen wie Cem Sultan,
der die Liebe zu ihr in seinem Herzen vergraben hatte. Auf
den Stangen, die der Löwe und das Pferd hielten, flatterten
Wimpel mit drei Halbmonden. Waren diese Halbmonde, die
sich kaum vom Grün des Waldes abhoben, eine Erinnerung
an den osmanischen Prinzen, der um der jungen Frau willen
den Tod riskierte – oder Zufall? Denn auf dem Wappen der
Schilde waren dieselben Halbmonde. Zwischen den Hasen
und den jagdmüden Hunden wirkten sie wie ein Symbol der
Bedrohung durch die Türken, die gen Westen marschierten.

Kâmil Uzman wußte, daß jedes Gemälde, das er sah, nicht
nur ein Ereignis oder Personen schilderte, sondern gleichzeitig
den Geschmack einer Epoche zur Sprache brachte. Das war
auch der Grund für sein Interesse an den Entstehungsgeschich-
ten der Kunstwerke wie an ihnen selbst. Jede Geschichte bot
Anlaß zu Fragen, deren Antwort unbekannt war, zu Geheim-

nissen, die auf eine Lösung warteten. Und einmal, da trog ihn sein Gedächtnis nicht – in einem solchen Moment war sein Erinnerungsvermögen kristallklar, nicht wie das Wasser in Venedigs Kanälen, sondern so rein und blitzsauber wie das Blau des Bosporus, wenn nämlich die Strömung den ganzen Dreck weggespült hat und die Wasser in den Morgenstunden wirbelnd dahinfließen –, einmal jedenfalls war er in Basel hinter einem Ölgemälde her, das aus der Sammlung von Christian von Muchel stammte, und da der neue Besitzer des Werkes seine Identität geheimhielt, konnte Kâmil nur Reproduktionen des Bildes sehen und mußte feststellen, daß man keinen ausreichenden Beweis dafür finden konnte, daß die beiden Männer mit Turban, die einander gegenüberstanden, Fâtih und Prinz Cem Sultan waren; mit hoher Wahrscheinlichkeit war es später gemalt worden, und man konnte es auf keinen Fall Gentile Bellini zuschreiben ... wie auch immer, schließlich kehrte Kâmil zu Bellini zurück, aber die Abhandlung, die er in der Correr-Bibliothek lesen wollte, hatte weder etwas mit Cem Sultan noch mit den Männern mit Turban auf den Bildern des Abendlands zu tun. Kâmil widmete seine ganze Aufmerksamkeit dem Aufsatz, der sich mit dem Porträt von Lorenzo Giustiniani beschäftigte, das Gentile in Venedig gemalt hatte. Und bis zum Abend erinnerte er sich an keine einzige seiner weiteren Reisen, zu der er aus freien Stücken aufgebrochen war.

4

Am nächsten Morgen war er schon früh in der Bibliothek des Museo Correr und setzte sich diesmal ans Fenster. Er hatte die junge Bibliothekarin gebeten, ihm den Zeitschriftenband zurückzulegen, da er seine Lektüre am nächsten Tag fortsetzen wollte. Er fand den dicken Band unter den anderen Büchern, nahm ihn zur Hand und kehrte an seinen Platz zurück. Er zögerte einen Augenblick lang, ob er die Leselampe anknipsen sollte. Der Himmel war bedeckt. Aber zwischen den Wolken fiel ein angenehmes Licht herein, das matte Licht eines Wintermorgens, das die Augen nicht ermüdete. Mal tauchte die Sonne auf, und mal verschwand sie wieder, je nachdem, wie die Wolken wanderten. Dann wurde das Licht, das durch das Fenster fiel, intensiver, und die Bilder in dem Sammelband, der aufgeschlagen vor Kâmil lag, wurden lebendig. Er knipste die Leselampe nicht an. Eine Zeitlang lauschte er dem fröhlichen Lachen der Kinder, die unten im Park spielten. Dann fing er an zu lesen und hob den Kopf nicht vom Buch, bis er wieder den Duft des Frauenparfüms spürte, das er gestern geschnuppert hatte. Nur eine Frau vom Mittelmeer konnte den Mut zu diesem verführerischen Lavendelduft haben, an den er sich aus seiner Kindheit erinnerte und den vielleicht seine Mutter benutzt hatte. Kâmil kam es vor, als wäre die ganze Bibliothek einen Augenblick lang von ihrer Existenz erfüllt. Sie saß an einem Tisch in der Nähe der Tür und sortierte Karteikarten. Wie gestern hatte sie Jeans an, trug diesmal aber einen dunkelblauen Pullover. Ihre Blicke begegneten sich, und Kâmil lächelte. Guten Morgen, murmelte er vor sich hin. In allen Sprachen der Welt wollte er ihr jeden Tag einen guten

Morgen wünschen, einen guten Morgen, auch wenn er nicht neben ihr aufwachte, da liegt also ein neuer Tag vor uns, wir sind voller Tatendrang, guten Morgen bis morgen früh, schnel‚ ler als der Schall soll der Tag vergehen, wenn du dich lang‚ weilst und wenn du das Leben satt hast, sonst aber sollen die Stunden sich hinziehen – und niemals soll es dunkel werden! Wenn du keine Sonnenuntergänge magst und dich vor der Nacht fürchtest wie ich, wenn du allein bist... Er erwartete von ihr, daß sie so einsam wäre wie er. Meine Einsame, meine Kleine! Guten Morgen, du, meine Jungfrau auf dem Bild! Das einzige Gespräch aber, das sie miteinander geführt hatten, war seine Bitte gewesen, ihm den Sammelband mit Kunstzeit‚ schriften zurückzulegen. Die junge Frau war mit den Kartei‚ karten beschäftigt. Sie lächelte Kâmil noch nicht einmal zu. Und Kâmil blieb nichts anderes übrig, als sich wieder seiner Abhandlung zuzuwenden. In Windeseile las er sie zu Ende und vertiefte sich in einen anderen Artikel, in dem es um Bel‚ lini ging.

Abgesehen von zwei Wochentagen war die Bibliothek nur bis zum Mittag geöffnet. Kâmil wartete vergeblich darauf, daß die junge Frau in den Lesesaal zurückkehrte, denn sie war seit einer Weile von der Bildfläche verschwunden. Sie kam nicht mehr zurück. Außer ihm war sowieso niemand mehr da. Das fröhliche Lachen der Kinder war nicht mehr zu hören. Sie mußten den Park längst verlassen haben. Er schaute noch eine Weile aus dem Fenster, auf das aschgraue Wasser der Giu‚ decca, das zwischen den kahlen Zweigen der Bäume zu sehen war, und auf die Bündel von Lichtstrahlen, die auf das Was‚ ser fielen – auch wenn ihm das Wort »Bündel« ganz und gar nicht gefiel, konnte kein anderer Begriff das Sonnenlicht, das durch die Wolken aufs Meer traf, so passend erklären. Dann stand er von seinem Platz auf, nahm den Fahrstuhl und verließ das Museum.

Er mied die Menschenmenge auf dem Markusplatz und

bog in die Seitengassen ein. Heute mußte er in die Accademia gehen und die Gemälde Gentile Bellinis »inspizieren«; die Originale hatte er immer noch nicht gesehen. Er ging durch enge Gassen, überquerte Brücken und stand auf dem Campo San Stefano. Und da er sich vom Locken der Sonne verführen ließ, die auf einmal schien, als würde sie sich an dem Regen von gestern rächen, oder weil er sich bei diesem schönen Wet-ter nicht in den Sälen der Accademia einschließen wollte, viel-leicht auch, weil er es satt hatte, den ganzen Tag lang Bilder anzuschauen und über Bilder nachzudenken, setzte er sich an einen Tisch auf der Terrasse der ersten Gelateria, an der er vor-beikam.

Ein Denkmal nahm seinen Blick gefangen, die Statue eines Mannes, der mit dem Rücken zu den Häusern stand, die den Platz umgaben. Als Kâmil beim gestrigen Regen eine Stelle gesucht hatte, wo er sich unterstellen konnte, war ihm die Sta-tue dieses bärtigen Mannes im Gehrock entgangen. Als er et-was genauer hinschaute, sah er, daß auf dem Marmorsockel die Buchstaben NICCOLO TOMMASEO eingemeißelt wa-ren. Ein paar Tauben hatten sich auf die Schultern des Geh-rocks gesetzt. In dem Moment, als er beim Kellner ein Glas Weißwein bestellen wollte, überlegte er es sich anders und ver-langte eine kleine Flasche Valpolicella. Gleichwohl wärmte die Sonne nicht sonderlich. Heute früh war er müde aufgewacht und hatte Mühe, aus dem Bett zu kommen. Wieder hatte er den stechenden Schmerz gespürt, der ihn nicht in Ruhe ließ, seit er in Venedig war. Bis zum Mittag suchte das Stechen ihn heim, und dann ging es so plötzlich vorbei, wie es gekommen war. Ob er zum Arzt gehen sollte? Das war nun wirklich nicht nö-tig; es ging ja vorüber. Wenigstens bis morgen früh würde der Schmerz ihn nicht mehr überfallen. Er mußte doch den Ge-schmack des Tages, der Sonne und des in der Flasche funkeln-den, feuerroten Weins in vollen Zügen genießen.

Während er den Wein auf nüchternen Magen trank, flatterten die Tauben von der Schulter der Statue auf und ließen sich auf einem Balkon nieder. Aber dort gefiel es ihnen nicht. Sie setzten sich auf die grün gestrichenen Straßenlaternen, auf leere Tische, flogen gleich darauf zur Kirche auf der rechten Seite des Platzes und hockten sich aufs Dach. Sie spazierten eine Zeitlang über die roten Dachziegel und entschieden sich schließlich für einen Platz zu Kâmils Füßen. Er hatte Tau⸗ben nie gemocht, ob sie nun um die Yeni Cami – die Neue Moschee in Eminönü – oder um Notre⸗Dame schwirrten. Er ekelte sich vor ihnen, vor ihrem wahllosen Gegurre, davor, wie sie mit wackelndem Kopf umherwatschelten, und daß sie je⸗den Ort, jede Stelle, an der sie vorbeikamen, im Nu besudel⸗ten. Ohne zu zögern, stand er auf und verscheuchte die Tau⸗ben. Daraufhin kehrten sie zu dem Denkmal zurück und ließen sich nun auf den Lackschuhen Tommaseos nieder. In diesem Augenblick bemerkte Kâmil etwas hinter den Schu⸗hen, das er von weitem nicht hatte erkennen können. Er stand auf und ging zu dem Denkmal. Unter den Rockschößen des Mantels waren Bücher aufgestapelt. Auch wenn es sich um das Denkmal eines Schriftstellers handelte, kam es Kâmil doch seltsam vor, daß die Bücher auf diese Weise zu seinen Füßen aufgeschichtet waren. Der Bildhauer hatte sich nicht damit zu⸗friedengegeben, dem venezianischen Schriftsteller ein Buch in die Hand zu drücken, nein, er hatte es nicht lassen können, auch noch aufs Geratewohl Bücher zu seinen Füßen bis hoch zu den Hosenbeinen zu stapeln. Als würde Tommaseo Bücher scheißen. Am liebsten hätte Kâmil schallend gelacht. Wer weiß, was ihm in dieser Stadt noch alles begegnen würde! Der Kellner schaute den komischen Gast, der alle nasenlang auf⸗stand und auf dem Platz herumlief, mißtrauisch an. Kâmil kehrte zum Tisch zurück, wollte die Rechnung bezahlen, ohne den Wein auszutrinken, und sich so schnell wie möglich der Kuratel des Kellners entziehen. Es machte ihn nervös, daß man ihn so kritisch beäugte. Er mußte nach Hause gehen und sich ausschlafen, das war das beste. Seit einer Weile hielt er keinen Mittagsschlaf mehr – war das nicht der Grund für seine Unschlüssigkeit und die Ursache dafür, daß die Schmerzen seine Gelenke zu allen möglichen Zeiten heimsuchten? Aber er brachte es nicht fertig, den Tisch zu verlassen. Die Sonne stand im Zenith. Als das Denkmal nach und nach seinen Schatten auf die Ziegelmauern der Kirche warf, beschloß er aufzustehen. Und bevor er eine neue Flasche bestellte, leerte er sein Glas in einem Zug.

Als er sich vom Tisch erhob, war er ziemlich beschwipst. Er konnte es nicht riskieren, zu Fuß über das Kopfsteinpflaster der Straßen zur Piazzale Roma zu gehen. Wenn er den Vaporetto an der Landungsbrücke Santa Maria del Giglio nähme, würde er sich unter den Touristen, die sich an Deck drängten, um in den Genuß der Wintersonne zu kommen, fühlen, als wäre er in den Flitterwochen. Und die Paläste am Canal Grande entlang würden und würden nicht enden. Er ging zu Fuß zum Ponte dell'Accademia, setzte sich auf eine der Bänke in der Nähe und zündete sich eine Zigarre an. Vor Jahren hatte sein Arzt ihm geraten, das Rauchen aufzugeben. Er hatte es versucht, aber nicht geschafft. Da er später immer wieder nach Italien reiste, hatte er sich an die Toscani gewöhnt. Zuerst war ihm der Tabak sehr stark vorgekommen, aber es schmeckte ihm. Da die Zigarren ziemlich rasch ausgingen, schaffte er nur eine am Tag. Manchmal zündete er sich auch ein Toscanello an, ein italienisches Zigarillo, und lief bis zum Abend mit dem erloschenen Stummel im Mund herum. Diesmal blies er die hauchdünnen, braunen Rauchwolken der Toscano nicht in die Luft, sondern in Richtung der Ziegelmauern der Accademia am anderen Ufer, die allmählich dunkler wurden. Mit dir haben wir doch noch mehr vor! Gestern – das war doch nur ein erstes Kennenlernen, sagen wir mal, nur ein Händeschütteln. Ausgeschlossen, daß wir uns heute wiedersehen. Aber morgen. Morgen komme ich auf jeden Fall.

Er blieb dort, bis die Sonne hinter den Palästen verschwand. Allmählich änderte sich die Farbe des Wassers. Von
dunklem Grün wandelte sie sich zu tiefem Blau, zu bläulichem
Rot und wurde fast schwarz. Fuhr Kâmil mit dem Dampfer
auf dem Bosporus nach Anadoluhisarı hinüber und trank seinen Tee im Café an der Landungsbrücke, änderten sich auch
die Farben des Wassers, wenn die Sonne sich auf die Türme
der Festung senkte. In freien Stunden hatte Kâmil seine Freude
daran, den Sonnenuntergang vom anatolischen Ufer aus zu betrachten. Nach und nach wurde Rumelihisarı – gegenüber –
dunkel, und die Möwen, die auf dem Weg ins Schwarze Meer
dem Heck der Fischerkähne hinterherflogen, ließen sich mal
auf der bläulich und rot schimmernden See nieder, mal flatterten sie auf. Jedes Mal, wenn sie um die Sommervillen kreisten,
kam es Kâmil vor, als hätten sie Dächer, Erker und die moosbewachsenen Kaimauern mit der Farbe des Meeres besprengt,
die sie auf ihren Flügeln trugen. Im Nu wäre die Welt in rötliches Blau getaucht und würde dann zu dem seltsamen, geheimnisvollen Schwarz zurückkehren, das man auf der Palette
keines einzigen Malers findet. Ihm war, als wäre Istanbul bei
Sonnenuntergang in Trauer gehüllt, die Nacht deckte die Stadt
zu, als wäre sie eine schwarz verschleierte Witwe, und nach
und nach legte sie sich auf Häuser, Stadtmauern und das Meer.
Und versiegelte die Herzen mit einem traurigen Kuß. Auch
die Kormorane würden kommen und sich an der Mündung
des Göksu ausbreiten. Sie zögen ihre Köpfe nicht mehr aus
dem Wasser, noch nicht einmal einen Moment lang, und ihre
Körper hoben und senkten sich mit dem Wellengang. Vor
allem im Sommer überfiel die Nacht die Stadt nicht so plötzlich. Als würde sie ihre Pracht ganz nach Wunsch steuern und
den Farbenwechsel des Meeres beobachten. Noch bevor die
Wasser zu tiefem Schwarz übergingen, leuchteten unversehens
die Straßenlaternen auf. Dieses Mal würde sich im Meer eine
andere Welt auftun, eine neue Orgie von Licht. Bald darauf

glitte ein Tanker, manchmal auch ein schneeweißes Segelboot, schlank wie ein Schwan, oder ein hell erleuchtetes Passagier/schiff auf den Wellen an ihm vorbei. Wenn Kâmil kein Stell/dichein mit einer Geliebten hätte, würde er am anatolischen Ufer bleiben und das erste Glas in einem Fischrestaurant von Kandilli trinken. Seit einiger Zeit spielte der Rakı auch mit/tags eine Rolle in Kâmils Leben. Zwischen zwei Seminaren fuhr er nach Arnavutköy ins »Kuyu«, manchmal auch ins »Güneş« von Bebek und genehmigte sich einen Rakı. Aber der Genuß des ersten Schlucks am Abend wäre etwas anderes. Eine unendlich lange Nacht läge vor ihm, die vielleicht mit einer der Frauen der Runde im Bett enden würde, und die Plaudereien wären so köstlich wie die Appetithappen auf der Tafel.

Wenn Kâmil mit einer Frau zusammen war, auch dann, wenn sie nicht die Nacht miteinander verbrachten – vor allem, wenn Appetithappen wie ein Strauß bunter Blumen aufge/tischt waren, vom Topik bis zum Thunfisch, von der Bitter/melone bis zum Weißkäse im Ledersack, wenn alles auf der Tafel stand, was das Herz begehrte, man könnte sagen, alles, was Küche und Keller zu bieten hatten, wobei Kâmil gar nicht so erpicht war auf Küche und Keller, denn dieser Ausdruck erinnerte ihn an die Kindheit, die er vergessen wollte –, ja, wenn er mit einer Frau zusammen war, wuchsen ihm nach dem zweiten Glas Flügel, und er fing an zu fliegen. Wie schön war dann doch die Welt, das Leben war lebenswert, es gab immer Gelegenheit, eine Frau zu verführen, vorausgesetzt, es käme kein Militärputsch dazwischen: wie hatte er sich doch jahrelang in den Internatsnächten im Schein der blauen Ku/gellampe nach Frauen gesehnt; dauernd hatte er von ihnen ge/träumt, von den Frauen und ihrer tiefen, glitschigen Muschi. Hier aber hatte er bei Sonnenuntergang nur die Chance, nach dem Abendessen zu Fuß nach Hause zu gehen und sich in den Gassen zu verlieren.

Er erhob sich von der Bank, und als ob er sich beweisen wollte, daß er nicht betrunken war, nahm er die Stufen der Brücke in einem Satz. Dort hatte ein junger Mann seine Staffelei gegenüber der Kirche Santa Maria della Salute aufgestellt und malte. Hinter ihre Kuppel hatte er eine Sonne, kugelrund wie eine Apfelsine, gesetzt. Er hatte auch den Canal Grande orange gefärbt, weil er meinte, das paßte zum Schwarz der Gondel. Der Strohhut des Gondoliere mit den rot-weißen Bändern, das junge Paar auf der Hochzeitsreise, der Schatten der Paläste auf dem Wasser, die morschen Landungsbrücken des Kanals, der sich weiter vorn, zum Hafenbecken von San Marco hin, verbreiterte, und die anderen Gondeln… Auf dem Gemälde war alles an seinem Platz, ganz so, wie es sein mußte, die Sonne aber ging nicht hinter Santa Maria della Salute unter, sondern auf der entgegengesetzten Seite, hinter dem Dach von Ca' Rezzonico. Kâmil ging zu dem jungen Mann, schaute sich eine Weile das Gemälde an und fragte ihn dann, warum er den Sonnenuntergang nicht korrekt wiedergab.

»Was haben Sie denn damit zu schaffen, Signore?« gab der junge Maler zur Antwort.

»Ich male auch.«

»Dann machen Sie's doch richtig!«

Sicher, es war nicht leicht, die Sonne zu malen. Trotzdem erwartete Kâmil nicht so eine rüde Antwort. Er wußte nicht, was er sagen sollte.

»Verzeihen Sie«, murmelte er, »ich wollte Sie nicht stören.«

»Da redet mir eh jeder rein, der vorbeikommt.«

»Dann gehen Sie doch nicht gleich in die Luft, mein Lieber!«

Verärgert ging Kâmil weiter. Als er die Treppe hinabstieg, dachte er darüber nach, wie viele Maler bis hin zu diesem Lümmel Sonnenuntergänge in Venedig gemalt haben mochten, vielleicht aber hatte niemand das ständig wechselnde Gesicht der Stadt, das Wasser, das von einer Farbe zur anderen überging,

und die Formen, die in der Dämmerung verschwammen, angemessen wiedergeben können. Vielleicht Turner... ja, er als einziger konnte das Eigentliche hinter den Kulissen erfassen und
hatte mit seinen Aquarellen ein Venedig erschaffen, das aus seinem subjektiven Blick entstand. Denn auf den Gemälden des
englischen Malers hörte die Stadt auf, ein architektonisches Ge-
bilde zu sein. Sie kehrte zum Ursprünglichen zurück, bis zum
Chaos bei der Entstehung der Natur. Als hätten die Farben bei
Sonnenuntergang eine außergewöhnliche Funktion: Die Konturen der Bauten, die sich allmählich entfernten, undeutlich
werden und verschwimmen zu lassen, die Spuren des alltäg-
lichen Lebens auf dem Wasser, das Gewimmel von Gondeln,
Segelschiffen und Lastkähnen zu verdecken, die Kuppeln in
senkrechte Linien zu verwandeln und den Marmor, der sich
im Wasser spiegelte, in Schneeweiß aufzulösen. Turner hatte
auch Sonnenaufgänge gemalt und ein Venedig aus Violett-Tö-
nen — seinen eigentlichen Farben —, aus blassem Blau und blassem Gelb geschaffen, aus Kastanienbraun und Aschgrau, aus
Türkis und Grün, aus Rostrot und Indigoblau, aus Schwarz,
Rot, aus Gelbrot und Grünschwarz, aus dem Spiel aller Farben, die nicht in der Natur, aber auf seiner Palette existierten.

Er erinnerte sich an ein Panorama der Stadt, das Turner
vom Fenster seines Zimmers im Hotel Europa aus gemalt hatte.
Die Architektur von San Giorgio Maggiore war auf dem Gemälde völlig verschwunden. Von der Kirche waren gelb-
weiße, schräge Linien übriggeblieben, die sich in einer seltsamen, ockerfarbenen Form in der Lücke aufrichteten. Auch das
Wasser war, genauso wie der Himmel, in Gelb übergegangen
und ziemlich undeutlich geworden. Das war eine Fata Morgana in der Wüste, die auftauchte, sich so mit blassen gelben
Flecken auf Weiß vergrößerte, und je mehr sie sich ausbreitete,
um so mehr löste sie sich auf und verlor sich. Als Kâmil am
Tag seiner Ankunft in Venedig im Café Chioggia saß und auf
das gegenüberliegende Ufer blickte, hatte er sich vorgestellt,

daß die Insel San Giorgio Maggiore den Wind wie ein Segelschiff hinter sich herzog und sich ganz langsam in Richtung
Lido entfernte. Was aber Turner vom Fenster des Hotels aus
gesehen hatte, war eindeutig eine Fata Morgana. Wie sehr auch
die Sonne im Winter strahlte – dachte Kâmil –, die Sonnenuntergänge könnten sich in Venedig nicht in eine Fata Morgana verwandeln, wenigstens käme so etwas vorläufig nicht für
ihn in Frage, und er schüttelte den Kopf, als wollte er dieses
»Vorläufig« mit Nachdruck unterstreichen.

* * *

Er hoffte, er könnte die Sonne, die er auf dem Ponte dell' Accademia verloren hatte, an der Kaimauer von Zattere erwischen.
Er ging rasch am Rio Foscarini entlang und bog an der Kirche Santa Maria del Rosario um die Ecke. Dort ging die Sonne
unter, auf der Linie, wo das Meer sich mit dem Festland hinter den flammenspeienden Schornsteinen von Marghera verband. Daß er nicht ganz genau unterscheiden konnte, ob sie im
Meer oder auf dem Festland versank, schob er auf seine Trun-
kenheit. Auf der Kaimauer herrschte ein ziemliches Gedränge,
da wimmelte es von Familien, die zu ihrem Abendspaziergang
aufgebrochen waren, von Alten, die sich an der Wintersonne
gütlich tun wollten, und jungen Leuten, Studenten, wie man
an ihrem Verhalten erkannte. Wenn er sich in ein Café setzte,
würde er wieder Alkohol trinken. Auf den Fersen kauerte er
sich auf die Pflastersteine des Kais und lehnte seinen Rücken
gegen die Mauer; genauso schweigsam und fremd wie die aus-
ländischen Arbeiter blieb er eine Weile da hocken und zündete
sich dann die erloschene Zigarre an. Die Häuser der Giudecca
waren auf derselben Höhe wie das Wasser. Kurz darauf schienen sie mit der Sonne im Meer begraben zu sein.

Das hier war die Stelle Venedigs, die ihn am meisten an
den Bosporus erinnerte. Bevor die großen Frachter im Industriegebiet anlegten, fuhren sie an der Giudecca vorbei. Auch

wenn das gegenüberliegende Ufer nicht vor illegalen Neubau-
ten strotzte, die sich Tag für Tag etwas mehr in die grünen Hügel fraßen, auch wenn es nicht das Schicksal der Haine und der
ein wenig abgewrackten Strandvillen am Bosporus teilte, glich
es doch auf eine verblüffende Weise der anatolischen Küste
Istanbuls. Vielleicht kam es Kâmil auch so vor, weil er sich
nach den Sonnenuntergängen am Bosporus sehnte. Wonach er
sich eigentlich sehnte, viel mehr als nach dem Panorama, das
war die Stunde des Aperitifs – um Gottes willen, woher kam
nur dieser Ausdruck! –, genauer gesagt, der Beginn der abendlichen Sauferei. Ja, schon am dritten Tag seiner Ankunft in Venedig fing er an, sich nach dem Anisduft zu sehnen. Wenn er
in Paris wäre, würde er eine türkische Lokanta suchen und sich
so richtig besäuseln. Diese Sehnsucht konnte er zum Beispiel
im Turkolimano von Piräus in Gesellschaft einer Flasche Bar-
bayani stillen, an einem Tisch in einer Taverne mit Blick aufs
Meer. Aber hier ... Vielleicht war es auch der rüde Ton des
jungen Malers, der diese Sehnsucht nach einem Rakı bei ihm
auslöste. Seine patzige Art hatte Kâmil die Laune verdorben.
Ihm paßte es allerdings auch nicht, wenn er beim Malen gestört wurde und dummdreiste Fragen über sich ergehen lassen
mußte. Neugierige, die vorbeikamen, blieben stehen, guckten
sich die Leinwand an und gaben Kommentare ab, die besag-
ten, daß es ihm nicht gelungen sei, das dort richtig abzubilden.
Dann wurde er wirklich fuchsteufelswild, reagierte aber nicht
so unverschämt wie der junge Mann, der ihn auch noch zu-
rechtwies; nein, Kâmil riß sich zusammen, gab eine Antwort,
die niemanden aufbrachte, und tat oft so, als würde er dem Betrachter seines Bildes sogar recht geben.

Er wußte, daß Kunst Einsamkeit erforderte und während
der Schaffensphase keine Einmischung duldete. Aber kein einziger Künstler – und dazu zählten auch die Schriftsteller – war
einsam genug, während er kreativ war. Die Nacht könnte niemals ganz Nacht sein; ein Geräusch der Außenwelt, ein Licht-

strahl, vielleicht auch ein Rascheln dränge plötzlich in die Innenwelt des Künstlers ein und würde ihn daran hindern, sich
voll und ganz von der Realität zurückzuziehen und sich allein
seiner Phantasie zu widmen. Selbst wenn er Landschaften
malte, ahmte Kâmil doch nicht etwa die Natur nach! Die Silhouette Istanbuls, die man von Çamlıca, von Moda oder der
Landungsbrücke von Üsküdar aus sah, bestand nicht nur aus
den Kuppeln und Minaretten der alten Stadt, sondern war ein
Ausdruck seiner Bewunderung für Istanbul, war seine Reaktion, ein Zeichen dafür, daß er sich wünschte, die Harmonie,
die darin lag, bestünde auch in seinem Leben. Vielleicht waren die Bleikuppeln, die die Last der Osmanen trugen, die Balken, die meisterhaft an Ort und Stelle angebracht waren, und
die majestätischen Minarette auf seinen Landschaftsbildern
aus diesem Grund so federleicht und ohne klare Umrisse; seine
Sonnenuntergänge waren immer etwas verschwommen. Bilder
zu malen, das war vielleicht kein Gottesdienst, aber ein Refu-
gium, in dem er sein stürmisches Leben und seinen Liebeskummer vergaß, eine Suche nach Ruhe.

Als Kind hatte er nie das Gesicht eines Menschen gezeichnet, höchstens mal auf beschlagene Fensterscheiben. Er wußte
nicht genau, warum, aber ihm kam es vor, als läge im Gesicht
eines Menschen immer ein Zauber, etwas Unerforschtes und
Unerreichbares. Vielleicht fürchtete er sich auch davor, das Gesicht eines Menschen zu zeichnen. Er war davon überzeugt,
daß er das Echte hinter den Blicken, die Frische oder das Runz-
lige der Haut, die Tiefe im Ausdruck der Gesichtszüge nie
würde wiedergeben können. In diesem Sinn war eine Landschaft vielleicht nicht so komplex wie das menschliche Gesicht,
aber sie hatte auch ihre Geheimnisse und ein Leben, in das er
nicht ganz und gar eindringen konnte. Außerdem bestand sie
aus viel mehr Farben und war viel abwechslungsreicher als das
menschliche Gesicht. So zum Beispiel der Sonnenuntergang
am Kai von Zattere, wo er jetzt kauerte und eine Zigarre

rauchte. Das matte Licht der Sonne, die sich zum Horizont rollte, und die Rot-Töne, die aufs Wasser fielen. Dann die Wellen, die auf der offenen See schäumten, wenn Wind aufkam. Es war sogar möglich, den Wind ins Bild zu bringen. Natürlich nicht den Wind selbst, aber alles, was er in der Natur auslöste. Die Bäume, die sich bewegten, und die Wolken, die dahintrieben. Dann schien es, als würde das Himmelsgewölbe sich bei Sonnenuntergang noch weiter vertiefen und an Umfang zunehmen. Die Wolken waren ständig in Bewegung, aber keine einzige mit derselben Intensität. Manche glichen den Decken aus Baumwolle, die Händler anboten, als sie im alten Istanbul von Viertel zu Viertel zogen; manche aber hatten Ähnlichkeit mit Wollknäueln, mit denen schläfrige Katzen am Holzkohlenherd Ball spielten – oder Mohnfeldern und grauhaarigen Greisen. Sie gingen von einer Form, von einer Farbe zur anderen über. In seiner Kindheit guckte er stundenlang in den Himmel, wenn der Lodos wehte und die Wolken am Himmel von Istanbul im Gefolge hatte, und nie bekam er es satt, sie mit Tieren, Pflanzen und Menschen zu vergleichen. Als er einmal zum Meeresufer herabstieg, hatte er die Wolken in Kumkapı entdeckt. Es war an diesem Frühlingsabend, als er das Verbot, das Viertel zu verlassen, in den Wind schrieb. Von den Kellerwohnungen aus waren die Wolken doch nicht zu sehen! Alles, was Kâmil als Kind durchs Fenster sehen konnte, waren Schuhe und Beine der Leute, die über das Pflaster liefen.

Wenn ihr bei Sonnenuntergang in einem Wald an der Küste seid, verdunkeln sich auch die Bäume – gleichzeitig mit dem Wasser. Obwohl es schon nicht ganz einfach ist, diese Farbmischung des Wechsels auf der Leinwand zu finden, ist es noch schwerer, das Porträt eines Gesichts zu zeichnen, das euch direkt anschaut. Aus so einer Nähe drängt sich das Gesicht geradezu auf, und seine Blicke werden mit euren eins. Wenn es euch dort direkt gegenübersteht, ist eine Begegnung

mit dem eigenen Ich unvermeidlich, unausweichlich, ja sogar
kaum auszuhalten. Ihr könnt euren Blick nicht mehr abwen‚
den und werdet zu Gefangenen des Gesichts, das euch an‚
schaut. Von den Mumien der Pharaonen bis zum schwarzen
Bart des byzantinischen Pantokrators Jesus ist die Porträtkunst
harte Arbeit – bis hin zum Antlitz der Madonna, auch wenn
sie ihre Blicke verbirgt, wie auf den Gemälden Giovanni Bel‚
linis. Kâmil kam es so vor, als habe der Maler nicht das Ge‚
sicht einer bestimmten Frau, sondern aller Frauen skizziert, die
in sein Leben getreten waren, das Gesicht der Summe aller
Frauen, von denen er in Büchern gelesen und deren Bilder er
gesehen hatte, ein Gesicht, das sich kaum merklich in der Dun‚
kelheit enthüllte und seinen Blick verbarg, je mehr es sich of‚
fenbarte, ja, vielleicht auch das Gesicht der abwesenden Frau,
nach der er sich in seinem verdammt einsamen Leben richtete,
ohne es zu wissen, auf die er sich jeden Tag zubewegte und auf
die er ganz und gar nicht verzichten konnte, selbst wenn er be‚
griffen hätte, daß dieser lange Weg nie enden würde.

Die Natur war immer in Bewegung. Die Strömungen im
Ozean, die Gletscher im Hochgebirge, die Sandhügel in der
Wüste und sogar die Wasser der Lagune Venedigs, die sich aus
Hunderten kleiner Inseln zusammensetzte, wechselten ständig
ihren Platz. Nachts, bei Mondlicht, schienen die Entfernungen
kürzer zu werden, und die Schiffe im Hafen wie die Fischer‚
kähne auf der offenen See schienen sich zu vermehren; es war,
als würden die Algen auf dem Meeresgrund und der Efeu an
den Mauern wachsen. Sogar im August erhob sich bei Son‚
nenaufgang der Sturm und wirbelte die Wäsche auf dem Bal‚
kon und die Flaggen auf den Bastionen durcheinander. Das
Meer war zu jeder Stunde des Tages anders. Genau wie Berge
und Wolken. Das Fallen der Blätter richtete sich nach den Jah‚
reszeiten, und manchmal waren die Bäume im Wald gelb,
quittegelb, manchmal auch rosa, weiß oder purpur, wenn die
Knospen aufsprangen. Das hatte Kâmil ein bißchen »kontem‚

plativ« gemacht, und seine Lebensphilosophie unterschied sich nicht von der irgendeines Landschaftsmalers. Da er sich der Bewegung der Natur so nahe fühlte, widerten Stilleben ihn an, mochte er *nature morte* nicht, wie man es in Frankreich nannte. Aber die Gestalt war etwas anderes, und wenn er eines Tages zur Porträtmalerei überginge, würde er damit anfangen, das Gesicht zu zeichnen, das im dunklen Kellergeschoß seiner Kindheit aufgetaucht war, und möglicherweise würde er auch andere Porträts malen. Auf keinen Fall aber Stilleben.

Er erinnerte sich an seine Zugreisen durch Frankreich. An die Bahnhöfe mit ihrem Gedränge, an Brücken und Felder, Häuser und Bäume, die rasch vor dem Fenster vorbeizogen, und an die reizvollen Schlösser, die eins nach dem anderen am Strom entlang aufgereiht waren. Einmal hatte er jedes einzelne Schloß an der Loire besichtigt; was er aber eigentlich liebte, das waren die alten Städte, Festungsmauern, Burgen und Schießscharten an den steilen Hängen der Hügel, die ihm in einer Gebirgslandschaft in einem völlig unerwarteten Augenblick begegneten. Bisweilen fiel auch ein ganz klares Licht auf Wiesen und Weiden, selbst wenn die Sonne sich hinter den Wolken versteckte. Und immer waren da fette Kühe mit milden Blicken, die in einer Ecke grasten oder schlaff herumlagen und wiederkäuten. Während sie den Zug anstarrten, erwiderte Kâmil ihren Blick. Wer weiß, was sie dachten; nahmen sie denn wirklich wahr, was sie so anstarrten? Oder taten sie nur so, als würden sie so verträumt und ruhig schauen? Vor sich hin zu gucken, das hieß natürlich nicht immer, auch etwas zu erkennen. Kâmil hatte sich lange genug den Kopf darüber zerbrochen, daß nicht jeder, der schaut, etwas sehen müßte.

Er erinnerte sich auch an Felder, exakt wie ein Schachbrett, ihre Grenzen wie mit dem Lineal gezogen, an Hecken und Weiden, an Dörfer, die er immer nur vom Zugfenster aus sah und wohin er nie gefahren war, an Kirchen – jede einzelne ein Denkmal der Einsamkeit dieser Dörfer –, an enge Gassen und

verlassene Plätze. In wolken- und mondlosen Nächten war er
Freund der Sterne, die am strahlenden Himmelszelt flüster-
ten, auch wenn er sie nie besuchen würde. Er wußte, daß die
Sterne, die im luftleeren Raum mit den Augen zwinkerten, in
Wirklichkeit schillernde Sonnen waren, aber er sah sie nicht
so. Er betrachtete sie und Schluß. Und als würden sie eines
Tages auf die Erde fallen, wartete er darauf, daß es Sterne auf
seine Leinwand regnete.

Eigentlich war die Natur ihm fremd. Nur wenn er malte,
gab er sich Mühe, ihr näherzukommen; danach kehrte er sofort wieder in die Stadt zurück, in die Straßen mit ihrem Gedränge und den Bauten, die vom Lärm der Metropole dröhn-
ten. Wenn die Natur kein Stück Landschaft oder eine Illusion
auf der Leinwand war, dann bestand sie für ihn aus den Strömen, die er vom Fenster des Schnellzugs aus verfolgte, die immer geradeaus, das heißt, zum Meer flossen, aus den verschneiten Bergketten, deren Gipfel dort anfingen, wo die Ebene
aufhörte, aus den Heerscharen purpurroter, weißer und asch-
grauer Wolken, die er von den Hubschraubern aus sah, aus Fel-
dern mit Sonnenblumen und Ähren, die im Wind aufgewirbelt wurden. Kurz gesagt, es war eine Natur ohne Menschen,
aber ganz gewiß nicht tot. Seinen Studenten erzählte er, daß es
so etwas wie Natur in Wirklichkeit nicht gäbe und alles erst
durch den Blick der Menschen an Realität gewänne, die Natur
alle ihre Geheimnisse jedoch nie preisgeben würde. Später
zweifelte er manchmal an seinen Worten. Ob die Natur ihre
Existenz nicht fortsetzen würde, wenn wir nicht da wären,
ohne Menschen, auf dieser blauen Apfelsine, die wir Erde nennen? Hatten das Meer und die moosbewachsenen Felsen, das
Salz und die Nässe, die Venedig klammheimlich zerfraßen,
etwa nicht existiert, bevor der Mensch auf die Erde kam?
Wenn man aber keine Städte gegründet und keine Fundamente
für Häuser gelegt hätte, wenn die Menschen nicht in Städten
und Häusern, sondern in Höhlen lebten, könnten die Wellen

nur die Felsen zerfressen. In prähistorischen Zeiten regnete es
vielleicht nicht auf die Dächer der Häuser oder die in allen Farben schillernden Regenschirme auf den Straßen, und es tropfte
nicht – patsch! – auf das Zelt, wie im Zigeunerlied, denn noch
waren weder Zigeuner noch Häuser auf der Welt, aber berie-
selte ein tagelang, monatelang, vielleicht jahrelang fallender,
kalter, widerwärtiger Regen, kaum anders als der feine Sprüh-
regen Istanbuls, nicht den Boden und ließ die Krater der Vul-
kane erkalten? Als der Mensch auf die Erde kam, maßte er sich
an, der Entwicklung der Natur einen Sinn zu geben, und begann damit, Sonne und Salz sengend und brennend, den
Wind mysteriös und den Regen abstoßend zu finden.

Auf einmal langweilten Kâmil diese Gedanken, kaum
würde der Regen – patsch! – aufs Zelt tropfen, würde das
Trinkgelage mit Tanz und Musik losgehen, und während er in
Sulukule seinen Rakı trank, würden die Zigeunermädchen...
Zum Schluß liefen die Bilder und Gedanken, die durch seinen
Kopf strömten wie die Dörfer, die am Fenster des Schnellzugs
vorbeizogen, in den er in Frankreich gestiegen war, auf den
Wunsch nach einem Glas Rakı hinaus, aber was blieb ihm
übrig, heute abend gab es keinen Rakı. Weder heute abend,
noch...

Während er in Venedig auf der Kaimauer von Zattere auf
den Fersen hockte und den Sonnenuntergang betrachtete, hatte
er wirklich nicht erwartet, daß sein Gedankenstrom sich so
schnell in einen Strudel verwandeln würde. Das war die Wirkung der beiden kleinen Flaschen Valpolicella, die er am Mittag auf nüchternen Magen getrunken hatte. Selbst wenn er
keinen Rakı fände, wozu gab's denn Whisky? Gin, Wodka,
Champagner ... Erwartete ihn das heute nacht denn nicht
alles, hübsch aufgereiht, im erleuchteten Schaufenster einer
Bar? Aber vorher mußte er etwas essen.

Wie alle einsamen Menschen fürchtete Kâmil Uzman sich
eigentlich davor, Selbstgespräche zu führen, und er merkte

noch nicht einmal, daß seine Gedanken einander jagten. Er erhob sich aus der Hocke, ging ins nächstbeste Restaurant und setzte sich an einen Tisch für zwei Personen am Fenster. Vereinzelt flammten die Lichter auf der Giudecca auf. Genau gegenüber erinnerte die Kirche Il Redentore zwischen den Marmorsäulen, die sich auf beiden Seiten erhoben, an einen Meerestempel. Gleich würde Poseidon aus dem Wasser steigen, hineingehen und sich mit der Harpune in der Hand auf seinen Thron setzen. Man schaue sich nur Palladios Talent an! Den riesigen, steinernen Bau hatte er nicht aufs Festland, sondern ins Meer gesetzt. Und damit es nicht unterging, hatte er das Fundament eine Spanne breit über dem Wasser angelegt. Kâmil kam es vor, als würde die Insel sich in dem intensiven Licht, das die Fassade der Kirche anstrahlte, allmählich entfernen. Und je weiter die Giudecca sich entfernte, desto breiter wurde natürlich auch der Kanal. Eine Weile später würde er weder die Insel, noch das Licht, noch die Häuser und die Kirche sehen. In Venedig, der Stadt, in die jeder mit seiner Liebsten kam, wohin er aber wegen einer Forschungsarbeit gereist war – ohne auch nur zu wissen, wie er sie abschließen würde –, würde er also allein zu Abend essen. Ja, er mußte schließlich irgendwas essen. Er bestellte Spaghetti alla vongole und natürlich eine Flasche Weißwein. Wenigstens war der Wein gut gekühlt, und ohne auf das Essen zu warten, leerte er sein Glas in einem Zug zur Hälfte. Die Paare an den Tischen, die sich nach und nach füllten, und die Blicke der Gäste machten ihn nicht mehr nervös. Allmählich machte ihm das Alleinsein sogar Spaß. Wenn er Sehnsucht nach einer Frau hätte – das war im Moment noch nicht der Fall –, könnte er, wie ihm sein Bekannter, der ihm das Studio vermietet hatte, am Telefon angedeutet hatte, zur Piazzale Roma gehen, sich ein Taxi nehmen und nach Mestre fahren; dort könnte er mit einem der Mädchen, die auf der Straße in der Nähe des Bahnhofs auf Freier warteten, wenn nicht unter einem Dach, da er kein Auto hatte, dann doch auf einer der Bänke im dunklen Park oder auch an einer Mauer...

* * *

Als er das Restaurant verließ, war er ziemlich betrunken. Auf dem Heimweg verirrte er sich wieder in den Gassen. Er verließ sich ganz und gar auf die Pfeile, die zur Piazzale Roma wiesen. Außerdem waren die Straßen ziemlich gut beleuchtet. Und dennoch fand er sich im Dunkeln wieder, als er eine Brücke hinabstieg und in einen der engen Durchgänge einbog. In diesem Moment merkte er, daß er pissen mußte. In einer Ecke pinkelte er endlos lange. Wenigstens fiel weder Licht auf den Kanal, noch drang auch nur der kleinste Schimmer durch die geschlossenen Rolläden auf die Straße. Er lauschte eine Weile auf das Sprühen des Urins. Wenn es eine offene Bar gegeben hätte, hätte er sein Bedürfnis natürlich dort befriedigt, aber er wußte, daß er zu dieser Nachtstunde – und in diesem Viertel, das er nicht kannte – kein Lokal finden würde, das noch offen war. Auch Professoren müssen mal die Hosen runterlassen, vor allem, wenn sie ein bißchen über den Durst getrunken haben. Das Wasser des Kanals war sowieso total verdreckt, und trotzdem hielt Kâmil es für passender, an eine Mauer zu pissen.

Er machte kehrt, überquerte dieselbe Brücke und lief diesmal am Kanal entlang, ohne irgendwo einzubiegen. Mit aufgeblendeten Scheinwerfern fuhr ein Motoscafo an ihm vorbei durchs Wasser. Die Vorhänge des Taxis waren verschlossen. Durch die offene Tür sah Kâmil die hellblonde Frau, die darin saß. Sie hatte die Beine übereinandergeschlagen und rauchte eine Zigarette. Sie war allein. Sie trug schwarze Netzstrümpfe, und ihre Beine waren wunderschön, ebenmäßig, lang und ein bißchen drall. Ihr im Taxi, sofort und auf der Stelle – an dem langen Kanal entlang, auf den nicht der geringste Schatten fiel – die Beine hochzuheben und ohne die Strapse... Er verspürte nicht zum ersten Mal die Lust, in dem Moment mit einer Frau zu schlafen, in dem er sie sah. Eine solche Pose, wie sie da plötzlich vor ihm auftauchte, ein hübsches Bein, das aus dem Rockschlitz sprang, ein Lachen, kurz geschnittene Haare, die den nackten Hals ziemlich frei ließen, und sogar ein Parfüm reichten manchmal schon, um den Professor zu verführen. Aber seit er in Venedig angekommen war, war es ihm noch nicht mal in den Sinn gekommen, mit einer Frau zu schlafen; das lag vielleicht an seinen endlosen nächtlichen Märschen durch die engen, verlassenen Gassen der Stadt, an dem Wirrwarr der Bilder und Gedanken, die ihm durchs Hirn rasten. Auf einmal hatte er Lust auf eine Frau. Das Bild der hellblonden Frau im Taxi geisterte ihm noch immer durch den Kopf. Aber er wollte nicht mit dieser Frau schlafen, sondern mit irgendeiner Frau, wollte den Körper, in den er eindringen würde, nicht mehr verlassen. Wenn ihn in Istanbul plötzlich die Lust überkam, mit einer Frau zu schlafen, mußte er das nicht unterdrücken. Er mußte auch nicht wie in seinen Jugendjahren auf die Straße und in die Puffs von Elmadağ oder Sıraselviler gehen, die bis zum Morgen geöffnet waren. Als hätten die Generäle nach dem Militärputsch vom 12. September alles zum Wohl des Landes getan, verboten sie auch die Freudenhäuser. Also tauchten die Callgirls auf. Wenn Kâmil wollte, konnte er sich telefonisch eine Frau ins Haus rufen. Aber hier in dieser Stadt, einst dem größten Bordell des Mittelmeers, gab es, Gott sei's geklagt, keine einzige Nutte und noch nicht mal einen einzigen Puff.

Wenn man bei den Historikern nachschlug, lebten im 16. Jahrhundert, als die Einwohnerzahl der Stadt annähernd hunderttausend betrug, genau 11 654 »Lebedamen« in Venedig. Sich allein auf die Historiker verlassen? Bei Carpaccio bestätigte sich die These. In dem Viertel in der Nähe des Rialto, das vom *Fondamenta delle Tette,* das seinen Namen zu Recht trägt, und der Brücke der Zitzen begrenzt wird, zeigten sie den

Kaufleuten ihren Busen vom Balkon der Häuser aus. Und wer ihnen Dukatengold zahlte, mit dem schliefen sie. Vielleicht langweilten sie sich auch, wenn sie den ganzen Tag lang auf Freier warteten, wie auf dem Gemälde Carpaccios. Sie hielten sich einen Hund und trösteten sich mit exotischen Vögeln, die ihnen Seeleute aus fernen Ländern und dem Dschungel mit brachten. Dennoch verging die Zeit manchmal nicht. Dann kam es vor, daß sie spezielle Freier mit Spazierstöcken strei chelten und die Hunde auf sie hetzten, um nicht vor Lange weile umzukommen. Auch wenn die Hunde ihre Freier knur rend ansprangen, rührten die Frauenzimmer sich nicht von ihren Schemeln. Ihre makellose Halspartie schmückten sie mit Colliers, und über dem Po trugen sie weite Röcke. Sie waren füllig, traurig und verträumt. Und wenn schon, immerhin war für jeden Mann etwas Passendes zu finden. Aber heutzutage mußte man nach Mestre fahren, unverdrossen in den Zug oder den Bus steigen oder, falls es dafür zu spät war, an der Piaz zale Roma in ein Taxi springen, um seine Lust zu befriedigen.

Kâmil wußte, daß Forscher, die die Folgetafel jenes Bildes untersuchten, das auf eine Schranktür gemalt worden war, das heißt, das Bild auf der anderen Schranktür, dessen Original sich in Malibu befand, Ruskins These – eine Auffassung, die von Ruskin auf Proust übergegangen war – widerlegt hatten, daß die Frauen auf Carpaccios Gemälde auf Freier warteten. In Wirklichkeit warteten die Frauen auf ihre Ehemänner, die auf dem Bild der anderen Schranktür Enten jagten – wie selt sam das doch aussah, wenn ihre Männer mit dem Pfeil auf die Enten mit dem grünen Kopf schossen, die im durchsichtigen Wasser der Lagune den Kopf mal unter und mal über Wasser hatten. Aber ein betrunkener Professor, der auf der Suche nach Prostituierten war, mußte zu dieser Nachtstunde doch wirklich nicht alles so genau nehmen!

Kâmil fuhr mit dem Taxi aufs Festland, und kaum hatte er die Mädchen gesehen, die dort unter den Platanen, eine neben

der anderen, auf Freier warteten, fand er seine gute Laune wieder. Gott sei Dank gab es Mestre! Eine Stadt namens Mestre,
die nicht auf allen Seiten vom Wasser umgeben war, wo man
in den Bus oder ins Taxi steigen konnte, um von einer Stelle
zur anderen zu gelangen, und wo man auch nach Mitternacht
noch offene Bars, Restaurants, Leute vorfand, die auf den Straßen spazierengingen, und – Gott sei Dank! – Frauen. Venedig
aber war eine blinde Bestie, die nachts im Sumpf lag, ein stum-
mes Schiff, durch dessen verschlossene Bullaugen kein Licht
drang. In Mestre gab es auch Autos, Neonlicht und asphal-
tierte Straßen. Der Wind, der von der Lagune her wehte, roch
nach Algen, Jod und Salz. Die Röcke der Mädchen mit den
langen Beinen, die ihre Dienste im Auto anboten, flogen
nachts auf. Nein, sie flogen nicht auf, sondern knisterten wie
Leinwände in schreienden Farben. Denn sie waren hauteng
und klebten an den einladenden Hüften. In Wirklichkeit war
es Kâmil Uzmans Leben, das da aufgewirbelt wurde. Da flog
also in der Dunkelheit mit den Madonnen Giovanni Bellinis
ein Gesicht vorbei. Der Sauftisch einer Wohnung im Kellergeschoß, die Einsamkeit, die das Dunkel auf den Korridoren
des Internats hinter sich herzog, und die Phantasien, denen er
sich im Schlafsaal hingab – all das wurde im Wind empor-
geschleudert.

Er ging auf eines der Mädchen zu und fragte nach dem
Preis. Das Mädchen lächelte und tat so, als steuerte es mit beiden Händen einen Wagen. Ohne ihre Antwort abzuwarten –
»Wenn du kein Auto hast, hat sich die Sache erledigt« –, ging
Kâmil weiter und wandte sich an eine andere. Als er von ihr
eine ähnliche Antwort erhielt, war es mit seiner guten Laune
vorbei. Bevor er auf die dritte zuging, dachte er daran, daß
seine Stimmung auch Wind und Wellen preisgegeben war und
hin- und herschwankte wie das Meer, das bei stürmischem
Wetter gegen die Kais der Stadt schlug und über Mauern und
Brücken herfiel. »Ich hab' kein Auto, weder alt noch neu, aber

Geld wie Heu!«, bei der dritten versuchte er es mit einem Scherz. Trotz ihrer hohen Absätze wirkte sie winzig. Sie war ein bißchen schmächtig und älter als die anderen. Als Kâmil merkte, daß ihr Busen im Verhältnis zu ihrem zarten Körper ganz schön feist war, freute er sich. Außerdem war sie dunkel und hatte eine schlanke Taille. Ihren Mund konnte man sogar schön nennen; er war rot und enorm groß. »Abgemacht«, antwortete das Mädchen, »wenn du willst, machen wir's hinter dem Baum da.« Sie gingen zusammen dorthin. Hinter dem Baum war es nicht dunkel genug. Die Scheinwerfer der vorbeifahrenden Autos beleuchteten alles hell wie am lichten Tag. Sie bogen in eine Straße ein, dann in eine andere. Als sie an der Mauer eines leerstehenden Grundstücks am Ende der Straße ankamen, drückte Kâmil der Frau 50 000 Lira in die Hand und lehnte sich mit dem Rücken an die Wand. Während er mit einer Hand die Brüste der Frau streichelte, die vor ihm kniete, knöpfte er mit der anderen seinen Hosenschlitz auf. In der kalten Nacht richtete sein Penis sich wie eine glühende Eisenstange auf. So etwas wie »Wenn man wenig trinkt, wird er straff, trinkt man aber zuviel, wird er schlaff«, ging ihm durch den Kopf. Er wußte nicht mehr, ob sein Vater das eines Nachts gesagt hatte, bevor er sich betrank, oder ob er das irgendwo gelesen hatte – das hieß doch, wenn man zuviel trank, wurde er auch straff. Während die Frau abwartend dastand, schaute Kâmil ihr in die Augen. Sie waren pechschwarz. An alles, was danach passierte, kann er sich nicht genau erinnern. Alles weitere war etwas verschwommen. Wenn er sich, immer noch betrunken, schwankend in ein Taxi wirft, erst dann wird er merken, daß sein ganzes Geld, alles, was er in der Hosentasche hatte, gestohlen war. Aber erst danach.

5

Im Zimmer ist es dunkel, die Läden der beiden Fenster sind geschlossen. Als er letzte Nacht zu später Stunde einen Geldautomaten auf der Piazzale Roma suchte, war es überall genauso dunkel. Gleich hinter den Ständen der Zeitungsverkäufer fand er eine Bank am Kanal, hob mit Hilfe seiner Kreditkarte Geld von seinem Konto ab und zahlte dem Taxifahrer, was er ihm schuldete. Er erinnert sich daran, daß er sich danach auf dem leeren Platz vor der Bank gegenüber dem verschlossenen Park hinsetzte, eine Zigarre anzündete und Venedig wie ein Schiff, das er in letzter Minute erreichte, in der Stille der Nacht mit verloschenen Lichtern auf offener See volle Fahrt aufnahm. Ja, jetzt ist er auf einem Schiff. Er hört das Rauschen des Meeres, das gegen seine Kajüte drängt. Wenn das Schiff nun in ein Unwetter geriete und unterginge! Wenn das Wasser nach und nach durch das Fenster strömen würde! Wenn *aqua alta* so ganz allmählich käme, nicht, indem es unter dem hölzernen Gatter der Haustür hindurchsickerte, sondern wenn das Meer die Fensterscheiben und die hölzernen Läden auf einmal in tausend Stücke schlagen und über den Raum herfallen würde, wenn es ihn hilflos und splitternackt im Bett ertränken würde. Dann würde die Pumpe im Nebenraum auch nichts mehr nützen. Zuerst würde es die Möbel mit sich fortreißen, den Ofen, die Stühle und die Akten und Notizen, die aufgeschlagen auf dem Tisch lagen. Dann würde das Wasser die Bücher wegschwemmen, und das Bett würde ganz langsam zur Zimmerdecke steigen. Oder die Decke bräche über ihm zusammen, während er um Atem rang.

Die Augen auf die Balken an der Decke gerichtet, denkt er

in der Dunkelheit an unglaubliche Dinge. Aus irgendeinem
Grund rechnet er mit einem gewaltsamen Tod, einem unerwarteten Ende. Aber es liegen doch noch schöne Tage in Venedig vor ihm. Wenn nicht heute, dann wird er morgen wieder in die Bibliothek des Museo Correr gehen, nachdem er
vergessen hat, was in Mestre passiert ist. Er wird die Frau aus
dem Bild anlächeln. Guten Morgen! Ich habe mich nach
Ihnen gesehnt, Caterina. Wie könnte denn nur der richtige
Name der jungen Bibliothekarin lauten. Ganz bestimmt Caterina, da sie der Heiligen Katharina so ähnlich sah. Oder
auch Caterina Cornaro, der Königin, die mit sechzehn Jahren
Witwe wurde. Er mußte ihr sagen, daß sie der Heiligen auf
Giovanni Bellinis Bild aufs Haar glich und dem Maler tatsächlich eine vornehme Venezianerin Modell gestanden haben
könnte. Eine schöne Gelegenheit, um Bekanntschaft miteinander zu schließen! Ja, wenn nicht heute, dann mußte er unbedingt morgen in die Bibliothek gehen; er mußte sie nach dem
Grund für diese Ähnlichkeit fragen, nach ihrer Vergangenheit, und erfahren, ob sie einer venezianischen Familie angehörte.

An diesem Tag ging Kâmil nicht aus dem Haus. Er öffnete
auch die Fensterläden nicht. Eine Zeitlang blieb er im Dunkeln liegen, dann knipste er die Lampe an und las ein Buch.
Als er keine Lust mehr zum Lesen hatte, stand er auf und goß
die Blumen. Gegen Abend bekam er Hunger. Zum Glück
hatte der Besitzer des Studios den Kühlschrank bis oben hin
gefüllt. Kâmil wollte nicht viele Umstände mit dem Essen machen, nahm Mozzarella und Tomaten aus dem Kühlschrank
und mischte sich einen schönen Salat mit Olivenöl und Thymian, außerdem schnitt er den Parmaschinken in lange, dünne
Scheiben und breitete sie auf dem Teller aus. Der Schinken
war so hauchzart, daß man das Blau des Tellers darunter sah.
Er holte den Rotwein hervor, aber beim Essen rührte er die Flasche nicht an. Er beschloß, nicht mehr über den Durst zu trin-

ken. Nachdem er sich satt gegessen hatte, konnte er es an dem Tisch, an dem er saß, um einem Istanbuler Kollegen einen Brief zu schreiben, nicht mehr aushalten und trank in winzigen Schlucken ein kleines Glas Grappa zum Kaffee. Dann noch eins und noch eins. Das vierte Glas leerte er in einem Zug. Bei dieser Kälte wärmte einem der Grappa das Herz, und er inspirierte ihn. Auf diese Weise inspiriert, schrieb Kâmil einen ausführlichen Brief an seinen Kollegen. Er erzählte ihm haarklein, wie er in Venedig – er sei hierhergekommen, um über Gentile Bellini zu forschen – die Madonnen von dessen Bruder Giovanni entdeckt und wie tief ihn diese zufällige Begegnung beeindruckt, ja erschüttert habe, so wie man sagt: »So sehr, daß es einen mitten ins Herz trifft.«

Der Alkohol hatte einen ungeheuren Einfluß auf sein Erinnerungsvermögen. Je länger er schrieb, um so deutlicher erinnerte er sich an seine Kindheit in Istanbul. An die unglückseligen Jahre im Kellergeschoß. Wenn sein Vater mit seinen Freunden am Sauftisch zusammen war, manchmal auch mit Frauen, die er mit nach Hause brachte, suchte Kâmil Zuflucht im Schlafzimmer und las dort beim Licht einer Glühbirne. So lange, bis sein Vater schwankend hereinkam und anfing, ihm eine Rede über Nutzen und Schaden des Lesens zu halten. Er wurde nicht wütend auf seinen Vater, weil der ihn aus der Welt des Buches riß, in die er sich vertieft hatte, und er nahm es ihm auch nicht übel, daß er seit dem Tod der Mutter andere Frauen in sein Bett holte, oft auch Nutten aus dem Viertel. Was er ihm aber nicht verzieh, das waren die Zechgelage in der Diele, die nicht enden wollenden, trunkenen Gespräche, die Diskussionen, und dann der widerliche Geruch nach Anis, der sich in der Wohnung festsetzte, gegen Morgen, wenn alle gegangen waren und es wieder ruhig war. Wer hätte gedacht, daß dieser Geruch, der ihn in seiner Kindheit so anwiderte, eines Tages auch in sein Leben treten und der treue Freund seiner Reifejahre würde, die, mit einem Ausdruck seines Vaters,

seinem Namen entsprächen, denn Kâmil bedeutete Reife, Vollendung. Auch er würde sich, wie sein Vater, der an Zirrhose
starb, jenseits der vierzig die Nacht trunken im Bett mit Nutten um die Ohren schlagen. Sogar als Kâmil schon zur Schule
ging, wollte er, daß das Licht in seinem Zimmer nicht ausgeknipst wurde. Dann war ihm die Erinnerung an seine Mutter
so nahe, so wirklich ... Kaum wäre die Lampe verloschen,
würde sie sich über ihn beugen, ihn auf die Stirn küssen, als
wäre sie noch am Leben, und würde ihm liebevolle Gebets-
worte ins Ohr flüstern, als wäre sie nicht vor Jahren gestorben
und hätte ihren einzigen Sohn verlassen. Warum bist du nur
an einem Winterabend gestorben, warum hast du mich in meinem Bett bloß so allein gelassen, ganz allein mit den Schatten,
die sich hinter dem verschlossenen Vorhang bewegten? Warum
bist du nur gestorben? Guck mal, da bin ich nun hier in Venedig. Mutterseelenallein in einem winzig kleinen Zimmer.
Komm doch, wenn ich die Lampe ausgeknipst habe, neig dich
über mich und küß mich auf Stirn und Wangen. Versteck
deine Augen nicht vor mir, schau mich an, ich liebe dich doch
immer noch innig und sehne mich sehr nach deiner Nähe.
Bitte, verbirg deine Blicke nicht, nie habe ich genug von dir bekommen können. Aber glaub mir, ich war dir sehr böse! Der
einzige Mensch, dem Kâmil etwas übelnahm, war seine Mutter, an die er sich verschwommen erinnerte, nicht sein versoffener Vater. Den Zorn auf seine Mutter hatte er sich lange Zeit
nicht anmerken lassen, da sie vielleicht eines Tages wieder zur
Tür hereinkäme.

Mittlerweile war dieser Zorn der Hilflosigkeit gewichen.
Er hatte sie doch noch nicht einmal richtig kennengelernt! Die
Sehnsucht, die ihn Jahre später in einem Studio, so dunkel wie
das Kellergeschoß seiner Kindheit, so plötzlich durchdrang
und mit sich riß, hatte das Gefühl einer unerträglichen Leere
heraufbeschworen, wie der Anblick von Giovannis Madonnen, ein Gefühl, das ihn quälte, als hätte er gerade erst ent-

deckt, daß seine Mutter nicht da war. Wenn er doch nur ein Foto von ihr hätte, wenn sie ihn doch von der Seite eines Albums anschauen würde, wenn sie ihre Augen wenigstens einen Moment lang nicht verbergen würde. Aber er besaß kein einziges Foto seiner Mutter. Vielleicht hatte es mal eins gegeben, aber der Teufel mußte es geholt haben. Je mehr sich die Lippen jetzt, in dieser einsamen venezianischen Nacht, bewegten, die Lippen, die Gebete flüsterten, um so deutlicher wurde das Gesicht ins Dunkel gezeichnet und wandelte sich von der Stimme zur Gestalt.

Ihm kamen die Zeiten in den Sinn, als er mit dem Malen anfing. Der Wunsch, nach draußen, ins Freie zu gehen, war wirklich der Anlaß für seine Neugier auf Landschaften. Viele Jahre hatte er im Internat verbracht, seine Kindheit aber im Kellergeschoß. Kâmil kam es vor, als wäre das Licht, das er suchte, als wären die Farben auf seiner Palette, die sonnigen Sonntagvormittage, die – wie jammerschade! – im Handumdrehen vorbei waren, seine Rache an der Finsternis in seiner Kindheit, eine Rache an dem blinden Licht der Lampe, das nachts von der Decke des Internats auf die gefrorenen Fensterscheiben schien, wenn er in den Pubertätsjahren in seinem schmalen Bett auf den Schlaf wartete. Oder es war eine Vergeltung für all das, für all die finsteren Orte, die in der Vergangenheit – an die er sich nicht mehr erinnern konnte –, in den Tiefen seines Unterbewußtseins lagen, eine Vergeltung für die Orte im Halbdunkel, für die Zimmer mit niedriger Decke, in denen man sich mit nackten Frauenkörpern vereinigte, für die Innenhöfe, die keine Sonne kannten, für das Istanbul der schäbigen Holzhäuser, durch das er um Mitternacht immer bummelte. Ja, um es mit einem militärischen Ausdruck zu sagen, es war eine etwas verspätete Vergeltung, ein Gegenangriff, der nachhinkte. Wenn Kâmil über die sonnigen Straßen der Häfen des Mittelmeers schlenderte, von denen er viele fast wie seine Westentasche kannte, wenn er manchmal die Vorhänge zuzog, um sich zum Mittagsschlaf hinzulegen, war ihm in dem sengenden Licht, das auf den großen, weiträumigen Sa- lon des für ein paar Tage gemieteten Ferienhauses fiel, oder auf einer Wiese, auf der er seine Staffelei aufgebaut hatte, bewußt, daß vielleicht die einzige Last seines Lebens weder Staffelei noch Farben, noch die Akten oder der alte Koffer, sondern ein Albtraum war, dieses Dunkel vor der Morgendämmerung, das ihn nie verließ und ihn verfolgte, wohin auch immer er ging.

Längst hatte er die Hälfte der Strecke zurückgelegt, und in der Einsamkeit eines Lebens, das er mit harten Entbehrun- gen, Reisen und flüchtigen Liebschaften verbracht hatte, blieb ihm ohnehin nicht mehr viel zu erhoffen. Vielleicht Wärme, Freundschaften, die allmählich weniger wurden, und die Zu- neigung der Frauen. Wenn er manchmal Gast einer Institution oder einer reichen Stiftung war, kam es auch vor, daß er in gro- ßen, komfortablen Zimmern von Luxushotels übernachtete. Selbst die Bäder dieser Hotelzimmer waren größer als die schä- bigen Studentenbuden im Dachgeschoß mit dem Klo auf hal- ber Treppe, die seine Jahre aufgezehrt hatten, aus irgendeinem Grund nannte man diese Unterkünfte, wo die armen jungen Leute wohnten, in Paris »Dienstbotenkammern«. Die Bäder der Hotelzimmer waren wärmer und heller. Vielleicht kam es Kâmil auch so vor, weil das Licht durch die großen Fenster, die auf den Boulevard oder das Meer hinausgingen, auf die Spiegel fiel. Es waren die Spiegel, die die Badezimmer vergrö- ßerten, die Bäder, in die er Lust auf eine Frau bekam und in deren Wannen er masturbierte. So viele Bilder, die durch die Spiegel gezogen waren, so viele Nächte, in denen er zuviel ge- trunken hatte, wirbelten ihm durch den Kopf. Zuerst zeichnete sich sein eigenes Bild ab, splitternackt, behaart und korpulent. Ganz anders als auf den Fotos aus seiner Jugend, dem super- schlanken Körper auf diesen Aufnahmen, mit Haaren, die ihm auf die Schultern fielen, und dem Bart, der kein einziges graues Haar aufwies, nahm er den Spiegel mit seiner plumpen

Erscheinung jetzt von einem Ende bis zum anderen ein. Wie ein Sack Mehl, der an der Decke hing, stand Kâmil da, wenn er anfing, seinen Penis in die Hand zu nehmen und zu streicheln. Sein Gesicht war kreidebleich, er kniff die Augen ein bißchen zu und gab sich der Spannung der Lust hin, als würde er mit Schwung auf einem Maskenball tanzen. Er keuchte durch die purpurrote Adlernase. Eine Zeitlang verglich er sie mit der langen, feinen Hakennase Fâtihs auf Gentiles Porträt. Der Alkohol und das Alter aber hatten bewirkt, daß seine Nase jetzt breiter und flacher war. Sie erinnerte ihn an eine unreife Aubergine, während er so aufrecht in der Wanne stand und sich abrackerte, um zum Orgasmus zu kommen. Wie auch immer, seit er sich den Bart gestutzt hatte, tauchten die schönen, fülligen Lippen wieder auf, und sein pausbäckiges Gesicht zeichnete sich nicht nur mit seiner Häßlichkeit im Spiegel ab. Und außerdem – Unkraut vergeht nicht; wenn auch von dieser unförmigen, puterroten Nase nicht mehr viel zu erwarten wäre! Andere Bilder setzten sich in seinem Kopf fest, und je mehr Momente der Vergangenheit ihn in Wellen überfielen, um so mehr fingen sie an, sich zu heben und zu senken wie die Kormorane von Göksu. Viele hatten die dunklen Körper junger Frauen. Sie hatten weder Blicke noch Gesichter. Sie bestanden nur aus drallen Brüsten und dem Dreieck zwischen den Schenkeln. Und immer wenn Kâmil, die Hand am Penis, sich an sie erinnerte, kam er vor dem Spiegel zum Orgasmus und dämmerte danach in einer Ecke der Badewanne ein. Seit einer Weile jedoch waren die Spiegel wie leer gefegt. Alles schien nur in seinem Hirn passiert zu sein. Als der Professor für Kunstgeschichte seine morgendliche Rasur vornahm, war er nur mit seinem Blick konfrontiert, und befangen wie ein Übeltäter, konnte er nur sein eigenes Gesicht sehen.

Als er den Brief beendete, hatte er die Grappa-Flasche längst zur Hälfte geleert. Er konnte nicht mehr schlafen. Aber er hatte auch keine Lust, auszugehen und durch Venedigs enge, verlassene Gassen zu bummeln. Um diese Zeit gab es weder ein offenes Café noch eine Bar. Einen Augenblick überlegte er, ob er ins Kasino gehen sollte, aber diesen Gedanken verwarf er sofort wieder. Nur einmal in seinem Leben hatte er um Geld gespielt und sein ganzes Gehalt verloren. Wenn er dem Alkohol doch so abschwören könnte wie dem Glücksspiel – wenn ihm das doch nur gelänge! Wenn er sein Leben doch endlich in Ordnung bringen würde. Wenn er so vernünftig wie seine Kollegen gewesen wäre, geheiratet und sich auf ein Familienleben eingelassen hätte, wenn er sich doch nicht mitten in der Nacht bis zum Morgen in einer fremden Stadt an einem Grappa festhielte oder an einer dunklen Mauer in Mestre... Wenn er doch auch Heim und Herd hätte!

Ein bekümmertes Lächeln machte sich auf seinem Gesicht breit, aber er riß sich sofort zusammen. Es hieß doch, man sähe gleich, wenn eine Frau im Haus wäre, und war er etwa eine Taube, daß er ihr an einem stillen Ort ein Nest baute, oder wie die Störche auf einem Schornstein auf seine Gattin wartete, darauf, daß er Flügel bekäme und mit ihr in warme Länder, bis zu den Wüsteneien Arabiens flöge, wenn der Winter käme, und die Pilgerfahrt nach Mekka anträte. Nach einer gehörigen Portion Alkohol nahm der Sinn für Humor zu. Er saß am Tisch und trank, bis er einen Rausch hatte. Trotzdem wachte er am nächsten Tag frisch und munter auf. Es war das erste Mal, seit er nach Venedig gekommen war, daß er keinen Schmerz in seiner Kniescheibe spürte. Das bedeutete doch, daß er Nacht für Nacht trinken mußte. Er mußte auf fermentierte Getränke wie Wein und Bier verzichten, zum Rakı zurückkehren, da der aber nun mal nicht aufzutreiben war, zum Grappa, und dadurch würde es ihm wieder gutgehen. Vergnügt wusch er sich das Gesicht und rasierte sich. Und an diesem Tag entwickelte sich alles wie vorgesehen.

* * *

In der Correr-Bibliothek nahm er die Gelegenheit wahr und ging zu der jungen Frau.

»Ihr Name ist Caterina, nicht wahr?« fragte er sie.

Ein wenig zurückhaltend gab die junge Frau zur Antwort: »Nein, Lucia.«

»Dürfte ich Sie denn Caterina nennen?«

»Wie Sie wollen.«

»Bitte, verstehen Sie mich nicht falsch. Lucia ist auch ein schöner Name. Aber es gibt einen Grund, daß ich Sie Caterina nennen möchte.«

»Und der wäre?«

»Das kann ich Ihnen nicht zwischen Tür und Angel erklären. Wenn Sie Zeit haben, sollten wir uns draußen, in einem Café, darüber unterhalten.«

Die junge Frau zögerte einen Augenblick. Vielleicht dachte sie, Kâmil wäre ein professioneller Fraueneroberer. Aber sie war auch neugierig, warum er sie so hartnäckig Caterina nennen wollte.

»Gut, aber nur auf einen Kaffee.«

»In Ordnung. Dann treffen wir uns draußen im ›Florian‹.«

»Das ist nur was für Touristen. Außerdem ist es dort zu teuer. Ich weiß ein anderes Café.«

»Kein Problem, wohin Sie wollen. Ich warte unten auf Sie.«

Beim Verlassen des Aufzugs war Kâmil ganz aus dem Häuschen vor Freude. Da war das Leben also voller Überraschungen. Man mußte nur Mut haben. Er wartete unter einer der Statuen im Innenhof auf sie. Als die junge Frau an der Tür auftauchte, kam auch die Sonne hervor. Es war wieder diese dunstige Wintersonne, die Schnee verhieß. Um irgend etwas zu sagen, fragte er die junge Frau:

»Meinen Sie, es wird schneien?«

»Ganz bestimmt nicht.«

»Ich bin zwar zum ersten Mal in Venedig, aber meiner Meinung nach kündigt so eine Sonne Schnee an.«

»Sie interessieren sich anscheinend fürs Wetter.«

»Wenn Sie erst mal in mein Alter kommen, dann werden Sie bestimmt auch Expertin für Meteorologie.«

»Sie sehen gar nicht so alt aus. Wie alt sind Sie denn?«

So eine Frage hatte Kâmil nicht erwartet. Genauer gesagt, da es noch nicht einmal zehn Minuten her war, seit sie sich einander vorgestellt hatten, paßte es ihm ganz und gar nicht, daß er unversehens mit der Frage nach seinem Alter überfallen wurde, während sie noch im Innenhof standen und über das Wetter redeten. Er versuchte es mit einem Scherz.

»Es sieht so aus, als hätte ich die Hälfte des Weges zurückgelegt.«

»Wie Dante?«

Auch diese Frage kam unerwartet. Selbst wenn sie ein bißchen kokett und schlagfertig zu sein schien, war sie doch eine gebildete junge Frau.

»Ja«, antwortete er, »aber auch auf der halben Wegstrecke stehe ich nicht im finsteren Wald.«

»Na, hoffentlich. Sonst brauchen Sie jemanden, der Ihnen hilft, sich zu orientieren. Vielleicht eine Frau.«

»Ich bin verheiratet.«

»Dann eben einen Freund. Naja, lassen wir das. Sagen Sie mir jetzt, warum Sie mich Caterina nennen?«

»Gemach, gemach. Gehen wir erst mal ins Café.«

»Ich habe nicht viel Zeit. Auf einen Kaffee, das haben wir ausgemacht.«

»In Italien ist das eine Sache von einer Sekunde. Einigen wir uns auf einen Cappuccino.«

»Na gut.«

Es machte wirklich Spaß, mit der jungen Frau zu plaudern. Kâmil fand sie noch sympathischer, als er vermutet hatte. Sie verließen den Innenhof und liefen unter den Arkaden der Prokuratien entlang. Sie gingen in ein kleines Café in einer der engen Gassen kurz vor dem Campo San Stefano. Sofort schlug

Kâmil vor, in ein größeres zu gehen. Er wollte nicht an der Theke stehen. Wie eine Lehrerin erklärte ihm die junge Frau, jedes Land habe seine Sitten und Gebräuche, und die Italiener setzten sich nicht an den Tisch, um Kaffee zu trinken, sondern tränken ihn im Stehen, und einer, der so gut Italienisch könne wie er, müsse das doch längst gelernt haben, auch wenn er Ausländer sei. Sie sagte das ohne einen Anflug von Besserwisserei. Man erkannte nur einen leisen Spott. Kâmil erzählte ihr hastig, er sei aus Istanbul gekommen und halte an der Universität dort Vorlesungen und Seminare, er werde eine Weile in Venedig bleiben, um seinen Forschungen nachzugehen; in der Correr-Bibliothek würden allerdings außer Universitätsprofessoren wie ihm auch nette Studenten und hübsche junge Bibliothekarinnen arbeiten. Je mehr Kâmil sprach, desto mutiger wurde er. Währenddessen bestellte Lucia einen Kaffee und Kâmil einen Cappuccino. Die junge Frau trank ihren Kaffee in einem Zug aus, ganz im italienischen Stil. Kâmil zündete sich ein Toscano an und fing an, seinen Cappuccino in kleinen Schlucken zu trinken. Als er seine Zigarre auf die Ermahnung des Barkeepers hin ausmachen mußte, war es mit seiner guten Laune vorbei.

»Sollten wir nicht irgendwohin gehen, wo es gemütlicher ist? In ein nettes Café, wo ich in Ruhe meine Zigarre rauchen kann.«

»Sie haben mir immer noch nicht gesagt, warum Sie mich unbedingt Caterina nennen wollen. Meinen Kaffee habe ich längst ausgetrunken.«

»Dann trinken Sie doch noch einen!«

Ohne ihre Antwort abzuwarten, bestellte er der jungen Frau noch einen Kaffee, und einen Grappa für sich. Und dann fuhr er fort:

»Sie haben völlig recht, kommen wir zum Thema. Aber daß Sie mir so sympathisch sind... Ich wünschte, diese nette Plauderei würde nie aufhören...«

»Sie sind nicht nur Kunsthistoriker, sondern anscheinend auch ein Strategieexperte!«

»Mein Familienname ist tatsächlich *Uzman* – Experte –, aber mir ist nicht klar, von welcher Strategie Sie reden.«

»Aber ja doch, und los jetzt, raus mit der Sprache – sonst reißt mir der Geduldsfaden.«

Kâmil erzählte ihr, daß er gleich am Tag nach seiner An-kunft in Venedig in die Accademia gegangen sei, und während er sich dort die Madonnen von Giovanni Bellini anschaute, sei ihm die *Sacra Conversazione* aufgefallen, denn auf einem Fresko im Vatikan sei – wie sie vielleicht wisse – Cem Sultan dar-gestellt. Die junge Frau sah ihn mit ihren kastanienbraunen Augen an und hörte ihm interessiert zu. Kâmil freute sich, als er feststellte, daß sie sich für Malerei interessierte, und erzählte ihr, daß sie der Heiligen Katharina auf der *Sacra Conversazione* aufs Haar glich, aber auf dem Fresko im Vatikan sei Katharina mit großer Wahrscheinlichkeit Lucretia Borgia nachgebildet worden, dagegen müsse Giovannis Modell eine Venezianerin gewesen sein, die im 15. Jahrhundert lebte, und wenn man den Stammbaum dieser Frau untersuchen würde, dann würde viel-leicht auch…

»Das Gemälde, von dem Sie sprechen, habe ich nie ge-sehen«, unterbrach ihn Lucia.

»Wenn Sie wollen, gehen wir gleich hin und gucken es uns an. Heute ist die Accademia länger geöffnet.«

»Schade, aber ich habe keine Zeit. Na dann, leben Sie wohl. Vielen Dank für den Kaffee. Ciao, ciao!«

Den Stummel seiner kalten Zigarre in der Hand, blieb Kâ-mil wie angewurzelt stehen. Er konnte nicht begreifen, warum die junge Frau so plötzlich ging. Wie nett sie sich doch unter-halten hatten. Einen Augenblick lang wußte er nicht, was er tun sollte, und war sprachlos. Er bestellte noch einen Grappa. Er lehnte an der Bar des Cafés, in dem mittlerweile ein ziem-liches Gedränge herrschte, und bedauerte, daß der Tag nicht so zu Ende ging, wie er begonnen hatte. Mehr war zwar nicht zu erwarten gewesen, aber sie hätten doch noch eine Weile miteinander reden und sich vielleicht morgen abend zum Essen verabreden können. Warum hatte er denn nur geflunkert und gesagt, daß er verheiratet sei. Vielleicht mochte sie – anders als viele junge Frauen – keine verheirateten Männer. Und wenn schon, der Tag ging zwar nicht so zu Ende, wie er angefangen hatte, aber man konnte auch nicht sagen, daß er unangenehm zu Ende gegangen wäre. Außerdem fing die Nacht ja gerade erst an.

Im Café gingen die Lichter an. Die geschwätzige Menschenmenge in seiner Umgebung fiel Kâmil plötzlich auf die Nerven. Er zahlte und ging. Kaum stand er auf der Straße, fing es an zu schneien.

JACOPO

Jacopo war der Sohn eines Zinngießers. Waren nicht ohnehin viele berühmte Maler, die der Renaissance ihren Stempel aufgedrückt hatten, Söhne von Handwerkern? Uccello war der Sohn eines Barbiers, Lippi der eines Metzgers, Carpaccio der Sohn eines Gerbers und Mantegna, der später in die Familie der Bellinis einheiraten wird, stammte von einem Zimmermann ab. Sie waren arm. Wenn sie zu einem Maestro in die Lehre gingen, bestand ihre Arbeit darin, das Atelier zu fegen und zu scheuern, Feuer zu machen und das schmutzige Geschirr zu spülen, nachdem sie die Farben angerührt hatten. Selbst wenn sie im Palast eines Prinzen arbeiteten, erging es ihnen nicht besser, und sie aßen mit den Dienern in der Küche oder im Stall. In der zweiten Hälfte des Jahrhunderts ändert sich ihre Lage allerdings ein wenig, Jacopo wird in den höchsten Rang der Scuola di San Giovanni Evangelista erhoben und lange Zeit Gast des Marquis von Ferrara, Lionello d'Este, sein; seine Söhne Gentile und Giovanni werden den Titel *Pictor Nostri Domini,* das heißt, Maler des Staates, tragen. Gentile, auf den sich Kâmil Uzmans Forschungsarbeit eigentlich hatte konzentrieren wollen, wird noch weiter vorankommen und dem Beinamen *Conte Palatino,* Pfalzgraf, den Kaiser Friedrich III. ihm verleiht, später auch den Titel *Bey* hinzufügen, mit dem der Fâtih ihn auszeichnet. Am Anfang jedoch führten alle ein bescheidenes Leben, das auf den Arbeitsstil einer Bottega abgestimmt war. Je mehr Wert die Republik Venedig auf die Kunst legte und je mehr die Künstler ihre Prachtentfaltung, ihre Macht und ihre Herrschaft zu Lande wie zur See in ihren Werken zum Ausdruck brachten, um so mehr gewannen

sie an Achtung in der Gesellschaft. Ihren Gemälden, vollendet
mit Stiften aus angesengten Weidenzweigen, mit Pinseln aus
Schweineborsten und mit Farben, die sie aus Pflanzen, Wurzeln und Erde, aus Fruchtsäften, Eiweiß, Knochen und Berggestein unter größter Sorgsamkeit mit der Hand herstellten,
ließen sie ihr geniales Schöpfertum angedeihen. Und sie vermehrten sich wie die russischen Puppen in der Puppe.

Anstatt das Handwerk seines Vaters zu lernen, ging Jacopo
in die Kathedrale von San Marco, betrachtete die alten byzantinischen Mosaiken und verbrachte all seine Zeit in dem goldenen Glanz, der Kuppeln und Wände mit seinem Funkeln
bedeckte. Wenn er das nicht getan hätte, hätte er sein Leben
ohne jeden Zweifel damit verbracht, Küchengeräte zu verzin-
nen – und nicht mit perspektivischen Arbeiten. Auch die mit
Murano-Glas überzogenen Mosaiken leuchteten, da sie den
Raum reflektierten, ohne das Licht, das durch die Fenster fiel,
zu absorbieren. Die Kirche war selbst nachts hell erleuchtet.
Im Licht von Tausenden von Kerzen kamen winzige gelbe,
grüne, blaue, weiße und rote Splitter zusammen und erzählten von der Entstehung der Welt, von der Vertreibung Adams
und Evas aus dem Paradies, von den Erlebnissen Jesu und
seiner Jünger, die sich auf einmal vollständig in sechsunddreißig Teilen vor den Engeln mit den Riesenflügeln abspielten, und natürlich von den Tieren, die in Noahs Arche Zuflucht suchten.

Die Hauptrolle spielte der Löwe als Symbol der Republik
Venedig. Als der Prophet Noah zwischen den Hähnen mit
dem roten Kamm, den aufgeblasenen Gänsen, den Enten mit
den Watschelbeinen und den geschwätzigen Papageien mit
dem grünen Gefieder zwei Pfauen auf der Arche unterbrachte,
vergaß er nicht, einen kleinen Löwen zu streicheln, den er aus
der Herde der Büffel mit den riesengroßen Hörnern und der
Hasen mit den langen Ohren herauszog. Wie friedlich, ruhig
und liebenswert wirkten auf den Mosaiken der Kathedrale von

San Marco doch die Löwen, die einst die Christen in den Arenen des Römischen Kaiserreichs in tausend Stücke rissen! Sie hatten bestimmt ihre Freude daran, wie Hauskatzen lieb-kost, gestreichelt und verwöhnt zu werden. Hatte der Heilige Markus nicht ohnehin in den Wüsten Ägyptens mit ihnen zu-sammengelebt? Und waren die Löwen nicht die ersten, die ihre Pranken aufs Festland setzten – gleich nach den weißen Tau-ben, die sich von der Arche in die Luft schwangen bei der Sintflut, die über die Welt kam, als die Sünder in dem blau-weißen Mosaikenmeer mit seinen schäumenden Wellen ertran-ken und zugrunde gingen?

An den Wänden der Kathedrale konnte Jacopo nicht nur lesen, was den Tieren, sondern auch, was den Menschen zuge-stoßen war. Der geheiligte Bau war ein kunterbuntes Buch, das aufgeschlagen vor dem Sohn des Zinngießers lag. Ein unend-liches Meer, das demjenigen, der es anschauen und erkennen konnte, viele Geschichten erzählte und ihn über so vieles un-terrichtete. Auch die Männer, die dieses Buch geschrieben hat-ten, hatten ihren Platz unter den Gewölben, an erster Stelle der Heilige Markus. Der Schirmherr Venedigs saß auf einem Ses-sel, prachtvoll wie ein Thron, und war dabei, sein Evangelium zu schreiben. Genauer gesagt, nach dem Satz »Johannes aber war bekleidet mit Kamelhaaren und mit einem ledernen Gür-tel um seine Lenden und aß Heuschrecken und wilden Honig« hielt er einen Augenblick lang im Schreiben inne, stützte den Ellenbogen auf das Pergament und dachte lange nach, den Kopf in der rechten Hand. Wie sollte er die Geschichte zu Ende führen, wenn er schon am Anfang auf solche Einzelhei-ten einging? Wie sollte er den Menschen Jesu Werke beschrei-ben? Das Schilfrohr zwischen seinen Fingern berührte den Rand des rot-grünen Heiligenscheins über seinem Haupt. Wie aus alten Quellen hervorging, war die Nase des Heiligen lang, die Augenbrauen schütter, und die Haare waren ihm an der Stirn ausgefallen. Jacopo konnte den Leuchtturm von Alexan-

dria in der rechten Ecke aufleuchten und verlöschen sehen, die
Mauern und Festungen der Stadt – und sogar das winzige
Schnabelkännchen, das man auf dem Tisch vergessen hatte.
Stundenlang konnte er den halbnackten, bärtigen Mann unten
betrachten, der das Wasser des Euphrat aus der großen Korbflasche auf seiner Schulter über der Erde ausgoß. Die Verfasser der Evangelien in den anderen Ecken waren es natürlich
auch wert, daß man sie anschaute, aber in den Augen des künf-
tigen Malers nahm der Heilige Markus eine Sonderstellung
ein. Die Ankunft des Heiligen in Alexandria, nachdem er das
Evangelium abgeschlossen und Petrus' Placet erhalten hatte,
seine Gefangennahme und Ermordung durch Neros Soldaten,
nachdem er einträchtig mit den Löwen in der Wüste zusam-
mengelebt hatte, nach all den überzeugenden Predigten, die er
so eindringlich hielt, daß man gar nicht genug davon bekommen konnte – was Jacopo aber eigentlich näher interessierte,
war alles, was Markus nach seinem Tod zustieß. Daß der
Leichnam des Heiligen von zwei venezianischen Kaufleuten
aus Alexandria entführt und an der Stelle, wo diese Kirche erbaut wurde, begraben worden war, das war kein Märchen,
sondern ein Ereignis, an das der Sohn des Zinngießers wirklich glaubte, eine Geschichte, deren Einzelheiten er aus der
Legenda aurea kannte. Hätte das Volk, das dem Heiligen Markus lauschte, wenn er predigte, und die Architektur der Stadt
Jahrhunderte später auf dem riesengroßen Gemälde, das sein
ältester Sohn begann und der jüngere vollendete, sonst so ausgezeichnet und mit allen Einzelheiten, so phantastisch dargestellt werden können? Ja, im Glanz der Mosaiken der Kirche,
die sich ständig wandelten und von einer Farbe in die andere
übergingen, beobachtete Jacopo Markus' Leben nach seinem
Tod so genau, als schaute er sich ein phantastisches Abenteuer
an. Die Geschichte der Entführung des Leichnams, den man
in Alexandria gestohlen und unter eingepökelten Schweinekeulen versteckt hatte, um der Kontrolle der Muslime zu ent-

gehen, hatte er an den Wänden der Kirche gelernt, die den Namen des Heiligen trug.

In einer Ecke war das Schiff mit gerafften Segeln kurz davor, gegen die Felsen zu prallen; grüne Wellen schlugen, eine nach der anderen, an die Bordwand. Markus stand auf dem Achterdeck, als wollte er das stürmische Meer herausfordern. Aber müßte er nicht unten im Frachtraum sein, als Leichnam unter den Schweinekeulen? Zu diesem Zeitpunkt konnte Jacopo jene Frage natürlich nicht beantworten. Bis jetzt war er noch nicht einmal bei einem Meister in die Lehre gegangen; und er war von der Wirkung der detaillierten Skizzen, die er später zeichnen würde, und seiner verblüffenden Realitätsnähe noch weit entfernt. Vielleicht hatte der Mosaikenkünstler auch eine andere Legende auf der Wand abgebildet; vielleicht wollte er die Venezianer an die Prophezeiung des Engels erinnern, der für den Heiligen Markus, von dem es hieß, daß er zu Lebzeiten an diese Küste gekommen sei, die Wolken teilte und rief: *Pax tibi, Marce, Evangelista meus!*, indem er, Stück für Stück und Zentimeter um Zentimeter, alle Möglichkeiten nutzte, die in seiner Hand lagen. Sein Ziel war es, den müden Werftarbeitern, Glasbläsern und Hufschmieden, den Fischern, Matrosen und Kaufleuten, den Würdenträgern des Staates, die in ihrer prunkvollen Kleidung in der vordersten Reihe saßen, den Schreibern, Senatoren, Admirälen und den Mitgliedern des Parlaments, bis hin zum Dogen selbst − allen, die sich zum Sonntagsgottesdienst in der Kirche versammelten, zu zeigen, daß Gottes Wille sich zum Schluß erfüllte und Markus' heilige Reliquien von jetzt an bis in Ewigkeit hier liegen würden. Seht nur her, hier liegt unser Vater, unser unsterblicher Markus, der Evangelist! Hier liegt er also, der Heilige mit der Löwenmähne, unter diesem Marmorboden, der Schutzpatron der Schiffe auf dem Meer, der Soldaten im Krieg und der Jungfrauen im Frieden!

Damals hatte Tintoretto sein berühmtes Gemälde noch

nicht gemalt. Jacopo konnte nicht sehen, wie die Leute, die den Heiligen verbrennen wollten, in dem plötzlich aufkommen/ den Wirbelsturm ihr Leben verloren, wie die venezianischen Kaufleute, das Chaos nutzend, den nackten Leichnam auf ein Kamel luden, wie die Menschenmenge mit ihren vom Wind aufgewirbelten Kleidern unter den Arkaden mit den weißen Säulen Schutz suchte; während pechschwarze Wolken über den roten Himmel zogen, konnte er weder das Spiel von Licht und Schatten noch die Architektur der Plätze mit den Säulen/ gängen sehen, die sich zum »Fluchtpunkt« hin verjüngten, den auch er eines Tages zeichnen wird. Was Jacopo, der Stamm/ vater der Familie Bellini, als Junge auf den Mosaiken der Mar/ kuskirche sah, war der Rumpf des Schiffes, das auf die Felsen zugetrieben wurde, und die versonnenen Blicke des Heiligen Markus. Es war klar, daß dieser Rumpf in der Werft von Vene/ dig ausgebessert worden war, dort, wo Tag und Nacht fleißig Galeonen mit riesengroßem Heck und schnelle Galeeren fabri/ ziert wurden. Mit Teer, der in schwarzen Kesseln brodelte, war es verputzt und repariert worden. Selbst die wüstesten Stürme des Adriatischen Meers und die gefährlichsten Felsenriffe konnten ihm nichts anhaben.

In dieser Epoche war die Serenissima Republica der mäch/ tigste Staat des Mittelmeers. Von der Adria bis zum Schwar/ zen Meer und von Alexandria bis Istanbul hatte sie in vielen Häfen Privilegien, Niederlassungen und Gesandte. Der Mi/ litärpolitik Francesco Foscaris, der vor dem Löwen auf dem Relief am Tor des Dogenpalastes kniete, und dem Wagemut des Kommandanten Carmagnola, der deswegen seinen Kopf verlor, war es zu verdanken, daß die Republik Venedig auf dem Festland fast über ganz Norditalien, bis hin zu den reichen lombardischen Städten Brescia und Bergamo, herrschte und gute Beziehungen zu den Ländern Europas unterhalten hatte. Ihre Handelsschiffe hißten die Segel vom Ägäischen Meer bis zu den Niederlanden, England und den baltischen Häfen, die

Speicher der Marmorpaläste am Canal Grande füllten sich mit Gewürzen und Porzellan aus dem Fernen Osten und China, an dessen Küsten nur Marco Polo hatte gelangen können, mit anatolischen Fayencen und kretischem Wein, mit Kupfer, Eisen und Silber, das aus dem Norden kam, mit englischem Tuch und sibirischen Pelzen. Der Wind ließ die Mähne des Löwen von San Marco auf den Wimpeln der Schiffe flattern, die über die sieben Weltmeere fuhren. Im Vergleich zu Florenz aber mangelte es diesem mächtigen Staat, abgesehen von den Werken von Paolo Veneziano und Jacobello del Fiore, die sich noch nicht vom byzantinischen Einfluß hatten befreien können, an überragenden Malern, und der Republik fehlte eine Kunstakademie, die ihre Pracht verbreiten könnte. Niemand hatte auch nur eine Ahnung von den Fresken Giottos, die die Cappella degli Scrovegni in Padua schmückten, mit dem Pferdewagen eine halbe Tagesreise von Venedig entfernt. Der florentinische Meister hatte seine Gestalten längst von dem Hintergrund, den er mit Türkisblau verziert hatte, abgehoben, sie plastisch hervortreten lassen und ihnen Leben eingehaucht. Er hatte das Heilige Buch dargestellt, als würde er eine Familiengeschichte erzählen. Ja, Venedig kannte Giottos Kunstwerke nicht oder tat vielleicht auch nur, als wüßte es nichts davon. Ohne Zweifel wandte man sich daher an Gentile da Fabriano und seinen Lehrling Antonio Pisanello und wollte sie den Wandschmuck des Dogenpalastes ausführen lassen. Einigen Quellen zufolge kamen beide Maler gleichzeitig, nach anderen Zeugnissen jedoch zu verschiedenen Zeiten nach Venedig. Und sie statteten die Wände des Großen Rats, deren Putz gerade erst getrocknet war, so aus, wie es der Pracht der Republik entsprach. Es ist jammerschade, daß wir heute keine Möglichkeit haben, die Meisterwerke Gentiles und Antonios zu betrachten. Bei einer Feuersbrunst wurde alles zerstört. Auch Jacopo Bellini folgte seinen Vorgängern und verließ die Stadt. Nachdem er in Rom und Florenz im Atelier von Gentile da Fabriano etwas geleistet hatte und gerühmt worden war und, noch unerfahren, in Verona und Ferrara gereift war, kehrte er nach Venedig zurück. Jetzt konnte er sich ein eigenes Atelier einrichten. Den Meistertitel konnte er seinem ältesten Sohn verleihen, den er am meisten liebte, seine Tochter Nicolosia dem Maler Mantegna zur Frau geben. Was aber seinen jüngeren Sohn Giovanni anging, so gab es eigentlich nichts, was Vater Jacopo diesem schweigsamen Jungen mit den roten Haaren geben könnte, dem sonderbaren Giovanni, der so gar keine Ähnlichkeit mit seiner Mutter Anna Riversi hatte.

* * *

Als Kâmil Uzman die Notizen, die er sich über Jacopo Bellini gemacht hatte, mit der Fotokopie einer Abhandlung über die Mosaiken von San Marco in seinen Ordner legte, fing es an zu schneien. Diesmal schneite es in dichten Flocken. Hinter dem Fenster war der Himmel mit pechschwarzen Wolken bedeckt. Den ganzen Tag lang hatte er im Lesesaal der Bibliothek vergeblich nach Lucia Ausschau gehalten. Weder tauchten die im Nacken zusammengebundenen schwarzen Haare auf noch das weiße Gesicht, das vor den Bücherregalen lächelte. Auch den Lavendelduft hatte er nicht geschnuppert. Bei diesem kalten, scheußlichen Wetter war seine Nase sowieso verstopft, so daß er nichts riechen konnte. Was hatte denn das Nachlassen des Stechens im rechten Knie schon gebracht? Jetzt hatte er also auch etwas mit der Nase. Das war der Preis dafür, daß er im Regen spazierenging und Wettervoraussagen machte wie jene, die Sonne brächte Schnee mit sich. Er mußte akzeptieren, daß er anfing zu altern! Er sollte es auch lassen, das Wetter als Vorwand zu nehmen und seine Müdigkeit und das ständige Schmerzen und Ziehen an verschiedenen Stellen auf Venedigs Nässe, den feuchten Wind und die Kaprizen des *aqua alta* zu schieben. Er hatte das reife Alter längst erreicht. Die Zeit beschleunigte sich, je langsamer seine Bewegungen wurden.

Vielleicht interessierte Kâmil sich auch so sehr für das Wet-
ter, weil er Landschaftsbilder malte. Kaum war er heute in die
Correr-Bibliothek gekommen, wie wünschte er sich doch, daß
er zu Lucia sagen könnte: »Na, sehen Sie, Caterina, gestern
habe ich es Ihnen doch gesagt. Das ist eine trügerische Sonne,
diese Sonne bringt Schnee mit sich. Nun hatte ich doch recht!«
Aber die junge Frau war weit und breit nicht zu sehen.
Kâmil wartete lange auf sie und vertiefte sich dann in seine
Arbeit, da ihm nichts anderes übrigblieb. Er vermutete, daß
Lucia zu spät kam, weil das Wetter so schlecht war. Das hieß,
sie wohnte weit weg, vielleicht in Mestre. Aber er stellte sich
die junge Frau in einem alten Palast vor, da sie Giovanni Belli-
nis Katharina wirklich ähnlich sah. In einem venezianischen
Palast an einem der engen Kanäle, dessen Putz hier und da ab-
gebröckelt war und dem man seine Pracht von außen nicht ansah. Ja, sie wohnte ganz bestimmt hier irgendwo in der Nähe.
Aber warum kam sie dann zu spät? Oder sollte sie krank sein?
Mein Liebling, mein schlagfertiges Mädchen, meine Einzige!
Krank liegt meine venezianische Prinzessin in ihrem Palast...
Vielleicht wäre sie aber auch gleich da. Die schweren Bände in
der Hand, stünde sie wieder an der Tür und lächelte. Dann
könnten sie mittags sogar zusammen essen gehen. Ein Tête-à-
tête am verstecktesten Tisch eines Luxusrestaurants, während
es draußen auf Venedigs Dächer schneite, auf die verlassenen
Plätze und das tintenfarbene Wasser.

Kâmil schlug bis zum Mittag Wissenswertes über Jacopo
nach und machte sich Notizen. Lucia tauchte noch immer
nicht auf. Als es aufhörte zu schneien, schien ihm, er könnte
sich wieder Hoffnung machen. Als es dann wieder zu schneien
anfing, hatte er seine Hoffnung auf die junge Frau fast schon
aufgegeben. Er fühlte sich so verlassen, als wäre Lucia nicht zu
einer Verabredung gekommen, und vertiefte sich wieder in
seine Lektüre. Wenigstens war die Bibliothek heute lange geöffnet. Er notierte sich eine Stelle, die besagte, daß Jacopo Bel-

linis Skizzenhefte – von denen sich eins im Britischen Museum in London, das andere im Louvre befand – mit großer Wahr/scheinlichkeit in Ferrara angefertigt worden waren. In seinem Testament hatte Vater Jacopo beide Skizzenhefte, die Zeichen/techniken und perspektivische Arbeiten seiner Epoche enthiel/ten, seinem älteren Sohn Gentile vermacht. Auf seine Reise nach Istanbul hatte Gentile die Kladde, die heute im Louvre ist, mitgenommen und sie Mehmet ii. geschenkt. Kâmil wollte unbedingt wissen, wie es dazu kam, daß dieses unschätzbare Werk später nach Frankreich gelangt war. Ein anderes Thema, das ihn sehr interessierte, war, warum Jacopo seinem jüngeren Sohn Giovanni überhaupt nichts vermacht hatte. Erst nach Gentiles Tod konnte die Kladde, die in Venedig blieb, unter der Bedingung auf Giovanni übergehen, daß er das Gemälde von der »Predigt des Heiligen Markus zu Alexandria« zu Ende malte. Aus einem anderen Dokument, das Kâmil untersuchte, ging hervor, daß der jüngere Sohn nichts vom gesamten Erbe der Familie erhielt und noch nicht einmal zu den Hochzeits/feierlichkeiten seiner Schwester Nicolosia eingeladen wurde. Anna Riversi hatte Jacopos außereheliches Kind ganz und gar nicht akzeptiert. Nur Anna nicht? Alle Mitglieder der Fami/lie schienen Giovanni auszuschließen. Mantegna hatte ihn so/gar jahrelang als seinen größten Konkurrenten angesehen, ihn klammheimlich beneidet und sich vielleicht sogar bemüht, seine Karriere zu behindern. Giovanni aber hatte sich in seinen Winkel zurückgezogen, und auch wenn er so still wirkte und es so aussah, als würde er mit seinem Vater und seinem großen Bruder einträchtig zusammenarbeiten, hatte er sich verbittert in seinen Kokon eingesponnen, in der Hoffnung, sich eines Ta/ges von Mantegnas Einfluß befreien und schönere, viel präch/tigere Gemälde als Jacopo und Gentile malen zu können. Den folgenden Satz, der in einer Notariatsakte aus dem Jahr 1459 stand, schrieb Kâmil in sein Notizheft: »Der Maler Giovanni Bellini, der im Stadtviertel San Lio allein lebt...«

Es ist jammerschade, daß nur so wenige Werke von Jacopo erhalten sind. Und daß der Wert der Bilder immer angezweifelt wurde, seitdem er sich mit den Vivarinis in Murano überworfen und sich sein eigenes Atelier eingerichtet hatte. Einige Kunsthistoriker gingen von den Skizzenbüchern aus und führten an, daß Jacopo ein sehr bedeutender, sogar genialer Künstler gewesen sei, manche aber hielten sich aus Mangel an beweisbaren Bildern mit einem endgültigen Urteil zurück. Siebzig Jahre seines Lebens hatte Jacopo der Kunst gewidmet, und dennoch waren von ihm, der im Wettbewerb um das Anfertigen von Nicola d'Estes Porträt den Maler Pisanello ausgeschaltet und den großen Preis gewonnen hatte, nur vier Ölgemälde erhalten geblieben, deren Entstehungszeit nicht geklärt war. Seine Fresken und Porträtarbeiten waren bei verschiedenen Feuersbrünsten zerstört worden und unwiederbringlich dahin. Wie viele der weiteren zehn Gemälde, die Jacopo zugeschrieben wurden, bei denen sich jedoch nicht eindeutig beweisen ließ, daß er sie gemalt hatte, stellten die anderen drei Bilder, die neben dem »Büßenden Heiligen Hieronymus« im Museo di Castelvecchio von Verona erhalten geblieben waren, Madonnen dar.

Kâmil erinnerte sich an zwei Gemälde Jacopos, die er am Tag zuvor in der Accademia gesehen hatte; sie hingen neben den Madonnen Giovannis. Auf dem ersten hatte Maria ihren Kopf leicht zu Boden geneigt und ihre Blicke auf einen nicht genau fixierten Punkt gerichtet. In dem dunkelroten Kleid, das seinen ganzen Körper bedeckte, lehnte sich das Jesuskind mit dem Rücken an Maria: es saß auf einem blumenbestickten Kissen, das auf den ersten Blick nicht zu erkennen war. Seltsamerweise hielt es eine Frucht in der linken Hand – eine Birne oder einen Apfel, vielleicht auch eine kleine Melone. Seine rechte Hand streckte es empor, wie um den Betrachter des Bildes zu segnen. Es sah so aus, als gäbe es zwischen Mutter und Sohn gar kein Liebesband, keine zärtliche Verbindung. Jesus war von Maria unabhängig, ganz auf sich gestellt und stark. Eine schwarze Sandale steckte ihm am linken Fuß. Man hatte den Eindruck, als lehne er wie das rote Buch mit dem Leder/einband in der linken Ecke am Geländer. Sein Blick war leb/haft, entschlossen und selbstsicher. Er brauchte weder das Ver/trauen noch die Nähe der Mutter. Die Farbe von Mariens Mantel und die der Köpfe der Engel auf dem Hintergrund von dunklem Olivgrün war fast dieselbe. Wenn nicht die kleinen gelben Linien gewesen wären, die so unauffällig waren, daß man sie kaum bemerkte. Es war klar, daß der Maler den Farb/kontrast und die Anordnung von Licht und Schatten nicht so angelegt hatte, wie es sein sollte. Die Details des Kissens, das unter dem Kind lag, und die Falten des Mantels der Mutter waren zwar meisterhaft gezeichnet und sorgfältig ausgearbei/tet, aber dem Gemälde fehlte insgesamt das Gefühl fürs Dra/matische.

Auf dem anderen Gemälde schaute Maria Jesus an, den sie fest in ihren Armen hielt. Diesmal waren Mutter und Kind einander sehr nahe. Das Kind hatte seine nackten Füße sogar auf den rechten Arm der Mutter gelegt und eine Hand zu ihrer Brust, die andere zu ihrem Kinn gestreckt. Als wäre es dreist genug, Mariens Gesicht zu streicheln. Die gesamte Fläche des Gemäldes war von blauen und roten Farben beherrscht. Man hatte den Eindruck, das Kind sei in aller Eile gezeichnet wor/den. Außerdem war es derart häßlich, daß es in großem Kon/trast zum schönen, ebenmäßigen Gesicht der Mutter stand; ihre Finger allerdings wirkten ziemlich unförmig. Kurz gesagt, neben den Madonnen, die das Drama des ausgeschlossenen Sohns Giovanni widerspiegelten und die mit der Sehnsucht nach der echten Mutter gemalt worden waren, waren Jacopos Marien ziemlich schwach. Denn Jacopos Mutter war noch am Leben! »Ist Ihre Mutter nie gestorben?« Kâmil war, als müsse er das herausschreien. Er beherrschte sich. Als Kind hatte Ja/copo sicher nie allein im Bett auf die verlorene Mutter gewar/

tet! Es war Giovanni, dem die Liebe versagt wurde, dessen Mutter vielleicht auch aus dem Haus verjagt worden war und nach der er sich sein Leben lang jeden Tag etwas mehr sehnte. Daher waren seine Madonnen so empfindsam, so beeindruk-kend – Mutter und Kind, die einander umarmten, während es Abend wurde, die Sonne unterging und ein weiches, mildes Licht auf die Natur fiel.

So hatte der Sohn zum Schluß also Rache am Vater ge-nommen. Er hatte Jacopo überflügelt, der ihm das Leben ge-geben und ihm die Mutter genommen hatte. Kâmil überlegte sich, daß man alles, was man im Leben verlor, in der Kunst wiedergewann. Und bis zum Abend versuchte er, das Ge-heimnis der Beziehung zwischen Vater und Sohn zu lüften. Ob es wirklich eine Beziehung war, die auf Liebe und Respekt beruhte, wie die Bücher schrieben, oder herrschte da ein Haß, der seinen Ausdruck in den traurigen, schuldbewußten Blik-ken der Madonnen fand? Schade, daß alles, was er entdeckte, nicht ausreichte, um diese Frage eindeutig zu beantworten. Wer war Giovannis echte Mutter? Hatte Jacopo diese Sünde-rin aus dem Haus gejagt, als er heiratete, hatte Anna Riversi nach Gentile auch das Kind der Sünde gestillt, oder hatte sie den Jungen immer dann abgewimmelt, wenn er nach ihrer Brust griff – wie auch Maria auf den Gemälden? Hatte sie ihr Gesicht abgewandt, als ob sie sagen würde: Seht nur her, Ja-copos lästigen Bastard mag ich nicht, schaut nur, wie widerlich er mir ist! Hatte der Junge sich vielleicht auch daher so inten-siv und schmerzvoll nach der Mutter gesehnt, die er kannte und deren Wärme er, wenn auch nur kurz, gespürt hatte? Wer weiß, was sonst noch alles im Leben der Bellinis passiert war. Die Quellen gaben nur Auskunft über ihre Werke, und über ihr Leben gingen sie hinweg. Wie auch immer, eigentlich wa-ren es die Werke, die von Bedeutung waren. Wenn ich doch wenigstens das sehen könnte, was übriggeblieben ist, ging Kâ-mil durch den Kopf, vor allem Gentiles Bilder. Aber Giovanni ließ ihn nicht los, und gleichgültig, was für ein Dokument er in die Hand bekäme, wohin er auch ginge, er würde vor ihm stehen, wie aus Aladins Wunderlampe aufgetaucht.

Kâmil arbeitete bis zum Abend. Da außer ihm niemand mehr in der Bibliothek war, verließ er den Saal nicht sofort. Er knipste die Leselampe auf dem Tisch aus und wartete. Die Farben der Bilder in den Büchern, die bunt durcheinandergewürfelt vor ihm lagen, verblaßten, und die Buchstaben wurden undeutlich. Er betrachtete eine Weile den venezianischen Abend, der im Dunkeln vor dem Fenster lag. Der Giudecca-Kanal war gähnend leer. Weder ein Vaporetto noch ein Passagierschiff fuhren vorbei. Die Lichter der Häuser am gegenüberliegenden Ufer waren längst angeschaltet. Es schneite weiter. Er wollte so schnell wie möglich nach Hause, ins Bett gehen und sich dort zusammenrollen. Im Bett auf den Schlaf warten, wie in den kalten, einsamen Nächten der Kindheit, wenn die Scheiben beschlagen waren ... Weder die Mutter würde zurückkehren, an deren Gesicht er sich verschwommen erinnerte – weder die Mutter, noch Lucia. Plötzlich fiel ihm ein, daß der Name der jungen Frau auf Italienisch »Licht« bedeutete. Morgen würde er zu ihr sagen: »Ich hatte doch recht, Caterina, ich wußte, daß die Sonne Schnee mit sich bringt.«

6

Am Morgen wachte er benommen auf. Er stand noch un- ter der Wirkung seines Traums und hatte lange keine Lust aufzustehen. Das war kein Traum, sondern eindeutig ein Albtraum. Was auch immer er versuchte, im letzten Moment tauchte ein Hindernis auf. Während er in der Mittagshitze im Schatten eines Maulbeerbaums lag und ein Buch las, waren die Raupen ganz versessen auf die Blätter. Im Nu hatten sie alle Blätter des Baums weggefressen. Als die Sonne ihm in die Au- gen fiel, mußte er das Buch weglegen, das er in der Hand hielt. In Schweiß gebadet stand er am Rand des Schwimmbeckens. Eine hellblonde Frau ging wütend an ihm vorbei und sprang ins Wasser. In dem Augenblick, als auch er springen wollte, zog sich das Wasser zurück. Er lag mit einer Frau im Bett. Diesmal war die Frau dunkel und hatte sehr schöne Beine. Obwohl er betrunken war, wurde sein Penis sofort steif. In dem Moment aber, als er in sie eindringen wollte, zog sein Schwanz sich zusammen und wurde ganz klein. Im Seminar vergaß er plötzlich alles, was er sagen wollte, oder er konnte nicht sprechen, da sich ihm die Worte im Mund stauten. All- mählich nahm das Schweigen zu. Er spürte, daß die Studen- ten ihn ansahen. Wie auch immer, es klingelte, und plötzlich leerte sich der Seminarraum. Hals über Kopf rannte er zur Anlegestelle von Bebek und verpaßte den Dampfer im letz- ten Moment. Als er zu Hause das Bild an die Wand hängen wollte, das er zuletzt gemalt hatte, klingelte es an der Tür, und als er aufmachte, trat ein geflügelter Drache ein.

Kâmil lag immer noch im Bett. Die ganze Nacht lang jagte ein Albtraum den anderen. Er erinnert sich daran, daß er

irgendwann einmal aufstand, Wasser trank und dann wieder
einschlief. Gegen Morgen – das mußte an der Hitze liegen –
träumte er von der Sommersonne und suchte kühles, blaues
Wasser. Außerdem den Wind des Bosporus. Vielleicht war er
auch deshalb, kaum aufgewacht und wieder zu sich gekommen, von einer Sehnsucht erfüllt, die er ganz und gar nicht be-
schreiben konnte. Zuerst glaubte er, er sehne sich nach Lucia.
Ob sie heute käme? Da sie gestern nicht gekommen war, dann
bestimmt heute. Wenn sie durch die Tür träte, wäre der ganze
Raum wieder in diesen betörenden Duft gehüllt. Er wollte
irgend etwas haben, was der jungen Bibliothekarin gehörte,
irgend etwas Kleines, Wertloses. Ein Seidentuch zum Beispiel,
das nach Lavendel duftete, oder ein Paar Netzstrümpfe. Er
wußte noch nicht einmal, ob sie solche Strümpfe trug, denn er
hatte sie immer in Hosen gesehen. Wie schön wäre es doch,
wenn sie einen kurzen Rock trüge, ihre Haare auf die Schultern fallen ließe, ihre langen, glatten Beine übereinanderschlüge
und ihm im Café Florian gegenübersäße. Er wäre schon mit
einem Taschentuch zufrieden. Wenn sie ihr Taschentuch zu
Boden fallen ließe, während sie mit den riesigen Büchern an
ihm vorbeiginge, er das Taschentuch sofort aufhöbe und ihr
reichte, die junge Frau aber mit einem teuflischen Lächeln sagen würde: »Sie sehen doch, daß ich keine Hand frei habe –
behalten Sie es nur!« Wäre Lucia nicht da, würde er den ganzen Tag an dem Taschentuch schnuppern und sich einbilden,
er säße mitten in einem Lavendelfeld.

Auf einmal fand Kâmil die Quelle der Assoziation, die mit
dem Parfüm der jungen Frau zusammenhing. Ihm kamen die
violetten Lavendelfelder vor Augen, die in der Sonne des Mittelmeers wogten. Aber draußen schneite es wohl immer noch.
Vielleicht war die Sonne auch hinter den Wolken hervorgekommen und hatte angefangen, die Eiszapfen an den Balkons
der Paläste am Canal Grande zu schmelzen. Vielleicht schmol-
zen auch die Eiszapfen, die an den Brücken hingen, und die

Sessel der Gondeln, die man am Kai von San Zaccaria vertäut hatte, waren durchnäßt. Er wollte aufstehen und den Ofen abstellen, den er über Nacht angelassen hatte. Im Zimmer herrschte eine drückende Hitze. Die Fensterscheiben waren wieder beschlagen. Wenn er den Ofen ausmachen würde, nachdem er die beschlagenen Scheiben abgewischt und einen Blick nach draußen geworfen hätte, das Licht der Morgensonne, das auf den Kanal fiel, mit eigenen Augen gesehen und sich davon überzeugt hätte, daß der schmelzende Schnee auf den Straßen der Stadt, die ihren Winterschlaf hielt, und die Eiszapfen, die an den Vordächern hingen, keine Einbildung, sondern Wirklichkeit waren, würde er sich zu einem köstlichen Frühstück einladen. Karminroter Tee, wenn möglich in einem kleinen, tulpenförmigen Glas, Oliven – aber glänzende, riesengroße Kalamata-Oliven –, Schafskäse und ein weichgekochtes Ei, eins, das beim ersten Schlag mit dem Silberlöffel aufplatzte, Rosengelee, darauf wartend, daß man es auf die Butter strich, die längst auf dem gerösteten Brot geschmolzen war, dickflüssiges Rosengelee, ähnlich karminrot wie der Tee. Der Arzt hatte ihm zwar verboten, Butter zu essen, aber das mußte sein.

Eine Weile später fing Kâmils Sehnsucht an, sich zu wandeln. Von Lucia verlagerte sie sich zu seiner Wohnung in Bebek, zu den köstlichen Mahlzeiten am Morgen, mit denen er sich dann und wann selbst belohnte. Seit er nach Venedig gekommen war, begnügte er sich morgens mit zwei Cappuccino, die er zu seiner Zigarre trank. Wenn er aber jetzt in Istanbul wäre, stünde der Tisch längst auf dem Balkon, ein schneeweißes, blitzsauberes Tischtuch aus der Truhe wäre darüber ausgebreitet und bunt schillernde Marmeladengläser und verschiedene Käsesorten nebeneinander aufgestellt. Weiter vorn strahlte der Bosporus in tiefem Blau. Auch die Boote, die in der Bucht von Bebek vor Anker lagen; mal hoben, mal senkten sie sich mit der leichten Bewegung des Wassers, schneeweiß und leicht wie die Möwen. Barockmusik im Radio und das Brodeln des

Teekessels in der Küche. Auf jeden Fall im Sommer, vielleicht auch im Frühling. Und die Müdigkeit der ausschweifenden Nacht welkte dahin wie eine Rose, die man in der Kneipe vergessen hatte.

Dieser Vergleich mit der Rose gefiel ihm nicht besonders. Er mußte einen anderen Vergleich finden, der den Kater erklärte und die Freude ausdrückte, die man daran hatte, den neuen Tag mit einem opulenten Frühstück zu beginnen. Oder er mußte sofort aufstehen und sich anziehen. Bestimmt war der Schnee draußen schon dabei zu schmelzen. Die Kuppeln und die roten Kirchtüme waren längst wieder aus dem Nebel aufgetaucht. Er durfte die ersten Stunden des Morgens nicht verpassen. Möglicherweise wäre das ein nützlicher Tag, und auch wenn es nicht für die Skizze eines Landschaftsbildes reichte, so würde der Tag doch in das Farbenspektrum eingehen.

Er blieb im Bett. Wie angenehm war doch der Ruf der Sehnsucht! In Gedanken ging er wieder über das Lavendelfeld. Heute kommt Lucia ganz bestimmt. Ohne weiter Zeit zu verlieren, mußte er sich auf den Weg machen. Laß dir das Frühstück egal sein. Was würde er denn wirklich zu ihr sagen, wenn er sie sähe? Vielleicht so etwas wie: »Na bitte, ich hatte recht, Caterina, ich habe doch gewußt, daß die Sonne Schnee mit sich bringt!« Wenn die Sonne nun aber draußen wieder Schnee verhieße? Dann mußte ihm etwas anderes einfallen, aber was? Wenn er sagen würde: »Ich habe mich sehr nach Ihnen gesehnt«, wäre das zu romantisch. Wenn er sie fragen würde: »Haben Sie heute früh schon in den Spiegel geschaut?« Und dann würde er — wie auch immer die Antwort lautete — sagen: »Na, dann kommen Sie doch mit, gehen wir in die Accademia. Vor dem Gemälde Giambellinos können Sie sich nach Lust und Laune anschauen!« Er wollte Giovanni wie seine Zeitgenossen Giambellino nennen — aber das wäre ein bißchen zu akademisch. Das beste wäre, »Guten Tag« oder »Guten Morgen« zu sagen. Ja, »Guten Morgen, Caterina,

gestern habe ich mir große Sorgen um Sie gemacht.« Und
dann würde die junge Frau antworten:

»Würden es Ihnen denn etwas ausmachen, wenn mir was
passierte?«

»Aber natürlich, das wäre ganz schrecklich!«

»Ach, ihr Orientalen, ihr seid doch alle gleich!«

»Glauben Sie mir, ich wäre untröstlich.«

»Meinen Sie das ernst?«

»Wenn ich lügen sollte, dürfte ich Sie nie und nimmer wie⸗
dersehen!«

»Was für ein Meister Sie doch sind!«

»Als Maler?«

»Nein, als Herzensdieb!«

Ja, bestimmt würde Lucia so etwas sagen, und auch er hatte
sein geliebtes Italienisch gelernt, obwohl es ihm nicht gelingen
würde, den Ausdruck »Herzensdieb« exakt auszusprechen,
selbst wenn er ihm stets auf der Zunge lag.

Meine Schöne – ging ihm durch den Sinn, meine schlag⸗
fertige Liebste! Meine Lavendelblüte. Und in seiner Erinne⸗
rung begannen die Lavendelfelder im Wind zu wogen, zu den
gelbgrünen Sonnenblumen und den blauen Bergen hin, die
nach Thymian dufteten. Als er vor ein paar Jahren mit dem
Wagen nach Reillanne gefahren war, hatte er an einem Laven⸗
delfeld angehalten. Diesmal war er nicht auf Turbanjagd, son⸗
dern einem Maler auf der Spur. Fikret Muallâ, der Maler, der
die letzten Jahre seines mühevollen Lebens – von Istanbul aus
in die Schweiz, dann nach Berlin und von dort aus nach Pa⸗
ris – in einem Dorf in der Provence verbracht hatte, ging ihm
nicht aus dem Kopf; fern der Heimat, weit weg von seinen
Freunden war er in einem Siechenheim dieser Gegend gestor⸗
ben; er galt als reizbar, und Legenden rankten sich um seine
Person wie um sein Genie. Kâmil wollte ein paar dunkle
Punkte in Muallâs Leben aufhellen und, wie er das immer
machte, verfolgte seinen Weg und sammelte Dokumente. Die

Gemälde, die er lange nach dem Tod des Malers in Paris und Istanbul in Ausstellungen gesehen hatte, wirbelten ihm dauernd durch den Kopf. In einem grüngelben Funkeln – einem ganz traurigen Gelb, das Assoziationen an Tod und Einsamkeit hervorrief –, einem roten und blauen, vor allem auch einem blauen Leuchten, in einem kunterbunten Strudel gingen sie ihm durch den Sinn. Kâmil hatte mit der Arbeit begonnen, indem er sich die Orte ansah, an denen Fikret Muallâ in Paris gelebt hatte. Zum Beispiel das Café Dôme, wohin der Künstler während des Krieges fast täglich ging, um die Bilder, die er nachts malte, für eine Flasche Wein zu verkaufen, wohin er sich im Winter in aller Herrgottsfrühe auf den Weg machte, um sich einen Platz am Ofen zu sichern, und wo er eintrat, bevor es auch nur Tag wurde. Er wußte, daß Fikret Muallâ auf einer Kohlezeichnung »Doom«, den Namen des Cafés, auf Englisch geschrieben hatte, »Verfall« – oder »Verhängnis«. War Paris, die Stadt, in der er genau dreiundzwanzig Jahre verbracht hatte, nicht sowieso Zeuge seines Verfalls? Armut, Alkohol, Mansarden- und Hotelzimmer, paranoide Anwandlungen, die bis zum Wahnsinn reichten, und die Irrenanstalt Sainte-Anne.

Kâmil kam nach Paris, um Muallâs Spuren zu folgen, und dort suchte er zuerst Sainte-Anne. Er wollte den Ort sehen, wo der Maler eingesperrt war, dem man das Etikett »wahnsinnig« verpaßt hatte. Kâmil nämlich hatte in den Jahren, während er an seiner Doktorarbeit schrieb, in einem Studentenwohnheim in unmittelbarer Nähe der Psychiatrischen Klinik gelebt. Er hatte jedoch keinen einzigen Schritt über die Schwelle der Anstalt getan, vielleicht aus einem unbewußten Schutztrieb heraus. Das Studentenwohnheim lag neben dem Maison d'Arrêt de la Santé, dem Untersuchungsgefängnis. Die Nervenheilanstalt aber war eine Straße weiter vorn.

Sainte-Anne unterschied sich nicht sonderlich von den Krankenhäusern, die er in Paris gesehen hatte und wo man sogar ambulant behandelt wurde, wenn es dringend war. Wenn er zwischen den alten Gebäuden spazierenging, fiel ihm dennoch auf, daß die Krankenschwestern, die in den Schlafsälen ein- und ausgingen, die Türen jedes Mal von innen verschlossen. Außerdem Eisengitter. Sainte-Anne wirkte mit seinen hohen Mauern, den verschlossenen Schlafsälen – auch wenn sie auf einen Park hinausgingen – und dem Schornstein des Küchentrakts, der einen vorsintflutlichen Eindruck machte, tatsächlich wie ein Mittelding zwischen Krankenhaus und Gefängnis. In einem Text, den Kâmil Uzman in einem alten Zeitschriftenband gefunden und exzerpiert hatte, sagte Fikret Muallâ: »Ich liebe meine Freiheit sehr. Und ich finde sie in meiner bescheidenen Stille. Wenn ich die Stille beim Malen nicht – als wäre es Andacht – auf dem Scheitelpunkt meines Hirns und dem Scheitel meiner Haare spüren könnte, dann wüßte ich, daß ich mich einer falschen Aufgabe widme oder fremdbestimmt bin. Was sagt man nicht alles über mich und die Kunst, wie ich sie sehe: ›Da malt der arme Kerl also wieder. Statt Geld zu verdienen, macht er mit Farben und Pinseln rum, und dann schafft er es nicht, für sein Brot zu sorgen!‹ Stimmt, diese Krämerseelen haben recht. Bilder zu malen und malen zu lassen, das ist der Luxus der Reichen, und unter den Krämerseelen bin ich ein Fremdkörper. Ihrer Meinung nach bin ich verrückt.«

Es war sonnenklar, daß Fikret in der Gefangenschaft des Schicksalsadlers, der am Fuß angekettet war und der ihm nicht aus dem Kopf ging, seit er ihn im Innenhof der Nuruosmaniye-Moschee gesehen hatte, das Los des Künstlers sah. Seiner Meinung nach war dieser Adler »ein Symbol der Wehrlosigkeit in der Gewalt von Krämerseelen, und in diesem Gefangenenlager hungerte er nach einem Happen Brot«, oder »der Vogel war« wirklich »auch ein Geschöpf, daran gewöhnt, über den Wolken hoch über den Bergen zu schweben«.

Wenn er in seinen letzten Lebensjahren als Einsiedler in Reillanne einen Adler sah, der auf dem Kirchturm des Dorfes nistete, oder die Wolken betrachtete, die sich gegenüber auf den Gipfeln der Alpen zusammenballten – ob er sich an all das erinnerte, was er in diesem Text gesagt hatte? Um eine Ant‑ wort auf solche Fragen zu finden und um bei der Studie, die er schreiben wollte, wenigstens die Erinnerung an Muallâ wieder aufleben zu lassen, kam Kâmil also nach Paris, stieg dort in den Zug nach Avignon, nahm sich am Bahnhof einen Miet‑ wagen und machte sich auf den Weg nach Reillanne.

Wer weiß, wie frei und leicht der Künstler sich gefühlt hatte, als er Sainte‑Anne verließ. In dem Moment aber, als er zum Schnittpunkt der Rue de la Santé und der Rue d'Alésia ging und endlich in der Mansarde der Impasse du Rouet an‑ kam, hatte seine Gefangenschaft von neuem begonnen. Die einzige Freiheit, die er in seinem Leben kosten durfte, war der Schaffensprozeß, das heißt, nach Lust und Laune zu malen. Nur in seinem Leben? Kâmil stellte sich vor, wie Muallâ selbst noch im Grab auf dem Karaca‑Ahmet‑Friedhof in Üsküdar weitermalte.

Kaum war Kâmil nach Paris gekommen, besuchte er auch das Atelier, in dem Muallâ viele Jahre gelebt hatte, da er hoffte, er würde vielleicht eine Spur finden. Das Atelier lag in der sechsten Etage eines Altbaus unter dem Dach. Ach – *les toits de Paris.* Wie viele arme Künstler und Poeten hatten die Mansar‑ den doch beherbergt, waren Zeugen ihres Genies, ihrer Ein‑ samkeit und ihrer Schmerzen geworden, bevor sie Stoff für die‑ ses berühmte Lied wurden! Eine junge Frau öffnete ihm die Tür, offensichtlich eine Studentin. Sie kannte Muallâ nicht und hatte nur gehört, daß einst hier ein versoffener türkischer Maler gewohnt hatte. Dennoch bat sie Kâmil herein. Sie gin‑ gen durch einen langen Flur und betraten das einzige Zimmer, das zwei Fenster hatte. Ein paar Bücher auf dem Regal an der Wand, ein schmales Bett auf dem Fußboden und der Tisch vor dem Fenster. Ja, das war wirklich alles. Es sah genauso aus wie die Zimmer, in denen Kâmil als Student gewohnt hatte. Nicht die geringste Spur von Muallâ. In dem Augenblick, als er gehen wollte, fielen ihm die Farbflecken auf dem Fußboden auf. Die junge Frau ahnte noch nicht einmal etwas von den Flecken. Vielleicht hatte sie auch versucht, die Stelle zu reinigen und die Flecken zu entfernen, es war ihr aber nicht gelungen. Genauso wie die Farben auf den Gemälden, widerstanden die Flecken der Zeit. Kâmil stellte sich Muallâ in Paris in diesem winzigen, aber sehr hellen Atelier vor, in dem er viele Jahre gelebt hatte. Auf dem Boden dasselbe verschlissene Sofa, in der Mitte der Eßtisch, auf dem Tisch vier Äpfel auf einem Teller, eine Flasche italienischer Wein im Strohkorb, zwei Paprikaschoten und eine Knolle Zwiebeln. Daneben eine Staffelei und die Farben. Dann alte Pantoffeln und ein Kohleofen, der nicht brannte. Vor der Staffelei ein Sessel mit durchlöchertem Bezug und eingesunkenen Sprungfedern. An der Wand Gemälde, die auf Käufer warteten. Und Fikret in einem ausgebleichten Jackett mit zerschlissenen Ärmelaufschlägen. Der Kragen des Jacketts mit einer Sicherheitsnadel befestigt. Ein gestreiftes Wolltuch um den Hals. Als Kâmil mitten im Sommer in Fikrets früherem Atelier war, hielt er es irgendwie für sinnvoll, das imaginäre Porträt des armen Malers in eine Winternacht zu verlegen. Vielleicht hatte er auch irgendwo gelesen, wie das Atelier aussah, und erinnerte sich nicht mehr ganz genau daran, als er jetzt in Venedig im warmen Bett lag. Oder er hielt eine solche Vorstellung für angebracht, weil er wußte, daß Fiket Muallâ in jenen Jahren immer nachts gemalt hatte.

In diesem Zimmer also klemmte der Künstler sich das Bild, das er meist nachts mit einem Federstrich aufs Papier geworfen hatte, am nächsten Morgen unter den Arm, und wenn er nicht im Café Dôme vorbeiging, machte er sich auf den Weg zur Rue de Buci und versuchte, sein Werk dort in den Galerien am linken Ufer der Seine für ein paar Centimes, manchmal auch für ein Essen zu verkaufen. Weil er in diesem Stil lebte und arbeitete, konnte er seine erste eigene Ausstellung mit Diana Vierny als treibender Kraft erst 1954 eröffnen, genau vierzehn Jahre nach seiner Ankunft in Paris. Obwohl er hungerte und Zigarettenkippen in den Gängen der Metro aufsammelte, brachte er es schließlich fertig, sich in der Pariser Kunstszene durchzusetzen. Es gelang ihm jedoch nicht, sein Leben zu ordnen, und er bewegte sich scharf an den Grenzen des Alkoholismus. Weder in dem Hotelzimmer am rechten Seineufer, in das er umgezogen war, konnte er Ruhe finden, noch im Haus der Kunstsammlerin Madame Angles, seinem »Schutzengel«, wo er sich niederließ, nachdem er einen Schlaganfall erlitten hatte und dem Tod gerade noch von der Schippe gesprungen war.

Muallâ war also ein Mensch, der in diesem riesengroßen Paris – was heißt hier in Paris, auf der ganzen weiten Welt – mutterseelenallein war. Er war ein Mensch am Rande der Gesellschaft, ein Nomade, der keinen Ort hatte, nirgends. Zum Schluß konnte er sich, wieder dank Madame Angles', gerade noch in ein Dorf in der Provence, nach Reillanne, retten. Nach einer Nacht, in der der Mistral die Regenwolken vertrieben hatte, brach Kâmil auf, um in dieses Dorf zu fahren, und klapperte die Orte ab, an denen der Maler sich aufgehalten hatte, um Fikret Muallâs Lebensphase in Frankreich zu erforschen. Der Himmel strahlte, blau und tief. Da waren weder eine Wolke, weder eine einzige Kumuluswolke, die sich auf die Gipfel der Berge gesetzt hatte, noch Adler, die ihre Kreise am Himmel drehten. Die Sonne im Zenith war ein Turban aus Feuer, eine sengende Julisonne, treulos und falsch wie eine ansteckende Krankheit, jene Sonne, die Van Gogh um den Verstand gebracht hatte.

War Van Gogh nicht auch aus den trüben Städten des Nordens, in deren Kirchen er predigte, hierhergekommen, hatte diese Orte hinter sich gelassen und war nach Arles gereist, um diese Sonne, dieses intensive Licht zu suchen, das auf rote Ziegeldächer und Sonnenblumenfelder fiel? Hatte er nicht fast alle

seine berühmten Gemälde, heute zu Dollarsummen in Millio‑
nenhöhe gehandelt, im Schatten dieses Lichts gemalt – auch
wenn damals niemand auch nur einen Centime dafür gegeben
hätte? Was später passierte, ist bekannt. Alles, was danach ge‑
schah, steht sogar in den Schulbüchern. Die harten Zeiten,
fern von der Wärme einer Frau und der Liebe, man kannte
das, man wußte, daß er sich ein Ohr abschnitt und sein Selbst‑
porträt vor dem Spiegel malte; da war die Sonne, die ihn
wahnsinnig werden ließ, die sengende, zerstörerische Sonne
des Mittelmeers – und der Tod, der sich mit den Krähen auf
den Weizenfeldern niederließ.

Auch Cézanne hatte den Mont Sainte‑Victoire, etwas wei‑
ter vorn, hundert und aberhundert Mal im Kalkweiß dieses
Lichts gemalt. Auf den Gemälden, die heute in aller Welt ver‑
streut waren, erhob der Berg sich von der roten Erde in den
wolkenlosen Himmel und verzauberte jeden, der ihn betrach‑
tete. In Wirklichkeit war es nicht der Berg selbst, der von Be‑
deutung war, sondern die Gestalt, die Cézanne ihm mit seinem
Pinsel gegeben hatte. Kâmil war es unmöglich, seine Formen
mit allen ihren Einzelheiten durch die Scheiben des Wagens zu
erkennen. Das Licht hatte sich jedoch in keiner Weise verän‑
dert. Auch die Farben nicht, es war ein Flirren. Als würde der
Berg sich in der Harmonie von Grün, Blau und den rosafar‑
benen Tönen, die sich aus dem Schiefer erhoben, nähern und
auf den Wagen zukommen. Kâmil wußte das aus den Bü‑
chern, die er über Cézanne gelesen hatte. Der Maler stellte
seine Staffelei an einen Berghang oder in den Schatten eines
Olivenbaums. Der Schatten war vielleicht nicht besonders tief,
aber Cézanne war ein Kind dieser Gegend. Er war an die
sengende Sonne gewöhnt. Und er hatte es nie satt, den Mont
Sainte‑Victoire zu malen. Genau wie Fikret Muallâ. Auch er
hatte lange in dieser Gegend gelebt, hatte Häuser und Bäume
im Licht des Mittelmeers gemalt, die Bauern der Camargue
und die Fischer, die ihre Netze an der Küste knüpften, nackte

Frauen, die sich mit kurz geschnittenen Haaren, indigoblauen Augen mit leeren Blicken auf blauem Grund bewegten – ja, vor allem Frauen! –, Fischlokale und Bars, rosafarbene, gelbe, blaue und grüne Cafés mit violetten Theken, Weingläser, die er in diesen Cafés nacheinander gekippt hatte, und einsame, unglückliche Menschen, das alles hatte er gemalt, ohne die Lust zu verlieren, als würde er sich selbst darüber aufgeben. Unwillkürlich fiel Kâmil unterwegs ein, was Muallâ in einem Brief an einen Freund über Cézanne gesagt hatte: »Sie wissen ja, daß die Provence eine Gegend von außergewöhnlicher Schönheit ist. Ich will dorthin reisen und zu den Stätten pil, gern, wo Papa Cézanne gelebt und gemalt hat – als wäre es die Kaaba.« Mit anderen Worten, die Gegend, wo Cézanne gelebt und Hunderte von Bildern gemalt hatte, diese blaugrüne Landschaft, die an den Wagenfenstern vorbeiraste, war Fikret Muallâs Mekka. Wie jammerschade es doch war, daß der Ma, ler seinen Wunsch nicht realisieren und Cézannes Geographie nach Lust und Laune – wie die Kaaba – umrunden konnte. Die letzten vier Jahre seines Lebens verbrachte er arm und ein, sam in Reillanne. Alle Bilder, die er malte, mußte er Madame Angles geben, die eine Atmosphäre schuf, in der er in aller Ruhe und geregelt arbeiten konnte. Außerdem waren seine Beine zeitweise gelähmt, und monatelang kam es dazu, daß er nicht ins Dorfcafé hinuntergehen konnte. Muallâs Leben, das in Kadıköy, einem Köy, mit einem anderen Wort, einem Dorf, in einem Haus in der Nähe vom Bakla Tarlası begann und das sein letztes Abenteuer im Dorf Reillanne fand, wo Kâmil kurz darauf ankam, war sowieso ein trauriges Lied und kein behagliches Kleinbürgerdasein, wie Cézanne es führte. Es waren die Farben seiner Innenwelt, sein seelischer Wirr, warr und die eigenen Schmerzen, die er in der Natur suchte. Kâmil glaubte nicht, daß man, von Muallâs Gemälden ausge, hend, eine Topographie der Provence entwickeln könnte, wie das bei Cézannes Bildern der Fall war. Mit diesem Thema

wollte er sich eingehend in der Studie befassen, die er schreiben wollte. Er mußte nur nach Istanbul heimkehren, die Materialien, die er gesammelt hatte, Stück für Stück auf dem Boden ausbreiten und mit Blick auf den Bosporus zu schreiben
anfangen, alles weitere würde sich dann bestimmt ergeben.
Es waren Muallâs Ängste, seine Albträume und Sehnsüchte,
die sich auf seiner Leinwand und in den Skizzen spiegelten,
die er in Sainte-Anne entworfen hatte. Vor allem auch seine
Sehnsüchte. Daher beherrschte Blau seine Kunst. Dieses Blau
tauchte manchmal in der Schärfe von Preußisch-Blau auf,
manchmal auch, wenn es seine Kindheit und die Frauen waren, nach denen er sich sehnte, erschien es als Kobaltblau, das
Glück verhieß.

Da er seit dem Tod seiner Mutter Nuber Hanım, die er im
Alter von fünfzehn Jahren verlor, vielleicht nie eine Geliebte
im echten Sinne hatte und da ihm das Mädchen, in das er sich
während seiner Studienjahre in Berlin verliebte, seinen verkrüppelten Fuß vorwarf, oder weil er vielleicht bis zum vierten
Lebensjahr lange Haare und Röcke wie ein kleines Mädchen
trug und sich in keiner Phase seines verdammten Lebens Zeit
für eine dauerhafte Liebesbeziehung nehmen konnte, sehnte
Fikret Muallâ sich immer nach Frauen.

Er träumte von ihnen und malte sie immer, während sie
über Märkte und Basare bummelten, ihrem »Gewerbe« auf
dem Trottoir nachgingen, die Straße überquerten und im Café
Dôme oder in der »Palette« saßen. Die Blicke vieler Frauen, die
er malte, waren matt, und sie hatten keine Augen. Sie erinnerten an die Frauen auf Modiglianis Gemälden. Hellblond, rot-
haarig, dunkel oder dunkelblond. Und wie unerreichbar sie
doch für einen dicken, kleinen Maler waren, der hinkte! In den
Briefen, die er aus Reillanne an Freunde schrieb, die ihm aus
Kalifornien Dosen mit den heißgeliebten Peanuts, amerikanische Zigaretten und Waffeln schickten, meinte der Maler:
»Jetzt könnte ich ein Paket brauchen, das ihr mir sowieso nicht

schicken könnt, eine fünfzehn- oder sechzehnjährige Dollar-
prinzessin, ein nettes Callgirl oder ein Starlet, das mich leben
läßt, ohne mich umzubringen, zu verlassen und zu betrügen.«
Wer weiß, wie sehr Fikret Muallâ sich im Atelier in der Impasse du Rouet, wo er jahrelang wohnte, in den Pariser Cafés,
in denen er seinen Stammplatz hatte, und nachdem er schon
ziemlich vom Alkohol abhängig war und angefangen hatte,
unter den Brücken zu schlafen, nach Frauen sehnte, oder in
den Schlafsälen von Sainte-Anne, wo er nach seinen Anfällen
von Paranoia eingesperrt war, wenn die Krankenschwestern
die Türen verriegelten und weggingen! Wer weiß, wie schuld-
bewußt er sich fühlte, weil seine Mutter diese Welt im jugendlichen Alter verlassen hatte, von ihm mit der Spanischen
Grippe angesteckt, die er sich als Internatsschüler im Galatasaray Lisesi geholt hatte.

Während seiner Reise hatte Kâmil nach und nach angefangen, Muallâ zu mögen und sich in gewisser Hinsicht mit
ihm zu identifizieren. Wenn Kâmil sich dazu entschlossen
hätte, als Maler in Paris zu bleiben, statt eine akademische Karriere einzuschlagen, wer weiß, vielleicht hätte er ein Leben wie
Muallâ geführt, so zerrissen, einsam und trübselig.

Als der Maler in einem Brief von der Frau sprach, die seine
Habseligkeiten nach Reillanne transportiert hatte, schrieb er:
»Sie hat schöne rote Haare, nicht gefärbt. Reich ist sie – und
ein Auto hat sie auch. Auch ganz und gar ›Chauffeuse‹, aber
es war unmöglich, sich für sie zu erwärmen. Wenn ich nach
Marseille führe, würde ich sie wahrscheinlich belästigen.«

Wie schade, Muallâ würde nie nach Marseille gelangen. Es
sollte auch nicht dazu kommen, daß er zwischen Avignon und
Reillanne hin- und herpendelte. Weder war es ihm beschieden,
noch einmal nach Paris zurückzukehren, noch das Istanbul
seiner Kindheit und Jugend wiederzusehen. Auf dieser Straße,
über die Kâmil in der Julisonne fuhr, als die Schatten noch
nicht länger geworden waren, reiste Muallâ, der unglückselige

Maler, eine Nacht lang in Gesellschaft der schönen Witwe. »Überall lauerten Füchse«, beklagte er sich in einem anderen Brief, »wahrscheinlich waren die Spitzbuben hinter Hennen her – oder hinter Schnepfen und Wachteln …« Kâmil aber legte denselben Weg am hellichten Tag zurück. Und er tat gut daran, denn die Landschaft war wunderbar. Zur Rechten die Durance, die Lebensquelle der Region, der Fluß, der mal trüb, mal klar dahinfloß, und zur Linken die traurigen Sonnenblumen von Van Goghs berühmtem Gemälde, in der Ferne, hinter den Zypressen, die violetten Berge. Pfirsichbäume rasten am Fenster des Wagens vorbei, und dann Schilf. Bis Apt führte die Straße in Serpentinen durch Weinberge, unablässig durch Weinberge.

Während Kâmil den Wagen lenkte, vertiefte er sich in die Umgebung und das großzügige Farbenspiel der Natur. Je näher er Reillanne kam, desto mehr wuchs seine Aufregung. Er stellte sich Muallâ dort vor, in dem Haus an einem Berghang nahe den Ausläufern der Alpen. Und er war sehr gespannt auf das Dorf, das er von den Bildern des Künstlers, aber auch aus den Briefen kannte, die der Maler an seine Freunde geschrieben hatte. Kurz vorher hatte er Cavaillon hinter sich gelassen. Diese für ihre Honigmelonen berühmte Stadt erinnerte ihn an Muallâs unglückliche Liebschaften, an die jungen Mädchen, nach denen er sich sehnte, im Alter von über sechzig Jahren vielleicht nicht ganz ernsthaft, aber leidenschaftlich, ja sogar in einem Maß, das sich zur fixen Idee steigerte. Die Honigmelonen von Cavaillon duften herrlich und wiegen schwer in der Hand, von außen aber wirken sie ganz leicht. Selbst die größte Melone ist kaum größer als der Busen eines jungen Mädchens, so kugelrund und hart, aber innen ganz zart.

An einem Wintermorgen in Venedig sehnte Kâmil sich plötzlich nach den Honigmelonen von Cavaillon. Mehr nach ihrem Duft als nach dem Geschmack. Während seiner Studienjahre in Paris hatte er Unmengen davon gegessen.

»Hier in der Umgebung gibt es junge Mädchen zwischen elf und dreizehn Jahren«, schrieb Muallâ. »In diesen Tagen werde ich sechzig. Das ist ein mieses, widerliches Schweinealter. Ich möchte auch von der verbotenen Frucht kosten.«

Als er zum Zeichenlehrer in *Ayvalık* ernannt worden war, einem Städtchen, das damals noch nicht einmal ans Stromnetz angeschlossen war, hatte er sich zwar längst die Hörner abgestoßen, wie er selbst sagte, aber die verbotene Frucht würde er nie kosten. Auch wenn er sie nicht fand, als er zum ersten Mal nach Reillanne kam, konnte er doch ein bißchen Ruhe finden, fern von den Kunsthändlern, die er die »vierzig Räuber« nannte, fern vom Menschengewimmel und dem Lärm von Paris, das er als »ein berüchtigtes Bordell« beschrieb, »mit seinen Polizisten und den ekelhaften Hoteliers«. Obwohl Fikret Muallâ sich nur kurze Zeit dort aufhielt, war in seinen Briefen deutlich zu erkennen, daß dieses Glück, das er sich für seine Gesundheit und Kreativität erhoffte, nicht vom Dorfmilieu und der reinen Luft von Reillanne, sondern von den einfachen Menschen herrührte; vom Wasser konnte es wahrscheinlich nicht kommen, denn es war klar, daß er dort außer Wasser weiterhin jede Art von Alkohol trank. Es war gut, daß Kâmil Fikrets »Briefe an die Freunde« mitgenommen hatte. Wenn er anhielt, um in einem Café Rast zu machen, schlug er das Buch auf und las hier und da darin. Vor allem auch die Kapitel, die seine Zufriedenheit mit Reillanne deutlich machten. Die Momente, in denen der Künstler nicht über seine Umgebung, die Nachbarn und sogar über die Leute klagte, die ihn unterstützten, waren so überaus selten, daß Kâmil die Briefstellen, in denen sich diese heiteren Augenblicke fanden, wieder und wieder las, vielleicht auch, weil er Muallâ immer glücklich wissen wollte: »Gott sei vielmals Dank! Diese widerliche Stadt, die sich Paris nennt, habe ich für immer verlassen – und das ist nun vier Wochen her. Jetzt bin ich in einem hübschen kleinen Dorf zwischen lauter Bergen, 550 Meter über dem Meeresspiegel;

der Ort heißt Reillanne und hat siebenhundert nette, sympa/
thische Einwohner.« Doch die Einsamkeit, die Albträume und
die Furcht vor Krankheit und Tod, die ihn seit dem halben
Jahr, das er mit Neyzen Tevfik in der Psychiatrischen Klinik
von Bakırköy in Istanbul verbracht hatte, nicht in Ruhe ließen,
würden auch in Reillanne auf ihm lasten; die Welt des Künst/
lers würde sich noch einmal in eine Hölle verwandeln, ganz
so wie in den harten Zeiten, die er auf Pariser Polizeiwachen
oder in dem engen Zimmer des Hotels Monceau erlebte, bis er
den Schlaganfall erlitt. Eine Hölle, die Kâmil wiederum aus
den Briefen des Künstlers kannte: »Frag mich nicht, ich bin
ziemlich gealtert. Ich bin gelähmt, auf der linken Seite habe
ich kein Gefühl mehr und kann nicht laufen (...) Ich schäme
mich dafür, daß ich fast jeden Tag Durchfall habe, und kann
es nicht verhindern. Wenn es eines Tages soweit ist, werde ich
in Ruhe sterben können. Freu Dich, wenn Du davon hörst.
Nun ja, kannst Du dann sagen, er ist erlöst.«

Unter dem Vorwand, er brauche eine Rast, hielt Kâmil alle
nasenlang an, las Muallâs Briefe und gab sich Mühe, sich auf
die Welt des Künstlers einzulassen, seine Freuden und Lei/
den, aber auch seine Einsamkeit der letzten Jahre zu begreifen.
Es kam ihm vor, als könnte er nur auf diese Weise in das Werk
des Malers eindringen und Neues über sein Leben und seine
Kunst erfahren. Er war noch nicht in Reillanne angekom/
men, und der Weg wurde immer länger. Wenn er so weiter/
führe, würde die Reise nie enden. Noch hatte Kâmil weder das
von Madame Angles zum Preis von vier Aquarellen gemietete
Haus gesehen, das Muallâ »meine Hütte« nannte und des/
sen Rückwand an den Ruinen eines Römischen Aquädukts
lehnte, noch Monsieur Canonis Café, in dem Fikret Muallâ
die meiste Zeit verbracht hatte, noch die Schnäpse und Liköre
an der Bar des Cafés, die Fikret nicht mehr wie früher trinken
durfte, da seine Leber »in Teufels Küche« geraten war. Aber
Kâmil hatte viele Bilder des Malers in Pariser Privatsammlun/

gen gesehen. Auf den Aquarellen, die ihre Farben vom Licht der Provence erhielten, war Cannes eine gelbrote Phantasiestadt auf Violett. Nicht nur die Segelboote im Hafen, sondern auch die steinernen Bauten, die Festungsmauern, der alte Uhrturm und sogar die Straßen hoben und senkten sich auf dem lilafarbenen Meer. Und dann, auf einem anderen Gemälde, im Hintergrund die Sonne in Orange, kalkweiße Wolken, die den Himmel ganz und gar bedeckten, und Reillanne mit der violetten Kirche zwischen Gelb-, Blau- und Rot-Tönen, liegt im Vordergrund der riesige Fisch der Länge nach auf dem Teller neben einer Flasche Chianti im Strohkorb. Setz dich an den Tisch mit der rosafarbenen Decke, schneide die Zitrone durch und drück sie auf dem Fisch aus, lab dich an dem guten Essen und genieß die Aussicht! Aber wie bekümmert lag der Fisch mit seinem erstarrten Blick auf dem Teller, wie einsam war er doch, quittegelb und betrübt. Wer weiß, vielleicht war das der Maler, der an Madame Angles' Angelhaken zappelte, ein Symbol, das seine Einsamkeit im Dorf illustrierte. Und nach Beendigung des Gemäldes wird Muallâ gesagt haben: »Mit Tränen / mit Tränen wurde mir der Wein heute nacht verbittert« und die Chianti-Flasche geleert haben, die, klein und dick wie er, in der linken Ecke des Bildes stand und darauf wartete, daß man sie austrank. Ja, es kam häufig vor, daß er im Alter nachts weinte. Reillanne, das man auf einem anderen Gemälde durch das offene Fenster des Restaurants sah, war mit den Häusern mit den roten Fensterläden, die sich an den Hang des grünen Hügels lehnten, dem Kirchturm, der in das Blau des Himmels ragte, und den weißen Wolken, die über den Turm zogen, ein typisches provenzalisches Dorf, wie man sie in dieser Gegend sehr oft antraf. Das Dorf war vielleicht der allgemeine Orientierungspunkt des Gemäldes, aber neben den Tieren, die er in Krisenmomenten zeichnete, traten auf den ersten Blick die Helden des Malers hervor, die Figuren, die sich auf fast allen seinen Bildern befanden, das heißt, die Stamm gäste an der Bar, die Kellner und der schwarze Hund, der abwartend in einer Ecke zu sehen war. Fikret Muallâ hatte Paris hinter sich gelassen, aber die Gaukelbilder der Pariser Cafés verfolgten ihn selbst hier.

Nachdem Kâmil Apt durchquert hatte, das wie alle provenzalischen Kleinstädte, durch die der Strom floß, von Hügeln umgeben war, fand er sich zwischen Kirschengärten wieder. Die Erde hatte die Farbe gewechselt und ging von Gelb in Rot über. Kâmil fuhr mit dem Wagen in der Nähe der ockerfarbenen Lehmgruben mit ihrem rötlichen Schimmer vorbei; es kam ihm so vor, als habe das Rot, das sich ihm so plötzlich in den Weg stellte und die Landschaft verwandelte, etwas mit Fikret Muallâs Farbenwelt zu tun. Der Maler hatte vielleicht sein Leben lang gelitten und sich ganz und gar nicht von den »schwarzen Mächten«, die er »Hyänen« nannte, viele ein Produkt seiner Phantasie, freimachen können. Die »Krämerseelen«, die in Istanbul über seine Kunst herfielen, hatten sich in Paris verkleidet, in Halluzinationen verwandelt und ihm das Leben vergiftet. Aber als er starb, hinterließ er eine farbenreiche, reine Welt, die alles erdenkliche Licht ausstrahlte. Wer seine Bilder betrachtete, ohne ihn zu kennen, konnte nicht absehen, wie sehr er gelitten hatte. Kâmil nahm die Natur wahr, als sei sie ein Teil dieser leuchtenden Welt, die sich in Muallâs Bildern widerspiegelte. Die Erde und das Rot der Kirschen, das Grün der Hügel und das Blau des Stroms lösten sich in der Julisonne auf und verschmolzen miteinander.

Als er kurz danach, ja, daran erinnert er sich gut, an einem Lavendelfeld hielt, wurden die Farben noch lebendiger, und ihre Bewegung nahm zu. Die Lavendelblüten wogten im Wind – im Rhythmus der Instrumente der Jazzkapellen, die Muallâ unermüdlich zeichnete, im Rhythmus von Saxophonen und der Pauke, die einem reifen Kürbis glich – nein, diesmal nichts von Osmanen und Turbanen! Zum ersten Mal in seinem Leben sah Kâmil ein Lavendelfeld. Er stieg aus dem

Wagen und tauchte in das Feld ein, verschwand lange Zeit zwischen dem Violett. Er band einen verführerisch duftenden Lavendelstrauß, um ihn auf Muallâs Grab zu legen. Die sterblichen Überreste des Malers waren allerdings längst in seine Heimat überführt worden, und jetzt lag er auf dem Karaca-Ahmet-Friedhof in Üsküdar, aber sei es drum. Hier war er gestorben, in der Erde dieses Landes hatte er seine erste Ruhe gefunden! Wenn nicht auf dem Friedhof, dann wollte er den Lavendelstrauß doch in eine Ecke seines Hauses legen; als Zeugen von Muallâs tragischem Leben standen dort die Mauern aus Stein, die Staffelei und die Palette, auf der er die Farben angerührt hatte, und das Bett, in seinen letzten Jahren besudelt, da er seine Eingeweide nicht mehr kontrollieren konnte. Kâmil wollte, daß es von jetzt an immer nach Lavendel duftete.

Hinter einer Kurve tauchte Reillanne auf. Wie auf den Gemälden des Malers, an den Hang eines steilen Berges geschmiegt – da lag es mit seiner Burgruine, die aus dem Mittelalter stammte, und seiner Kirche, ein völlig einsames Dorf gegenüber den Alpen, zu deren Gipfeln Massen von schneeweißen Wolken von allen Seiten herbeiströmten. Je höher Kâmil fuhr, um so mehr Häuser standen da. Er fuhr an roten, grünen und blauen Fensterläden vorbei. Muallâs Haus stand an der höchsten Stelle, grenzte fast direkt an den Glockenturm der Kirche, hatte Steinmauern und war einstöckig. Da es an der steilen Straße lag und dem alten römischen Aquädukt benachbart war, hatte es eine ziemlich hoch gelegene Terrasse. Wie auf einem der Gemälde, die Muallâ hier gemalt hatte, waren die Fensterläden lila gestrichen. Im ganzen Dorf hatte sein Haus als einziges lilafarbene Fensterläden, ein schrilles Violett, das ins Veilchenfarbene spielte. Wie schade, daß sie fest verschlossen waren! Er konnte nicht hineingehen. Er konnte die Zimmer und das Bad nicht sehen, das Fikret Muallâ sich zum ersten Mal in seinem Leben leisten konnte, nicht die Küche, in der er voller Vorfreude die Pakete mit sucuk, pastırma und Zigaretten aufmachte, die von seinen Freunden aus der Türkei kamen, nicht den Tisch, an dem er mit fliegender Feder Briefe voller Sehnsucht in alter, arabischer Schrift schrieb, und nicht das Bett, in dem er nachts lebhafte Träume hatte und mit Halluzinationen rang. Kâmil wußte, daß Madame Angles vor drei Jahren gestorben war. Aber es hieß, daß ihre Tochter Françoise das Haus instand halten ließ und im Sommer ihre Ferien hier verbrachte. Nachdem er den Lavendelstrauß vor die Tür gelegt hatte, war er unwillkürlich weiter nach oben, zur Kirche hinaufgestiegen und hatte sich dort auf eine Bank im Schatten des Glockenturms gesetzt. Unten lag das Dorf mit den roten Ziegeldächern, den engen Gassen, die sich in Serpentinen zu den Sonnenblumenfeldern hinunterschlängelten, mit dem weiträumigen Marktplatz und dem Brunnen, und gegenüber die Alpen. Er dachte daran, daß auch Fikret Muallâ vier Jahre lang diese Aussicht genossen hatte, daß er sich nach Istanbul gesehnt hatte, während violette Wolken sich um die Gipfel der Berge ballten, nach dem Blau des Bosporus, der auf den Aquarellen, die er in seiner Jugend gemalt hatte, immer noch vor Leben pulsierte, nach den Grabsteinen von Eyüp, den gelben Mauern der Hagia Sophia, den Segelbooten im Goldenen Horn und Erenköys Villen – und daß Fikret vielleicht davon träumte, wie er, seine Hand in der seidenweichen Hand seiner Mutter, in Kadıköy auf den Dampfer stieg.

Dann ging Kâmil ins Dorf hinunter. Er fragte nach Canonis Café, dem Muallâ den Spitznamen Kanunî gegeben hatte. Es war ein ganz altes, wunderhübsches Café; seit Jahren hatte sich dort nichts verändert, die Theke, die Spiegel, die Tische und selbst die Stühle waren nicht erneuert worden. An der Wand hingen Gemälde von Muallâs Freund, dem französischen Maler Philippe. Kâmil fragte nach Philippe und erfuhr, daß er vor zwei Jahren gestorben war. Auch Canoni hatte diese Welt längst verlassen. Jetzt betrieb sein Enkel das Café. Kâmil fragte ihn, ob er Muallâ kannte. »Als ich Sie sah, war mir sofort klar, daß Sie wegen unserem Muallâ gekommen sind«, sagt Canonis Enkel, »bitte, nehmen Sie Platz, trinken wir was!« Da der junge Mann von »unserem Muallâ« sprach, war eine Vertrautheit geschaffen. Er hatte den Maler nie gesehen, aber von seinem Großvater viel von Muallâs exzessiver Neigung zum Alkohol gehört, von seiner individuellen Lebensweise und davon, daß er in den Nächten, in denen er von Sehnsucht gequält wurde, auf die Terrasse des Hauses stieg und wie ein Wolf die Berge anheulte. Sie setzten sich auf die hohen Hocker an der Bar, den Schnaps- und Likörflaschen gegenüber, die dort aufgereiht waren. Als sie ihre Gläser zum Gedenken Muallâs hoben, war Kâmil danach, nicht den Tod des Malers, sondern sein Leben zu beweinen. Wie oft hatte er doch mit den jungen türkischen Malern in Paris über Fikret Muallâ geredet! In dem Jahr, als Muallâs Gebeine von Reillanne in die Türkei überführt wurden, war Kâmil nach Paris gekommen, voller Hoffnung auf eine Malerkarriere. Aber ihm fehlte der Mut, mit der Malerei weiterzumachen, er widmete sich der akademischen Forschung und ließ sein Talent so ziemlich verkümmern. Wer weiß, womöglich hatte er auch gar nicht so viel Talent. Und dennoch könnte nur die Zeit darüber entscheiden. Vielleicht würden auch Kâmils Landschaftsbilder Jahre später – wie Muallâs Gemälde – beim Publikum ankommen und reißenden Absatz finden.

Muallâ hatte möglicherweise recht, ging Kâmil durch den Kopf, bevor er aus dem Bett stieg; für einen Maler bedeutete es den Tod, wenn er nicht nach Lust und Laune malen konnte, was denn sonst? Dann kann dich niemand stören, und keiner redet dir rein, wenn du deine Staffelei auf die Straße stellst, solange du malst. Mit Muallâs Worten bist du »mit deinem bescheidenen Schweigen« ganz allein und nicht dauernd mit dem Leben, irgendwelchem Kram und der Liebe belastet. Der wahre Künstler bewundert die Farbe des Lavendelfelds – und nicht den Duft, der von einer Frau ausgeht.

Damit war er wieder beim Thema, bei Lucia, angelangt. Heute würde er es nicht aushalten, ohne die junge Frau zu sehen. Er stand auf, zog sich an und rasierte sich. Kaum hatte er die Tür geöffnet und war über das hölzerne Gatter gesprungen, schlug ihm Venedigs feuchte Kälte ins Gesicht.

7

Der Schnee war nicht geschmolzen. Draußen war es neb-lig. Eine einzige Farbe beherrschte die Stadt: Bleigrau. Alles färbte sich bleigrau, sogar der Schnee, der an den Kai-mauern aufgehäuft war – Kuppeln, Mauern, Brücken und Ka-näle. Als Kâmil an der Landungsbrücke der Piazzale Roma auf die No. 52 wartete, begriff er nicht, warum die Stadt so still und reglos dalag. Es mußte am Wetter liegen. Wer verließ schon das Haus im Winter, bei dieser widerlichen Kälte, die einem an die Nieren ging, und bei diesem Schnee! Ja, aber mußten die Leute denn nicht arbeiten? Der Gedanke, daß die Venezianer zur Arbeit gehen mußten, hatte etwas Beruhigen-des für Kâmil. Er fürchtete, daß Lucia auch heute nicht zur Correr-Bibliothek kommen würde. Es war eine unbestimmte, seltsame Furcht, deren Grund er selbst nicht genau kannte, so etwas wie ein Gefühl des Verlassenseins.

Der Vaporetto war so verlassen wie die Landungsbrücke. Diesmal ging er nicht bis zum Achterdeck durch und nahm nicht draußen Platz. Selbst drinnen war es kalt. Er setzte sich ans Fenster und gab sich dem Bild der Giudecca hin. Auf dem Kanal bewegte sich nichts. Weit und breit waren weder Fähr-schiffe noch Lastkähne zu sehen. Auch die Schiffe schienen den Hafen verlassen zu haben. Wie sonderbare Lebewesen aus einer anderen Welt öffneten die Kräne ihre stählernen Beine und blieben so im Nebel hängen. Als würden sie auf jeman-den warten. Da Kâmil keinen dichten Verkehr auf dem Giu-decca-Kanal sehen konnte, war es mit seiner guten Laune vorbei. Eine Zeitlang fuhr ein Frachtkahn, bis obenhin mit Mobiliar beladen, hinter dem Vaporetto her und entfernte sich dann in Richtung Lido. Anscheinend zog jemand um. Kâmil fand es ein bißchen seltsam, daß die Möbel eines Hauses als Last eines Frachtkahns so über das Wasser glitten.

Als sie in San Zaccaria anlegten, war kein einziger Passagier mehr auf dem Dampfer. Der Schaffner öffnete das Eisengitter, und nachdem er auch Kâmil hatte aussteigen lassen, ging er zum Kapitän. Sie unterhielten sich über irgend etwas. Kâmil kam es vor, als wäre eine Frau hinter der beschlagenen Scheibe. Beim genaueren Hinsehen begriff er, daß er sich geirrt hatte. Oder er hatte angefangen, Lucias Geist zu sehen! Kâmil sah dem abfahrenden Vaporetto nach. In einen Wintermantel gehüllt, saß ein Mann an Deck. Kâmil erkannte das Feuer seiner brennenden Zigarre im Nebel. Da er selbst nun auf der Landungsbrücke stand, wer war dann dieser Mensch? Zweifellos saß da gar niemand, und Kâmil phantasierte, er säße selbst auf dem Achterdeck des Dampfers, der sich entfernte. Es ist nicht gut, der letzte Passagier zu sein, der von Bord geht. Auf den Dampfern des Bosporus hatte dieser Aberglaube ihn jahrelang beschäftigt, er hatte sich Mühe gegeben, nicht der letzte Passagier zu sein, der an der Anlegestelle absprang, und hatte jedes Mal Erfolg damit. Hoffentlich würde ihm nichts zustoßen! Er glaubte nicht an Gott, aber er hatte doch eine leise Neigung zu so einem Blödsinn – wie dem Lesen im Kaffeesatz.

Mit raschen Schritten überquerte er den Platz und ging an geschlossenen Fensterläden vorbei zur Correr-Bibliothek. Die Eisentür des Innenhofs an der Piazza war verschlossen. Er fühlte sich draußen vor der Tür so einsam wie eine Katze, die man auf der Straße ausgesetzt hatte. Der Schmerz im rechten Knie, der angefangen hatte, als er aus dem Haus gegangen war, war stärker geworden. Weit und breit war auch kein Café zu sehen, in dem er sich ausruhen könnte. Er kehrte um, lief am »Florian« vorbei und ging ins Café Chioggia gegenüber dem Dogenpalast. Kaum war er eingetreten, fand er einen

Tisch im hinteren Teil des Cafés. Hier wenigstens wimmelte es von Menschen. Er bestellte einen Cappuccino beim Kellner, außerdem ein Glas Wasser und einen Grappa. Als er einen Blick auf den Kalender an der Wand der Bar warf, lösten sich alle Fragen, die sich ihm gestellt hatten, seit er sein Studio verlassen hatte, in Luft auf. Es war Sonntag! Ach, du lieber Gott, wie hatte er nur vergessen können, daß heute Sonntag war! Der Sonntag war der schlimmste Tag in Venedig. Nur in Venedig? In allen Städten der Welt war der Sonntag so still, so öde und tot. Vor allem im Winter, wenn es neblig war und jeder übers Wochenende nach Hause fuhr, du aber mit ein paar Dauerzöglingen allein im Internat bliebst.

Ob Schnee oder Winter, sie spielten Fußball, auch wenn es bitterkalt war. Deine Bewegungsfreiheit war eingeschränkt, und du fühltest dich hundsmiserabel. In den Garten hinter dem Internat zu gehen, war sowieso verboten, auf dem Fußballplatz jedoch gab es weiter nichts zu tun, wenn du kein Interesse am Sport hattest. Die langen Flure hatte man längst mit großen Schritten durchmessen, die Bücher waren alle gelesen und die Lektionen gelernt. Du setzt dich im Vorgarten auf eine Bank unter den Platanen und starrst den lieben langen Tag die hohen Mauern an. Am liebsten würdest du Flügel bekommen und davonfliegen. Du willst dich über die Mauern schwingen und auf den Glockenturm der Kirche gegenüber setzen, dann willst du zum bewölkten Himmel schweben, willst wie Hazerfen Çelebi trotz der verschneiten Straßen von Çukurcuma, die zum Meer hinabführen, nach Üsküdar übersetzen. Aber es gibt Regeln, Verordnungen und das Gesetz der Schwerkraft. Du kannst nicht losfliegen, dich nicht von der Bank erheben, auf der du sitzt, und noch nicht mal in die Kantine gehen. Denn sonntags ist die Kantine zu. Der einzige Ort, wohin du gehen könntest, ist der Klassenraum. Aber während des nicht enden wollenden abendlichen stillen Paukens wirst du die Klasse ohnehin nicht verlassen, und es war dir sogar verboten, aufs Klo zu gehen. In deinen Mantel gehüllt, sitzt du tatenlos im Vorgarten und weißt nicht mehr weiter. Du kannst noch nicht einmal Luftschlösser bauen wie im Schlafsaal, und all deine Phantasien sind längst zunichte gemacht. Bald wird es draußen vor den Mauern Abend. Ein Winterabend, an dem die Lichter in Beyoğlu früh aufleuchten. Dein Leben lang läßt dich die Melancholie an den Sonntagen nicht los. Wohin auch immer du gehst, bei wem du auch bist, du bleibst ein Sklave des Sonntags.

Während Kâmil sich im Café an die Sonntagseinsamkeit erinnerte, kippte er einen Grappa nach dem anderen. Wie hell und fröhlich, wie strahlend sonnig waren doch die Sonntage in seiner Kindheit, bevor er ins Internat ging. Wenn er auf der Straße spielte, war es sogar verboten, auf die andere Straßenseite zu gehen, aber wer kümmerte sich schon darum! Er traf sich mit seinen Freunden aus dem Kiez auf dem freien Grundstück neben der Moschee und ließ seinen Drachen in den tiefblauen Himmel steigen. Oder sie gingen ans Meer hinunter und mieteten in Yenikapı ein Boot. Damals war die Straße am Strand noch nicht eröffnet. Grasgrün lagen die Gärten längs der Eisenbahnschienen. Die Viertel am Stadtrand von Istanbul waren kaum anders als irgendeine Kleinstadt. Sie kletterten auf die verfallenen Stadtmauern und schauten sich den Sonnenuntergang an. Wenn die Sonne sich aufs Meer senkte, war alles in Rot getaucht. Die Fischkutter schwärmten auf dem purpurfarbenen Meer aus und bedeckten es ringsum mit Netzen. Ein schneeweißes Passagierschiff fuhr langsam davon, Möwen umflatterten sein Heck – noch bevor es den Wunsch erregte, in ferne Länder zu fliehen. Die Lust an der ersten Zigarette hatte Kâmil auch auf den Stadtmauern gekostet. Und die Erregung beim ersten Kuß. Dann die erste Liebe und der erste Liebeskummer... Damals wußte er wirklich nicht, daß es nicht der erste Schmerz war, den er erlebte, als das Mädchen, in das er sich in der letzten Grundschulklasse verliebt hatte, aus dem

Stadtteil fortgezogen war, sondern daß er den schon viel früher erlebt hatte, als er seine Mutter verlor, an die er sich verschwommen als ein weißes Gesicht in der Dunkelheit erinnerte. Gleichwohl vergißt man die kalten Nächte der Kindheit
früh, schon in der Pubertät.

Viele Jahre waren seitdem vergangen, und nachdem er Professor geworden war, wollte er ein Bild Istanbuls vom Garten
hinter dem Internat aus malen. An einem Sonntag begleitete
der Direktor der Schule ihn in den Garten, und Kâmil stellte
seine Staffelei direkt neben dem Teich zwischen den Rosen auf.
Als der Direktor ihn allein ließ, mischte er die Farben. Das
sonnige Istanbul, das er malte, zerstörte er sofort und grun-
dierte das Bild bleigrau, als wollte er sich an der Aussicht rächen, die ihm jahrelang verboten war. Die Schiffe in der Einfahrt des Bosporus löschte er ebenfalls aus, jedes für sich. In
der Ferne waren die Prinzeninseln nicht mehr zu sehen. Er
übermalte das Bleigrau dunkelblau und stellte die offene See
noch einmal dar; indem er dieselbe Farbe ein bißchen aufhellte,
setzte er die Konturen der Kuppeln und Minarette und dann
die beschnittenen kleinen Türme des Topkapı-Serails ins Bild.
Die Einsamkeit, die man spürte, wenn man sechzehn Jahre
alt war, die verdammte Hilflosigkeit, die daher rührte, daß
man nicht nach Lust und Laune durch die Straßen der Stadt
schlendern durfte, nicht in die Cafés am Strand, nicht unter die
Platanen und nicht ins Kino gehen durfte, diese Welt war es,
die der Spachtel realisierte, nicht die Ansicht Istanbuls vom
Garten hinter dem Internat aus. Deshalb war das Goldene
Horn an vielen Stellen tintenblau und die Schiffe am Kai von
Tophane pechschwarz. Vom Himmel fiel ein mattes Licht aufs
Meer, aber es reichte nicht aus, um die Häuser, die Straßen und
die leere Fläche zu erhellen, die die Schiffe hinterließen, welche
auf dem offenen Meer vor Anker liegen müßten.

Kâmil dachte daran, daß dieses bleigraue Gemälde, das an
einem sonnigen Tag im Freien gemalt worden war, in einer

Ecke der Wohnung in Bebek darauf wartete, ans Tageslicht zu kommen. Wie gut er doch daran getan hatte, seine Bilder bis heute nicht ausgestellt zu haben. Nach seinem Tod würde sich ihr Wert erweisen, und es würde deutlich, daß Kâmil Uzman, Professor für Kunstgeschichte, gleichzeitig ein interessanter Landschaftsmaler war und daß er in seinen Istanbul-Darstellungen in Wirklichkeit seine eigentliche Welt, sein Leben in dieser Stadt, seine Freuden und Leiden zeichnete und malte. Ob Kritiker und Kunsthistoriker dann seine Vergangenheit erforschen würden, wie er es jetzt in Venedig im Hinblick auf Gentile Bellini tat, ob sie herausfinden würden, warum er als Dauerzögling im Internat untergebracht war, ob sie entdecken würden, wie er nach dem Tod seiner Mutter nachts im Bett auf sie wartete, wie erschüttert er war, als sein Vater wieder heiratete, wie gereizt er wurde und die Wohnung zertrümmerte, nachdem er etwas größer geworden war, würden sie auskundschaften, wie verzweifelt er war, als das Mädchen, in das er sich in dem Jahr verliebte, als er die Grundschule abschloß, aus dem Viertel fortzog, wie er seine Stiefmutter beschuldigte, auf die gute Frau losging und sogar so weit gehen wollte, daß er sie drangsalierte, genau wie Fikret Muallâ, ob die Nachwelt herausfinden würde, daß man ihn deswegen ins Internat steckte und er seinen Vater, der an den Wochenenden kam, um ihn abzuholen, noch nicht einmal ins Gesicht sehen wollte, würden die Forscher entdecken, wie er sich innerlich mehr und mehr verschloß und sich den Lektionen widmete, wie er sich nachts im Schlafsaal nach schillernden Frauen – immer nach Frauen – sehnte, würden sie herausbekommen, wie er in seinen Träumen im Kellergeschoß, wenn die Schatten sich regten, ein rundes, weißes Gesicht sah, das sich über ihn beugte, um dann zu entdecken, daß alles sich im Nu in einen Albtraum verwandelte, wenn das Gesicht sich in der Dunkelheit auflöste und dahinschwand? Würden sie die symbolische Bedeutung der orangeroten Sonnenuntergänge, der kobaltblauen Meere

und der Schiffe herausfinden, der Schiffe, die am Horizont ent-
langfuhren und immer kleiner wurden – das Symbol der Begeisterung und der Melancholie?

Kâmil Uzman wußte, daß Bilder nicht mit Symbolen,
sondern mit dem Pinsel gemalt wurden, und die Farben, die er
auf der Palette anrührte und auf die Leinwand auftrug, nicht
Gefühle, sondern eine Komposition aus Formen und Farben
zum Ausdruck brachten, und auch wenn es so schien, als würden Linien und Farben die Natur widerspiegeln, so wußte er
doch, daß sie zum einen die dem Bild immanente Wirklichkeit
erklärten, zum anderen manchmal ganz und gar nichts. Und
dennoch saß er in einem Café in Venedig und konnte es nicht
lassen, an die bleigrauen Sonntage zu denken. Je mehr der
Grappa ihm die Seele wärmte, um so mehr entspannte er sich,
und Istanbul tauchte manchmal aus einem dichten Nebel,
manchmal auch zwischen den bleigrauen, lilafarbenen Wolken
auf, die über den Himmel zogen, und wurde vor seinem inneren Auge lebendig. Die Leute, die ihn – wie ein Monument
der Einsamkeit – an einem Tisch im Hintergrund des Chioggia sitzen sahen, konnten nicht ahnen, wie viele Sonnen in seiner Seele hinter den Wolken hervorkamen, während er ab und
zu die erlöschende Zigarre anzündete. Ja, trotz der Reglosig-
keit dieses Feiertags, der ihm alle toten Sonntage in seinem
Leben ins Gedächtnis rief, trotz der Melancholie, die der bedeckte Himmel bewirkte, schwer auf dem Glockenturm von
San Giorgio Maggiore lastend, sogar trotz der Gondeln, die
wie leere Särge am Ufer schaukelten, wie leere Särge, die auf
den Tod warteten – trotz alledem war er glücklich. Denn morgen würde er Lucia sehen. Aber heute, wie würde denn nun
dieser gottverdammte Sonntag rumgehen, wann würde er bloß
zu Ende gehen?

* * *

Zuerst fand er ein offenes Restaurant und aß sich satt. Er trank auch keinen Wein mehr zum Essen. Da er einen Grappa nach dem anderen auf nüchternen Magen gekippt hatte, war ihm übel geworden. Dann entschloß er sich, in die Giardini publici zu gehen, um frische Luft zu schnappen und die Sonntags-schwermut zu vertreiben. Er ging am Hotel Danieli vorbei und stieg auf eine Brücke direkt gegenüber der Seufzerbrücke. Mit ihrem Barockschmuck erinnerte die berühmte Brücke, die den Dogenpalast mit einem unterirdischen Kerker verband, an ein kleines Haus. Schneeweiß wie eine Silberbrosche hing sie mit ihren Reliefskulpturen aus istrischem Stein über dem Kanal. Die vergitterten Fenster, durch die die Verurteilten zum letzten Mal das Tageslicht erblickten, bevor sie in den Kerker gewor-fen wurden, waren gähnend leer. Eine Gondel fuhr unter der Brücke hindurch und setzte ihren Weg durch einen schma-len Kanal fort. Ein engumschlungenes Paar saß darin. Kâmil konnte die beiden nur von hinten sehen. Die Frau hatte sich in den Wintermantel des Mannes gekuschelt. Sie schaute sich noch nicht einmal ihre Umgebung an. Vielleicht war sie auch längst eingeschlafen. Der Mann hielt die Frau innig umarmt und saß kerzengerade neben dem Akkordeonspieler. Ohne Zweifel waren sie in den Flitterwochen oder nach Venedig ge-kommen, um ihren Hochzeitstag zu begehen. Das Akkordeon stimmte eine traurige Melodie an. So war es immer, die Paare kamen in diese Stadt, um ihr Glück miteinander zu teilen oder um sich an die Jahre zu erinnern, in denen sie wer weiß wie glücklich waren, selbst wenn die Ziehharmonika »Tote Blät-ter« spielte. In einer Gondel mußten sie einfach glücklich sein. Kâmil schaute der Gondel nach, die auf dem trüben Wasser des Kanals davonfuhr, und seufzte. Das hieß, daß nicht nur die Verurteilten, sondern auch die Liebenden seufzten! Und so ge-stand er sich zum ersten Mal seine Liebe zu Lucia ein. Aber er riß sich sofort zusammen, na, wird's bald, mein Lieber – du etwa auch?, ging ihm durch den Kopf, was habe ich nicht schon für Frauen erlebt! Frauen habe ich erlebt, Frauen, von denen jede für sich eine Feuersalve war.

Als er die Stufen der Brücke hinabstieg, lächelte er teuflisch. Diesmal aber spürte er den Schmerz im rechten Knie am ganzen Leib. Das Lächeln erstarrte ihm auf den Lippen. Morgen mußte er das auf jeden Fall untersuchen lassen. Es könnte der Anfang einer Arthrose sein oder auch etwas Ernsteres. Wie auch immer, er durfte das nicht vernachlässigen. Gleich morgen früh mußte er zum Arzt gehen. Aber dann wäre er nicht rechtzeitig in der Correr-Bibliothek. Morgen war die Bibliothek nur bis mittags geöffnet. Eine Weile schwankte er zwischen der Klinik und der Bibliothek, genauer gesagt, Lucia. Dann verschob er seinen Entschluß auf den nächsten Tag. Sollte es doch erst einmal morgen werden! Er hatte Schwierigkeiten beim Gehen. Als er linker Hand die Kirche San Zaccaria sah, ging er ohne Zögern hinein.

Drinnen war es dunkel. Er setzte sich in eine Bankreihe und wartete darauf, daß der Schmerz nachließ. Während des Wartens sah er sich ausgiebig seine Umgebung an. Wie in allen venezianischen Kirchen waren auch hier die Wände mit Gemälden bedeckt. Aber in der Dunkelheit waren weder die Figuren genau zu erkennen, noch die Farben, und es schien, als würden sie einander in der Kälte verdrängen und verdecken. Als der Schmerz sich allmählich legte, stand er von der Bank auf und ging zum Marmoraltar. Überall roch es nach Weihrauch, aber selbst in diesem Geruch war ein Hauch von Feuchtigkeit. Ihm fiel die riesige Rückwand auf, die den Altar von der Mauer trennte. Kaum hatte er Kleingeld in den Opferstock geworfen, wurde der Raum beleuchtet. Das Bild, mit dem die Rückwand geschmückt war, tauchte in all seinen Dimensionen auf. Kâmil erkannte sofort das Werk Giovanni Bellinis. Es war ein Gemälde, das der Maler im Alter geschaffen hatte. Genau in der Mitte saß Maria unter einer Kuppel, die mit goldgelben Mosaiken ausgeschmückt war, auf dem Marmorthron und hielt das Jesuskind auf dem Schoß. Diesmal heftete er seinen Blick nicht auf Mariens blauen Mantel und ihr schneeweißes Kopftuch mit den Falten. Er sah sich auch das Kind nicht weiter an, das mit Hilfe der Mutter aufrecht dastand. Ein kleiner Engel mit langen Haaren saß auf der Stufe vor dem Thron und spielte Geige. Er hatte keine Flügel. Sein langes Gewand von dunklem Olivgrün und der orangefarbene Schal funkelten. Auch die Kleidung der Figuren zu beiden Seiten des Throns schillerte in allen Farben. Der bärtige Mann auf der rechten Seite, der ein Buch las, trug ein dunkelrotes, glühendes Gewand, die junge Frau neben ihm, die man nur im Profil sah, hatte ein mit Sternen besticktes, aber ausgebleichtes, fliederfarbenes Abendkleid an. In der rechten Hand hielt sie eine gläserne Schale. Und beide standen. Die hochgewachsene, schlanke Frau links vom Thron und der Mann mit den spärlichen Haaren, den man im Profil sah, mußten Katharina aus Alexandria und Sankt Peter sein. Diese Frau hatte absolut keine Ähnlichkeit mit der Katharina auf Giovannis *Sacra Conversazione*. Ihr Gesicht war bleich und ihr Mund klein. Aber sie hatte eine ziemlich niedrige Stirn. Und auch das Licht strahlte nicht von innen heraus, kam nicht von einer unbekannten Stelle wie auf dem anderen Bild: Vom Himmel über der Akazie und dem Feigenbaum, die in den Hintergrund gedrängt waren, fiel Licht herein und beleuchtete Kleider und Gesichter der Figuren. Als ob zu beiden Seiten ein offener, seltsamer Raum wäre, aber die Kuppel blieb im Dunkeln. Sie lebten in ihrer eigenen Welt. Der Heilige Petrus stand da, als neigte er sich unter der Last des riesigen Buches in seiner Rechten ein wenig zur Seite; in der linken Hand hielt er einen eisernen Schlüssel. Katharina blickte zu Boden. Sie hatte nicht die Aura einer hochgelehrten Frau. Ihr schlanker, leicht nach vorn geneigter Körper, ihr bleiches Gesicht und ihr langer, weißer Hals waren zwar sehr schön, aber sie hatte absolut keine Ähnlichkeit mit der Katharina in der Accademia. So war es auch mit Maria und dem Jesuskind; sie wirkten ganz und gar anders. Ihre Augen waren zu Boden geneigt. Sie schauten weder den Betrachter des Gemäldes noch einander an. Wer mochte nur der Heilige mit dem Vollbart auf der rechten Seite sein, der ein Buch las? Und wer war bloß die hellblonde Frau hinter ihm mit den langen Haaren? Was könnte nur in der Glasschale sein, die sie in der Hand hielt? Das fliederfarbene Abendkleid der jungen Frau und das Gewand des Heiligen trennte eine ungemein lange, seltsame Feder. Vielleicht war das eine Pfauenfeder, vielleicht auch die Feder eines Vogels mit riesigen Flügeln, der in Wirklichkeit gar nicht existierte und der Phantasie des Malers entsprungen war. Oder der Zweig der Dattelpalme – als Symbol der Menschen, die sich auf dem Weg Jesu opferten, verwelkte ein trockener Zweig in der Hitze der Wüste.

Wenn Kâmil sich ein Gemälde so lange anschaute, brauten sich alle möglichen Fragen in seinem Hirn zusammen. Statt sich für die Komposition der Formen und die Harmonie der Farben zu interessieren, fing er an, die Identität der Figuren zu untersuchen. Diesmal war es auch so; unaufhörlich ging ihm die junge Frau im fliederfarbenen Gewand durch den Kopf, die mit nacktem Fuß auf dem Boden stand. Er interessierte sich auch für den bärtigen Mann, wer aber eigentlich seine Aufmerksamkeit erregte, das war die mysteriöse Frau mit den Flammenhaaren und der Glasschale. Von links nach rechts der Heilige Petrus, Katharina, Maria und Jesus, außerdem der Engel, der Geige spielte. Der bärtige Mann und die Frau, die in ihre eigene Welt vertieft waren, blieben dahinter zurück. Ohne Zweifel waren das auch Heilige, aber was hatten sie neben Maria zu suchen? Warum hielt die Frau eine Glasschale in der rechten Hand – und in der Linken den Zweig einer Dattelpalme? Als Kâmil begriff, daß er nicht sofort eine Antwort auf diese Fragen finden würde, wandte er sich wieder dem Gesamteindruck des Gemäldes zu, und bis das Licht, das durch das

Kleingeld leuchtete, verloschen war, überließ er sich dem Zauber der Farben und Formen. In was für einer Harmonie die Formen doch den Raum einnahmen, und in was für einer vollkommenen Geometrie sie miteinander verschmolzen! Wie lebendig doch die Figuren waren, auch die Farben, jede einzelne bewegte sich, als würde sie ihr eigenes Licht schaffen. Sobald er Lucia morgen sah, würde er nicht zu ihr sagen: »Ich hatte recht, Caterina, ich wußte doch, daß die Sonne Schnee mit sich bringt!«, sondern er würde sie fragen, wer die junge Frau mit der Glasschale in San Zaccaria sei.

*　*　*

»Wer die Frau mit der Glasschale in der Hand ist? Das wissen Sie doch!« sagte Lucia. Dabei sortierte sie Karteikarten, wie immer. Sie sah Kâmil noch nicht einmal an und wirkte sehr beschäftigt. Kâmil aber stand ihr gegenüber, schüchtern wie ein Schuljunge, der seine Lektion nicht gelernt hatte, und blickte zu Boden.

»Glauben Sie mir, ich weiß es nicht«, antwortete er. »Deswegen habe ich letzte Nacht kein Auge zugetan.«

»Gegen Schlaflosigkeit muß es doch ein anderes Mittel geben!«

»Was zum Beispiel?«

»Gehen Sie doch mal ein bißchen raus und schnappen Sie frische Luft!«

Sie behandelte ihn abweisend. Anscheinend wollte sie ihn nicht sehen. Wer weiß, vielleicht störte es sie schon, daß er überhaupt da war. Kâmil wollte nicht aufdringlich sein. Dabei hatten sie sich doch gerade erst kennengelernt. Wenn sie nur wüßte, wie er sich nach ihr sehnte! Wenn sie wüßte, daß sie ihm nie aus dem Kopf ging, daß er den ganzen Tag lang in Gedanken an sie durch Venedig schlenderte! Wie ein begossener Pudel trollte er sich an seinen Platz. Bis zum Mittag tat er so, als würde er arbeiten, aber in Gedanken war er bei der jungen Frau. Endlich ließ sie ihre Haare auf die Schultern fallen. Haare wie Wellen, pechschwarz wie Wolken, die Schnee verhießen, und ein bißchen aufgeplustert. Wieder trug sie Schuhe mit hohen Absätzen und Jeans. Wahrscheinlich würde dieses Mädchen nie einen kurzen Rock anziehen. Ihre Beine, ihre ebenmäßigen, wunderschönen Beine würde sie nie zeigen, nicht ein einziges Mal. Vielleicht, wenn es wärmer würde... Aber dann wäre er längst zurückgekehrt. Diese Aussicht gefiel Kâmil nicht sonderlich. Er sehnte sich nach Istanbul, aber noch viel mehr nach Lucia. »Sogar wenn ich bei dir bin, habe ich Sehnsucht nach dir«, ging ihm durch den Sinn. »Es ist schwer, Venedig zu verlassen, aber dich zu verlassen ist noch viel schwerer! Dich gehen zu lassen, das ist es, was einen kaputtmacht.«

So hatte der betrunkene Dichter einen Vers Shakespeares übersetzt. Wie hatten sie doch in der Kneipe darüber gelacht – ob der überlebensgroße Shakespeare je so geredet hätte? Das hieß, nicht nur Shakespeare, jeder hätte im entscheidenden Moment so sprechen können. Du wirst im Leben nicht großartig reden. Wenn du das selbst eines Tages erlebst, siehst du, wie es ist, dich hierlassen zu müssen... und wenn schon, ich bin noch da, und es kommt auch nicht in Frage, daß ich irgendwohin gehe! Wenn du doch nur ein bißchen lächeln würdest, und wenn dein Zorn verraucht ist, komm zu mir und versöhn dich mit mir! Worüber hast du dich denn geärgert? Hast du etwa ein schlimmes Wochenende gehabt oder dich mit deinem Liebsten gestritten? Nein, du hast dich über deine Mutter geärgert, du hast doch gar keinen Freund, es ist doch klar, daß du mit deiner Mutter allein lebst, ich kann doch annehmen, daß du mit deiner alten Mutter in einem alten venezianischen Palast wohnst, mit deiner Mutter, einer molligen Frau mit weißen Haaren, vielleicht ist sie ein bißchen unfreundlich, und du bist ihr ähnlich, aber sie ist die einzige, die dir im Leben nahesteht, dann quäl sie doch nicht, na, sei vernünftig, mein Liebes! Wie konnte sie ihm nur so vertraut werden! Bis vor zwei Tagen kannte er noch nicht einmal den Namen der jungen Frau. Ihr richtiger Name war Lucia, und sie sah genauso aus wie die Katharina auf der *Sacra Conversazione*.

Die Bibliothek wurde am Mittag geschlossen. Bis zur letzten Minute wartete Kâmil vergeblich darauf, daß Lucia käme und irgend etwas sagte, aber selbst der Mann, der für das Archiv zuständig war, kam nicht zu ihm. Er hatte doch versprochen, ihm die Dokumente herauszusuchen, die etwas mit Gentile Bellinis Istanbulreise zu tun hatten. Vielleicht hatte er keine Zeit, vielleicht gefiel ihm auch dieser komische Professor für Kunstgeschichte nicht sonderlich, der jede Gelegenheit nutzte, um mit Lucia zu reden, immerhin war er Türke! Er wirkte etwas zerzaust. Man konnte ihn auch nicht besonders ansehnlich nennen, da er keinen Wert auf sein Äußeres legte. Außerdem war er wahrscheinlich sogar kleiner als Lucia, und sein Mantel, den er an der Garderobe am Eingang gelassen hatte, war auch ziemlich alt. Woher sollte er denn wissen, daß Kâmil diesen Mantel in einem der teuersten Geschäfte Istanbuls gekauft und den ganzen Winter lang getragen hatte? Woher sollte er wissen, daß der Mantel so zerschlissen wirkte, weil Kâmil sogar manchmal nachts auf dem Achterdeck des Bosporusdampfers darin schlief, und daß die Manteltaschen gar nach Sesam rochen? Kâmil erwartete, Lucia würde zu ihm kommen, bevor die Bibliothek schloß, sie würde etwas zur Identität der Frau mit der Glasschale in der Hand sagen, und er wartete darauf, daß sie danach sagen würde: »Verzeihen Sie, ich habe Sie verletzt. Ich bin heute nämlich ein bißchen nervös.«

Aber die junge Frau war im Nu von der Bildfläche verschwunden. Ein wenig verzweifelt stand er vom Tisch auf und wandte sich zur Toilette, bevor er seinen Mantel vom Kleiderhaken nahm und anzog. Kaum hatte er die Tür geöffnet, drang ihm der verführerische Lavendelduft in die Nase. Behutsam öffnete er die Tür mit dem Schild »Damen«. Dort sah er Lucia, während sie sich die Haare vor dem Spiegel kämmte. Er spürte, daß er über und über rot wurde. Sofort schloß er die Tür und ging im Laufschritt weg. Als er im Fahrstuhl nach unten fuhr, hatte seine Aufregung sich noch nicht gelegt. Beinahe hätte er alles verdorben. Wie konnte ihm nur einfallen, einen Blick ins Frauenklo zu werfen und Lucia dort zu suchen, diese blitzsaubere, unschuldige Frau, schön wie das Licht – als habe er sich von einer geheimen Kraft verführen lassen. Je länger er lief, um so leichter wurde ihm. Er merkte nicht einmal, daß er seinen Mantel an der Garderobe der Bibliothek vergessen hatte. Erst als ihm der Wind am Kai von San Zaccaria durch und durch ging, kam er wieder zu sich. Bei dieser Kälte konnte er doch nicht ohne Mantel herumlaufen. Er entschloß sich, nach Hause zu gehen. Und überlegte es sich sofort anders. Das beste wäre, eine Bibliothek zu finden, die geöffnet war, und das Geheimnis der Frau mit der Glasschale in der Hand zu lösen. Selbst im unpassendsten Moment konnte er sich nicht von seiner fixen Idee losreißen. Dann war Lucia also ein Vorwand für seine Arbeit. Aber auch ohne ihre Hilfe konnte er seine Lust am Forschen nicht lassen.

Er machte sich auf den Weg zur Querini-Stampala-Stiftung. Über die hölzerne Brücke ging er hinein – auf den ersten Blick fiel ihm ins Auge, daß man diesen Steg dem Gebäude nachträglich angefügt hatte – und fand einen ruhigen Tisch im hinteren Teil der Bibliothek. Die Monographien über Giovanni Bellini standen im Seitenflügel. Er holte sie alle und baute sie wie Ziegelsteine vor sich auf. Ein Buch nach dem anderen schlug er auf und fing an, die Reproduktionen der Bilder in der Kirche San Zaccaria zu suchen. In allen Büchern war von dem Gemälde die Rede, aber es gab keine ausreichende Erklärung über die Identität der Figuren. Lucias Verhalten am Morgen kam ihm in den Sinn. Das hieß, daß er sie nicht nur als Frau, sondern auch als Freund, ja sogar als Kollegin brauchte. Denn warum sollte sie ihm sonst immer wieder durch den Kopf gehen, selbst dann, wenn er arbeitete! Verzweiflung überfiel ihn, er wollte alles stehen- und liegenlassen und aus Venedig weggehen, ohne je wieder zurückzukehren. Ja, er mußte aus dieser kalten, feuchten Stadt weg, weg von diesen seelenlosen Menschen, denen Gastfreundschaft fremd war, weg von diesem brackigen Wasser, das überall seine Spuren hinterließ, weg von den alten Palästen und den uralten Kirchen, weg von den Gemälden, die beleuchtet wurden, wenn man Kleingeld in den Opferstock an den dunklen Wänden der Kirchen warf, er mußte weg, mußte das alles aufgeben und erst recht die ganzen Kunstwerke, die einem das Gelddiktat auferlegten.

Vielleicht würde nicht ein einziges seiner Bilder je ausgestellt, keines würde je verkauft, in Zukunft müßte er sich damit trösten, ins Freie hinauszuziehen, ja, fortan müßte er sich mit den Landschaften Istanbuls trösten, die nur für dieses gewöhnliche Glück geschaffen waren ... Und er mußte Lucia vergessen. Aber ist es denn möglich, das Licht zu vergessen? Vielleicht war es unmöglich, das Bild des Lichtes zu schaffen, und dennoch sollte man es versuchen – könntest du das Bild des Lichtes malen? Das Licht Lucias hatte Meister Giovanni doch gemalt, in der *Sacra Conversazione* hatte er sich nicht damit begnügt, ihre Haare, ihr Gesicht, ihren nackten Hals und die Stille zu malen, die aus dem Blick auf das Jesuskind entstand und die allmählich die ganze Fläche des Gemäldes überzog, die Säle der Accademia, sogar die ganze Stadt, ja, die Stille, die ganz Venedig einnahm, bis sie sogar in die abgelegensten Stadtviertel reichte, bis sie auf die Plätze gelangte und in die Tiefe der Brunnen inmitten der Plätze – Meister Giovanni hatte das Bild des Lichtes gemalt, das Bild des Lichtes, das aus einer nicht genau fixierten Stelle strahlte. Auf diesem Gemälde war es Lucia, die den Betrachter anschaute, nicht Maria mit dem Jesuskind. Lucias Name jedoch sollte aus unerfindlichen Gründen Caterina sein. Sie hatte auch nicht die

Haltung einer Hochgelehrten, wie es in der Geschichte erzählt wird. Das war eine liebevolle, stille junge Frau, die einzige Tochter einer adligen venezianischen Familie. Ja, kannst du denn das Bild dieser Frau malen? Natürlich, das Bild des Lichtes, das ihr ins Gesicht fällt, aber nicht Lucias Porträt. Da du dich nun mal als Maler ausgibst, los, mach's, zeichne ein Bild des Lichtes, das heißt, das Gesicht des Lebens, auf ein weißes Stück Papier!

Je mehr das Licht ihn beschäftigte, um so wehmütiger wurde Kâmil. Was ihm in der Seele brannte, das war kein Liebeskummer, der zu Ende ging, bevor er angefangen hatte, sondern dieses verschwommene Gesicht, das sich immer dann regte, wenn das Licht an eine Stelle in den Tiefen seines Erinnerungsvermögens fiel. Kâmil konnte freilich kein Bild dieses Gesichts malen, dieses schöne Weiß, die Sanftheit und die stillen Lippenbewegungen beim Flüstern der Gebete konnte er nicht zeichnen. Wer könnte denn das Bild des Gehens ohne Wiederkehr, das Bild des lebenslangen Wartens malen!

Gegen Abend füllte die Bibliothek sich allmählich. Kâmil hatte gar nicht gemerkt, daß viele junge Leute, lauter Studenten der Universität, ringsum Platz nahmen. Er stand auf, um den jungen Leuten Platz zu machen, und stellte die Bücher an ihren Platz. Genau in dem Moment, als er an seinen Tisch zurückkehren wollte, fiel sein Blick auf ein Buch. Es war eine schmale Broschüre, die zwischen den dicken Bänden steckte. Er nahm sie zur Hand und fing an, sie durchzublättern. Schon als er die ersten Seiten aufschlug, strahlte er vor Freude. Er hatte gefunden, was er suchte. Ein Ausschnitt des Gemäldes in der Kirche von San Zaccaria bedeckte eine ganze Seite. Er erkannte sofort die junge Frau mit der Glasschale in der Hand und den bärtigen Mann im roten Gewand. Unter dem Ausschnitt stand: Der Heilige Hieronymus und Santa Lucia. Er spürte, wie erleichtert er war und wie er sich entspannte, merkte, wie die Spannung, die den ganzen Tag lang angehalten hatte, sich allmählich löste. Das war ihm erst einmal genug. Wie sehr er doch fühlte, daß er im Leben der Frau mit der Glasschale in der Hand einen Platz einnehmen würde! Allerdings war da keinerlei Ähnlichkeit zwischen ihr und Lucia. Mit den feuerroten Haaren, dem blassen Gesicht und dem schlanken Körper war die Frau auf dem Gemälde ganz und gar eine Heilige. Aber sie trug den Namen der Frau, in die er sich verliebt hatte. Genauer gesagt, die Frau, in die er sich verliebt hatte, trug den Namen der Heiligen, Santa Lucia, die den Blinden ihre Augen in einer Glasschale darbot, allen Menschen, die kein Licht hatten. Das hier sind also meine Augen, in dieser Schale. Ich aber tappe im Dunkeln. Wollte sie denn sagen, nimm meine Augen und schau dir die Welt an? Das Blau des Meeres soll euch nicht täuschen! So dunkelblau also ist das Meer, so tiefblau, so türkis, von einem so reinen Blau. Freut euch am Grün der Bäume, an allen Farben der Schmetterlingsflügel, freut euch am Regenbogen, der nach dem Regen in allen sieben Farben der Sonne leuchtet und die kleinen Jungen, die darunter hindurchgehen, zu kleinen Mädchen macht – und die Mädchen zu Jungen! Ihr sollt wissen, wie man die Natur betrachtet, und schaut euch die Menschen aus der Nähe an! Erkennt das Leid in ihren Gesichtern, ihre Freude, den Verrat, aber auch die Lust, die hier vielleicht nicht angebracht ist, ja, erkennt alle Genüsse! Manche laufen frei herum, manche haben noch nicht mal ein Dach über dem Kopf, manche jedoch sind schlicht Betrüger. Na, dann nur zu, meine Augen, schaut euch um und erkennt sie!

Kâmil kehrte an seinen Platz zurück, und zwischen den jungen Leuten, die in die Bücher vertieft waren, versuchte er, seine Gedanken zu ordnen. Er hatte doch den ganzen Tag lang keinen Alkohol getrunken! An der Stazione Santa Lucia hatte er Venedigs Boden betreten. Und als er dann in der Accademia die Gemälde Gentile Bellinis suchte, stand er plötzlich vor der *Sacra Conversazione* von Gentiles Bruder Giovanni. Das

erinnerte ihn daran, daß er die Heilige Katharina auf diesem
Werk vor vielen Jahren im Vatikan gesehen hatte, und er hatte
noch die Katharina im Gedächtnis, die den Gelehrten inmitten der Menschenmenge, unter der sich auch Cem Sultan befand, Unterricht gab und den rechten Weg wies. Pinturicchio
hatte jedoch eine junge Frau gemalt, deren Eigenschaften in
krassem Gegensatz zu jenen einer Heiligen standen, und in
ihr Katharina Lucretia Borgia verewigt. Der Maler wagte sich
freilich nicht nur an diese Aufgabe, um die Gemächer der Borgias zu dekorieren, sondern hatte seine eigenen Pläne. Vielleicht wollte er sich bei Alexander Borgia, dem Papst, ein-
schmeicheln, vielleicht war er heimlich in Lucretia verliebt.
Wer war denn nicht in diese hellblonde, schlanke Frau mit den
feinen Gesichtszügen verliebt, mit deren ganzer Schönheit der
Meister die Wand ausgeschmückt hatte? Die junge Bibliothekarin, die Kâmil in der Correr-Bibliothek gesehen hatte und
die ihn in dem Moment faszinierte, als er sie erblickte, glich der
Katharina in der Accademia aufs Haar und nicht der Frauengestalt im Vatikan. Aber vielleicht hatte sie den Charakter der
Katharina im Vatikan. Und ihr Name war Lucia – die Heilige Lucia, die ihre Augen den Blinden in einer Glasschale
darbot, besser gesagt, den Menschen, die sehen, aber nichts erkennen konnten. Wie dem nun auch sein mag, selbst wenn sie
ihre Namen getauscht hätten, auch wenn sie sich auf den Bildern vermehrt hätten, er, Kâmil, liebte eine einzige, Lucia,
nämlich die Frau mit der Glasschale, nämlich Katharina,
nämlich Lucretia, die, dem Laster der Wollust verfallen, mit
ihrem Vater vom Balkon des Vatikans aus zuschaute, wie die
Pferde sich paarten, ja, er liebte eine einzige Sie.

Kâmil war wunschlos glücklich. War das alles Zufall, oder
waren das Teile eines Puzzles, die darauf warteten, daß man
sie zusammensetzte? Er verließ das Gebäude der Stiftung.
Einen Moment lang spürte er, daß die hölzerne Brücke unter
seinen Füßen knarrte. Es dämmerte. Die Kälte hatte etwas

nachgelassen. Ohne das Fehlen seines Wintermantels auch nur zu merken, betrat er die nächstbeste Bar und fand einen Platz im Gedränge. Dann gefiel ihm der Platz nicht, er setzte sich an einen Tisch am Fenster und bestellte sofort ein Glas Weißwein. Dann noch eins und noch eins. Es war nicht das erste Mal, daß er ein Glas nach dem anderen herunterstürzte, aber an diesem Abend hatte der Wein einen anderen Geschmack.

Als er durchs Fenster schaute, sah er Zeitungshändler und Obstverkäufer auf der anderen Straßenseite. Er freute sich, denn das Alltagsleben ging auch in der Stadt weiter, die ganz und gar von Touristen beherrscht wurde, und die Leute konn-ten wie überall abends Lebensmittel heimtragen. Die Dunkel-heit senkte sich allmählich auf den Platz. Zuerst hüllte sie den Glockenturm der Kirche direkt gegenüber ein und dann die Dächer der Häuser. Der Turm war nicht so schief wie manch andere Glockentürme Venedigs. Höhlte das Wasser das Fun-dament dieses Gebäudes etwa nicht aus und zerfraß es die Zie-gel nicht bis zum letzten Stein? Würde der Turm auch so ker-zengerade bleiben, wenn die Stadt im Meer versunken wäre, und würde die kleine Kuppel mitten auf dem roten Ziegel-dach, mit der Kugel darauf, die vielleicht den Globus symbo-lisierte, und den steinernen Skulpturen da oben an der Fassade, dann auch so selbstsicher und imposant dastehen? Am Ende des Platzes befand sich ein uralter dreistöckiger Palast im Mi-niaturformat, mit Mauern, deren Putz abgeblättert war, mit verschlossenen Fensterläden, hie und da verrottet, und mit stei-nernen Schornsteinen in Trichterform, die sich vom Dach in den Winterhimmel erhoben. Die Kirche stand noch da, aber sie hatte keine Funktion mehr, dachte Kâmil, und wie in vie-len alten Palästen ließ sich niemand mehr darin nieder. Aber einst kam das Licht, das durch die offenen Fenster auf den Platz fiel, bis hierher, bis zur Terrasse dieses Cafés. Vielleicht existierte dieses Café damals auch gar nicht. Wer weiß, wel-cher adligen Familie das Haus gehört haben mochte, wer weiß, wer in den Räumen mit den hohen Decken und den Bildern an den Wänden geboren war und was für Festlichkeiten man hier veranstaltet hatte. Was mochten die Gäste alles miteinander geredet haben, die Geladenen, die auf den Balkon an der Fassade mit den kleinen, gewölbten Säulen traten, während sie zu der Steinbrücke hinüberblickten, die die beiden Kais des Kanals am anderen Ende des Platzes miteinander verband; vielleicht schauten sie auch auf die anderen Paläste am gegenüberliegenden Ufer, auf die Bauten, die etwas niedriger waren. Oder sollten sie über die türkische Gefahr gesprochen haben, die allmählich näher kam, oder über die Schiffe mit den Frachträumen voller Waren, die in ferne Länder segelten? Vielleicht trauerten sie auch dem Fall Istanbuls nach oder Verwandten, die im Krieg gefallen waren. Zurückgezogen hinter den verschlossenen Fensterläden, lag der Palast jetzt in seinen letzten Zügen, finster und verwaist.

Kurz darauf wurde das Licht der Obst- und Gemüsehandlung eingeschaltet. Die Farben der Apfelsinen und Bananenbüschel, der Äpfel, Mandarinen und Birnen, die Farben von Karotten und Gurken, von all dem aufgestapelten Obst und Gemüse kehrten zurück. Die Tomaten waren blutrot und der Blumenkohl von einem schmuddligen Weiß. Die riesigen Pampelmusen leuchteten quittegelb wie die Sommersonne. Jetzt lagen die Farben auf den Auslagen des Ladens oder auf den Gemälden. Sie machten sich aus der Stadt davon und ließen sich auf den Mauern der Paläste, der Museen und Kirchen nieder. Und dennoch kam es einem so vor, als würde das Gelb alle Farbtöne, Blau und Rot, auffressen. Die Farben ließen das Bleigrau als Nachtwächter zurück. Bleigrau herrschte jetzt über die Natur, und Bleigrau legte sich auf die Lagune, auf die Inseln ringsum, die Kanäle und den Himmel. Das Bleigrau ließ sich durch den äußeren Schein nicht täuschen. Im Winter waren Wasser und Gebäude Venedigs bleigrau. Aber jeder einzelne Farbton unterschied sich vom anderen, wie Perlmuttweiß etwas anderes war als das Weiß des Mondes und wie Schimmelgrün sich von Wiesengrün unterschied. Ein Bleigrau, das in Schwarz überging, kam und setzte sich auf die Kanäle, als würde der Schnee das Schwarz der Gondeln mit einem weißen Mantel überziehen. Das allbekannte Rot der Stadt – Dächer, Mauern und Kirchtürme – überließ dem Weiß seinen Platz. Jetzt herrschten Bleigrau und Weiß über die Stadt, und je mehr der Schnee schmolz, um so mehr verlor sich der Reiz des Weiß, und der Regen würde einen schwarzgrauen Vorhang zwischen die Stadt und das Wasser ziehen.

Wie auch immer, es regnete jedenfalls nicht. Kâmil überlegte sich, daß das Wetter sich beruhigt hatte und ein Regenguß drohte, der über Straßen und Plätze fegen würde. Sein Knie fing wieder an zu schmerzen. Aber je mehr er trank, um so geringer wurde der Schmerz, und dann hörte er plötzlich ganz auf. Als er das Café verließ und an der Landungsbrücke von San Zaccaria in die No. 52 stieg, hatte er weder Schmerzen noch Kummer. Er setzte sich auf die Bank auf dem Achterdeck des Vaporetto. Er fror nicht und fühlte sich so wohl, als könnte er einen ganzen Winter in Venedig ohne Mantel verbringen. Während das Boot sich in demselben Rhythmus wie die Möwen auf den Stützbalken bewegte, die den Seeverkehr regelten, wie die Scheinwerfer der Motoscafi und Vaporetti, wie die roten und grünen Lichter, die vorbeiglitten und das dunkle Wasser von Zeit zu Zeit streiften, gelangte Kâmil durch den Giudecca-Kanal zur Piazzale Roma. Als Kâmil das Studio betrat, hatte er einen Schwips. Er holte eine Flasche Rotwein aus dem Schrank und fing an zu trinken. Gleichzeitig wartete er darauf, daß die Tortellini, die er in den Topf geworfen hatte, kochten. Kurz nachdem das Wasser anfing zu brodeln, stellte er das Gas ab und ließ die Tortellini durch ein Sieb abtropfen. Er streute Parmesan darüber, fing an zu essen und trank Wein dazu. In dem Studio in Venedig unter dem

Wasserspiegel des Kanals nahm er sein Abendessen mutterseelenallein ein, wie ein Mann im Untergrund. Nein, er bemit-
leidete sich nicht; das Gefühl des Mitleids hatte er längst vergessen. Er dachte daran, daß die Einsamkeit ihm Gesellschaft
leistete, mit der er nie allein blieb, wie in dem Lied, das er einst
sehr geliebt hatte. Und der Tag endete natürlich nicht so, wie
er begonnen hatte.

8

Die Fensterläden des Studios sind dicht verschlossen, und nicht das geringste Licht dringt herein. Noch nicht einmal das Plätschern des Kanals ist zu hören. Weder ein vorbeifahrender *Motoscafo* noch die Lieder der Gondolieri, nichts, aber auch gar nichts trübt die Stille. Kâmil liegt auf dem Rücken, die Augen starr auf die niedrige Decke gerichtet. Genauso wird er an seinem Todestag im Sarg liegen und abwartend ins Leere starren, mit seinen müden Augen, die so viele Landschaften, Städte und Frauen gesehen, die Welt aber immer noch nicht satt haben. Nach der Gebetslitanei über der Steinbahre wird der Imam die Gemeinde fragen: »Was wißt ihr von dem Toten?«, und alle, die ihm das letzte Geleit geben – nur ein paar Leute –, werden antworten: »Nur Gutes.«

Und sobald der Sarg ins Grab herabgelassen wird, wird man eine Handvoll Erde auf ihn werfen. Falls man ihn, wie in seinem Testament festgelegt, auf dem Friedhof von Anadoluhisarı, am gegenüberliegenden Ufer, beerdigt, wird man ihm Lehm in die Augenhöhlen träufeln, Erde, die durch das Wasser, das durch das Bett des Göksu sickert, aufgeweicht ist. Und Würmer und Insekten ... Schon der Gedanke daran ist entsetzlich, aber es liegt nicht in seiner Hand – das kommt ihm nur so in den Sinn. Alles, was das Wasser hier in Venedig den Palästen antut, würde in Istanbul die Erde übernehmen; wie eine gefräßige Ratte wird sie am Sarg nagen, und dann käme das Leichentuch dran. Und dann... werden sie mit dem Fressen an seinen geschlossenen Augen anfangen oder an seinem Mund, der so viele schöne Frauen geküßt hat? Vielleicht fangen sie mit seinem Penis an, der sogar noch unter dem Leichentuch

Platz sucht, um sich aufzurichten, während er so der Länge nach ausgestreckt schweigend daliegt.

Ganz leise dringt ihm ein Geräusch ans Ohr. Im gleichen Augenblick fängt das Bett an, kaum merklich in Intervallen zu beben. Ihm ist, als käme ein monotones, nervenzerfetzendes Lärmen aus nächster Nähe. Kâmil wird klar, daß die Pumpe im Nebenraum mit ihrem Geratter begonnen hat. Das heißt, das Wasser des Kanals ist übergelaufen. Und wenn es nun gar durch die Fenster hereinschwappt! Aber die Fensterläden sind dicht verschlossen. Trotz der Feuchtigkeit wirken die Mauern ziemlich stabil. Und wenn man dem Lärm der Pumpe, der allmählich zunimmt, vertraut, gibt es nichts zu befürchten. Die Warnung des Hausbesitzers fällt ihm ein. Das heißt, der Motor im Nebenraum, der durch den Plastikvorhang der Dusche abgetrennt wird, ist dabei, das Wasser in den Kanal zu pumpen. Das Geräusch würde leiser werden, je weniger Wasser vorhanden ist, und schließlich ganz abklingen. Er dreht sich zur Seite und kuschelt sich ins Bett; wie ein Igel rollt er sich gegen die drohende Gefahr von außen zusammen. Jetzt kann ihn nichts mehr beeindrucken, weder Überschwemmung noch Todesangst. Als würde er so zusammengekrümmt in einer Höhle, tief im Wald, oder in einem hohlen Baumstamm warten. Worauf wartet er denn? Darauf, daß das Wasser ganz und gar in den Kanal gepumpt wird, oder darauf, daß es sich wieder auf das Niveau des Kanals senkt? Vielleicht wartet er auf den Abend, auf die blaue Stunde, wenn es mit der Trinkerei losgeht. Oder auf morgen, auf die Begeisterung, mit der er frisch und munter den Tag beginnt. Heute gilt nicht mehr, heute ist eh schon fast vorbei! Aber morgen... wenigstens gibt es etwas, das sich »morgen« nennt, innerhalb der Zeit, die sich hinzieht, sich beschleunigt und verlangsamt, manchmal sehr verlangsamt. Er ist ein Höhlenmensch, der vor einer Naturkatastrophe flieht und in einem Schlupfwinkel Schutz sucht, jemand, der angsterfüllt auf das Morgen wartet, der Mann, der das Bild

eines Bisons auf die dunkle Wand zeichnet, während er wartet. Ein Fluß schwillt rauschend an und schwemmt dieses erste
Bild zu uns, trägt Schönheit in die Zukunft; mäandrierend
fließt ein gewaltiger Strom in einem sich verbreiternden Bett
dahin und bringt alle Bilder mit sich, die je von Menschenhand
gezeichnet wurden. Selbst wenn Kâmil kein einziges seiner
Bilder ausgestellt hatte und sogar wenn seine Landschaftsgemälde keinen künstlerischen Wert hätten, weiß er doch, daß er
ein Teil dieses Stroms ist und mit dem Fluß das Meer erreichen
und zur Unsterblichkeit gelangen wird. Unsterblichkeit …
War die Menschenhand, die das erste Bild an die Höhlenwand
zeichnete, hinter der Unsterblichkeit her oder hinter dem Bison, den sie jagen wollte? Eine schwer zu beantwortende Frage.
Und dann beginnen andere Fragen auf Kâmil niederzuprasseln. Wer hatte die Wandmalereien gemacht, wer die irdenen
Töpfe, die in der Erde verrotten, und wer die mittelalterlichen
Bestien mit den schrecklichen Masken, lauter Dinge, von denen heute keine Spur mehr übrig ist? Welche Hand bearbeitete
den ersten Marmor, wer rührte die Farben an, wer war es, der
die Mosaiken gestaltete, wer sorgte dafür, daß Götter und Menschen, Sterbliche und Unsterbliche einander liebten? Einander
lieben… Das Lebenswasser in ein Dunkel sprudeln lassen und
den Tod mit Geschrei besiegen. Während die Fragen wie der
Platzregen, der Venedig plötzlich überfällt, auf ihn einhageln,
fällt ihm die Pumpe wieder ein. Er hört, wie die frischgeölten
Kolben in ständiger Bewegung hin und hergehen, mit einem
Rütteln und Schütteln, das immer stärker wird. Wie die Frau
es letzte Nacht in Mestre gemacht hatte, in die er im Dunkel
der Holzbaracke auf dem Bahnhof eingedrungen war, als sie
versuchte, eine bessere Position zu finden. Eigentlich will er
alles, was in der Baracke passiert war, vergessen, die Chaussee
in Mestre, auf der er den Nutten nach dem Essen zu später
Stunde hinterhergelaufen war, vergessen will er, wie er die
Straßen nach der Frau absuchte, die ihm in der Nacht zuvor

sein ganzes Geld gestohlen hatte, und die Schacherei zwischen ihnen, als er sie endlich fand; vergessen will er ihr Angebot, es diesmal gratis für ihn zu tun, wenn er sie nicht bei der Polizei anzeigte, und vergessen will er, wie sie gemeinsam zum Bahnhof gingen, vergessen auch ihre Lustschreie in der Baracke, in der lauter nicht mehr benutztes Werkzeug, lauter unbrauchbare Geräte herumlagen, das alles will er vergessen, wie er die Katzen in Istanbul vergessen will, die der Südwind nachts verrückt macht.

Als sie in die Baracke gingen, blieb Kâmils Fuß an einem Stück Eisen hängen; er fiel hin und rammte sich den Kopf an den Balken in der Ecke. Ohne das ernst zu nehmen, beugte die Frau sich über ihn. In der Flamme des Feuerzeugs tauchte ihr Gesicht auf. Einen Augenblick lang schreckte Kâmil vor dem Blick der Frau zurück, aber das ließ er sich nicht anmerken. Ihr Mund war wieder riesengroß, und sie hatte Rouge auf den Lippen. »Rühr dich nicht!«, flüsterte sie, grätschte die Beine und hockte sich auf ihm nieder. Kâmil paßte diese Position nicht recht. Der Boden war feucht. Er spürte, daß er bis ins Mark fror. »Stell dich hin«, sagte er zu der Frau, »und ich mach's dir von hinten.« Er stand auf, näherte sich der Frau, die das Gesicht zur Wand drehte, und sagte ihr, sie solle sich ein wenig nach vorn beugen. Zuerst befummelte er sie zwischen den Schenkeln und freute sich, als er merkte, daß sie keinen Schlüpfer trug. Mühelos knöpfte er seinen Hosenschlitz auf. Er war jedoch so betrunken, daß er sich kaum auf den Beinen halten konnte, und Blut sickerte ihm von der Stirn. In dem Augenblick, als er in sie eindrang, drehte die Frau sich um, er aber hielt sie am Nacken fest und zog sie zu sich heran. Im Nu lagen ihre Münder aufeinander. Kâmil war verblüfft, da er wußte, daß die Nutten einen nicht auf den Mund küßten, und versuchte, ihr seine Zunge zu entziehen. Aber die Frau klebte wie ein Blutegel an seinen Lippen. Sie küßten sich lange. Eine Weile später sagte sie zu ihm: »Na los, komm endlich«, aber da er nicht daran gewöhnt war, im Stehen zu bumsen, vielleicht auch, weil er merkte, daß ihm dies im Dunkeln nicht gelingen konnte, preßte er die Frau dicht an sich. Sie fielen zu Boden.

Alles, was danach passierte, will Kâmil wirklich vergessen, den stattlichen Umfang ihres Busens, den er im Dunkeln streichelte, den heißen Atem der Frau, die sich umdrehte, als er gerade in sie eingedrungen war, und ihn zu Boden warf, seine aufkommende Angst, als würde er von ihren Stößen durchlöchert, die jedes Mal, wenn sie sich auf ihm hin- und herbewegte, etwas schneller und härter auf ihm landeten, das Dröhnen der vorbeifahrenden Züge, während sie mit lautem Geschrei kopulierten; aus seinem Gedächtnis reißen will er das dumpfe Dröhnen, das ihn an einen Abend in Istanbul im Südwind erinnert, an Schiffssirenen und das Gejammer der rolligen Katzen, die auf dem Dach entlangspazierten, bis sie geschwängert waren. In diesem Augenblick muß er nur an Lucia denken. In seiner Phantasie muß er ihr Lächeln intensiver werden lassen, ihr Lächeln, wenn sie zwischen den Karteikarten am Tisch sitzt, ihre langen, im Nacken zusammengebundenen schwarzen Haare, ihren nackten Hals, die hohe Stirn und ihren liebevollen Blick, der sich auf das Jesuskind auf dem Gemälde konzentriert. In ihrem Licht muß er baden und sich reinigen. Aber sie ist ja nicht da, und der riesengroße, rote Mund der anderen Frau fällt ihm ein, der wie ein Blutegel auf dem seinem klebt. Er spürt, daß ihre Zungenspitze sich dauernd wie ein Dolch in seinem Mund hin- und herwindet, fühlt, daß es weh tut, wenn sie den Gaumen berührt. Seiner Erinnerung nach war dies das erste Mal nach seinen Jugendjahren, die er in Istanbuler Bordellen und im Pariser »Hôtel de Passe« verbracht hatte, daß eine Nutte ihn auf den Mund küßte. Wenn sie Geld bekommen hätte, hätte sie ihn bestimmt nicht geküßt, hätte ihren Mund nicht auf den seinen gepreßt und ihm ihre Zunge nicht wie ein Schwert ins Herz gestoßen. Warum hatte sie ihn denn nicht wie eine Nutte behandelt, warum hatte sie nicht erst Geld genommen und dann alles in Null komma nichts erledigt? Hatte sie Angst davor, daß er sie bei der Polizei anzeigen würde, oder gefiel ihr dieser Mann ohne Wintermantel tatsächlich, der kein akzentfreies Italienisch sprach und bei dieser Kälte fror? Ehrlich, warum hast du dich auf mich gelegt, warum hast du mich mit deinen Armen umschlungen und dich so bewegt, als würdest du mich in der Wiege schaukeln? Warum hast du mich beim Dröhnen der Mitternachtszüge so zermürbt, während die Schienen unter den eisernen Rädern elastisch wurden und sich verbreiterten?

Wenn er spät in der Nacht in sein Zimmer zurückkehrte, nachdem er es mit einer Nutte getrieben hatte, fühlte er sich immer leer, vielleicht, weil sie keinen Anteil an seiner Lust nahm, vielleicht, weil er mutterseelenallein zurückblieb. Dennoch zog es ihn zu Entdeckungsreisen durch die Bordelle der Städte, die er nicht kannte, und er bummelte bis zum Morgen durch die engen, dreckigen Gassen. Wenn er dann auf dem schmuddligen, nach Schweiß riechenden Bett auf die Frau wartete, mit der er schlafen wollte, fühlte er sich so wohl, als ob er zu Hause wäre. Später, wenn die Frau das Zimmer verlassen hatte und er allein im Bett liegenblieb, überfiel ihn dann unerwartet ein Gefühl der Reue. Waren die Bibliotheken, in denen er sich den ganzen Tag lang einschloß und arbeitete, als ob er sich foltern würde, waren die ernsthaften Forschungen, mit denen er sich befaßte, war die zerfallende Welt der alten Handschriften, die sich mit dem Geruch der verstaubten Regale vermischte, war das alles in Wirklichkeit dazu da, damit er seine mitternächtlichen Abenteuer vergaß, waren sie nur dazu da, ihn seine sexuellen Eskapaden vergessen zu lassen – und seine unablässige Jagd nach Nutten?

Sein Körper fühlt sich so schwer an wie ein Klotz. Aufgeschwemmt von den Wassern des Kanals, wird er sinken. Wenn er sich an den großen Brüsten der dunkelhaarigen Nutte mit der weißen Haut festhielte, würde er vielleicht gerettet, und als klammerte er sich an einen Rettungsring, würde er an den Ballons kleben, die ihn nach oben zögen. Als sie die Baracke verließen und sich in die Bahnhofskneipe setzten, hatte er der Frau da gesagt, ihre Brüste seien wie Ballons? Er entsann sich nicht mehr ganz genau an die Geschichte mit den Ballons und war sich nicht sicher, ob das eine Erinnerung aus seiner Kindheit war. Ganz genau hingegen erinnerte er sich an die Stimme des Ballonverkäufers, der mit roten, grünen, blauen, weißen und schneeweißen Ballons in der Hand durchs Viertel zog. Eine Stimme, rauher als die des Joghurtverkäufers und des Trödlers, eine Stimme, die so klang, als käme sie aus dem Untergrund. »Der Ballonverkäufer ist daaa«, rief er, »schöööne, bunte Luftballons!« Kâmil kletterte ans Fenster der Kellerwohnung und schmiegte sein Gesicht an die Scheibe. Zuerst sah er die verdreckten Schuhe des Ballonverkäufers und dann die Ballons am Ende der Schnur. Es waren so viele, daß Kâmil befürchtete, die Füße des Mannes würden vom Boden gerissen, so daß er, vom Wind verführt, in den Himmel fliegen, und wenn er die Schnur mit den Ballons nicht losließe, gleich abheben würde. Der Ballonverkäufer würde zum Ballon werden und losfliegen! Unter den Stimmen der Kindheit hatte diese Stimme einen ganz besonderen Stellenwert – die kunterbunten Ballons, je stärker man sie aufblies, um so praller wurden sie, und je praller sie wurden, desto leichter.

Einen Moment lang sieht er, wie er sich, fest eingeklemmt zwischen zwei riesigen Ballons, in die Luft erhebt. Dann verwandelt sich die Frau aus der Baracke in einen Adler. Der Schnabel des Adlers ist nicht spitz, aber seine Zunge ist gespalten. Der Vogel stößt ihm die Krallen ins Fleisch und schlägt die Flügel über ihm zusammen. Je heftiger er die Flügel schlägt, um so mehr kupferfarbene Federn werden auf die Straße geschleudert. Dann erheben sie sich in die Luft. Venedig liegt wie ein rotes Spielzeug unter ihnen. Sie fliegen über Kuppeln und Glockentürme und gleiten auf die Alpen zu.

Die Stadt bleibt zurück, die Berge liegen mit ihren verschneiten Gipfeln als unüberwindliche Mauer vor ihnen, und unter
ihnen große und kleine Inseln und das Meer. Der Adler bringt
ihn zu einem Nest am Abhang einer Schlucht. Dort wird er
ihm im Schatten der steilen Felsen die Augen ausstechen und
dann seine Leber auffressen. Plötzlich, während sie über einen
einsamen Sandstrand fliegen, platzen die Ballons.

Ein Knall kam aus dem Nebenraum, und Kâmil schrak
auf. Er sprang aus dem Bett, machte die Tür zur Dusche auf,
und als er den Plastikvorhang hob, sah er, wie Rauch aus der
Pumpe trat. Er griff sofort zum Schalter und stellte den Strom
ab. Wie geht es jetzt weiter? Wie würde das steigende Wasser
in den Kanal gepumpt? Als der Rauch sich ein wenig auflöste,
wurde ihm klar, warum es geknallt hatte. Einer der Kolben
war zerbrochen. Er stellte den Schalter wieder nach oben, und
die Pumpe fing an, mit einem einzigen Kolben zu rattern. Und
eine Weile später stand sie von selbst still. Er war erleichtert
und wusch sich das Gesicht über dem Waschbecken. Er ging
wieder ins Zimmer und öffnete die Fensterläden sperrangelweit. Mit der kalten Luft sog er den Winterhimmel ein. Draußen war es taghell und sonnig.

* * *

Lange wanderte er durch die Straßen. Er wollte nicht in die
Correr-Bibliothek gehen. Er war Lucia ein bißchen böse. Sie
hätte etwas freundlicher sein können, und nachdem sie mit
ihrer Arbeit fertig war, hätte sie ein paar nette Worte zu ihm
sagen und ihn durch ihre Liebenswürdigkeit wieder versöhnen
können. Die Sonne strahlte wie an dem Tag, als er in Venedig
angekommen war, und der Himmel leuchtete. Er ging an den
Kaimauern entlang, an Cafés, Bars und an Geschäften vorbei,
in deren Schaufenster lauter Souvenirs für Touristen lagen. Bis
er das Ziehen im rechten Knie spürte, war er bester Laune. Als
der Schmerz ihn überfiel, während er die Stufen einer Brücke

hinaufstieg, war ihm, als verflöge seine gute Laune, aber er dachte nicht lange darüber nach. Heute würde er Lucia nicht sehen. Weder heute noch morgen... Na, sollte sie sich doch auch mal nach ihm sehnen. Wenn er wirklich ein paar Tage lang nicht in der Correr-Bibliothek vorbeiging – ob sie vielleicht Sehnsucht nach ihm hätte und sich die Augen nach dem Istanbuler Professor für Kunstgeschichte ausgucken würde? Kâmil fiel der Mantel ein. Letzte Nacht in Mestre hatte er eine Zeitlang gefroren und danach die Kälte wegen des Alkohols überhaupt nicht mehr gespürt. Heute war das Wetter jedoch wunderbar und die Sonne ganz schön warm. Ob das so blieb? Gegen Abend könnte es wieder bedeckt sein. Dann käme ein Platzregen oder, noch schlimmer, wieder Schnee. Diese Sonne bringt Schnee mit sich. »Die Sonne bringt Schnee mit sich«, würde er zu Lucia sagen, »und ich bin wieder da, um meinen Mantel zu holen.«

Würde die junge Frau diesmal lächeln und ihn, liebenswürdig wie immer, fragen: »Haben Sie denn nicht den ganzen Tag gefroren?« Insgeheim wünschte sich Kâmil, daß sie sich für ihn interessierte und sich Sorgen um seine Gesundheit machte, aber er scheute davor zurück, sich das einzugestehen. Nehmen wir einmal an, sie würde diese Frage stellen, was wäre dann? Würde er ihr sagen: »Ich liebe dich, habe dich den ganzen Tag lang abgepaßt und bin ohne dich verloren«? Soll sie doch der Teufel holen! Was brauchte er denn den Mantel – bei dieser schönen Sonne! Bekleide dich mit ihr und wandre durch die Straßen!

Bis zum Abend schlenderte er durch die Straßen, ohne einen Tropfen Alkohol anzurühren. Bei Sonnenuntergang stand er auf dem Ponte dell'Accademia. Der junge Mann hatte seine Staffelei aufgestellt und malte. Den Sonnenuntergang hatte er wieder auf der falschen Seite untergebracht. Die Kuppeln von Santa Maria Salute, der Canal Grande, das Paar in der Gondel – alles war genauso wie auf dem Gemälde, das er neulich gesehen hatte. Der Bursche war gerissen und malte immer wieder das gleiche. Er malte und verkaufte den Touristen immer dieselbe Ansicht. Wie schade! Aber er war noch jung, und trotz seiner Unverschämtheit neulich war er eigentlich ganz sympathisch. Nur hatte er kein Talent. Kaum ging die Sonne unter, kam er hierher, baute seine Staffelei auf der Brücke auf, und nachdem er den immergleichen falschen Sonnenuntergang vor immergleicher Kulisse untergebracht hatte, versuchte er, seine Bilder bei den immergleichen Kunden an den Mann zu bringen.

»Das ist also der springende Punkt beim Kunsthandel«, ging Kâmil durch den Kopf. Wie auch immer es um die Nachfrage auf dem Markt steht, du wirst auf die Stimme deines Herzens hören und nicht auf das Rascheln der Geldscheine. Der Markt läßt einen heute verdienen, und morgen ruiniert er einen. Der Markt hat weder eine Seele noch Mitleid, noch ein Interesse an der Kreativität. Haben die großen Maler etwa nicht auf Bestellung gearbeitet, vor allem auch die Maler der Renaissance? Freilich haben sie das getan, und da sie ihren Lebensunterhalt davon bestreiten mußten, haben sie Bilder für Prinzen und Bürgerliche gemalt, damit die Herren ihre Paläste schmücken und die Wände ihrer frischerworbenen Häuser behängen konnten. Aber auch ihre eigenen Dramen, ihre Freuden und Leiden, ihre Sehnsüchte brachten die Maler auf ihren Werken unter, und keins davon war für den Markt produziert. Na, und Canaletto, für den du schwärmst, und der überlebensgroße Rubens? Galt ihnen denn die Kundschaft nichts, die englischen Sammler und die Bourgeoisie von Antwerpen? Wie auch immer, dieser junge Mann machte es sich leicht, statt sich ernsthaft auszubilden. Denn für ihn ging die Kunst nach Brot. Diesmal blieb Kâmil nicht vor ihm stehen. Als er die Stufen der Brücke hinabstieg, war er sich immer noch unschlüssig, ob die Kunst eine Ware war. Sie mußte vielleicht eine sein, dachte er, aber besser wäre es, wenn sie keine wäre.

Auf dem Campo San Stefano zündete er sich vor dem Denkmal von Tommaseo eine Zigarre an. Ob der Meister wirklich so viele Bücher geschrieben hatte? Wenn er so viel geschrieben hatte, dann keine Gedichte, sondern philosophische Abhandlungen. Das beste wäre, sich morgen in der Bibliothek ein Buch von ihm auszusuchen und zu lesen. Er wußte, daß es damit unumgänglich wäre, in die Correr-Bibliothek zu gehen. Wenn der Tag heute nur schon vorbei wäre … Wenn dieser schöne, sonnige Wintertag im Nu vorüber wäre, wäre er erleichtert. Er wußte nichts über Tommaseo, aber aus irgendeinem Grund war er davon überzeugt, daß er in regelmäßigen Abständen Bücher ausbrütete, wie die Henne Eier legte. Ja, warum sollte der Bildhauer sonst Bücher wie Ziegelsteine unter dem Bratenrock aufgestapelt haben! Im Park von Bebek gab es auch ein Denkmal, eine Statue von Fuzuli. Seit Jahren stand er dort unter den Platanen am Bosporus und blickte auf das Buch in seiner Hand. Ob es sich dabei um den *Divan* des Dichters handelte oder um den Koran? Ein einziges Buch, und Fuzuli schaute es unablässig an. Mutterseelenallein stand er im Park, und auch wenn die Kinder auf dem Karussell, das man ab und zu vor ihm aufgebaut hatte, mit viel Getöse spielten, auch wenn Liebende einander auf den Bänken küßten, so besuchte doch niemand, ja niemand außer dem Morgenwind den Dichter aus Bagdad. Manchmal fielen ihm ein paar Blätter aufs Haupt, und manchmal flogen die Möwen herbei und ließen sich auf seinem Kopf nieder.

In der Schule mochte Kâmil die Divan-Poesie überhaupt nicht. Die Ghaselen und Kassiden, die er auswendig lernte, um seine Versetzung nicht zu gefährden, vergaß er im Nu wieder. Er hatte weder für Bâki, den Günstling des Palastes, noch für Nedim, den Schelm, etwas übrig. Aus den Jahren im Gymnasium hatte er nur noch einen einzigen Vers im Gedächtnis. Das war alles. Damals konnte er freilich nicht wissen, daß er eines Tages vor dem Denkmal eines Künstlers sitzen

würde, der in einer fernen Wüste lebte, das Grabmal von Hazret Ali bewachte und dort starb; Kâmil konnte nicht wissen,
daß er gemeinsam mit dem Dichter von *Leylâ und Mecnun* auf
die gegenüberliegende Küste des Bosporus blicken und sich an
manchen Abenden an einem einzigen seiner Verse betrinken
würde:

»Niemand hat Mitleid mit mir, außer jenem mit einem
Herzen aus Feuer, / niemand öffnet meine Tür, außer dem
Morgenwind.«

Der arme Fuzuli! Träum nur Jahr für Jahr deinen Traum
von Istanbul, flieh nur ins Land Rûm und in ferne Länder,
verbrenn dich nur vor Sehnsucht, und verbring dein Leben in
Kerbelâ! Schreib vor dem Grabmal der Enkel des Propheten
Gedichte in einer gottverlassenen Wüste, und Dichter, die weniger Talent haben als du, läßt man im Topkapı Serail in den
Himmel heben, während man sie für jeden Vers, den sie aus-
brüten, mit tausend Silbermünzen belohnt. Und stirb dort in
der Einsamkeit vor Kummer! Soll man dir nur in Istanbul ein
Denkmal setzen, in der Stadt, die du nie gesehen hast. Wenn
sich auch nie unerwartetes Glück auf deinem leiderprobten
Haupte niederließ, solange du am Leben warst, dann sollen die
Möwen sich nach deinem Tod eben auf dein Bronzeköppchen
setzen!

Direkt vor dem Denkmal Fuzulis führt der Bosporus
blaues Wasser, und es fließt jetzt dahin. Die Satansströmung
schlägt gegen die Sommervillen von Kandilli. Wenn man sich
dort umschaut, kommt es einem so vor, als wäre Rumelihisarı,
der Hügel gegenüber, aus einer anderen Welt auf den grünen
Abhang versetzt worden. Und drei der Festungen bilden von
oben nach unten ein und dieselbe Linie. Der Strom der Autos,
der dahinfließt und die stählernen Balken der Hängebrücke
erschüttert, kommt bis zum Morgen nicht zum Stillstand. In
einer bunten Orgie, in unaufhörlichem Dröhnen ist Istanbul
ständig in Bewegung.

Als die Pumpe an diesem Morgen anfing zu rattern, dachte Kâmil, daß er das Unbehagen, das er spürte, und dieses entsetzliche Gefühl der Beklemmung in Istanbul nie erlebt hatte. Rührte dieses Gefühl daher, daß Venedig jahrhundertelang vom Festland abgeschnitten war, oder kam es von der Enge der Gassen? Vielleicht lag es auch daran, daß sich die Geister in den heute verlassenen Palästen der einst prächtigsten Stadt des Mittelmeers tummelten und nachts außer ein paar Schatten niemand auf den Straßen unterwegs war. So war Venedig irgendwie im 15. Jahrhundert stehengeblieben. Aber Istanbul war gewachsen, hatte sich ausgedehnt und erweitert, und indem es sich nicht damit begnügte, sich über die Stadtmauern hinaus auszubreiten, hatte es sogar Wälder, Hügel und enge Täler in der Umgebung an sich gerissen und sich auch dort eingenistet. Wenn du von den luxuriösesten Vierteln aus bergab gehst, kannst du dich plötzlich in einem Garten wiederfinden. Stundenlang kannst du mit dem Wagen über die Umgehungsstraßen fahren, von einem Ufer zum anderen, von Asien nach Europa, begib dich nur ständig von einem Meer zum anderen, ganz nach Lust und Laune, Istanbul hört nicht auf, Istanbul reißt dich mit, ja richtig, diese Stadt reißt dich mit im Dröhnen der Straßen und Dampfer, der Verkehrsströme und der alten byzantinischen Zisternen, aber wohin? Istanbul hatte Kâmil immer in die Gegenden gebracht, die außerhalb des Zentrums lagen, zu den Hügeln und den kleinen Fischlokalen am Ufer des Bosporus, zu den Rakı-Flaschen mit den tausendundein verschiedenen Vorspeisen auf den Tischen der Lokale und zu den Frauen, mit denen er die Flaschen leerte. Und zu den Böschungen, die dem Wind ausgesetzt waren, wo er seine Staffelei aufbaute. Manchmal brach gerade dann, wenn er ein Bild malte, plötzlich die Dunkelheit ein, und im Nu verschwammen alle Farben. Dann wurde es auf einmal überall tintenschwarz; das Wasser, die Bäume und der Schatten der Wolken, der auf den Bosporus fiel. Der Platzregen prasselte nieder, und bis Kâmil seine Sachen gepackt hat und davor geflohen ist, gießt es in Strömen; die Wolken ziehen vorüber, glaubst du, aber den ganzen Tag lang hört der heftige Regen nicht auf, die süßen Wasser von Göksu fließen voller Schmutz dahin, der Unrat breitet sich bis zur Mitte des Bosporus aus, und wenn ein Schiff vorbeifährt – als würde sich ein Büffel in einem der fernen Monsunländer in den Dreck legen –, prallen nicht die Wellen, sondern die Dreckwogen ans Ufer, es ist immer noch der Schmutz, der an die Kais der Sommervillen schlägt, und während er an die Kaimauern schlägt, trägt er den ganzen Schrott des Otağ Tepe in die schönen Gärten – aber nicht seine Lava, bis jetzt noch nicht!

Kâmil wurde es nicht leid, Tommaseos Denkmal anzuschauen. Und wer Kâmil sah, würde glauben, daß er auf jemanden wartete. Eines Tages könnte es sein, daß er sich hier zu Füßen des Denkmals bei so sonnigem Wetter mit Lucia trifft. Sie wird gerade die Accademia verlassen haben, und er kommt aus einem Café. »Sie haben recht gehabt«, würde sie sagen und ihn umarmen, »ich hatte nicht die leiseste Ahnung, daß ich der Katharina auf Giovannis Gemälde wie aus dem Gesicht geschnitten bin.« Und dann würde Kâmil antworten: »Das hatte ich Ihnen doch gesagt... na, dann schauen wir doch mal, ob Sie auch so gelehrt sind wie sie? So gelehrt und keusch.« Da sie nun einmal ihr Leben und ihre Vorlieben nicht sofort ausplaudern würde, würde Lucia das Thema wechseln. Vielleicht würde sie vom Reisen sprechen und von ihrem Wunsch, nach Istanbul zu fahren. Sollte man auf dieser Welt besser reisen oder keinen Schritt vor die Tore der Stadt tun, in der man lebte? Wie war es denn, als Prinz Cem das Mittelmeer von Ost nach West durchquerte? Oder Fikret Muallâ? Ließ das Reisen, das Cem das Gift reichte, Fikret nicht im Siechenheim landen, zog ihn in sein eigenes Meer und ertränkte ihn? Als Fuzuli seine Reise in Kerbelâ beendete, ohne je nach Istanbul zu gelangen, konnte er sich noch nicht einmal in einem Rosengarten ausruhen. Aber seine Statue hat jetzt ein Buch in der Hand, ein Meisterwerk als Ersatz für die Entbehrungen, die er erlebt hatte, und für die einsam in der Wüste verbrachten Nächte. Fuzuli blickte auf seinen in drei Sprachen verfaßten Divan, mit der inneren Ruhe, die daher kam, daß er auf dieser vergänglichen Welt etwas geleistet, etwas geschaffen hatte, ohne eine Gegenleistung zu erwarten, nicht mit der selbstgefälligen Haltung Tommaseos. Ja, das Buch, das der Dichter in der Hand hielt, konnte nicht der Koran sein, es war ganz bestimmt sein Divan. Falls Kâmil sich eines Tages zu Füßen von Tommaseos Standbild mit Lucia treffen sollte, würde er zu ihr sagen: »Ihr venezianischer Dichter ist anscheinend sehr produktiv, sehen Sie nur, wie er Bücher scheißt!«

Er versuchte, seinen aufkommenden Ärger zu unterdrücken. Er wollte sich an Lucia rächen. War er etwa so verachtenswert, daß man ihn noch nicht einmal grüßte, daß sie nicht ein einziges Mal ihren Kopf von der Arbeit hob und ihn anschaute? Hatte er etwa in ihren Augen jede Achtung verloren, weil er ihr noch mehr verfallen war? Mit der Zigarre im Mund ging er zu Fuß bis San Zaccaria. Dort bestieg er einen Vaporetto und landete auf der Giudecca. Er wollte fort von Venedig. Aber es gab auch keinen Ort, wohin er fahren könnte. Wenn er zum Lido oder zu einer anderen Insel führe, die noch weiter entfernt war, wäre er nicht bis zum Abend zurück. Er ging am Kai entlang und setzte sich in das erste Café, das er fand. Jetzt war er also auf der Giudecca, und Venedig lag am anderen Ufer. Fast zum Greifen nahe. Er konnte den Park am anderen Ufer des Kanals und die gelbgetünchten Mauern des Correr-Museums sehen, die sich hinter den Bäumen erhoben. Die Bibliothek war zu dieser Stunde längst geschlossen. Die Bilder dämmerten im Halbschlaf vor sich hin. Allenfalls raschelten die Kunstwerke der Brüder Bellini noch auf den Blättern der Bücher. Wenn du immer an sie denkst, schlafen sie nicht. Wer weiß, vielleicht fingen sie auch an zu sprechen?

Ach, wenn sie doch damit beginnen und ihre Geschichten erzählen würden! Jetzt werden die Lampen in dem leeren Saal verloschen sein. Und der Lavendelduft der blutjungen, schneeweißen, wunderschönen Frau, die immer Jeans trug, hüllte die Bibliothek ein. Am Eingang wartete ein uralter Mantel, der vom Istanbuler Regen und dem Schneegestöber ganz mitgenommen war, ein durchnäßter, zerschlissener Schaffellmantel auf seinen Besitzer. Morgen mußte er hin und ihn abholen, und danach würde er sich davonmachen, ohne hineinzugehen, sogar ohne Lucia guten Tag zu sagen.

Er war kurz davor loszuheulen. Wie verweichlicht er doch auf einmal war; ein ziemlich empfindlicher alter Mann war er geworden. Oder ein Kind, das von zu Hause weggelaufen war und einen Unterschlupf suchte, in den es sich bei der Kälte flüchten konnte. Seufzend betrachtete er die Stadt, die da der Länge nach vor ihm lag. Auf dieser Seite des Kanals kam er sich so vor, als wäre er am anatolischen Ufer des Bosporus. Hier lag seine echte Welt, zwischen diesen zweistöckigen Häusern, die jahrelang einfache Menschen, Fischer und Werftarbeiter beherbergt hatten. Hier gab es nicht die Spur von den reichgeschmückten Gebäuden an der Kaimauer von Zattere. Auch die Paläste des Canal Grande, auch die überwältigende Architektur in Stein mit der Doppelkuppel von Santa Maria della Salute war mit der Zollbehörde der See am anderen Ufer geblieben. Im Dunkeln konnte er die goldene Weltenkugel erkennen, die die Bronzestatuen auf dem Turm der Zollbehörde auf den Schultern tragen. Einst war dies das einzige Eingangstor zur Stadt gewesen, und die riesigen Schiffe mußten mit gerafften Segeln auf dem offenen Meer – an diesem äußersten Punkt gegenüber dem Hafenbecken von San Marco – vor Anker gehen. Lucias Verhalten hatte sich wie eine Zollschranke vor ihm aufgebaut, und dadurch hatte er sich Venedig entfremdet. Er saß in dem Café auf der Giudecca, bis es ziemlich dunkel wurde. Er trank nur einen Kaffee und danach ein Glas

Wasser. Zu später Stunde kehrte er mit dem Vaporetto zur Piazzale Roma zurück. Kaum war er zu Hause, legte er sich aufs Bett, ohne sich auszuziehen. Er gab sich den Klängen der Radiomusik hin. Bis das Geratter eines Motoscafos, der durch den Kanal preschte, Chopin übertönte, hörte er zu. Dann stellte er das Radio ab, drehte sich zur Seite und rollte sich wie ein Igel zusammen, wie am Morgen. Wenn er seinen Mantel bei sich gehabt hätte, hätte er ihn vielleicht umgelegt und darin geschlafen. Er stand auf und zog sich aus. Als er sich wieder ins Bett legte, war er so traurig und haderte wie seinerzeit als Internatszögling mit Gott und der Welt. Er zog die Decke über den Kopf und weinte bis zum Morgen.

Gentile

Als die Nachricht kam, besserte Gentile die Fresken im Konferenzsaal des Großen Rats aus. Die Bilder hatten der Feuchtigkeit noch nicht einmal ein halbes Jahrhundert lang standgehalten; die Farben waren verblaßt, manche Einzelheiten verwischt, und je mehr die Figuren Stück für Stück zerfielen, um so deutlicher war das Mauerwerk dahinter zu sehen. Gebeugt arbeitete der Meister auf dem Gerüst. Er begnügte sich nicht damit, die Farben, die von den Lehrlingen vorbereitet wurden, auf dem alten Fresko aufzutragen, sondern zeichnete viele der Szenen neu, die von der Geschichte der Stadt erzählten. Als Gegenleistung für diese Aufgabe hatte er kein Honorar verlangt; er hatte gesagt, es werde ihm reichen, wenn der Staat die Auslagen übernehme. Er stellte nur eine einzige Bedingung. Er wollte Teilhaber an den Einkünften des *Fondaco dei Tedeschi* werden. Der Senat hatte diese Bedingung akzeptiert, und indem er Gentile Bellini ein Einkommen von hundertzwanzig Dukaten im Jahr zusicherte, hatte er ihn in gewissem Sinne zum Künstler des Staates gemacht. Außer zur Restauration der Fresken war er jetzt auch noch verpflichtet, die Porträts der Dogen zu malen. Ihm selbst wäre nicht einmal im Traum eingefallen, daß er eines Tages nach Istanbul eingeladen würde, um das Porträt des Großen Türken zu malen. Als ein Beamter ihm den versiegelten Umschlag übergab, dachte er daran, daß er nie die Meisterschaft von Gentile da Fabriano erreichen könnte, den sein Vater Jacopo in seiner Jugend bewundert hatte und bei dem er in die Lehre gegangen war. Allein schon sein Werk zu restaurieren war eine große Ehre für Gentile Bellini. Er war über fünfzig. Seit er das Atelier seines Vaters verlassen hatte und selbständig arbeitete, hatte er bis jetzt nichts Nennenswertes zustande gebracht. Die Ornamente für die Orgel der Markuskirche, ein erfolgloses Porträt von San Lorenzo Giustiniani und zwei Gemälde, welche die Scuola di San Marco bei ihm bestellt hatte.

Er hatte Giustiniani stehend, im Profil gezeichnet, in einem wallenden, faltenreichen weißen Gewand, viel zu weit für den vom jahrelangen Fasten abgemagerten Körper, der nur noch Haut und Knochen war. Im Verhältnis zu den Leuten in seiner Umgebung war Il Beato ziemlich groß, in der Linken hatte er die Heilige Schrift, seine rechte Hand aber hielt er erhoben und segnete einen vor ihm knienden Mönch. Rechts von ihm standen zwei Engel, ganz winzig. Der erste hielt ein überlanges Kreuz in der Hand und der zweite das Käppchen des Papstes. Auf den ersten Blick war klar, daß die Proportionen nicht so berechnet waren, wie es sein mußte. Der Hintergrund des Gemäldes aber bestand aus einer grellgelben leeren Fläche; dort gab es weder einen Baum noch Berge, noch einen Fluß, der mitten aus einer Wiese hervorsprudelte, nichts, aber auch gar nichts hatte er dorthin gesetzt. Das Bild war ein bißchen zu fix gemalt; man könnte auch sagen, daß Gentile es den byzantinischen Ikonen nachempfunden hatte. Trotz all dieser kleinen Fehler lag im Ausdruck des durch die Magerkeit verrunzelten, ganz schmalen Gesichts mit den eingefallenen Wangen etwas vom mühseligen Leben des Il Beato Lorenzo Giustiniani, etwas von der Finsternis des Klosters auf einer einsamen Insel, in das er sich eingeschlossen hatte – und etwas von der Seelenruhe, die daher rührte, daß er sich von den Glücksgütern der Welt fernhielt. Bellini hatte sich bemüht, die Gesichtszüge des Modells mit einem realistischen Blick zu gestalten, ohne zu übertreiben und indem er sich auf die Einzelheiten einließ; wenigstens in diesem Punkt konnte er einen Erfolg aufweisen.

Auf dem Porträt von Giovanni Mocenigo war das gelbe,

blumenbestickte Käppchen des Dogen auf die Knöpfe seines Gewands abgestimmt und bedeckte sein linkes Ohr ganz dicht. Mocenigo hob sich mit seinem dicken Hals, der runden Stirn, den fest aufeinandergepreßten schmalen Lippen und der riesigen Nase deutlich von dem gelben Hintergrund ab. In seinem Blick lag nicht die geringste Spur von seinem Reichtum. Da er im Profil dargestellt war, war auch nicht klar, wohin er blickte. Er war jetzt das konkrete Symbol des Staates, kein venezianischer Kaufmann. Nein, da er Doge war, konnte man ihm nicht mehr überall begegnen. Hinter den Mauern des Palastes lebte er fern vom Volk, allein und nachdenklich in der Einsamkeit der Macht. Er war ein wenig müde, müde, aber noch nicht zu alt. Doch die Zeit ging dahin. Mocenigo war vergänglich, sein Amt jedoch von Dauer. Vielleicht hatte Gentile das Porträt gemalt, indem er sich eine Sanduhr als Vorbild nahm; von der Spitze des Käppchens strömten die Jahre auf die breiten Schultern, und das Ende der Macht näherte sich. Bedeckte das weiße Futter des Käppchens das linke Ohr so dicht, damit der Doge diese Möglichkeit nicht spürte? Oder war dies eine Maßnahme, die man getroffen hatte, damit ihm nicht Gift ins Ohr geträufelt wurde? Ein Mörder oder Rivale könnte sich an ihn herandrängen und ihm etwas zuflüstern, und wenn er ihm sein Ohr näherte, um besser zu hören, könnte ihm das zustoßen, was dem König von Dänemark passiert war. Gentile hatte sein Modell zwar originalgetreu gezeichnet, aber er brachte es auch fertig, dem weißen Futter, welches das Ohr bedeckte, eine symbolische Bedeutung zu geben. Und dennoch – dachte er, als die Nachricht kam – mußte es einfacher sein, das Käppchen des Dogen zu zeichnen als Mehmets Turban. Er hatte in seinem ganzen Leben noch keinen Turban eines *Padişah* gesehen. Die Turbane der osmanischen Kaufleute im Fondaco dei Turchi waren bestimmt anders als die Kopfbedeckung des Eroberers von Istanbul. Es lief dort sowieso niemand barhäuptig herum. Entweder trug man spitze Filzhüte oder zylinderförmige Kopfbedeckungen. Manche hatten auch Hüte auf, die nach obenhin breiter wurden, wie Venedigs Schorn-steine. Am meisten Aufmerksamkeit erregten die Turbane, die in Streifen übereinandergewickelt waren und die Größe von Kürbissen hatten. Daher kamen ihre Träger auch ständig in Schwierigkeiten. Vor kurzem hatte Prinz Vlad Dracul von der Walachei den osmanischen Gesandten den Turban auf den Kopf nageln lassen, weil sie sich weigerten, ohne Kopfbedek-kung vor ihn zu treten. Mehmet stand ihm in nichts nach. Er verstand sich meisterhaft darauf, Leute durch Pfählen hin-zurichten, wenn er sie nicht wie Vlad Dracul erst aufspießte und dann röstete. Mehmet hatte den Pater, der ihn in einer Predigt mit dem Antichrist verglich, auf ein und demselben Pfahl mit einem Esel aufpflocken und hinrichten lassen, und als er sich in der irrigen Vorstellung erging, daß die Gurken, die unter größten Mühen im Sultansgarten angebaut wurden, gestohlen worden waren, ließ er die Bäuche der Palastwäch-ter, die er in Verdacht hatte, aufschlitzen und schaute höchst-persönlich dabei zu. Berüchtigt war auch seine Wollust. Es ist überliefert, daß er blutjunge Männer bevorzugte, als er sich aber in eine byzantinische Jungfrau verliebt und sie in seinem Harem eingesperrt hatte, soll er sie eigenhändig erdolcht ha-ben, »um die Freiheit seines Geistes wiederzuerlangen«. Er war nicht nur auf sinnliche Gelüste, sondern auch auf Tafelfreuden versessen. Alles hatte er gekostet, selbst die ausgefallensten Speisen. Je mehr er aß und trank, um so dicker wurde er; er bekam einen Wanst, und es fiel ihm sogar schwer, aufs Pferd zu steigen. Ärzte umschwirrten ihn Tag und Nacht, wie auch die gedungenen Mörder, die von der Serenissima ausgehalten wurden.

Gentile wollte den Gerüchten nicht glauben, die über die Mauern des Serails in Istanbul drangen, in Windeseile nach Venedig gelangten und die man sich überall, vom Rialto bis zum Großen Rat, erzählte. Aber das Ende des Kapitäns Antonio Rizzo ging ihm – wie das Schicksal von Paolo Erizzo, dessen Körper man in Negreponte mit der Säge in zwei Teile zerschnitten hatte – nicht aus dem Sinn. Wie auch immer, als Maler mußte er den Menschen, dessen Porträt er malen würde, mit allen seinen Eigenarten, seinen guten und schlechten Seiten kennenlernen, mußte bis in die tiefsten, unbekanntesten Schichten seines Modells vordringen, und es stand ihm nicht zu, den überlebensgroßen Eroberer Istanbuls zu verurteilen. Würde Mehmet überhaupt damit einverstanden sein, ihm Modell zu stehen? Vielleicht würde Mehmet ihn im Gegenzug auch darüber befragen, worüber er etwas von dem florentinischen Kaufmann Jacopo Tedaldi hatte erfahren wollen. Wie weit war die Stadt vom Festland entfernt, hatte man sie mit Mauern umgeben, war sie gut geschützt? Wie viele Galeeren wurden pro Tag auf der Werft gebaut, und wer waren die echten Verbündeten der Serenissima? Mit seinen Fragen würde Mehmet Gentile auch an seinen Eroberungsphantasien teilhaben lassen. Der jedoch hatte nicht die Kenntnisse dieses hundsgemeinen Florentiners! Vielleicht würde Mehmet auch von ihm verlangen, daß er einen detaillierten Plan Venedigs zeichnete! Oder er ließ sein Porträt tatsächlich allein mit der Absicht anfertigen, die Zukunft zu überdauern. Wenn du nicht nur der Eroberer des verrotteten Byzanz, sondern der ganzen Welt sein willst, wenn du deine Herrschaft über die grenzenlosen Lande aufbaust, die Gott, der Herr, vom Osten bis zum Westen schuf, mag deine Macht über Land und Meer reichen, aber wenn es kein Bild von dir gibt, gerätst du in Vergessenheit, und nach deinem Tod weiß niemand mehr etwas von dir, weder deine Sklaven noch deine Enkel erinnern sich an dich.

Erregt stieg Gentile vom Gerüst, und nachdem er den Lehrlingen seinen Schurz gegeben hatte, durchquerte er rasch die Säle des Palastes, kam über die Treppen in den Innenhof, ging im Laufschritt über den Markusplatz und verschwand in den engen Gassen. Er lief an den Kanälen entlang, stieg eine der Brücken hinab und die nächste hinauf. Er war in Schweiß gebadet. Je länger er lief, um so geringer wurde seine Erregung. Hatte der Große Türke nicht bis zum vorletzten Jahr einen unerbittlichen Krieg gegen Venedig geführt? Hatte er nicht an der Spitze seines Heeres die uneinnehmbarsten Festungen umzingelt und sogar die Handelsschiffe unter Artilleriefeuer genommen? Es war recht seltsam, daß Mehmet sofort, nachdem der Friedensvertrag unterschrieben war, einen Brief an den Senat sandte, den Dogen Giovanni Mocenigo zur Hochzeit eines seiner Söhne einlud und außer einem Meister der Geschützgießerei auch noch einen Maler anforderte. Sollte hinter diesem Unternehmen nicht eine raffinierte Strategie stehen? Wozu sollte sich denn der oberste Herr der Muslime an eine Sache wagen, die die Religion verbot? Wieso sollte er die Gesetze der Scharia mit Füßen treten? Statt nach Hause zu gehen, machte Gentile sich auf den Weg zum Atelier seines Bruders Giovanni. Sie hatten einander lange nicht getroffen. Daß ihr Vater bei seinem Tod seine beiden Skizzenhefte Gentile vermachte, hatte Giovanni gekränkt und seinen Bruder – ohnehin ein sensibler, introvertierter Künstler – noch empfindlicher gemacht. Zurückgezogen, wie er war, arbeitete er ununterbrochen; geduldig spann er seinen Kokon und sah nichts außer Madonnen und Jesuskindern. Das Glück war ihm, Gentile, also noch einmal hold, nicht Giovanni. Und dennoch hatte er Angst davor, sich ohne allen Anlaß freiwillig in die Höhle des Löwen zu begeben.

Als die Nachricht, daß Istanbul in der Hand der Türken sei, nach Venedig gelangte, trauerten die Bewohner der Stadt tagelang, und die Kirchenglocken standen Tag und Nacht nicht still. Danach setzte der Strom der Leute ein, die aus Istanbul geflohen waren und sich hatten retten können. Priester, Gelehrte, verwundete Soldaten, Edelleute, deren Haus und Heim zerstört war, deren Verwandte in die Sklaverei geraten oder umgebracht waren, kamen in Schüben nach Italien, und sie wurden nicht müde, von dem Albtraum zu erzählen, den sie durchgemacht hatten. Das Erzählen von all den Katastrophen, die ihnen zugestoßen waren, schien kein Ende zu nehmen! Mit dem Fall der Stadt war nicht nur das tausendjährige Byzanz zerstört, auch trieb ein entsetzlicher Wirbelsturm, der vom östlichen Mittelmeer her wehte, Tausende von Christen vor sich her und schleppte sie nach und nach gen Westen. Das Volk glaubte, der Weltuntergang stünde kurz bevor, in Kirchen und Klöstern wurde gebetet, damit Gott den Antichrist so schnell wie möglich zugrunde richte, man zündete Kerzen an und legte der Heiligen Jungfrau Gelübde ab. Man stellte Mehmet in Gestalt des Ungeheuers in der Offenbarung des Heiligen Johannes dar. Wie in der Apokalypse warfen die Menschen sich vor diesen Darstellungen zu Boden. Die Abbildung der zehn Kronen auf den zehn Hörnern des Ungeheuers mit den sieben Köpfen war ein Zeichen dafür, daß der Große Türke zehn Königreiche erobert hatte. Bis der Messias käme und ihn in die Hölle sperrte und bis der Ort der unreinen Seelen und der Geister zerstört wäre, würde er den Christen weiter Gewalt antun. Dann würde er, ohne die Toten, die am Busen der Erde lagen, zurückzugeben, den alten Himmel, das alte Meer und die alte Erde in einen neuen Himmel, ein neues Meer und eine neue Erde verwandeln. Und nun wollte die Bestie, daß man ein Porträt von ihr in Menschengestalt anfertigte, bevor sie zugrunde gerichtet wurde.

Giovanni empfing seinen Bruder sehr herzlich. Er hielt Gentiles Befürchtungen für unangebracht und riet ihm, auf jeden Fall nach Istanbul zu reisen. Er könne die Restauration der Fresken im Konferenzsaal des Großen Rats übernehmen. »Vergiß die Offenbarung des Johannes«, sagte er zu seinem großen Bruder, »laß die Kirche bei dieser Sache aus dem Spiel! Was in der Höhle von Patmos – in der Apokalypse – passiert ist, das steht in der Bibel, das ist Geschichte. Kümmere du dich um deine eigenen Angelegenheiten!« In dieser Nacht schlief Gentile tief und fest. Und am nächsten Morgen begann er mit den Reisevorbereitungen.

* * *

Während Kâmil Uzman an einem Tisch am Fenster der CorrerBibliothek saß und auf den GiudeccaKanal hinausblickte, stellte er sich Gentile Bellinis Reise nach Istanbul vor. Er war schon früh in die Bibliothek gekommen, hatte seinen Wintermantel vom Garderobenhaken genommen und sich in die stillste Ecke des Lesesaals gesetzt. Lucia war bis jetzt noch nicht zu sehen. Das war zweifellos besser. Bevor die junge Frau kam, bat er den Archivar um die Dokumente, die etwas mit Gentile Bellini zu tun hatten. Als er an seinen Platz zurückkehrte und sich setzte, versuchte er einzuschätzen, wie Gentile die Einladung Mehmets aufgenommen und was ihn in diesem Augenblick bewegt hatte; gleichzeitig beobachtete er den Schiffsverkehr auf dem Kanal. Eine riesengroße, schneeweiße Fähre fuhr auf den Hafen zu. In beiden Richtungen rasten MotorbootTaxis an dem Dampfer vorbei. Auf den Vaporetti drängten sich die Passagiere. Eine einzelne Gondel fuhr ganz langsam – als ob sie die Fähre herausfordern wollte – mitten auf dem Kanal auf die Giudecca zu. Kâmil fand den Anblick der Gondel, welche die ersten Touristen des Morgens zur Giudecca brachte, ein bißchen seltsam, denn für gewöhnlich standen Stadtbesichtigungen auf dem Programm. Dann wanderten seine Gedanken wieder zu Gentile, und er dachte daran, wie der Meister mit seinen Gehilfen ein Segelschiff bestiegen hatte und von diesem Kanal aus ins Adriatische Meer gesegelt war.

In der Tat, nachdem er klug und umsichtig vorgegangen war, sich die Arbeit an den Fresken im Saal des Großen Rats gesichert hatte, wie wird er sich gefühlt haben, kurz nachdem er mit Mühe den Titel »Künstler des Staates« errungen hatte und in dieser Eigenschaft nach Istanbul eingeladen wurde?

Hatte er sich über die Einladung Mehmets gefreut, den die Venezianer mit dem Antichrist gleichsetzten, oder hatte ihn grundlose Angst gepackt, und er kam erst in Giovannis Ate-lier zu Atem? Hatte er ihn um Rat gefragt, bevor er seinen Ent-schluß faßte? Da sein Vater gestorben war, gab es niemanden mehr, dem er in dieser Angelegenheit vertrauen konnte. Ja, er wird ganz bestimmt zu Giovanni gegangen sein, und der wird zu seinem großen Bruder gesagt haben: »Ich an deiner Stelle würde keinen Augenblick zögern – eine solche Chance läßt man sich nicht entgehen!« Kâmil konnte annehmen, daß Gen-tiles kleiner Bruder nicht so gedacht haben wird, daß er we-nigstens nicht so mit seinem großen Bruder gesprochen haben könnte, da er ein zurückhaltender, bescheidener Mensch war. Aber wie in jedem Künstler schlief gewiß auch in ihm ein Löwe. Sonst hätte er Jahre später keinen der Titel akzeptiert, die er einst verachtet hatte. Er hätte sie nicht angenommen. Kâ-mil würde nie erfahren, worüber die beiden Brüder miteinan-der redeten. Genauso, wie er nie erfahren würde, wie die Fres-ken aussahen, die ein Jahrhundert, nachdem sie restauriert waren, von einer Feuersbrunst zerstört wurden. Eines aber wußte er mit absoluter Sicherheit: Im September 1479 machte Gentile sich auf den Weg nach Istanbul. Er wußte auch, daß Gentile eines von Jacopos Skizzenheften mitnahm, um es dem Padişah zu schenken. Das hieß, Gentile, der große Maler, der die sieben Weltmeere durchquerte, um das Porträt Mehmets zu malen, hielt den Großen Türken für würdig, ihm das An-denken an seinen Vater zu schenken, seinen Bruder Giovanni aber nicht.

Als das Schiff aufs offene Meer hinaussegelte, schaute Gen-tile vom Achterdeck aus zum letzten Mal auf Venedig. Die Stadt blieb hinter einer rotweißen Tüllgardine zurück. Tatsäch-lich war das, was zurückblieb, ein Leben, das er im Schatten seines Vaters geführt hatte, und eine Jugendzeit, die zwischen Pinseln aus Schweineborsten und im Mörser zerstampften Erd-

farben verronnen war. Und dennoch hätte man ihn für glücklich halten können. Eine Ehefrau, ein Bruder, die Arbeit in seinem Atelier und Bilder über Bilder... Aus all dem also bestand
seine Welt. Er war sicher, daß er in der schönsten aller Städte
lebte. Venedig hatte ihm eine großartige Geschichte geschenkt
und ihm die Mosaiken von San Marco geboten. Wer weiß, wie
sehr er sich nach dem Glanz dieser Mosaiken sehnen würde,
nach dem rosafarbenen Marmor des Dogenpalastes, nach den
weißen, gelben und ockerfarbenen Fassaden der Häuser, die
sich im Wasser spiegelten, nach den trüben Kanälen und dem
Schatten der steinernen Brücken. Und nach den glitzernden
Fischen, die auf den Ladentischen des Fischmarkts am Rialto
lagen und deren Schuppen in der Sonne glänzten, wenn man
sie mit Wasser bespritzte, nach den roten Taschenkrebsen mit
der Schale, nach den Hummern mit ihren zappelnden Sche-
ren, nach den Meeresbestien mit ihren noch lebenden Augen
und den geschwollenen Kiemen und nach den winzigen Silberfischen, nach all den roten, weißen und aschfarbenen Fischen. Immer wenn er Zeit fand, ging er zum Rialto und beobachtete stundenlang das Getümmel des Marktes unter der
Sonnenuhr an der Mauer von San Giacomo. Kauf und Verkauf begannen schon am frühen Morgen. Gelbgrün wartete
das Olivenöl in den gläsernen Korbflaschen, rot, weiß und
karminrot wartete der Wein, der aus den Fässern in die Flaschen gefüllt wurde, auf Käufer, der Geruch nach Schimmel-
käse und blutigem Fleisch vermischte sich mit den Düften
der Gewürze, die gerade aus den Häfen des Orients eingetrof-
fen waren. Dann die tausendundein verschiedenen Kräuter,
Früchte – jede einzelne in einer anderen Farbe –, die schwarzen, olivgrünen, blütenweißen und türkischroten Seidenstoffe,
die Ballen um Ballen vor den Kunden ausgebreitet waren, der
Gold-, Rubin-, Diamant- und Silberschmuck in den Vitrinen,
die tiefblauen Vögel – Regenpfeifer – und die traurigen Affen
in den Käfigen.

Er mischte sich unter die Menschenmenge, ließ sich zwischen den osmanischen Kaufleuten mit dem Turban und
den Sklaven bis in die äußersten Ecken des Marktes treiben
und suchte dort Silikat für Marias Thron, Bleiweiß für Jesu
nackten Körper und Zinnober für die Porträts der Dogen. Ver-
faulte Pflaumen, dicke Knoblauchknollen, Flügel und Knochen von Hennen, die im Sterben lagen, wählte er sorgfältig
aus und sammelte Eierschalen vom Boden auf. Venedig hatte
ihm nicht nur Titel und Ruhm geboten, sondern ihm auch die
Farben für seine Gemälde geschenkt. Und seine unvergleichliche Natur.

Auf einmal ist alles in glühendes Rot getaucht, und über
den verschneiten Bergen schwellen die geballten Wolken an.
Der Himmel wird jetzt blaßgelb, und die Wolken orange.
Als wäre Jesus nicht in Golgatha, sondern irgendwo dort ans
Kreuz geschlagen worden. Du wartest darauf, daß Wind auf-
kommt, daß er die Wolken vor sich hertreibt und von den Bergen zum Meer schafft, daß er sie herbringt und eine nach der
anderen über der Stadt ausstreut. Daß das blasse Gelb des
Himmels sich verwischt, wenn der Schmerz allmählich nach-
läßt. Aber kein Lüftchen regt sich. Die Oberfläche des Meeres
ist spiegelglatt, bis zu dem Schilfdickicht weiter vorn ist das
Meer schneeweiß wie ein Bettlaken – und regungslos. Später,
lange nach Sonnenuntergang, verdunkelt sich das Wasser, und
man hört keinen anderen Laut als das Geschnatter der Graugänse. Du kannst weder die Graugänse noch das Rauschen
ihrer Flügel auf dem Gemälde unterbringen. Genauso ist es
mit den Wolken, die sich über den Bergen zusammenballen,
auch wenn sie sich der Stadt nähern würden, würden sie nicht
kommen und sich an deinen Pinsel heften. Du kannst weder
die Bewegung des Wassers einfangen, das sich den ganzen Tag
lang ändert und sich mit den Gezeiten des Meeres von Moos-
grün in Blau, in Dunkelblau und Weiß verwandelt, weder die
Bewegung des Wassers, das mit den Tiefenströmungen ausein-

anderfällt und wieder eins wird, noch auch nur die Möglichkeit dieser Bewegung.

Gentile war unglücklich, Venedigs Natur nicht im Bild
festgehalten zu haben. Aber ihm war auch nicht ein einziges
Mal eingefallen, das Meer zu malen, das die Stadt auf allen
Seiten umgab. Bei seiner Arbeit ging es um die göttlichen
Schriften und die Heiligen, Männer wie Frauen. Außerdem
natürlich um die Leute, die an der Macht waren. Die Scuolae
verlangten von ihm, daß er ihre Heiligen und Engel malte, der
Staat aber erwartete, daß er die Dogen porträtierte. In der Welt
des Malers war kein Platz für Ansichten der Natur, für den
Himmel, an dessen Anblick er sich nicht satt sehen konnte,
wenn er von seinem Haus auf dem Weg ins Atelier war, und
für die Bäume in den Gärten, die hinter den hohen Mauern
versteckt waren. Auch nicht für die Brücken, die grasgrünen
Kanäle, die stillen Plätze und die freskengeschmückten Fassaden. Er schlenderte durch die Stadt, als würde er durch ein Bild
spazieren, und wenn er in einer Gondel durch die Kanäle glitt,
fuhr er unter den strahlenden Mosaiken und Fresken hindurch.
Jedoch fand all das keinen Platz in seinen Werken, noch nicht
einmal die Paläste der Stadt, die aus istrischem Stein erbaut
waren. Seltsamerweise nahm er dies nun wahr, da er vom Deck
eines Schiffes, das nach Istanbul fuhr, aufs Meer blickte. Als er
sich von der Lagune entfernte, begriff er, daß Venedig ihm ein
unvergleichliches Fest der Farben bot. Und er faßte den Ent-
schluß, sich nach seiner Rückkehr für das Alltagsleben der
Stadt zu interessieren und auch Straßen und Häuser, Kanäle
und Brücken zu zeichnen. Ja, er mußte sich aus dem Dunkel
des Palastes befreien, mußte seine Kunst auf die Straße lassen,
ein bißchen an die frische Luft, und er sollte nicht nur einzelne
Personen – selbst wenn sie Symbole des Staates und der Religion waren –, sondern auch das Menschengewimmel und jene
Bewohner Venedigs, die in bescheidenen Verhältnissen lebten,
auf seinen Gemälden unterbringen. Wenigstens diese Leute,

diejenigen, die aus dem Fenster auf die Straße guckten, und die Frauen, die Wäsche aufhängten, und selbst wenn es nicht die Fischer wären, dann die Gondolieri, den Zwerg, der im Gewühl einer Zeremonie verlorenging, und den besonderen Charakter der kleinen, verkrüppelten Bäume in einem steinernen Innenhof.

Nachts fand er keinen Schlaf. Immer wenn das Schiff hin- und herschaukelte, knarrten die Dielen, und die Schatten in der zittrigen Flamme der Kerze wurden mal länger und mal kürzer. Lange lauschte er dem Tosen der Wellen. Als die Windgeschwindigkeit gegen Abend zunahm, schwollen sie allmählich an und wurden größer. Dann war nichts anderes zu sehen als weiße Schaumkämme. Es war eine sternlose, finstere Nacht, die über sie hereinbrach und die Natur ringsum einhüllte. Das Schiff schlingerte bedenklich. Kapitän Melchiorre Travisano hatte das große Segel raffen lassen. Eine Zeitlang fuhren sie so in der Finsternis voran, dann fanden sie eine windgeschützte Bucht und gingen dort vor Anker. Als das Schiff wieder Fahrt aufnahm, hatte das Unwetter nachgelassen, und der Wind wehte von Südost. Gleichwohl tobten und brausten die Wellen weiter, und immer wenn das Schiff durch die Wellenberge fuhr, hob und senkte sich Mutter Maria am Bug.

Gentile war nicht an Seereisen gewöhnt. Er konnte nicht mehr an Deck bleiben, stieg zu seiner Kajüte hinunter und zündete eine Kerze an. Die offene Tür des Spinds schlug ständig gegen die Wand. Immer wenn das Schiff in ein Wellental hinabfuhr und wieder in die Höhe stieg, öffneten sich Abgründe vor ihm. Er wird unter den Wellen verschwinden, in eine tiefe Leere fallen, und das finstere Meer wird ihn verschlingen. Oder ein Drachen taucht mitten aus dem Wellenschaum auf und wird das Schiff mit seinem entsetzlichen Rachen, der gespaltenen Zunge und den spitzen Pranken angreifen. Und dann mit einem Hieb seines Schwanzes... Im Seitentrakt lag die Besatzung in tiefem Schlaf. Ihr Schnarchen übertönte das

Brausen der Wellen. Den ganzen Tag lang rangen sie mit dem Sturm. Wenn die Dunkelheit hereinbrach, überfiel alle die Angst, sie gingen zum Bug und beteten zur Mutter Maria. Gentile dachte an Mehmet. Wie sah er aus – und was für ein Mensch war er? Wenn man bedachte, was alles über ihn erzählt wurde, war er ein blutrünstiges, grausames Ungeheuer, der Teufel in Menschengestalt. Ja, er sah bestimmt aus wie der Teufel, und immer wenn die Wogen gegen den Rumpf des Schiffes schlugen, würden die Wärter der Hölle aus den Schluchten des Meeres auftauchen, die sich vor dem Schiff auftaten, und sie auf Mehmets Befehl hin angreifen. Der Padişah der Hölle war der Große Türke, und er herrschte jetzt über das prasselnde Feuer, die brodelnden Kessel und Martern aller Art. Wieder fiel ihm der Tod von Kapitän Antonio Rizzo auf dem Pfahl ein. Er hatte dies von Fabrizio Corner gehört, der persönlich nach Venedig gekommen war, um dem Senat von Rizzos traurigem Ende zu berichten. Rizzos Schiff war genauso wie dieses Schiff, das nach Istanbul fuhr, mit Proviant beladen. Die Mähne des Löwen von San Marco flatterte auf dem Wimpel. Als das Schiff durch den Bosporus fuhr, wurde es von der Kugel einer der Kanonen Mehmets mit dem Drachenkopf getroffen und sank auf den Meeresboden. Mehmet befahl, die ganze Mannschaft durch Pfählen hinzurichten, außer Niccolo, dem Sohn von Domenico di Maestri, Niccolo, der das Bordtagebuch führte; danach umzingelte Mehmet die Stadt und zerstörte Byzanz. Gentile war damals noch jung, noch nicht einmal fünfundzwanzig Jahre alt. Er glaubte an den Frieden, auch wenn er Kriegsbilder malte.

* * *

Als der große Maler Gentile Bellini die Fresken des Dogenpalastes ausbesserte und die zerstörten durch neue ersetzte, zeichnete er da auch die venezianischen Galeeren mit der Doppelreihe von Rudern und den vierundzwanzig Sitzen, die gegen die Türken in den Kampf zogen, malte er die starken, kräftigen Seeleute und die gepanzerten Soldaten, oder begnügte er sich mit religiösen Themen? Auf diese Frage wußte Kâmil keine eindeutige Antwort. Aber er konnte annehmen, daß Gentile den ungeheuren Wirrwarr auf den Gemälden von Paolo Uccello, der noch vor Gentiles Geburt nach Venedig gekommen war und danach in Florenz den Kampf von San Romano dargestellt hatte, auf seiner Reise nach Florenz gesehen hatte; Kâmil hatte allen Anlaß zu der Vermutung, daß Gentile das Sich-Aufbäumen der Pferde und die Lanzen gesehen hatte, die das Blut sogar durch den Panzer spritzen ließen; Gentile mußte gesehen haben, wie sie aufeinander losgingen, wie sie mit den Säbeln draufloshieben und die Keulen schwangen – ein undurchdringliches Gemenge von Eisen; Kâmil vermutete, daß Gentile die Bogenschützen und die pfeileschleudernden Soldaten gesehen hatte und jene Menschen, die ihre ganze Energie für den Krieg opferten, als wären sie nicht für die Toten, die abgerissenen Köpfe, Arme und Beine verantwortlich. In dieser heftigen Kampfszene hatte Uccello Windhunde, die man über die umgepflügten Äcker rennen ließ, Hasen und Gazellen, die im Zickzack hüpften, in eine Ecke des Gemäldes gesetzt, als würde er sagen: Seht nur, auch wenn ihr einander die Kehlen durchschneidet, geht das Leben weiter. Die Leute aber, die einander die Kehlen durchschnitten, waren anscheinend nur zum Kämpfen auf die Welt gekommen, hatten wie jeder Mensch Hände, Füße und Gesichter, als brave Soldaten aber niemanden, der auf sie wartete. Sie waren ganz und gar Panzer und bestanden aus Schild, Säbel, Speer, Helm und Banner. Wenn die Pferde wieherten und die Säbel rasselten, ertönte das Echo der Trompeten im Wald: »Tod! Tod! Tod!« Jedes Pferd war ein Tod, und jeder Reiter ein weiterer.

Vielleicht hatte Gentile dieses grausame Abschlachten von Menschen gesehen, die Speere, deren Länge der Florentiner

Maler um der Perspektive willen ein wenig übertrieb, die sich aufbäumenden, herausgeputzten weißen, schwarzen und orangefarbenen Pferde, vielleicht aber hätte er auf Tintoretto warten müssen, um die militärische Macht der Serenissima auf den Wänden des Dogenpalastes zu betrachten. Der Meister wußte nicht, daß die Kreuzfahrer von der Galeere des Enrico Dondolo aus, dessen Augen vor Altersschwäche nichts mehr sahen, wie ein Wirbelsturm über die Stadtmauern Istanbuls hergefallen waren, wußte nicht, daß die Kreuzfahrer um Jesus und Mariens willen ihre eigenen Glaubensbrüder niedermetzelten, Nonnen und Jungfrauen vergewaltigten und auf dem Sklavenmarkt um einen Becher Wein verkauften, wußte nichts vom Sturz der Leute, die nicht zu dieser Ehre gelangten, ins blutgetränkte Meer, als sie von den Schiffsmasten auf die Bastionen sprangen; kurz gesagt, er wußte nicht – es sei denn, er hätte es bei Villehardouin gelesen –, daß die Stadt genau zweieinhalb Jahrhunderte vor der Plünderung durch die Türken auch von seinen eigenen Landsleuten ausgeraubt worden war. Als er Jahre nach dem vierten Kreuzzug nach Istanbul reiste, kam er zwar im Frieden statt im Krieg, aber wahrscheinlich war ihm nichts von all dem, was man über die Barbarei der Türken sagte, aus dem Gedächtnis entschwunden.

Erst als Negreponte fiel, konnte Venedig das wahre Ausmaß der Gefahr erkennen, die ihm aus dem Osten drohte. Seit Byzanz zusammengebrochen war, war der Peloponnes verlorengegangen, alle Festungen auf dem Balkan eine nach der anderen gefallen, und die Schiffe mit den weißen Halbmonden auf den grünen Wimpeln bauten ihre Vorherrschaft im Ägäischen Meer aus. Als ob er eine Kohlrübe abhacken würde, schlug Mehmet dem bosnischen König höchstpersönlich den Kopf ab. Die Türken bauten nicht nur Werften in Gallipolli, sondern auch in Varlona, und gegen die Flotte der Serenissima, die als unbesiegbar galt, stellten sie Galeonen, Galeeren und große Frachtkähne auf, die, mit Segeln und Rudern ausgestattet, schnell vom Wind vorangetrieben wurden. Wie auf dem Festland, so gingen sie auch bei Seegefechten überlegen, energisch und unerschrocken vor. Man hatte ihnen Kriegsbeute versprochen, wenn sie mit dem Leben davonkamen – wenn sie aber stürben, das Paradies. Sie hatten weder Ehefrauen noch Familie. Sie gehörten zu den Soldaten, denen niemand nachtrauerte. Als Venedig tagelang um Negreponte trauerte, mußte auch Gentile das Schicksal des armen Paolo Erizzo beweint haben. Kâmil wußte, daß der Maler Erizzo kannte. Er wußte auch, daß sie einander bei einer Versammlung im Dogenpalast begegnet waren. Erizzo war ein tapferer, adliger Militär, der ein gerüttelt Maß an Selbstvertrauen hatte. Aber warum hatte er wohl – statt die Festung zu übergeben – gesagt: »Geht zu eurem Padişah und sagt ihm, wir haben noch einen Happen Schweinefleisch übrig – soll er doch kommen und davon essen!« Als der Flottenkommandant Nicolo da Canale, der sich viel mehr Ruhm mit seinen Vorlesungen an der Universität erwarb als mit seinem Talent zur Kriegsführung, bei der Belagerung nicht rechtzeitig eingriff, fielen die Einwohner der Stadt den Türken zum Opfer, und Erizzo, der versprochen hatte, Mehmets Kopf auf dem Rumpf zu lassen, wurde mit der Säge entzweigeschnitten, mittendurch. Ohne den Kopf vom Körper zu trennen, warfen die Janitscharen den oberen Teil des Körpers ins Meer und die untere Hälfte den Hunden zum Fraß vor. Auf den Wassern des engen Bosporus, der die Insel vom Festland trennte, trieb der halbe Leichnam Erizzos mit aufgerichtetem Kopf dahin. Jammerschade, daß es so gekommen war, aber schließlich war dennoch Frieden geworden! Die Natur hatte sich selbst erneuert, auf den Hügeln, auf denen die Kanonenkugeln niedergegangen waren, wuchs wieder Gras, und die Weiden wurden grün. Die Gemsen weideten wieder an den Berghängen, die Frauen molken wieder ohne Angst und suchten nicht mehr Nacht für Nacht Schutz bei der Muttergottes. Die Erde mit all ihren unbegrabenen Toten lebte auf,

und die Bäume fingen an zu blühen. Auch wenn Menschen-
leben nichts wert wären, bis zum nächsten Krieg würden die
sterblichen Sklaven Gottes ruhig Atem holen können.

* * *

Die Bilder der Grausamkeit verschwanden allmählich aus
Gentiles Kopf, und er wurde optimistischer. Ihm war, als träte
die Vorstellung von Istanbul immer deutlicher hervor, je stärker die Erinnerungen an den Krieg in den Hintergrund rück-
ten. Den Namen dieser Stadt hatte er zum ersten Mal gehört,
als der byzantinische Kaiser Johannes VIII. zu Besuch nach
Venedig kam. Damals war Gentile noch ein Kind gewesen.
Als er zwischen der Menschenmenge, die sich auf dem Markusplatz drängte, in Richtung Kaimauer hindurchschlüpfte,
konnte er nur mit Mühe einen Platz zu Füßen der Säule mit
dem Löwen finden. Vom Festzug begleitet, bestieg der Doge
Foscari den Bucintero, um seinem Gast zum Empfang entge-
genzukommen, und fuhr auf das kaiserliche Schiff zu, an dessen Masten die doppelköpfigen Adler flatterten. Die Wintersonne war gerade dabei aufzugehen. Noch kein einziger Laut
tastete den Morgen an, und die rosafarbene Fassade des Palastes
spiegelte sich noch nicht im Wasser. Plötzlich wurden Trompeten geblasen, und dann läuteten die Glocken. Im Nu waren
die Gassen von Lärm erfüllt, und das stille Wasser der Kanäle
zitterte. Kurz darauf ging eine Erschütterung durch die Menschenmenge. Hochrufe auf den Kaiser übertönten die Trom-
peten- und Glockenklänge. Als ob es heute wäre, erinnerte
Gentile sich daran, wie der Bucintero, der wie ein roter Vogel
über das Meer preschte, Foscari und Kaiser Johannes zum Kai
brachte, wie der Doge ihm vor der Markuskirche das Wappen
der Stadt überreichte, wie der Kaiser sich aber mit einer Arro-
ganz, die noch aus den alten Zeiten stammte, als Byzanz die
Dogen von Venedig ernannte, nicht einmal von seinem Thron
erhob. Damals hatte Gentile während der stundenlangen Ze-

remonie von Istanbul geträumt und war mehr oder weniger davon überzeugt, daß der byzantinische Kaiser der echte Herrscher über Venedig war. Aber Seine Majestät waren krank und
müde. Er konnte die lange Seereise nicht vertragen, ruhte sich
vier Tage lang auf einer einsamen Insel aus und betrat erst danach das Festland. Eigentlich lag die Stadt, in die er seinen Fuß
setzte, mitten im Meer; das war nicht das Festland. Aber Venedig war in dieser Epoche schon mächtiger als Byzanz. Gemeinsam mit Byzanz sollte später der Kopf des Kaisers fallen.
Nicht Johannes' Kopf, sondern der seines Bruders Konstantin.
Gentile konnte damals freilich nicht wissen, daß er eines Tages
Venedigs Dogen mit der längsten Lebensdauer malen würde
– zu einem Zeitpunkt, da Foscari schon beträchtlich gealtert
sein und gezwungen sein würde, sein hohes Amt abzulegen –,
mit seiner runzeligen Stirn, den vorspringenden Wangenknochen und dem Käppchen mit der Goldstickerei auf dem Kopf,
auch nicht, daß er eines Tages in die Stadt Konstantins reisen
würde, um das Porträt des osmanischen Sultans zu malen, der
Byzanz zerstört hatte. Das lag nun lange zurück. Jetzt erwartete ihn eine ungewisse Zukunft in einer unsicheren Zeit. Bis
zum Morgen dachte er in seiner Kajüte darüber nach. Als die
Kerze ausging und das Meer sich beruhigte, schlief er im Vertrauen darauf ein, daß die Tür des Spinds nicht mehr gegen die
Wand schlagen würde.

Als er am nächsten Tag aufs Achterdeck hinausging, hatte
das Meer starken Seegang, und mit geblähten Segeln kamen sie
– bei Rückenwind – voran. Das Festland war nicht zu sehen.
Außer dem Steuermann ließ sich niemand blicken. Das Heu-
len des Windes vermischte sich mit dem Knattern der Segel;
die Garnwinden, die sich ständig drehten, und das Knarren
der Masten kamen Gentile wie ein heimliches Konzert vor, das
er bis zu diesem Tag noch nie gehört hatte. Lange lauschte er
diesen fremden Klängen. Dann ging er zu dem jungen Mann
am Steuer und grüßte ihn. Der junge Mann umarmte das

Steuer wie eine Frau und stemmte sich mit dem ganzen Körper dagegen. Seine blonden Haare flatterten im Wind. Er hatte
die Beine gespreizt, und je mehr er sich mühte, das Schiff auf
Kurs zu halten, um so stärker schwoll sein Bizeps an; das war
keine Liebesbeziehung zwischen ihm und dem Steuer, sondern
eine Rauferei; das Steuer war ein Instrument, das den Zorn des
Meeres an ihn weitergab, und der junge Mann kämpfte nicht
mit dem Schiff, sondern mit der Natur. Das Meer war jetzt ein
Hengst; Gentile kannte das von den Bronzepferden auf dem
Markusdom, und auch wenn sie sich nicht aufgebäumt hatten,
seit sie aus Istanbul gekommen waren, duldeten sie niemanden
auf ihrem Rücken; das Meer war ein Hengst, und das Schiff
ein Reiter, der sich an ihn klammerte. Es saß und hob sich auf
dem Meer, hilflos schlingerte es nach rechts und links, mal fuhr
es vorwärts und wurde dann wieder zurückgeworfen, und immer wenn der Hengst aufsässig wurde, zog es die Zügel an und
schlang die Arme nur noch enger um seinen Nacken. Das
Schiff war jetzt untrennbar mit dem Meer verbunden, war sein
Schicksalsgefährte. Wenn es nicht in einer der Werften Venedigs repariert worden wäre, gäbe es absolut keinen Zweifel
daran, daß es sich mit ihm vereinigen, an seinem Busen verschwinden und wie ein Felsklotz in die Tiefe sinken würde.
Dort, in dem finsteren Blau, herrschten weder Unwetter, noch
heulte der Wind. Und auch das Glück des Atemholens war
versiegt.

Während das Schiff schlingernd seinen Weg fortsetzte,
fragte Gentile den jungen Mann, aus welcher Stadt er kam. Als
er »Murano« zur Antwort erhielt, freute er sich. Eine plötzliche
Freude erhellte sein Gedächtnis wie ein Lichtstrahl; er wußte
selbst nicht, warum. Ihm fielen die Meister ein, die dort Glas-
flaschen, Karaffen und Glaswaren mit roten, grünen und blau-
grauen Streifen fabrizierten. Aus Sand und Feuer schufen sie
eine neue Welt. Ihnen war es zu verdanken, daß alles schöner
und das Leben bunt, manchmal sogar durchsichtig wurde.

Ihnen war es zu verdanken, daß Olivenöl in der Korbflasche funkelte – und der Wein rot in der Karaffe. Und daß es in den Häusern hell war. Außerdem galten die Glasbläsermeister von Murano als Schürzenjäger, die Frauen aber waren attraktiv. Statt hier am Steuer zu kleben, umarm doch deine Verlobte und geh mit ihr ins Bett, du solltest auch Familie und Kinder haben, blas doch Glas, statt mit dem Meer zu ringen, als ob es keine Arbeit in Murano gäbe, aber das Abenteuer, der Ruf ferner Breitengrade, immer wieder andere Häfen, Wein und Frauen in den Häfen, vielleicht Geld, dann das Lied des Windes auf hoher See, von alledem hat unser Steuermann sich verführen lassen, dachte Gentile, wehmütig darüber, daß er zum ersten Mal in seinem Leben zu einer weiten Seereise aufgebrochen war. Sein ganzes Leben hatte er der Kunst gewidmet, war weder den Frauen noch dem Reichtum hinterhergerannt. Sein Leben lang hatte er Umgang mit Pinsel und Farben und lebte zwischen Naphtha, Öl, Leim, Leinwänden, Zeichenkohle und Bilderrahmen. Alles gab er für sein Werk hin. Aus Murano also stammte der junge Mann. Ob er etwas über die Vivarinis wüßte? Wie sollte er? Er fuhr dauernd von einem Hafen des Mittelmeers zum anderen. Vielleicht reiste er sogar zum Schwarzen Meer, nach Azov und bis zum Roten Meer, die Vivarinis aber schlossen sich als Familie in ihren Ateliers ein, malten Madonnen, einen Jesus nach dem anderen, Heilige und Engel und setzten Phantasiestädte, Traumburgen und imaginäre Meere in den Hintergrund. Dadurch, daß Gentile diese Reise unternahm, würden sie den Konkurrenzkampf gewinnen. Hätte er die Einladung Mehmets nur nicht angenommen! Ständig mußte er noch viel mehr arbeiten und seinen Aktionskreis erweitern, indem er Aufträge annahm; er mußte permanent neue Werke schaffen. Schau dir den jungen Mann an; es ist klar, daß er schon in seiner Jugend in der weiten Welt herumgekommen ist. Seine Haare sind allmählich grau geworden, und die Hände am Steuerrad sind müde. Aber seine Augen

funkeln. Klar, daß er die Welt nicht satt bekommt. Die Sehnsucht nach fernen Ländern regt sich in ihm. Jeden Tag auf
voller Fahrt auf einem neuen Meer, in einem anderen Hafen
vor Anker, immer mit anderen attraktiven Frauen zusammen,
die ihr Geheimnis nicht preisgaben. Gentile aber hatte gewartet, bis er fünfzig war, um den Anker zu lichten und in die ge-
fährlichste, geheimnisvollste und vielleicht auch reizvollste aller
Städte zu gelangen. Er fragte den jungen Mann, ob er früher
schon einmal in Istanbul gewesen sei. Natürlich war er dorthin
gekommen, sogar schon ein paar Mal. Und jedes Mal habe er
neue Stellen entdeckt, und Unglaubliches sei ihm zugestoßen.
Er tat so, als gäbe es keinen Hafen im Mittelmeer, den er noch
nicht angefahren habe. Er behauptete, er kenne auch Algier,
die Insel Djerba, Famagusta und Alexandria. Dort habe er
sich eine Zeitlang herumgetrieben, habe mit den Frauen ange-
bändelt, über den Durst getrunken, das Messer gezückt und sei
in den engen Gassen der verwinkelten arabischen Städte verschwunden, Istanbul aber sei anders und gleiche weder Venedig noch irgendeiner anderen Stadt. Eine Märchenstadt sei
Istanbul – mit seinen goldenen Kuppeln, den Fayencepalästen
und dem blauen Meer. Auch wenn man sie in Moscheen um-
gewandelt habe, stünden dort die prächtigsten Kirchen, dort
lägen die belebtesten Märkte und die schönsten Gärten. Und
die schönsten Frauen. Aber außer den Mädchen in den Freudenhäusern von Galata, die keine Musliminnen seien, sei es
ausgeschlossen, auch nur eine einzige zu Gesicht zu bekommen. Sie würden noch nicht einmal aus den vergitterten Fenstern der Holzhäuser auf die Straße gucken, und den Harem
verließen sie nur ganz selten, wenn sie ihn aber verließen, würden sie ihr Gesicht mit dem Schleier verhüllen und unter der
Aufsicht der schwarzen Eunuchen spazierengehen. Diese Eunuchen seien Sklaven, die aus Abessinien gekommen seien.
Nach ihrer Kastrierung habe man sie im Harem aufgenommen. Aber mit der Zeit hätten die abgeschnittenen Glieder

nachwachsen können. Und da der Sultan nun mal nicht alle Frauen befriedigen könne, wie viele lustanregende Mittel er auch in sich hineinschaufle...

Der junge Mann fing an, in diesen Dingen zu weit zu gehen, und Gentile verließ ihn auf der Stelle. Er wollte keine Haremsgeschichten mehr hören. In welche Kneipe Venedigs du auch gehst, in welcher Herberge du auch übernachtest, nachdem die Männer sich kräftig einen hinter die Binde gegossen hatten, begannen sie alle, die wüstesten Dinge über den Harem zu berichten und dabei maßlos zu übertreiben. Wie die Frauen im Harem des Bey von Tunis, die splitternackt bei Mondlicht badeten, untereinander ... oder wie Mehmet im Serail von Istanbul zuerst eine Jungfrau gekostet hatte, dann eine zweite, dabei feststellte, daß jene in Wirklichkeit keine Jungfrau war, und daher befahl, alle Frauen des Harems zu töten, und wie die verrückten, dicken schwarzen Eunuchen, deren Gesichter finster waren wie die Nacht, die armen tscherkessischen, griechischen und slawischen Schönheiten in Säcke stopften und ins Meer warfen, und wie die Frauen, die ihre blütenweiße Haut jeden Morgen in Vogelmilch badeten, in Blut schwammen ... Gentile wollte auf einmal nicht mehr gleich nach unten. Er beschloß, zum Kapitän zu gehen. Seit sie von Venedig abgesegelt waren, hatten sie noch nicht ernsthaft miteinander geredet. Melchiorre Travisano war ein schweigsamer Typ. Er zog sich in seine Kajüte zurück, studierte den ganzen Tag lang eingehend die Karten und kümmerte sich nicht weiter um seine Leute, weder um die Mannschaft noch um die Passagiere.

Gentile stieg vom Oberdeck auf das Offiziersdeck hinunter und fand Travisano in seiner Kajüte wieder vor einer Karte vor. Er wirkte so, als habe er in der Welt, die seinen Tisch von einem Ende zum anderen bedeckte, alles vergessen, in der Welt der blaugrünen Meere, der Teile von Festland, wo Papageien und Affen Speere warfen, in der Welt der roten und schwarzen Linien, die die Inseln begrenzten. Travisano bemerkte Gentile nicht einmal. Mit dem Zirkel in der Hand zeichnete er unaufhörlich Kreise, dann bahnte er mit dem Lineal vom Mittelpunkt der Kreise aus senkrechte Wege zu den Inseln und den seltsamen, krummen und schiefen Formen am Ende der Seekarte. Da waren Stadtmauern, Schießscharten und Bastionen, Burgen und Schiffe, die in einsamen Häfen verkehrt herum ankerten, und an den Masten der Schiffe flatterten rote Wimpel. Windrosen mit spitzen Zacken waren an den Ecken der Landkarte eingezeichnet. Er sah auch Seejungfrauen auf dem Rükken eines riesigen Fischs, seltsame, einbeinige Kreaturen, die auf den Felsen tanzten, Naturwunder, die aufs Geratewohl in eine Ecke gestrichelt waren, und nackte Schwarze, pechschwarze Menschen. Auf den leeren Flächen zwischen Meer und Festland waren krumme und schiefe Texte gekritzelt, und in den Kreisen waren ein paar Zahlen eingetragen. Gentile fand Travisanos Seekarte viel interessanter und unterhaltsamer als seine eigenen Gemälde. Sein Schwager Mantegna hatte eine Karte an die Wand des Palastes von Mantua gezeichnet, die dieser glich, aber die Karte des Kapitäns war noch etwas komplizierter. Seine Segelkarten trugen einen in ferne Meere, unbekannte Länder und in die Welt der seltsamen Geschöpfe, die dort lebten. Als er seine Beobachtung dem Kapitän mitteilte, rührte sich etwas auf dem sonnenverbrannten, von Meersalz und Wind gegerbten Gesicht des alten Seemanns, und unter dem ergrauten Bart öffneten seine Lippen sich einen Spalt. Zum ersten Mal seit Beginn der Reise lächelte Travisano. Wie auch immer es dazu gekommen sein mag, jedenfalls wurde der alte Kapitän auf einmal redselig. Sie sprachen unendlich lange miteinander. Genauer gesagt, der Kapitän erzählte, und Gentile hörte zu. Es gab kaum Orte, die Travisano nicht in seinem langen Leben im Dienst der venezianischen Kaufleute angefahren hatte. Wolle aus Holland, Genueser Samt, Webwaren aus Mailand und Florenz hatte er in die Häfen des Orients verschifft und von dort aus Salz, Alaun, Hanf, Gewürze, Seide und das dunkle Blau für die Mantelfarben der Madonnen auf den Bildern nach Europa gebracht. Jetzt aber war er dessen überdrüssig geworden. Seit einiger Zeit hatte er sich ganz und gar den Landkarten verschrieben und begonnen, Quadrant, Rechenschieber und Lineal, Kompaß und Astrolab zu benut-zen, nicht, um zum soundsovielten Mal in bekannte Häfen des Mittelmeers zu reisen, sondern um neue Länder und andere Meere zu entdecken. Er studierte alle Land- und Seekarten, die er finden konnte, und die Bücher, die in Venedig gedruckt wurden, einschließlich der Schriften von Marco Polo, las er immer wieder, als wollte er sie verschlingen; andererseits ver-suchte er sich auch in der Rechenkunst und der Geometrie wei-terzubilden. Er hätte diese Kenntnisse nicht gebraucht, um, wie früher, Waren zu verkaufen und sein Ziel auf dem kürzesten Weg zu erreichen. Er würde seine ganze Mühe darauf verwen-den, um vom Westen aus nach Indien, ja sogar nach Cipango zu gelangen. Der Ozean, dessen Bekanntschaft er zum ersten Mal auf einer Afrikareise machte, erstreckte sich doch nicht tage-, monate- und jahrelang, soweit das Auge reichte. Er mußte doch ein Ende haben, eine Insel, auf die er zufloß, even-tuell auch ein Ufer, vielleicht sogar ein Stück Festland. Er glaubte nicht an den Leviathan, der auf vielen Karten, die er gesehen hatte, an der Grenze des Ozeans eingezeichnet war. Dort, wo das Meer zu Ende war, konnte keine Bestie sein, wel-che die Schiffe verschlang, oder eine tiefe Schlucht. Eines Ta-ges müßte sich sonst auch das Mittelmeer – wie Moses' Rotes Meer – spalten und auftun. Es müßte sich auftun, und alle Ge-schöpfe, die auf dem Meeresboden lebten, erbrechen und an Land spülen. Travisano hatte viele Land- und Seekarten in sei-nem Leben gesehen, hatte jede einzelne genau studiert und die Inseln zwischen den beiden Meeren und den drei Kontinenten, die Buchten, Häfen, Ströme und Deltamündungen, dann auch die seichten Stellen und die Süßwasserquellen gekennzeichnet.

Die Welt konnte nicht so sein wie auf den ptolemäischen Darstellungen der Erde, die in den Druckereien Venedigs vervielfältigt wurden. Die siebenundzwanzig Landkarten des Ptole-
mäus zeigten nicht die ganze Erde, sondern nur die bekannten
Stellen. Mit dieser Geographie war er recht vertraut. Im Osten
lag Asien mit seinen Flüssen, Seen und den unendlichen Wüsten, im Westen Europa, das sich wie ein Arm zum Ozean hin
erstreckte, im Norden die Halbinseln und im Süden der Indische Ozean und das riesige Afrika. Über diesen Teil des
Festlands zu reisen und bis Indien zu kommen war vielleicht
möglich, aber wenn man bedachte, was die portugiesischen
Seefahrer berichteten, erstreckte sich der Kontinent an der Küste entlang, und jedes Mal stieß man auf ein neues Hindernis.
Einmal war er mit seinem Schiff auch bis zum südlichen Kap
hinuntergekommen, als er aber ins offene Meer vorstieß, fürchtete er sich vor widrigen Winden und den Tiefenströmungen –
und war umgekehrt. Beim Wendemanöver hatte er Trommel-
geräusche gehört, die aus den Wäldern am Ufer entlang kamen, und das Gekreisch blutrünstiger Tiere und Vögel. Diese
Geräusche verfolgten ihn noch heute nachts im Schlaf, und die
Schreie der schwarzen Sklaven, die man mit Gold und Diamanten aufs Schiff lud, gingen in seine Träume ein. Er erinnerte sich auch an die beiden Landkarten, die ein Landsmann
von ihm, ein gewisser Andrea Bianco, gezeichnet hatte. Als er
Kapitän auf den Handelsgaleeren war und das Mittelmeer von
einem Ende zum anderen durchkreuzte, von einem Hafen zum
anderen, vom Bosporus bis zu den Inseln, hatte er sich nie auf
die faule Haut gelegt und sich auch über den Ozean den Kopf
zerbrochen. Bianco war bis zu den Azoren, nach Madeira und
vielleicht noch weiter gefahren, und es war ihm gelungen, das
Kap von Bajador zu umsegeln. Sonst hätte er die große Insel
im Westen von Madeira nicht auf den Landkarten verzeich-
net. Da er der Insel den Namen Vinland gegeben hatte, bedeutete dies, daß der Ozean dort zu Ende und gar nicht so breit

war, wie man glaubte. Er hatte auch gehört, daß die Seeleute von einem Buch namens »Imago Mundi« sprachen. In diesem Buch stand geschrieben, wenn der Wind günstig und das Schiff stabil wäre, könnte man den Ozean in ein paar Tagen überqueren und bis nach Indien gelangen. Ja, ganz bestimmt mußte es einen anderen Weg nach Osten geben, und da Mehmet nun einmal den Handel mit Seide und Gewürzen unter Kontrolle hatte, mußte man durch ein anderes Meer nach Indien fahren, damit Venedig leben könnte.

Gentile hörte allem, was Travisano erzählte, interessiert zu, und je länger der alte Kapitän redete, um so lebendiger standen ihm die aschfahlen, heißen Wüsten, die steilen Felsen und die endlosen Meere vor Augen. Wie groß war doch die Welt! Fahr, soweit du nur kannst, nach Westen, wenn du willst, wende dich nach Norden oder Süden, überwinde Berge und Meere, streif durch Täler und Ebenen, und dennoch wirst du auf keine Grenze stoßen. Das hieß doch, daß Venedig nicht der Nabel der Welt war. Auch Jerusalem konnte nicht das Zentrum sein – wie die Kirche behauptete. Venedig war vielleicht der Mittelpunkt seines Lebens, war die Stadt, in der er geboren und aufgewachsen war, wo er ununterbrochen arbeitete, das war der Ort, den er leidenschaftlich liebte, der Ort, dem er alles, vor allem auch sein Genie verdankte. Aber es gab auch andere Städte auf der Erde und die anderen Länder, fernen Häfen und neuen Meere auf Travisanos Land- und Seekarten.

Als er in seine Kajüte zurückkehrte, war er erregt. Die Welt war größer geworden, und sein Horizont hatte sich erweitert. Das Auge kannte jetzt kein Hindernis mehr, wie in den Skizzenheften seines Vaters Jacopo, und der Vorstellungskraft waren keine Grenzen gesetzt. Er holte die Kladde aus dem Spind und streichelte den schweren Band, als wäre er das Kind, das er nicht hatte und auch in Zukunft nicht haben würde. Dann schlug er den Einband auf, der mit Bronzenägeln verziert war, und fing an, sich die Entwürfe anzusehen, die auf

Pergament gezeichnet waren, das man nur in den Druckereien Venedigs verwendete.

Was hatte er doch alles von dieser Kladde gelernt! Als er noch Kind war, hatte der Weg seines geliebten Vaters sich mit jenem des Florentiner Malers Leon Battista Alberti gekreuzt, und als sie sich zuerst in Venedig und danach in Ferrara im Palast von Lionello d'Este trafen, diskutierten sie über die Gesetze der Euklidischen Geometrie. Die Zeichnungen des Architekten Filippo Brunelleschi studierten sie ebenfalls eingehend miteinander. Der Gedanke, der Fläche des Gemäldes – diesen Gesetzen gemäß – eine dritte Dimension hinzuzufügen, ihre Experimente, rings um einen eindeutigen »Fluchtpunkt« Realität zu entwerfen, und die Ausrichtung der Linien auf diesen Punkt hatte die Welt des Malers völlig auf den Kopf gestellt. Ihre neue Technik brachte dem Raum eine verblüffende Tiefe und garantierte die Möglichkeit, die Gegenstände im richtigen Verhältnis der Proportionen auf eine freie Stelle zu setzen. Indem man die Schnitte übereinanderlegte, wurde der Raum einer klaren Perspektive angepaßt, man konnte die Natur haargenau nachahmen und die Wirklichkeit nach einem logischen Prinzip so auf die Leinwand übertragen, wie sie war. Alles erweckte den Eindruck, als würde es – mit allen Dimensionen – der Wirklichkeit entsprechen. Das Auge war nicht außerhalb des Gemäldes. Wie in der Realität bist du jetzt auch innerhalb des Gemäldes. Wandle nur zwischen den Säulen umher, steig die Treppen hinauf und hinab, geh auf die offene Tür und die Berge im Hintergrund zu, ganz nach Lust und Laune, steig über Brücken und schreite über Plätze. Wie schön, zwischen dem Betrachter und der Welt gab es kein Hindernis mehr, die Perspektive war dabei, sich mit der Wirklichkeit zu decken, die Gegenstände wurden kleiner, je weiter es auf den Horizont zuging, und die Linien entfernten und vereinten sich in der Ausrichtung auf einen klaren Fluchtpunkt.

Wenn Gentile seine Bilder malte und die Architektur im

Hintergrund der Skizzen, Stein für Stein, Säule um Säule, gleichgültig ob Türen, Fenster, Fußböden und Zimmerdekken, mit allen Einzelheiten aufbaute, studierte er die Entwürfe in dieser Kladde unendlich lange. Er wußte, daß sein Vater den Florentiner Maler nicht nachgeahmt hatte. Denn er war Venezianer, er hatte seine Augen den Farben dieser Stadt geöffnet, hatte den Zauber des Meeres und der Kanäle erlebt und sein Leben lang die harmonische Architektur der Paläste betrachtet. Daher hatte er die Natur auch nie ganz und gar nachgeahmt, und wie die Architektur der Stadt waren die steilen Felsen im Hintergrund, die in allen Einzelheiten gezeichneten Bäume und Flüsse, Flora und Fauna Produkte seiner Phantasie. Vor allem die Tiere, blutrünstige Panther und Löwen, Hirsche mit ihrem Geweih, die in einem stillen Innenhof umherliefen, Affen, Drachen, die durch die Hand des Heiligen Georg umkamen, das Wildschwein auf dem gepflügten Akker, die Gazelle, die vom Abhang des Berges herabstieg, und der Adler, der sich aufs Dach setzte, ja sogar der Bär in Ketten im Palast des Pilatus, und streunende herrenlose Hunde, und dann die Pferde, die bronzenen Pferde aus Byzanz. Die vier Pferde, die vor vielen Jahren als Plünderungsgut nach Venedig gebracht und als Kriegsbeute auf der Galerie der Markuskirche aufgestellt worden waren, bäumten sich jetzt gegenüber der Piazzetta auf. Auf einem Schiff, das auf voller Fahrt ins Land dieser Pferde war, beschäftigte sich Gentile mit den Meeren auf Travisanos Seekarten und den Lebewesen auf den Skizzen, die sein Vater gezeichnet hatte.

Er erinnerte sich daran, daß Jacopo die Pferde auf der Galerie der Markuskirche tagelang eingehend studiert hatte. Als er den Pegasus zeichnete, waren diese Pferde zweifellos sein Modell. In der Kladde hatte Pegasus Amor und einen alten Satyr auf dem Rücken und brachte sie tief in den Wald hinein. Wer weiß, wie sie einander dort lieben, wie sie sich kratzen und jagen werden, wie sie ihre Sinne verlieren und herumtollen!

Und wie sie sich dann auf den Wiesen unter einer Platane hin-
legen... Er bemerkte, daß Amor und der Satyr splitternackt
auf einem Löwenfell saßen, das auf dem Pferderücken ausgebreitet war. Wie angeklebt saß Amor hinter dem Satyr; mit
der linken Hand hielt er die Zügel und mit der Rechten den
Arm des Geliebten, den das Tempo des Pferdes in Angst und
Schrecken versetzte. Sie waren ineinander verknäult wie die
Türken, die ihre Frauen auf den Pferderücken begatten. Wie
hatte sein Vater nur diesen Mut zeigen können, und wie hatte
er nur den Penis des alten Satyrs, der den Schwanz des Pferdes
voller Geilheit packte, so spitz und krumm wie ein Horn zeichnen können. Die Hand, welche die unschuldige Jungfrau mit
dem Kind zeichnete, konnte nicht dieselbe Hand sein, die diese
tierischen Begierden abbildete. Ihm war, als sähe er seinen
Vater in ein und demselben Bett mit einer jungen Frau, die er
nicht kannte. Sie waren splitternackt. Ihre Schreie gingen ineinander über. Er dachte daran, daß Giovanni in dem Augenblick, als die Schreie den Höhepunkt erreichten, in den Schoß
seiner Mutter fiel. Dann verscheuchte er diesen Gedanken mit
einem Gefühl des Ekels. Giovanni war sein geliebter Bruder,
auch wenn er ein Kind der Sünde war.

Auf einem anderen Blatt der Kladde saß ein seltsamer
Türke mit einer Fackel in der Hand auf demselben Pferd. Mit
dem Spitzbart, der ihm bis zur Hüfte reichte, dem Turban auf
dem Kopf und dem langen Gewand wirkte er nicht so, als sei
er kurz davor, eine Frau zu lieben. Er war sowieso alt, und es
war auch nicht ganz klar, was er dort mit der Fackel suchte. Im
Innenhof des Palastes, an dem er vorüberritt, peitschten römische Soldaten Jesus Christus aus. Jedes Mal, wenn sie zu-
schlugen, spritzte Blut aus dem nackten Körper, die Lanze
durchbohrte das weiche Fleisch, die schlanken langen Beine
spannten sich, und die Lust ging von der Peitsche auf den
unschuldigen Körper über. Gentile war, als sähe er, wie eine
Staubwolke über die Steppe näher kam. Ineinander verknäult

mit den nackten Kindern, die sie hinter sich auf die Pferde‚
kruppe genommen hatten, stoben Reiter mit dem Bogen auf
der Schulter und Krummsäbeln in der Hand im Galopp
heran. Um sich von diesen Bildern des Grauens zu befreien,
blätterte er die Seiten der Kladde schneller um. Aber er konnte
keine einzige Szene finden, die ihn beruhigte. Entweder trug
Jesus das Kreuz, oder er war wieder einmal splitternackt ans
Kreuz geschlagen worden. Mariens Gesicht war traurig und
ihr Blick betrübt. Der abgeschnittene Kopf von Johannes dem
Täufer lag auf dem Tablett der schönen Judith, die kopflosen
Leichen aber in ihren Gräbern. Die Leichenprozession zog
durch das Tor einer Stadt hinaus, in der sich spitze Glocken‚
türme und Kuppeln in den Himmel erhoben, und wanderte an
den Stadtmauern entlang zum Friedhof. Krähen hatten sich
auf die Zweige der Bäume gesetzt, die ihre Blätter verloren.
Ein Kind fürchtete sich vor der Schildkröte. Den Kopf auf
das Buch gestützt, das sie geschrieben hatte, lag die verwesende
Leiche der Gelehrsamkeit der Länge nach da. Drachen und
Pferde waren ineinander verknäult, die zerstückelten Leiber
waren aufeinandergehäuft und bluteten, und das Leben des
Heiligen in der Grotte, der sich der Kontemplation hingab
– dieser sonderbare Heilige mußte wohl Sankt Hieronymus
sein –, war noch nicht einmal friedlich. Er hatte seine Sanda‚
len ausgezogen, hatte vielleicht endlich die ersehnte Ruhe ge‚
funden und hielt das Evangelium in der Hand. Aber ringsum
war er von Skorpionen umgeben. Auch wenn er sie nicht be‚
achtete, so lagen doch die Schlangen auf der Lauer. Mit der
Ladung des gesunkenen Schiffes waren auch die Leichen der
ertrunkenen Matrosen an den Strand gespült worden. Und so
trotteten denn die Löwen mit ihren wallenden Mähnen und
dem furchterregenden Blick einer hinter dem anderen auf seine
Grotte zu.

Auf einem anderen Blatt der Kladde war das Tor zur Hölle
geöffnet, die Höllenwärter drängten sich auf die Erde, auf

einem weiteren Blatt zappelte die arme Gazelle in der Pranke des Löwen, und David, in der Linken das Schwert, hielt Goliaths abgeschnittenen Kopf mit der Rechten empor und lächelte. Es gab allerdings auch Geige spielende Engel und drei schöne Frauen; eine von ihnen mit einem Apfel in der Hand, und das Jesuskind war glücklich in den Armen seiner Mutter. Und dennoch war das schwerwiegende Grauen da; welchen Stein du auch aufhobst, ein Ungeheuer sprang darunter hervor, wonach du auch die Hand ausstrecktest, du warst mit Tod, Folter und Pein konfrontiert. Gentile wußte freilich, daß all dies in Wirklichkeit ein Vorwand und es nicht dieses Thema war, das seinen Vater interessierte, sondern die Architektur; er wußte, daß für ihn eigentlich die Orte von Belang waren, wo sich diese Szenen der Gewalt abspielten, daß es die Landschaften im Hintergrund waren, denen er Bedeutung beimaß. Sein Vater hatte halb eine Phantasie- und halb eine reale Stadtarchitektur geschaffen und mit der genau berechneten Anwendung der Perspektive die Geschichte des Alten und Neuen Testaments, manchmal auch Helden der Mythologie in diese Stadtlandschaft gesetzt. Auf den Skizzen Jacopos lebte Venedig mit seinen gewölbten Säulen, den Loggien, den Plätzen, den Fassaden mit ihren Balkons auf diesen Plätzen, und die Bestien waren ein Produkt seiner Ängste und Albträume, seiner Schuldgefühle und seiner grenzenlosen Phantasie. Gentile schreckte vor der Existenz dieser Ungeheuer zurück, und wie jeder Venezianer schauderte er unter der Türkenfurcht, die auch ihn erfaßt und sich in seinem Unterbewußtsein allmählich zur fixen Idee entwickelt hatte. Ja, auf dem Weg nach Istanbul ließ ihn die Angst nicht mehr los. Er wünschte sich, daß die Reise nie zu Ende ginge. Nicht etwa, weil er Meer, Wind und Wellen liebte, nicht weil er für den Wellengang des Schiffes schwärmte, sondern aus Angst vor Mehmet. Zu Travisano sagte er kein Wort davon, und solange sie unterwegs waren, vergrub er seine Befürchtungen, Phantasien und Albträume in seiner Seele. Einen Moment lang ging ihm durch den Sinn, dem Kapitän das Skizzenbuch seines Vaters zu schenken. Selbst wenn er sein Porträt anfertigen lassen wollte, dachte Gentile, hatte ein Muslim, vor allem dieser Große Türke, kein Recht auf diesen Schatz, das Andenken seines Vaters.

* * *

Als der Archivar die Bücher mit den wissenschaftlichen Untersuchungen zu Gentile Bellinis Istanbulreise und das Faksimile von Jacopos Skizzenkladde aus dem Louvre auf den Tisch legte, blickte Kâmil immer noch aus dem Fenster. Einen Moment lang schreckte er vor der Menge der Bücher zurück, die sich da vor ihm auftürmten. Dann fing er an, eines nach dem anderen durchzublättern. Die Bücher, die ihm für seine Arbeit nützlich sein könnten, legte er auf eine Seite, und die anderen schob er auf den Tisch, vor dem der Stuhl stand, über den er seinen Mantel gelegt hatte. Auf diese Weise war Platz für Jacopos Skizzenkladde geschaffen. Im Vorwort des Faksimiles wurde vom abenteuerlichen Weg der Kladde berichtet. Er fing an, sich die Einzelheiten dieses unvorstellbaren Abenteuers zu notieren. Eigentlich waren die Details nicht genau bekannt. Nach Gentiles Rückkehr nach Venedig war die Kladde in Fâtihs Bibliothek geblieben. Zwischen Bildern von Siyah Kalem, deren Geheimnis nach wie vor ungelöst war, Miniaturen, vergoldeten Manuskripten und Radierungen – und unter Handschriften. Ob der Preis für diese Kladde wohl, wie für Gemälde und Ikonen, festgesetzt wurde, als Beyazıt die Bildersammlung Mehmets, seines Vaters, nach dessen Tod in Galata zum Verkauf anbot? Wohl kaum, denn sonst wäre sie wie das Porträt Fâtihs vom venezianischen Gesandten an der Hohen Pforte für ein paar Silbermünzen gekauft und nach Venedig gebracht worden. Vielleicht lag sie auch jahrelang im Palast der Frauen in einer Truhe aus Nußbaumholz und wartete auf Interessenten.

Es stellte sich heraus, daß die Kladde sehr lange, fast drei Jahrhunderte lang, im Topkapı Serail geblieben war. Alles, was danach passierte, war wirklich erstaunlich. Einer der Spione des französischen Königs Louis xv., ein Mann namens Guérin, stieß in Izmir zufällig auf die Spur des Skizzenhefts. In einem Brief, den er 1728 an den Hofbibliothekar schrieb, teilte er ihm mit, daß man dieses »unvergleichliche Werk« unbedingt erwerben müsse. Das Werk war jedoch nicht in Versailles, denn als die Ländereien der Adligen während der Französischen Revolution geplündert wurden, fand man es in der Mansarde eines Schlosses in Guyenne. Von dort aus gelangte es in den Louvre. Aber erst, nachdem es durch werweißwieviele Hände gegangen war, einige Blätter ziemlich ramponiert und die Entwürfe immer mehr vergilbt waren.

Kâmil war auf alle Stationen dieser Reise neugierig und begierig darauf herauszufinden, wie die Kladde von Istanbul nach Izmir gelangt war, von wem sie nach Frankreich gebracht wurde und wer sie beschützt hatte; es reizte ihn, herauszufinden und nachzuweisen, wer sie angeschaut und untersucht hatte. Aber er hatte keine weiteren Daten in der Hand. Vielleicht hatte ein Miniaturenmaler in Istanbul die Kladde gesehen, bevor sie nach Frankreich gekommen war. Unendlich lange mußte er die Entwürfe Jacopos untersucht haben, die keine Ähnlichkeit mit den Bildern hatten, die er selbst malte. Er scheute sich aber, die Figuren in der Kladde, Menschen und Tiergestalten – vor allem Menschengestalten – zu imitieren, weil er sich an die Tradition des Islams halten mußte, vielleicht auch aus Angst. Kâmil war also sehr neugierig auf diesen Miniaturenmaler und dachte daran, daß man Jacopos Einfluß bei einigen Miniaturen erkennen könnte, obwohl er wußte, daß diese Hypothese seiner eigenen Vorstellungskraft entsprungen war und sich nie bestätigen würde. Ganz sicher war das allerdings nicht, eventuell würde ein Forscher, jemand, der aufmerksamer war als er oder mehr Glück hatte, diesen Einfluß entdecken und das Bild zutage fördern, bei dem Renaissance und Orient ineinander übergingen.

Jetzt mußte man dankbar sein, daß die Kladde nicht ganz und gar vernichtet war, ging Kâmil durch den Sinn, drei Jahrhunderte lang war sie verschwunden und hatte in Fâtihs Bibliothek, danach vielleicht im dunklen, staubigen Laden eines Bibliothekars in einer mit Perlmutt eingelegten Truhe oder in einem mit Ornamenten verzierten Schrank, auf dessen Türen Tulpen blühten und Wiesen grünten, darauf gewartet, wieder ins Leben zurückzukehren und ans Tageslicht zu kommen. Vielleicht hatte drei Jahrhunderte lang niemand Jacopos Löwen, seine Phantasiestädte, die blutrünstigen Tiere und Mariens trauriges Gesicht gesehen. Dann, eines Tages, nachdem die Hand, die diese Entwürfe gezeichnet hatte, tot und begraben war, nachdem selbst die Gebeine nicht mehr übriggeblieben waren... Wenn Jacopos Skizzenheft nicht diese weite Reise angetreten hätte, wäre es vielleicht für mich auch gar nicht nötig gewesen hierherzukommen, dachte Kâmil. Ich hätte das Talent des Malers im Museum des Topkapı Serails studieren können.

Auf einmal stand ihm Istanbul vor Augen. Im Hintergrund die Silhouette der Stadt, wie auf einem Landschaftsbild, das er gemalt hatte, kurz bevor er nach Venedig gekommen war – direkt am Meer, das fast die ganze Leinwand einnahm. Verschwommen waren Minarette und Kuppeln im Nebel zu erkennen. Aus einem Spalt des bedeckten Himmels fiel ein mattes Licht aufs Meer, ohne aber die Stelle, auf die es fiel, zu erhellen. Auf dem Wasser herrschte absolute Stille. Weder ein Schiff noch Fischerboote – auch keine Möwen, die auf der See Istanbuls nie fehlten. Die Stadt lag in weiter Ferne, wie ein schmales, langes Monstrum knapp vor dem Horizont, pechschwarz, ein Wirrwarr aus senkrechten und schrägen Linien. Ohne Zweifel hatte auch Gentile Istanbul an einem Septembermorgen vom Deck des Schiffes aus so gesehen. Vielleicht war die Silhouette der Stadt nicht so lang wie auf dem Gemälde und die Linien nicht im Nebel verschwommen; auch die Minarette bohrten sich nicht in den Nebel. Denn damals gab es nur die Kuppel der Hagia Sophia und ein einziges Minarett, das Mehmet dem Bau hinzugefügt hatte. Außerdem Stadtmauern und Bastionen, Festungen und ihre spitzen Türme. Je näher das Schiff herankam, um so deutlicher mußte er den Turm gesehen haben, der sich am Rand von Galata erhob. Wie auch die anderen Stadtmauern, die jetzt nicht mehr existierten, und die grasgrünen Täler.

Er erinnerte sich an seine Rückreisen von Marseille nach Istanbul während seiner Studienjahre. Gegen Morgen war die Stadt am Horizont zu sehen, aber je näher das Schiff kam, um so weiter schien sie sich zu entfernen. Kâmil wurde ohnehin von niemandem erwartet! Und dennoch stand er ganz allein mit dem Wunsch an Deck, sobald wie möglich bei ihr, in seiner Stadt zu sein, und während die anderen Passagiere schliefen, beobachtete er Segelschiffe und Schleppkähne auf der See, die sich nach und nach vermehrten – damals gab es wirklich noch Schleppkähne mit riesigen Bäuchen –, schaute sich die Fischkutter an und seine Geliebte, die in der Ferne der Länge nach dalag, die Stadt, die treu ergeben auf ihn wartete. Nachdem das Schiff weitergefahren war, tauchte Istanbul allmählich aus dem Nebel auf. Zuerst die Bleikuppeln, lange schmale Minarette und der Beyazıt-Turm, der den Nebel mit seinem gelben Licht durchbohrte. Als sie an Sarayburnu vorüberfuhren, sah er die Leuchttürme, die Festungsmauern, die dichten Steinmauern der Sultan Ahmet-Moschee und der Hagia Sophia, die Bäume, die aus den Festungsmauern hervorwuchsen und die Kuppeln des Topkapı Serails. Auf der linken Seite zogen sich die Einfahrt zum Goldenen Horn und das dreckige Wasser, in dem sich kein einziger Fisch tummelte, tief in die Stadt hinein. Weiß und schief wie Backenzähne lagen die Grabsteine an den Hängen, dahinter Steinbauten und ein paar

Hotels. Wolkenkratzer gab es noch nicht, das Profil der Stadt war unzerstört. Jedes Mal, wenn die Schiffsschrauben sich drehten, bullerte das Wasser, auf dem Dampfer, kleine Kähne und Segelboote unterwegs waren. Die Dampfer waren voller Menschen, die kleinen Kähne mit Fischen gefüllt und die Segelboote bis an den Rand beladen. Hektik auf der Galata brücke in der Morgendämmerung. Mitten in Galata erhebt sich der Galataturm mit dem abgeschnittenen Kopf zum Himmel. Später hat man seinen Kopf repariert, mit Bleiplat ten abgedeckt und eine Turmspitze daraufgesetzt, damit der Bau sein altes Aussehen wiedererhielt.

Während der Studienjahre, die Kâmil in Paris verbrachte, begann Istanbul, das unaufhörlich auf ihn wartete, sich gemeinsam mit dem Galataturm zu verändern. Zuerst wuchs es langsam, fast unmerklich, dann in einem schwindelerregenden Tempo in die Breite, in die Länge – und in die Höhe. Es ließ sich vom Reiz des Geldes verführen. Wie rasch unterwarf sich doch die Geliebte, die seiner harrte, der Verlockung durch das Fremde, wie hatte sie sich doch herausstaffiert. Wie eine ältere, hartnäckige Dame, die darauf bestand, jeden Abend auf die Bühne zu treten, legte sie Brillantringe, goldene Armreifen und Perlencolliers an, um ihre Häßlichkeit zu verbergen. Die Strände wurden mit Beton übergossen und die Bäume gefällt. Geballt fraßen sich die Wohnsiedlungen wie Wölfe durch die Hänge am Bosporus. Die Sommervillen wurden zerstört oder brachen von selbst zusammen. An ihrer Stelle wurden scheuß liche Mietshäuser errichtet. Und eines Nachts verbrannte die Galatabrücke zu Asche. Keine morgendliche Hektik mehr auf der neuen Brücke, die Dampfer legten nicht mehr dort an, die Lotsen knickten nicht mehr die Schlote ein, fuhren nicht mehr darunter hindurch, und in den Cafés wurde nicht mehr Was serpfeife geraucht. Nicht Autofähren verbanden die beiden Ufer des Bosporus mehr miteinander, sondern Hängebrücken mit Balken aus Stahl.

Als Kâmil Anfang der siebziger Jahre in der letzten Klasse
des Gymnasiums war, hatte er sich an den Aktionen beteiligt,
die sich gegen den Bau der ersten Brücke über den Bosporus
richteten; er einnerte sich daran, als ob es heute wäre. »Hundert
Brücken über den Euphrat – statt einer Brücke über den Bosporus!« Diesen Slogan skandierten sie auf den Straßen, riskierten die Prügel der Polizei, den Rausschmiß von der Schule,
riskierten Verhöre, Folter und sogar Gefängnis. Ja, damals
setzte Kâmil sich dafür ein, daß Brücken nicht für Istanbul,
sondern für den Südosten gebaut wurden, wo Säuglinge im
Winter erfroren, wo werdende Mütter, die in den Wehen lagen,
zu spät ins Krankenhaus kamen und starben, weil es weder
Straßen noch Brücken gab; er setzte sich für den Südosten ein,
wo Hunger und Arbeitslosigkeit herrschten. War er denn damit im Recht? Jetzt, da nach dem Bau der zweiten Hängebrücke über den Bosporus bereits die dritte geplant war, hatte
dies keinen Sinn mehr. »Hundert Brücken über den Euphrat –
statt einer Brücke über den Bosporus«, vielleicht war er der einzige, der dieses Argument noch verteidigte, wenn er mit Freunden beschwipst in der Kneipe saß. »Damals«, sagte er dann,
»aber da hörte einem ja keiner zu! Wenn man damals«, er be-
harrte darauf, wurde wütend und schlug mit der Faust auf den
Tisch, »wenn man damals Brücken über den Euphrat statt
über den Bosporus gebaut hätte, dauerte heute nicht ein Krieg
›mit verminderter Intensität‹ – um einen Ausdruck des Großen Generalstabs zu verwenden – im Südosten an, und niemand von den blutjungen Leuten käme um.«

Und bevor Kâmil sich in der Correr-Bibliothek wieder in
Jacopos Skizzenheft vertiefte, ging ihm durch den Sinn: ›Wie
schön!, als Gentiles Schiff am Kai von Galata anlegte, gab es
keine einzige Brücke in Istanbul.‹ Der Meister war mit dem
Boot von Galata nach Sarayburnu hinübergefahren.

* * *

Gentile fuhr mit dem Boot von Galata nach Sarayburnu hinüber, aber nicht sofort. Er war müde, als das Schiff im Hafen
vor Anker ging. Und dennoch hoffte er, er würde am nächsten
Tag, gleich nach seiner Ankunft, mit seinen Gehilfen zu einer
Audienz beim Sultan vorgelassen. Aber so war es nicht. Ohne
am ersten Tag auch nur einen Schritt vor die Tür der Herberge
zu tun, wo er untergebracht war, starrte er auf den Palast des
Genueser Podestà. Dieses Gebäude erinnerte den Maler an die
Existenz der feindlichen Genueser im Land der Osmanen. Sie
waren vor seinen Landsleuten gekommen und hatten sich in
Galata niedergelassen, hatten bei der Belagerung der Stadt ge-
meinsame Sache mit Mehmet gemacht und wahrten ihre Privilegien. Man sagte, während Mehmet seine Galeeren auf dem
Landweg transportierte, hätten sie sich sogar mit dem Sultan
verständigt, anstatt dem byzantinischen Kaiser die Lage zu
melden. Noch bevor Byzanz gefallen war, sollen sie den Türken die Schlüssel für Galata übergeben haben. Aber die Venezianer sollen sich noch viel mehr als Herren über Istanbul
aufgespielt haben als sie, und dabei sollen sie den Gesandten Girolamo, auch seine beiden Söhne und noch viele mehr
geopfert haben. Als der Tod Girolamos gleichzeitig mit der
Nachricht, daß die Stadt geplündert worden war, in Venedig
bekannt wurde, läuteten ununterbrochen die Glocken, und die
Bewohner der Stadt fielen einander auf den Straßen in die
Arme und weinten. Als stünde nicht das zerstörte Byzanz,
sondern Venedig im Mittelpunkt. Die steinernen Mauern vom
Palast des Podestà mit seinem imposanten Äußeren, das viel
eher an eine Festung denn an ein Serail gemahnte, erinnerten
Gentile an die Kriege, an die Schiffe, Galeeren, Galeonen und
Frachter, die unaufhörlich über das Meer fuhren, erinnerten
ihn an das Blut, das rasselnde Säbel, spitze Pfeile und Reiter
vergossen hatten, die schneller waren als der Wind. Er lebte
fern von all diesen Leiden, fern von all diesen Katastrophen
und konnte in der Welt der Farben glücklich sein.

Während Gentile auf seine Audienz wartete, durchmaß er die steil ansteigenden Straßen von Galata mit großen Schrit, ten, wanderte über die dreifachen Festungsmauern, die sich am Bosporus hinziehen, und ging durch die Tore Istanbuls ein und aus. Durch das Meyit-Tor, das zur Werft von Kasımpaşa führte, durch das Azap-Tor am Ufer des Goldenen Horns, durch das Kürschnertor, wo man die Zobelpelze, die von Si, birien zum Schwarzen Meer und von dort aus nach Galata gebracht wurden, zur Schau stellte, den Pelz, der die Kaftane der Wesire und die Mäntel der Gesandten schmückte, dann wieder am Goldenen Horn entlang, durch das Yağkapanı-Tor, das zu den Speichern führte, wo man die großen Korbflaschen mit dem funkelnden Olivenöl lagerte, dann durch das Tor der Bleikammern und durch die Tore von Küçükkale und Büyük, kale auf dem Festland im Norden. Er wanderte durch all diese Tore, aber er blieb draußen vor dem Tor des Palastes, durch das er eigentlich gehen wollte, vor der Hohen Pforte, zu deren Schwelle er noch nicht einmal gelangen konnte. Dann stieg er auf den Galataturm, in dem ein zehnstöckiger Kerker unter, gebracht war.

Wenn man von dort oben herabschaute, konnte man die Stadt ringsum betrachten. Im Norden, direkt vor den Stadt, mauern, begannen Weinberge und Gärten, und dichter Wald bedeckte die Hügel. Von weitem konnte Gentile ein Jagd, schlößchen und ein Derwischkloster im Wald erkennen, auch wenn es aus der Vogelperspektive war. Dann wandte er seinen Blick nach Osten, sah den Bosporus und, nur ganz vereinzelt, Schiffe vorübergleiten, sah den weißen Turm, der mitten im Meer stand, ohne unterzugehen, und die Landungsbrücke ge, nau gegenüber dem Turm. Eine Galeone mit riesigem Heck legte an der Landungsbrücke an und löschte ihre Fracht. Der eigentliche Hafen lag im Süden, an der Einfahrt zum Goldenen Horn. Das Wasser zerschnitt die Stadt in zwei Teile, trennte Galata von Kostantiniye. Die Stadt auf den sieben Hügeln am gegenüberliegenden Ufer, die ein' oder auch zweistöckigen Stein' und Holzhäuser, die Basiliken mit den Mauern aus Zie' gelstein, die Marmorsäulen, Blumen' und Gemüsegärten, die verwinkelten engen Gassen innerhalb der Mauern, der Große Basar, mit Bleikuppeln überdacht, Märkte, Herbergen und Bä' der – alles strahlte in der Septembersonne. Auf dem höchsten Hügel gegenüber der Hagia Sophia war eine prächtige Moschee gebaut worden, und rings um die Minarette bildeten Läden, Medresen, Volks' und Armenküchen einen riesigen Komplex. Ein Teil der byzantinischen Kirchen stand noch wie ehedem da. Gentile sah auch die Palastanlage, von hohen Mauern um' geben, die sich mit ihren Kuppeln und kleinen Palästen, die verschwommen durch die Bäume zu erkennen waren, auf weiträumigem Gelände ausdehnte und bis zur Einfahrt des Bosporus reichte.

Hinter dem großen Tor dort war Mehmet allein mit seinen Vorstellungen von der Weltherrschaft. Es hieß, da er nun ein' mal den Friedensvertrag mit Venedig unterschrieben hatte, würde er sich zu einem Feldzug in ein anderes Land rüsten. Aber wohin? Wenn man bedachte, was so alles erzählt wurde, führte er die Vorbereitungen unter großer Geheimhaltung durch und sagte, wenn auch nur ein Haar seines Bartes das Ziel des Feldzugs kennen würde, würde er dieses Haar ausreißen und wegwerfen. Das hieß, Mehmet trug einen Bart. Bis heute hatte Gentile noch nie einen Mann mit Bart porträtiert. Das Porträt eines bärtigen Muslims zu malen, noch dazu eines Mannes mit Turban, nicht irgendeines Muslims, sondern auch noch das Porträt des Großen Türken, ihn mit jedem Strich un' sterblich zu machen, ihn mit jedem Pinselstrich etwas näher kennenzulernen, den Menschen hinter der äußeren Erschei' nung zu erhaschen, den Menschen, der mit seinen Träumen, Begierden und Schwächen, seinen guten und schlechten Seiten in dem Großen Türken schlummerte ... Vielleicht auch die reißende Bestie, die in ihm schlief. Da Mehmet es nun einmal

gewagt hatte, sich über das Bilderverbot des Islams hinweg-
zusetzen, mußte der Grund dafür, daß er ihn in diese Stadt
gerufen hatte, sein Wunsch sein, unter die Unsterblichen aufgenommen zu werden. Während er sein Porträt malen läßt,
wird er schließlich keine neuen Länder erobern! Er könnte
höchstens das Herz einer Geliebten, vielleicht auch die Herzen
seiner Sklaven erobern. Gentile konnte voraussehen, daß dieser
Wunsch an der Seele des Herrschers zu nagen begann und, je
älter er wurde, je mehr er den Tod fürchtete, um so stärker den
Gedanken anfachte, etwas Bleibendes, etwas von seiner Persönlichkeit und seiner äußeren Erscheinung auf der vergänglichen Welt zu lassen. Anscheinend wollte er sein Bild nicht
nur für die Siegesberichte malen lassen, sondern auch seinen
Namenszug der Welt einprägen, als würde er ständig sagen:
Da bin ich nun also, für immer hier, bin noch nicht gestorben,
schaut und seht, erkennt mich richtig, mich, Fâtih Sultan
Mehmet Han Gazi el Muzaffer, den Sohn des Sultans Murat
Han Gazi.

Immer wenn Gentile sich die Stadt anschaute, immer wenn
er die muslimischen Stadtviertel, die statt des alten Byzanz aufgebaut wurden, die Speicher am Goldenen Horn, die Märkte
mit ihrem Gewimmel und die Innenhöfe der Karawansereien
von oben anguckte, begriff er, daß die Hauptstadt der Osmanen dabei war, eine neue Kultur ins Leben zu rufen, und ihm
wurde bewußt, daß er seine Vorbehalte gegenüber Mehmet
und seine Vorurteile überprüfen mußte. Als er vom Turm stieg
und die Leute von Galata näher kennenlernte, verstärkte sich
dieser Eindruck um so mehr. Nachdem die Stadt von den Türken übernommen worden war, kehrten viele der geflohenen
genuesischen Familien zurück, ließen sich in ihren früheren
Häusern nieder und fingen an, ihr Tagewerk dort fortzusetzen,
wo sie es liegengelassen hatten. Es gab fast keine Häuser, deren
Türen nicht versiegelt waren. Man sah, daß außer der Einwohnerzahl der Genueser auch jene der Griechen und Latiner

zunahm. Auf den Straßen stieß er auf Juden, die in rubinroten, grünen und violetten Gewändern umherliefen, und im Großen Basar, den der Sultan hatte erneuern lassen, mischte Gentile sich unter die Menschenmenge, die sich aus Tataren, Kıpçaken, Georgiern, Tscherkessen, Serben, Arabern, Armeniern und Türken zusammensetzte. In Galata, wo es in jeder Straße eine Kirche gab, stand sogar eine Synagoge, aber bis auf die Arabische Moschee, die noch aus der byzantinischen Epoche stammte, war dort keine weitere Moschee zu finden. Durch das MeyitTor ging er nach Mumhane, von dort aus bis zum Gümrük Kulesi, dem Zollturm, schlenderte an Kalfaterern vorbei, an Handwerkern, die Ruder anfertigten, an Suppenverkäufern, Seilern und Janitscharenoffizieren, konnte es nicht lassen, sich ihre verschiedenen Gewänder, ihre weißen Turbane, die den Fes bedeckten, ihre Helme von dunklem Olivgrün und die tomatenroten Schuhe anzuschauen, und stellte sich vor, daß er bei der erstbesten Gelegenheit jeden einzelnen zeichnen würde. Er hielt am Ufer inne und betrachtete unendlich lange die Seeleute, die auf die Holzboote gestiegen waren und in ihren blütenweißen Hemden im Stehen ruderten. In Tophane sah er die Kanonen mit der enormen Reichweite, die die genuesischen Festungen in tausend Stücke zerschlagen hatten, nachdem sie die byzantinischen Mauern zerstört hatten, jene Kanonen, die ihre Kugeln auf die venezianischen Häfen an der Adriatischen Küste bis nach Friaul hatten niederregnen lassen, Galeeren versenkt und Staub aufgewirbelt hatten. Unter dem Schutz der Janitscharen waren sie stolz und furchterregend wie rebellische Zöglinge

Als Gentile auf seine Audienz wartete, bummelte er durch die Kneipen Galatas, vielleicht aus Langeweile, vielleicht auch, weil er angefangen hatte, sich nach Venedig und der Arbeit in seinem Atelier zu sehnen, die er dort liegengelassen hatte, und in den griechischen Kneipen trank er von den Weinen, die blutjunge Mundschenke kredenzten, alle möglichen rubinroten Weine, aus Ancona, von Chios, aus Mudanya, Edremit und Bozcaada. In Dimitris Kneipe »Zur Steinernen Treppe« traf er eines Nachts den blinden Bettler. Haupthaar und Bart waren ein einziger Wirrwarr, seine Wangen eingefallen, und in seinen Lumpen bestand er nur noch aus Haut und Knochen. Mit der Rechten stützte er sich auf seinen Stock, während er sich mit der Linken den Weg ertastete, und nachdem er mit taperigen Schritten zwischen den Tischen hindurchgegangen war, hockte er sich am Ofen nieder, ohne auf den Spott und die Flüche der betrunkenen Matrosen und Geistlichen sowie der muslimischen Kalfaterer zu achten, die gekommen waren, um heimlich Wein zu trinken. Er fing an, seine Füße an der Flamme des Feuers zu wärmen, das ihm in die Augen fiel; beide Augen waren verdreht, so daß ihr Weiß kaum zu erkennen war. Gentile saß ganz allein am Tisch, gegenüber den Janitscharen, die nur ein Büschel Haare auf ihren nackten Schädeln hatten. Griechische Gespräche vermischten sich mit den Flüchen der Franken, in einer Ecke würfelten Araber in Piratenkleidern, die Mundschenksknaben schwirrten in der Umgebung der Gendarmen mit dem gezwirbelten Schnurrbart herum, die ab und zu rülpsten. Die Kneipe war ziemlich voll geworden. Nachdem der Bettler seine Füße nach allen Regeln der Kunst gewärmt hatte, schien er sich wieder so wohl zu fühlen, daß er anfing zu beten und um Geld zu bitten. Man brachte ihn sofort zum Schweigen. Zum Trotz fing er erneut mit einer Gebetshymne an. Er hatte eine durchdringende Stimme. Eine Stimme, die unendlichen Schmerz, Sehnsucht und die Schwermut des Orients hervorrief. Es war, als käme die Stimme nicht aus dem zahnlosen Mund des Bettlers, sondern vom feuchten, steinernen Boden der Kneipe. Trotz des Lärms hallte sie von den Wänden wider, ging zwischen dem Ofen und den Tischen hin und her, erhob sich dann zur Decke, wandte sich zur Tür und suchte einen Ort, um sich von allein davonzumachen. Angetrieben von der immer noch blutenden Wunde eines unheilbaren Leidens, sang der Bettler seine Hymne für ganz Galata, für das Meer und die tauben Mauern, für den Wind, der in den Bastionen heulte:

»Wer einmal Dein Antlitz erblickt,
vergißt es sein Leben lang nicht,
wenn Du seine Gebetskette bist,
wählt er keine andere Religion mehr.

Der Erzengel bläst die Trompete zum Jüngsten Gericht,
und vom Boden erhebt sich, was sterblich ist.
Um Deiner Stimme willen
hört mein Ohr nichts anderes.

Vom Himmel fällt der Morgenstern,
wenn Deine Saz ertönt.
Sei Du meine Lust,
und nie mögen meine Augen Dich lassen.«

Gentile hielt die Hymne, deren Worte er nicht verstand, zuerst für eine byzantinische Psalmodie, dann erkannte er in der Stimme des Bettlers ein unerforschliches Geheimnis und lauschte gespannt. Und weiter hallte die Stimme von den Wänden der Kneipe wider, mal senkte und mal hob sie sich. Manche Worte zogen sich in die Länge, bei jedem Ton wur‚ den sie abgeschnitten und wuchsen wieder an, manchmal strömten sie ganz leicht dahin, und manchmal erstickten sie fast. Dann hatte der Bettler Schwierigkeiten, Atem zu holen; seine Brust, die unter den Lumpen zu erkennen war, verengte sich, und sein Gesicht wurde puterrot. Gentile überließ sich dem Zauber der Melodie und hörte der Hymne inmitten des Lärmens und Dröhnens der Kneipe lange zu. Dann rief er den Bettler an seinen Tisch. Mit einer für den schwachen Körper unerwarteten Gewandtheit sprang der Blinde von seinem Platz auf, und ohne auch nur zu merken, daß er sich eigentlich auf seinen Stock stützen mußte, hüpfte er wie ein Vogel herbei und saß im Nu am Tisch des Malers. Mit der Hand ertastete er den Becher Wein, leerte ihn in einem Zug und verlangte einen neuen. Er machte den Eindruck eines Verdurstenden und war in einer Verfassung, in der er nicht nach Wein, sondern nach der Welt lechzte, nach allem, was er nicht sehen, sondern nur ertasten konnte.

Nachdem er auch das zweite Glas ausgetrunken hatte, fragte er Gentile in seiner Sprache, woher er kam und wohin er unterwegs war. Als er keine Antwort erhielt, faßte er den Maler am Arm, tastete nach seinen Schultern, seinem Gesicht und seinen Haaren und hielt inne, als er – während er seine Hand über die samtene Kleidung gleiten ließ – auf das Kreuz stieß, das Gentile auf der Brust trug. Einen Moment lang verzog sich das Gesicht des Bettlers, und er runzelte die Stirn. Ohne Punkt und Komma erzählte er, daß er die Ungläubigen ganz und gar nicht mochte, daß er jahrelang als Kriegsgefangener, als Sklave in Venedig gelebt, die Sprache der Ungläubigen gelernt und ihre Speisen gegessen, dort aber auch viel Schweres durchgemacht habe. Gentile wußte nicht, was er sagen sollte. Er verheimlichte dem Bettler, daß er aus Venedig kam, und gab sich als Florentiner Kaufmann aus. Wie merkwürdig, der blinde Bettler, den er in einer griechischen Kneipe in Galata traf, erzählte ihm von Venedig und sprach von Gefangenschaft, Not, Armut und dem seltsamen Verhalten der Ungläubigen.

Zuerst hatte man ihn gegen freie Kost und Unterkunft auf der Werft arbeiten lassen, danach war er an eine adlige Familie verkauft worden, und als er in ihrer Küche arbeitete, verliebte er sich auf den ersten Blick in die Tochter des Hauses, fing an, sich Tag um Tag am Feuer dieser heimlichen Liebe zu verbrennen, und konnte sich kaum beherrschen, um nicht in die ganze Welt hinauszuschreien, daß er in Liebe zu dem Gesicht – so schön wie der Mond –, den gewölbten Brauen, den Apfelwan-

gen, den Kirschenlippen und den Perlenzähnen der ersten un⁄
verschleierten Frau erglüht war, die er in seinem ganzen Leben
erblickt hatte. In der auf allen Seiten vom Wasser umgebenen
Stadt gelang es ihm nicht, die Feuersbrunst in seiner Seele zu
löschen, und immer wenn er an die Wimpern seiner Geliebten
dachte, krümmte er sich vor Schmerzen, als säße er in einem
Stachelfaß. In seiner Kindheit hatte er gehört, daß die Frauen
der Ungläubigen die Säuglinge, die sie aus den Vierteln der
Muslime entführten, in ein Stachelfaß warfen. In der Stadt
Venedig hatte auch ihn eine Liebreizende – mit einem Gesicht,
schön wie der Mond – ins Stachelfaß gesetzt, und da ließ sie
ihn nun schmoren, ließ ihn blutüberströmt allein. Die Liebe
hatte den armen Kerl in Blut getränkt, um mit dem Derwisch
Yunus zu sprechen, der so viele Hymnen gesungen hatte; der
Bedauernswerte war weder bei Verstand noch wahnsinnig –
er war von Kopf bis Fuß verliebt. Wenn sich nachts alle zur
Ruhe begeben hatten und jedermann eingeschlafen war, erhob
er sich von seiner Bettstelle in der Küche, zog sich an und ging
heimlich, still und leise auf die Straße, lief an den Kanälen
entlang bis zum Brunnen auf einem der Plätze, hob den Dek⁄
kel und erzählte dem Wasser in der Tiefe des Brunnens von sei⁄
ner hoffnungslosen Liebe. In der Gefangenschaft war das Was⁄
ser sein einziger Vertrauter. Er hielt es für einen Freund und
schüttete ihm sein Herz aus. Der Brunnen begann jedoch eines
Tages zu sprechen und erzählte der Herrin des Hauses alles, als
sie kam, um Wasser zu pumpen. Trau nur dem bodenlosen
Brunnen und halte das Wasser für deinen einzigen Vertrauten.
Und es kommt der Tag, an dem das Wasser, das sich eigent⁄
lich lieber die Zunge abbeißt, als ein Geheimnis zu verraten,
zu sprechen beginnt. Der Brunnen findet die Sprache wieder.
Ja, dann schau doch mal, was die Liebe aus einem macht. In
seiner Seele hatte er also die unheilbare Wunde dieser Liebe,
die immer noch blutete, und ein grausames Schicksal, das in
Yunus' Hymnen zu sprechen anhebt. Auch wenn seitdem viele

243

Jahre vergangen waren, hatte der Bettler das Gesicht seiner venezianischen Geliebten nicht vergessen – das ihn sein Augenlicht gekostet hatte. Als die Herrin des Hauses ihn verriet, tobte der Vater des Mädchens vor Wut und ließ ihn blenden, damit er das Gesicht seiner Geliebten nicht noch einmal sah, die buntesten Farben der Welt nicht noch einmal wie köstliche Früchte genoß, danach ließ er ihn frei, da er ja nun zu keiner Arbeit mehr taugte, und schickte ihn mit dem erstbesten Schiff in die Heimat.

Er schickte ihn zurück in die Heimat, aber bis der arme Kerl in Istanbul landete, war er vom Pech verfolgt. Als die Piraten, die das Schiff überfielen, alle niedermetzelten, sprach er das Kelime-i Şahadet und konnte sich retten. Im Maghreb bettelte er in den Innenhöfen der Moscheen um Almosen, und im Orient schlief er in Baumhöhlen. Von dort aus wanderte er ins Land der Perser; er erinnerte sich an die kalten Räume der Armenhäuser, an die sengende Sonne, den Abendwind, an Geräusche und Stimmen, aber kein einziges Bild der Länder, durch die er gezogen war, hatte er im Gedächtnis. Mit der Zeit gewöhnte er sich an die Blindheit. Und mit der Zeit prägte sich das Gesicht seiner venezianischen Geliebten seiner Seele tief ein. Er wurde eins mit ihrer Gestalt und löste sich in ihrer Existenz auf.

In Dimitris Kneipe erzählte der Bettler Gentile bis spät in die Nacht von seinen Abenteuern. Sie redeten über Venedig, über die Liebe und den Tod, und – was am erstaunlichsten war – auch über die Malerei. Seine Augen sahen nichts mehr, und dennoch spiegelte die Welt sich in seinem inneren Auge wider. In seinem inneren Auge strahlte alles wie der Mond und war glasklar wie Wasser, obwohl er seit langer Zeit seinen Weg in einer farblosen Welt zurückgelegt hatte. Vielleicht hatte er die goldgelben Mosaiken der Markuskirche nicht vergessen, vielleicht auch nicht die Kanäle, bleigrau im Nebel, bei Tageslicht grün und bei Sonnenuntergang blutrot. Die Leere jedoch,

die in seiner Seele herrschte, korrespondierte mit dem schim/
mernden Weiß vor seinem inneren Auge.

Als er bei seiner Ankunft in Istanbul in den Kneipen von
Galata bettelte, hatte er eines Nachts zu tief ins Glas geschaut
und angefangen, mit seinem Stock über die Leute ringsum her/
zufallen; man warf ihn mit Gewalt hinaus, und er fand sich
auf der Straße wieder. Er erinnerte sich daran, daß er eine Zeit/
lang reglos wie ein Toter im Straßendreck lag. Gegen Morgen,
als ihm war, als käme er wieder ein bißchen zu sich, hörte er
die Hunde bellen, hörte den Gebetsruf im Wind und das Flü/
gelschlagen eines Storches, der sich auf der Spitze eines Turms
eingenistet hatte. Danach hörten die Geräusche plötzlich auf.
Die Welt hüllte sich in Schweigen. Eine Weile später kam der
Laut einer Rohrflöte, ganz leise, nach und nach näher. Eigent/
lich war es sein inneres Ohr, das den Klang der Rohrflöte hörte
und ihm das Tor zu anderen Schönheiten, zu einer neuen Welt
öffnete. Es wurde Morgen. Der Geruch nach frischem Brot
machte ihm klar, daß es tagte. Dann stieg ihm ein anderer Ge/
ruch in die Nase, ein intensiver Rosenduft. Alles duftete jetzt
nach Rosen. Mit dem Duft kam auch der Klang der Rohrflöte
allmählich näher. Indem der Bettler sich an den Wänden der
Häuser entlangtastete, gelangte er zur Stadtmauer und verließ
die Stadt durch das erste Tor, das er fand. Am Rascheln des
Windes in den Zweigen erkannte er, daß er sich in einem Wald
befand. Er wanderte und wanderte, bis er den Rosenduft nicht
nur in der Nase, sondern auch am ganzen Körper bis in die
letzten Poren seiner Haut spürte. So also hatte Allah ihm den
Weg zu Gül Baba aufgetan. Er küßte die segensreiche Hand
des Şeyh, wurde sein Schüler und kam hinter das Geheimnis
der Farblosigkeit. Seine Hymnen sang er nicht mehr für die
Geliebte, sondern Gott zu Ehren; so wie es auch nicht das Ge/
sicht der Geliebten gewesen war, das er in der Gefangenschaft
erblickt und in das er sich verliebt hatte, sondern die Schönheit
und Gnade Allahs. Jetzt, nach so vielen Leiden, so viel Ein/

samkeit und so viel Leere, die in ihm wuchs, verstand er das besser. Im Derwischkloster von Gül Baba lernte er zum ersten Mal, seine Blindheit als eine Gnade Allahs zu akzeptieren. Denn dies hier war nicht die eigentliche Welt. Die Welt war vergänglich und die Farben trügerisch. Ja, genauso erzählte es der blinde Bettler Gentile in Dimitris Kneipe wörtlich, ohne zu wissen, daß der Ungläubige, der ihn an seinen Tisch gerufen hatte, ein venezianischer Maler war.

Während der Prüfungs- und Fastenzeit des jungen Manns im Derwischkloster rezitierte der Şeyh Passagen aus dem Mesnevi. An alles, ja an alles erinnerte sich der Bettler, vielleicht hatte sich auch sein Bewußtsein erweitert, da seine Augen nichts sahen – und sein Geist hatte sich geklärt. »Hundert bunte Kleider«, sagte der Şeyh eines Tages, »werden durch Jesu reinen Krug schlicht und schön wie der Morgenwind und in einer einzigen Farbe gefärbt. Diese einzige Farbigkeit, die jetzt alles ausmacht, ist die einzige Farbgebung, die einen nicht verdrießlich stimmt. Vielleicht ist diese einzige Farbe wie das Meer, und die Menschen, die in dieses Meer eintauchen, tummeln sich dort fröhlich wie die Fische.« Zum Schluß konnte der Bettler dank der Weisung des Şeyh in dieses Meer eintauchen und war dank Gott hinter das Geheimnis der einzigen Farbe gekommen. Um aber den Grad der Farblosigkeit zu erreichen, mußte er noch viele fromme Verse rezitieren, die Fastenzeit durchstehen und seine Herzenswunde um Allahs willen erneut aufleben lassen. Und wieder stellte ihm der Şeyh eines Tages eine Frage, die aus dem Mesnevi stammte: »Rot, grün und gelb... wenn du das Licht nicht siehst, wie kannst du denn drei Farben unterscheiden?« Und er fügte hinzu: »In der Nacht sind diese Farben verhüllt, und du hast verstanden, daß es am Licht liegt, wenn du die Farbe dann siehst.« Das war der Tag, an dem der Bettler tief in das Licht in seinem Innern eingetaucht war und angefangen hatte, die Farben zu vergessen.

Gentile konnte bis zum Morgen nicht schlafen. Er wälzte sich im Bett hin und her; alles, was ihm der Bettler erzählt hatte, ging und ging ihm nicht aus dem Kopf. Bis jetzt hatte er sein Leben den Farben der Natur gewidmet und lebte mit ihnen. Aber kaum war er im Orient angekommen, öffnete ihm ein blinder Bettler das Tor zu einer neuen Welt. In dieser Welt war es das Nicht-Sein, das eigentlich galt, nicht die Existenz. In dieser farblosen Welt waren die Farben nur ein Tropfen im Weltenmeer. Während Gentile über all das nachsann, fiel ihm immer wieder die Geschichte der griechischen und der chinesischen Maler ein. Der Bettler hatte es so erzählt, wie er es von Gül Baba gehört hatte:

Die griechischen Maler lassen nichts auf ihre Meisterschaft kommen, aber auch die chinesischen nicht. Daher beschließt der Padişah, die Künstler beider Länder einer Prüfung zu unterziehen. Er stellt ihnen einen großen Saal zur Verfügung, der durch einen Vorhang in zwei Hälften geteilt ist, und befiehlt ihnen, die Wände zu bemalen. Die chinesischen Maler verwenden hundert verschiedene Farben und malen in kurzer Zeit ein wunderschönes, kunterbuntes Bild, das einen auf den ersten Blick verzaubert. Was aber die griechischen Maler angeht, so versprühen sie ihr Talent nicht sofort auf der Wand. Sie fangen an, die Wände zu polieren. »Blitzsauber wie den Himmel, so rein und durchsichtig« lassen sie die Wände werden – um es mit den Worten des Bettlers wiederzugeben. Als die Frist des Wettkampfs verstrichen ist, schaut sich der Padişah zuerst die Arbeit der chinesischen Maler an und ist von der Schönheit des Bildes hellauf begeistert. Als es dann um die Arbeit der griechischen Maler geht, so heben sie nur den Vorhang empor, der den Saal in zwei Hälften teilt. Auf der polierten und überaus glänzenden Wand spiegelt sich das Bild der gegenüberliegenden Wand, farbenprächtiger und viel schöner als das Original. Auf diese Weise gewinnen die griechischen Maler den Wettbewerb.

Nachts, zu später Stunde, hatte es Gentile in Dimitris Kneipe allmählich geschwindelt. Nicht durch den Wein, sondern durch all das, was der Bettler erzählte. Das Thema »Farblosigkeit« schien unerschöpflich zu sein. Immer wenn der Bettler von Malerei sprach, nannte er es Ornamentik, und er glaubte, daß es nicht nur eine große Sünde sei, Gott, sondern sogar den Menschen abzubilden. »Wir«, hatte er gesagt, bevor er sich verabschiedete und die Kneipe verließ, »wir dürfen uns Allah nicht einmal vorstellen, geschweige denn, daß wir ihn abbilden, und dennoch, so steht es im Koran, Gott ist uns näher als unsere Halsschlagader.«

Am nächsten Tag fuhr Gentile mit einem kleinen Ruderboot von Galata nach Sarayburnu hinüber. Ohne sich lange im Hafen aufzuhalten, ging er die steile Straße zum Hippodrom hinauf. Der Himmel strahlte. Ein Tag wie die hellen, glasklaren Tage Venedigs. Die Herbstsonne fiel auf die Straßen und ließ die Dächer der einstöckigen Holzhäuser erstrahlen, die müden, schlaflosen Gesichter der Alten, die vor den Türen saßen und Pfeife rauchten, und die Haufen von Unrat, auf denen Kinder spielten. Noch fielen keine Blätter. Gentile blieb im Schatten einer hohen Platane stehen und wusch sich Hände, Gesicht und seinen Kopf mit den spärlichen Haaren am Brunnen. Das Wasser war kühl und der Brunnen schneeweiß im Tageslicht. Einen Moment lang schaute er ganz versunken auf die Inschrift, die in den Stein graviert war. Da zogen sich längliche und ziemlich kurze Buchstaben in einer einzigen Linie aus eng umschlungenen Punkten und Kommata von rechts nach links hin. Manche waren rund, auf manchen aber saßen ein, zwei oder drei Punkte, und sie waren kerzengerade. Es gab auch Buchstaben in Form von Booten und Rudern, von Töpfen und Schlegeln – und solche, die sich wie Schlangen wanden. Wovon sie wohl berichteten? Vielleicht von einem Koranvers, vielleicht auch das Abenteuer des Mannes, der den Brunnen bauen ließ. Oder der Kalligraph hatte ein Chrono-

gramm verfaßt, aber Gentile wußte nicht, was ein Chrono-
gramm war. Er würde es allerdings lernen, bevor er in sein
Land zurückkehrte, denn dann würde er begreifen, daß Stadt-
tore, Festungen und Brücken auch ein Stück weit Erinnerung
waren. Die Inschrift erweckte bei ihm den Eindruck einer Re-
liefskulptur, vielleicht weil sie in den Stein graviert war. Ha-
ken, Kreise sowie die geraden und schrägen Linien bildeten
eine Komposition, die kein Gegenstück in der Natur hatte.
Man konnte die Formen nicht nur von rechts nach links, sondern auch von oben nach unten anschauen, und in ihrer Bewegung ließ sich eine klare Harmonie erkennen.

Wie ein Raubvogel stürzte sich plötzlich Finsternis auf
diese Harmonie. Gentile glaubte, eine Wolke zöge vorüber.
Aber es war ein Trupp, der vorbeikam. Woher der so plötzlich,
am hellichten Tag, kam und was für Leute das waren, hatte er
nicht gleich bemerkt. Wahrscheinlich weil er in die Gestaltung
der Inschrift auf dem Brunnen vertieft war. Zwei Gendarmen
hinter sich, marschierte der Kommandant des Janitscharen-
korps, die Hand am Säbelgriff, kerzengerade voran. Die Rute
für die Bastonade hing ihm über der Schulter. Zwischen den
Gendarmen befand sich ein Mann, der nur mit Mühe gehen
konnte; er trug eine Holzkrause um den Hals, und über den
Kopf hatte man ihm ein Eisengitter gestülpt, das an Nase und
Ohren festgenagelt war. Mit Gewalt schleppten sie den armen
Kerl hinter sich her. Gentile hätte gern gewußt, worin das Verbrechen des Mannes bestand, aber er traute sich nicht zu fragen. Ob man ihn vor den Kadi zerren würde, oder würde man
ihn ohne jedes Verhör, halb ohnmächtig, dem Henker übergeben? Ein paar Kinder, die hinter dem Trupp herliefen, fingen
an, den Verbrecher mit Steinen zu bewerfen. Als ein Stein ihn
am Kopf traf, sackte der Mann zu Boden. Die Gendarmen
griffen ihm unter die Arme und hoben ihn sofort auf. In diesem Augenblick sah Gentile das Blut, das in den Unrat auf der
Straße sickerte; dunkelrot leuchtete es auf dem Pflaster. Eine

Katze sprang aus dem Fenster eines Hauses, leckte das Blut hastig auf und verschwand. Der Vorfall, dessen Zeuge er wurde, war genug, um ihm die gute Laune zu verderben. Schnell war das Glücksgefühl vergessen, das ihn überkommen hatte, als er am kühlen Brunnenbecken das Tageslicht durch die gelblich werdenden Blätter hindurchsickern sah. Er schaute dem Trupp lange nach. Dann durchschritt er rasch die Straßen. Bevor er zum Hippodrom gelangte, verirrte er sich ein paar Mal, ging an kleinen Plätzen mit ihren Brunnen vorbei, schritt unter riesigen Platanen und vor vergitterten Fenstern entlang; er sah Kinder, die im Dreck spielten, Alte, die auf den Türschwellen saßen, und räudige Katzen, nur Haut und Knochen. Die Pracht der Kirchen mit den Bleikuppeln, die in Moscheen verwandelt worden waren, und die in aller Eile zusammengezimmerten Häuser bildeten einen merkwürdigen Kontrast. Gentiles Augen, an venezianischen Palästen geschult, suchten vergeblich steinerne Bauten und weiträumige Plätze. Als wären die Menschen mit ihrer vergänglichen Existenz auf dieser Welt zufrieden, legten sie keinen Wert auf den eigenen Wohnraum, sondern auf Orte wie Moscheen, in denen sie sich versammelten, um vor Gott zu treten, auf Orte wie Basare und Bäder, an denen man sich traf. Er war neugierig auf die Welt hinter den vergitterten Fenstern und die Inneneinrichtung der Häuser, aber er wagte nicht einmal, in die Innenhöfe zu blicken, die ihm manchmal durch einen Türspalt auffielen. Der venezianische Gesandte bei der Hohen Pforte hatte ihm geraten, nicht zu oft in den muslimischen Vierteln spazierenzugehen. Diebe trieben dort ihr Unwesen, und arbeitsscheues Gesindel aus allen Himmelsrichtungen des Osmanischen Reichs sollte sich dort nach und nach in den Junggesellenbuden niedergelassen haben. Aus diesem Grund habe man auf Befehl des Wesirs Karamani Mehmet Paşa, seines Zeichens Mekkapilger, fünf Scharfrichter, Offiziere der Artillerie und der Infanterie, den Hauptmann der Leibgarde des Sultans sowie

Büchsenmacher und Wasserträger der Janitscharen der Justiz überantwortet.

Erschöpft kam Gentile auf dem Hippodrom an. Um sich ein wenig auszuruhen, setzte er sich an einen mehrfach gewundenen Pfeiler gegenüber dem Obelisken, der sich mitten auf dem Platz erhob. Es waren drei Schlangen, die einander umarmten. Der Kopf der einen war abgeschlagen. Er erinnerte sich daran, was der blinde Bettler über diesen Pfeiler gesagt hatte. Bevor Mehmet eines Nachts in Verkleidung betrunken in den Palast zurückkehrte, war er hoch zu Roß hier vorbeigekommen und hatte einer der Schlangen mit einem Schwerthieb den Kopf abgeschlagen. Aus diesem Grund war die Stadt am nächsten Tag einer Invasion von Schlangen ausgesetzt. Schlangen, die aus den Zisternen, unter den Festungsmauern hindurch und aus den Baumhöhlen krochen, sollen aus den Kloaken bis in die Häuser vorgedrungen sein, die Säuglinge in der Wiege und die Bräute im Brautgemach durch ihre Bisse getötet haben. Weder an Milch noch an Zucker stillten sie ihren Rachedurst. Sie zischten mit ihren gespaltenen Zungen und schlängelten sich mitten durch die Flure der Häuser. Während der Bettler von ihrem Angriff erzählte, lächelte er, als freute er sich über den Überfall der Schlangen. Nach all dem, was er erzählte, gab es noch mehr geheimnisvolle Säulen in Istanbul. Die Vögel, die auf der Spitze der Säule auf dem Avratpazarı saßen – einer aus kleinsten Stücken weißen Marmors zusammengesetzten baumlangen Säule mit einer Treppe im Innern –, waren in Wirklichkeit Jungfrauen in Vogelgestalt. Da ihre Wünsche nicht in Erfüllung gingen, zwitscherten sie am späten Vormittag so jämmerlich. Auf die Spitze der glutroten Säule auf dem Hühnermarkt aber setzte sich jeden Abend ein Adler und aß ein Stück von der Leber des auferstandenen Königs Konstantin. Direkt gegenüber dem Aquädukt stand eine Säule aus einem Guß, die sich so hoch in den Himmel erhob, daß man eine byzantinische Prinzessin in einen Marmorsarkophag legte und diesen auf die Spitze dieser Säule stellte, um sie vor Schlangenbissen zu schützen. Aber die Schlange wand sich an der Säule empor, fand einen Weg, um in den Sarkophag einzudringen, und tötete die Prinzessin mit einem Biß in ihre unbefleckte, unberührte Brust. Die Schlange, die sich an der Milch der Prinzessin vollgesogen hatte, wurde nach Auskunft des Bettlers Padişah der Unterwelt.

Außerdem soll man in einem entlegenen Stadtviertel, das man Altı Mermer nennt, die Bronzestatue eines Wolfs auf eine Säule gestellt haben, damit die Schafe der Stadt in Ruhe weiden konnten; da man den Kopf der Statue aber nicht zu den Stadtmauern, sondern zum Meer hin gedreht hatte, konnte man nicht verhindern, daß die Wölfe die Herde in Stücke rissen. Dann gab es da noch eine Säule, die ... Gentile konnte es nicht mehr aushalten und brachte den Bettler zum Schweigen. Sonst hätte der Bettler in der Kneipe bis zum Morgen von allen geheimnisvollen Säulen Istanbuls erzählt.

Gentile stand auf und ging zur Hagia Sophia. Nicht die Säulen, von denen der Bettler erzählt hatte, wollte er sehen, sondern die der Hagia Sophia. Von den Seeleuten am Rialto hatte er sehr viel über die Hagia Sophia gehört. In seinen Mußestunden oder wenn er mal eine Pause einlegen und sich ausruhen wollte, ging er zum Rialto und hörte – gegen Geld – den Geschichten der Matrosen zu. Auch wenn diese Geschichten oft übertrieben waren, machten sie Gentile Vergnügen und trugen ihn aus seiner eigenen Welt fort zu den Geheimnissen, Wundern und Farben – ja, den Farben! – des Orients. Einmal hatte ihm ein frommer alter Seemann von den Engeln berichtet, die unter der Kuppel der Hagia Sophia nur darauf warteten loszufliegen. Von ihren furchterregenden Blicken hatte er erzählt, von ihren breiten Flügeln, deren Rauschen man im Glanz der Mosaiken hörte – und wie sie Phantastisches verkündeten.

Wenn man dem Seemann Glauben schenken sollte, hatte der Erzengel Gabriel bei politischen Ereignissen seine Hand im Spiel. Er war derjenige, der zuerst wußte und den gläubigen Dienern Gottes sagte: Auch wenn die Stadt von den Latinern erobert werde, werde es nicht lange dauern, und der Kaiser kehre auf seinen Thron zurück, werde jedoch durch die Hand eines anderen Herrschers mit Turban umkommen. Er sagte auch das bittere Ende des hohen Würdenträgers Notaras und des venezianischen Gesandten bei der Hohen Pforte, Girolamo, voraus. Immer wenn der Erzengel Michael, der Engel an der Spitze der himmlischen Heerscharen, rauschend mit den Flügeln schlug, verkündete er Naturkatastrophen. Wenn er sagte, die Erde werde erschüttert, dann wurde sie erschüttert, und kein Stein blieb auf dem anderen. Wenn er rief, ihr werdet eure Sünden mit der Pest büßen, dann kam die Pest, und man sammelte Tag für Tag Hunderte von Leichen auf den Straßen ein. Er sagte auch voraus, daß das Meer bersten und sich spalten werde. Und eines Abends barst das Meer, spaltete sich und schluckte Schiffe wie Matrosen. Die Stimme İsrafils war die Trompete des Jüngsten Gerichts. Er war der Bote des Jüngsten Gerichts, und noch schwieg er. Aber wenn er eines Tages sprechen würde, dann sehr direkt. Der vierte Engel war der schrecklichste aller Engel, Gottes Augapfel – Azrail. Dem, der es vernehmen konnte, gab er den Tod der Herrscher bekannt. Als die arabischen Truppen die Stadt umzingelten, hatte er gesagt, der Bannerträger Mohammeds, Eyüp Ansari, werde vor den Mauern der Stadt vom Pferd fallen und sterben; eines Tages werde dort sein Grab sein, und die Herrscher mit Turban würden ihm ihre Besuche abstatten. Er hatte auch den Tod von Enrico Dandolo verkündet, war sogar zur Kriegsgaleere gegangen und hatte sich höchstpersönlich die Seele des greisen Dogen geholt.

Ein anderer Matrose hatte Gentile von den Mosaiken der Hagia Sophia erzählt. Von den pechschwarz leuchtenden griechischen Lettern auf goldgelbem Grund, von den weißen, blauen und roten Gewändern der byzantinischen Kaiser, die vor dem Pantokrator Jesus und vor Maria knieten. Er hatte ihm auch gesagt, daß ein Mönch, der in Venedig Zuflucht suchte, als Mehmet in die Stadt eindrang, auf das Mosaik über dem Kaisertor geschrieben habe: »Friede sei mit euch. Ich bin das Licht der Welt« und damit bekannte, daß er die Hoffnung auf Frieden wie auf das Licht der Welt aufgegeben habe. Gentile wollte also in die Hagia Sophia gehen und all das mit eigenen Augen sehen. Auch Enrico Dandolos Grab würde er dort vorfinden. Er wußte, daß der neunzigjährige Doge auf einer venezianischen Galeere, das Schwert in der Hand, den Soldaten mit seinen blinden Augen Mut gemacht hatte, als die Kreuzfahrer die Stadtmauern angriffen. Was er nicht wußte, war, daß die Janitscharen Jahrhunderte nach dem Angriff der Kreuzfahrer, als die Stadt diesmal von den Türken geplündert wurde, Dandolos Gebeine aus dem Grab holten und den Hunden vorwarfen. Gentile wollte so schnell wie möglich dorthin, eine Kerze am Kopfende von Dandolos Grab aufstellen, wollte die dunklen Vorhallen, die überdachten Gänge und die Porphyrsäulen betrachten, deren Zahl noch nicht einmal die Priester kannten, wollte sich in dem Licht, das durch die ringsum unter der Kuppel aufgereihten Fenster fiel, die byzantinischen Mosaiken anschauen, während es in dem großen Bau dröhnte.

Kaum hatte er das Innere der Hagia Sophia betreten, konnte er seinen Augen nicht trauen. Schneeweiß waren die Wände. Alle Mosaiken waren übertüncht, und man hatte einen einzigen Schriftzug in arabischen Lettern unter die riesige Kuppel gesetzt. Auch wenn er ihn nicht verstand, schrak er davor zurück, und in seinem Körper spürte er ein Schaudern, das sich jeden Moment in Zorn verwandeln könnte. Von den Engeln war auch nicht die geringste Spur zu erkennen. Selbst der Pantokrator Jesus mit Maria und die Kaiser waren unter dem Kalk verschwunden. Der Bau ertrank in dem Licht, das durch die Fenster hereinströmte, er hatte sich noch vergrößert und wirkte so, als ob die Kuppel in eine tiefe Schlucht verwandelt wäre. Gerade, als er gehen wollte, hörte er hinter sich eine Stimme: »He, du da, du Bilderanbeter, schau auch mal in deine eigene Seele und such das Bild in deinem Herzen!«

Als er sich umdrehte, erkannte er den blinden Bettler. Den Rücken an eine riesige Säule gelehnt, deren Sockel mit Kupfer überzogen war, hatte er den Kopf nach oben gerichtet, dem Licht entgegen, das durch die Fenster unter der Kuppel fiel. Als suchte er dort etwas. »Selbst wenn du blind bist, sei auf der Hut«, fuhr er fort, »die vier Engel und die Apostel fassen einander an den Händen und reißen – Gott bewahre! – den Tempel über dir ein.«

Gentile hatte ganz und gar nicht erwartet, seinen Kumpel aus der Kneipe hier zu treffen. Er freute sich über die zufällige Begegnung, ging zu ihm, hängte sich bei ihm ein und schlug vor, zusammen hinauszugehen. »Nein, das geht nicht«, der Bettler blieb hartnäckig, »ich weiß, daß es dir hier nicht gefällt. Aber schau nur, sieh dir das Loch in dem schwitzenden Marmor da an!« Er steckte seinen Finger in das Loch und fuhr fort: »Als unser Herr, der Padişah, zu dem du gekommen bist, um sein Bild zu malen, Istanbul einnahm, hat er, wie ich jetzt, seinen Finger in dieses Loch da gesteckt, bevor er das Ganze hier in eine Moschee verwandelt und die Kuppel um ihre eigene Achse gedreht.«

Gentile hörte ihm gespannt zu. Eine seltsame Anziehungskraft lag in den Worten des Bettlers, eine Art Zauber.

»Ich kann die Kuppel nicht um ihre Achse drehen. Das kann niemand mehr, noch nicht einmal der Padişah, unser Herr. Denn das Gute, das er dadurch tat, daß er Istanbul eroberte, war mit einer großen Sünde verbunden. Es heißt, daß er mit Kreuzen an seinem Kopfende schläft. Die schlimmste Sünde aber wird er damit begehen, daß er sein Bild von deiner Hand malen lassen wird. Er wird sein Bild malen lassen und seine Untertanen dazu zwingen, es anzubeten. Nun, wie auch immer, hör mir jetzt genau zu! Ich erzähle dir mal rasch, wie unser geliebter Prophet, Mohammed Mustafa Sallallahu Aleyhi ve Sellem, unser Herr, die Kuppel mit seinem Speichel wieder aufbauen ließ, nachdem sie eingestürzt war.«

Zuerst erzählte der Bettler unendlich lange die Geschichte von der Erbauung der Hagia Sophia. Wie der Architekt von der Bildfläche verschwunden war, noch bevor das Fundament sich gesetzt hatte, wie die Maurermeister jahrelang auf die Rückkehr des Architekten warteten, wie selbst der Kaiser trotz aller seiner Bemühungen den spurlos verschwundenen Architekten nicht finden konnte und wie eines Tages, nachdem sieben Jahre vergangen waren ... Gentile kannte diese Geschichte. Er hatte sehr oft gehört, wie der Architekt, der von der Bildfläche verschwunden war, damit die Fundamente sich setzten, einem Gerücht zufolge nach Rom gereist war, die Kuppel des Petersdoms gebaut hatte, dann nach Istanbul zurückgekehrt war und seine Arbeit dort fortgesetzt hatte, wo er sie liegenließ, da die Fundamente sich in der Zwischenzeit gut und sicher in der Erde festgesetzt hatten. Gentile sagte dem Bettler, er solle die Geschichte des Architekten abbrechen und wieder auf die Spucke des Propheten zurückkommen.

»Die Ungläubigen wissen nichts von dem Erdbeben, das sich in der Nacht ereignete, als der letzte Prophet, Mohammed Mustafa Sallallahu Aleyhi ve Sellem, unser Herr, geboren wurde«, begann der Bettler seine Erzählung, »und du weißt es auch nicht. In dieser Nacht flossen die Meere über, die Berge wanderten, und in den eingestürzten Tempeln wurden die Götzenbilder kurz und klein geschlagen. Auch die Kuppel der Hagia Sophia krachte zusammen und stürzte zu Boden, und niemandes Kraft, auch jene des Kaisers nicht, reichte aus, um die Kuppel wieder auf die Mauern des Tempels zu setzen. Daraufhin gingen dreihundert Mönche nach Mekka, füllten die Spucke des Kindes Mohammed in einen Becher, befeuchteten

außerdem das Bild der segensreichen Hand, das von Abû Tâ‚
lib auf das Fell einer Gazelle gezeichnet worden war, mit dem
Wasser des Zemzem‚Brunnens, brachten die Spucke nach
Istanbul, rührten den Mörtel der Hagia Sophia damit an und
konnten die Kuppel auf ihren angestammten Platz setzen.«

Gentiles Augen wandten sich der Kuppel zu, und oben sah
er eine Lücke in ihrem Himmel, einen tiefen Abgrund. Auf
einmal wurde ihm schwindlig, ganz schwarz wurde ihm vor
Augen. Im gleichen Augenblick fingen die weißgetünchten
Wände, so blank, wie sie waren, an, sich zu drehen, als wür‚
den sie den Maler verrückt machen. Der Bettler fragte: »Wie ist
die Kuppel? Erzähl mir das auch! Gibt es da einen Koranvers
in der Mitte der Kuppel, steht dort geschrieben, daß Allah der
Himmel und die Erde Nûr gehört?«

Um nicht zu fallen, lehnte Gentile sich an die schwitzende
Säule. In der Morgenkälte war der Marmor feucht. Kühle brei‚
tete sich über seinem Körper aus, und er spürte, daß es in dem
Tempel wie in einer unterirdischen Zisterne dröhnte. Unter
Aufbietung aller Kräfte stürzte er ins Freie. Der Bettler schrie
immer noch hinter ihm her:

»Wirf deine Angel nur aus, in das Meer des Nichts, leg
aber keinen Wert auf die Bilder! Du glaubst, die Bilder exi‚
stieren, aber eigentlich sind sie nicht da!«

Als Gentile durch die engen Gassen wanderte, die zum
Meer führten, hallte ihm die Stimme des blinden Bettlers im‚
mer noch in den Ohren: »Du siehst nur das Bild, ich den
Maler!« schrie er. »Die Macht des Bildes liegt in Seiner Schöp‚
ferkraft. Er ist der Eine, der existiert, und Sein ist die Schöp‚
fung – und Sein das Gebot!«

9

Kaum stieg ihm der Lavendelduft in die Nase, den er so lange nicht mehr geschnuppert hatte, schüttelte Kâmil sich und kam wieder zu sich. Lucia stand ihm gegenüber. Ihre Haare hatte sie im Nacken zu einem riesigen Knoten zusammengebunden. Sie wirkte heiter und liebenswürdig wie an dem Tag, als sie einander kennengelernt hatten. Ihre Augen strahlten. Eine klare, durchsichtige Quelle war dort, unendlich tief. Diesmal trug sie keine Jeans. Es war gut, daß sie keine Hosen anhatte. Durch die Schlitze des kurzen Rocks sah man ihre schönen Beine. In den schwarzen Netzstrümpfen waren sie schneeweiß wie zwei antike Säulen.

»Sind Sie mir etwa böse?« fragte sie. »Neulich ist mir die Arbeit über den Kopf gewachsen. Und dann hatte ich mich auch noch über jemanden geärgert.«

Kâmil schmollte zuerst, und dann lächelte er. Aber er sagte kein einziges Wort.

»Wie intensiv Sie gearbeitet haben. Verzeihen Sie, daß ich Sie gestört habe.«

»Ja, ich habe gearbeitet.«

»Na, dann lasse ich Sie besser in Ruhe.«

»Ich werde heute sowieso nicht fertig. Aber ich arbeite doch nicht jeden Tag, den der liebe Gott werden läßt! Gehen wir einen Kaffee trinken, wenn Sie Zeit haben.«

»Ja, gern«, antwortete die junge Frau, als hätte sie auf diesen Vorschlag gewartet, »aber diesmal lade ich Sie ein.«

Kâmil merkte, wie es mit seiner trüben Stimmung im Nu vorbei war. Nein, er war ihr nicht böse, und sein ganzer Unmut verflog auf der Stelle. Da fing also ein neuer Tag an, Venedig lag vor dem Fenster, und Lucia stand ihm gegenüber. Eins schöner und verführerischer als das andere. Und alle beide waren an diesem Morgen schneeweiß im Tageslicht.

»Heute hat die Bibliothek bis zum Abend auf. Wir könnten heute mittag zusammen essen gehen.«

»Ich esse mittags nichts. Treffen wir uns doch heute abend am Ausgang.«

»Unten im Innenhof? Aber wenn es schneit! Wenn Sie sich erinnern, neulich sagte ich Ihnen, die Sonne sei trügerisch, Caterina, hatte ich gesagt, diese Sonne bringt Schnee mit sich.«

»Nicht Caterina, sondern Lucia«, korrigierte ihn die junge Frau. Dann meinte sie, diese »meteorologische Beobachtung« werde er einer anderen Frau gegenüber gemacht haben.

»Aber nein doch, meine Liebe«, antwortete Kâmil, »ich habe doch niemanden außer Ihnen!«

Plötzlich merkte er, daß er sich zu sehr preisgab, und versuchte es mit einem Scherz.

»Natürlich habe ich eine Prinzessin, aber die ist in Istanbul geblieben.«

»Ach, Ihre Frau?«

»Naja, so nenne ich sie. Und unsere Katze ist auch eine Prinzessin. Wie Schneewittchen... Wenn Sie die Miez mal sehen würden – kugelrund ist sie, wie ein Schneeball. Nun ja, das heißt, ich habe Ihnen ja gar nicht gesagt, daß die Sonne Schnee mit sich bringt.«

»Heute ist es sonnig. Aber ob es so bleibt, ist nicht sicher; vielleicht fängt es bald wieder an zu schneien.«

»Na, dann treffen wir uns doch in dem Café von neulich.«

»Sobald die Bibliothek schließt. Jetzt haben wir aber lange genug geplaudert. Na, dann arbeiten Sie jetzt nur ein Weilchen weiter!«

Kâmil starrte Lucia nach, als sie von seinem Tisch fortging. Er war außer sich vor Freude. Wie sollte er es bis zum Abend aushalten, wie würde nur die Zeit bis dahin vergehen?

Natürlich mit Arbeiten. War er nicht deswegen so früh am Morgen in die Bibliothek gekommen? Hatte Lucia etwa nicht gesagt: »Jetzt haben wir aber lange genug geplaudert. Na, dann arbeiten Sie jetzt nur ein Weilchen weiter!« Alles, was die junge Frau je zu ihm gesagt hatte, behielt er im Kopf. Vielleicht, weil er Italienisch wie ein echter Venezianer sprach, vielleicht auch, weil er sich einfach in sie verliebt hatte. Richtig, er mußte arbeiten. Er war immer noch am Anfang. Und die Quellen, die Gentiles Istanbulreise betrafen, wiederholten ständig dieselben Legenden. Das Istanbuler Abenteuer des Malers lag außer ein paar echten Trouvaillen hinter einem dichten Vorhang der Geheimhaltung. Sich abzurackern, diesen Vorhang ein wenig zu lüften, war zwar nicht so reizvoll, wie davon zu träumen, daß er die Abendstunden mit Lucia verbringen würde, aber es war besser, als die Zeit totzuschlagen. Außerdem würde er in dieser Zeit vielleicht auf ein interessantes Dokument stoßen. Zum Beispiel auf einen Brief, den der venezianische Gesandte an der Hohen Pforte über Gentile an den Senat geschickt hatte, oder auf ein Protokoll, das zeigte, daß er den Künstler und seine Gehilfen in seinen Palast am Goldenen Horn ehrenvoll aufgenommen und großzügig bewirtet hatte. Man wußte noch nicht einmal, wo Gentile in den anderthalb Jahren gewohnt hatte. In einer Herberge in Galata, in den Räumen des Gesandten oder im Topkapı Serail? Auch im Archiv des Serails hatte er nichts finden können, was darüber Aufschluß gab. Die Osmanen, die alles, sogar die kleinsten Kücheneinkäufe, bis ins Detail registriert hatten, fanden den Aufenthalt des venezianischen Malers in Istanbul aus unerfindlichen Gründen nicht interessant. Vielleicht war auch alles in die Hände der Leute gefallen, die das Interesse des Sultans an der Malerei für gottlos hielten, und vernichtet worden. Ein paar Zeichnungen, die übriggeblieben waren, und Gentiles Porträt hatten überdauert. Aber was für ein Porträt!

Mit unerwarteter Kühnheit war Gentile in die Innenwelt seines Modells eingedrungen und hatte Mehmet in der Einsamkeit der Macht dargestellt. Auf dem Kopf einen weißen Turban, der wie ein Wulst in Schichten um die rote Kopfbedeckung gewickelt war, wirkte er, als fröre er in dem roten Kaftan mit Pelzkragen. Sein Gesicht war bleich und seine Augen eingefallen. Auf dem schwarzen Grund ließen sich seine Wangenknochen nicht recht erkennen. Wenn kein Licht darauf fiele, würden sie nicht in so einem fahlen Gelb erscheinen. Auf dem Bild sah es fast so aus, als würde die lange Hakennase bis zum Mund reichen; sein Blick war matt. Der Bart hatte die Farbe des Pelzkragens, vielleicht von einem etwas helleren Rot; er spielte ins Kupferfarbene hinüber. Da der Maler Mehmets größten Traum, sein geheimstes Ziel ahnte – wenn Fâtih auch nicht so weit ging, den Petersdom mit Kızıl Elma, der legendären Heimat der Türken, zu vergleichen – und da er wußte, daß Mehmet Pläne schmiedete, nach Ostrom auch das westliche Rom zu erobern, sperrte er den Eroberer Istanbuls zwischen zwei römischen Säulen ein. Zwischen die Kronen von Byzanz, Karaman und Pontus hatte er einen Triumphbogen über den Herrscher gesetzt, der wie Elfenbein schimmerte. Vor ihm eine Brüstung. Darauf lag ein Teppich oder eher ein Stück wertvollen Stoffes, in den Stoff aber war ein Relief aus Perlen und Diamanten eingearbeitet. Ja, als wären Edelsteine in den Stoff eingenäht, die trotz des matten, traurigen Blicks des Sultans glänzten. Mehmet war weder direkt von vorn noch im Profil zu sehen, wie man erwarten könnte. Es war mehr als das. Der Sultan verharrte in einer Haltung, die Kâmil ganz und gar nicht mochte und an die er sich überhaupt nicht gewöhnen konnte; zum einen war er ganz nah, zum anderen auf schwarzem Grund auf der anderen Seite der Brüstung, das heißt, ganz weit entfernt. Anscheinend stand er in einem Gemach des Palastes, zu dem seine Untertanen nicht vordringen konnten, wie es einem Padişah gebührte, der über zwei Kontinente und

drei Meere herrschte. Aber die Krankheit hatte schon seit langem angefangen, an ihm zu nagen. Sein Körper war geschrumpft und die Haut faltig geworden. Auch wenn er Eroberer war, war er hilflos gegenüber dem Tod, der siegen würde.

Ob Gentile wußte, daß Mehmet nur noch sechs Monate zu
leben hatte, als er dieses Porträt malte, und ob er wußte, daß
der Arzt des Herrschers, Yakup Paşa – auch Jacopo genannt –
ihn höchstpersönlich nach und nach vergiftete, wie die Borgias
es mit Cem getan hatten? Natürlich nicht. Aber als ob er etwas
geahnt hätte, ließ er den Schatten des Todes auf den Blick seines Modells fallen. Wohin der Herrscher der Welt unter den
unauffälligen Augenbrauen blickte, war nicht klar, zum einen
war er beim Betrachter, zum anderen ganz allein in seiner Einsamkeit, in seiner eigenen Welt, zum einen machtvoll, zum anderen schwach. Das war sowieso nicht einfach ein Bild, sondern das Porträt eines Herrschers in den Klauen des Todes!

Trotz all seiner Bemühungen hatte Kâmil bis heute nicht
das Original des Bildes sehen können. Wann immer er nach
London kam, ging er in der National Gallery vorbei, und
wenn er das Gemälde sehen wollte, das in einer entlegenen
Ecke im sechsten Stock aus irgendwelchen Gründen nicht in
der Renaissance-Abteilung mit den Werken von Gentile Bellinis Zeitgenossen Uccello, Piero della Francesca, Antonello
da Messina und Carlo Crivelli, mit den Werken seines Bruders
Giovanni Bellini und seines Schwagers Mantegna ausgestellt
war, erhielt er von den Aufsehern des Museums zur Antwort,
es sei entweder auf Reisen oder werde gerade restauriert. Und
wütend stürzte er hinaus. Er lief zur Waterloo Bridge, und dort
versuchte er, seinen Unmut zu dämpfen. Meist war es regnerisch, die still vor sich hin fließende Themse aber war so trübe,
als wäre sie London böse. Dann ging er zum anderen Ufer
hinüber und setzte sich auf eine Bank vor dem South Bank
Center. Eines Morgens wachte er im Hotel durch Hufschläge
auf. Als er aus dem Fenster sah, erblickte er einen Polizisten in

der arroganten Haltung eines Herrschers zu Pferde. Einen Helm auf dem Kopf, wirkte er in der eleganten grauweißen Uniform so, als zöge er in die Stadt ein, die er erobert hatte. Als wäre es der Penis des Pferdes, hing sein Gummiknüppel herab und pendelte hin und her, wenn das Pferd weitertrabte. Langsam entfernte es sich aus der einsamen Straße. Das erste, was Kâmil in London am Morgen sah, war also dieser Polizist zu Pferde. Wenn er im Laufe des Tages durch die Straßen wanderte, in die U-Bahn stieg, durch die Parks schlenderte, auf das Oberdeck der alten rumpelnden Busse kletterte, wenn er in den Pubs ein- und ausging, sah er natürlich auch vieles andere. Halbnackte junge Frauen, die im Green Parc darauf warteten, daß die Sonne hinter den Wolken hervorkam, einen Schwarzen, der am Piccadilly Circus Saxophon spielte, indische Schaffner in den Bussen, junge Leute mit purpurroten Haaren, die sich als Indianer verkleidet hatten, und wunderschöne, pechschwarze, geduldige Taxis. Und doch konnte er den Polizisten zu Pferde nicht vergessen, obwohl inzwischen viele Jahre vergangen waren. Wann auch immer er sich Fâtihs Porträt vorstellte, fiel ihm das Bild des Gummiknüppels ein.

Kein einziges Mal hatte er die Chance, Gentiles Gemälde in London zu sehen, aber er fand die Gelegenheit, Westminster unendlich lange vom gegenüberliegenden Ufer aus zu betrachten, wo ein anderer Eroberer, William the Conqueror, seine Berater versammelte, bevor er Großbritannien einnahm. Mit seinen weißen Mauern, den spitzen Türmen und der Kirche im Innern stand es so kerzengerade da wie die englischen Adligen, distinguiert, und doch ein bißchen charmanter. Er wußte, daß das alte Parlament im letzten Jahrhundert bei einem Brand zu Schutt und Asche zerfallen und an seiner Stelle der heutige neugotische Bau errichtet worden war. Auch, daß Turner aus seinem Atelier gestürzt kam, um das Bild der Flammen zu malen, als er hörte, das Parlamentsgebäude brenne. Kâmil erinnerte sich nicht mehr ganz genau, ob er das Gemälde in der Tate Gallery, in der Nähe der Ansichten von Venedig, oder anderswo gesehen hatte. Aber er entsann sich sehr genau der Einzelheiten des Gemäldes. Auf der rechten Seite stand Westminster Bridge, wohin das Licht der Flammen fiel, im Vordergrund die Gruppe von ärmlich gekleideten Leuten, die sich den Brand mit Begeisterung, ja sogar mit leicht sadistischem Vergnügen anschauten – und in der Mitte des Bildes das Feuer. Und was für eins! So feuerrot, als würde es vom Ende der Welt künden. Ein Regen von Feuerfunken, der sich zum Himmel erhob, wie vom uralten, riesengroßen, büffelledernen Blasebalg eines Schmieds angefacht, und der dann auf die spitzen Türme, den Fluß und die steinernen Bögen der Brücke niederprasselte. Wer weiß, wie oft er sich an diesen Brand erinnerte – jedes Mal, wenn er nach London reiste! Und er empfand eine seltsame Lust daran, daß er in der Stadt des Dichters war, der geschrieben hatte: »Doch jeder von uns tötet, was er liebt!« Hatte nicht auch Mehmet – ja, sogar er! – getötet, was er liebte? Hatte er Irene nicht mit eigener Hand erdolcht, ihren nackten Körper umarmt und geschluchzt?

»Doch jeder von uns tötet, was er liebt!« Diese Worte rotierten durch Kâmils Kopf.

Die Stimme Lucias, die immer noch in seiner Seele widerhallte, entfernte sich allmählich. Er wollte sich seiner Arbeit widmen, aber es gelang ihm nicht. Jeder Ton, jede Silbe landete wie ein Hammerschlag auf seinem Kopf, und jedes Mal, wenn er landete, wurde noch ein Nagel ins Kreuz geschlagen. »Töte, was du liebst! Tö-te!«

Eigentlich hatte Kâmil nie an diese Irenenlegende geglaubt. Keine Frau hatte je eine so wichtige Rolle in Mehmets Leben gespielt. Obendrein war in keiner einzigen osmanischen Quelle von Irene die Rede. Mehmet war in Istanbul verliebt. Seine einzige Leidenschaft war es, sich der Stadt zu bemächtigen und dort, wo die drei Meere sich vereinigten, die Flagge des Islams auf der byzantinischen Bastion zu hissen. Sein Leben lang hißte er Flaggen auf Stadtmauern, eroberte Länder und nahm Festungen ein. Hatte er, genauso wie er Flaggen aufstellte, auch seinen Penis wollüstig in Körper gestoßen, die sich vor Lust wanden? Dort, an der Küste des Bosporus, der sich so langsam wie eine Vagina öffnete. Der Bosporus gleicht weder der Themse noch dem Canal Grande, weder schlagen seine Ablagerungen sich nieder, noch fließt er trübe dahin und wendet sich von der Stadt ab. Es ist ein blaues Wasser, es strömt dahin, und seine Wellen schlagen an Buchten und Haine. Und wie einst bewacht Mehmets Palast heute die Einmündung des Bosporus in die Stadt. Kâmil begriff nicht, daß der Padişah dort, unter den Kuppeln, wo Blau und Grün, wo Kastanien und Platanen Schatten spendeten, eines Tages den Hohen Rat versammeln und die Frau, die er liebte, mit eigener Hand erdolchen konnte.

Angeblich ist der Sultan bis über beide Ohren in eine byzantinische Frau in seinem Harem verliebt. Und der Name der Frau ist so schön wie sie selbst: Irene, das heißt Frieden. Mehmets Liebe zu der Konkubine geht so weit, daß er keine Augen mehr für die blutjungen dunklen Männer oder die tscherkessischen Schönheiten hat. Er fängt sogar an, die Staatsgeschäfte zu vernachlässigen. Daraufhin verbreiten sich Gerüchte im Palast, und nach und nach fängt jedermann – im ganzen Land – an, sich das Maul über die Liebe des Herrn der Welt zu zerreißen. Irene soll Mehmet verhext haben, soll ihn im Harem eingesperrt und zu ihrem Sklaven gemacht haben. Kein Aphrodisiakum soll mehr ausgereicht haben, und je mehr den Herrscher die Kräfte verließen, desto tyrannischer soll er geworden sein, desto heftiger soll er seine Wut an den Dienern ausgelassen haben. Jedem, der eine Anspielung machte, ließ er sofort den Kopf abschlagen. Aber Mehmet mußte seine Willensstärke prüfen. Er mußte dem ganzen Osmanischen Reich, vom Land der Griechen bis zur wildströmenden Donau, vom Ägäischen Meer bis zu den Bulgaren und Rumänen, bis hin zu den Landstrichen, die Euphrat und Tigris bewässerten, be-weisen, daß es nicht so weitergehen wird. Das Fortbestehen des Staates war von seiner geistigen Gesundheit abhängig. Eines Tages versammelte er den Hohen Rat um sich, holte die Ge-liebte, und nachdem er sie splitternackt ausgezogen hatte, tötete er Irene vor den Augen der Wesire und Paşas, als wollte er sa-gen: »Schaut nur her, ich verzichte auf alles, sogar auf diese Schönheit – Allahs Geschenk –, die ihr hier seht; schaut nur, mit wem ihr es zu tun habt, ich bin Fâtih Sultan Mehmet!« »Doch jeder tötet, was er liebt!« Lange vor Oscar Wilde hat ein osmanischer Herrscher dasselbe empfunden und das, was er liebte, mit einem Dolch, mit Perlmutt eingelegt, mit scharfer Spitze… Alles Lüge.

Ohne jeden Zweifel war diese Legende eine Erfindung Angiolellos. Hatte dieser Italiener, der zuerst in den Dienst des Prinzen Mustafa getreten war und, nachdem der Prinz nach einem Schwindelanfall im Hamam gestorben oder durch Gift ermordet worden war, auch in Mehmets Diensten stand, nicht ebenfalls schreckliche Geschichten über Gentile erfunden? Eines Tages zeichnet der Maler den enthaupteten Kopf von Jo-hannes dem Täufer und zeigt dem Padişah das Bild. Mehmet ist so durch und durch Realist, daß er sagt – obwohl ihm das Bild sehr gefällt –, wenn der Kopf vom Körper getrennt werde, ziehe sich der Hals zusammen, und daher sei es erfor-derlich, daß man Johannes' Hals nicht auf dem Gemälde sehe. Um seine Behauptung zu beweisen, läßt er den Scharfrichter an Ort und Stelle den Kopf eines Sklaven abschlagen. Die Hi-storiker, die Angiolello und den Mönch Bandello als Quelle angeben, haben diese frei erfundene Geschichte jahrhunderte-lang kolportiert. Wenn es nun aber doch stimmen sollte, was der Italiener erzählt hat? Und wenn der Mönch Bandello das alles nicht geschrieben hätte, um die Christen in Angst und Schrecken zu versetzen, sondern um Tatsachen zu berichten? Und wenn Mehmet seine Geliebte wirklich umgebracht hätte?

Kâmil suchte Beweise, als wollte er um jeden Preis verhindern, daß man diese Fragen positiv beantwortete. Und er
schrieb in sein Notizheft, daß es von der Antike bis heute verschiedene Überlieferungen der Irenensage gab, daß Alexander
der Große, den Mehmet sich zum Vorbild nahm, eine Frau namens Campaspe, die er leidenschaftlich liebte, seinem besten
Freund Apelles gab und damit seine Liebe opferte, und daß
selbst der begabteste Maler nicht in der Lage war, das Porträt
dieser Frau zu malen, die jedermann mit ihrer Schönheit be-
zauberte, eine Legende, die auf Plinius und Beroalde zurückging. Die Geschichte vom Hals Johannes' des Täufers glich
einem anderen Mythos aufs Haar, der wiederum von der Antike bis in unsere Zeit gelangt sein könnte; Kâmil notierte auch
dies in seinem Heft.

Der Athener Maler Parhasios glaubte, daß er das Porträt
des gefesselten Prometheus besser malen könnte, indem er seinen alten Sklaven folterte. Während er das schmerzverzerrte
Gesicht seines Modells malte, schlug der Henker Nägel in die
Füße des Sklaven. Kurz bevor er sein Leben aushauchte, sagte
der Sklave: »Ich sterbe, Parhasios!« Die Antwort des Malers
aber war kurz und scharf: »Rühr dich bloß nicht vom Fleck –
bleib, wie du bist!«

Keine Metapher, sondern nackte Tatsache. Dennoch war
Kâmil bewußt, daß der Tod eines Modells näherrückte, je weiter das Porträt voranschritt, und das erinnerte ihn an den Verfasser vom »Bildnis des Dorian Gray«. Das Bild des Todes
kann nie realistisch genug sein, und auch wenn der Sklave, der
am Kreuz mit dem Tode ringt, sich nicht bewegt, auch wenn
der Hals sich zusammenzieht und verschwindet, sobald der
Kopf vom Körper getrennt wird, ist die Hand, die das Bild
beseelt, in Wirklichkeit die Hand, die dem Modell das Leben nimmt. Deshalb hatte Kâmil es immer vermieden, das
menschliche Gesicht zu zeichnen! In seiner Landschaftsmale-
rei blieb ihm nichts anderes übrig, als die Natur zu töten, »na-

tures mortes«, Stilleben, anzufertigen, ein seltsamer Begriff, den man nur auf das Zeichnen von Gegenständen anwandte, der aber auch für Landschaftsbilder gelten mußte. Ja, letztendlich tötet der Maler sein Modell!

Kâmil merkte, daß er etwas übertrieb, aber er konnte es nicht lassen, über Fâtihs Tod nachzudenken. Das hieß doch, während das Gift, das man in Venedig präpariert hatte, durch die Adern des Sultans lief und wie eine Stecknadel von den Fußspitzen bis zum Kopf mit dem Turban wanderte, malte ausgerechnet der venezianische Maler sein Porträt. Wenn das Modell direkt von vorn gezeichnet worden wäre, hätte das Auge, das den Maler mit seinen Blicken durchbohrte, auf seiner eigenen Existenz bestanden, als ob es sagen würde: »Hier bin ich!« Es wäre sowohl innerhalb als auch außerhalb des Gemäldes. Auf einem Porträt aber, das ein Profil zeigte, würde das Modell seinen Blick nicht auf das Auge des Betrachters richten, sondern vermutlich auf einen Punkt, der sich nicht innerhalb des Gemäldes befand. Er ist weder hier noch ganz und gar dort, innerhalb des Gemäldes. In einer Hinsicht existiert sein Blick nicht, denn das Modell sieht nicht uns an, sondern eine Stelle, die wir nicht kennen. Es ist ganz allein in seiner Welt. Als hätte es jede Kommunikation mit dem Auge, das es anblickte, abgeschnitten und sich in seine Einsamkeit zurückgezogen. Wir sehen noch nicht einmal die andere Seite seines Gesichts. Sie ist halb und halb im Schatten, ja sogar im Dunkeln. Was heißt hier Dunkel; sie ist einfach nicht da. In dieser Position aber, etwas deutlicher als im Profil, ist Mehmet zum Teil hier, mit uns zusammen, zum Teil hinter den hohen Mauern des Palastes, ganz allein in der Einsamkeit der absoluten Macht, dachte Kâmil. Es ist auch nicht eindeutig, wohin er eigentlich blickt. Scheinbar schaut er uns an, aber auch diesen undefinierbaren Punkt, der sich mit dem Rahmen des Bildes schneidet. Er will zum einen, daß die absolute Macht sich in seiner Existenz verkörpert und er sich nicht unter uns Sterbliche mischt, auch wenn er krank und müde geworden ist, zum anderen, daß wir uns nach Jahren, nach Jahrhunderten an ihn erinnern können. Daß wir ihn nicht nur durch die Monumente, Moscheen und Medresen, Brücken und Märkte, Armenküchen und Herbergen, Bäder und Kanäle kennenlernen, die er errichten ließ, sondern auch sein wahres Gesicht, ihn, der mit dem Namenszug »El Muzzafer daima – Immer und ewig: Der Sieger« unterschrieb. In dem Moment, da er durch Gentiles Hand unsterblich wurde, war er dem Tod längst anheimgegeben. Daher war er so blaß und nachdenklich. Das Gift hatte begonnen, durch seine Adern zu wandern, sein Herz, Gift statt Blut durch seinen ganzen Körper zu pumpen, und seine Haut verfiel. Feuchtigkeit, Schimmel und Salz, die jetzt an Venedigs Palästen nagen, schwächten einst auch ihn und richteten ihn zugrunde. Als Fâtih Sultan Mehmet, der Eroberer, schließlich auf dem Feldzug im blutroten Zelt Blut spie und starb, war er nicht vom Feind, sondern von dem Maler besiegt worden.

> »Finsternis unter den Zypressen,
> auf der Stadtmauer Janitscharen.
> Gras wuchs über die Toten,
> wuchs und wanderte zu meiner Erde.
> Ich war besiegt – und Abend wurde es in mir.«

Aus irgendeinem Grund kamen Kâmil diese Verse in den Sinn, die geschrieben worden waren, als stammten sie aus dem Munde des Sultans. Er erinnerte sich nicht an das ganze Gedicht. Aber soweit er es im Kopf hatte, wollte er es aus vollem Hals herausschreien und Lucia, die in ihrem kurzen Rock mit den Lederbänden im Arm im Lesesaal ein- und ausging, die Wahrheit dieser vergänglichen Welt hören lassen, selbst wenn er die übrigen Bibliotheksbesucher störte. Zuletzt scheute er sich jedoch, den Text auch nur vor sich hin zu murmeln. Wie die Verse in seinem Gedächtnis aufgetaucht waren, verschwanden sie auch gleich wieder.

Es dauerte noch sehr lange bis zum Abend. Aber Kâmil wollte, daß sofort Abend wurde. Daß ein dunkles Blau käme und sich auf die Fensterscheiben legte, sobald die Sonne sich auf die flammenspeienden Schornsteine von Marghera gesenkt hätte. Daß es sich dann in Dunkelblau, Rot und Schwarz verwandelte und die Stadt wie einen Albtraum umschlänge. Nein! Daß der Abend ein sanfter Schleier wäre, denn er träfe sich mit Lucia, sie würden zusammen essen gehen, hoffentlich begnügte sie sich diesmal nicht nur mit einem Kaffee und wimmelte ihn an der schönsten Stelle des Gespräch ab – *ciao!* Nicht: Jetzt muß ich gehen. Sie würden das Café verlassen und ein stilles Restaurant für ein Abendessen zu zweit finden. Die Nacht würde Venedig nicht wie ein Albtraum, sondern wie ein zarter Schleier umhüllen.

Der Vergleich mit dem Schleier erinnerte Kâmil an die Frauen Istanbuls einer früheren Zeit. Manche verhüllten sich so, daß man ihre Gesichter nicht sehen konnte, nur ein Paar Augen. Das aber reichte aus, um sich vorzustellen, was man nicht sah. Die Frauen verbargen ihre Augen vor fremden Blicken; ihre Augen waren ihr wertvollster Besitz. Die arme Lucia! Ach, meine Schöne, deine braunen Augen in einer Glasschale... Im alten Istanbul flüchteten die Frauen in schmutzige Straßenecken und versuchten ihre Augen – ja, selbst ihre Augen – zu verstecken. Oder sie schauten aus einem vergitterten Fenster auf die Straße. Wenn aber ein Trödler vorbeikam, der schrie: »Her mit eurem alten Zeug, her damit, ich kaufe es!«, oder ein Hausierer, vielleicht auch ein fliegender Händler, ein Wasserverkäufer, was weiß ich, eine Stimme, die das alte Lied der holprigen, engen Gassen sang, mußten sie den Mann, der vorbeikam, unbedingt ins Haus rufen. Man weiß nicht, ob sie Wasser kauften – das köstlichste Wasser aus den unzähligen verschiedenen Quellen Istanbuls, sagt nicht, das Wasser hätte doch keinen Geschmack, denn damals gab es in Istanbul Hunderte von Quellen, und jede hatte ihren eigenen Geschmack, ihren eigenen Duft – oder ob sie ihren alten Krempel los wurden. Vielleicht kauften sie Nähseide beim Hausierer, ein paar Knöpfe, einen Ring und eine Nadel, um eine aufgeplatzte Naht an der Kleidung ihrer Ehemänner zuzunähen, oder sie erwarben Ingwer beim fliegenden Händler, freilich nicht, um Bilder damit zu malen, sondern um ihn mit ihren schönen langgliedrigen Händen über den Milchreis zu streuen.

Wer waren sie, was machten die schwarzverschleierten Frauen des alten Istanbul ein Leben lang, boten sie ihre verborgene Schönheit nur einem einzigen Mann dar? Es gab auch Frauen, deren blumenbestickte Unterwäsche man unter den Röcken hervorlugen sah, wenn sie die Pferdetram bestiegen, und ihre Gesichter waren mit einem schwarzen Schleier bedeckt. In einen solchen durchsichtigen Schleier also sollte sich Venedig hüllen und das Gesicht dahinter wie ein verschwommenes Bild im Wasser zeigen. Wenn er mit Lucia an den Kanälen entlangging, sollten sich die Gesichter aller Frauen der Vergangenheit im Wasser regen. Als ob sie sagen würden, wir sind an dir vorbeigezogen, du bist jetzt mit ihr zusammen, mit der einzig wahren Frau in deinem Leben. Und jetzt sollte auf der Stelle Abend werden.

»Den Abend sehntest du herbei, er kommt,
umschlingt die Stadt mit einer dunklen Hülle,
er bringt den einen Frieden, den anderen Gram.«

Vom Blättern in den Geschichtsbüchern, von der Lektüre der zerfaserten, staubigen Papiere aus dem Archiv – in der Hoffnung, ein neues Dokument zu entdecken – und von der Durchsicht der Faksimiles von Jacopos Skizzenheften seit den frühen Morgenstunden mußte er so ermüdet sein, daß ihm

diese Verse in den Sinn kamen. Lyrik hatte Kâmils Geist immer entspannt. Wie Musik Nahrung für die Seele war, bot
Lyrik seinem Verstand eine Atempause. Und was die Malerei
betraf, auch wenn er das vor jedermann verbarg und sich
scheute, sich dazu zu bekennen, so war ihm die Malerei doch
alles. War Lucia nicht auch aus einem Bild herausgetreten?
Meine Einzige, meine schöne Caterina, meine Geliebte! Als er
mit großen Schritten in den dunklen Gängen des Internats auf
und ab ging, hatte er außer »Annabel Lee« kein einziges Gedicht vollständig im Kopf behalten können. Immer nur ein
paar abgehackte Zeilen... Einen Vers von Fuzuli, einen Vier-
zeiler von zeitgenössischen Dichtern, manchmal sogar nur eine
einzige Zeile. »Annabel Lee« war etwas anderes. In den Jahren, da er sich leidenschaftlich für Baudelaire interessierte, hatte
er zum ersten Mal den Namen Edgar Allan Poe gehört. Als er
zum ersten Mal die französische Übersetzung des Gedichts las,
wußte er nicht, womit er es vergleichen sollte. Aber als er später eines Tages die türkische Übersetzung in die Hand bekam,
ließ ihn »Annabel Lee« nicht mehr los.

Wenn nur erst Abend wäre, wenn er doch seinen Mantel
anzöge und hinausginge, mit Lucia ins Café, sobald die Lichter brannten. Baudelaire hatte einst den Abend herbeigesehnt.
Das hieß, daß auch er, wie Kâmil jetzt gerade, jemand war, der
sich vom Abend Hilfe erhoffte. Er hatte sich von der Welt
zurückgezogen, und wenn es Abend wurde, schlenderte er mit
Prostituierten durch die dämmernden Straßen – die Baudelaire
»erleuchtet« nannte –, und trunken vor Sehnsucht nach fernen
Ländern war er in einem Hotelzimmer gestorben. Gelähmt
wie Fikret Muallâ, und im Alter von sechsundvierzig Jahren.
Ich bin genau in dem Alter, in dem der Dichter der »Invita-
tion au voyage«, der »Einladung zur Reise«, starb, aber es gibt
kein Land mehr auf der Welt, das ich nicht gesehen hätte, ging
es Kâmil durch den Kopf. Und Gott sei Dank, ich lebe. Immer noch? wollte er sich fragen, und ohne zu zögern, versetzte

er sich dann wie einen Faustschlag die Antwort: Natürlich, immer noch!, indem er das letzte Wort betonte. Gott sei Dank habe ich weder Syphilis, noch bin ich vom Schlag getroffen. Auch wenn es ab und zu in meinem rechten Knie zieht und sticht, so ist das doch nur vorübergehend. Und dennoch sollte ich das mal untersuchen lassen. Auf jeden Fall bin ich gesund wie ein Fisch im Wasser, mein Lieber! Und ich habe auch nicht vor, irgendwen mein Porträt malen zu lassen. Noch nicht mal mich selbst.

Wieder dachte er über die Beziehung zwischen Modell und Maler nach. Er dachte über das Drama des Malers nach, dem es gelingt, das Bild seiner Geliebten zu malen, indem er ihre Gesichtszüge, das Leuchten ihrer Augen und ihre Lebens‚ freude auf die Leinwand bannt. Während er die Farben, die er auf der Palette anrührte, auf dem Porträt auftrug, gab er sich so intensiv seiner Arbeit hin, daß er nicht merkte, wie seine Geliebte immer blasser wurde und die Farben nacheinander aus den Haaren, den Augen und den Wangen schwanden. Wenn er jedoch in ein Freudengeheul ausbräche, nachdem er das Porträt beendet hätte, riefe: »Na bitte, das Leben selbst!« und seine Geliebte anschaute, würde er feststellen, daß die junge Frau gestorben war. Diese Erzählung hatte Kâmil in ei‚ nem Buch von Edgar Allan Poe gelesen, und wiederum dachte Kâmil in der fernen Stadt am Meer an den Dichter von »An‚ nabel Lee«.

Während seiner Beschäftigung mit dem Geheimnis von Cem Sultans Porträt, gemalt von Gentile Bellini in Istanbul, war der Abend hereingebrochen, und Kâmil kehrte aus dem Gardner Museum zurück. Wenn du nachts nichts vorhast und dich nicht mit deiner Freundin triffst, wird es auf der Stelle Abend. Wenn du aber ungeduldig auf den Abend wartest, will er einfach nicht kommen. So war es auch in Boston ge‚ wesen; während ihm dauernd Cems Kaftan und sein Turban durch den Kopf gingen, wurde es plötzlich dunkel. Bevor er ins Hotel zurückkehrte, wollte er schnell irgendwas zu sich nehmen, genauer gesagt, er ging in ein Lokal am Hafen, um den billigsten Hummer der Welt zu essen. Es war kalt. Die Lichter brannten, und es hatte angefangen zu schneien. Eine Stadt in der Vorweihnachtszeit. Trotz des schlechten Wetters wimmelte es auf den Straßen von Menschen. Die Geschäfte waren voller Leute, und die Schaufenster prall gefüllt. Die Bäume hatten längst ihre Blätter verloren, und der Charles River war zugefroren. Es war Winter, ein Winter, wie wir ihn jetzt erleben. Oder der Winter, den man nur aus dem Märchen kannte. Die heiße Suppe, die in der Waldhütte brodelte, während es draußen schneite, die Hütte, durch den Zauberstab einer Fee zum Palast mutiert. Und ein Leben, das man mit ein und derselben Frau in der Hütte verbrachte. Gott sei Dank war Kâmil nicht verheiratet. Er war auch nicht scharf auf eine heiße Suppe. Als er eine einfache Kneipe im Hafen sah, eingeklemmt zwischen riesigen Kränen und Lagerhäusern, verzichtete er auf den Hummer und ging schnurstracks hinein. Und nachdem er ein Bier nach dem anderen gekippt hatte – jedes Glas so groß wie ein Essigfaß –, tauchten die Verse aus der Schulzeit wieder auf: »Es war vor so manchem und manchem Jahr / in dem Seereich, nicht weit von hie, / daß ein Mädchen dort lebte, wunderbar, / mit Namen Annabel Lee: – / und dies Mädchen, es lebte dem einzigen Sinn, / mich zu lieben, wie ich liebte sie.« In einer Hafenkneipe in Boston, in der Stadt, in die er gereist war, um Cems Porträt zu sehen, erinnerte er sich an Poe, der vor genau hundertvierzig Jahren vielleicht gerade dort, an der Stelle, wo die Kneipe stand, an übermäßigem Alkoholgenuß gestorben war. Die Säufer, die ihre Lieder grölten, die Seemannslaternen, der Schnee und die Traurigkeit erinnerten an ihn. An die schlanken, blassen Frauen mit den langen, schwarzen Haaren, die nach Schimmel riechenden Zimmer und die unglückseligen Menschen in Poes Erzählungen, die in einem Meer von Alkohol ertranken. An

die schwarze Katze, die mit einer Leiche an der Mauer aufge⸗
knüpft war, an Fledermäuse und Raben. Ja, vor allem an jenen
Unheilsvogel, der mit schriller Stimme ans Fenster klopfte und
»Nevermore!« krächzte, als es draußen – um Mitternacht –
schneite und der Wind heulte, wie in den venezianischen Palä⸗
sten, die mit alten Möbeln ausgestattet waren und wo an den
feuchten Wänden die Porträts der Verstorbenen hingen. In die⸗
sem Schrei lagen alle Schmerzen des Lebens, jedwede Ein⸗
samkeit und all die verlorenen Frauen. Im Licht der nächt⸗
lichen Lampe gab es kein einziges lebendiges Geschöpf, mit
dem zu reden war, außer einem pechschwarzen Raben. Und
auf jede Frage erscholl sein: »Nevermore!« Weder werden die
Toten lebendig, noch kommt eine Nachricht von all denen, die
ihr verloren habt.

Der arme Eddy hatte zuerst seine Mutter – irgendwie ster⸗
ben die Mütter immer zu früh! –, dann seine Stiefmutter – ja,
auch Stiefmütter können sterben! –, seine erste Liebe und dann
seine Frau Virginia verloren, als sie fast noch ein Kind war.
Das Sterben der Frauen hatte bei Poe kein quälendes, zerstöre⸗
risches Reuegefühl ausgelöst. Ganz im Gegenteil; es machte
ihn mit dem Tod vertraut. Diesmal erschien ihm der Tod in
Gestalt der Liebe. »Die Engel, nicht halb so glücklich im
Himmel, / war'n neidisch auf mich und sie: – / Ja! das war der
Grund (wie ein jeder weiß / in dem Seereich nicht weit von
hie), / daß bei Nacht aus Wolken der Windschauer gellend /
entseelt' meine Annabel Lee.«

Im Schlafsaal des Internats zog Kâmil in der dunklen
Nacht, die dauernd an die beschlagene Fensterscheibe drängte,
die Decke über den Kopf, weinte und hoffte, daß er eines Ta⸗
ges auch die vollkommene Liebe und die Melancholie erlebte.
Was er in diesen Jahren, in seinem empfindsamsten und ro⸗
mantischsten Alter, erlebte, waren Augenblicksbefriedigun⸗
gen, Orgasmen, zu denen er in den kalten Zimmern der her⸗
untergekommenen Häuser in der Gasse der Bordelle mit

Nutten im Schmutz der lakenlosen Betten kam, und danach Scham und Reue, die ihn tagelang nicht mehr losließen. »Denn der Mond mir nicht blinkt, ohn' daß Träume er bringt / von der lieblichen Annabel Lee; / in den Sternen gewahr' ich die Augen klar / meiner lieblichen Annabel Lee; / und so lieg' alle Nachtzeit ich wachend zur Seit' / meiner Lieb', der ich lebte, die einst ich gefreit, / in dem Grabe, nicht weit von hie – / in der Gruft, nicht weit von hie.« Am Morgen, am Ende einer schlaflosen Nacht, wollte er das Bild der Frau seiner Träume, der Geliebten, die nicht existierte, das Bild eines weißen Gesichts, das er vielleicht vor vielen Jahren in der Dunkelheit des Kellergeschosses verloren hatte, in die beschlagene Fensterscheibe des Schlafsaals zeichnen. Dafür hatte er aber keine Zeit. Er mußte sich rasch fertig machen und nach unten, ins Studierzimmer gehen und den Tag mit einer komplizierten Gleichung oder den schlechtesten Gedichten beginnen, die es in der türkischen Literatur je gegeben hatte. An den Wochenenden aber fuhr er mit der Tunnelbahn direkt bergab ins Bordell, sagte sich »Nevermore!«, als er wieder herauskam, und schleppte sich wie eine Wasserleiche durch die Menschenmenge auf der İstiklâl Caddesi.

In Poes Büchern welkten die Frauen Tag für Tag dahin und starben. Die Geliebten waren immer in dem Alter, in dem ihr Vorbild ertrunken war, oder so alt, besser gesagt, so jung, daß Windschauer, die aus Wolken gellten, sie entseelt hatten. Und in dieser Geschichte rückte die junge Frau mit jedem Pinselstrich dem Tod etwas näher. Jede Farbe, die der Maler auf die Leinwand auftrug, fehlte dem Gesicht des Modells. Wie ein Vampir trank der Künstler vom Blut seines Opfers, ohne zu sehen, daß es immer blasser wurde. Was hätte sich schon geändert, wenn er es gesehen hätte? Und wenn das Modell den Mut gehabt hätte zu sagen: »Ich sterbe«? Dann hätte der Maler die Antwort zur Hand: »Rühr dich bloß nicht, bleib, wie du bist!« Kein Bild könnte realistischer sein. Aus dem Gesicht des

Opfers geht das Leben auf das Gemälde des Scharfrichters über. Und jeder von uns tötet, was er liebt. Ja, er tötet.

Wieder fiel Kâmil Turner ein. Jetzt wuchs die Feuersbrunst in ihm, nicht nur in London, sondern auch in Venedig wurde der Himmel feuerrot. War das eine Flamme, die in seine Seele fiel – oder Lucias Licht? Da nun alles, sogar meine Forschungsarbeit über Gentile, letztlich zu Lucia führt, muß ich dieses Mädchen wohl wirklich lieben, ging ihm durch den Sinn. Aber ich darf ihr das nicht zeigen, wenn wir uns heute abend treffen. Eine Leidenschaft also, etwas ganz und gar Unerwartetes. Es ist eine alte Geschichte, doch bleibt sie ewig neu, und wem sie jüngst passiert, der achte auf die Feuersbrunst. Zuerst züngeln Flammen in deiner Seele, und dann drohst du zu verbrennen. Du kannst dich nicht retten, nicht davor fliehen. Wohin du auch gehst, an welche Tür du auch klopfst, jetzt bist du Sklave der Liebe.

Sie trafen sich wieder in demselben Café. Kâmil war etwas früher da und setzte sich an einen freien Tisch am Fenster. Im Café war es heiß, aber er zog seinen Mantel nicht aus. Er hätte sowieso nicht gewußt, wo Platz dafür wäre. Alle Tische waren besetzt. Viele Gäste tranken ihren Prosecco im Stehen und unterhielten sich gleichzeitig laut. Kâmil hatte sein zweites Glas Prosecco schon zur Hälfte geleert, als Lucia auftauchte. Die junge Frau setzte sich ihm gegenüber und legte die Beine übereinander. Plötzlich öffneten sie sich vor Kâmil fast bis zu dem Dreieck zwischen ihren Schenkeln. Der Professor war fassungslos, und auch wenn er seinen Blick hätte abwenden wollen, wäre ihm das nicht gelungen; er merkte, daß er bis über beide Ohren rot wurde. Trotz seiner langjährigen Erfahrung und obwohl er es schon mit so vielen Frauen getrieben hatte, schämte er sich wie ein pubertierender Jüngling. Vielleicht hatte die kurz zurückliegende Erinnerung an seine Schuljahre dieses Gefühl heraufbeschworen, vielleicht war es auch sein Wunsch, das Leben ganz von vorne zu beginnen, mit Lucia, als wäre sie die erste Frau in seinem Leben. Aber er näherte sich der Fünfzig. Auch wenn er es nicht wollte, hatte er das Alter der Reife längst erreicht.

Die junge Frau wirkte gut gelaunt. Sie erinnerte ihn daran, daß sie ihn zu einem Kaffee und nicht zu einem Prosecco hatte einladen wollen; Kâmil reagierte gekränkt und meinte ernsthaft, er könne auch für sich selbst bezahlen. In diesem Moment strahlten Lucias Augen.

»Heute abend übernehme ich die Getränke, aber das Essen überlasse ich Ihnen!«

Demnach hatte sie sich also in den Kopf gesetzt, auch mit ihm essen zu gehen. Wie komisch die Frauen doch waren. Gestern wollte sie noch nicht einmal mit ihm reden. Gut, daß ich nicht darauf bestanden habe, ging ihm durch den Kopf; einem Säugling, der nicht nach Milch schreit, reicht man ja auch nicht die Brust. Diesen dämlichen Gedanken, der ihm gerade eingefallen war, mochte er auch nicht sonderlich. Er spürte, daß er wieder rot wurde. Er trank seinen Prosecco aus und bestellte noch einen. Sonst würde er bis zum Morgen wie eine junge Braut erröten. Lucia tat so, als würde sie es nicht merken. Sie schien ihren Feierabend in vollen Zügen zu genießen. Die liebenswürdige junge Frau mit den Büchern im Arm, die immer ein Lächeln für die Besucher der Correr-Bibliothek auf den Lippen hatte, war verschwunden und hatte einer lebenslustigen Venezianerin Platz gemacht. Schuhe mit hohen Absätzen, schwarze Netzstrümpfe, durch die ihre schönen Beine etwas dunkler wirkten, kurzer Faltenrock und enger Pullover. So eng, daß der Büstenhalter sich ziemlich deutlich abzeichnete. Es war klar, daß darin zwei heiße junge Tierchen steckten, zwei gierige Welpen, die sich aneinanderdrängten. Mit dem Make-up hatte sie es etwas übertrieben. Ihre langen schwarzen Haare ließ sie, ganz so, wie es Kâmil es wollte, auf die Schultern fallen, ihre Lippen waren purpurrot geschminkt und die Wimpern getuscht. Auch die Augenbrauen waren gefärbt. Obwohl ihr Gesicht jetzt ganz anders aussah, hatte sie immer noch Ähnlichkeit mit der Heiligen auf dem Bild der *Sacra Conversazione*.

»Das Make-up steht Ihnen«, sagte Kâmil, »Sie haben gar keine Ähnlichkeit mehr mit Katharina. Sind Sie wirklich hingegangen und haben sich das Bild angeschaut?«

»Nein«, antwortete Lucia. Es war klar, daß sie mit ihren Gedanken woanders war. »Heute abend reden wir nicht über Kunst, o. k.?«

»Worüber sollen wir dann reden?«

»Über Sie. Oder über Ihre Frau. Erzählen Sie mir doch mal von Ihrer Frau!«

Kâmil wußte nicht, was er sagen sollte. Wie jeder Mann in einer Zwickmühle war er zuerst drauf und dran, eine ausweichende Antwort zu geben, dann versuchte er, das Thema zu wechseln. Aber Lucia schaute ihm direkt ins Gesicht, wie einem kleinen Jungen, der etwas ausgefressen hat. In ihren Augen lag jenes schöne Licht, das Leuchten der Herbstblätter, dieses Fest der Farben, das sich von Gelb in glühendes Rot verwandelte. In ihren Augen war der Dunst der schwerfällig dahinfließenden Ströme, aller Ströme der Welt.

»Ich bin gar nicht verheiratet!« sagte er schließlich.

»Machen Sie sich deswegen keinen Kopf; mir war klar, daß Sie alleinstehend sind.«

»Wie kommen Sie darauf?«

»Lassen Sie mir doch meine Geheimnisse!«

Kâmil merkte, daß er Haltung annehmen mußte, als befände er sich auf dem Prüfstand und könnte mit einem Blick durchschaut werden. Zuerst glitt seine Hand über seinen Mantel, dann versuchte er, seine Haare in Ordnung zu bringen. Als ihm nichts dergleichen gelingen wollte, zog er eine Zigarre aus der Hosentasche und zündete sie an. Kaum hatte er sie angesteckt, drückte er sie wieder aus.

»Hier darf man nicht rauchen, stimmt's? Kommen Sie, gehen wir woandershin.«

Es sah so aus, als ob Lucia Kâmils Verlegenheit ganz gut gefiele. Sie kam ziemlich nahe an ihn heran.

»Sie gucken wohl gar nicht in den Spiegel! Wie Sie sich benehmen – das sieht doch ein Blinder mit dem Krückstock, daß Sie nicht verheiratet sind!«

Kâmil neigte seinen Kopf nach vorn. Allmählich schämte er sich vor der jungen Frau und war ganz geknickt. Er versuchte, sich zusammenzureißen und zum Gegenangriff überzugehen.

»Und Sie, wofür halten Sie sich denn, um Allahs willen?«

»Um Allahs willen« sagte er zwar nicht, denn sie sprachen Italienisch, aber er drückte seine Irritation aus.

»Nun fahren Sie nicht gleich aus der Haut, mein Lieber! Ich nehme Sie doch nur ein bißchen auf den Arm! Oder sind Sie mir böse?«

Auf dem Tisch, direkt neben dem langstieligen Prosecco‑glas, in dem die Bläschen auf‑ und abstiegen, nahm sie Kâmils rechte Hand und drückte sie freundschaftlich.

»Na gut, dann reden wir halt nicht über Sie. Am besten schweigen wir.«

»Ja, schweigen wir«, damit war Kâmil einverstanden.

Sie schwiegen. Kâmil schaute aus dem Fenster. Ein Mann ging über die enge Gasse. Er trug eine blaue Maske, eine Art Halbmond, auf dem Gesicht. Dann kam eine Gruppe junger Leute vorbei. Auch sie waren maskiert. Sollten das die Vor‑boten des Karnevals sein? Er wollte Lucia danach fragen. Aber die junge Frau, die ihm gegenübersaß, schmollte oder tat zu‑mindest so. Wahrscheinlich – damit beantwortete er sich selbst die Frage. Es mußte kurz vor der Karnevalszeit sein. Das hatte ihm gerade noch gefehlt.

Nach einem langen Schweigen trafen sich ihre Blicke. Und wie auf Verabredung platzten beide im gleichen Moment vor Lachen. Das Spiel fing an, Kâmil zu gefallen. Sie schwiegen wieder. Das Café war ziemlich voll geworden. Die Leute redeten laut schreiend und gestikulierend und hatten einan‑der dauernd etwas zu erzählen. Manche Worte drangen bis an Kâmils Ohr, und was er von dem venezianischen Tonfall ver‑stehen konnte, waren Gesprächsfetzen wie: »Das Wetter soll wieder schlechter werden.« »Das habe ich dir doch gesagt.« »Ja, das ist wirklich billig.« »Das ist dort nun mal so.« »Dem Karneval kannst du dich nicht entziehen.« »In diesem Jahr sind wir nicht da.« »Sie sollen umgezogen sein.« Eine Weile später brach Lucia das Schweigen.

»Erzählen Sie mir doch was über Istanbul!«

Kâmil lächelte melancholisch. Das sei ein langwieriges, tiefschürfendes Thema, sagte er, und es sei auch ziemlich trau= rig, und wenn er einmal damit anfinge, dann würden sie sich die ganze Nacht um die Ohren schlagen. Aber Lucia wollte nichts aus dem Blickwinkel eines Professors für Kunstge= schichte über Istanbul hören, sondern aus dem Mund eines Junggesellen. Sie bestand jedoch nicht darauf. Den zweiten Teil des Spiels dehnten sie nicht weiter aus. Die junge Frau kannte ein Restaurant in der Nähe des Stadtviertels, in dem sie wohnte. Sie schlug vor, dorthin zu gehen. Kâmil war zwar wohler zumute als gestern, aber er ging bedachtsam vor. Er tat so, als wäre er unentschlossen, was das Essengehen betraf. In der Zwischenzeit trank Lucia einen Kaffee und Kâmil noch einen Prosecco. Als sie noch weitere Getränke bestellen woll= ten, war das Café bereits im Begriff zu schließen. Kâmil hatte sich noch immer nicht an die frühen Schließungszeiten in Ita= lien gewöhnt. Mit seiner guten Laune war es fast schon wie= der vorbei. Aber am Horizont tauchte die Möglichkeit eines Essens zu zweit mit Lucia auf. Und danach kam es vielleicht zur »Abrundung« des Abends, zum Beischlaf. Er lächelte teuf= lisch. Dazu kommt es vermutlich nicht, vielleicht bin ich auch betrunken, dachte er. Er wartete, ob Lucia noch etwas hart= näckiger darauf bestand, essen zu gehen. Denn sie hatte es vor= geschlagen. Und nicht nur als Andeutung, sie hatte rundher= aus gesagt, wenn nicht das Essen, dann würde sie auf jeden Fall die Getränke im Café bezahlen. Oder hatte er sich geirrt? War er schon so beschwipst? Lucia tat so, als würde sie das nicht merken. Mit einer unerwarteten Geste bezahlte sie die Rech= nung und stand auf. Und Kâmil nach ihr.

Sie verließen gemeinsam das Café. Es war ganz dunkel geworden, und die Nacht lag wie ein schwarzer Schleier über der Stadt. Er blickte Lucias gelben Regenmantel an. Wie schön er doch zu dem schwarzen Pullover paßte. Ohne Um=

schweife erzählte er Lucia, was ihm heute nachmittag in der Bibliothek durch den Kopf gegangen war, indem er mit dem schwarzen Schleier anfing. Sein offenes Verhalten ließ die Rivalität zwischen ihnen verschwinden. Als hätten sie sich zuvor darüber verständigt, machten sie sich auf den Weg nach Cannaregio. Sie gingen durch dunkle, enge Gassen, über Brücken und an verlassenen Cafés vorbei. Schließlich fanden sie das Restaurant an der Ecke eines kleinen Platzes. Sobald Kâmil sich an den Tisch gesetzt hatte, bestellte er eine Flasche Weißwein. Inzwischen hatte Lucia sich an seinen Stil gewöhnt. Da sie den Wein nun einmal nicht aussuchte, schlug sie vor, die Speisen auszuwählen. Kâmil konnte nicht dagegen protestieren. Dennoch mäkelte er ein bißchen herum, die Art und Weise, wie die Auberginen gebraten waren, paßte ihm nicht, und er ließ sie zurückgehen; statt Parmesan wollte er geriebenen Käse, und er fragte, warum keine Spaghetti alla vongole auf der Speisekarte stünden, obwohl sie am Meer wären. Beim Essen verlor er dann gewiß auch dank der zweiten Flasche Wein allmählich seine Befangenheit. Jetzt erzählte er Lucia von Istanbul und seinen Reisen.

Während sie aßen, plauderten sie munter drauflos. Wie Kâmil vermutet hatte, lebte Lucia mit ihrer Mutter zusammen, aber nicht in einem alten Palast, sondern in einem eher bescheidenen Haus. Ja, es war alt und lag ganz in der Nähe des Hauses, in dem Tintoretto einst lebte. Es stimmte, daß sie einer adligen venezianischen Familie angehörte, aber das spielte keine Rolle. Sie hatte gerade erst mit der Arbeit in der Correr-Bibliothek angefangen. Mit ihrem Leben war sie zufrieden. Auch mit ihrem Dasein als Junggesellin. Außerdem war sie ja nicht allein zu nennen. Sie hatte ihre Mutter, und dann einen Freundeskreis. Einen Freund, das heißt, eine Liebesbeziehung, hatte sie zur Zeit nicht. Und ans Heiraten dachte sie überhaupt nicht. Vielleicht irgendwann, später – wenn sie jemanden fände, mit dem sie sich verstünde. Sein Alter spielte keine Rolle. Und was für eine Figur er hatte, darauf kam es auch nicht an. Zu späterer Stunde bat sie Kâmil um Erlaubnis, hinauszugehen, um ihr Make-up aufzufrischen. Aus Spaß wollte er sie nicht gehen lassen und sagte, sie sei so viel hübscher und attraktiver.

»Immer mit der Ruhe«, antwortete sie, »wir sind ja noch nicht mal verlobt.«

Das reichte, um Kâmil glücklich zu machen. »Wenn nicht heute nacht«, ging ihm durch den Kopf, »dann kommt es auf jeden Fall morgen zum Beischlaf.« Aber noch wollte er nicht mit Lucia schlafen. Einerseits wollte er es, andererseits scheute er sich davor. Er wollte sie so wie auf dem Bild, so rein wie die Heilige Katharina, so bar aller Wollust. Dann fiel ihm Lucretia ein. Und wenn man den kleinen, dicken Pinturicchio betrachtete, war die hellblonde, schmale kleine Frau an den Wänden des Vatikans etwa die Heilige Katharina? Na, das kannst du deiner Großmutter erzählen! Da hat er doch Lucretia dargestellt, wie sie leibt und lebt! Ob Pinturicchio in die Tochter des Papstes verliebt war? Große Liebende, diese Malersippe! Ohne es satt zu bekommen, zeichnen sie immer ein und dieselbe Frau. Mit ihrem Gesicht gehen sie zu Bett, und mit ihren Farben stehen sie auf. Wer sich mit den Hunden hinlegt, wacht mit den Flöhen auf. Wer aber mit Lucretia schläft... Lucia stand auf und ging zur Toilette. Kâmil nutzte ihre Abwesenheit und bestellte für beide einen Grappa zum Kaffee.

Als sie das Restaurant verließen, waren sie betrunken. Sie ließen den Platz hinter sich und fanden ein Café, das trotz der mitternächtlichen Stunde noch nicht geschlossen war. Diesmal lehnte Lucia Kâmils Vorschlag nicht ab. Sie gingen hinein und tranken einen Grappa zum Kaffee. Und dort, an einem Tisch mit Blick auf das dunkle Wasser des Kanals, küßten sie einander zum ersten Mal. Die junge Frau entzog Kâmil zuerst ihre Lippen und gab sie ihm dann hin. Ihr Mund war feucht. Er roch ein bißchen nach Grappa, aber auch ein wenig nach

Wein. Kâmil küßte sie unendlich lange, und dann schlug er ihr eine Gondelfahrt vor. Lucia brach in schallendes Gelächter aus. Obwohl sie in Venedig geboren und aufgewachsen sei, sei sie bis heute noch nie in eine Gondel gestiegen, sagte sie. Richtig, Gondelfahrten waren vielleicht für Touristen, darin stimmte Kâmil ihr zu, und er fragte sie, ob sie denn auch noch nie auf einen Traghetto gestiegen sei. Das sei etwas anderes; es gebe keinen einzigen Venezianer, der noch nie mit einer Fähre gefahren sei. Dann könnte sie ja auch mal mit einer Gondel fahren. Gondel oder Traghetto – war das um diese Zeit nicht egal? Das Fährboot war etwas für Leute, die einer geregelten Arbeit nachgingen, die Gondel aber für Müßiggänger. Als Kâmil darauf bestand, fingen sie an, eine Gondel zu suchen. Torkelnd liefen sie weiter. Sie gingen über eine Brücke und kamen am Kai eines ziemlich großen Kanals an. Hier waren die Häuser niedriger und die Straßen breiter. Ihnen war, als würden sie in der Kälte wieder ein bißchen nüchtern. Lucia brachte ihre Kleidung in Ordnung, nahm ein Papiertaschentuch aus ihrer Handtasche und wischte Kâmil die Rouge-Spuren von den Lippen. Als müßten sie wegen der Gondelfahrt Hand in Hand gehen, faßten sie einander an. In den Häusern waren die Lichter erloschen, Cafés und Restaurants waren längst zu, und noch nicht einmal Taxis preschten durch die Kanäle. Schließlich fanden sie eine Gondel, die vermutlich gerade von der Spazierfahrt mit einem verliebten Paar zu mitternächtlicher Stunde zurückgekehrt war. Lucia übernahm das Feilschen. Die Gondel würde sie nach Hause bringen und dann Kâmil dort absetzen, wo immer er wollte.

Sie fuhren am Kanal entlang. Eine Weile später bogen sie in einen engen, dunklen Kanal ein. Und von dort aus in einen anderen Kanal. Sie saßen auf den Vordersitzen. Kâmil zog seinen Wintermantel aus und legte ihn über Lucias Knie. Im gleichen Augenblick überkam ihn ein Schaudern. Scharf wie ein Messer wehte der Wind von der Lagune her, kalt und feucht. Außerdem roch es scheußlich. Heute abend hatte Lucia sich nicht mit Lavendel parfümiert. Warum eigentlich nicht? Aber sie hatte doch eben noch ihr Make-up aufgefrischt und war auch ganz lange auf der Toilette geblieben. Dort hatte sie sich vor den Spiegel gestellt oder sich auch auf das niedrige Klosett gesetzt ... Unter dem Wintermantel glitt seine rechte Hand zu Lucias Beinen. Etwas weiter oben, direkt unter dem weggerutschten Rock, fand er das kleine, haarige Biest, ein Felltierchen. Er zog seine Hand zurück, als ob er sich verbrannt hätte. Lucia aber packte Kâmils Hand und legte sie genau dorthin zurück. Und sie gab sich dem Streicheln des Landschaftsmalers hin. Die Meisterfinger des Malers waren so entschlossen und hart, als würden sie den Spachtel geradewegs auf die Leinwand pressen. Sie wußten, was sie taten und wie sie sich regen würden. Je schneller ihre Bewegungen wurden, dort, unter dem alten Wintermantel, dessen Taschen immer noch nach Sesam rochen, um so rascher wurden auch Lucias Atemzüge. Sie umarmte Kâmil innig. An moosbewachsenen Mauern entlang, von denen der Putz bröckelte, fuhren sie und glitten über die dunkle Fläche des Wassers. Kâmils Gesicht war angespannt, und sein Herz pochte wie wild. Sie sahen einander nicht und spürten nur die Hitze ihrer Körper. So verharrten sie eine Weile. In dem Augenblick, als Lucia nahe daran war zu schreien, hielt Kâmil ihr mit der linken Hand den Mund zu und erstickte den Schrei, der in ein Röcheln überging. Im gleichen Moment spürte er etwas Warmes, Schleimiges an seinen Fingerspitzen. Als er seine Hand zurückzog, entspannte sich die junge Frau, löste ihre Arme und ließ sich in den Sessel fallen.

Ohne zu ahnen, was vorging, bewegte der Gondoliere sich im Takt mit dem Ruder, und jedes Mal, wenn er sich darauf stützte, war ihm die Anstrengung am Gesicht abzulesen. Kâmil dachte an die Gondelfahrt, auf die er sich gleich nach seiner Ankunft in Venedig hatte einlassen müssen. Als wären inzwischen Jahre vergangen. Als er damals seine Hand ins Wasser tauchte, konnte er freilich nicht wissen, daß das Schau-dern, das vom Kanal ausging und seinen ganzen Körper über-fiel, diese Nacht ankündigte. An jenem Tag brachte ihn die Gondel, die sich wie ein schwarzer Sarg im Nebel vorwärts-bewegte, in einen dunklen Keller, jetzt aber zog sie ihn in die Tiefe einer anderen Lust, vielleicht einer tödlichen Leiden-schaft, während sie in der dunklen Nacht unter einer Brücke hindurchfuhr, die bleiche Lichter beleuchteten.

Er erinnerte sich nicht mehr daran, wie sie so dicht neben-einander saßen, nicht mehr an ihre Beine, die einander unter dem Wintermantel eng umschlangen, nicht mehr an einen empfindsamen Punkt, den er streicheln könnte, nicht mehr daran, wie lange sie sich mit ihren Händen, die die heißen Körperpartien suchten, abtasteten, nicht mehr, wie lange sie noch an den verlassenen Kais entlang über das Wasser glitten und wie sie einander durch Tasten und Fühlen mit den Hän-den verstanden, ohne ein einziges Wort zu sagen. Das einzige, woran er sich erinnerte, war, daß er Lucia nach Hause brachte, und an den Schmerz, den er empfand, als ihm die Tür mit Ge-polter vor der Nase zugeschlagen wurde. Das war das quälende Gefühl der Verlassenheit, das er kannte, aber lange nicht mehr erlebt hatte.

* * *

Er wollte nicht allein in der Gondel zurückkehren. Sich in dem Ledersessel zurücklehnen, auf dem er eben noch in inni-ger Umarmung mit Lucia gesessen hatte, und halb betrunken durch die Stadt fahren. Von einem Kanal zum anderen, an ge-schlossenen Fensterläden, moosbewachsenen Mauern, verlasse-nen, dunklen Kais entlang in die Unterwelt zurückkehren. Und während er zurückfuhr, sich an die einsamen Rückfahr-ten in seinem Leben erinnern. In seine Wohnung in Bebek oder in ein Hotelzimmer. Zu Fuß, mit dem Nachtbus oder dem Taxi durch hellerleuchtete Straßen und enge, dunkle Gassen die Rückkehr in die Hotelzimmer, wo er Angst hatte, in die Spiegel zu schauen, wo er mutterseelenallein in breiten Betten schlief, wo er träumte, wie sein reichlich schwer gewordener Leib wie angeschwollen über das Wasser glitt, ohne zu sinken. Immer blieb der Duft einer Frau zurück, der verführerische Duft der Nutten, die ihre Körper gegen Geld anboten, ohne sich auf die Lippen küssen zu lassen. Noch jetzt spürte er Lucias Schleim auf den Fingerspitzen und ihren Mund, der nach Grappa roch; und ihm war, als hörte er wieder, wie ihr Schreien, das er erstickte, in ein Röcheln überging. Vielleicht hatte er sich noch nie von einer Frau so hinreißen lassen, während er sie befriedigte. Nach keiner einzigen Frau hatte ihn so sehr verlangt. Auf Giovannis Bild schaut die Heilige Katharina das Jesuskind unschuldig und versonnen an. Auf Pinturicchios Fresko aber ist Katharina eine junge Frau, die sich lustvoll auspeitschen läßt. In ihrem Blick liegt insgeheim die Unersättlichkeit Lucretias.

Der Gondoliere war nicht sonderlich zufrieden. Als Kâmil ihm ein reichliches Trinkgeld gab, beruhigte er sich. Kâmil blieb eine Weile am Kai stehen und blickte der Gondel nach. Stütz dich nur weiter auf das Ruder, mal sehn, wie weit du fahren wirst! Mit einem Ruder ist es nicht so leicht – selbst wenn du beide Hände dazu nimmst! Ihm war, als hörte er wieder jene Stimme im Dunkel des Schlafsaals im Internat. Eines Nachts hatte der Schulfreund, der neben ihm lag, ihn gefragt: »Mit einem Ruder?« Er wußte nicht, daß damit das Masturbieren gemeint war.

»Nimm beide Hände, dann fällt es dir leichter!« Danach waren seine Nächte Jahre, viele Jahre lang damit vergangen, daß er mit einem Ruder fürliebnehmen mußte. Mußte er sich ausgerechnet heute daran erinnern? Wie unangenehm, ging ihm durch den Kopf, das Internat will und will mich nicht in Ruhe lassen, in seiner romantischsten Nacht! Er ging rasch durch die dunklen Gassen. Je länger er lief, um so wohler fühlte er sich. Er wollte an etwas anderes denken, aber die Geschichte mit dem Ruder wollte und wollte ihm nicht aus dem Sinn gehen. Eine Schande für den Professorenstand! Dann brach er in schallendes Gelächter aus. Weiß Gott, man sperrt dich noch als Verrückten ein! Na, und wenn schon! Wahrscheinlich fuhr man jemanden mit der Gondel ins Irrenhaus, wie man einen zum Friedhof brachte. Mit der Gondel – mit einem einzigen Ruder! Er wäre fast geplatzt vor Lachen. Alles, was mit Lucia passiert war, hatte er längst vergessen. Als er sich etwas beruhigt hatte, merkte er, daß die junge Frau ihm fehlte. Und der Schmerz steigerte seine Sehnsucht nach ihr. Die Haare im Nacken zusammengebunden, kam eine brave, charmante junge Frau in den Lesesaal, legte die Bücher, die sie in der Hand hatte, vor Kâmil ab und lächelte. Vielleicht liebte er sie so sehr, weil sie eine Beziehung zu den Büchern hatte. Mein schönes Mädchen, meine geliebte Bibliothekarin! Eine andere junge Frau beobachtete vom Balkon des Vatikans aus, wie die Pferde sich paarten. Alexander Borgia stand neben ihr. Die Frau war in den Papst verliebt, das heißt, in ihren Vater. Als der Hengst sich aus den Händen der Wärter, die ihn mit Gewalt wegrissen, befreite und, Schaum ums Maul, die Stute besprang, klatschte Lucretia wie ein Kind in die Hände, war völlig außer sich vor Begeisterung und klammerte sich an den silbernen Hirtenstab des Papstes, als gäbe es nichts anderes, woran sie sich festhalten könnte. Dann begann sie, an ihren Fingernägeln zu kauen. Mein verrücktes Mädchen, meine Geliebte in der Gondel! Mein Licht, meine Nutte, meine Einzige! Der Maler hatte beide Frauencharaktere in Gestalt der Heiligen Katharina dargestellt, aber Jahre später war es Lucia, die aus den Bildern auftauchte und feuerrot in das Leben eines unverbesserlichen Professors für Kunstgeschichte fiel, der längst die Hälfte des Lebensweges hinter sich hatte. In der Dunkelheit Venedigs war aus seinen geisterhaften Häusern und Dächern ein Licht in Kâmils Seele gefallen. Wenn die Liebe ein Hemd aus Feuer ist, dann hatte er längst seinen Wintermantel abgelegt und dieses Hemd angezogen. Mit anderen Worten, er war verliebt, verliebt über beide Ohren wie in den banalsten Liebesliedern. Vor seinen Studenten hatte er einmal gesagt, in einer bestimmten historischen Epoche sei das eigentliche Ziel des Künstlers gewesen, das Licht zu suchen. Das Licht war der Fokus des Gemäldes, ja, war das Gemälde an sich. Als Kâmil Landschaftsbilder malte, konnte er schließlich das Licht auf den Hügeln Istanbuls und an den Ufern des Bosporus einfangen. Jenes intensive, sengende Licht, dessen Ursprung nicht genau definiert war, war nun nicht auf ein Gemälde, sondern mitten in sein Leben gefallen.

Die Hände in den Manteltaschen, lief er durch ein Stadtviertel Venedigs, das er nicht kannte. Und er spürte die Erregung über etwas Schleimiges, das ihm auf den Fingerspitzen haftengeblieben war, ihre Nähe und die Erinnerung an sie, die ihn um den Verstand brachte. Bis jetzt waren Lucia und er noch kein Liebespaar. Aber ein Freundespaar, zwei Komplizen, zwei Vertraute. Lange sah er kein einziges Licht in den Fenstern. Die Stadt war in Finsternis versunken, und man hörte kein anderes Geräusch als seine eigenen Schritte. Weder ein Schatten glitt vorbei noch ein Taxi mit seinen rot-grünen Lichtern. Auch die Ratten, die den Pestbazillus von Haus zu Haus trugen, hatte man damals nicht gesehen. Die Katzen lagen in tiefem Schlaf. In der Hoffnung, er fände ein offenes Café, wanderte Kâmil lange weiter. Er stieg Brücken hinab und hinauf, bog in enge, furchteinflößende Gassen ein und lief an Kais entlang. Zum Schluß fand er sich auf einem kleinen Platz wieder. In Venedig tauchte doch immer völlig unerwartet ein Platz auf! Vor allem gegen Morgen, wenn du mit den Geistern der Vergangenheit umherwanderst, wenn du die Geliebte nach Hause gebracht und dich vom Ruf der Nacht hast verführen lassen, wenn du frierst, die Hände in den Manteltaschen, und dein Kopf…. nein, im Geist befand er sich nicht zwischen Lucias Schenkeln. Mitten auf dem Platz stand ein Brunnen und links davon schöne, restaurierte Häuser. Wer weiß, wie schön die Farben in Erscheinung treten würden, wenn der Morgen dämmerte: gelb, rötlich mit einem Schim-mer ins Violette, zitronengelb. Aber erst, wenn der Morgen dämmerte. Jetzt lagen sie im Dunkeln. Er betrat den Kai, der am Ende der Häuserzeile anfing, und ging weiter.

Eine Madonna mit dem Jesuskind fiel ihm an einer Mauer auf. Die Ikone stand in einem bogenförmigen steinernen Rah-men, und die Figuren waren in der Dunkelheit nicht richtig zu erkennen. Als Kâmil genauer hinschaute, erkannte er, daß das Kind die Mutter innig umarmte. Als ob es Angst hätte zu fal-len, hängte es sich mit den winzigen Händen an Marias Hals. Sie hielten einander in den Armen und gingen in dem Glück auf, ein einziger Körper zu sein. In der feindseligen Nacht wa-ren sie allein. Vielleicht war der Stein kalt, aber das Wasser mußte noch kälter sein. Auf der Umrahmung war zu lesen: *FONDAMENTO DEI MORI.*

Als Kâmil an der Ikone, die keine Beziehung zu dem Na-men des Kais hatte, vorbeigegangen war, sah er die Statue eines Mannes mit Turban, eingelassen in die Wand neben einer Tür, als hätte man sie zwischen die Tür und das vergitterte Fenster geklemmt. In der linken Hand hielt sie eine Schachtel, und die rechte Hand war am Handgelenk abgebrochen. In dem Kaf-tan, der der Statue bis zu den Knöcheln reichte, mit dem Tur-ban und dem Vollbart sah sie aus wie ein osmanischer Kauf-mann, den es aus Istanbul hierherverschlagen hatte. Etwas weiter vorn sah er die Statue eines anderen Osmanen mit Tur-ban, etwas größer als die erste; sie stand in einer Mauernische auf einem Sockel. Der Mann wirkte so irritiert, als ob er sich verlaufen hätte. Er war – wer weiß, warum – leicht nach rechts geneigt. In einer Haltung, die an Venedigs Glockentürme erinnerte, schien er auf den Kanal zu schauen. Auf einmal

wurde das Wasser beleuchtet, und auf seiner Oberfläche erschien ein dunkelgrünes Feld. Als Kâmil den Kopf hob und
nach oben schaute, sah er den Schatten einer Frau am Fenster
des Hauses an der gegenüberliegenden Kaimauer. Sie stand
hinter der Tüllgardine und blickte nach unten. Auf einem
Steinrelief, ein wenig unterhalb des Fensters, bewegte sich ein
Kamel mit einer Last auf dem Rücken. Die Vorderbeine des
Tiers waren abgebrochen. Wer weiß, wann sie in den Kanal
gefallen waren. Der Kameltreiber, der voranging, wandte sich
um und blickte zurück; er wirkte wie in dem Moment erstarrt,
als das Relief gemacht wurde. Sein rechtes Bein, ebenfalls am
Knie abgebrochen, mußte wie die Beine des Kamels in den
Kanal gefallen sein. Kâmil erkannte das Haus der Ca' Mastel-
lis. In einem Geschichtsbuch über Venedig hatte er gelesen,
daß dieses Haus einer Familie gehörte, die durch den Gewürz-
handel reich geworden war. Wer weiß, wer jetzt darin wohnte.
Die Frau wandte sich vom Fenster ab und ging in den Salon.
Nun fiel ein stärkeres Licht durch die Balkontür auf den Kanal. Und eine Gondel, unklar, woher sie kam, durchquerte das
Lichtfeld und entfernte sich leise. Niemand saß darin. Vielleicht war es auch ein Sarg, nichts weiter als ein Sarg gewesen.
Oder es kam Kâmil so vor. Dem Kamel auf dem Relief hatte
man einen Ballen aufgeladen und mit zwei riesigen Riemen auf
den Höckern festgezurrt. In Kâmils Augen verwandelte sich
auch der Ballen in einen Sarg. Es war Hazret-i Ali, der in dem
Sarg lag, wie auf den volkstümlichen Bildern, für die sich
Kâmil früher interessiert hatte. Aber Ali war es auch, der das
Kamel trieb. Während er das Kamel am Halfter zog, drehte er
sich um und blickte nach hinten, und als er sich selbst tot im
Sarg liegen sah, erstarrte er vor Entsetzen.

Kâmil lief bis ans Ende der Kaimauer. Dort, an der Ecke,
wo das Haus, von dem die Ziegelmauer zu sehen war, und der
Platz aneinandergrenzten, stand eine weitere Statue, ebenfalls
auf einem Sockel, aber ohne Turban auf dem Kopf. Ihr Kaf-

tan war kurz, und sie hatte viel mehr Ähnlichkeit mit einem
römischen Soldaten als mit einem osmanischen Kaufmann.
Auf der Schulter hatte sie eine Last, die vermutlich noch
schwerer war als jene des Kamels auf dem Relief; eine Kiste
voller Gold, vielleicht ein Marmorblock, den man auf dem
Großen Basar von Istanbul gekauft hatte. Der Mann trug keinen Bart. Aus unerfindlichen Gründen hatte man dem Gesicht
eine riesengroße Nase aus Bronze aufgesetzt. Auf dem weißen
Stein wirkte die Nase sehr auffällig. Kâmil fürchtete sich vor
diesem Mann. Er dachte, daß er sich seinen eigenen Grabstein
auf den Rücken geladen hatte und aus Istanbul hierhergekommen war, um zu sterben. Kâmil nahm seinen Weg wieder auf.
Bis zum Tagesanbruch ging er nicht allzu nahe an die Kaimauern heran.

Das Dunkel lichtete sich allmählich. Zuerst kamen die Fassaden der Häuser, und dann die Kanäle ans Licht. Ein mattes
Licht fiel auf die Straßen, die Nacht ging in Blau und dann in
Weiß über. Das erste Wassertaxi des Morgens fuhr durch einen
Kanal. Vielleicht transportierte es einen Kranken, vielleicht
auch einen regulären Passagier. Kâmil ging in das erste Café,
das so früh am Morgen geöffnet war, und hockte sich auf den
Barhocker an der Theke. Zuerst bestellte er einen Kaffee, dann
einen Grappa. Eigentlich hatte er sich geschworen, keinen Alkohol mehr zu trinken. Aber ein einziger Grappa zum Kaffee
ließ ihn wieder klar denken. Er war nicht müde, nur etwas
durcheinander. Phantasie und Realität tanzten in seinem Hirn
Tango. Ein unendlich langer Tag lag vor ihm. Er wollte in die
Correr-Bibliothek gehen und arbeiten, überlegte es sich dann
aber anders. Besser, wenn er Lucia heute nicht sähe. Vielleicht
schämte sich die junge Frau oder hielt ihn für aufdringlich.
Am besten war es, nach Hause zu gehen.

Er setzte seinen Morgenspaziergang fort und ging zum Canal Grande. »Morgenspaziergang« war der falsche Ausdruck.
Der Morgenspaziergang war Sache der Familienväter, die sich

nachts richtig ausschliefen und nicht am Busen der Geliebten ruhten, eine Angewohnheit der Leute, die ihre Hunde aus͵ führen und frische Luft schnappen wollten, nichts für Nacht͵ schwärmer wie ihn. An einer Landungsbrücke am Canal Grande stieg er auf einen Vaporetto. Als er vor seinem Haus ankam, hatte er keine Lust hineinzugehen. Es war etwas neb͵ lig, aber die Kälte hatte nachgelassen. Immer wenn die Win͵ tersonne auf die Kanäle schien, regte sich das Wasser. Die Sonne fiel auch auf die Blumen, die auf dem Balkon blühten, und strahlte sogar auf die abgelegensten Gassen. Er kehrte zur Piazzale Roma zurück. An der Landungsbrücke wollte er auf den Vaporetto No. 52 steigen und nach San Giorgio degli Schiavoni fahren. Beim Essen gestern abend war das Gespräch einen Moment lang auf Carpaccio gekommen. Lucia hatte ihn gefragt, ob er die riesigen Wandgemälde gesehen hätte, die der Maler für die Dalmatier gemalt habe, und er hatte geantwortet, daß er bis jetzt noch nicht die Zeit dazu habe finden können, sich aber bei der ersten Gelegenheit mit den Männern mit Tur͵ ban des Meisters bekannt machen wolle. »Ich hoffe, daß Sie auch bei der ersten Gelegenheit in die Accademia gehen, um sich Ihre Zwillingsschwester anzugucken«, hatte er hinzuge͵ fügt. Da hatten sie sich noch gesiezt. Nach der Gondelfahrt hatte er ihr an der Türschwelle eine gute Nacht gewünscht und ihr hinterhergerufen: »Ich liebe dich!« Vielleicht hatte er das auch zu sich selbst gesagt, nachdem ihm die Tür vor der Nase zugeschlagen worden war. »Caterina, Caterina«, hatte er ge͵ sagt, *»ti amo.«*

II

Auf dem Boden, auf der safrangelben Erde, Knochenreste und Totenschädel, kümmerliche Kräuter, die aus den Felsen wachsen, dann eine Leiche, das rechte Bein abgerissen, auch der linke Arm fehlt ihr – an den geschrumpften Hoden erkennt man, daß es eine männliche Leiche ist –, und direkt daneben eine Frau mit hellblonden, lockigen Haaren; ihr fehlt der Unterleib; und da hat sich noch eine Schlange zusammengeringelt, auf dem Sprung, ihre Jagdbeute zu beißen. Man sieht kein anderes Lebewesen. Es ist klar, daß die Schlange sich herumwälzen und sich selbst beißen wird. All das war vor langer Zeit geschehen, die nackten Leiber zwischen den ringsum verstreuten Gebeinen inzwischen verwest. Ein Fuß, vom Gelenk abgerissen, daneben eine Hand, dann der Kieferknochen eines Tiers – es könnte ein Büffel sein –, eine Eidechse und noch eine Schlange. In der Hitze vertrocknete Gerippe. Die Sonne ist zwar nicht zu sehen, aber ein strahlendes gelbes Licht fällt vom Himmel. Ganz sicher befinden wir uns in einem heißen Land. Schnecken und Kieselsteine liegen verstreut herum. Das heißt, wir sind an einem Strand. Aber das Meer liegt weit hinten, von links nach rechts ein grünes Wasser, eine so gerade Linie, daß unklar bleibt, ob es überhaupt da ist. Und dennoch segeln dort zwei Schiffe entlang. Eines davon hat sich leicht zur Seite gelegt und die Segel gerafft, und das andere ist zwischen dem Felsengestein hindurch auf dem Weg in Richtung Osten. Das Licht ist dort ziemlich intensiv. Es ist Morgen, vielleicht aber auch die Zeit des Sonnenuntergangs. Alles in allem beherrschen Gelbtöne das Bild. Unten, in der linken Ecke, ein Baumstumpf – so verdreht, als wäre er verstümmelt

worden. Und ein Skelett, das seinen Rücken an den Baumstumpf lehnt. Davor sind Totenschädel aufgereiht. Nein, eine
Pyramide bilden die Totenschädel nicht, so wahllos sind sie zu
Füßen des Baums aufgehäuft. Als ob der Baum vertrocknet
wäre, genauso wie der Baumstumpf, der nahe den Wurzeln gefällt wurde.

Kâmils Blick heftete sich auf ein Ding, das sich um den
Baumstamm wickelte. Zuerst hielt er es für einen abgestorbe-
nen Zweig, als er dann etwas genauer hinschaute, begriff er,
daß es ein Schwanz mit einem spitzen Ende war. Er beobachtete den Schwanz, der immer dicker wurde, je mehr er sich
drehte und sich vom Baum zu dem gelben Hintergrund hin
wälzte. Ein Schwanz, leuchtend und ohne Flaum, wie eine
Boa. Dort, wo der Schwanz zu Ende war, fing ein behaarter
Körper an. Das war ein Drache; die Vorderpfoten in der Luft,
breitete er seine Flügel aus und wollte gleich losfliegen. Aber
der Speer, der durch das entsetzliche Maul der Bestie ging,
durchbohrte seinen Kopf, kam hinten wieder heraus und
spießte das Geschöpf in der Luft auf. Blut strömte aus seinem
Nacken nach unten, auf die Abfälle seines Festmahls. Ja, ein
Festmahl im wahrsten Sinne des Wortes. Das hieß, die Bestie
zerstückelte und fraß jedermann. Es war dieses Ungeheuer, das
Hände und Füße zerriß und auch noch die Knochen abnagte.

Aus unerfindlichen Gründen sah Kâmil zuerst die Opfer
des Drachens und dann ihn selbst. Der heldenhafte Ritter aber,
der den Drachen überwältigt hatte, saß kerzengerade auf dem
sich aufbäumenden Pferd. Er hielt den dicken, roten Speer in
der Hand, der im Maul des Drachens zerbrochen war. Mit dem
Fuß, den er ganz fest in den Steigbügel klemmte − um nicht
vor Schreck vom Pferd zu fallen −, mit dem Schwert, das ihm
an der Hüfte hing, den blonden Haaren, die im Wind wehten,
und dem schimmernden pechschwarzen Panzer schien er direkt aus dem Mittelalter zu kommen. Dahinter, auf der Höhe
des Pferdeschweifs, kreuzte eine junge Frau ihre Hände vor der

Brust und dankte dem Ritter, der sie aus den Klauen des Drachens befreit hatte; genau in der Mitte verlor ein einsamer Baum seine Blätter, und links von den Palmen, die allem mehr glichen als Palmen und die, zu den Hügeln hin immer kleiner werdend, aufgereiht dastanden, breitete sich eine Phantasiestadt vor den Bergen aus, eine Stadt mit Festungsmauern, Bastionen, Schießscharten und Rundtürmen. Auf den Laufgängen der Türme, den Festungsmauern und der Zugbrücke am Stadttor waren Männer mit Turban versammelt. Kâmil mußte sich ziemlich viel Mühe geben, um sie zu erkennen. Er konnte nicht entscheiden, ob sie den Kampf des Heiligen Georg mit dem Drachen beobachteten. Es war nicht klar, wohin sie blickten, denn sie standen im Hintergrund, in der Phantasiestadt, die Spuren orientalischer Architektur aufwies – vermutlich von Jerusalem und dem alten Kairo –, aber alles passierte auf dem weiträumigen Platz im Vordergrund, und natürlich siegte das Gute über das Schlechte. Zunächst aber hatte das Schlechte die Oberhand. Das Gute kam erst zum Vorschein, nachdem der Drache die Jungfrauen, die ihm die Bewohner der Stadt Tag für Tag anboten, mit Appetit verspeist und die Helden, die gekommen waren, um die Mädchen zu retten, in tausend Stücke gerissen hatte. Während der Drache, was er verschlungen hatte, verdaute und vor Schmerz über den Speer, der ihm durchs Maul gefahren war und ihm zum Hals wieder herauskam, weder ein noch aus wußte, erblickte er das Gute und bemühte sich, seine moosgrünen Flügel, die den Flügeln fliegender Fische glichen, auszubreiten und in der Luft zu halten. Das Gute saß auf dem roten Sattel. Er war jung und sah gut aus, das heißt, er war hellblond. Und er lächelte unter dem Schnurrbart. Genau wie im Western, ging Kâmil durch den Kopf. Das Mädchen wird nicht Futter für den Drachen, sondern für den strahlenden Ritter sein, den Vertreter des Guten. Er wird sich der Ehre der Jungfrau annehmen, die er aus den Klauen der Bestie gerettet hat. Aber wenn der Held im Western die junge Frau aus der Hand der Banditen befreit, ist er zuerst in sie verliebt. Genauer gesagt, das Mädchen ist in den Helden verliebt. Da liegt der Hase im Pfeffer! Sich verlieben – oder sich nicht verlieben, »that is the question«. Weil ich in Lucia verliebt bin, muß sie nicht in mich verliebt sein. Wie auch immer, nachdem das Gute das Schlechte besiegt hat, tritt es vielleicht nicht an seine Stelle. Jungfrau bleibt Jungfrau, ein Leben lang.

Auf dem Gemälde spielten die Männer mit Turban gar keine Rolle. Kâmil war ein bißchen enttäuscht. Das, was er suchte, fand er jedoch daneben, auf dem zweiten einer Reihe von Gemälden, die Carpaccio für die Scuola di San Giorgio degli Schiavoni gemalt hatte.

Tatsächlich aber war der Drache nicht gestorben. Am Halsband – an der Hand des Ritters – hatte er sich in einen fügsamen Hund verwandelt. Kâmil wußte, daß das Halsband in Wirklichkeit der Gürtel der Aya war, der Tochter des Königs Selene. Er kannte auch den Gürtel, das Kennzeichen des Ritters, das um einen Teil der Lanze im Maul der Bestie, inzwischen keine Bestie mehr, sondern ein Lamm, gewickelt war. Was Carpaccio anging, so mußte der Maler die Geschichte des Heiligen Georg aus der *Legenda aurea* des Jacobus de Voragine übernommen haben, die in Venedigs Druckereien unter penibelsten Mühen vervielfältigt wurde. Zwar erzählt das Bild die Geschichte nicht, aber immerhin war Carpaccio Gentile Bellinis Schüler. Wie sein Meister machte er sich daran, mit der Macht des Pinsels einen Bilderroman zu malen – zu schreiben. Eine Montage aus Raum und Zeit, ein Film, der mit seinen Helden und einer Kette von Ereignissen aus insgesamt sechsunddreißig Teilen bestand, rollte vor dem Zuschauer ab.

Der Heilige Georg stammt aus Kappadokien, mit anderen Worten, das ist unser Yorgo. Geschniegelt und gebügelt in dem schwarzen Panzer, der in der Sonne Libyens glänzt, hält er den

Drachen an der Leine und läßt ihn vor sich niederknien, als führte er einen Hund spazieren. Kurz darauf wird er ihm mit einem Schwerthieb den Kopf abschlagen. Als wollte er sagen: »Bist du das, die blutdürstige Bestie, die sich nicht mit den beiden Lämmern zufriedengibt, die dir Selenes Leute Tag für Tag vorwerfen, bist du diese Bestie, die trotzdem eine Jungfrau will? Bist du der Feind der Ehre, der durch seinen Atem Burgen stürzt und Kamele verschlingt? Deine Stunde ist gekommen, du wirst deine gerechte Strafe erhalten!« Die Zunge hing dem armen Kerl einen Zoll breit heraus, und er war am Boden zerschmettert. Auch wenn er gewollt hätte – fliegen konnte er nicht mehr. Wie in dem Lied von der Fremde: »Mit gebrochenen Flügeln in der Wüste.« Ja, wir sind in der libyschen Wüste, und wenn man dem Erzbischof Voragine Glauben schenken darf, am Ufer eines Sees. Das ist nicht das Meer, das man kurz zuvor gesehen hat, das heißt, es muß eine Art See sein, wie auch immer, ob Meer oder See, das ist eigentlich gleichgültig. Carpaccio, ein Kind der Lagune, kennt alle beide, aber natürlich schlägt sein Herz für das Meer. Diesmal stehen lauter Männer mit Turban ringsum, und Gott sei Dank ist mit dem tödlichen Schlag, zu dem der Ritter mit dem Schwert ausgeholt hat und der auf den Drachen niedergesaust ist, noch nicht alles zu Ende. Wir können die Menschenmenge am Ort des Geschehens zur Genüge betrachten.

Manche sind zu Pferd gekommen und manche mit dem Kamel. Fußgänger sind auch dabei. Auf der linken Seite der König und die Königin hoch zu Roß, und auf der rechten Seite ihre geliebte Tochter mit Gefolge, die davor bewahrt wurde, zum Fraß des Drachen zu werden. Im Hintergrund die erfahrenen Alten mit dem Turban und die Bewohner der Stadt, die sich auf den flachen Dächern der Häuser versammelt haben. Ein Stallknecht hält die Zügel des Schimmels, den der König besteigt. Auf seinem Kaftan sprießen purpurrote Blumen, genau wie auf dem purpurrot bestickten Kaftan von

Cem Sultan. Vergiß jetzt mal Cem Sultan! Vergiß all die Leute, die in der Fremde gestorben sind! Wir sind nicht dabei, uns die Wände des Vatikans anzuschauen, sondern Carpaccios Talent. Das hier ist Selene, und hier ist niemand, der gestorben ist, außer den Jungfrauen, die der Drache verschlungen hat.

Genau gegenüber erhebt sich, Stockwerk um Stockwerk, ein Kuppelbau, und auf seinem Dach flattern Wimpel. Vor dem Gebäude zwei Männer mit Turban, die auf ihren Pferden ins Gespräch vertieft sind. Die beiden nehmen überhaupt keinen Anteil am Geschehen. Auf der rechten Seite erkennt man unter der Menschenmenge vor dem Turm und den Schießscharten auch Männer mit Turban, und zwar in schillernden Farben. Die Kaftane sind purpurrot, hellrot und feuerfarben, die Turbane gelb, weiß und rot. Es war klar, daß sie sich einen Platz in der ersten Reihe gesichert hatten, um das Abschlagen des Kopfes zu beobachten, und sie hatten sich nicht, wie die Leute im Hintergrund, auf Türme und Dachterrassen, Schießscharten und in die hinteren Logen gestellt. Zwar stand der Heilige Georg auf eigenen Füßen, aber sein Pferd war nicht weit entfernt. Es hatte einen roten Sattel, war ein reinblütiger Araber und gerade im Begriff, auf ein anderes Pferd loszugehen. (Fragt nicht, ob die Heiligen auch Araber besteigen; Yorgo, der von den byzantinischen Ikonen bis hin zu den mittelalterlichen Miniaturen, von Raffael bis Tintoretto immer auf einem Schimmelhengst dargestellt ist, wird sich in den libyschen Wüsten doch nicht auf einen englischen Dragoner setzen!) Es war sonnenklar, daß Georgs Schlachtroß sich nicht gleich bremsen konnte, nachdem es mit dem Drachen gekämpft hatte. Aber der Schimmel drehte seinen Kopf zu der Menschenmenge mit Turbanen hin und nahm keinerlei Notiz von dieser Provokation.

Als Kâmil sich das dritte Gemälde der Reihe anschaute, war seine Stimmung wiederhergestellt. Die Architektur hatte sich etwas verändert, dem Panorama waren neue Gebäude hin-

zugefügt worden, aber die Kulisse war dieselbe. Wieder Fe͗
stungsmauern, spitze Türme, die an Minarette erinnerten,
Kuppeln und gelbe, rote, weiße und grüne Farben auf einer
Fläche, die sich zu einem »Fluchtpunkt« hin verengte. Ein paar
Leute waren auf eine steinerne Mauer geklettert, die mit einem
roten Teppich bedeckt war, schlugen Davul, das heißt, die
Pauke, und spielten Zurna, mit anderen Worten, Oboe; und
während sie spielten, schwollen ihre Wangen wie Luftballons
an. Andere waren ins Gespräch vertieft. Die Zurnaspieler hat͗
ten aus unerfindlichen Gründen keinen Turban auf, sondern
eine Mameluckenmütze aus Fell auf den Köpfen. Und sie tru͗
gen blutrote Gewänder in der Farbe der Fellmützen. Es waren
drei unterschiedlich gekleidete Leute. Die Öffnungen ihrer
Instrumente waren größer als ihre Köpfe. Einer hatte einen
Vollbart, der andere einen Ziegenbart. Ob der dritte einen
Bart hatte, war nicht zu erkennen, denn die Oboe verdeckte
sein Gesicht. Der Mann an der Pauke trug einen Turban und
hielt einen Schlegel in der Hand. Rund und gelb wie eine rie͗
sige Melonenhälfte war die Pauke. Ein Lichtstrahl fiel auf das
Trommelfell. Die Pauke hatte den größten Teil des verzauber͗
ten Lichts aus dem Osten abbekommen, außerdem der Mann
mit dem grünen Turban, der direkt davorstand. Der schwarze
junge Mann dahinter aber – vielleicht ein Eunuch aus dem Ha͗
rem – blieb im Schatten. An der Handhaltung des Pauken͗
schlägers war ablesbar, daß er seine Aufgabe nicht gar so ernst
nahm wie die Zurnaspieler. Zwar hielt er den Schlegel fest
umklammert und schlug kräftig zu, aber weder ein Laut noch
ein Atemzug waren zu vernehmen.

Während Kâmil sich einige der Gemälde anschaute, war
ihm immer, als hörte er eine Melodie. Zum Beispiel Giovanni
Bellinis Musikanten. Neulich erst hatte er sie in der Accademia
gesehen, zu Füßen des Marmorthrons, auf dem Maria saß, das
Jesuskind auf den Knien. Sie spielten Geige und Mandoline.
Auf einem anderen Bild jedoch waren, wieder zu Mariens Fü͗

ßen, zwei kleine Engel, die Flöte und Mandoline spielten. Und man hörte Musik, so sanft und süß wie das gelbe Licht, das von den Mosaiken an der Decke kam. Auf dem Gemälde Carpaccios waren es die Musikanten, die eine Rolle spielten, und nicht die Instrumente oder die Musik. Die Tatsache, daß Oboen und Pauken größer waren als Giovannis Mandolinen und Geigen, war nicht entscheidend. Auf dem Gemälde war noch etwas anderes wichtiger als die Instrumente. Im Vordergrund, auf den Stufen, die dorthin führten, wo sich der Ritter befand, um gleich, nachdem er die Bestie unschädlich gemacht hatte, das ganze Volk Selenes zu taufen, angefangen beim König, der Königin und der Prinzessin, stand ein hoher, zylinderförmiger Turban, der aussah wie eine rote Honigmelone, um die Schicht um Schicht ein weißes Tuch gewickelt war. Als wäre er dort vergessen worden, mit dem roten Papagei neben dem Windhund, der so traurig dastand, weil man ihn zu oft auf den Hasen gehetzt hatte. Der Turban war derart kolossal, als würde der Maler sagen: »Schaut nur hin, seht euch diesen Turban an, so groß wie ein Kürbis, frisch aus dem Orient, ich habe ihn jemandem vom Kopf genommen, ihn von den Köpfen der Davul und Zurnaspieler weggetragen und ihn dort, auf den Treppen des Tempels, untergebracht, der mit heiligem Wasser geweiht ist.« Vielleicht war es auch der Turban des Königs Selene. Bevor er niederkniete, um getauft zu werden, vor dem Heiligen Georg, der diesmal kein Schwert, sondern eine Taufschale in der Hand hielt, hatte er seinen Turban abgelegt und dorthin gestellt.

Kâmil war zum Lachen zumute. Nicht einfach zum Kichern, sondern dazu, laut herauszuplatzen. Um Carpaccios ironische Gestaltung des Geschehens nicht zu begreifen, mußte man zu dämlich sein – oder das Bild ganz und gar nicht kapieren. Ihm fiel ein, was er bis jetzt über Carpaccio gelesen hatte. Er dachte an die neunmalklugen Texte, die das Genie des Malers, über dessen Leben fast nichts bekannt war, seine Dar stellungskraft und sein Verständnis von Farben und Formen deuteten. Die Studien, die den orientalischen Einfluß auf die Werke des Künstlers untersuchten, betrieben oft Korinthen- kackerei und versuchten, Ähnlichkeiten zwischen der Archi- tektur im Hintergrund und Städten wie Kairo oder Damaskus zu finden; die Tatsache, daß die Gewänder so detailgetreu und realitätsnah gezeichnet waren, führten sie auf eine Orientreise Carpaccios zurück oder auf ein paar Bücher mit Kupfersti- chen, die in dieser Epoche in Venedig gedruckt worden wa- ren – zum Beispiel auf Bernhard Breydenbachs »Peregrinato ad Sepulcrum Christi in Jerusalem«. Aber Kâmil hatte sofort erkannt, daß Carpaccios Sicht des Orients von einer leisen Iro- nie geprägt war. Und diese Erkenntnis hatte er Lucia zu ver- danken. Wenn Lucia ihren ach so schönen Mund, der nach Grappa duftete, nicht Kâmils Zunge überlassen hätte, wenn sie bei dieser bitteren Kälte keinen kurzen Rock getragen und ihren kostbarsten Schatz nicht den fachkundigen Händen eines Experten für Kunstgeschichte anvertraut hätte, hätte er an die- sem Morgen, sobald er in gehobener Stimmung die Scuola Dalmati dei Santi Giorgio e Trifone, mit anderem Namen San Giorgio degli Schiavoni, betrat, vielleicht auch nicht diese Ent- deckung machen können, die den Verlauf der Geschichte der Malerei ändern, zumindest aber eine neue Interpretation des Quattrocento bringen würde.

Drinnen war es dunkel. Kein Lichtstrahl drang durch die geschlossenen Vorhänge. Als würde sich ein Dunkel, das aus den alten Zeiten der Scuola stammte, auf die ausgestellten Ge- genstände legen. Vielleicht war das Dunkel auch ein Über- bleibsel aus der Zeit, als die Dalmatier ihr Land aus Furcht vor den Türken verließen und unter dem Schutz des Heiligen Ge- org Zuflucht suchten, dessen Gebeine von weit her, aus Jeru- salem, hierhergebracht worden waren. Die Gemälde machten bei dieser Dunkelheit einen blassen Eindruck, auch durch die Wirkung der gelben Strahlen, die durch das Oberlicht fielen.

Wenigstens gab es auf einigen Bildern etwas Bewegung. Die Menschenmenge in der Umgebung des Heiligen Georg, der den König und die Königin taufte, die Musikanten einge-schlossen, wirkte matt, die gesamte Komposition etwas sta-tisch. Auf dem Gemälde daneben hatte der Löwe, den der Heilige Hieronymus in der Wüste gefunden und zu sich ge-nommen hatte, im Innenhof des Klosters alles durcheinander-gebracht. Es waren nicht nur die kahlgeschorenen Mönche, die in Angst und Schrecken verfielen. Auch der Truthahn, der Pfau und ein Hirsch mit Geweih hängten sich wie Kletten an die Mönche und suchten einen Zufluchtsort. Nur die Männer mit Turban im Hintergrund blieben ruhig. Ob sie in ihren eigenen Ländern wohl mit Raubtieren zusammenlebten? Und was hatten sie im Innenhof eines katholischen Klosters zu suchen?

Kâmil wurde müde vom Wandern durch Carpaccios ge-heimnisvolle Welt und setzte sich auf eine Bank. Das Hin und Her im Klosterhof wurde von weitem nicht deutlicher. Als würde auch das Licht allmählich abnehmen. Er dachte daran, daß man seit jeher, das heißt, seit fünf Jahrhunderten, Vor-hänge an den Fenstern hätte anbringen können, um die Ge-mälde vor Tageslicht zu schützen. Auf diese Weise hätte die Leitung der Scuola dafür gesorgt, daß die Werke des Malers, die mit so viel Schweiß und Mühe entstanden waren, bis heute überdauerten. Aber da Fâtihs unseliger Sohn die ganze Bil-dersammlung seines Vaters zusammengepackt und nach Ga-lata... Er dachte daran, wie gut es war, daß er sie nicht von Sarayburnu aus ins Meer geworfen hatte. Vielleicht hätte er das auch getan, alles in Säcke gestopft und dann – plumps! – in die Tiefe! Und während die Gemälde ins offene Meer hinausge-trieben worden wären, wer weiß, wie die Farben Gentile Bel-linis und Constanzo da Ferraras dem Salzwasser noch Wider-stand geleistet hätten, wie durchnäßt der Lack worden wäre, je mehr die Strömung darüber hinwegging, wer weiß, wie sie aufgeweicht wären und sich aufgelöst hätten! Vielleicht wären auch andere Gemälde des Malers darunter gewesen. Ikonen, Miniaturen und eine Darstellung der Mutter Maria, von der es hieß, daß Gentile sie für Fâtih gemalt habe. Auch wenn sie nicht so schön war wie Giovannis Madonnen, träumte der Padişah womöglich immer dann, wenn er sich das Bild anschaute, von seiner eigenen Mutter, von der hellblonden, vielleicht dunklen, lang oder kurzhaarigen Frau mit dem weißen Gesicht, deren Identität wir immer noch nicht kennen.

Kâmil öffnete den Vorhang neben der Bank, auf der er saß, einen Spalt. Zuerst sah er das Wasser des Kanals und dann die Gondel, die unter der Brücke aus Ziegelsteinen hindurchfuhr. Man konnte diesen Gondeln aber auch nicht entkommen! Wie er seine brennenden Finger gestern Nacht in dem Moment zurückgezogen hatte, als er Lucias Weiblichkeit unter dem Wintermantel berührte, so plötzlich schien auch das Tageslicht herein und fiel auf das Antlitz der Bestie auf dem Bild, das er sich gerade angesehen hatte. Es beschien ihr einziges Auge, ihr entsetzliches Maul und das Blut, das vom Nacken auf die Pranken strömte. Einen Augenblick, einen kurzen Moment lang überlegte Kâmil, ob der Drache eventuell nicht tot sein könnte. Vielleicht lebte er auf dem Meeresgrund. In der Tiefe, an einer Stelle, wohin kein Licht gelangen könnte. Dann lächelte er. Was hatte die Bestie denn auf dem Meeresgrund zu suchen! Wahrscheinlich lebt der Drache in uns, in unserem eigenen Ozean, in jedem von uns. Er schloß den Vorhang, und bevor er hinausging, schaute er sich die Bilder noch einmal an. In dem allmählich abnehmenden Licht waren sie gelbrot.

Er hatte ein gelbrotes Wappen auf seiner Krawatte; sein Vater hatte ihm geholfen, sie umzubinden, als er ihn im Internat anmeldete. Kâmil war zwölf Jahre alt gewesen. Durch das grün gestrichene Eisentor gingen sie auf das Hauptgebäude zu. Die Platanen hatten ihre Blätter noch nicht verloren, aber es war September. In Istanbul fallen die Blätter manchmal spät, und der Herbst will und will nicht kommen. Der Altweiber-sommer zieht sich lange hin. In seinem Leben hingegen hatte der Herbst sehr früh begonnen. Mit dem Tod seiner Mutter war ein Blatt vom Kalender gefallen. Die Welt war vielleicht kein dunkles Kellergeschoß wie in den ersten Jahren seiner Kindheit, aber auch kein Fest der Farben. Nachdem er sich in der ersten Nacht im Schlafsaal werweißwie abgerackert hatte, die Krawatte mit dem gelbroten Wappen aufzubinden, zog er seinen Anzug aus, brachte ihn im Spind unter, zog – ohne den Spott der Kameraden zu beachten – die Decke über den Kopf und weinte. Obwohl er kein Leben hinter sich gelassen hatte, nachdem man sich sehnen würde.

»Du weißt doch, da steht Gül Babas Derwischkloster im Wald«, murmelte er vor sich hin – fing er vor lauter Einsam-keit wieder an, Selbstgespräche zu führen, oder hatte er Car-paccio etwas zu sagen? – »und dann wurde also an der Stelle, wo der Wald war, eine Schule gegründet, ein paar Jahre nach Gentiles Ankunft in Istanbul, als Fâtihs Sohn die Gemälde seines Vaters verkaufte. Das weißt du nicht. Ich habe es auch erst viel später erfahren, als ich in den Garten hinter der Schule ging und Gül Babas Grab entdeckte, das heißt, in der letzten Klasse, lange nach deinem Tod, mehr als fünf Jahrhunderte danach. Hättest du dich doch dem Meister an die Fersen ge-heftet und wärst nach Istanbul gekommen! Dann wären dir die Minarette da und auch die Helden mit Turban etwas besser ge-lungen! Sich den Orient zu erträumen, das ist nicht genug, Vittore! Man muß auch bereit sein, ein paar Entbehrungen auf sich zu nehmen, um dem Geheimnis des Orients auf die Spur zu kommen.«

* * *

Neben dem Eingangstor zur Werft, an dem Platz, der mit Kie-selsteinen ausgelegt war, setzte er sich auf die Terrasse eines Cafés. Es war sonnig, und auf dem Platz war nichts los. Einen

Augenblick lang überlegte er sich sogar, ob er seinen Mantel ausziehen sollte, so sehr brannte die Sonne. Diesmal brachte sie wahrscheinlich keinen Schnee mit sich! Als ob diese Sonne ein Vorbote des Frühlings wäre, vielleicht gar des Sommers. Er war über seinen eigenen Optimismus verblüfft. Na, warten wir's mal ab, vor allem sollte der Karneval möglichst bald vorbei sein... Er zündete sich eine Zigarre an, und während er den Rauch ins Tageslicht blies, zog er sein Notizheft aus der Manteltasche und fing an zu schreiben.

Eigentlich war der Kampf des Heiligen Georg mit der Bestie der Krieg der beiden großen Seemächte, die sich um die Vorherrschaft im östlichen Mittelmeer stritten, der Galeonen, die hinter diesen Mauern aus Ziegelsteinen gebaut worden waren, und der Frachtschiffe mit Segeln und Rudern, die man am Goldenen Horn vom Stapel ließ, der Kampf der Galeonen und Kriegsschiffe. Wie viele Kunsthistoriker hatten sich den Kopf über die symbolische Bedeutung des Drachen zerbrochen, aber keine einzige Interpretation hatte erfassen können, daß er in Wirklichkeit ein Anzeichen für die türkische Gefahr war. Konnten Mehmets Kanonen mit dem Drachenkopf nicht die Bestie sein, die durch das Schwert des Heiligen umkam? Vielleicht hatte Gentile in Istanbul diese Kanonen gesehen, die in Tophane nebeneinander aufgereiht waren wie brave Hunde, die sich den Bosporus anguckten. Im Krieg aber verwandelten sich ihre glänzenden schwarzen Körper und ihre Mäuler mit dem Drachenkopf in entsetzliche Ungeheuer. Durch das Feuer dieser Kanonen war Byzanz gefallen, waren unendlich viele Festungen auf dem Balkan zerstört worden, und die Welt der Dalmatier, der Gründer der Scuola, hatte sich verdunkelt. In einer anderen Bilderfolge, mit denen Carpaccio die Geschichte der Heiligen Ursula erzählte, hatte der Maler die Türken in der Kleidung muskulöser germanischer Soldaten gezeichnet, als er den Überfall der Hunnen darstellte. Wie war Kâmil nur darauf gekommen? Auf dem Gemälde, auf dem die Heilige und ihr Gefolge umgebracht wurden, gab es drei Hinweise darauf:

1) Unter den gepanzerten Soldaten, die die Christen angriffen, war einer, der eine Janitscharenlanze in Form eines Halbmonds über der Schulter trug.

2) Auf dem rot-weißen Wimpel genau in der Mitte des Gemäldes flatterten die Kronen der drei Kaiserreiche Byzanz, Trapezunt und Karaman, die wir von Gentile Bellinis Fâtih-Porträt kennen.

3) Der arabische Reiter, der die Trompete blies, hatte keinen Eisenhelm auf dem Kopf – wie die anderen Soldaten –, sondern einen weißen Turban, und er trug einen gelben Kaftan.

Kâmil war noch nicht in die Accademia gegangen, um sich die Originale von Carpaccios Wandgemälden der Heiligen Ursula – wie die Originale Gentiles – anzusehen. Es reichte ihm, daß er sich an die Geschichte der Heiligen Ursula erinnerte, die er in der Scuola degli Schiavoni gesehen hatte. Die Details auf diesen Gemälden gingen ihm ebensowenig aus dem Kopf wie die Einzelheiten auf Gentiles Bildern. Was ihn eigentlich interessierte, das waren nicht die Geschichten der Heiligen, sondern die Harmonie der Farben und die Aufteilung des Raums bei den Bilderfolgen. Außerdem die Darstellung der Türken, das heißt, der Osmanen mit dem Turban. Er bestellte ein Glas Weißwein und einen Teller mit Tramezzini beim Kellner. Und während er den Wein in kleinen Schlucken trank und seinen Imbiß Happen für Happen zu sich nahm, richtete sein Blick sich auf die Löwenskulpturen am Eingang zur Werft. Wie vor den Gondeln gab es kein Entrinnen vor diesen Geschöpfen. Wohin du auch gehst, zu welcher Ecke du dich auch wendest, sie treten dir dort in den Weg, wo du sie am wenigsten erwartest. Über dem Eingang zur Werft, auf der Spitze des grünen Tors mit dem Eisengitter, stand noch einer. Ein Löwe von San Marco, die Flügel ausgebreitet, als wollte er gleich losfliegen. Wie der Löwe auf Carpaccios berühmtem Bild hielt er ein Evangelium in der Pranke. Kâmils Blick fiel auf die Türme aus Ziegelsteinen, die sich zu beiden Seiten des Löwen in den Himmel erhoben. Auf dem Turm zu seiner Rechten war eine Sonnenuhr angebracht und ein Wappen ein-graviert, und auf dem linken Turm eine andere Uhr, deren römische Ziffern auf blauem Sternengrund leuchteten. Das Zifferblatt war blau-weiß, die beiden Uhrzeiger aber gelb. Und keine der beiden Uhren funktionierte. An den Schatten, die auf den Platz fielen, erkannte Kâmil, daß Mittag war. Der Himmel war strahlend blau, und die Schatten ganz kurz. Er wandte sich wieder seinen Notizen zu. Als er einen Augen-blick lang den Kopf hob, merkte er, daß die Schatten allmäh-lich länger wurden. Ein Motorboot des Militärs fuhr durch den Kanal, und als es zum Eingang der Werft kam, verschwand es aus Kâmils Blickfeld. Ein zweites, diesmal mit Matrosen be-setzt, folgte ihm. Das hieß doch, daß die Gegend hier immer noch Militärzone war, und es war bestimmt verboten, das Werftgelände zu betreten. Jetzt fuhr der Vaporetto No. 52 vor-bei und hinter ihm die No. 23. Kâmil überlegte, ob er mit einem dieser Vaporetti fahren und einen Blick in das Innere der Werft werfen könnte. Vielleicht gingen dort die Seelen der alten Galeeren um oder auch der Geist der Serenissima Re-publica, die durch Napoleons Kanonen von der historischen Bühne abgetreten war. Vielleicht mußte auch Fausts Seele ir-gendwo dort in dem großen Hafenbecken sein, Faust, der, Zir-kel und Winkel in der Hand, in der Werkstatt der Zimmer-mannszunft mit der niedrigen Decke etwas skizzierte, das Verhältnis zwischen dem Mittelmast der Galeeren und dem seitlichen Haltetau berechnete und der Länge der Ruder den letzten Schliff gab. Wenn der Bucintero, die Paradegaleere der Dogen, unter dem alten Gerümpel lag – war er dort nicht zer-schellt? Es war doch auf der Werft, wo es mit seinem Aufstieg wie mit seinem Niedergang begonnen hatte. Als Kâmil ein

Rettungsboot beobachtete, das zu der Flotte gehörte, die durch den Kanal fuhr, fiel ihm die Büste Dantes auf. Wie immer wirkte der Meister mürrisch und in Gedanken versunken. Er hatte seinen Kopf in diese seltsame Decke gehüllt und seine Augen auf einen undefinierbaren Punkt gerichtet. Er blickte auf die vorbeifahrenden Motorboote des Militärs, vielleicht auch auf die alten, moosbewachsenen Mauern der Häuser am gegenüberliegenden Kai. Kâmil überlegte, ob Dante während seiner Verbannung, in den Jahren, als er nach Venedig gekommen war, auch bei der Werft vorbeigegangen sein könnte. Und ihm fielen die Verse aus dem »Inferno« ein: »In riesigen, tiefschwarzen Kesseln brodeln die Galeeren, / abgedichtet mit Pech, auf dem Helling ...« Ganz so stand es zwar nicht bei Dante, aber Kâmil war, als sähe er das fieberhafte Hin und Her der Zimmerleute und Heizer, der Kalfaterer und Seiler. Aber auch wenn Dante in den Jahren, als Marco Polo auf die hohe See hinaussegelte, ein paar Mal hierhergekommen war, war es doch nicht die venezianische Werft, die er gesehen hatte, sondern das finstere Tal der Martermulden des »Inferno«.

Er spürte keine Müdigkeit. Nach einer schlaflosen Nacht war er mit seinen Notizen, seinen Träumen und Gedanken allein. Als hätte er Lucia ein wenig vergessen. Er mußte jetzt nach Hause, tief und fest schlafen und sich ausruhen. Als er gerade dabei war, vom Tisch aufzustehen, spürte er den stechenden Schmerz, der wie ein verräterisches Messer in sein rechtes Knie fuhr. Nur mit Mühe konnte er sich aufrichten. Mit schwankenden Schritten ging er zur Landungsbrücke. Wenn ein junger Mann, der gerade vorbeikam, ihm nicht unter die Arme gegriffen hätte, wäre er hingefallen. Der junge Mann brachte ihn bis zur Landungsbrücke. »Das ist nichts«, sagte Kâmil sich, »das geht jetzt bald vorbei. Ich werde ja nicht gleich an den paar Schmerzen sterben!«

GIOVANNI

Wie gewöhnlich erwachte Giovanni noch vor Tagesanbruch, stand aber nicht sofort auf. Er lag eine Weile
auf dem Rücken, blickte zur Decke und lauschte auf die Stille.
Die ganze Nacht lang hatten die Glocken geläutet. Entweder
wurde jemand gehängt, oder es war etwas passiert. Vielleicht
hatte die Flotte auch wieder eine totale Niederlage durch die
Türken erlitten. Seit Gentile aus Istanbul zurück war, ging der
Krieg weiter. In der Ferne starben wieder Menschen. Die
Nachrichten waren schlimm. Die Kanonen der Türken mit
den Drachenköpfen zerstörten nicht nur die Festungsmauern
der Städte, sondern erschütterten auch die Vorherrschaft der
Republik Venedig zu Lande wie zur See in ihren Grundfesten.
Während die Schiffe, die von Kanonenkugeln getroffen wurden, barsten und kenterten, sanken die Soldaten, die an Bord
waren, auf den Meeresgrund, und am Himmel wimmelte es
von Pfeilen. Was aber tatsächlich in die Brüche ging, waren die
Fundamente eines Seereichs. Arme und Beine waren abgerissen, und abgeschlagene Köpfe türmten sich bergehoch. Menschen schlachteten einander ab. Und Tag für Tag verlor die
Serenissima eine Festung, ein Privileg, das die Sicherheit des
Handels garantiert hatte, und einen einsamen Hafen, in dem
die Schiffe bei stürmischer See Zuflucht suchend vor Anker gegangen waren. Während der Krieg draußen weiterging, zeichnete Giovanni hier, in seinem Atelier, das er seit dem Tod seiner Frau und seines Kindes kaum mehr verließ, Madonnen,
Engel und Heilige und setzte stille, friedliche Landschaften
in den Hintergrund seiner Bilder. Fern lagen die Berge, wenn
die Sonne gelb unterging. Manchmal war es ein indigoblauer,

wolkenloser Himmel, manchmal schwebten auch schneeweiße Wolken über den Gipfeln. Während Jesu lebloser Körper in Mariens Armen leichter wurde, fiel im Hintergrund ein sanftes, verschwommenes Licht auf die Szenerie. Es schien auf menschenleere Straßen, auf Brücken und Kirchtürme von Städten, die nie einen Krieg erlebt hatten.

In letzter Zeit kehrte er fast überhaupt nicht mehr nach Hause zurück. Auch nachts blieb er im Atelier, und noch vor Beginn der Morgendämmerung ging er zu seiner Staffelei hinüber und machte sich an die Arbeit. Je mehr er arbeitete, um so mehr Bestellungen gingen ein; Madonnen mit Jesuskindern, friedliche Bauern, die das Feld in dem sanften Licht im Hintergrund pflügten, Bäume, grüne, braune, blaue und schwarzgraue Hügel verließen das Atelier und fanden einen neuen Platz an den Wänden reicher Häuser, Kirchen und der Scuolae. Den Alltag auf den Straßen hatte er seit langem vergessen. Die Menschenmenge am Rialto, die Farben der zahllosen verschiedenen Stoffe, der Fische und der Früchte auf den Ladentheken, all der Dinge, die auf den Märkten verkauft wurden, das Spektakel der festlichen Umzüge und der Messen, die rasch aufeinanderfolgten, den lockenden Ruf der Kurtisanen, die in ihren schönsten Kleidern umherschlenderten, alles, was das Leben betraf, das Vergnügen und die Lust – was auch immer es war, er hatte es vergessen. Nicht aus Altersgründen, sondern weil seine Schaffenskraft, seine Kreativität von Tag zu Tag intensiver wurde. Venedig lag draußen, und vielleicht fand auf der anderen Seite des Campo San Marino, der auf der Schwelle seines Ateliers begann, ein Volksfest statt, aber für ihn bestand es nur aus Stimmen. Und die Stimmen vermischten sich nach Mitternacht mit dem dröhnenden Glockengeläut, das von einer Niederlage, von Tod und Katastrophen kündete und seinen Schlaf störte. Selten schlief er durch. Wenn er die Stimmen der Nacht hörte, sehnte er sich nach den Farben des Tages. Wenn doch endlich Morgen würde, wenn doch das

Tageslicht in sein Atelier schiene, wenn doch die Figuren auf den unvollendeten Gemälden lebendig würden und die Farben zurückkehrten! Nachts träumte er in einem Zustand zwischen Schlafen und Wachen immer dasselbe. Es war ein schöner Traum, der sich gegen Morgen, im Tiefschlaf kurz vor dem bitteren Erwachen, in einen Albtraum verwandelte.

Eine Frau im schwarzen Mantel schaute ihn vom gegenüberliegenden Kai des Kanals an. Immer wenn der Wind den Saum ihres Mantels emporwirbelte, sah man ihr rotes Kleid. Sie hatte ein langes Gesicht, einen kleinen Mund, und ihr Blick war traurig. Sie hielt eine Frucht in der Hand, einen Apfel oder eine Birne, vielleicht eine Feige. Sie streckte ihm die Frucht entgegen, aber der Kanal lag zwischen ihnen. Es war auch nicht die Frucht, die ihn interessierte, sondern er wollte das Gesicht der Frau aus der Nähe sehen, wollte ihre Hände mit den langen, zarten Fingern, ihre Stirn und ihre Lippen berühren. Die Frau, die begriff, daß sie diesen Wunsch nicht würde erfüllen können, wandte ihren Blick von ihm ab und fing an, am Kanal entlangzugehen. Dann bog sie in eine Gasse ein. Immer wenn die links und rechts der Straße nebeneinander aufgereihten Häuser wie Pappschachteln aufplatzten und sich öffneten, tauchte hinter ihnen ein von gelbem Licht erstickter Himmel auf. Es war nicht das stille, matte Licht, das sich in der Lagune spiegelte, als würde die Stelle, die es berührte, wie Feuer brennen. In dem Augenblick, als er die Frau verlor, die sich unter dem gelben Himmel allmählich entfernte, und als er glaubte, er werde sie nicht noch einmal sehen, änderte sich das Bild ganz plötzlich. Nun war das lange, feine Gesicht auf dem Grund des Kanals. Wieder derselbe kleine Mund, der traurige Blick und das rote Kleid, das man unter dem schwarzen Mantel sah. Wieder streckte sie ihm eine Frucht entgegen. Aber jetzt hinderte ihn das Wasser des Kanals daran, danach zu greifen. Genau in dem Moment, als er

sich vom Ruf des Gesichts verführen ließ und sich dem durchsichtigen, stillen Wasser hingeben wollte, wachte er auf. Das
brennende Licht, das er im Traum gesehen hatte, hatte in der
Morgendämmerung das Fenster des Ateliers erreicht, wurde
sanfter, wurde matter und schien jetzt herein.

Wenigstens hörten die Stimmen gegen Morgen auf.
Manchmal war der Flügelschlag einer Taube zu vernehmen
oder der eines Vogels, der von der Lagune bis hierher geflogen
kam. Er wußte, daß die Taube zum Markusplatz zurückkehren würde. Aber was würde aus dem Vogel werden? Als er
an diesem Morgen das Fenster öffnete und den Vogel packen
wollte, flog er ihm aus den Händen davon. Es war ein ziemlich
großer Vogel mit leuchtend rotem Gefieder. Giovanni hatte ihn
auf dem Gemälde gezeichnet, das den Heiligen Hieronymus
in der Wüste darstellte, während er das Evangelium vor einer
Felsenhöhle las. Er hatte den Vogel auf einen der trockenen
Zweige des Baums direkt hinter dem Heiligen gesetzt und damit gewissermaßen sichergestellt, daß er im Atelier blieb. Er
wollte ein Andenken an dieses schöne Geschöpf, dessen Gat-
tung er nicht kannte, bewahren, eine Spur dieses Vogels, der an
diesem eiskalten Wintermorgen aus seinen Händen davonge-
flogen war. Auf demselben Gemälde saß noch ein Vogel auf
einem dünnen Zweig weiter hinten, und ein wunderhübsches
Eichhörnchen mit langen Ohren war bis zum Ast eines anderen Baums geklettert und hatte sich dort niedergelassen. Es
schaute sich die Brücke mit den drei Bögen über dem Fluß an,
der an den Stadtmauern entlangfloß. Manchmal begann der
Morgen mit solchen kleinen, unerwarteten Vorkommnissen.
Immer wenn er sich auf den Lauf des Tages und der Arbeit
einließ, vermehrten sich die Einzelheiten auf dem Gemälde
und wurden prächtiger.

Nur einmal hatte er das Atelier in letzter Zeit verlassen.
Und zwar, um einen anderen Maler, einen Künstler zu treffen,
der viel jünger war als er. Sein Name war Albrecht. Albrecht

Dürer. Kaum war er in Venedig angekommen – es war seine zweite Reise in die Stadt –, wollte jeder ihn sehen. Und trotz seines Alters, trotz seines Titels als Maler des Staates machte auch Giovanni sich auf den Weg zu ihm. Er war neugierig auf seine Werke. Hatte er das Neue nicht immer dank dieser Neugier entdeckt? Er traf den Deutschen, der aus unerfindlichen Gründen nicht wie seine Landsleute im Fondaco dei Tedeschi, sondern in einer armseligen Herberge übernachtete, in seinem Zimmer beim Briefeschreiben an. Er hatte langes blondes Haar und blaue Augen. Der spitze Bart, der ihm knapp bis unters Kinn reichte, gab ihm ein jugendliches Aussehen. Er war durch und durch ein Spaßvogel. Er konnte sich leidlich im venezianischen Idiom ausdrücken, verstehen konnte er etwas mehr. Und er hatte zunächst vorgegeben, sich nicht besonders für Kunst zu interessieren. Er beklagte sich über Taschendiebe, Landstreicher und über die Matrosen, die bis zum Morgen in der Herberge soffen und grölten. Außerdem über die Brände, die alle nasenlang ausbrachen. Für den Mann, dem er den Brief schrieb – war sein Name nicht Pirckheimer? –, war er auf der Suche nach Kleinodien. Auf dem Markt der Goldschmiede hatte er einen Smaragdring gesehen, einen solch phantastischen Smaragd, daß es in Deutschland und ganz Europa nichts Vergleichbares gab. Ein grünes Funkeln flackerte wie ein Leuchtfeuer darin auf und verlosch. Wenn er ihn in die Hand nahm und anschaute, raschelten die Blätter der Weinreben im Wind, und wenn er ihn an den Finger steckte, leuchtete Wiesengrün im Sonnenlicht. Er war jedoch sehr teuer. Er verzichtete auf den Ring und war drauf und dran, einen Rubin zu kaufen, als er aber den Preis erfuhr, war er wie vom Donner gerührt. In seiner Hand wurde der Rubin zum Feuerfunken, und zwar nicht wegen der verführerischen Farbe, sondern wegen des Preises. Und dann die leuchtenden Seidenstoffe – kamen sie aus China? Auch Seidenstoffe aus Bursa waren zu finden. Einen Teppich wollte er kaufen, freilich nicht für sich, sondern für seinen Freund und Mäzen Pirckheimer, der für die Kosten der Reise aufgekommen war. Und das Perlencollier, das er durch Feilschen zum halben Preis erstanden hatte. Es war jammerschade, daß er es ihm nicht zeigen konnte, denn er hatte es jemandem mitgegeben, dem er vertraute, und es mit der Postkutsche nach Nürnberg geschickt. Das Collier war so blütenweiß wie der Busen einer Nutte im Fondamenta delle Tette, aber bei Dunkelheit wurde es bleifarben, und in jeder einzelnen Perle funkelte ein anderer Weißton wie die Zähne, die beim Lächeln eines venezianischen Frauenzimmers zum Vorschein kamen.

Giovanni dachte, dieser junge Maler aus dem Norden sei eher ein genußsüchtiger Kaufmann, der etwas vom Geschäft verstand, als ein Künstler, dann erst merkte er, daß Dürer sich bei allen Einkäufen, die er für seinen Mäzen erledigen mußte, wie ein echter Maler verhielt. Seine Augen strahlten, wenn er über Farben sprach. Auch wenn es um Frauen ging. Aber er war verheiratet. Seine Frau und die Kinder hatte er in Nürnberg gelassen. In Venedig malte er nicht nur, sondern führte auch sein eigenes Leben, fern von der Verantwortung für die Familie. Giovanni hatte gehört, daß Dürer ein Meister der Radierung sei, wenn man allerdings das letzte Gemälde betrachtete, das er gemalt hatte, stand er auch in der Ölmalerei mitnichten hinter seinen venezianischen Kollegen zurück. Auf dem Gemälde war eine junge Frau mit glutrotem Haar zu sehen, es war in der Mitte gescheitelt, ihre Augen blickten ins Leere. Der Kummer einer einsamen Frau lag in ihrem Blick verborgen. Die Blautöne des Hintergrunds gefielen Giovanni viel besser als das Porträt selbst, und er bewunderte das Farbgefühl des Deutschen. Da waren weder eine Stadt im Hintergrund, noch Himmel und Berge. Als würde die Welt des Modells nur aus diesem Blau bestehen. Ein Blau, das von Indigo bis hin zu tiefem Dunkelblau jeden Farbton annahm. Als wäre die junge Frau wegen dieses Blaus erst nachträglich ins Bild ge-

setzt worden. Kein einziges Detail auf diesem Bild war über-
flüssig, der Künstler hatte den Zauber der Schlichtheit einge-
fangen, und in einer makellosen Farbmischung hatte er die Innenwelt des Modells ausdrücken können, das ihm sehr vertraut
sein mußte, mit dem er vielleicht jede Woche in inniger Umarmung schlief. Die Buchstaben, mit Sorgfalt unter das Gemälde gesetzt, waren ein viel deutlicheres Zeichen für die in-
time Beziehung, die den Maler mit seinem Modell verband, als
es die öffentliche Preisgabe hätte sein können. Vielleicht war es
keine Nutte, sondern eine Adlige. Sie könnte das Gemälde in
Auftrag gegeben haben. Dann aber mußte Giovanni diese
Frau kennen, mindestens einmal mußte er ihr in seinem langen
Leben begegnet sein. Plötzlich fiel ihm ein, daß er seit langem
nicht mehr unter Menschen gekommen war. Während er wie
ein Eremit in seinem Atelier arbeitete, wer weiß, wer alles in
der Stadt gestorben war, wer weiß, ob, wie ihm schien, gerade
erst geborene junge Mädchen vielleicht längst einen Ehemann
gefunden hatten. Die Einladungen der reichen Familien und
die Festlichkeiten, die kunstliebende Admiräle und ruhmsüch-
tige Senatoren veranstalteten, waren ihm nur noch eine ferne
Erinnerung. Bei diesen Festen hatte er sich meist in einen Winkel zurückgezogen und mit niemandem gesprochen. Dann
hatte er die Stunden herbeigesehnt, zu denen er in sein Atelier
zurückkehren und wieder mit der Arbeit anfangen könnte.
Der Wein, der an den Tafeln der Reichen in Strömen floß, und
die lüsternen Blicke der Frauen – das war nicht seine Welt.
Speisen, die man zur Musik einer Kapelle von silbernen Tel-
lern aß – diese Welt paßte zu seinem Schüler Giorgio oder
auch zu dem genußsüchtigen Deutschen. Was ihn betraf, so
glaubte er, daß die Kunst keinen Platz in der Gesellschaft, sondern in der Innenwelt des Schöpfers habe. Dennoch konnte er
es nicht lassen, nach der Identität des Modells zu fragen, und
Dürer vermied natürlich eine eindeutige Antwort. Eine Weile
später machte er einen Versuch, das Gemälde zu kaufen, sagte

dem Maler, er werde ihm geben, was er verlange, aber der junge Mann war ganz und gar nicht dazu zu bewegen. Es war nicht das Modell, das ihn neugierig machte, sondern die Art und Weise, wie das Blau zustande gekommen war, und er wollte erfahren, wie der Nürnberger Künstler so vollkommen die Schönheit des Schlichten hatte einfangen können.

Vor ein paar Jahren hatte Giovanni Leonardo Loredan gleich nach seiner Wahl zum Dogen auf so einem blauen Grund gemalt. Er hatte versucht, eine Atmosphäre zu schaffen, die die Macht des Staates hervorhob, indem er mit dem Übergang von Dunkelblau zu Hellblau das Symbol des Staates und das Meer zu einem Ganzen werden ließ. Die Zeremonie am Lido fand ihr Ende, nachdem Loredan den Ring an seinem Finger abgezogen und ins Wasser geworfen hatte, wie alle Dogen vor ihm mit den Worten: »Und so vermähle ich mich mit dir, der See!« Die absolute Herrschaft über das Meer war jedoch bereits verloren, türkische Galeeren waren auf hoher See unterwegs, in Dalmatien und an den Küsten des Peloponnes fiel eine Festung nach der anderen, und die Schiffe, an deren Masten die grünen Flaggen mit den drei Halbmonden flatterten, forderten die geflügelten Löwen von San Marco heraus. Vielleicht hatte Giovanni aus diesem Grund ein dunkles Blau, das in Schwarz überging, in die rechte obere Ecke des Porträts gesetzt, wie um eine Gefahr anzukündigen. Er hatte Loredan, der, kaum vom Bucintero gestiegen, festes Land betrat, durch die Menschenmenge auf der Piazzetta schritt und in den Dogenpalast ging, während draußen Kanonen abgefeuert wurden und Glocken läuteten, nicht mit seinem ganzen Pomp und Gepränge, sondern in einem unruhigen Pessimismus gezeichnet. Er hatte auch nicht vergessen, das Licht der guten Tage anzudeuten, die für Venedig kommen würden. Dieses Licht strahlte auch aus den matten Blicken, den feinen Gesichtszügen und von der Stirn des Dogen. Obwohl Venedig im Begriff war, seine Vorherrschaft zur See zu verlieren, bedeckte Blau das Gemälde von einem Ende zum anderen, hinter dem blendenden Gewand des Dogen, das mit kastaniengroßen Knöpfen versehen war. Dürer hatte nichts mit der Macht zu tun. Daher zeichnete er das Porträt seiner Geliebten so, wie es ihm gefiel. Das Blau des Deutschen rief Assoziationen an die Liebe hervor, es war so veränderlich und stürmisch wie die Seele einer Frau. Als offizieller Porträtmaler der Serenissima mußte Giovanni hingegen ein Blau finden, das zu dem Dogen paßte, der sich dem Meer vermählte. Deswegen hatte er seinen Gehilfen aufgetragen, Lapislazuli im Mörser zu zerstampfen und mit Meerwasser zu vermengen. Er wollte, daß das Blau nicht nur Assoziationen an das Meer hervorrief — das Meer, heimtückisch wie eine Dirne, die dem Dogen mit dem Großen Türken Hörner aufsetzte —, sondern daß der Geruch des Meeres Loredanos Tod überdauerte und in dieser unglückseligen Hochzeit von Blautönen erhalten blieb. Er glaubte tatsächlich an die Unsterblichkeit des Staates.

Giovanni fand Dürer sympathisch. Aber zwischen ihnen lagen die Alpen, lagen Ströme, der markante Stil und der Altersunterschied, und entscheidend war die Jugend Dürers, die Bellini nicht wiedererlangen konnte. Als er Dürer in der Herberge mit seinen Briefen, den Gemälden und seiner Jugend allein ließ, dachte er, daß die Kunst nicht aus der Wiederholung desselben Modells bestehen durfte, daß das Genie wie ein Teig geknetet wurde und nur der Künstler, der sich dem Neuen an die Fersen heftete und keine Angst vor dem Wandel hatte, über sich selbst hinauswachsen könnte. Wenn er jetzt Aufträge annahm — von wem auch immer —, würde er nicht den Geschmack des Kunden, sondern seine eigenen Vorstellungen im Auge behalten.

Aber statt einen Auftrag auszuführen, mußte er eine Aufgabe erledigen, die ihm widerstrebte. Im letzten Monat hatte er das seinem Bruder auf dem Totenbett versprochen. Auch wenn er es nicht gern tat, hatte er die Verantwortung dafür

übernommen, »Die Predigt des Heiligen Markus« zu vollenden. Gentile war ihm immer noch überlegen, und er setzte seinen Bruder erneut herab, indem er ihm sagte, er könne ihm das
Skizzenheft ihres Vaters, das in Venedig geblieben war, nur
unter der Bedingung überlassen, daß Giovanni dieses Gemälde
vollende – das andere Skizzenheft hatte Gentile mitgenommen, als er nach Istanbul reiste, und Mehmet zum Geschenk
gemacht. Nun lag Gentile im Sterben. Seine Wangen waren
eingefallen, und er hatte Ähnlichkeit mit Lorenzo Giustiniani,
dessen Porträt er in seiner Jugend gemalt hatte. Die Krankheit
hatte sich wie eine blaßgelbe Maske auf sein Gesicht gelegt und
seine breite Stirn, die strahlenden schwarzen Augen und die
geschlossenen Lippen geformt, die ihm ein ernstes Aussehen
verliehen. Es hieß doch, daß der Tod dem Menschen seine
Maske sandte, bevor er selbst eintrat.

Er glaubte an den Tod, wie sollte er denn nicht daran glauben, daß der Tod die einzige Realität des Lebens war? Aber
er glaubte auch an den Todesengel, obwohl er auf seinen Gemälden immer nur Laute spielende und Flöte blasende Engel
mit roten, weißen und silbernen Flügeln gezeichnet hatte. Er
hielt es eigentlich nicht für angebracht, Azrail zu zeichnen.
Wer wollte schon Azrail an der Wand sehen, wer wollte dem
Todesengel begegnen, während er aß, sich unterhielt oder mit
der Liebe beschäftigt war! Natürlich glaubte er auch an Jesus,
an die Hölle und ans Paradies, ja, sogar an die Vorhölle, genauso, wie er glaubte, daß der Tod sich in jedem Menschen gesondert manifestiere und jeder Mensch seinen eigenen Tod
sterbe. Wie viele Tode er doch in seinem Leben erlebt hatte!
Und obendrein war er Zeuge des Todes aller seiner Verwandten geworden. Vielleicht hatte er Jesus aus diesem Grund nicht,
wie auf den Gemälden, die er früher gemalt hatte, am Kreuz
dargestellt, sondern vor der Grablegung. Die beiden Engel
rechts und links von ihm schienen den immer noch schmerzensreichen, leblosen Körper emporzuheben und die entsetz-

liche Realität des Todes zu mildern. Jesu Dornenhaupt war immer noch zur Seite geneigt. Die Wunde in seiner rechten Brust und seine Hände bluteten noch. Die Adern an seinen Armen traten deutlich hervor, so geschwollen und so ziseliert waren sie. Da doch das Herz stillsteht, wenn der Mensch stirbt, wandert denn dann immer noch Blut durch die Adern? Und wenn es durch die Adern wandert, wie lange noch? Er war schon immer sehr begierig, eine Antwort auf diese Frage zu finden, aber er konnte ganz und gar nicht den Mut aufbringen, Leichen zu sezieren und in die Körper der Toten zu schauen, wie sein Kollege Leonardo, mit dem er irgendwann einmal in Venedig Bekanntschaft geschlossen hatte. Nicht aus Angst, sondern aus Respekt vor dem Körper des Menschen. Und außerdem – hatte Gott den Menschen nicht nach seinem Bilde geschaffen und ihn eines Tages in Jesus offenbar werden lassen? Da dies nun einmal so war, durfte niemand, selbst die Ärzte nicht, den menschlichen Körper antasten. Als er Jesus vor der Grablegung zeichnete, hatte Giovanni sich dennoch Mühe gegeben, den nackten Körper mit allen Einzelheiten so realitätsnah wie möglich zu gestalten. Auch wenn ein Engel Jesus aufhob, auch wenn er leblos in Mariens Armen lag, wollte Giovanni bei demjenigen, der Jesu gekrümmte rechte Hand betrachtete, ein Schweregefühl erwecken. Denn er wußte, daß der Körper schwerer wurde, wenn die Seele die Freiheit erlangte und aus ihrem Käfig flog – wie zum Beispiel der fremde Vogel, der sich eines Morgens wie ein flammenfarbener Strom aus seinen Händen davongemacht hatte.

Wie viele Leichen er doch bis heute getragen hatte! Zuerst den Leichnam seines Vaters Jacopo und den seiner Stiefmutter Anna, die in ihrem Testament noch nicht einmal seinen Namen erwähnt hatte, dann die Leiche seiner Schwester Nicolosia, diejenige seines Schwagers Andrea, seiner eigenen Frau Ginevra und gleich danach den Leichnam seines geliebten, einzigen Sohns Alvise und vor drei Wochen nun den seines großen Bruders, Gentile. Selbst wenn er immer von der Familie ausgeschlossen und sein ganzes, verdammtes Leben lang wie ein Bastard behandelt worden war, hatte er alle ihre Leichen mit eigener Hand begraben. Am meisten hatte ihn erschüttert, daß sein Sohn vor der Zeit dahinging. Zwar kam jeder Tod vor der Zeit, aber Alvise war noch in der Pubertät. Er hatte weder Venedigs Natur, die feuerroten Sonnenuntergänge über der Lagune und die frische, weiße Haut der Frauen genießen, noch genug von den Freuden der Welt erfahren können. Und ob Gentile wirklich eines natürlichen Todes gestorben war? Er war es doch, der bis nach Istanbul gereist und sich in die Gewalt des Großen Türken begeben hatte, er war es, der die Serenissima besser vertreten hatte als der Botschafter Venedigs an der Hohen Pforte, besser als die Kaufleute und die Sondergesandten des Dogen. Mit Preisen, Geschenken und Titeln – und, was am wichtigsten war – auch mit Entwürfen in einem funkelnagelneuen Stil war er aus dem Serail zurückgekehrt. Er war es, der sich wie der Heilige Hieronymus in die Höhle des Löwen gewagt und die Bestie gezähmt hatte. Wenn Gentiles Tod zur rechten Zeit gekommen wäre, hätte er das Wandgemälde noch selbst vollendet, das er für den Speisesaal der Scuola Grande di San Marco begonnen hatte. Bevor er das Zeitliche segnete, sprach er seinen letzten Willen mit empfindsamer Stimme auf dem Totenbett aus – zum ersten Mal wurde Giovanni Zeuge einer Gefühlsregung seines großen Bruders – und verfügte, daß er, Giovanni, das halbfertige Gemälde vollendete. Was heißt hier letzter Wille, er hatte das ganz einfach zur Bedingung gemacht. Sonst würde Giovanni nicht in den Besitz des Skizzenhefts ihres Vaters gelangen. Seine Stimme mochte vielleicht empfindsam gewesen sein, aber sein Herz war immer noch starr. In diesem Augenblick hatte Giovanni begriffen, daß er im Leben alles mit eigener Mühe und Arbeit erreicht hatte und alles, was seinen Geschwistern als natürliches Recht zustand, nur durch eine Gegenleistung erwerben könnte. Und statt zu sagen: »Nein, das kann ich nicht, das ist nicht mein Stil«, hatte er es seinem Bruder versprochen, damit er in Ruhe einschlafen konnte.

Warum hatte er diese erniedrigende Bedingung nur sofort akzeptiert? Warum hatte er nicht gesagt, verzeih, aber diese Aufgabe ist nichts für mich. Dieser Stil paßt nicht zu meiner Art der Gestaltung, das ist doch ein orientalisches Märchen, Frauen mit verschleiertem Gesicht und Männer mit Turban im Kaftan, Kuppeln und Minarette, und dann diese merkwürdige Menschenmenge, na gut, die Venezianer, das mag noch angehen, aber was ist denn mit den anderen – diese Muslime, von denen jeder einzelne ein anderes Gewand trägt! Das kann mir doch nicht gelingen. Laß es am besten deine Schüler vollenden. Wozu hatte man denn Mansuetti oder Vittore, ja, Vittore war am ehesten geeignet, er liebte die Männer mit Turban und schwärmte für Menschenmengen. Mußte man sich dieser Mode anpassen? Als ob es nicht genug wäre, daß wir den Türken auf dem Schlachtfeld begegneten, mußten wir sie auch noch an den Wänden unserer Scuolae und Kirchen sehen. Und das gemeinsam mit unseren Heiligen, den ehrwürdigen Toten und unseren Exzellenzen! Ja, als ob du meine Arbeitsweise nicht benutztest, nicht wüßtest, daß ich immer eine oder auch mehrere Figuren dargestellt habe und niemanden außer der Heiligen Jungfrau, unserem Herrn Jesus und den Heiligen auf meine Gemälde gelassen habe! Ja, warum hatte er nicht den Furor, der sich ein Leben lang in ihm aufgestaut hatte, herausgeschrien! Warum hatte er nicht gesagt, habe ich etwa auf die Kladde gewartet, um malen zu können, warum hatte er nur, wie immer, den Kopf zur Seite geneigt und gemurmelt: »Natürlich, mach dir nur keine Sorgen, meine erste Aufgabe wird sein, das *telero* zu Ende zu bringen.«

Der Respekt, den er nicht vor seinem Bruder, aber vor dessen Tod, genauer gesagt, vor einem Toten empfand, wog schwer. Außerdem die Erinnerung daran, wie sie gemeinsam auf dem Gerüst, das an den Wänden im Palast des Großen Rats aufgebaut war, ungeachtet, ob Tag oder Nacht, mit gebeugten Rücken die Fresken restaurierten. Ausgerechnet damals kam Gentile auf die Idee, eine Istanbulreise zu machen, und zog sich damit aus der Affäre. Die Fresken an den Wänden zu restaurieren und anstelle der durch die Feuchtigkeit zersetzten und zerrütteten neue zu gestalten – das war eine Pflicht, die nun ihm und seinen Gehilfen oblag. Genau wie vor Jahren, als Gentile auf die Idee kam, nach Rom zu reisen, ging es Giovanni durch den Kopf, damals war ich auch ganz auf mich allein gestellt. Wie dem auch sei, Gentile war mit Entwürfen von unschätzbarem Wert aus dem Vatikan zurückgekehrt, aber diese Zeichnungen hatte er in seinem Testament seinen Schülern vermacht. Ja, sogar diese Entwürfe. Entweder du bringst das Wandgemälde zu Ende, oder das Skizzenheft Jacopos geht an meine Witwe! Es blieb ihm keine andere Wahl, als das halbfertige Gemälde zu Ende zu bringen, das war nun einmal sein Schicksal.

Während er im Bett lag und zur Decke blickte, überschlugen sich die Gedanken in seinem Kopf. Als er eine Weile später plötzlich hellwach war, schien ihm, als beruhigte sich sein Zorn. Vielleicht ließ Gott ihn eine Schmach, an der er nicht schuld war, einen Moment der Lust seines Vaters, ein Leben lang büßen, aber er hatte ihm auch ein Talent geschenkt, das bedeutender war als das seines großen Bruders, seines Vaters und sogar seines Schwagers Andrea, von dessen Einfluß er sich lange Zeit nicht befreien konnte. Darüber hinaus hatte Gott ihm ein Leben geschenkt, länger als üblich, damit er den Tod seiner Verwandten erlebte, oder wahrscheinlich auch, damit er sich mühte und plagte und ein schönes Werk nach dem anderen hervorbrachte. Er hatte Gott immer für seine Güte gedankt, hatte sich in seinem Atelier eingeschlossen und Madonnen, Heilige, Jesuskinder, die noch an Mariens Schürzenzipfel hingen, und eine Pietà nach der anderen gezeichnet und gemalt.

Ja, oft hatte er den Tod auf dieser Welt erlebt. Aber es gab einen Tod, der gar keine Ähnlichkeit mit den anderen hatte. Er erinnerte sich an eine blutjunge, wunderschöne Frau und an ein langes, zartes Gesicht, das sich über ihn neigte, sobald die Abenddämmerung sich herabsenkte. Dieses Gesicht war seine erste Erinnerung, die einzige Sicherheit in seinem Leben. Eines Tages war es dann plötzlich verschwunden und nie wieder aufgetaucht. Damals war er noch ganz klein, ein draller, lie= benswerter Schlingel mit roten Haaren, wie Jesus in Mariens Armen. Das Kind verlangte immer nach der jungen Frau, nächtelang rief es nach ihr. Schließlich sagte man ihm, daß sie gestorben sei. Sehr viel später sollte er erfahren, daß seine Mut= ter nicht gestorben, sondern aus dem Haus vertrieben worden war. Ein Mensch, der tot war, ohne gestorben zu sein, das war seine Mutter. Kein einziger Tod hatte ihn im Leben so verwun= det wie diese junge Tote, die in Wirklichkeit am Leben war. Selbst Anna Riversis Verhalten hatte ihn nicht so verstört. Er ahnte, daß diese harte Frau nicht seine echte Mutter war. Und dennoch war es nicht natürlich, daß sie sich ständig daran= machte, sich für Jacopos Seitensprung an ihm zu rächen – daß sie an ihm für die Sünde ihres Ehemanns Rache nahm. Wenn er als Säugling über ihre Brust herfiel, stieß Anna ihn weg und verbarg ihren Blick vor ihm. Je mehr sie daran dachte, daß die Lust, die sie ihrem Gatten nicht hatte geben können und die ihm eine andere Frau, eine, die viel jünger und sehr viel schö= ner war als sie, gespendet hatte, um so mehr härmte sie sich ab und fügte Giovanni Schmerzen zu; selbst in den Augenblik= ken, in denen sie ihn in echter Mutterliebe an die Brust drückte, sann sie über Mittel und Wege nach, wie sie es dem Kind heim= zahlen könnte. Je größer er wurde und je mehr Anna ihn aus= schloß, um so mehr fühlte er sich dem Gesicht verbunden, das eines Tages plötzlich aus seinem Leben verschwunden war. In seiner Phantasie stellte er seine Mutter auf eine Stufe mit einem Engel, mit einer reinen, immer noch jungfräulichen Heiligen.

Immer wenn Giovanni sich an die Toten in seinem Leben erinnerte, hatte er keine Lust mehr, aus dem Bett aufzustehen. Er hielt sich nicht mehr so gut auf den Beinen wie früher und konnte nur mit Mühe von der Ecke des Ateliers, in der sein Bett stand, dorthin gehen, wo die Staffelei aufgestellt war. Er hatte nicht mehr viel Kraft und auch keine Hoffnung mehr. Nur noch die Kunst hielt ihn auf den Beinen, und damit tröstete er sich. Bilder zu malen, das war sein einziger Existenzgrund. Ohne zu ermüden, ohne es satt zu bekommen, ohne auch nur an den Tod zu denken, aber im Bewußtsein, daß er eigentlich längst tot sein müßte, arbeitete er Tag für Tag. Er war recht alt geworden. Seine Haare waren ausgefallen, sein Mund, sein Gesicht, sein ganzer Körper – alles war geschrumpft. Wer weiß, vielleicht hatte er den Heiligen Hieronymus auf dem Gemälde, das er im letzten Jahr gemalt hatte, aus diesem Grund so alt und verfallen dargestellt. Er hatte seine Weisheit, seine welke Haut und den Buckel, seine Arme und Beine, die so dünn geworden waren wie Stecken, auf ihn übertragen. Dem lesenden Hieronymus mit seinen Augen, die nichts mehr genau erkennen konnten, hatte Giovanni den Löwen beigesellt, den Hieronymus einst von seinen Wunden geheilt und gezähmt hatte. Da die beiden viele Jahre miteinander verbracht hatten, waren sie einander ähnlich geworden. Der Blick des Löwen ging auf den Heiligen über, die Müdigkeit des Heiligen aber auf den Löwen. Daher machte der einen so matten Eindruck, daher wirkte er so weltverdrossen. Er hatte sich zu Füßen des Heiligen gekuschelt, wie eine friedliche alte Katze lag er dort. Als Giovanni den Heiligen Hieronymus malte, wollte er eigentlich sein eigenes Eremitendasein, sein eigenes zurückgezogenes Leben deutlich werden lassen. Entsprechend hatte er die Farben ausgewählt und das Licht auf das Buch fallen lassen, das Hieronymus vor seiner Höhle las. Der Heilige war nur noch Haut und Knochen, aber das Licht war viel intensiver und lebhafter als sonst. Auch die Natur regte sich und war in ständiger Bewegung. Das Schilf am Brunnen vor der Höhle wuchs, und die Blätter des dürren Baums wurden grün. Pflanzen sprossen aus den Felsen hervor. Direkt gegenüber spielten zwei Hasen, der eine weiß, der andere braun. Wie das Geschlecht des Heiligen Hieronymus war auch Giovannis längst vertrocknet, und seine Nachkommenschaft hatte sich erschöpft. Er konnte nichts Lebendigem mehr Leben geben. Aber die Hasen würden sich paaren und neue Kreaturen zur Welt bringen, und in jedem Frühjahr würde das Wasser wieder bis zum Schilf reichen. Die Natur würde sich immer wieder erneuern.

Er hatte den Heiligen Hieronymus, von dem er drei Einzelbilder malte, jedes Mal in seinem eigenen Lebensalter dargestellt. Noch nach seinem Tod würde der Heilige siebenundsiebzig bleiben. Daraus bezog der Maler seine Kraft: Selbst wenn die Modelle eines Tages sterben sollten, waren sie auf den Gemälden immer noch in dem Alter, in dem man sie abgebildet hatte. Jesus war dreiunddreißig, die jungen Venezianer, Pietro Bembo, Senator von Padua und Dichter – Giovanni hatte den Starrsinn des zudringlichen Mannes, der wegen eines Auftrags von Isabella d'Este in sein Atelier gekommen war, nicht mehr aushalten können und das Porträt so schnell wie möglich beendet –, Maria aber war jünger als sie alle. Maria war eine schöne junge, eine wunderschöne Frau, sie war schön, wenn Jesus in ihrem Schoß lag, und ebenso schön, wenn er vom Kreuz genommen wurde. Giovanni hatte sie nur auf einem einzigen Bild als alte, gramgebeugte Frau gezeichnet. Als ob er sich danach gesehnt hätte, daß der Sohn in den Armen einer alten Mutter sein Leben aushauchte. Aber für ihn sollten die Mütter immer in dem Alter sein, in dem sie abgebildet wurden, mit anderen Worten, jung. Denn entweder starben sie, oder sie verschwanden. Seine Mutter war eines Nachts fortgegangen, ohne einen Ton zu sagen. Hatte er sich nicht eines Morgens in Anna Riversis Armen wiedergefunden? Als er

Hieronymus am Ende seines Lebens zwischen einem indigo‑
blauen Himmel und Wiesen unterbrachte, die aus dem Fel‑
sengestein hervorsprossen, hatte er auch daran gedacht, einen
Distelfink dort oben hinzusetzen, auf einen trockenen Zweig
über dem Haupt des Heiligen. Eines Tages würde der Vogel
davonfliegen, und auch die Seele des Heiligen würde sich aus
dem Käfig befreien und zu den weißen Wolken im Hinter‑
grund aufsteigen.

Jetzt mußte Giovanni endlich aufstehen und so rasch wie
möglich mit der Arbeit beginnen. Die nächtliche Kälte hatte
längst nachgelassen, und auch die Glocken schwiegen. Schluß
mit der Phantasterei, jetzt wird gearbeitet! Es war genau die
richtige Zeit, um den Vorhang, der das Atelier vom Schlaf‑
zimmer trennte, aufzuziehen und in die Welt der Bilder einzu‑
tauchen, als würde er einen Tempel betreten. Draußen war der
Tag längst angebrochen, und er durfte das Morgenlicht nicht
versäumen.

Er stand auf und zog sich an. Kaum hatte er den Vorhang
aufgezogen, blendete ihn das Tageslicht. Er war spät dran.
Diese morgendliche Faulheit paßte gar nicht zu ihm. Aber die
Erinnerungen hatten ihn nicht mehr losgelassen. Er lebte zwar
schon sehr lange, aber hatte nur wenig von der Welt gesehen.
Er war weder in den Osten noch in den Westen gereist. Er war
nicht auf die hohe See hinausgesegelt, und hatte seinen Anker
nicht in fernen Häfen ausgeworfen. Er kannte nur Venedig und
die nähere Umgebung. Trotzdem verlangte Isabella d'Este von
ihm eine Ansicht von Paris für ihre Studierstube. Anscheinend
wußte sie nicht, daß er nur in seiner Innenwelt auf Reisen
ging, die kein Ende fanden, und daß er auf den Meeren, zu de‑
nen er aufbrach, weder Kompaß noch Astrolab brauchte. Wie
sollte er denn ein Bild von Paris malen, wenn er die Stadt gar
nicht gesehen hatte? Seine Sache war es vielmehr, in die Lücke
hinter Maria und Jesus die friedlichen Ansichten mit dem sanf‑
ten Licht der Sonnenaufgänge und Sonnenuntergänge zu ma‑

len, die Ansichten seiner Phantasiewelt. Ja, sobald er morgens
aufwachte, stürmten die Erinnerungen auf ihn ein, und alles,
was gestern geschehen war und was er vor Jahren erlebt hatte,
Kindheit und Alter fingen an, in seinem Gedächtnis miteinander zu wetteifern. Manchmal trug eine Erinnerung aus den
Zeiten, die er im Atelier Squarciones oder seines Vaters verbracht hatte, den Sieg davon, manchmal das Bild einer Blume,
die in einem einsamen Innenhof blühte, eine schwarze Gondel
auf dem Kanal, und manchmal gewann ein Traum, der sich
in einen Nachtmahr verwandelte, immer derselbe Traum den
Wettbewerb. Um sich von der Wirkung des Traums zu befreien, der andauerte und wie die See in der Lagune mal kam
und mal ging, sich aber immer dann auflöste, wenn er an die
Grenzen seines Bewußtseins stieß, beschloß er, die Farben zu
inspizieren. Gestern abend hatte er den Lehrlingen aufgetragen, alles vor dem Feierabend vorzubereiten. Auch wenn er das
Wandgemälde, das Gentile unvollendet lassen mußte, heute
nicht beenden würde, wollte er wenigstens die Retuschen zum
Abschluß bringen.

In den Näpfen waren die Farben nebeneinander aufgereiht.
Blautöne aus Lapislazuli, Rottöne aus Zinnober, Gelbtöne aus
einer Mischung aus Blei und Zinn, Weiß aus Bleiweiß – er
hatte alle Farbnuancen zur Hand. Jede einzelne sah er sich
gesondert an und untersuchte ihre Konsistenz genau, prüfte,
ob sie zum Binden oder Lösen taugte. Dann ging er zu der
Werkbank zwischen den Gips- und Mörteleimern, holte das
Leinöl in den bauchigen Flaschen mit dem schmalen langen
Hals und schaute es an. Dieses Öl hatte ihm ganz neue Wege
geöffnet. Er erinnerte sich an Antonello da Messina. Durch
ihn hatte er die Technik der Ölmalerei gelernt und seine ersten Versuche im Stil dieser neuen Malerei auf Holz oder
Leinwand gemacht. Antonello und er waren Altersgenossen.
Als der sizilianische Maler die Sonne des Südens verließ und
ins neblige Venedig kam, hatte er längst seinen eigenen Weg

gefunden, Giovanni aber rackerte sich damit ab, sich vom Einfluß seines Vaters zu befreien. Er gab sich nicht mit der Technik der Ölmalerei zufrieden, wie er sie gelernt hatte, sondern
entwickelte eine neue Auffassung des Lichts, Übergänge von
Schatten zu Helligkeit und eine bestimmte Anordnung der
Farben. Jesu nackter Körper war in diesem Licht jetzt noch
markanter, die Falten im Mantel der Madonna hingegen noch
heller und strahlender. Die Farben aufzuhellen oder mit einer
anderen Farbe dunkler werden zu lassen war leichter geworden. Diese Technik gab der Komposition eine bis auf den
heutigen Tag nie gesehene Geschmeidigkeit und Sanftheit,
und wenn das Gemälde mit Firnis überzogen wurde, bekam es
eine schöne Transparenz oder, bei sparsamer Dosierung, einen
unvergleichlichen Mattschimmer. Ihm war, als sähe er Antonello vor sich, mit dem roten Käppchen auf dem Kopf, den
Haaren, die ihm in die Stirn fielen, mit seinen strahlenden
grauen Augen, die ins Grüne hinüberspielten, und mit seinem
Hemd ohne Kragen. Auch er war längst gestorben. Wer von
seinen Altersgenossen unter den Malern war denn überhaupt
noch am Leben? Alle waren ins Jenseits hinübergewandert.
Ob sie dort auch Bilder malten? Oder legten sie den Engeln
Rechenschaft ab, die sagten: »So sehen wir doch gar nicht
aus, warum habt ihr uns denn nicht richtig gezeichnet?« Er
lächelte.

Allmählich fing er an, sich nach den Leuten zu sehnen, die
sich davongemacht hatten. Sogar nach Gentile. Es war noch
keinen Monat her, seit sein großer Bruder gestorben war. Und
was war mit denen, die geblieben waren, mit seinen Schülern?
Würden sie die Gemälde zum Abschluß bringen, die nach seinem Tod halb fertig liegenbleiben würden? Oder würden sie
ihrem Meister die Treue verweigern, die er Gentile gegenüber
bewiesen hatte? Und sagen: »Im Bienenstock ist es aus mit dem
Honig« und, jeder für sich, einen anderen Weg einschlagen?
Würde das Atelier der Bellinis mit seiner jahrhundertelangen

Tradition sich auflösen? An diese Möglichkeit wollte er noch nicht einmal denken.

Er ging hinüber zu dem Gemälde, das eine Wand des Ateliers fast von einem Ende bis zum anderen bedeckte, und machte sich daran, die Komposition seines großen Bruders im Licht, das durch das Fenster fiel, genau zu untersuchen. Im Grunde genommen hatte Gentile alles, was nötig war, ausgeführt und den Heiligen Markus vor eine bizarre Architektur gestellt. Die schrägen Linien der Kirche inmitten der Fläche waren mit den senkrechten und waagerechten Linien, die eben diese Fläche bestimmten, im Gleichgewicht, der fein geäderte Marmor der Häuser, die rechts und links aufgereiht waren, die antiken Säulen, die Fassade mit den drei Toren, der Balkon, die Bogenfenster, die blauen Kuppeln, die mit dem Himmel eins wurden, und die Kirche füllten ganz und gar den Hintergrund des Gemäldes aus, als ob sie aus einer ganz fernen Welt stammten. Vermutlich gab es kein einziges Werk, das sich mit diesem vergleichen ließ. War das etwa die Hagia Sophia, deren Mosaiken – von denen Gentile ständig geredet hatte – allesamt übertüncht worden waren, oder ein Phantasiebild der Markuskirche? Es gemahnte ihn ein wenig an die Scuola Grande di San Marco – immerhin hatten die Herren der Scuola das Wandgemälde bestellt – und auch ein wenig an Santa Eufemia. Vielleicht war es ein Tempel, den die Seeleute gesehen hatten, als sie vom Pontus, vom Ägäischen Meer und aus Alexandria zurückkehrten, ein Tempel, der auf dem größten Platz einer uralten, fernen, geheimnisvollen Hafenstadt errichtet worden war. Alles in allem könnte es auch ein Phantasieprodukt sein, selbst wenn es ein paar Spuren von Gentiles Istanbulreise trug. Zu beiden Seiten der Arkaden, die das Hauptgebäude stützten, erhoben sich Minarette. Gentile hatte ihm von den Minaretten erzählt und gesagt, daß der Priester der Muslime fünf Mal am Tag auf die Spitze dieser Minarette kletterte, um dem Himmel näher zu sein, und die Leute zum

Gebet rufe, und während er rufe, halte er sich die Ohren mit beiden Händen zu und schreie aus vollem Hals, als wolle er die ganze Welt hören lassen, daß Allah der Größte und der einzige Gott sei. Auf der linken Seite stand ein Obelisk, der nach oben spitz zulief. Dieses Monument mußte Gentile auf dem Hippodrom in Istanbul gesehen haben. Und er hatte die seltsamen Formen, Tiergestalten und Vogelbilder, genauso kopiert, wie sie auf dem Obelisken zu sehen waren. Seit den letzten Tagen von Byzanz war in Venedig vom Ruhm des Obelisken die Rede. Was die Bilder wohl erzählten? Vielleicht von einem Krieg, vielleicht auch die traurige Geschichte einer ägyptischen Prinzessin, die in weiter Ferne, im Nildelta lebte.

Im Vordergrund stand der Heilige Markus wie ein römischer Senator auf einem Podest mit sechs Stufen inmitten der Menschenmenge. Er trug ein hellrotes Gewand und hatte einen himmelblauen Schal über die Schultern geworfen. In der linken Hand hielt er eine Seite des Evangeliums, das er selbst verfaßt hatte, mit seiner Rechten aber wies er auf die Menschenmenge. Es war klar, daß er nicht ins Blaue redete. In Voragines Buch hatte Giovanni gelesen, daß eine Menschenmenge, die Tag für Tag größer wurde, den in Alexandria gehaltenen Predigten zuhörte. Je mehr Zuhörer zu dem Heiligen kamen, um so größer wurde natürlich auch die Zahl seiner Feinde. Markus war sich der dynamischen Kraft des Wortes gewiß. An erster Stelle stand das Wort, denn das Wort war das A und O. Vielleicht hatte er aus diesem Grund kein Eremit werden wollen und sich den Daumen abgeschnitten. Er hatte nun einmal um Jesu willen den Kopf riskiert, und sein Schicksal war es – wie das der anderen Heiligen –, daß er durch die Folter umgebracht wurde, als er den Menschen Gottes Gebot predigte. Der Schreiber hinter ihm notierte jedes Wort, das aus seinem Munde kam, auf Pergament, als ob es die letzte Predigt des Heiligen Markus wäre. Die Menschenmenge auf dem Platz war ganz Auge und Ohr, während sie ihm zuhörte. Was erzählte er denn so entschieden, selbstsicher und stolz? Giovanni konnte natürlich nicht wissen, was er predigte, denn das Bild spricht nicht, es schweigt, das Bild ist ein dauerndes Schweigen, vielleicht ist es auch ein Selbstgespräch des Malers, ein langes Gespräch, das er ein Leben lang mit sich selbst führt. Oder ein Aufruhr der Worte in Farben. Auch Giovanni hatte, solange er Bilder malte und während er mit Linien und Farben kämpfte, immer Selbstgespräche geführt und seiner eigenen Stimme zugehört. Die Worte des Heiligen Markus blieben also ungehört. Obendrein hatte Gentile seine Gesichtszüge nicht genügend ausgearbeitet, hatte alles so gelassen, wie es war, ohne die Konturen des Mundes, der Stirn und der Lippen zu vollenden. Und dennoch wirkten die Venezianer, die auf der linken Seite in vier Reihen hintereinander standen, in ihren langen Gewändern, die über den ziegelroten Boden schleiften, mit ihren schwarzen Baretten und in ihrer ernsten Haltung so, als verstünden sie die Worte des Heiligen, der ihre Stadt gegründet hatte, und als billigten sie alles, was er sagte. Immerhin war ihnen sein Gesicht dank der Mosaiken vertraut, und sein Evangelium kannten sie auswendig. Direkt vor dem Rednerpodium stand ein schmächtiger, aber energiegeladener Türke mit einem weißen Turban und einem Krummschwert an der Hüfte. Dieser Mann mußte Markus' Henker sein. Und mit der Geduld der Leute, die etwas von ihrem Handwerk verstehen, wartete er auf das Ende der Predigt. Der Stein für die Hinrichtung, der wie der Sockel einer Statue zu seinen Füßen lag, war bereit. Auf diesem Stein würde der Kopf vom Körper getrennt und zu Boden fallen. Und das Blut würde sich auf dem weißgestrichelten Boden des Platzes, der Ähnlichkeit mit der Piazzetta hatte, ausbreiten. Hast du einmal zugeschlagen, dann schlag auch noch mal zu, würde Markus sagen, oder vielleicht würde sich genau in diesem Moment der Himmel auftun, und Gott nähme seinen geliebten Diener zu sich.

Hinter dem Türken saßen verschleierte Frauen in ihren weißen Gewändern mit gekreuzten Beinen auf dem Boden. Zur Linken des Heiligen waren in einer anderen Gruppe von Venezianern, die aufrecht dastanden, noch drei Frauen, eine saß auf dem Boden und zwei standen. Ihrer Sinne nicht mehr mächtig, wirkten sie in ihrer himmlischen Einsamkeit so, als ob sie auf einer geheimnisvollen Reise wären. Vielleicht weinten sie. Als ob man ihren Schleier anheben und ihre Tränen berühren könnte, so empfindsam und sanft wirkten sie. Und wie alle orientalischen Frauen waren sie stumm und gottergeben. Doch wer weiß, was für Stürme in ihnen tobten, wenn sie die Worte des Heiligen hörten. Hinter ihnen stand eine Clique von Männern in glänzenden Kaftanen und mit grünen, weißen und roten Turbanen. Viele von ihnen trugen einen Bart. Manche hatten blutrote Wollmützen auf dem Kopf. Es war klar, daß sie nicht gekommen waren, um die Predigt zu hören. Sie redeten miteinander, und vielleicht bereiteten sie eine Falle vor, um den Ungläubigen auf dem Podium so schnell wie möglich umzubringen. Im Hintergrund, vor den Stufen der Kirche, waren drei Reiter, und im Schatten der Häuser zwei Kamele und ein Hund. Eine einsame Palme vertrocknete zwischen den steinernen Türmen. Giovanni zählte genau vierundzwanzig Gestalten mit Turban, die auf dem leeren Platz verstreut zu finden waren. Einer von ihnen zog ein komisches Geschöpf mit einem extrem langen Hals am Halfter, das Giovanni bis auf den heutigen Tag noch nicht gesehen hatte; auch den Namen dieses Tiers hatte er nie gehört. In dem Licht, das von links kam, wirkten die Häuser gelblichweiß, und alles, was im Schatten lag, war aprikosenfarben. Die Wand eines der Häuser ging jedoch direkt in ein dunkles Olivgrün über. Er dachte, daß man das Licht etwas mildern müsse. Zwar spielte sich alles in Alexandria ab, aber die Sonne hatte den Zenith noch nicht erreicht. Wenn man nach dem Schatten ging, war es in den frühen Morgenstunden. Markus war es gelungen, die

Leute um sich zu versammeln, die auf dem Weg zur Arbeit waren. Manche standen hinter den vergitterten Fenstern, auf Balkons oder Terrassen. Unbekümmert schauten sie sich an, was da unten vor sich ging. Es war eindeutig, daß sie sich die Hinrichtung des Heiligen nach der Predigt mit derselben Gleichgültigkeit und inneren Ruhe angucken würden. Giovanni überzeugte sich noch einmal davon, daß sein Bruder zwar beim Zeichnen von Menschenmengen und beim Ausschmücken mit Einzelheiten, die mit dem eigentlichen Thema des Gemäldes nichts zu tun hatten, sehr erfolgreich war, bei der Anordnung des Lichts aber weniger professionell. Es war gut, daß er vor seinem Tod das Zeichnen aller Figuren abgeschlossen und auch die Architektur weitgehend vollendet hatte, wie er es in Feinheiten von ihrem Vater gelernt hatte. Daher blieb es nun ihm überlassen, die Berge hinter die Minarette zu setzen und einen Himmel auf dem Bild unterzubringen, der zum Gesamteindruck paßte. Außerdem die Intensität des Lichts zu reduzieren. Der Rest war Aufgabe der Lehrlinge. Den Heiligen Markus aber mußte Giovanni ganz und gar neu gestalten, vor allem auch seine Gesichtszüge mit allen Einzelheiten ausarbeiten.

Es war klar, daß Gentile Voragine nicht gründlich genug gelesen hatte. Vielleicht hatte er ihn auch gar nicht gelesen. Hätte er das Gesicht des Heiligen sonst auf diese Weise wiedergegeben? Giovanni nahm einen feinen Pinsel zur Hand, tauchte ihn in das Gelb der Tonschale, die die Lehrlinge vorbereitet hatten, und nachdem er es mit Weiß gemischt hatte, korrigierte er die Haltung des Kopfes. Markus schaute jetzt auf die Menschenmenge, an die er das Wort richtete, nicht auf die Mauern der gegenüberliegenden Häuser. Indem er dann den Kragen des Gewands wegwischte, tauchte der Kopf gut sichtbar auf, der vom Leib getrennt würde, sobald die Predigt zu Ende war, und er zeichnete auch Ader um Ader seines Halses, der sich spannte, da er mit lauter Stimme sprach. Giovanni

tauchte einen anderen Pinsel in die schwarze Farbe und pro-
bierte sie auf dem Stück Holz aus, das von einem Weiden-
zweig abgeschnitten war; als ihm das nicht gefiel, hellte er das
Schwarz mit Eiweiß auf und strich es auf die Locken des Heiligen, die vorn ein wenig ausfielen, und auf seinen Bart. Auf
diese Weise arbeitete er stundenlang mit zwei verschiedenen
Pinseln und Farben, bis er das Gesicht neu gestaltet hatte. Gegen Mittag fing Markus endlich an, der Beschreibung Voragines zu ähneln. Er hatte eine lange Nase, und seine Brauen senkten sich auf die Augen, wie in der Legenda aurea dargestellt.
Die Haare, die ihm vorn ausgefallen waren, ließen auch die
Stirn deutlich hervortreten.

In der Leerstelle im Hintergrund hatte er zwischen den
senkrechten Linien der Minarette und den waagerechten der
drei blauen Kuppeln ein Panorama unterzubringen. Es mußte
ganz und gar anders sein als das Bild einer unbebauten, freien
Landschaft, wie er es sonst hinter die Madonnen setzte, eine
andere Aussicht auch als die auf mit hohen Mauern umgebenen Städte, die Mariens unbezwingbare Jungfräulichkeit sym-
bolisierten. Gentile hatte den Hintergrund mit dem Selbstvertrauen ausgefüllt, das ihm die Tatsache gab, daß er Jacopos
Skizzenhefte besaß. Bis in die feinsten Details hinein hatte er
eine komplexe Architektur in den Hintergrund gesetzt. In der
Waagerechten hatte er nur Platz für die Berge und ein paar
Wolken gelassen. Ohne sich auf den Farbkontrast einzulassen,
ohne Blau und Grün, Rot und Schwarz so aneinanderzufügen,
wie er das bei den Madonnen machte, fing er an, eine Berglandschaft zu malen, die mit der Farbe der Architektur harmonierte. Dann langweilte ihn das auf einmal, und er beschloß, diese Arbeit den Lehrlingen zu überlassen. Er merkte
noch nicht einmal, wann sie morgens ins Atelier kamen. Während der Arbeit war er selbst für Kanonenschüsse taub. Da die
Lehrlinge den Charakter ihres Meisters kannten, traten sie auf
Zehenspitzen ein und machten sich sofort ans Werk, kümmer-

ten sich intensiv um die Falten eines Gewands, um den Baum im Hintergrund, um Jesu Kreuz und die Pfeile, die in das nackte Fleisch des Heiligen Sebastian eindrangen, oder um eine der silbernen Federn an den Flügeln der Engel. An ihren Gesichtern war die Ruhe eines Lebens abzulesen, das der Kunst gewidmet war. Der Ruhm der meisten würde allerdings nicht über das Atelier hinausdringen. Vielleicht würde man sich im Zusammenhang mit dem Namen ihres Meisters an sie erinnern, vielleicht wären sie auch vergessen, noch bevor sie starben. Giovanni ließ sich einen Moment lang von dem Gefühl hinreißen, daß er ihr Talent ausbeutete. Er fühlte sich schuldig, sich ihrer Begeisterung für die Kunst und ihrer Jugend zu bemächtigen, als würde er von ihnen genährt werden, um sein eigenes Leben zu verlängern. Sie hatten kaum Unterstützung, wenn sie sich auf eigene Faust ein Atelier aufbauen wollten, aber er ging auch nicht so weit, das zu verhindern. Da sowieso ausreichend Aufträge im Atelier eingingen, gab es genug Arbeit, um ihren Unterhalt bis an ihr Lebensende zu sichern. Hatte er nicht selbst früher jahrelang sein Leben zuerst in Padua, im Atelier Squarciones, und dann in Venedig, bei seinem Vater aufgezehrt? Hatte er sich nicht mit den Fingern Jesu und der Heiligen, mit ihren Gewändern und den Gräsern zu Füßen des Kreuzes abgerackert, bevor er endlich die Erlaubnis erhielt, ein Gesicht zu gestalten?

Es gab eine festgelegte Arbeitsteilung im Atelier. Es konnte vorkommen, daß einem Lehrling jahrelang eine einzige Arbeit übertragen wurde. Zum Beispiel das Reinigen der Pinsel. Oder das Kochen des Lacks und der Klebematerialien, um sie dann zusammen mit den Tonfarben vorzubereiten. Ja, sie hatten sogar die Aufgabe, Kalkstein zu finden, Tonerde auszugraben, Zweige von Brombeersträuchern zu sammeln und Knoblauchzehen, Eierschalen und Knöchelchen von Taubenflügeln im Mörser zu zerstampfen, um Farben zu gewinnen. Manche sägten auch Bretter aus Pappelästen zurecht, stopften die Löcher aus und verputzten sie. Aufgabe der Lehrlinge war es auch, den Hintergrund der Madonnenbilder und der Bilder zum Thema *Sacra Conversazione* schwarz auszumalen. Aber nur schwarz, nur einen einzigen Farbton, ohne einen einzigen Lichtstrahl zuzulassen. Erst sehr viel später, wenn ihnen ein Versuch ganz eindeutig geglückt war, wurde ihnen erlaubt, sich mit den Einzelheiten der Figuren zu beschäftigen. Aber ein Gesicht auch nur anzutasten, war ihnen entschieden verboten. Das Gesicht – das war das spezielle Privileg des Meisters.

Giovanni ging eine Weile zwischen den Lehrlingen hin und her, inspizierte ihre Arbeit und half ihnen mit Vorschlägen. Manchen gab er einen Rat, manchen streichelte er den Kopf oder die flaumlose Wange. Mit dem sicheren Pinselstrich seiner geübten Hände korrigierte er ihre Arbeit. Dann ging er zu Giorgione, der gerade im Begriff war, die soundsovielte Kopie der »Beschneidung Jesu« anzufertigen, eines Gemäldes, das sich größter Beliebtheit erfreute, und sagte ihm, er solle eine Pause einlegen. Er hatte absolutes Vertrauen zu dem jungen Mann, der sehr rasch gelernt hatte, seit er aus Castelfranco gekommen war. Denn er war zum einen fleißig, zum anderen fügsam. Manchmal versank er in Träumereien und sehnte sich nach seinem Dorf, seinen Eltern und Freunden, die er dort zurückgelassen hatte. Endlich konnte Giovanni ihm die Einzelheiten einer Landschaft anvertrauen. Einmal hatte Giorgione einen Baum so gezeichnet, daß er ganz und gar anders wurde als Giovannis Zeichnungen – und viel schöner. Als würde der Sonnenuntergang sich in den Blättern regen. Auch seine Zweige hatten keinerlei Ähnlichkeit mit den Naturdarstellungen Giovannis. Giorgione hatte die Wälder Castelfrancos, den Fall der Blätter im Herbst, das schwerfällige Strömen eines Flusses unter einer steinernen Brücke gesehen und geliebt, und das mußte ihm ziemlich vertraut geworden sein. Ob er auch die Berge Alexandrias mit demselben Geschick und in dem gleichen, unverwechselbaren Stil zeichnen könnte? Giovanni sagte ihm, daß er das Wandgemälde, das die Scuola Grande di San Marco bei seinem großen Bruder bestellt habe, noch nicht beendet habe, er wolle ihn, Giorgione, die Berglandschaft im Hintergrund malen lassen, aber das bedeute keine Einmischung in die Tönung des Lichts. War er vielleicht neidisch? Giovanni schaute aufmerksam zu, als Giorgione die Blätter der Bäume malte. Der junge Mann arbeitete, ohne auf den Entwurf zu achten, und trug die Farbe direkt mit dem Pinsel auf die Leinwand auf. Noch bevor er Linien und Formen zum Abschluß gebracht hatte, ging er zur Farbe über und führte alles rasch aus. Als lauschte er einer Melodie, die nur er hörte. Als würde sich eine Musik, die sich aus seinem Innern erhob, auf seine Hände übertragen und den Rhythmus der Pinselstriche bestimmen. Giovanni hatte gehört, daß Giorgione sehr gut Laute spielte. Aber er ließ sich nie auf dieses Thema ein. Vielleicht wollte er auch nicht, daß Musik und Malerei sich miteinander vermischten. Man sagte, daß er sogar bei Einladungen der Contarinis, der Vendramins und der Caterina Cornaro auf der Bühne spielte, ja, auch bei der Cornaro, die in den Festlichkeiten, die sie in Asolo veranstaltete, Trost suchte, seit sie die Würde einer Königin von Zypern verloren hatte. Das hinderte ihn aber nicht an seiner Arbeit. Morgens kam er müde und erschöpft ins Atelier, mit einer Miene, der man die nächtlichen Ausschweifungen ansah, kaum nahm er aber den Pinsel zur Hand, war er wie verwandelt. Das Licht des Sonnenuntergangs auf den Blättern hatte er im Nu in der Hand, indem er ein Farbgemisch aus Grün und Gelb ausprobierte und den Spitzen der Blätter mit dem haarfeinen Pinsel ganz leichte blaue, rote und rosafarbene Töne hinzufügte.

Der junge Mann freute sich sehr über diese Arbeit. Er maß den Werken Gentile Bellinis nicht allzu große Bedeutung bei, aber er war sich des Prestiges bewußt, das die Bellinis im Dogenpalast genossen. Er legte seinen Pinsel sofort zur Seite,

ging, ohne den Malerschurz abzulegen, hinüber zu dem Ge‑
mälde, das die Wand im hellsten Bereich des Ateliers von ei‑
nem Ende zum anderen bedeckte, und fing an, mit dem Koh‑
lestift die ersten Striche hinter den Minaretten zu ziehen.
Gleichzeitig dachte er an Gentile Bellini. Wer weiß, was er
alles in Istanbul gesehen und was für Abenteuer er erlebt hatte!
In den letzten Jahren war Gentile oft im Atelier seines Bruders
vorbeigekommen. Einmal hatte er einen jungen Schüler bei
sich und vertraute ihn Giovanni persönlich an. Giorgione
konnte sich für diesen Schüler namens Tizian nicht recht er‑
wärmen. Fleißig war er – und ehrgeizig. Und war doch noch
ein Junge. In seinen Augen allerdings funkelte das Licht des
Genies. Vielleicht hatte Giorgione Angst davor, daß Tizian
das Arbeitsklima im Atelier aus dem Gleichgewicht brächte.
Er wollte keinen Nebenbuhler. Er hatte es auch satt, sich im‑
mer nur in den Fußstapfen seines Meisters Giovanni zu be‑
wegen. Er glaubte, er fände seinen eigenen Weg, wenn er ein
Atelier aufmachte und sein eigener Herr würde, wenn er nur
endlich die Möglichkeit hätte, Bilder nach seinen eigenen Vor‑
stellungen zu malen.

Er sah sich die Einzelheiten des Gemäldes genau an. Sie
spiegelten eine Welt wider, die er noch nicht kannte. Er
wünschte sich, Teil dieser fremden, fernen Welt zu sein und in
den Straßen Alexandrias zu verschwinden. Wie ganz anders
als Castelfranco war doch diese Stadt! Da standen Minarette
statt Kirchtürme, Wände mit vergitterten Fenstern statt Fe‑
stungsmauern, und Gelb nahm den Platz von Grün ein. Wür‑
de man doch in das Bild selbst eintreten können, würde sich
doch nur alles in Realität verwandeln! Zum Beispiel jenes selt‑
same Geschöpf mit dem langen Hals! Oder die Dromedare.
Würde man den Hund doch bellen hören! Vielleicht mochte
man Hunde dort nicht. Man setzte doch nicht unbedingt einen
Hund auf jedes Bild, wie Vittore das gemacht hatte. Vielleicht
war es dort auch verboten, Bilder zu malen. Die Männer mit

Turban nach dem Weg fragen, während man zwischen den verschleierten Frauen umherschlenderte! Vielleicht könnte der Milchbart dort, der eine grüne Haube – wie einen Schornstein – auf dem Kopf trägt, dein Begleiter sein; er wirkt ruhiger als die anderen. Oder der schwarze Eunuch neben ihm. Ob er wirklich kastriert ist? Wenn man bedenkt, was alles darüber gesagt wird, stimmt das vermutlich. Wahrscheinlich hat man seinen Penis radikal entfernt, vielleicht ist aber innendrin noch ein Stummel übriggeblieben, damit er wieder nachwachsen kann. Vielleicht könnte dir auch der Mann mit dem Turban die Richtung weisen, der ein kleines Kind auf die Kruppe des Pferds gesetzt hat, vorausgesetzt, du verstehst seine Sprache. Ja richtig, was für eine Sprache sprechen denn diese Männer mit Turban? Ach, nur einmal in das Bild eintreten können, durch die Straßen schlendern und zwischen den Farben umherwandern! Das würde alle Geheimnisse lösen. Du würdest dich in den Schatten der Palme setzen, dein Gesicht den Bergen zuwenden und die Wolken betrachten! Aber die Palme spendet nicht viel Schatten. Wenn die Sonne im Zenith steht, spendet die Palme überhaupt keinen Schatten. Dann könntest du dir weder die Berge noch die Menschenmenge ansehen.

Giorgiones Gedanken wanderten wieder zu dem Hund. In der rechten Ecke, zu Füßen des Dromedars, war er undeutlich zu erkennen. Auch das Dromedar war kleiner als die Männer dahinter. Giorgione kam auf die Idee, den perspektivischen Fehler von Meister Gentile zu korrigieren und den Hund etwas weiter nach vorn zu setzen, wie die Hunde auf den Gemälden von Vittorio Carpaccio, mit dem er jahrelang im selben Atelier gearbeitet hatte. Nachdem er sich selbständig gemacht hatte, war Vittorios Glück gemacht. Es hagelte Aufträge auf sein Atelier. Und auf jedem Bild plazierte Vittorio gut sichtbar einen Hund. Ständig spazierten Hunde auf der Kaimauer hin und her, manche guckten sich die Schiffe von der Landungsbrücke aus an, manche litten mit den Mönchen, die an

den Baum im Innenhof des Klosters gekettet waren, und manche vergnügten sich in den Salons. Sowohl im Traum der Heiligen Ursula als auch in der Studierstube des Heiligen Augu-
stinus kam ein kleiner, weißer Hund vor. Der Hund des
gepanzerten Ritters hatte große Ohren und ein langes Fell, war
vielleicht nicht so adlig und schön wie sein Herr, machte aber
trotzdem einen guten Eindruck. Der Windhund des Heiligen
Georg aber war zweifellos der edelste Hund, den Vittorio je
gezeichnet hatte. Es war klar, daß Gentile, der von Hunden
nicht allzuviel verstand, den Hund einfach so in einer unsichtbaren Ecke des Gemäldes untergebracht hatte.

Giorgione versuchte, die Sache mit dem Hund zu vergessen und trotz des Verbots des Meisters ein sanftes Morgenlicht
auf die Berge fallen zu lassen, das die Augen nicht blendete.
Was ihm gelang. Wenn der Meister morgen käme und es sich
anschauen würde, würde er ihn zum einen tadeln, zum anderen unwillkürlich neidisch werden.

Kaum hatte Giovanni sich das Gemälde am nächsten Tag
angesehen, begriff er, daß der junge Mann aus Castelfranco das
Verbot mißachtet hatte. Er hatte mit dem Licht gespielt und
eine Helligkeit hinter die Berge gesetzt, die allmählich abnahm. Diese Anordnung paßte viel besser zum allgemeinen
Stil der Komposition. Seit einiger Zeit hatte Giovanni gemerkt, daß Giorgione sich selbständig machen wollte. Wie
auch immer, er hatte alles gelernt, was nötig war. Es war klar,
daß er in Zukunft nicht mehr in ein Regelwerk eingesperrt sein
wollte. Offensichtlich war Giorgione jemand, der etwas von
seiner Kunst verstand, aber noch nicht genug Erfahrung besaß.
Er nahm den Schatten wie eine unstete Form des Lichts wahr.
Nach Giovannis Ansicht aber mußte man die Figuren im
Dunkeln lassen und – genau wie Leonardo – ein blasses Licht
auf sie fallen lassen.

Vor ein paar Jahren war der Florentiner Maler auf der
Flucht vor den französischen Armeen nach Venedig gekom-

men und hatte Giovanni gleich nach seiner Ankunft aufgesucht. Er erinnerte sich daran, daß sie sich eine ganze Nacht
lang die Köpfe über Malerei heiß geredet hatten. Es gab eigentlich nichts, was Leonardo da Vinci nicht wußte. Auf allen
Gebieten verfügte er über ein intensives Wissen. Selbst über
Mathematik, Anatomie und Mechanik zerbrach er sich den
Kopf, und bis auf den heutigen Tag führte er seine Malerei immer gleichzeitig mit der Arbeit an einer Statue aus. Er dachte,
daß die Statue nur vom tatsächlichen Licht lebte und von der
natürlichen Lichtquelle, die erst geschaffen wurde, das Bild
aber ein eigenes Licht in sich trage. Die Statue konnte nicht –
wie das Bild – die Farben widerspiegeln, die in der Natur existierten, darüber hinaus fehlten ihr auch – unter dem Aspekt
der Perspektive – die Möglichkeiten, die das Bild mit sich
brachte. Außerdem konnte das Bild aus der Hand des echten
Künstlers auch transparente Dinge, Spiegel und Flüsse, neblige Morgen und die geheimnisvollsten Seiten von Licht und
Schatten zeigen. Die Statue jedoch war weniger leicht vergänglich. Marmor könnte vielleicht eines Tages zerbrechen
und zerbröckeln, aber die Lebensdauer einer Bronzestatue war
natürlich viel länger als die von einem Stück Holz.

In diesem Augenblick hatte Giovanni begriffen, daß die
größte Sorge dieses Mannes mit dem langen Haar, der auf die
Fünfzig zuging, darin bestand, für die Zukunft weiterzubestehen. War das nicht sowieso jedermanns Kummer? Die Sorge
des Dogen, des Rates der Zehn, der Senatoren, der Admiräle
und Heerführer, ja, sogar der Neureichen, die sich nicht mit
der Ausschmückung ihrer Häuserwände begnügten, sondern
Porträts in Auftrag gaben. Ja, jeder wollte für die Zukunft weiterbestehen, als ob das Bild ein Mittel gegen den Tod wäre.
Jetzt aber näherte sich Giovanni seinem Lebensende und hatte
immer zwischen Farben und Pinseln gelebt. Kreativ zu sein
und während des Schaffensprozesses glücklich zu sein, das war
ihm genug. Ein Leben lang hatte er gearbeitet und sich ge

müht, mit der inneren Ruhe, die einem das Gefühl gab, daß man seine Sache gut gemacht hatte. An jedem Tag, der verging, wuchs sein Glaube an Gott. Auch wenn er sich die unglückseligen Momente Jesu, der Apostel, der Heiligen und der Vergangenheit ins Gedächtnis rief, war er in Mariens Welt glücklich. Ohne allzuviel Genuß zu kennen, hatte er die Glücksgüter der Welt zu Genüge gekostet. Leonardo hingegen war allem Anschein nach ein Genußmensch. Wenn er etwas Geld in die Hand bekam, vergaß er die Zeiten, in denen er Not gelitten hatte, erwarb silbernes Tafelgeschirr und fing an, die zahlreichen Diener und Lehrlinge in seiner Umgebung zu drangsalieren. In erster Linie wollte er das Wesen von allem und jedem kennenlernen, und er hatte eine unerschöpfliche Neugier. Er plante sogar, dem Menschen Flügel anzupassen und ihn wie einen Vogel fliegen zu lassen. Er schrieb einen Brief an Beyazıt, Mehmets Sohn, und schlug ihm vor, eine Brücke über das Goldene Horn zu bauen. Wenn nur Gentile noch am Leben gewesen wäre und ihm diesen verrückten Plan ausgeredet hätte! Sollte es die Aufgabe des genialsten Künstlers Italiens sein, eine Brücke für den Großen Türken zu bauen? Leonardo hatte Giovanni auch seine Kladden gezeigt, in denen lauter Texte in einer seltsamen Schrift standen, eine Menge unbegreiflicher Skizzen und Entwürfe. Leonardo hatte ihm erzählt, wie er tagelang arbeitete, um ein Gesicht zu zeichnen, wie er Entwürfe vorbereitete, sich damit noch nicht zufriedengab und in den Straßen, Herbergen und auf den Marktplätzen umherging. Wie er in Spelunken übernachtete, in denen sich eine Bande von Vagabunden aufhielt, um den Verrat des Judas auf dem Wandfresko im Refektorium von Santa Maria della Grazie in Mailand, welches das letzte Abendmahl Jesu darstellte, so realistisch wie möglich zu gestalten. Er begnügte sich nicht, wie man annahm, mit der Macht der Phantasie, um seine Figuren zu schaffen, sondern fand sie an Stellen, wo man sie am wenigsten erwartete, zeichnete sie und suchte den Ausdruck, mit dem er ihre Innenwelt und ihre Gefühle, ihre Gedanken und ihren Charakter am besten deutlich machen könnte. Leonardo schwieg eine Weile, und nach einigem Zögern löste sich ihm die Zunge, bedingt durch die Wirkung des Weins, den sie aus silbernen Bechern tranken, die er bei sich trug und mit ins Atelier gebracht hatte, und er plauderte aus, daß er sogar von den Nutten profitierte, wenn er die Gesichter der Madonnen zeichnete. Das heißt, der Meister machte nicht bei den Lehrlingen halt, sondern spazierte auch in die Freudenhäuser. Hinter den schneeweißen, wunderschönen, keuschen Gesichtern und dem unvergleichlichen Madonnenlächeln standen sündige Frauen. War denn nicht auch Maria Magdalena eine Sünderin, bevor sie den rechten Weg Jesu einschlug? Wie dem auch sei – für Giovanni waren das die schlimmsten Worte, die ihm je zu Ohren gekommen waren. Um seinen Gast nicht zu kränken, tat er so, als ob er das nicht gehört hätte, und wechselte das Thema.

Nach Leonardos Worten herrschte Dunkelheit in der Natur des Universums. Demnach müßte man vom Dunkel aus aufbrechen, um ans Licht zu gelangen. Das erste Stadium des Schattens war das Dunkel und das Licht sein letztes Stadium. Man könnte es stufenweise, Grad um Grad bis ins Unendliche regulieren. Der Maler müßte unabhängig von der Linie Licht und Schatten auf dem Gemälde verteilen können, wie zum Beispiel verschwommenen Dunst und vom Winde verwehten Rauch.

Giovanni hörte seinem Gast bis zum Morgen interessiert zu und staunte über die so kenntnisreiche, großzügige Darstellung der Technik von Licht und Schatten dieses seltsamen Florentiners, der alle möglichen Skizzen in Hefte zeichnete, von denen er sich nie trennte: Flugobjekte und Kriegsmaschinen, ja sogar die inneren Organe der Menschen, inklusive der Geschlechtsorgane. Er hatte sich ihm gleich anvertraut und ihm viele seiner Geheimnisse offenbart. Vielleicht hatte er das ge-

tan, weil er Giovanni für sehr alt hielt und dachte, daß er bald
sterben werde. Aber Giovanni hatte nicht vor, gleich zu sterben; er war immer noch auf der Suche nach Neuem. Als
blaues Morgenlicht in die Fenster des Ateliers schien, verabschiedete Leonardo sich. Sie trafen einander nie wieder. Wer
weiß, wo er sich jetzt aufhielt und in welcher Stadt er unter
wessen Schutz stand. Ob er wohl wieder merkwürdige Skizzen in seine Hefte zeichnete? Vielleicht war er inzwischen mit
seinen Studien zum Licht ein gutes Stück vorangekommen.
Oder er hatte eine Kriegsmaschine erfunden und die Stadt, in
der er lebte, vor der Belagerung durch den Feind bewahrt. Es
könnte auch sein, daß er sich ganz und gar der Architektur verschrieben hatte, um Hängebrücken zu bauen und Festungen
wie einen Adlerhort auf steilen Felsen. Sein Leben lang hatte
Giovanni viele Maler gekannt. Einige hatten einen nachhalti-
gen Einfluß auf ihn, bei manchen hatte er sich noch nicht einmal zu einem Gespräch herabgelassen. Aber nur zwei Begeg-
nungen hatten seinen Kunstbegriff durcheinandergebracht.

Die Technik der Ölmalerei verdankte er Antonello und die
Anordnung von Licht und Schatten Leonardo, auch wenn er
damit nicht immer gleich erfolgreich war. An dem Licht, das
Giorgione korrigiert hatte, änderte Giovanni nichts. Er beschäftigte sich von neuem mit dem Gesicht des Heiligen Markus und arbeitete lange an den Konturen. Dann trat er ein paar
Schritte zurück und fing an, die ganze Komposition zu mu-
stern. Das Gemälde war fertig. Und dennoch kam es ihm so
vor, als ob noch etwas fehlte. Ein vertrautes Gesicht, eine neue
Figur, die darauf wartete, daß man sie in eine Ecke zeichnete.
Vergeblich suchten seine Augen Gentile unter den Venezianern. Unter so harmonischen, so edlen Leuten mußte auch sein
großer Bruder einen Platz auf dem Gemälde einnehmen. Und
innerhalb von Gentiles vollkommener Symmetrie sollte er
selbst, Giovanni, den Repräsentanten der Serenissima unter
den Männern im grünen und roten Kaftan gegenüberstehen.

Er entschied sich dafür, seinen großen Bruder in rotem Samt zu zeichnen, sich selbst, genauer gesagt, den Giovanni von vor vierzig Jahren, würde er ganz in Gelb kleiden und sich ein schwarzes Barett auf den Kopf setzen, wie auf dem Porträt, das Antonello gemalt hatte. Mehmets Geschenk, das Medaillon im Wert von genau zweihundertfünfzig Golddukaten, mußte Gentile um den Hals hängen, auch wenn sein großer Bruder dieses Medaillon wie sein ganzes Vermögen seiner Frau vermacht hatte, da er keine Kinder hatte.

In seiner Seele, im tiefsten Innern, spürte Giovanni einen stechenden Schmerz. Jetzt war außer ihm niemand mehr da, der den Namen Bellini weiterführen würde. Ja, niemand außer ihm, Jacopos Bastard. War dieses lange Leben eine Gnade Gottes oder eine Strafe? Wahrscheinlich beides. Gott, der Giovannis einzigen Sohn zu sich gerufen hatte, hatte ihm Hunderte von Kindern geschenkt. Fern vom Spektakel der Welt schuf er in seinem Winkel neues Leben aus Farben und Formen.

Es gab niemanden mehr, der ihn von oben herab behandelte. Sie konnten es nicht verhindern, daß sein Name in ihr Testament einging und er seinen Anteil am Erbe erhielt. Der letzte Schlag war von Gentile gekommen, von seinem großen Bruder, mit dem er jahrelang zusammengearbeitet hatte und den er liebte wie sein Leben. Auf nichts hatte er ein Recht, und ihm, Giovanni, hatte man nichts hinterlassen. Was auch immer er gewann, hatte er im Schweiße seines Angesichts, mit unablässigem Mühen und Plagen erlangt. Die Wunde in seiner Seele war zwar sehr alt, blutete aber immer noch. Ja, selbst nach so vielen Jahren. Immer wenn er an die Vergangenheit dachte, lebte der Schmerz wieder auf. Sein Wunsch, sich selbst unter den Männern mit Turban unterzubringen, rührte zweifellos auch daher. Niemals war er als echtes Familienmitglied, als untrennbar zugehörig akzeptiert worden. Man hatte ihn noch nicht einmal zur Hochzeitsfeier seiner Schwester Nicolo-

sia eingeladen. Danach hatte Gentile ihm von der Ankunft der
Gäste von Rang in den Kutschen erzählt, von den blendenden
Juwelen und Kleidern der Damen, von der Überfülle auf der
Hochzeitstafel, den Geschenken, die man der Braut überreichte, über alles hatte er sich in den höchsten Tönen ausgelassen, als ob er ihn neidisch machen wollte. Als Jacopo seine
Tochter einem Maler mit einer glänzenden Zukunft zur Frau
gab, hatte er gehofft, daß das Atelier auf seinen Schwiegersohn
überginge. Als aber Andrea Mantegna die Einladung des Herzogs von Mantua, Ludovico Gonzaga, annahm und sich in
seinem Palast niederließ, hatten sich alle seine Träume zerschlagen. Nach dem Tod ihres Vaters war das Atelier in die
Regie der beiden Brüder übergegangen. Aber wie auf einem
Schiff kein Platz für zwei Kapitäne war, konnte auch eine
Werkstatt nicht von zwei Meistern geleitet werden. Und so
übernahm Gentile alles. Bis er sein eigenes Atelier gründete,
blieben die Fäden in der Hand seines großen Bruders. Wie
Giovanni es jahrelang nicht geschafft hatte, seinem Vater auch
nur eine Bitte abzuschlagen, mußte er auch diesmal im Schatten seines Bruders bleiben. Um sich vom Einfluß Jacopos zu
befreien und sich von Gentile fernzuhalten, hatte er sich ein
Beispiel an seinem Schwager genommen. Er hatte angefangen,
die Felsen, die Mantegna mit der Sorgfalt eines Architekten
zeichnete, die Landschaften, die nicht die Spur einer Ähnlichkeit mit Venedig hatten, die Heerscharen nackter Engel
und Jesu Lebensstationen zu imitieren. Außerdem die bruta-
len römischen Soldaten, von denen jeder einzelne so wirkte, als
ob er aus einem Steinklotz gehauen wäre.

Als Nicolosia ein Kind zur Welt brachte, hatte ihr Mann
ein kleines Gemälde verfertigt. Auf schwarzem Grund zeigte
die wunderschöne Maria das Jesuskind, das sie, in Windeln gewickelt, innig umarmte, dem obersten Hohen Priester des
Tempels. Das Kind war nicht nackt wie sonst immer. Mantegna aber ließ Gesicht und Halspartie der Maria noch klarer

erscheinen und brachte Mutter und Kind einander auf schwarzem Grund reichlich nahe. Und dennoch sah es so aus, als ob alles im Dunkeln läge. Der Priester hatte einen ungeheuer langen, schneeweißen Bart. Er streckte beide Hände aus, um das Kind, das sein Gesicht Maria zugewandt hatte, aus den Armen der Mutter zu nehmen. In der Mitte stand Joseph und trug Jacopos Gesichtszüge. Wieder war Jacopo in der Rolle des Vaters. Es ist doch wenig wahrscheinlich, daß Jesu Vater so alt ist und Jacopo so sehr gleicht! Aber so wollte es der Maler, und er hielt die Rolle des Joseph für seinen Schwiegervater für angemessen. Joseph war sehr alt. Dadurch wirkte Maria erst recht ganz jung und wunderschön. Giovanni sah vielleicht zum ersten Mal ein so schönes Gesicht. Ganz in der Nähe von Maria stand eine Frau, die unter ihrem Schleier mit dem leichten rosafarbenen Schimmer eine verdrießliche Miene machte. Sie war weder jung noch schön. Als hätte der Maler sie dorthin gestellt, damit sie einen krassen Gegensatz zu Maria bildete. Sie schaute das Kind nicht an. Ihr Blick war auf einen nicht genau definierten Punkt außerhalb des Gemäldes gerichtet. In der rechten Ecke aber war der Kopf eines jungen Mannes, der Mutter und Vater aufmerksam musterte – Mantegna in eigener Person. Auf diese Weise war die Familie in den Augen des Malers komplett. Jacopo, der Großvater des Kindes, das gerade geboren war, seine Großmutter Anna Riversi, seine Mutter Nicolosia und sein Vater Andrea, sie alle waren dort. Nur den Brüdern ihrer Mutter, ihm und Gentile, war kein Platz vergönnt. Mantegna hatte die Brüder seiner Frau ausgeschlossen und sich selbst an ihre Stelle gesetzt.

Kaum hatte Giovanni sich das Gemälde angesehen, griff er zum Pinsel, fügte auf der linken Seite noch eine andere Frauengestalt hinzu – ließ ein ganz leises, zauberhaftes Licht auf das Antlitz der jungen Frau fallen, die in seine Träume eingegangen war und ihm von der gegenüberliegenden Kaimauer aus zugewinkt hatte – und malte selbst ein Bild, das die gleiche

Szene darstellte. Die Figuren waren dort, wo Andrea sie gezeichnet hatte. Jacopo stand in der Mitte, wieder in der Rolle von Joseph, Jesu Vater. Dem Priester mit dem weißen Bart stand Maria gegenüber, das heißt, Nicolosia hielt das neugeborene Kind, in Windeln gewickelt, innig umarmt, wahrscheinlich, damit es nicht über ihre Brust herfiel; in ihrer unmittelbaren Nähe aber standen Giovannis Stiefmutter, Anna Riversi, und die junge Frau, das Modell der Madonnen, die er in Zukunft gestalten wird. Die rechte Ecke des Gemäldes aber unterschied sich ganz und gar von Andreas Bild. Den Schwager ließ Giovanni weg und setzte seinen großen Bruder und sich an dessen Stelle, vielleicht war Gentile wieder, wie immer, im Vordergrund, er selbst aber weiter hinten. Das Gewand aus rotem Samt, das sein großer Bruder eigens zu dem Fest trug, kam in seinem ganzen Glanz zur Geltung, von Giovanni allerdings war nur der Kopf zu sehen. Wenn auch heimlich, so hatte er doch die Einheit der Familie Bellini wiederhergestellt. Aber wie betrüblich, auch wenn er nur in einer Ecke stand, so war er doch zum Familienmitglied der Bellinis geworden. Als jungen Mann mit langen, roten Haaren und einer spitzen Nase hatte er sich selbst dargestellt, genauso wie in seiner Jugend. Jetzt aber lagen viele Jahre zwischen ihm und dem empfindsamen, unglücklichen jungen Mann von damals. Schmerzen, Konkurrenzneid, Einsamkeit und einige Gemälde lagen dazwischen. Das heißt, ein unendlich langes Leben.

Mit der Ruhe, die daher kam, daß er den letzten Willen seines großen Bruders erfüllt hatte, wandte Giovanni sich seiner eigenen Arbeit zu. Vendramin hatte eine neue Madonna bestellt. Er fing damit an. Er war genau siebenundsiebzig Jahre alt, aber seine Hand, die den Pinsel hielt, zitterte nicht.

12

Rio Terra San Leonardo, Calle del Aseo, das war eine lange, enge Gasse, dunkel wie alle Gassen Venedigs; dann eine Brücke und die Fondamenta della Misericordia, die Kaimauer, wo alte Bauten am Kanal entlang aufgereiht waren, auch sie friedlich und still wie alle Kais in diesem Viertel; immerhin fand sich ein offenes Café, sogar ein Lebensmittel-laden, ein Obst- und Gemüsehändler – dies war ein Ort für sich, fern von den Palästen der musealen Stadt und der Pracht des Canal Grande: Cannaregio. Hier ging das Alltagsleben seinen Gang. Hier lebten Leute, die arbeiteten, ihren Einkäu-fen nachgingen, im Café saßen – genauer gesagt, standen – und miteinander plauderten.

Kâmil bog in eine Gasse ein, die noch enger war als die erste, und als er etwas weiter ging, tauchte ein Kanal vor ihm auf. Weder eine Brücke noch eine Kaimauer waren zu sehen. Die Straße führte direkt zum Kanal und hörte dort auf. Von hier aus gab es keinen Weg mehr! Jedes Weitergehen war aus-sichtslos. Man konnte nur umkehren oder sich ins schmuddlige Wasser werfen. Er erkannte den Campo dei Mori gegenüber. Wie ein Trichter, wie Venedigs trichterförmige Schornsteine verengte er sich. Alte Häuser mit abgebröckeltem Putz standen am Kai. Trotz des engen Kanals dazwischen erkannte man so-gar die Statue mit der Nase aus Bronze an einem Eckhaus. Auch die Statuen der osmanischen Kaufleute, die sich mit ihrem imposanten Turban im Kanal spiegelten. Endlich war Kâmil in das Stadtviertel der Leute mit dem Turban gekom-men. Er suchte und fand die Straßen, durch die er bis zum Morgen gewandert war, nachdem er Lucia letzte Nacht abgesetzt hatte. Lucias Haus aber konnte er absolut nicht finden. Es mußte doch hier irgendwo sein, ganz in der Nähe eines kleinen Platzes. Da sie mit der Gondel gekommen waren und weil er auch ein bißchen beschwipst war – er wagte es nicht, sich selbst einzugestehen, daß er reichlich betrunken und, vor Glück, daß Lucia neben ihm in der Gondel saß, in einem Schwebezustand war –, hatte er nicht weiter auf die Umgebung geachtet. Er erinnerte sich daran, daß ein Brunnen mitten auf dem Platz stand, außerdem an die gelbgetünchten Mauern des Hauses. Aber es gab viele Plätze mit einem Brunnen in der Mitte und reichlich gelbgetünchte Häuser in Venedig! Alle glichen sie einander. Er kehrte um und ging durch die nächstbeste Straße zum Campo dei Mori, überquerte den Platz mit ein paar Schritten, lief über die Brücke und blieb vor der Kirche Madonna del Orto stehen. Die Apostel über dem Tor sahen aus, als würden sie in der Abendkühle frieren. Wenn er hineingegangen wäre, wäre er einer der Madonnen Giovanni Bellinis begegnet, die er am meisten liebte. Das Gemälde hätte Kâmil vielleicht in seine Kindheit zurückgebracht, vielleicht wäre er durch die Mutterliebe, in der Welt, die nur aus Schwarz und Rot bestand, dahingeschmolzen. Vielleicht hätte er das Jesuskind auch als ein wenig dreist empfunden und versucht herauszufinden, warum Maria ihren Blick vor ihm verbarg. Und selbst wenn es nur einen Augenblick lang gewesen wäre, hätte ihn das vielleicht vor dem Irrweg Lucia bewahrt. Aber er ging nicht in die Kirche.

Letzte Nacht hatte Lucia einmal kurz gesagt, daß ihr Zimmer nicht, wie Kâmil es sich erträumt hatte, auf den Kanal hinausging, sondern auf einen großen Garten, in dem Maulbeerbäume und Akazien Schatten spendeten. Vom Fenster aus könne sie den Glockenturm der Kirche Madonna del Orto mit der runden Kuppel sehen. Das hieß doch, das Haus, in dem sie mit ihrer Mutter wohnte, lag in der Nähe der Kirche. Durch jede einzelne Straße in der Umgebung wanderte er, ging an den Kanälen entlang, stieg Brücken hinauf und hinab, konnte aber kein gelbgetünchtes Haus sehen.

Nach seiner Rückkehr von der Werft hatte er eine Schmerz, tablette genommen, sich sofort hingelegt und den ganzen Tag lang geschlafen. Als er aufwachte, war Lucias Abwesenheit nicht mehr auszuhalten. Es war grausam, ungefähr so, wie nach einem Erdbeben unter Trümmern begraben zu sein. Du lebst noch, aber kannst nicht atmen. Und alles um dich herum ist stockfinster. Kâmil wünschte Lucia zu sich, in sein Bett. Wieder sollte sie seine Hand nehmen, zwischen ihre Beine legen und sich seinem Streicheln hingeben. Dann sollte sie ihre langen, weißen Schenkel öffnen und ihn in sich aufnehmen, sollte ihn von der tonnenschweren Last befreien, und ihr Ge, sicht sollte wie eine Hoffnung in der Dunkelheit strahlen. Während Kâmil auf ihr lag, während es ihm kam, wünschte er sich, ihre lustverzerrten Gesichtszüge unendlich lange zu be, trachten, und dann sollte sie ihn in Gestalt einer anderen Frau, der Heiligen Katharina − aber eigentlich der Lucretia −, wollüstig anlächeln, mit ihrem riesengroßen Mund, der dem Maul eines Fisches in der Tiefe des Ozeans glich. Und mit lau, tem Geschrei zum Orgasmus kommen, während sie Kâmil starr und steif in sich fühlte. Die Hand, die ihr den Mund in der Gondel verschloß, sollte sich diesmal überhaupt nicht von ihren Hüften trennen. Und als hätten sie noch nie geliebt, als wären sie noch nie beieinander gewesen, sollten sie von neuem anfangen, sich wieder mit demselben Verlangen, mit derselben Erregung zu lieben, bis zur Erschöpfung. Wenn sie müde wur, den und einschliefen, sollten ihre Träume ineinander überge, hen, und sie sollten einander so innig umarmen, daß selbst der schlimmste Albtraum sie nicht trennen könnte.

Was Kâmil in Lucia suchte, war nicht die Schönheit einer Frau, es war die Schönheit von tausendundein Frauen, ihr Feuer und ihr Geheimnis, das war es, was er glaubte gefunden zu haben und was ihn zur Hoffnung verführte. Kaum war er aufgewacht, wünschte er, sie wäre bei ihm. Er stand tiefunglücklich auf und zog sich an. Einen Augenblick lang überlegte er, ob er zur Correr-Bibliothek gehen sollte, ließ es dann aber bleiben und wanderte durch die Straßen. Die Sonne brannte nicht so sehr wie in den Morgenstunden, schien aber doch so großzügig wie nur möglich. Wieder bringt sie Schnee mit sich – das erinnerte ihn an Lucia. Um die Frau, nach der es ihn über alle Maßen verlangte, wenigstens bis zum nächsten Tag zu vergessen, war ihm jedes Mittel recht, er ging sogar ins Kino. Als er den Film mittendrin verließ, herrschte immer noch strahlender Sonnenschein, die Straßen aber waren öde und leer. Keine einzige Szene des Films blieb ihm im Gedächtnis. Alles erinnerte ihn an Lucia. Ein nettes Wort, ein bedeutungsvoller Blick, die Straßen, über die gelaufen wird, die Getränke, die getrunken werden. Während er sich den Film anschaute, dachte er an die Momente ihres Zusammenseins. Sie waren im Café, dicht beieinander an dem Tisch, an dem sie sich zum ersten Mal küßten. Sie saßen in der Gondel unter dem Wintermantel, mit ihren verschlungen Beinen und ihren vor Lust bebenden Fingern. Sie standen vor der Tür des gelbgetünchten Hauses. Ja, wirklich, die Rolläden waren grün gestrichen und die Fenster riesengroß. Ohne auch nur gute Nacht zu sagen, hatte sie die Eisentür mit einem Knall zugeschlagen. Wenn er diese Tür jetzt nur finden und sagen könnte, ich bin gekommen, um dich zu sehen. Und: Ich konnte nicht bis morgen warten. Wenn er sagen würde, ich möchte neben dir aufwachen. Wenn er ihr sagen würde, Lucia, für gestern nacht, für alles danke ich dir. Oder wenn er ihr ganz direkt, ohne viele Worte zu machen, sagen würde, ich liebe dich. Ti amo, Lucia!

Mit großen Schritten durchmaß Kâmil Straßen und Kaimauern von einem Ende bis zum anderen und überquerte Plätze. Nach und nach lief er schneller und achtete nicht mehr auf den Schmerz, der ihm wieder im Knie zu schaffen machte.

Langsam zog sich das Licht zurück. In der Abenddämmerung verschwammen die Gesichter. Er glaubte, jede Frau, die er von weitem sah, könnte Lucia sein, und wenn er näher kam, war er einer Täuschung zum Opfer gefallen. Dennoch war sein Mut ungebrochen, vielleicht taucht sie ja an einer Ecke auf und kehrt von der Tür, die sie verschlossen hat, zurück. Was in ihm zerbrochen war, das war ein grüner Zweig, ein Akazienzweig. Er stellte sich vor, daß auch Lucia diesen Ast sah, und er gab sich einer Melodie aus der Vergangenheit hin. Dem Lied, das Zeki Müren mit seiner längst zu Staub zerfallenen Stimme gesungen hatte: »Wenn die Akazien blühen.« Nein, nicht die Stimme, es war der Körper, der zu Staub geworden war, es waren Kopf, Brust, Beine und der ganze Leib. Auch das Gesicht war tot und begraben, Augen, Mund und Lippen. Die Stimme aber war immer noch lebendig und voller Trauer wie bei den früheren Zechgelagen mit Rakı. »Wenn die Akazien blühen«, sang er, »lauere ich der Geliebten auf.« Zeki Müren war ins Jenseits gegangen, und seine Stimme war geblieben.

Als Kâmil müde wurde, setzte er sich auf die Stufe einer Brücke. Ohne die letzte Toscano in der Schachtel anzuzünden, vertiefte er sich in die Farben des Sonnenuntergangs im Kanal. Das Wasser verwandelte sich ganz langsam von grün in gelb, in ein glühendes Rot und wurde dann purpurrot. In seiner Phantasie fuhr ein Schiff durch den Bosporus. Vor Hisar ließ das Schiff das purpurrote Wasser aufschäumen. Die Fischer bereiteten sich auf den Fang der Barsche vor. Die Wogen des Schiffes schaukelten die kleinen Boote in der Abenddämmerung. Der Kanal aber war gähnend leer. Weder ein Motoscafo noch eine Gondel. *»Dans Venise la rouge | Pas un bateau qui bouge!«* In der Französischstunde erzählte Mademoiselle Soulignac mit larmoyanter Stimme von den venezianischen Abenteuern Mussets und George Sands. Von der endlosen Trübsal des leidenden Dichters. George Sand hatte Musset in dem Zimmer des Hotel Danieli, das die schönste Aussicht hatte, betrogen, obendrein mit seinem Arzt.

Eigentlich, hatte Mademoiselle Soulignac gesagt und sich die Tränen abgewischt, habe der Dichter das Wort ›bateau‹ später hinzugefügt, zuerst habe er ›cheval‹ geschrieben, dann habe er gedacht, ›bateau‹ passe besser, und er habe das ›Pferd‹ mit dem Schiff vertauscht. »In Venedig, so rot / regt sich we/der ein Boot / noch die Laterne eines Fischers …« »Pferde regen sich – aber ob sich Schiffe regen?« hatte Kâmil gefragt. In seinem Hirn schlug ein Blitz ein, ein Pferd bewegte sich, tänzelte im Licht, eine braune Stute, die darauf wartete, be/schlagen zu werden. Es war doch nicht schwerer, die Eisentür zu finden als das Tor zum Paradies, nein! Lucia hatte gesagt, in dem Haus, in dem sie wohnten, habe früher einmal ein Huf/schmied gearbeitet, und daher gehe der Salon auf das »Hippo/drom« hinaus, im Vergleich zum Hippodrom in Istanbul sei er aber hundertmal kleiner, ein ganz winziger Platz.

»Corte Cavalli!« Vor Freude sprang Kâmil auf und fragte den erstbesten Passanten nach dem Corte Cavalli. Ein paar Minuten später stand er vor der Eisentür.

Er sah sich die Namen an den drei Klingeln an, die unter/einander angeordnet waren, und bei keinem stieß er auf Lucia. Er brauchte den Familiennamen. Wie war nur ihr Nachname? Verdammt noch mal! Wenn du doch nur ihren Familiennamen erfahren hättest, statt dem Mädchen all die Namen anzudich/ten: Caterina, Lucretia und was sonst noch alles! »Darf ich Sie Caterina nennen?« Na also, du kannst sie jetzt nennen, wie du willst, Lucia… Lucia, aber wie weiter? Er drückte auf die oberste Klingel. Kurz darauf streckte eine Frau den Kopf aus dem Fenster im dritten Stock. Auf Kâmils Frage antwortete sie, sie kenne niemanden namens Lucia, und verschwand. Bei der zweiten Klingel – keine Reaktion. Er wartete eine Zeit/lang. Dann klingelte er noch einmal, unendlich lange. Nach dem nervenzerfetzenden Surren des automatischen Türöffners öffnete sich das Eisentor langsam. Kâmil ging rasch hinein und kletterte die Treppen hinauf. Im zweiten Stock wartete ein alter Mann vor der Tür. Kâmil sagte ihm, er suche Lucia. So jemanden kannte der alte Mann nicht. In einem Tonfall, dem man anhörte, daß ihm die Störung nicht recht paßte, erklärte er, in der Etage darunter würde er vergeblich klingeln, dort wohne sein Sohn mit dessen junger Frau, aber die beiden seien nicht zu Hause. Kâmil wußte nicht, was er sagen sollte. Er blieb wie angewurzelt stehen. Als ihm die Tür vor der Nase zugeschlagen wurde, kam er ein wenig zu sich; er lief die Treppe hinunter, trat auf den Platz hinaus und lehnte sich an den Brunnen. Ob der Alte ihm die Wahrheit verheimlichte? Vielleicht wohnte Lucia im Parterre. Er beschloß, sich in einer Ecke zu verstecken und auf sie zu warten. Die Bibliothek mußte gerade geschlossen haben. Vielleicht würde Lucia gleich auftauchen. Sie würde ja nicht auch noch diese Nacht außer Haus verbringen. Während Kâmil schlief, hatte sie vermutlich den ganzen Tag gearbeitet. Meine Liebste, ging ihm durch den Sinn, meine Einzige – gleich kehrt sie müde und erschöpft heim. Das war genau der richtige Moment, um sie zu überraschen. Vielleicht würden sie einen Kaffee trinken, vielleicht schlüge sie vor, daß er zum Essen blieb, und würde ihn ihrer Mutter vorstellen. Ob ihre Mutter auch so schön war wie sie?

Auf dem Platz gab es keine Stelle, an der er sich hätte verstecken können. Der Platz war sowieso ganz klein und auf drei Seiten von Häusern umgeben, und von was für Häusern – ihre Türen waren fest verschlossen und die Rolläden heruntergelassen! Eine Seite des Platzes ging auf die Kaimauer von Madonna del Orto hinaus. Ob Lucia zu Fuß oder mit dem Vaporetto käme, auf jeden Fall mußte sie an der Kaimauer vorbei. Er ging dorthin, setzte sich in ein Café und begann zu warten. Es gab keine Passanten. Eine Weile später sah er ein Kind. Dann entfernten sich zwei Frauen im Gespräch miteinander. Ein Mann folgte ihnen. Noch ein paar Frauen mit Einkaufstaschen in der Hand kamen vorbei, aber Lucia war noch nicht zu sehen. Kâmil verzichtete bewußt auf Alkohol. Frisch und munter wollte er seiner Geliebten erscheinen. Obwohl er tief und fest geschlafen hatte, war seine nächtliche Müdigkeit noch nicht abgeschüttelt. Obendrein nahm der Schmerz im Knie allmählich zu. Damit sollte man nicht spaßen; morgen mußte er unbedingt zum Arzt gehen und das Knie untersuchen lassen. Das Wasser des Kanals wurde dunkel, und im Café gingen die Lichter an. Lange Zeit kam niemand an Kâmil vorbei. Jedermann war längst heimgekehrt und hatte sich trotz der frühen Stunde schon zur Ruhe begeben.

Er wartete, bis er die Hoffnung, Lucia noch zu sehen, schließlich aufgab. Er hatte nur Kaffee getrunken. Eine unendlich lange Nacht lag vor ihm. Es war ihm unklar, wie sie bis zum Morgen vergehen würde, jene dunkle venezianische Nacht. Was geschehen war, konnte er nicht deuten. Er war sicher, daß er die junge Frau vor dem Eisentor abgesetzt hatte. Das hieß doch, daß sie ihn belogen und mit einem Trick versucht hatte, ihm ihre Adresse zu verheimlichen. Wie hatte sie denn das Tor geöffnet? Verschwommen erinnerte er sich daran, daß er einen Schlüssel in ihrer Hand gesehen hatte. Oder eine kleine Handtasche? Er war so betrunken gewesen, daß sie sich noch nicht einmal voneinander verabschiedet hatten, und erst nachdem sie ihm die Tür mit einem Knall vor der Nase zugeschlagen hatte, hatte er ihr nachrufen wollen, daß er sie liebe. Er begriff, daß er Lucias Geheimnis heute abend nicht lösen würde. Jedenfalls beschloß er, sie bis morgen zu vergessen.

Als er das Café verließ, war niemand mehr auf den Straßen. In den Häusern brannte Licht. Mutterseelenallein war er in der Nacht. Wieder ging er an der Kirche vorbei, ging zum Campo delle Madonna dell'Orto und lief zwischen den alten Häusern und Speichern hindurch zum Fondamenta Nuove. Dort schaute er sich eine Weile die Berge an. Die Stadt lag hinter ihm. Seit er nach Venedig gekommen war, sah er zum ersten Mal das offene Meer. In der Ferne, auf den Gipfeln der Berge lag immer noch ein verschwommenes Licht. Wie auf einem Gemälde Giovannis. Als hätte der Maler das schönste Licht auf dunkelblauen Grund strahlen lassen. Wie fern das Licht war, es lag auf einem so unerreichbaren Gipfel, ein wenig realitätsfern und matt. Etwas weiter vorn sah er den Friedhof von San Michele. Mitten im Meer. Hinter den Mauern aus Ziegelstein schliefen die Toten tief und fest. Lagen die Leichen in der Erde oder im Wasser? Vielleicht wurden sie im Sarg beerdigt, und wenn der Sarg in der Zwischenzeit verfault war... Diesen ekelhaften Gedanken wollte er aus seinem Kopf verscheuchen. Er sah ein Wassertaxi, das nach Murano fuhr. Es ließ das Wasser aufschäumen und preschte davon. In der Dunkelheit beobachtete er das Taxi, bis es zu einem rot-grünen Licht wurde. Dann lief er zur Anlegestelle, setzte sich auf die Bank und fing an, auf den Vaporetto zu warten. Es war kalt geworden. Er kuschelte sich in seinen Mantel. Wenn er ein leeres Boot oder eine Gondel fände, würde er sich hineinlegen und darin schlafen. Wie Fikret Muallâ. Kâmil hatte gehört, daß der Maler in seinen Jugendjahren in den Junggesellenbuden von Asmalımesçit wohnte und sich in einem der Boote an der Landungsbrücke von Bebek niederließ, als er das Geld für die Miete nicht zusammenkratzen konnte; daß er sich in seinen Mantel hüllte, einen Winter lang dort schlief und sogar mit dem Besitzer des Bootes eine Auseinandersetzung vor Gericht hatte. Kâmil stellte sich Fikret Muallâ in seinem Haus in Reillanne vor. Zum Schluß hatte er ein Dach über dem Kopf. Aber inzwischen war die Lähmung auf die Beine übergegangen. In Künstlerkreisen erzählte man sich von Muallâs Alkoholabhängigkeit, von seinem Starrsinn, vor allem auch von seiner Unfähigkeit, sich anzupassen, und von seinem Krieg gegen die Krämerseelen, der etwas von Don Quichottes Kampf gegen die Windmühlen an sich hatte. Als Kâmil eines Nachts den letzten Dampfer verpaßt hatte, war er mit dem Boot von

Kandilli nach Bebek hinübergefahren. Nachdem der Schiffer das Boot an der Landungsbrücke vertäut hatte und nach Hause gegangen war, war Kâmil zurückgekehrt und hatte sich in seinen Mantel gehüllt, mit der Kognak-Flasche in der Hosentasche, im Boot betrunken und war eingedämmert. Um die Sterne anzuschauen, die Muallâ gesehen hatte, und um wie Muallâ die Dampfersirenen und gegen Morgen das Wellenrauschen zu hören. Auf dem Bosporus ist es morgens kühl. Je höher der Nebel steigt, um so mehr gibt sich Istanbul preis. Ein schneeweißes Licht fällt zuerst auf die Küste gegenüber und dann auf die Bäume an den Hügeln. Mit dem Ruf zum Morgengebet wachen die Katzen auf, die Möwen flattern durch die Luft, und die Schwarzschnäbel kreisen über den Yachten, die auf offener See ankern. Ein Schwarm von Staren zieht über das Meer, und man weiß nicht, woher sie kommen. Noch bevor sie die Mülleimer inspizieren, brechen herrenlose Hunde zu ihrem Morgenbummel auf. Und genau in diesem Moment kommen der Simithändler und der Salepverkäufer zur Landungsbrücke. Die Passagiere des ersten Dampfers streuen reichlich Zimt auf den dampfenden Salep-Trank. Kâmil trank Salep nicht, weil er ihm schmeckte, sondern nur wegen des Geruchs. Der Tag, der morgens mit Zimtduft begonnen hatte, hörte mit Anisdunst auf. Manchmal, in den Nächten, in denen er sehr viel getrunken hatte, ließ er seine Professorenwürde ruhen; er bummelte durch die Straßen, als wollte er das Leben eines Boheme-Malers führen; er ahmte Fikret Muallâ nach, gab sich den Phantasien hin, in einem Boot zu schlafen, und wenn er gegen Morgen müde wurde, kehrte er in seine komfortable Wohnung zurück. In solchen Nächten heimgekehrt, fand er die Bilder an den Wänden schlecht. Dann kam er auf die Idee, sie allesamt abzunehmen, wegzuwerfen und an ihre Stelle Werke Muallâs oder anderer Maler zu hängen, die er mochte. Wo hatte man denn erlebt, daß jemand gleichzeitig Professor für Kunstgeschichte und

Künstler war! Er wußte ganz genau, daß Professor Uzman den Maler Kâmil, der in ihm steckte, umbrachte, aber damit konnte er sich auf keinen Fall abfinden.

Manchmal begannen die Bilder an der Wand zu sprechen. Eine Platane beschwerte sich, warum hast du mich so gezeich, net, ist mein Stamm tatsächlich so dick, und warum haben meine Blätter so ein dunkles Olivgrün? Ein Bosporusdampfer war mit seinem Schlot zufrieden, aber warum hatte er so sehr Schlagseite auf dem dunkelblauen Meer? Etwa, damit die Pas, sagiere die Fische sahen? Und ob das Meer bei Sonnenunter, gang überhaupt so dunkelblau war? Auch das Wasser drückte seine Unzufriedenheit aus. Im Goldenen Horn war es ver, dammt dreckig, und es platzte vor Unmut. Wenn es auf offener See im Marmarameer wäre, wäre es fast unsichtbar. Und die gelben, roten und grünen Schleppkähne, die mit Honigmelo, nen beladen waren? Wie kannst du uns nur so zeichnen, unsere Zeit ist längst vorbei, wir sind in tausend Stücke geschlagen und versprengt worden, keine einzige Planke ist uns geblieben, jammerten sie. Kâmil war sicher, daß auch Hisar nicht so aus, sah wie auf dem Gemälde. Waren seine Festungen so stämmig und seine Mauern so weiß? Als ob sie vorgestern von einem Unternehmer vom Schwarzen Meer gebaut worden wäre, mit schlechtem Sand im Mörtel, und nicht damals, vor der Belage, rung Istanbuls.

Nachts vermischten sich die Geräusche. Bilder reden nicht, Kâmils Bilder aber tuschelten dauernd untereinander, wenn er nachts betrunken nach Hause kam. Als einziger schwieg der Himmel, als ob er sagen würde, über Istanbul bin ich immer bewölkt, immer mürrisch. Kâmil wollte sogar vor ihnen flie, hen, im Boot an der Landungsbrücke von Bebek schlafen und sich mit dem Himmel – nur mit dem Himmel – zudecken. Gut, ging ihm durch den Kopf, daß ich nur Landschaftsbil, der male, und wenn ich es nun riskieren würde, Menschen zu zeichnen und zu malen! Wer weiß, wie sie sich auf mich stür,

zen, sich empören und Rechenschaft von mir verlangen würden: »Du hast mein Gesicht wohl mit deinem verwechselt, ich
hab' doch keine rotblaue Knollennase; in meinem ganzen Leben hab' ich noch keinen Hut getragen, geh mal zum Augen-
arzt oder besser noch zum Irrenarzt!«

Außer Kâmil gab es keinen Passagier an der Anlegestelle.
Es war längst dunkel geworden, nur hinter den Bergen war es
noch hell. Während Kâmil versuchte, sich die Zeit mit dem
Spiel der Lichter auf dem Wasser zu vertreiben, nahm auch
diese Helligkeit ab, und dann verlosch sie plötzlich wie eine
Kerzenflamme im Wind. Nur vereinzelt spiegelten sich die
Lichter der Häuser am Kai auf dem Meer. Auch die Strahlen
der Neonbeleuchtung an der Anlegestelle fielen aufs Wasser.
Dennoch war das Meer finster. Wie eine schwarze Decke breitete es sich bis zur Lagune aus. Muranos Lichter schimmerten
in der Ferne, der Friedhof aber war zum großen Teil im Dunkel begraben. Kurz darauf tauchte der Vaporetto auf. Ohne
sich der Landungsbrücke zu nähern, fuhr er mit seinen wenigen Passagieren vorbei. Kâmil überlegte sich, daß er der Passagier sein könnte, der ganz allein, in seinen Mantel gehüllt, auf
dem Achterdeck saß. Aus unerfindlichen Gründen ließ ihm
diese Halluzination keine Ruhe. Er war gleichzeitig auf der
Anlegestelle und auf dem Achterdeck. Er war sowohl derjenige, der in der Bibliothek arbeitete, als auch der Mann, der
den Nutten hinterherlief. Wie das Taxi vorhin mußte der Vaporetto wohl ebenfalls nach Murano fahren. Auch den Motoscafo hatte er in der Dunkelheit beobachtet, bis es nur noch ein
Leuchtpunkt war. Er dachte an die Formen, die der menschliche Atem seit Jahrhunderten aus Glas geblasen hatte, an die
Karaffen mit dem Schwanenhals, an die blauen, grünen und
roten Vasen und die bizarren Objekte, in denen die Farben der
Abenddämmerung funkelten. Anstatt eine Beziehung von glä-
serner Transparenz zu erleben, war Kâmil ausgerechnet an eine
Frau geraten, deren Name zwar Licht war, die selbst aber dun-

kel, so finster war wie das Meer. Und das in der Mitte seines Lebens, in reifem Alter. Venedig war ein finsterer Wald. Gleichgültig, ob Tag oder Nacht, Kâmil wanderte und konnte den rechten Weg nicht finden. Jede Straße, in die er einbog, jede Brücke, die er überquerte, führte ihn schließlich nach Mestre. Wer weiß, wo die kleine Nutte jetzt war? Unter welchem Baum, unter welchem Mann? Mit ihr war wenigstens alles sonnenklar. Du gabst ihr Geld und ließt sie nach deiner Pfeife tanzen. Aber mit Lucia... In Gedanken war er wieder bei der Gondel, aber zum Glück kam der Vaporetto genau in diesem Augenblick.

Niemand war auf dem Dampfer. Er ging zum Achterdeck, setzte sich wie immer auf einen Platz gegen die Fahrtrichtung, hüllte sich in seinen Mantel und gab sich der dunklen Nacht hin. Man hörte keinen Laut außer dem Plätschern des Wassers. Was er sah, war nur weiße Gischt. Er gewöhnte sich sofort an den Krach der Schiffsschraube, die das dunkle Wasser umkreiste. Als sie in den Kanal von Cannaregio einfuhren, war Kâmil längst eingeschlafen. Im Traum saß er auf dem Achterdeck eines Vaporetto in Venedig. Immer, wenn die Lichter der Häuser auf den Kanal fielen, lösten sie sich auf und flossen wieder zusammen. Kurz darauf wurde alles zu Weiß. Auch die Lichter verformten sich und verwandelten sich in weiße, wulstförmige Kopfbedeckungen. Mitten unter ihnen befand sich ein Turban, der größer war als alle anderen. Kâmil erkannte das Gesicht sofort. Cem Sultan lag in der Tiefe des Kanals, schaute ihn mit seinem leichten Silberblick zwischen den Männern mit Turban an und winkte ihm zu. Rief er ihn zu sich, oder war das ein Zeichen, daß Cem ihm etwas erzählen wollte? Er trug einen violetten Kaftan wie auf Gentiles Porträt. Mit gekreuzten Beinen saß er vor einem niedrigen, hölzernen Schreibpult, aber er hielt keinen Stift in der Hand. Er hatte nichts in der Hand; da war nur dieses seltsame Zeichen. Wollte er sagen: Komm auch hierher, werd einer von

uns, oder brachte er etwas anderes zur Sprache wie: »Als Beya‚
zıt regierte, ging ich in die Fremde, / aus Lucretias Hand trank
ich den Tod.« Kâmil wachte aus dem Traum auf, der durch
eine Erschütterung verflog. Sie waren in Santa Lucia ange‚
kommen. Er wollte aussteigen und zu Fuß heimkehren. In dem
Augenblick, als er sich von seinem Platz erhob, zuckte er zu‚
sammen. Diesmal drang ein Schmerz nicht in sein Knie, nein,
es war, als bisse der Schmerz sich in seinem Hirn fest. Er ließ
sich auf den Sitz zurückfallen und konnte sich bis zur Piazzale
Roma nicht von der Stelle rühren.

Kaum hatte er die Anlegestelle betreten, kam ihm aus
unerfindlichen Gründen der Leichenzug in den Sinn. Der
Schmerz ging jedoch vorüber. Ein paar Passagiere bestiegen
den Vaporetto. Wenigstens war er nicht allein auf dem Ach‚
terdeck. Und dennoch hatte er das Gefühl, ein Leichenzug
wäre an ihm vorbeigezogen. Vielleicht war es ein Albtraum,
den er vor Jahren hatte, oder die Projektion eines alten Gemäl‚
des, an das er sich nicht genau erinnern konnte, oder eine
Szene, die ganz allein seiner Phantasie entsprungen war. Junge
Männer mit langen, spitzen Kopfbedeckungen aus Filz trugen
einen Leichnam. Der Tote in dem hölzernen Sarg war er
selbst. Der Länge nach ausgestreckt lag er da, in ein Leichen‚
tuch gehüllt, als Leichnam, schwer wie Stein. Die ganze Trau‚
ergemeinde, die dem Leichnam folgte, bestand aus Männern
mit Turban. Jeder von ihnen hatte einen hübschen, mehrfach
gewickelten Turban auf dem Kopf, und in Kaftanen aus Zo‚
belpelz, die im Wind emporgewirbelt wurden, kamen sie hin‚
terdrein. Eine hochgestellte Persönlichkeit aus der osmanischen
Herrscherfamilie trug den Sarg auf den Schultern, der Fried‚
hof, zu dem Kâmil Uzman getragen wurde, war jedoch eine
kleine Familienbegräbnisstätte und lag am schlammigen Ufer
des Göksu, am Hang des Otağ Tepe. Die Grabsteine waren
verschwommen im Dunkeln zu erkennen. Ein Winterabend,
dunkelblau wie Eis, legte sich auf die Bastionen von Hisar.

Nein, nicht auf die Bastionen von Hisar, sondern auf die freie Stelle im Hintergrund des Gemäldes. Ja, irgendwo hatte er dieses Gemälde gesehen, aber er erinnerte sich nicht genau daran. Es mußte in einer Privatsammlung gewesen sein, denn jedes Museum, dessen Bilder er besichtigt hatte, blieb bis ins kleinste Detail in seinem Gedächtnis haften. Er wußte, von wo aus welches Licht auf welchen Saal fiel, wohin die Treppen führten, in welchem Viertel der Stadt das Museum war und an welcher Bus- oder U-Bahn-Station. Wenn es also in einer Privatsammlung gewesen war, daß er seine eigene Beerdigung gesehen hatte, mußte das in Wien gewesen sein. Auf einmal klärte sich sein Gedächtnis. Ja, es war in Wien, die Rückkehr von einer Reise hatte ihn zur letzten Bastion der Osmanen geführt, wieder war er so einsam, mutlos und verzweifelt, fern von Istanbul.

Das Gemälde hing an der Wand im Haus eines reichen Sammlers in der Singerstraße. Im 17. Jahrhundert war es von drei österreichischen Malern gemalt worden. Kâmil erinnerte sich nicht an die Namen der beiden ersten, aber der Name des dritten war vielleicht Hermann, Franz Hermann. Als Kâmil nach genauer Untersuchung des Gemäldes die Sammlung verließ, um seinen Bericht zu schreiben, schlug ihm eiskalte Luft ins Gesicht. Auf der Straße stand ein steinernes Gebäude neben dem anderen. Er ließ die gotischen Mauern der Deutschordenskirche auf der rechten Seite hinter sich und ging in Richtung des Rings an der Peripherie der Innenstadt. Es war finstere Nacht, und es herrschte die Stille des Schnees. Plötzlich fand er sich in einem kleinen, dunklen Innenhof wieder. Ein aus einem Fenster fallender Lichtschein beleuchtete ein Schild, das neben dem Treppenaufgang zu den oberen Stockwerken hing. Mit Mühe konnte er die Inschrift entziffern: »Hier lebte Mozart vom 16. März bis 2. Mai 1781.« Kâmil wartete eine Weile im Dunkeln. Vielleicht wurde Klavier gespielt, oder eine Geige ließ die Stille erzittern. Aber keine Melodie, noch nicht einmal eine Note drang aus dem einzigen Fenster, in dem Licht brannte. Er ging quer durch den Innenhof in einen anderen und gelangte von dort aus in einen dritten. In diesen stillen Innenhöfen, die wie eine Menage ineinander übergingen, hallte Mozarts Musik nicht mehr wider, nicht einmal der »Marsch à la turca« wurde gespielt. Kâmil kehrte unter dem Vorwand, er wolle den Besitzer des Gemäldes etwas fragen, kurz entschlossen in die Singerstraße zurück. Das Haus war dunkel. Er brachte nicht den Mut auf zu klingeln. Genau in diesem Augenblick sah er die Hinweistafel, die ihm beim ersten Mal irgendwie entgangen war; ihre Aufschrift konnte er erst lesen, als er ein Streichholz anzündete: »In den Jahren 1784 bis 1787 wohnte Mozart im ersten Stock dieses Hauses.« Die Erinnerung an den Komponisten ließ Kâmil keine Ruhe, selbst ohne jede Musik. Wie ein Dieb verließ er diesen Ort, und weil er nicht ins Hotel gehen und schlafen wollte, setzte er seinen Nachtmarsch durch Wiens Straßen fort. Als er sich von der Seilerstätte nach links wandte, stieß er auf einen seltsamen Namen: Himmelpfortgasse. Und genau in diesem Augenblick stand er dem Winterpalais des Prinzen von Savoyen gegenüber. Da er nicht geradeaus weitergehen konnte und links einbog, fand er sich in der Rauhensteingasse wieder. An der Nummer acht hing ein Schild: »In diesem Haus starb Mozart im Jahre 1791 im Alter von fünfunddreißig Jahren.« Unwillkürlich fielen ihm die Verse von Cahit Sıtkı ein: »Fünfunddreißig Jahre – das ist die Hälfte des Weges, / in der Mitte des Lebens, wie Dante, sind wir.« Hier also hatte der Tod an die Tür des Komponisten geklopft, mit einem Säckchen voller Gold, das der Mann schickte, der das »Requiem« bestellt hatte. Kâmil, auf halbem Weg, setzte seinen Gang durch das nächtliche Wien fort. Als er bei seiner Rückkehr nach Istanbul die Expertise über das Gemälde in der Wiener Privatsammlung schrieb, dachte er nicht an die Osmanen, sondern an Mozarts Begräbnis. Er dachte an den Komponisten, den ein Leichenwagen, dessen Räder sich im schmutzigen Schnee mit rostigem Quietschen drehten, zum Friedhof St. Marxer brachte, dort-hin, wo die Armen begraben wurden. Kâmil hingegen war in Wien in sein warmes Bett zurückgekehrt. In sein Zimmer im Hotel Sacher, das auf die schweigenden Mauern des Opern-hauses hinausging.

Natürlich gehörte der Mann, der den Leichnam trug, kei-ner herrschaftlichen Familie an. Die blutjungen Männer mit den hohen Kopfbedeckungen aus Filz, die er von den Minia-turen kannte, waren womöglich Schloßdiener, aber die Leute, die dem Sarg folgten, konnten keineswegs osmanische Sultane sein. Im Traum hatten sich Kâmils Schmerzen in diese Pro-zession verwandelt, das war sein Gram, der ihn sein Leben lang nicht in Ruhe ließ. Das war das Erbe aus den Wander-tagen, in denen er auf Turbanjagd gegangen war.

13

Kaum war er aufgestanden, öffnete er als erstes die Fenster‚
läden. Die Scheiben waren beschlagen. Was draußen
vor dem Fenster lag, war nicht zu sehen. Anstatt die beschla‚
genen Scheiben abzuwischen, blieb er eine Weile davor stehen.
Dann zeichnete er mit dem Finger ein Gesicht auf das Glas.
Es hatte Nase, Mund, Wangen und sogar Augen, aber keinen
Blick. Es war das Gesicht, das er in den kalten Nächten seiner
Kindheit auf die Fensterscheibe im Kellergeschoß geritzt
hatte, das Gesicht seiner Mutter, die ihn verlassen hatte und nie
wieder zurückgekehrt war. Vielleicht unterschied es sich von
dem Gesicht, das er im Schlafsaal auf die Scheibe ritzte, wenn
er gegen Morgen vor allen anderen aufwachte, von jenem Ge‚
sicht des Mädchens ohne Blick, von dem er in den Pausen
träumte, dem er die langen, dunklen Korridore der Schule ent‚
lang hinterherlief, jenem Antlitz, das er selbst nach diesen lan‚
gen, jahrelangen Wanderungen nicht hatte erreichen können.
Es war das Gesicht im Bordell, auf dem schmutzigen Polster
mit dem Rosenmuster. Das lustverzerrte Gesicht einer jungen
Frau, ein Gesicht, das jedes Mal andere Züge hatte und dessen
Blick dem Betrachter entglitt. Es war das Gesicht, das zu ma‚
len er sich fürchtete, das Antlitz, von dem er glaubte, es könnte
ihm nie gelingen, es zu zeichnen. Damit es sich auf der Fen‚
sterscheibe nicht auflöste und verfloß, stellte er den elektrischen
Ofen nicht an. So sollte es immer im Dunst der Scheibe blei‚
ben, als ein Ornament sollte es wie der Namenszug des Schick‚
sals auf dem Fenster bleiben.

Kâmil stellt einen Topf mit Wasser auf den Herd, um
Kaffee zu kochen. Er nahm eine Tasse vom Regal in der Koch‚

nische, schüttete einen Löffel Nescafé hinein und wartete dar‐
auf, daß das Wasser kochte. Als er wieder zur Fensterscheibe
blickte, sah er, wie seine Zeichnung sich durch die Hitze des
Herds auflöste. Er konnte nicht mehr neu anfangen. Das hieß,
das Leben des Gesichts währte nur so lange, bis das Wasser
kochte. Er dachte an seine Mutter. Er hatte längst das Alter hin‐
ter sich, in dem sie gestorben war. Er lebte länger als nötig. Man
sollte seine Mutter nicht allzu lange überleben. Kâmil ließ sich
zu dem Gefühl hinreißen, er hätte all die Jahre, die er länger
lebte als sie, die Eindrücke, die von den unaufhörlichen Reisen
geblieben waren, Landschaften und Farben auf der Leinwand,
jede Frau, die er kennen‐ und liebengelernt, die ihn – und die
er – gereizt hatte, all das und sogar die Nutten seiner Mutter
zu verdanken. Auch Lucia. Vor allem auch sie, das einzige
Licht dieses finsteren Tages. War es da draußen denn wirklich
dunkel? Oder dämmerte es gerade, schien die Wintersonne auf
das trübe Wasser, die Plätze und die Glockentürme, die da‐
standen, als ob ihre roten Ziegeldächer jeden Moment einstür‐
zen würden? Vielleicht hatte sich inzwischen auch Nebel auf
die Stadt gelegt, und draußen sah man die Hand nicht vor
Augen, wie am Tag seiner Ankunft in Venedig. Bevor er schla‐
fen ging, hatte er die Uhr abgestreift und auf den Tisch gelegt.
Er war zu schlaff, um nach der Zeit zu gucken. Genauer ge‐
sagt, er wollte es nicht. Ein ganzer langer Tag lag vor ihm.
Er wußte, daß jede Sekunde sich wie ein ganzes Leben aus‐
dehnen, daß Minuten monate‐ und Stunden jahrelang dauern
würden. Denn am Abend würde Lucia kommen. Aber bis es
Abend wurde, könnte er vor Langeweile sterben.

Gestern war er ihr in der Correr‐Bibliothek sehr nahe ge‐
kommen. Wie zwei Verliebte standen sie am Ausgang. Nach‐
dem sie in einem Café in der Nähe des Campo San Stefano
Prosecco getrunken hatten, verabredeten sie sich für heute
abend. Am ersten Tag des Karnevals wollte sie bei ihrer Mut‐
ter bleiben. Aber sie war einverstanden, mit ihm zu Abend zu

essen. Er hatte vorgeschlagen, sich in seinem Studio zu treffen. Eigenhändig würde er eine Zechtafel mit erlesenen Köstlich‐keiten für Lucia aufbauen. Danach würden sie ihre Masken aufsetzen und zum Ball gehen. Von dort aus vielleicht zu einem anderen Amüsement. Und dann... Gegen Morgen würde Kâ‐mil sich mit diesem Felltierchen treffen, das er immer noch an den Fingerspitzen spürte; der jungen Frau war an den Augen abzulesen, daß es dazu kommen würde. Er hatte ihr die Adresse des Studios nicht gegeben und ihr gesagt, sie möge ihn anrufen, bevor sie das Haus verließ, es sei etwas kompliziert, es zu finden. Er würde sie dann an der Anlegestelle der Piazzale Roma abholen. Er hatte sich zusammengerissen, um ihr nicht zu sagen: »Ich kenne deine Adresse ja auch nicht. Ich weiß nur, daß du nicht am Corte Cavalli wohnst.« Er wollte nicht, daß ihnen die gute Laune verging. Und was spielte das jetzt noch für eine Rolle. Da Lucia damit einverstanden war, in sein Studio zu kommen, würde er auch die Nacht mit ihr verbrin‐gen – das hieß es doch. Die erste Nacht des Karnevals.

Nachdem Kâmil seinen Kaffee getrunken hatte, machte er die Fenster auf. Mit dem Nebel kam feuchte Kälte ins Zimmer. Sogar die Mauer am gegenüberliegenden Ufer des Kanals war nur mit Mühe zu erkennen. Das Wasser war gestiegen. *Aqua alta* mußte begonnen haben. Wie schade, kurz darauf würde das Wasser den Markusplatz überfluten. Vielleicht verkehrten auch die Vaporetti nicht. Würde Lucia es sich anders über‐legen? Wahrscheinlich nicht. Es war doch klar, daß sie die Nacht mit ihm verbringen wollte.

»Die Geliebte, die nicht kommt, um die Leckereien zu ko‐sten – / zum Fischmarkt kommt sie nie und nimmer«, diese Zeilen von Orhan Veli gingen ihm durch den Sinn. Wenn nun alle seine Mühen umsonst wären? Er lockte sie mit allerlei Köstlichkeiten, um es zu einem Danach kommen zu lassen; das mußte ja nicht gleich der Fischmarkt sein. Oder doch so etwas Ähnliches. Aber Lucia würde kommen, ganz bestimmt.

Da war er sich sicher. Seine jahrelange Erfahrung hatte Kâmil nie getrogen. Als sie das Café verließen, küßten sie einander unendlich lange, bevor sie sich trennten. Seitdem hatte Lucia ihn nur noch mit der Inbrunst einer Frau geküßt, die bereit war, sich hinzugeben.

Er räumte ein bißchen auf. Papiere und Bücher, die bunt durcheinandergewürfelt auf dem Tisch lagen, nahm er weg, und die Fotokopie des Dokuments, das Giovanni Bellinis Atelier betraf – er hatte es in der Correr-Bibliothek gefunden –, legte er in einen Aktenordner. Er nahm eine Tischdecke aus dem Schrank und breitete sie aus. Dann fiel ihm das hölzerne Gatter an der Haustür ein. Es kam überhaupt nicht in Frage, daß er das Mädchen darüberspringen ließ, wie er das jedes Mal machte, wenn er kam oder ging. Er fand den Schlüssel des Vorhängeschlosses und öffnete das Gatter. Am Anfang der Straße sah man den Kanal. Das Wasser floß schon über die Steine. Es sollte nur kommen, dann würde er eben mit Lucia zusammen ertrinken. Wie schön, innig umarmt lägen sie beide auf dem Grund der See, splitternackt, wie von Mutter Natur geschaffen. Auch ihre Haare würden sich, gleich ihren Träumen, in den Wellen miteinander vermischen. Fische und Krebse nisteten in ihren Köpfen. Das wäre besser, als in der Erde zu verfaulen. Ein Loch auf dem schlammigen Friedhof am Göksu. Ein gesunkenes Schiff in Venedig. Das Wasser würde die Zimmer überschwemmen und das Meer die Stadt überfluten. Dieses allbekannte Meer, das an den Grundfesten der Paläste am Canal Grande und der Sommervillen am Bosporus nagte. Ein Schwarm von Silberfischen würde durch die Straßen ziehen. Das Wasser hätte auch die Accademia überschwemmt und die Bilder von Gentile Bellini, deren Originale er noch immer nicht hatte sehen können, längst in die Tiefe der See gezogen. Giovannis Madonnen, ja, auch sie wären in die Tiefe gelangt. Sogar die Gemälde von Maria, der Schutzherrin, und Jesus. Das untergegangene Venedig, ein Traum von alten Zeiten, dessen Farben verflossen. Zum ersten Mal hatte Kâmil keine Angst vor dem Tod. Im Wasser kam ihm der Tod wie ein seltenes Glück vor, wie eine süße Melodie. Es war sogar schön, an den gemeinsamen Tod mit Lucia zu denken.

Er mußte eine Tafel mit so vielen Köstlichkeiten decken, daß es an nichts oder, um es mit einer vertrauten Wendung auszudrücken, noch nicht einmal an Vogelmilch fehlen durfte. Das hieß, daß Löwenmilch vonnöten war, ein Schuß Rakı, in Wasser aufgelöst. Zuerst mußte er Rakı finden, damit der Eßtisch reichlich gedeckt war und die Appetithappen schmeckten. Damit die Tafel zu ihrem Tête-à-tête, zu ihrer Plauderei paßte. Er machte sich auf den Weg zum Rialto. Dort wanderte er lange über den Markt. Er fand vielerlei verschiedene Arten von Appetithappen, Oliven, Schafskäse und saure Gurken. Er kaufte frisches Obst und Gemüse. Er fand sogar Rakı der Marke Duze, der in Marseille hergestellt wurde; obwohl der nicht den *Yeni Rakı* ersetzen würde, konnte er gerade noch als Löwenmilch durchgehen. »Es lebe die Löwenmilch!« würde er gleich schreien. »Es lebe der Löwe von San Marco!« Er schrie es vielleicht auch. Ohne getrunken zu haben, wurde Kâmil allmählich berauscht. Mit zwei riesigen, prall gefüllten Einkaufstaschen in den Händen mischte er sich unter die Menschenmenge am Rialto. Er ging an Straßenhändlern vorbei, die Souvenirs für Touristen verkauften, an Pizzas, billigem Schmuck und in allen möglichen Farben raschelnden Stoffen, mit denen die Schaufenster vollgestopft waren. Er blieb vor einem Laden stehen, der Masken verkaufte, und guckte ins Schaufenster. Unter Karnevalskostümen, Hüten und Pelerinen waren wahllos Masken ausgestellt. Halbmonde, strahlende Sonnen, Raubvögel und Teufel. Er ging hinein, wählte für sich eine purpurrote Teufelsmaske mit einer Knollennase aus und für Lucia weiße Handschuhe und eine wiederum weiße, runde Engelsmaske.

Als er ins Studio zurückkehrte, war er wunschlos glücklich. Alles war nun parat. Die Löwenmilch, die Zechtafel mit den Leckereien und die Masken. Der Schmerz in seinem Knie hatte sich heute den ganzen Tag lang nicht gemeldet, und auch der Wasserstand des Kanals war etwas gesunken. Wenn nun das Wasser das Zimmer überschwemmte, während sie einander liebten! Der Motor würde anfangen zu rattern, und auch wenn er nur mit einer einzigen Pumpe liefe, würde er das Wasser in den Kanal zurückpumpen. Kâmil würde triumphieren. Mit einer einzigen Pumpe, bis zum Morgen … Hör auf zu pumpen! Auf einmal merkte er, daß er ordinär wurde. Es war eine Angewohnheit, die aus dem Internat stammte, selbst in den romantischsten Phantasien überkam ihn diese Primitivität, was daher rührte, daß er viele Jahre lang keine Frau angefaßt hatte. Er widmete sich seiner Arbeit und hing den Traumgespinsten über die bevorstehende Nacht nicht länger nach. Jetzt bestand seine Aufgabe darin, verschiedene Leckerbissen vorzubereiten und den Tisch zu decken. Und auf seine Geliebte, auf Lucia, das einzige Licht seiner dunklen Welt, zu warten.

Bis zum Mittag verging die Zeit schnell. Aber nachdem die Tafel bereit war, blieb die Zeit auf einmal stehen. Die Minuten fingen an, sich in die Länge zu ziehen. Was war denn schon die Zeit! Ein Vorgang, der stattfand, aber nicht vorüberging, eine lange Durststrecke. In seiner Jugend dehnten die Minuten sich schier unendlich, und der Tag wollte und wollte nicht zu Ende gehen. Berge würden sich zu Gebirgen türmen, Minuten jedoch nicht zu Stunden und Tage nicht zu Nächten. Wie auf der seltsamen Uhr von Meister Dasypodius, die er am Straßburger Münster gesehen hatte. Sie glich eher einem Kunstwerk als einer Uhr. Es war ein Monument von achtzehn Metern Höhe, das Statuetten schmückten, eine schöner als die andere, zu beiden Seiten von Uhrwerken mit drei blauen Zifferblättern, die auf einen marmornen Sockel von genau siebeneinhalb Metern Breite und vier Metern Höhe gesetzt worden waren. Nach dem ptolemäischen System, das davon ausging, daß die Erde das Zentrum der Welt war, war es, inspiriert durch die Bewegung der Planeten und der Sterne, gebaut wor- den, und von diesem Tag an bis heute ging es auf die Sekunde genau. Seitdem gemahnte die Uhr ohne Unterlaß die Sterb- lichen an alle Zeiten, an die irdische und die ewige Zeit, an Minuten und Tage, an Monate und Jahre, an das menschliche Leben und die Ewigkeit, an Jugend und Alter, sie maß die Zeit, in der man lebte – und die vergangenen Zeiten. Kâmil verbrachte einen ganzen Tag damit zuzuschauen, wie dieses denkwürdige Werk gründlich gereinigt und geölt wurde. Der Schild, das Symbol des Jüngsten Gerichts, das der Prophet Daniel verkündet hatte, war genau in der Mitte. An den vier Ecken des Schilds aber waren die Wappen des Assyrischen, Persischen, Griechischen und Römischen Weltreichs ange- bracht. Und alle waren zerstört, unwiederbringlich dahin und von der Mühle der Geschichte zermahlen. Das Wappen des Osmanischen Reichs suchte Kâmil vergeblich. Laut Conrad Dasypodius, der einst einen Lehrstuhl für Mathematik an der Straßburger Universität innehatte, hatte es nie eine Dynastie der Osmanen gegeben, die drei Kontinente beherrscht und vor den Toren Wiens gestanden hatten. Aber in dem Jahr, als der Meister starb, erlebten die Osmanen ihr Goldenes Zeitalter. Fâtih Mehmet, Cem Sultan, Beyazıt Han, Selim I. und Ka- nunî; sie waren einst lebendig gewesen, bevor der Todesengel ihre Seelen holte. Als Kâmil das Straßburger Münster besich- tigte, studierte er in Paris und hatte noch nicht angefangen, auf Turbanjagd zu gehen.

Als Symbole für die Lebensphasen regelten die vier Jah- reszeiten den Lauf der Uhr: Frühling (Geburt), Sommer (Ju- gend), Herbst (Reife) und Winter (Alter). Damals herrschte in Kâmils Leben Sommer, ein langer Sommer, den er so er- lebte, als ob er nie zu Ende gehen würde. Dann war der Herbst gekommen, und er dauerte immer noch an.

Die Uhr hatte auch einen astronomischen Kalender. Die

Tage verstrichen mit Streitwagen, und jeden von ihnen zog ein anderes Tier. Und die Wagen hatten Planeten als Räder: Sonne (Sonntag), Mond (Montag), Mars (Dienstag), Merkur (Mittwoch), Jupiter (Donnerstag), Venus (Freitag) und Saturn (Samstag). Wie schön die Tage im Sturm der Streitwagen verstrichen! Sehnsucht, Schmerz und Freude, das ganze Leben, das wir sinnlos vergeuden, ziehen die Tage hinter sich her. Der Sonntag ging mit Schimmeln von schöner, weißer Mähne vorüber, der Montag mit einem Hirsch samt Geweih. Den Dienstag brachte ein sich aufbäumender Rappe, und den Mittwoch ein kläffender Hund. Der Donnerstag wurde von einem geflügelten Drachen gezogen, und der Freitag von watschelnden Enten. Der Samstag aber war mutterseelenallein mit der Sense des Chronos, der seine Kinder fraß.

Auch die Automatik der Uhr zog Kâmil Uzman als Studenten der Kunstgeschichte magisch an. Jede Viertelstunde schlug ein kleiner Engel, und immer wenn ein anderer die Sanduhr zu Beginn der Stunden umdrehte, tauchten die Apostel einer nach dem anderen auf. Hoch über ihnen wartete ein Skelett mit ausgehöhlten Augen, als ob es sagen wollte: »Ich bin auch noch da, hier bin ich also. Wer den Schlußpunkt setzt, das bin ich.«

An jenem Tag vor vielen Jahren war die Uhr von Meister Dasypodius unaufhörlich gelaufen. Als wollte sie sagen: »So sind wir nun gekommen, und so gehen wir dahin.« Warum verging die Zeit hier in Venedig nicht, warum standen die Uhrenrädchen still?

* * *

Ob der Gedanke von ihm stammte oder von Mademoiselle Soulignac, daran erinnert er sich jetzt nicht mehr genau. Vielleicht von beiden. Es war in der letzten Klasse. In diesem Jahr lasen sie im Französischunterricht Dramen von Victor Hugo. Es wurde erwartet, daß er eine Szene aus »Lucretia Borgia«

auswendig lernte. Kâmil hatte noch keine Zeit gehabt, das ganze Stück zu lesen. Er kannte nur die Inhaltsangabe zur Einführung in das ausgewählte Stück. Lucretia hatte ein Kind von ihrem Bruder Juan bekommen, und nachdem der Säugling bei kalabrischen Fischern aufgezogen worden und herangewachsen war, wurde er ein heldenhafter Condottiero und trat in den Dienst der Republik Venedig. Sein Name war Gennaro, und er wußte nicht, wer seine leiblichen Eltern waren. Denn Cesare Borgia hatte seinen älteren Bruder Juan töten und die Leiche in den Tiber werfen lassen. Von diesem Mord hatte Gennaro keine Ahnung, und er wußte auch nicht, daß Lucretia, seine Mutter, Don Alfonso d'Este, den Herzog von Ferrara, heiratete, nachdem sie zwei Ehemänner verschlissen hatte. Kâmil hatte vor, den Dialog zwischen Mutter und Sohn in der letzten Szene des letzten Akts des Dramas auswendig zu lernen und der Klasse vorzutragen, eine ziemlich lange Passage. Außerdem war es auch nicht ganz leicht, allein beide Rollen zu übernehmen. Er sagte Mademoiselle, er wolle sich seine Aufgabe mit jemand anderem teilen. Und da es keine Mädchen in der Schule gab, hielt sie es für sinnvoll, selbst die Lucretia Borgia zu spielen. Und sie schaffte es, den Schülern Tränen in die Augen zu treiben, indem sie den letzten Satz des Dramas mit dem ganzen Schmerz einer Frau, die wußte, sie würde nie Mutter werden können, herausschrie: »Ach! ... Du tötest mich! – Gennaro, ich bin deine Mutter!« Auf diese Weise hatte Gennaro Lucretias Geheimnis erfahren, aber damit ging auch das Drama zu Ende. Sie hatte das schrecklichste aller Verbrechen begangen, und selbst wenn sie mit ihren Brüdern, ja sogar mit ihrem Vater, dem Papst Alexander Borgia, geschlafen hatte, war diese elende Frau doch eine Mutter. Und ihren Sohn liebte sie über alles. Mütter konnten nicht immer Engel sein!

Nachdem Kâmil den Text des Dramas gefunden und es ganz gelesen hatte, bekam der letzte Satz, der ihm absolut nicht

aus dem Kopf ging, mehr Sinn und paßte in den Zusammen‚
hang. Im Verlauf des Dramas bewahrte Lucretia Gennaro
mehrmals vor dem Tod. Als einzigem gab sie ihm das Gegen‚
mittel gegen das Gift, das sie jedermann verabreichte. Aber am
Ende fand sie ihre Strafe durch den Dolch ihres leiblichen
Sohns. Kâmil schlug Mademoiselle vor, zum Abschlußabend
am Ende des Schuljahres Victor Hugo aufzuführen, und ohne
darauf zu achten, daß die Lehrerin meinte »Aber Mussets ›Lo‚
renzaccio‹ ist viel interessanter, und außerdem paßt diese Rolle
viel besser zu dir«, fing er mit den Proben an. Zum einen
würde er das Stück selbst auf die Bühne bringen, zum anderen
würde er die Rolle des Gennaro übernehmen. Er mußte nur
noch eine Lucretia finden. Eine Zeitlang war Mademoiselle
von dieser Rolle begeistert, man brachte sie jedoch sofort davon
ab, genauer gesagt, in angemessener Form wurde ihr von der
ganzen Klasse vorgetragen, sie habe doch eine Engelsgüte und
daher sei es unvorstellbar, wenn sie – und sei es nur auf der
Bühne – die schlimmste, wollüstigste, verbrecherischste aller
Frauen der Geschichte spielte. Da man sie aber nicht ganz und
gar von der Aufführung ausschließen wollte, wurde vereinbart,
daß man ihr die zweite Frauenrolle gab. Das war allen recht,
vor allem Kâmil. Denn die zweite Frauenrolle war die Fürstin
Negroni, und sie trat nur in einer einzigen Szene auf. Ihr Auf‚
tritt und ihr Verschwinden waren eins.

Man fing an, in der Klosterschule Notre Dame de Sion auf
die Suche nach einem Mädchen für die Rolle der Lucretia zu
gehen, der echten Heldin der Tragödie, und nach kurzer Zeit
fand man sie. Wie sehr sie doch der Lucretia auf Pinturicchios
Fresko glich, die Kâmil viele Jahre später an der Wand des Va‚
tikans sehen würde. Dasselbe lockige Haar, die blauen Augen,
dieselbe kleine Nase und der breite Mund. In dem Augenblick,
als Kâmil dem Fresko zum ersten Mal im Flügel der Borgias
des Vatikans begegnete, erinnerte er sich an sie. Jetzt aber fing
alles an, in seinem Gedächtnis an die richtige Stelle zu rücken,

obwohl inzwischen viele Jahre vergangen waren. Es war ein ganz zartes Mädchen mit einem lieblichen Blick, ein bißchen klein und schmächtig, etwa von dem Typ, den die Franzosen *mignonne* nennen. Es mag sein, daß sie nicht genug Französisch konnte, aber sie hatte Talent. Kaum hatte Kâmil gesagt, daß er ihr beim Sprachlichen helfen wollte, stimmte sie ihm zu, ohne sich lange bitten zu lassen, und sie fingen sofort mit den Proben an. Bei der Interpretation des ersten Aktes tat sich Kâmil schwer. Schauplatz war der Karneval in Venedig. Gennaro und Lucretia trafen einander bei einem Maskenball. Und bis zum Ende des Dramas konnte niemand hinter Lucretias Geheimnis kommen, weder Don Alfonso d'Este, ihr eifersüchtiger Ehemann, noch die nahen Verwandten, und auch nicht Gennaro. Sie war die einzige, die es kannte und der jedes Mittel recht war, um ihren Sohn zu retten.

Der Junge war sein ganzes Leben lang begierig darauf, seine Mutter kennenzulernen. Er hatte sie lange gesucht und sich sehr nach ihr gesehnt. Er glaubte, sie werde eines Tages auftauchen; vielleicht kehrte sie zurück, träte durch die Tür, die sie einst verschlossen hatte, und würde ihm ihr liebevolles, weißes Gesicht zuwenden. Woher sollte er denn wissen, daß seine Mutter ein Ungeheuer war, immer hatte er von ihr als einem Engel geträumt, und er wollte sie unter den Engeln sehen. In der Rolle des Gennaro fühlte Kâmil sich sicher. Es war Lucretia, durch die es zu Problemen kam. Ayşe – das Mädchen hieß Ayşe, sie trug den Namen der Ehefrau Mohammeds, die der Prophet am meisten liebte, Hazret-i Ayşe, die mit achtzehn Jahren Witwe wurde –, Ayşe jedenfalls konnte einfach nicht so perfide, wollüstig und grausam sein, wie die Rolle es verlangte. Daran hinderte sie zum einen ihr Aussehen, zum anderen ihr Charakter. Sie war ein blitzsauberes Mädchen und keusch wie ein Engel. Wie sagt man noch? Makellos und rein war sie, so ein Mädelchen war das. Aber dank ihres Talents überwand sie alle Schwierigkeiten und identifizierte sich nach

und nach mit der Rolle der Intrigantin. Jedes Mal, wenn Bos/
heit und Güte in ihr miteinander kämpften, verwandelte sich
ihre Seele etwas mehr in die Seele einer Verbrecherin, abge/
sehen von der Mutterliebe siegte ihre Bosheit über alles. Und
was das Gift betraf, so war sie ganz und gar unschlagbar. Un/
ermüdlich strahlten ihre Augen bei den Proben des Stücks, das
mit den Wörtchen »Gift« und »Gegengift« gespickt war, be/
sonders wenn das Wort »Gift« vorkam.

»Heißt Ihr nicht Lucretia Borgia?« fragte Gennaro. »Meint
Ihr, ich erinnerte mich nicht an den Bruder des Beyazıt?«

In der Rolle der Lucretia spielte Ayşe die Verzweifelte.
Richtig, bevor Cem Sultan mit Charles VIII. von Frankreich
nach Neapel ging, hatte Lucretia den osmanischen Prinzen
verführt. Sie sagte, der französische König habe Cem Sultan
vergiften lassen, und dabei hatte sie selbst seinen Tod mit dem
echten Gift verursacht, das sie ihm als Gegenmittel verab/
reichte. Nur mit Gennaro stand es anders, denn ihr eigenes
Blut pulsierte in seinen Adern. Die Wahrheit konnte sie ihrem
geliebten Sohn nicht gestehen! »... und die Hand, die ihm,
Zizim, das Gift reichte, da ist sie«, sagte Kâmil als Gennaro,
»und ist nun dabei, mich mit demselben Trank zu verderben.«
Kaum hatte er das gesagt, lächelte das keusche Gesicht des
Mädchens so vielsagend, als wöge die Leidenschaft zum Gift/
mord sehr viel schwerer als die Liebe zu ihrem Sohn. In einer
anderen Szene sprach diesmal Maffio dasselbe Thema an: »Ja,
die Borgias haben Gifte, die nach einem Tag töten, nach einem
Monat, nach einem Jahr, wie sie wollen. Das sind schändliche
Gifte, die den Wein süßer machen und einen die Flasche mit
mehr Vergnügen leeren lassen. Man hält sich für berauscht,
man ist tot.«

Ayşe war in ihrem Element, und auf ihrem Gesicht stand
dieses vielsagende Lächeln. Als hätte sie ihr Leben lang Ka/
kerlaken und giftige Insekten, die sie in den Verliesen des Vati/
kans sammelte, im Mörser zerstampft und mit ihrem großen

Bruder Cesare in gemeinsamer Sache ihre Gegner – einen nach dem anderen – verschwinden lassen.

Die Proben gingen weiter. Kâmil war sehr zufrieden mit den Fortschritten, die sie machten. Sein Banknachbar Ömer hatte die Rolle des Don Alfonso übernommen. Er war so stark und kräftig wie der Herzog von Ferrara. Die Schulleitung hatte ihm sogar erlaubt, sich einen Bart stehen zu lassen. Und dann die anderen Darsteller, vor allem Gubetta. Im Wett-kampf um die Bosheit stand er Donna Lucretia in nichts nach. »Seht, Donna, ein See ist das Gegenteil von einer Insel, ein Turm ist das Gegenteil von einem Brunnen, eine Wasserlei-tung ist das Gegenteil von einer Brücke, und ich, ich habe die Ehre, das Gegenteil von einer tugendhaften Person zu sein.«

Der Junge, der den Jeppo spielte, hatte sich ebenso rasch mit seiner Rolle identifiziert. Trotz seiner schmächtigen Statur sprach er mit einem unerwarteten Selbstvertrauen. Vor allem, als er vom Leichnam des Herzogs von Gandia, Juan Borgia, berichtete, den man nachts in den Tiber geworfen hatte, war er großartig. Man hatte den Eindruck, als hätten die Schüler, Ayşe allen voran, eine kleine Mordbande gegründet. Inmitten dieses Pfuhls von Niedertracht und Gemeinheit konnte einzig und allein Gennaro, das heißt, Kâmil, seine weiße Weste be-halten. Er war so gut wie ein Engel, der auf den Renaissance-gemälden Bratsche spielte, und so aufrichtig wie Jesus am Kreuz. Im letzten Akt war er es, der das entsetzlichste aller Verbrechen begehen würde. Mit eigener Hand würde er Lu-cretia, die seine Freunde vergiftet hatte, erdolchen, ohne zu wis-sen, daß es seine leibliche Mutter war.

»Ach!... Du tötest mich! – Gennaro, ich bin deine Mut-ter!«

Wie würde das Publikum reagieren, wenn der Vorhang nach diesen letzten Worten Lucretias fiele? Würde es über den Tod der Mutter weinen? Oder sich über den Tod der Teufelin freuen? Weinend und lachend, die Zuschauer müßten den Saal mit gemischten Gefühlen verlassen. Kâmil machte sich daran, beim Publikum diese gemischte Seelenlage – »Gemütsverfassung«, um mit den Worten von damals zu sprechen – hervorzurufen. Und die Schulleitung unterstützte ihn nach Kräften, da sie davon ausging, daß eine französische Inszenierung eines Dramas von Victor Hugo durch den Literaturkurs der Abschlußklasse die beste Antwort auf die Inspektoren des Ministeriums wäre, die das Niveau der Französischkenntnisse der Schüler kritisiert hatten.

Nach einer gewissen Zeit jedoch fingen die Schüler an, sich etwas zu sehr mit ihren Rollen zu identifizieren. Als hätten sie ihre wahre Identität vergessen. Überzeugend war Kâmil, als er, auf Lucretia gezielt, sagte: »Wie sollte man diese da lieben? Es geschieht auch, daß man diese Art von Weibern um so mehr haßt, je mehr man von ihnen verfolgt wird.« Sogar überzeugender als nötig. Auch Ömer war in der Rolle von Lucretias eifersüchtigem Ehemann wirklich glaubhaft. Wenn er mit seiner Frau so redete, wie die Rolle es verlangte, brachte er seine eigenen Gefühle zur Sprache: »Weil Ihr in Venedig wart, ihn zu suchen! Weil Ihr in die Hölle gehen würdet, ihn zu suchen! Weil ich Euch verfolgt habe, während Ihr ihn verfolgtet! Weil ich Euch sah, als Ihr ihm unter Eurer Maske nachlieft, keuchend wie die Wölfin hinter ihrer Beute!« Am meisten quälte Ömer die Wendung »keuchend wie die Wölfin«. Denn er wußte, daß Ayşe sich Kâmil nahefühlte und seit einer Weile nicht von seiner Seite wich. Schließlich kam, was kommen mußte. Kâmil und Ayşe liebten einander. Auch wenn Ayşe sich anfangs ein bißchen geziert und gesagt hatte: »Du vergißt, daß ich deine Mutter bin«, verstand Kâmil es, sie während ihrer Beziehung, die so kurz war wie ein Aprilschauer, an ihre wahre Identität zu erinnern. Gleichwohl war sie seine erste Flamme, und abgesehen von den Mädchen in den Freudenhäusern die erste Frau, die er liebte. Damals war er achtzehn. Jetzt in Venedig, mit sechsundvierzig Jahren – das heißt, mehr als ein Vierteljahrhundert später –, dachte er daran, daß er den Schmerz, verlassen zu werden, zum ersten Mal bei den Proben zu diesem Drama erlebt hatte, daß er das erste Gift aus Lucretias Hand trank und vielleicht auch aus diesem Grund eine Nähe zu Cem Sultan spürte.

Drei Tage vor der festlichen Aufführung des Stücks ließ Ayşe Kâmil im Stich und fand einen anderen Freund. Und so fiel denn alles ins Wasser. Kâmil wollte sie noch nicht einmal sehen und dachte, während er den ganzen Tag lang seine Runden durch den Garten hinter der Schule drehte, über die Zeit nach, die sie zusammen verbracht hatten. Mit der Ausrede, Ayşe sei krank geworden, verschob man die Premiere. Kâmil war verlassen worden. Wie ein alter Lappen in die Ecke geschleudert. Er erinnerte sich daran, wie sie sich nach den Proben an den Händen hielten und im Schulgarten spazierengingen. Jede Erinnerung daran quälte ihn. Eines Tages hatte er zu ihr gesagt: »Jahrelang habe ich auf den Tag gewartet, an dem ich diesen Garten betreten dürfte, genau sieben Jahre lang – bis ich in die letzte Klasse kam. Sieben Jahre lang litt ich auf den Korridoren. In diesen sieben Jahren bin ich x-mal über den Asphalt des Sportplatzes gegangen. Hin und her und vor und zurück. Ich bin mit lauter Verboten aufgewachsen. Zu Hause war es mir sogar untersagt, den bloßen Namen meiner Mutter zu erwähnen. Immer wenn meine Stiefmutter merkte, daß ich mich tagtäglich etwas mehr nach meiner leiblichen Mutter sehnte, litt sie unbändige Qualen. Ich durfte nicht auf die Straße gehen. Später war es mir sieben Jahre lang verboten, rauszugehen, außer Samstag nachmittag. Bis ich in die letzte Klasse kam, blieb ich im Internat eingesperrt wie ein Sträfling in der Festung.«

Er wollte, daß Ayşe ihn bedauerte und von seinem Dasein als Waisenkind, von seiner Einsamkeit beeindruckt war. Auch wenn er davon geträumt hatte, mit einem Mädchen – und sei es unter dem Vorwand der Proben für das Stück – im Garten hinter der Schule spazierenzugehen, den nur die Schüler der Abschlußklassen betreten durften, hätte er es nie für möglich gehalten. Schneeweiß blühten die Seerosen im Teich, und der Frühling war da. Die Bäume standen kurz vor der Blüte. Als würde die Seejungfrau im Regen baden und sich von den Algen reinigen. Sie lächelte dem Liebespaar, das an ihr vorbeiging, spitzbübisch zu. Ayşes Brüste waren noch schöner als der Busen der Seejungfrau. Außen fest und innen weich, sie würden in eine Hand passen. Damals hatte Kâmil die Honigmelonen von Cavaillon noch nicht gekostet. Was er kannte, das waren die länglichen gelben Frühmelonen. Außerdem die Melonen von Kırkağaç, so groß wie Kanonenkugeln, Melonen, die aber rasch verfaulten. Istanbul, unten im Tal, lag ihnen zu Füßen. In der Ferne die Prinzeninseln, die Einfahrt zum Bosporus, Sarayburnu und das Goldene Horn, dann die Bleikuppeln und die spitzen Minarette, ja, alles stand an seinem Platz. Wie in dem Gedicht, das er im Literaturunterricht gelernt hatte und das ihm in diesem Jahr dauernd durch den Kopf ging: »Istanbul im Frühling / und die Herzen in Liebe.« Er hatte Ayşe nicht umsonst von dem verbotenen Garten erzählt. Das Mädchen hatte sofort verstanden. An einem Wochenende liebten sie einander heimlich tagsüber im Schlafsaal. In diesem Jahr war Kâmil in den verbotenen Gärten seiner achtzehn Jahre glücklich. Und er ahnte nicht, daß er bald einem Schmerz überlassen würde, der ihn statt des Glücks überwältigte, einem Gefühl der Verlassenheit, als wäre es das Ende der Welt. Als er mit Ayşe die erste echte Liebe seines Lebens erlebte, konnte er nicht wissen, daß das Mädchen ihn mit einem anderen betrügen würde und daß dieser erste Schmerz später dadurch überdeckt würde, daß er so viele Orte besichtigte und mit so vielen Frauen zusammen war; er konnte nicht wissen, daß er das Glück des verbotenen Gartens in der Pubertät auf seinen Reisen suchen würde – und bei den Frauen, die er kennenlernte.

Als sie eines Tages wieder im Garten hinter der Schule spazierengingen, erregte ein Grabstein mit Reliefskulpturen Ayşes
Aufmerksamkeit, und Kâmil erklärte ihr, man sage, daß Gül
Baba, ein Heiliger, unter dem Marmor liege. Damals wußte
er nicht viel über diesen Gül Baba. Er stellte Nachforschun-
gen an – von dieser Zeit an wurde sein Forscherdrang eine Pas-
sion – und erzählte Ayşe die Geschichte von Gül Baba. Als
Beyazıt, der nach Fâtih den Thron bestieg, eines Tages auf der
Jagd war, verirrte er sich in Beyoğlu, das damals ein Wald-
gebiet war. Es sind nicht immer die Dichter, die sich verirren!
Auch die hohen Herren können in einen dunklen Wald geraten und vom rechten Weg abkommen. Eine Weile später
schnupperte Beyazıt Rosenduft. Er lenkte sein Pferd in die
Richtung, aus der der Rosenduft kam. Vor ihm tauchte ein
Derwischkloster auf, etwas größer als eine Hütte. Das Oberhaupt des Klosters, ein Derwisch namens Gül Baba, bewirtete
den Padişah so herzlich und großzügig, daß Beyazıt beim Abschied wie im Märchen zu Gül Baba sagte: »Wünsch dir von
mir, was auch immer du willst!« Und Gül Baba wünschte
sich, daß er in dieser waldreichen Gegend eine Stätte der Wis-
senschaft errichte. Nachdem Kâmil die Geschichte zu Ende
erzählt hatte, fügte er hinzu: »Das hier ist ein Ort, der eine
fünfhundertjährige Vergangenheit hat.« Mit einem spöttischen
Lächeln, dem Erbe Lucretias, antwortete Ayşe, bevor sie sich
ihm hingab: »Wahrscheinlich sind die Farben eures Internats
auch deswegen gelb und rot, wie die Farben Cesare Borgias.«
Jahre später erinnert sich Kâmil in Venedig an diese Worte
Ayşes. »Gelb und rot, wie die Farben Cesare Borgias, gelb und
rot.« Diese Farben waren für ein unendlich langes Leben verantwortlich, für die Schulzeit, für die Jahre, in denen gelb und
rot sein Leben dominierten. Die Proben waren also um der
Liebe willen auf halber Strecke steckengeblieben. Wegen eines
kleinen blonden Mädchens mit blauen Augen war es zu all
dem gekommen, was heute passierte. Entweder hatte er es ir-

gendwo gelesen oder von irgend jemandem gehört, die Frauen sind es, die einen sowohl bloßstellen als auch auf ein Podest heben, und war er neulich, als er in Cannaregio auf alle Klingelknöpfe des gelbgetünchten Hauses drückte, nicht bloßgestellt worden? Wie beschämend – vor fremden Leuten! Heute abend, heute nacht aber würde er an der Zechtafel mit den vielen Leckereien auf ein Podest gehoben werden!

Wer weiß, wo Ayşe jetzt sein mochte? Und die anderen Frauen, die er kennengelernt hatte? Soll sie doch alle der Teufel holen! Jetzt gab es nur noch Lucia, das einzige Licht, das seinen Weg erhellte. Er erinnerte sich daran, daß Mademoiselle über beide Ohren rot wurde und in schallendes Gelächter ausbrach, als Lucretia in der letzten Szene des Dramas sagte: »Ecoute-moi encore un instant. Oh! Je voudrais bien que tu me reçusses repentante à tes pieds! – Höre mich noch einen Augenblick...«

Seine Stimmung war so ziemlich wiederhergestellt. Wie konnte es nur dazu kommen, daß der überlebensgroße Victor Hugo das nicht bemerkt hatte! Ja, sogar er hatte nicht daran gedacht, daß der »subjonctif de l'imparfait« in den Ohren des Publikums einem Mißverständnis den Weg bahnen konnte. Ja, so stellte also der Gebrauch des Imperativs der Vergangenheit einen bloß, der entsetzliche Albtraum der französischen Grammatik! So unpassende Worte läßt er einen sagen. Vielmehr die Frau. Hüte dich vor dem Frauenzimmer, sie hatte ihren Spaß daran, daß man sie ablutschte, und verlangt sogar nach mehr. »Je voudrais bien que tu me reçusses repetante à tes pieds!« – »Oh, ich wollte, du sähest mich büßend zu deinen Füßen, nimm mich doch an!«, könnte es heißen, oder: »Oh, ich wollte, du sähest mich büßend zu deinen Füßen, lutsch mich doch bitte noch mal ab!« *Reçusses* konnte von *recevoir* oder von *sucer* abgeleitet sein. An welche dieser beiden Möglichkeiten wird Ayşe gedacht haben, als sie diese Sentenz bei den Proben deklamierte? Er biß sich an diesem Wortspiel fest. Wenn er

Schriftsteller wäre, würde er sich Mühe geben, richtig mit der Sprache umzugehen, da er aber Maler war, mußte er sich mit dem Pinsel begnügen. Na, denn mal los, ging ihm durch den Kopf, möge es klappen! Aber auch mit Erinnerungen an das Internat und Scherzen schien die Zeit nicht herumzugehen. Und die Witze im Schlafsaal, die unter die Gürtellinie gingen, lenkten einen nur bis zu einem gewissen Grad ab. Er überlegte sich, daß er Victor Hugo unrecht tat. Vielleicht war die Geschichte mit dem »subjonctif de l'imparfait« amüsant, aber nicht so wichtig, wie er dachte. Und verdankte er diesem Drama Hugos nicht seine ersten Forschungen über Venedig?

Die Eingangsszene spielte im Palazzo Barbarigo. Der GiudeccaKanal, die Gondeln, Karneval und Masken. Wie würde man all das, wie würde man das Bühnenbild, das der Autor mit allen Einzelheiten beschrieben hatte, aufbauen? Kaum hatte Kâmil angefangen, den ersten Akt des Dramas im trüben Licht des Schlafsaals zu lesen, war Venedig in seiner Phantasie lebendig geworden: »Eine Terrasse des Palastes Barbarigo zu Venedig. Masken gehen zuweilen über die Bühne. Man nimmt an, daß im Hintergrund unterhalb der Terrasse der Canal de la Zucca fließe; man sieht auf ihm zuweilen mit Masken und Musikern besetzte und halberleuchtete Gondeln vorüberfahren. Im Hintergrund Venedig, vom Mondlicht beleuchtet.«

Ayşes Treulosigkeit hatte die Aufführung des Stücks verhindert. Es war gut, daß es so gekommen war. Wie hätte man denn Venedig auf die kleine Bühne der Aula des Internats zwängen können? Da war er nun viele Jahre später in Venedig. Leider aber war Venedig eine ganz reale Stadt, auch wenn es manchmal an eine Theaterkulisse erinnerte.

Ihm war, als würde der Nebel sich ein wenig auflösen. Vor dem Fenster fuhren Musikanten und maskierte Touristen in einer Gondel vorbei. Einen Augenblick lang wähnte Kâmil sich bei den Proben des Stücks. Mit der Maske vor dem Ge sicht schaute Lucretia ihn an. Als ein Motorboot-Taxi hinter der Gondel herpreschte, kehrte Kâmil zur Realität zurück. Wie die Gondel, die Musikanten und Touristen geladen hatte, ließ auch das Taxi das Wasser über die Kaimauer schwappen. »Wie im Film« zogen nun die alten Zeiten an ihm vorbei. Es war die Jetztzeit, die nicht verstreichen wollte. Er schaute auf die Uhr. Es dauerte noch lange, bis Lucia kommen würde. Er entschloß sich, hinauszugehen und eine Weile durch die Stadt zu schlendern.

* * *

Bis zu der Stunde, zu der Lucia anrufen würde, bummelte er durch die Gassen. Überall wimmelte es von Menschen. Man hatte gerade erst die Masken aufgesetzt. Überall sah Kâmil Maskierte, in den Cafés, auf den Stufen der Brücken, auf den Kaimauern und in den Gondeln. Die meisten trugen Schwarz, manche aber auch elegante Hosen, Röcke und Pluderhosen in schreiend grellen Farben. Sie wirkten ein bißchen schockierend. An einer Anlegestelle stieß er auf Frauen in Tüll, auf blaue, gelbe, rote Frauen – immer dieses Gelb-Rot! Sie hatten Handschuhe an, die ihnen bis zu den Ellenbogen reichten, und hüllten sich wie Pfauen in die sieben Farben des Regenbogens – weiße Masken vor dem Gesicht. Sie warteten darauf, daß ein reicher Mann mit seinem privaten Motorboot kam, um sie an der Anlegestelle abzuholen. Auch Kâmil überlegte sich einen Moment lang, ob er seine Maske mit der purpurroten Knollennase aufsetzen sollte, wenn er Lucia an der Landungsbrücke abholte, dann verwarf er diesen Gedanken. Vielleicht würde die junge Frau Angst vor ihm bekommen! Genau in diesem Augenblick meldete sich wieder der Schmerz im rechten Knie. Er nahm das nicht ernst. Nobel geht die Welt zugrunde! Eine Weile später würde der Alkohol den Schmerz irgendwie lindern, und worauf es jetzt ankam, war doch die Gesundheit des mittleren Beins. Aus unerfindlichen Gründen,

vielleicht, weil der Karneval die das ganze Jahr über unter-
drückten verbotenen Dinge und sexuellen Instinkte an die
Oberfläche spülte, ja, aus irgendwelchen Gründen fiel ihm
dauernd Schlüpfriges ein, kamen ihm ständig Sprüche in den
Sinn, die noch aus der Internatszeit stammten. Waren es nicht
auch die behaarten Beine der Satyren, die im Wald nackte
Nixen jagten? Und die »mittleren Beine«, so emporgerichtet,
als würden sie alle Welt herausfordern, spitz wie Minarette,
auch ein bißchen schief wie Venedigs Glockentürme und
knallrot im Sonnenlicht. Die Männerwelt stand doch auf drei
Beinen! Oder etwa nicht?

Während Kâmil durch die engen Gassen lief, überlegte er
sich, daß es doch passender wäre, wenn die Menschenmenge,
die zur Piazzetta hin immer dichter wurde, ihre Masken unterhalb der Gürtellinie anbringen würde. Die Gesichter dieser
angeheiterten Masse von Menschen müßten wie bei den Satyren menschlich sein, und alles, was unterhalb der Gürtellinie
war, tierisch. Manche waren als Bajazzos verkleidet und hatten ihre Gesichter grellbunt geschminkt. An den Füßen trugen
sie riesige Schuhe mit Bommeln, Latschen, so groß wie Boote,
die spitz zuliefen. Wenn das Hochwasser den Platz überschwemmte, würden sie in aller Ruhe über das Wasser wandeln können. Wie Jesus. Jeder von ihnen, jeder einzelne war Jesus, der zu später Nachtstunde darauf wartete, an sein eigenes
Kreuz geschlagen zu werden; in ihren Gesichtern, über die die
Farbe strömte, lag der Schmerz, und Kummer war in ihren
Blicken. Auf den nackten Körpern unter den zerfetzten Kostümen ein geronnener Blutfleck. Keine einzige Frau würde
den Sterbenden nachweinen, noch nicht einmal ihre Mutter.
Alle Waisen der Welt waren in das Kostüm des Bajazzos gestiegen. Zum einen waren sie Kinder, zum anderen Bajazzos,
die sie aufheiterten. Auch Kâmil könnte sich das Gesicht
schminken, seine Teufelsmaske mit der Knollennase aufsetzen
und sich ohne weiteres an dem bunten Treiben beteiligen.

Aber er hatte das Rendezvous mit Lucia. Zuerst würden sie an der Zechtafel speisen, die er mit größter Sorgfalt vorbereitet hatte, und dann … Danach könnten sie sich ins Karnevals‚ getümmel stürzen und sich in dem bunten Wirbel durch die feuchten, dunklen Gassen treiben lassen.

Er kehrte pünktlich heim und begann, auf Lucias Anruf zu warten. Ein paar Minuten vergingen, die ihm so lange vor‚ kamen wie ein Sonntag im Internat. Dann folgte eine Minute der anderen, eine langsamer als die andere. Die Zeit dehnte und dehnte sich, und das Telefon wollte und wollte nicht klin‚ geln. Noch keine halbe Stunde war vorüber, und er wurde all‚ mählich unruhig. Und wenn sie nicht käme? Er hatte ihren Blick so verstanden, daß sie auf jeden Fall kommen wollte. Aber wenn sie nun doch nicht käme? Dann würde die Nacht unerträglich; und der Karneval würde sich in eine Hölle ver‚ wandeln. Er machte die Rakı‚Flasche auf und genehmigte sich ein Glas. Dann noch eins mit den Kalamata‚Oliven, die im Kerzenlicht wie Saffian glänzten. Er zündete Lucia zu Ehren die Kerze an. Die Leckerbissen auf dem Teller waren Schmet‚ terlinge, die ins Kerzenlicht flogen. Während er ein bißchen aß, zechte er gemütlich, besser gesagt, er kippte ein Glas nach dem anderen. Mittlerweile hatte er die Hoffnung auf Lucia schon fast aufgegeben. Was war bloß geschehen? War im letz‚ ten Moment ein Hindernis aufgetaucht, oder hatte ihre Mutter sie nicht gehen lassen? Ihr durfte doch nichts zugestoßen sein! Er beschloß, sich nicht weiter zu beunruhigen. Und mit Hilfe des Alkohols hielt er sich, vielleicht zum ersten Mal in seinem Leben, an seine Entscheidung. Als er seine Maske in die Man‚ teltasche steckte und wieder auf die Straße ging, war die Nacht schon ziemlich weit vorangeschritten und er so gut wie be‚ trunken.

Zum ersten Mal sah er ein solches Getümmel auf der Piaz‚ zale Roma. Wer weiß, wie es auf dem Markusplatz war. Dort zerquetschten die Leute einander wahrscheinlich in einem To‚

huwabohu aus Farben und Musik. Auch die Cafés mußten gerammelt voll sein. Die Stadt, die sich nachts in Schweigen hüllte und wie ein Monstrum in der Finsternis ins Meer rutschte, war jetzt diesem Gewimmel von Schminke, Masken und Kostümen ausgeliefert. Von überall her erklang Musik. Ab und zu strahlten Feuerwerkskörper den Himmel an. Die Lichter in den Fenstern waren längst verloschen, jedermann hatte sich auf die Straße gestürzt. Als einziger lief Kâmil in diesem Gedränge ohne Maske herum. An den Landungsbrük-ken der Piazzale Roma erlebte man ein ungeheures Chaos. Auf den Vaporetti wimmelte es von Menschen, wie auch an den Bushaltestellen und vor den Ständen der Straßenhändler. Die Telefonzellen waren umzingelt. Kâmil war, als wanderte er durch einen Wald von Masken. Er war in einen dunklen Wald geraten und lief weiter, aber weder Weg noch Ziel waren ihm klar. Meist war der Platz zu dieser Stunde völlig verlassen, die Vaporetti landeten mit ein paar Passagieren an der Anlege-stelle, und dann verschwanden sie oft ohne einen einzigen Pas-sagier an Bord aus dem Blickfeld, auf dem Weg zum Canal Grande. Kâmil ging in das Café, in dem er morgens seinen Cappuccino trank, setzte sich auf den Barhocker an der Theke, bestellte einen Kaffee und einen Grappa dazu.

»Haben Sie keine Maske, mein Herr?« foppte ihn der Bar-keeper.

»Aber klar doch. Auch noch mit Knollennase, eine knall-rote Maske. Wenn ich die rausziehe, fallen Sie um vor Schreck.«

»Holen Sie die bloß nicht raus!« Der Barkeeper tat so, als würde er sich davor fürchten. »Lassen Sie die nur stecken!«

Kâmil zündete sich eine Zigarre an und trug sich mit Ge-danken wie: Wenn ich die Maske nun unterhalb der Gürtel-linie anbringen würde, würde mein Ding sich dann paßgenau dem Hohlraum der Nase einfügen? Ihm wurde schwindlig. Es wäre am besten, loszugehen und eine Frau zu Rate zu ziehen. Aber was für eine Frau? Wen denn sonst als die Nutte in Mestre! Diesmal brach er nicht – wie sonst – in Gelächter aus. Es tat ihm in der Seele weh. Immer wenn der rostige Dolch sich in ihm drehte, blutete die Wunde. Die Wunde des ersten Verlassenseins, als das bleiche Gesicht im Dunkel des Kellergeschosses ohne Abschied fortging, dann, als Ayşe ihn der Einsamkeit des Internats überließ, und die Wunde des letzten Verlassenseins – eine Karnevalsnacht in Venedig. Lucia ... Nein, er hatte sich doch versprochen, Lucias Namen nicht mehr zu erwähnen. Er trank noch einen Grappa, verließ das Café und ging zum Taxistand.

Dort hatte sich eine lange Schlange gebildet. Anscheinend griffen die Leute tief in den Geldbeutel, weil Karneval war. Plötzlich fiel ihm ein, daß er nicht genug Geld bei sich hatte. Am Rialto hatte er sehr viel ausgegeben. Und das war auch ganz in Ordnung. Er würde losziehen und die Nutte in Mestre suchen. Er fand eine Bank, steckte seine Kreditkarte in den Geldautomaten, und nachdem er die Geheimnummer eingegeben hatte, fing er an zu warten. Mit der Begründung, es stünde kein Geld mehr zur Verfügung, wies der Automat seine Karte zurück. Er fand eine andere Bank, und als er dort dieselbe Antwort erhielt, wurde er mißtrauisch. Konnte denn das ganze Geld ausgegeben sein? Genau in diesem Moment sah er den blinden Bettler. Er lehnte mit dem Rücken an der Mauer der Bank und hatte einen Napf um den Hals hängen, der aussah wie die Bettlerschale eines Derwischs. Er stand so reglos da, als stünde er schon seit fünfhundert Jahren dort. Er war zerlumpt, schien aber nicht zu frieren. Auch er hielt sich an die Regeln des Karnevals und hatte einen osmanischen Turban auf dem Kopf. Der Turban reichte ihm bis zu den Augenbrauen und verdeckte seine Stirn. Ein Gesicht mit Blatternarben, mittendrin ein dreckiger Bart und Augen, von denen nur das Weiß übrig war. Kâmil war, als würde er diesen Mann irgendwoher kennen. Er ging zu ihm und warf ein paar Münzen in den Napf. Kaum hatte er den Klang der Münzen gehört, öffneten

sich die Lippen des Bettlers einen Spalt, und er murmelte irꞏ
gend etwas. Kâmil war, als hörte er den Satz »Allah gebe euch
ein langes Leben« aus dem Mund mit den verfaulten Zähnen.
Natürlich konnte er so etwas nicht sagen, aber Kâmil kam es
so vor, vielleicht, weil der Bettler ein türkisches Kostüm trug,
vielleicht, weil der Napf, den er um den Hals hängen hatte, der
Bettlerschale der Derwische so ähnlich sah. Ein orangefarbener
Bus war gerade dabei, von der gegenüberliegenden Haltestelle
abzufahren. Auch er war proppenvoll, wie die anderen Verꞏ
kehrsmittel der Stadt. Kâmil konnte ihn im letzten Moment
erreichen. Als er nach kurzer Fahrt inmitten der Masken, im
Stehen von rechts nach links schwankend, in Mestre ankam,
fühlte er sich ganz zerquetscht.

Beim Aussteigen hatte er das Gefühl zu ersticken. Sich vor
dem Ertrinken bei *aqua alta* fürchten und in der Menschenꞏ
menge ersticken, das war ein Ende, das zu ihm paßte, wie ein
Insekt unter den Füßen zerquetscht zu werden. Wer weiß, wieꞏ
viel Gift aus ihm herausspritzte, wenn man ihn im Mörser zerꞏ
stampfte, aber eigentlich wäre das nicht nötig, man könnte ihn
zwischen den riesigen Schuhen mit den Bommeln im Bus zerꞏ
quetschen; das wäre doch für Lucretia eine Lust. Für Lucia,
nein, er wollte nicht an sie denken, aber als er Lucretia meinte,
fiel sie ihm sofort wieder ein. Auch für Lucia wäre es eine
Lust, weil das stärkste Gift sich mit seinem Blut vermischen
würde.

Die Chaussee war menschenleer. Noch nicht einmal eine
einzige Nutte war zu sehen. Das hieß, daß die leichten Mädꞏ
chen sich beim Karneval amüsierten. Heute abend kamen ja
auch keine Freier, weil heute nacht eh alle Frauen Nutten waꞏ
ren! Jedermann, jedefrau könnte mit jedem xꞏbeliebigen ins
Bett gehen. Setz die Maske auf und mach kurzen Prozeß! Ab
und zu strahlten Kâmil die Scheinwerfer der vorbeifahrenden
Autos ins Gesicht, und dann versank alles wieder im Dunꞏ
keln. Er zog seine Maske aus der Manteltasche und setzte sie

auf. Jemand, der ihn so sah, könnte ihn für einen Satyr halten, der sich im Wald verirrt hatte. Er hatte allerdings weder Bocksbeine noch Hörner. Wer weiß, vielleicht hatte er doch welche. Vielleicht setzte Lucia ihm gerade jetzt Hörner auf. In irgendeinem Winkel, fern von dem Getümmel, mit einem Maskierten, der genauso geil war wie sie. Wie auch immer, selbst wenn er Hörner hätte, waren sie nicht zu sehen. Sie traten noch nicht weit genug hervor. Aber Gott sei Dank saß sein Penis dort, wo er hingehörte. Wie war nur gleich das Sprichwort, so was wie »Wenn man wenig trinkt, wird er straff, trinkt man aber zuviel, wird er schlaff«. Dieser Scheißrakı aus Marseille gab einem sowieso den Rest, egal, ob zuwenig oder zuviel. Er schwankte. Er lehnte sich an einen Baum und fing an zu warten. Gleichzeitig versuchte er seinen Penis wiederzubeleben. Und wenn ihn im Dunkeln nun jemand für einen Transvestiten hielte und sich an ihn ranmachte! In dieser Nacht könnte ja wirklich alles passieren, es war die erste Nacht des Karnevals. Obendrein eine menschenleere Gegend, und seine Maske war auch sehr vielsagend. Eventuell würde sogar Lucia an einer Ecke auftauchen, mit schwarzen Netzstrümpfen an den Beinen und der weißen Maske vor dem Gesicht. Aber ich habe dieses Versteckspiel jetzt satt, meine Geduld ist am Ende, dachte Kâmil. Wer wird jetzt ihre schönen Beine streicheln, wer hält jetzt die Hand meiner Liebsten? Ob sie die Maske vor dem Gesicht behält, während sie einander lieben, oder ist sie tatsächlich so verschwiegen und aufrichtig wie auf dem Gemälde? Wie die Heilige Jungfrau hinter hohen Mauern, eine uneinnehmbare Festung? Ein Wagen hielt vor Kâmil. In dem Moment, als der Fahrer die Scheibe herunterließ und ihn nach seinem Preis fragte, kam Kâmil wieder ein wenig zu sich. Er ging rasch weiter. Während er zum Bahnhof lief, schwankte er nicht mehr.

Das Bahnhofslokal war offen. Kaum war er eingetreten, sah er die kleine Nutte. Sie saß mit zwei Männern am Tisch, grobschlächtigen Typen. Er ging zu ihnen.

»*Guten Abend,* mein Kleines!«

Die Frau schaute ihn an, als würde sie ihn nicht kennen. Dann brach sie in lautes Geschrei aus.

»Ach du meine Güte, du bist's!«

»Hast du mich erkannt?«

»Aber sicher. Ich falle doch nicht auf die Maske rein.«

»Na, dann sag doch mal, wer ich bin!«

»Der König des Karnevals! Deine Knollennase ist ja enorm groß.«

»Dann hast du mich also nicht erkannt!«

»Und ob ... Ich hab's doch gleich an deinem Akzent gemerkt.«

Kâmil dachte, daß er nicht einmal in einer Karnevalsnacht im Bahnhofslokal von Mestre, obendrein noch maskiert, vergessen machen konnte, daß er Türke war.

»Bist du wieder ohne Wagen da?« fragte die Frau.

»Ich hab' kein Auto, weder alt noch neu, aber Geld wie Heu.«

»Wieviel haste denn? Genug, um irgendwo mit mir zu übernachten?«

»Nicht nur mit dir. Ich könnte sogar mit einer Milliardärswitwe über Nacht im Hotel Danieli bleiben.«

»Na, dann nix wie los.«

Kâmil sagte ihr, daß er sein Geld aus Furcht, er würde in dem Getümmel ausgeraubt werden, zu Hause gelassen habe, und er könne ihr alles geben, wenn sie mitkäme. Die Frau zögerte einen Augenblick und beriet sich dann mit den beiden hünenhaften Typen am Tisch. Während sie miteinander diskutierten, hockte Kâmil sich an die Bar und bestellte sofort einen Grappa. Als die Frau zu ihm kam und ihm sagte, daß sie gehen könnten, hatte er sein Glas längst geleert und ein neues bestellt. Er orderte auch eins für sie. Nachdem sie ihre Drinks geleert hatten, standen sie auf, und kaum waren sie in das Taxi gestiegen, das vor dem Bahnhof stand, fingen sie auch schon an, einander zu umarmen und abzuknutschen. Das war das Karnevalsgeschenk der kleinen Nutte für ihn. Wie großzügig sie sich doch in dieser Nacht zeigte, wer weiß, was für Geschenke sie ihm noch bieten würde. Als die Frau begann, seine Hose aufzuknöpfen, wurde er fast wieder nüchtern. Die Nacht würde Gott sei Dank nicht so zu Ende gehen, wie sie angefangen hatte. Auf dem Rücksitz des Taxis waren sie im Dunkeln. Eine Hand streichelte seinen Penis unter der Hose, er war also nicht allein. Er legte auch seine Hand zwischen die Schenkel der Frau und fand das Tierchen. Irgendwie dachte er an Carpaccios Hunde, an die Bestien der Kurtisanen und die kleinen Geschöpfe der Heiligen mit dem weißen Fell. Wer weiß, vielleicht waren sie gar nicht so unwichtig wie der Platz, den der Maler ihnen gegeben hatte. Sie fuhren schnell in Richtung Venedig. Der Taxifahrer steuerte den Wagen mit einem rasanten Tempo. Die Straße war etwas verödet. Neonröhren leuchteten auf den Betonmasten. Die Lichter, die auf das Wasser fielen, wirkten wie Kilometersteine auf einer ebenen Straße. Man hatte den Eindruck, als glitten die Lichter über das Meer, ohne es aufschäumen zu lassen. Keine Möwen auf den Balken im Wasser. Weder Möwen noch Fische. Eine weiße Möwe, die am Straßenrand saß, schlug mit den Flügeln und hatte einen Fisch im Schnabel. Kâmil gab sich dem roten Mund der Frau hin, während er spürte, daß ihre Augenlider sich ganz langsam schlossen. Wenn er in diesem Augenblick in den Spiegel geschaut hätte, hätte er gesehen, daß ihnen ein Wagen folgte. Aber er guckte nicht in den Spiegel, wandte sich nicht um und schaute auch nicht die Frau an. So lief alles sehr gut, verführerisch heiß und glatt.

Als sie sich der Piazzale Roma näherten, wollte er sie nach ihrem Namen fragen, aber dann ließ er es sein. Bestimmt war es Anna Maria oder Cecilia. Es könnte auch Lucia sein, warum nicht? Gewiß würde sie ihren echten Namen vor ihm verheimlichen. Vielleicht würde sie auch Maria Magdalena sagen. Waren seit Christi Geburt bis heute nicht alle Nutten, die Fürbitter Gottes wurden, Heilige? Wenigstens hatte er noch genug Geld bei sich, um das Taxi zu bezahlen. Und dann? Alles weitere lag in Allahs Hand. Irgendwie würde er einen Weg finden.

Zuerst betrat Kâmil das Studio, und die Frau nach ihm. Er sah nicht, daß die Haustür offenblieb. Sie schalteten das Licht nicht an. Es roch nach Schimmel. Brot und Oliven, Käse, Sar‚ dellen und Paprika lagen noch genauso auf dem Teller, und ein durchdringender Anisgeruch lag über allem. Kâmil kam es so vor, als wäre er im Kellergeschoß seiner Kindheit, gleich würde sein Vater kommen und dem Rakı in der Flasche den Garaus machen. Er öffnete die Fenster, die er geschlossen hatte, als er weggegangen war, und atmete die Kühle der Nacht ein, als zöge er zum letzten Mal an der Zigarre. Dann zündete er die Kerze neben der Rakıflasche an. Er holte zwei Gläser, schüttete Rakı und Wasser ein und reichte eins davon der Frau, der das Make‚up über das Gesicht floß. Nachdem sie im flak‚ kernden Licht der Kerze mit den Gläsern angestoßen und ge‚ trunken hatten, zogen sie sich aus. Kâmil flüsterte: »Setz die Maske doch mal auf meinen Schwanz, mal sehn, wie er dann steht!« Die Frau nahm ihm die purpurrote Knollennase vom Gesicht, stülpte sie ihm über den Penis, der sich in dem mat‚ ten Licht aufrichtete, und band sie an seinem Po fest. Kâmil zog der Frau die Handschuhe an und setzte ihr die weiße Maske auf, die er für Lucia gekauft hatte. Sie wälzten sich auf dem Bett. Wie auch immer es gekommen sein mag, die kleine Nutte hatte vergessen, Geld zu verlangen. Kâmil lächelte und dachte, daß der »Bonus«, den er sein Leben lang von den Nut‚ ten erwartet hatte, ihm schließlich dank dieser Karnevalsnacht zuteil wurde.

Wie beim vorigen Mal, als sie miteinander geschlafen hat‚ ten, legte sich die Frau sofort auf ihn und ließ Kâmils Penis mit der Maske in ihre Muschi ein. Dann wechselten sie die

Stellung. Als Kâmil auf der Frau lag, löste sich die Maske von seinen Lenden und rutschte vom Bett. Kâmil wollte, daß das Spiel weiterging, es war doch so schön, und als er in die Frau mit der Engelsmaske, die auf dem Rücken lag, eindrang, wußte er nicht, daß er auf dem Weg ins Grab war.

Eine Hand berührte ihn an der Schulter. Er kümmerte sich nicht darum. Aber der starke, kräftige Griff zog Kâmil von der Frau weg und stemmte ihn gegen die Wand. Als die beiden hünenhaften Typen, die sich lautlos durch die offene Haustür geschlichen hatten, über ihn herfielen, war er immer noch ge‐schockt. Jeder von ihnen nahm einen seiner Arme, und die bei‐den dehnten sie, als würden sie ihn ans Kreuz nageln. Auch die Frau sprang vom Bett, zog ein Messer aus der Handtasche und baute sich splitternackt vor ihm auf. Sie fragte ihn, wo das Geld sei. Kâmil war so perplex, daß er kein Wort her‐ausbrachte. Nein, das Messer leuchtete nicht in der Kerzen‐flamme. Es drang ihm mit einem Hieb in die Rippen und kam auf der anderen Seite wieder heraus. Kâmil verzog das Gesicht vor Schmerzen, und die Augen sprangen ihm aus den Höhlen. In diesem Moment sah er den Tod. Er trug eine weiße Maske und kam in Gestalt einer nackten Frau. Beim zweiten Messer‐stich stürzte er zu Boden. Die Angreifer schalteten das Licht an, durchwühlten das ganze Studio, und als sie nichts fin‐den konnten, was nach Geld aussah, suchten sie fluchend das Weite. Erst in diesem Moment wurde Kâmil bewußt, was pas‐siert war, und er versuchte, das Blut zu stillen, das ihm über die Hand rann. Er kam auf die Idee, per Telefon Hilfe herbei‐zurufen. Er kroch zum Tisch, hielt sich an einem Stuhl fest und richtete sich auf. Als er den Hörer abnahm, verlor er das Gleichgewicht. Er stürzte wieder zu Boden, den Hörer in der Hand. Er zog an der Schnur, ließ die Tastatur des Telefons fal‐len, und nach kurzem Zögern, ob er den Erste‐Hilfe‐Ruf oder die Polizei verständigen sollte, fing er an, die Nummer der Er‐sten Hilfe zu wählen. Aber aus dem Hörer kam kein Ton. Er hatte die Sperre des Telefons doch gar nicht aufheben lassen! Er erinnerte sich an den Zettel, den sein Vermieter ihm dagelassen hatte. Er hatte die Miete überwiesen, die Blumen alle drei Tage gegossen, und in Venedig, in der Stadt der Liebesmythen, hatte er sogar einen Liebesmythos erlebt, aber... Er schleuderte den Hörer weg. Und auf einmal fiel ihm Lucia ein. Wer weiß, wie oft sie angerufen hatte! Wer weiß, wie oft sie das Telefon hatte klingeln lassen! Wer weiß, was sie dachte, als sie keine Antwort bekam. Oder ob sie dachte, er hätte sie abwimmeln wollen und sei mit einer anderen ausgegangen? Vielleicht glaubte sie auch, er sei abgereist und nach Istanbul gefahren, ohne irgendwem Bescheid zu sagen, ganz spontan. Meine Einzige, ging ihm durch den Kopf, du Licht meiner Nacht, meine Geliebte auf dem Gemälde! Er krümmte sich vor Schmerzen und rollte sich wie ein Igel zusammen. Er spürte die Kälte der Dielen an seinem nackten Körper. Die Wunde war nicht tief, aber er hatte viel Blut verloren. Eine Melodie klang ihm in den Ohren. War es das *Stabat Mater* im Falsetto, als er in Venedig ankam – oder Mozarts *Requiem?* Und die Frauenstatue mit dem verschleierten Gesicht, ob sie immer noch in dem verregneten Innenhof stand? Was für eine Rolle spielte das denn jetzt noch! Mit dem Schmerz im Knie mußte er nun nicht mehr zum Arzt gehen. Der Nebel, der die Stadt umhüllte, als er mit dem Koffer in der Hand auf den Treppen der Stazione Santa Lucia stand, legte sich ihm nach und nach auf die Augen und trübte die Gegenstände. Was er jetzt sah, waren ohnehin nur Tisch- und Stuhlbeine, außerdem das Telefon ohne Hörer. Wie ein riesiger, schwarzer Käfer stand es etwas weiter vorn. Das war seine einzige Verbindung mit dem Leben, seine einzige Hoffnung. Ob es wohl noch zu irgendwas nütze war? Er kroch zum Telefon und fing an, aufs Geratewohl auf die Tasten zu drücken. Wenn ich schreien würde, welche der Frauen würde meine Stimme hören? Oder vielleicht sollte er sagen – wer von den Engeln? Auf einmal tauchte Gentiles

Gemälde mit allen Einzelheiten aus dem Nebel auf. Das Wasser des Kanals war wieder smaragdgrün, und die Bellinis standen auf der Kaimauer. Jacopo, Gentile, Giovanni und der Schwiegersohn Mantegna. Gleich darauf sah er auch Caterina Cornaro und die Mörder, die es auf das Leben der Königin abgesehen hatten. Die Wunde blutete. Seit den kalten Nächten seiner Kindheit hatte sie ohnehin immer geblutet. Aber zum ersten Mal sah er sein eigenes Blut. Vielleicht war das auch kein Blut, sondern das Wasser des Kanals, *aqua alta* hatte angefangen, und er hatte keine Ahnung davon. Oder er war schon viel früher, bevor er in die Gondel gestiegen und in den Nebel eingetaucht war, an dieses Ufer gekommen, ruhig und sorglos, als würde er in Kandilli in die Kneipe gehen. Deshalb war die Welt so bunt und so schön. Wie die Bilderwelt. Allmählich aber entfernte sich das gegenüberliegende Ufer. Kâmil Uzman, Professor für Kunstgeschichte, wollte sich mit letzter Mühe aufrichten; mit der Hand auf der blutenden Wunde versuchte er vergebens, sich – nackt, wie er war – auf den Stuhl zu stützen. Und dann stürzte er plötzlich zu Boden. Er war tot.

1995–1999

GLOSSAR

Abû Tâlib: Onkel des Propheten Mohammed und sein Erzieher von frühester Jugend an

Accademia: Kurzform für Galleria dell' Accademia, eine der bedeutendsten Kunstsammlungen der Welt in Venedig

Anadoluhisarı: Festung auf dem anatolischen Ufer Istanbuls gegenüber von Rumelihisarı

aqua alta: *ital.* unter Wasser

Argo: Schiff der Argonauten, der Seefahrer, die – dem Mythos der griechischen Antike nach – auf der Suche nach dem Goldenen Vlies unter Jasons Führung nach Kolchis am Schwarzen Meer reisten

Arnavutköy: Stadtteil von Istanbul am Bosporus

Asmalımesçit: Stadtviertel in Istanbul

Asolo: Ort in der italienischen Provinz Treviso, ca. 50 km nordwestlich von Venedig, mit Ringmauern befestigt. Auf der Burg von Asolo hielt Caterina Cornaro als Königin von Zypern – im Exil – von 1489 bis 1510 hof.

Avratpazarı: Platz in Istanbul; historisch: »Sklavinnenmarkt«

Ayvalık: Kleinstadt im Regierungsbezirk Balıkesir an der Ägäischen Küste der Türkei; heute Badeort

Bakırköy: Stadtteil von Istanbul

Bâki: türkischer Dichter; lebte von 1526 bis 1600

Basilicata: s. Matera

Bebek: Stadtteil von Istanbul, direkt am Bosporus zwischen Arnavutköy und Rumelihisarı

Bellini, Gentile: Sohn und Schüler des Malers Jacopo Bellini; lebte von 1429 bis 1507 und arbeitete u. a. in Konstantinopel für Sultan Mehmet II. Porträts und große, vielfigurige Legendendarstellungen. Wichtigste Werke: Wunder des Heiligen Kreuzes; Prozession auf dem Markusplatz

Bellini, Giovanni: vermutlich außerehelicher Sohn des Malers Jacopo Bellini und wie sein Halbbruder Gentile Schüler seines Vaters.

Lebte von ca. 1430 bis 1516. Gilt als bedeutendster Maler der ital. Frührenaissance. Madonnen-, Altar- und Andachtsbilder

Bellini, Jacopo: lebte von ca. 1400 bis 1470; Vater von Gentile und Giovanni

Bembo, Pietro: ital. Humanist und Dichter. Geboren 1470 in Venedig, gestorben 1547 in Rom

Bey: *türk.* Herr, dem Vornamen nachgestellt; Ehrentitel bzw. Fürst zur Zeit des Osmanischen Reichs

Beyazıt ıı.: Sohn und Nachfolger Mehmets ıı. als Sultan des Osmanischen Reichs. Herrschte von 1481 bis 1512; nach ihm wurde der Stadtteil Beyazıt in Istanbul benannt.

Beyoğlu: Stadtviertel Istanbuls im Zentrum der europäischen Seite der Stadt

Biblioteca Marciana: Markusbibliothek in Venedig

Borgia, Rodrigo: Alexander vı., Papst von 1492 bis 1503

bottega: *ital.* Laden (mit Werkstatt eines Handwerkers)

Bozcaada: Insel westlich von Troja; auch unter dem griechischen Namen Tenedos bekannt

Breydenbach, Bernhard: bekleidete ein hohes kirchliches Amt in Mainz und zeichnete 1486 eine detailgetreue Karte Jerusalems, die unter dem Titel »Peregrinato ad Sepulcrum Christi in Jerusalem – Reise zum Grab Christi in Jerusalem« bekannt wurde

Bruno, Giordano: ital. Philosoph; lebte von 1548 bis 1600. Er starb auf dem Scheiterhaufen der Inquisition auf dem Campo de' Fiori in Rom

Bucintero: kunstvoll verziertes Schiff des Dogen von Venedig; 1724 gebaut

Cami: *türk.* Moschee

Canaletto: d. i. Antonio Canal. Lebte von 1697 bis 1768

Cannaregio: Stadtteil von Venedig

Carpaccio, Vittore: vermutlich 1472 in Venedig geboren, 1526 in Capodistria gestorben. Venezianischer Maler der Renaissance

Cavalcaselle, Giovanni Battista: 1820–1897; verfaßte gemeinsam mit Joseph A. Crowe »History of Painting in Italy«, 1864–1866

Chauffeuse: Wortspiel – *franz.* chauffer; eine Frau, für die man sich gern erwärmen würde

Cornaro, Caterina: am Tag der Heiligen Katharina, am 25. November

1454, in Venedig geboren; Heirat mit Jacopo Lusignan, König von Zypern; gestorben am 10. Juli 1510 in Venedig

Çamlıca: »Fichtenberg« – zwei Hügel bei Üsküdar auf der anatolischen Seite Istanbuls

Çukurcuma: Stadtviertel in Istanbul auf der europäischen Seite

Dandolo, Enrico: etwa 1108 geboren; ab 1192 Doge von Venedig; 1204 in Konstantinopel gestorben (4. Kreuzzug)

Donatello: d. i. Donato di Niccolo di Betto Bardi. Bildhauer. Lebte von 1386 bis 1466

Edremit: Stadt in der Gegend von Balıkesir/Türkei

Elmadağ: Stadtviertel von Istanbul

El Muzaffer daima: »Stets – der Sieger«; Namenszug des osmanischen Sultans

Eminönü: Stadtteil von Istanbul

Erenköy: Stadtviertel von Istanbul

Eyüp: Stadtteil von Istanbul am Goldenen Horn

Fabriano, Gentile da: italien. Maler; vor 1370 in Fabriano geboren, 1427 in Rom gestorben

Fâtih Sultan Mehmet: Sultan Mehmet II., Fâtih der Eroberer

Fondaco dei Tedeschi: Warenspeicher; Niederlassung der deutschen Kaufleute in Venedig vom 15. Jahrhundert an

Fondaco dei Turchi: 1621 erbaut; Warenspeicher; Niederlassung der türkischen Kaufleute in Venedig

Fondamenta: Venezianischer Begriff für eine Straße am Kanal entlang

Fondazione Giorgio Cini: Stiftung Giorgio Cini – eine Gruppe von Institutionen auf Venedigs Insel San Giorgio Maggiore mit kulturellen und sozialen Aufgaben, 1951 von Graf Vittorio Cini in einer ehemaligen Klosteranlage gegründet

Fuzuli: türkischer Dichter, gestorben 1556; Verfasser des Versepos vom Liebespaar Leylâ und Mecnun

Galata: Stadtteil von Istanbul

Galatasaray Lisesi: Gymnasium mit Internat in Beyoğlu/Istanbul

Galeone: großes, hochbordiges Segelkriegsschiff des 16. bis 18. Jahrhunderts

Giudecca: Gruppe von acht kleinen Inseln vor Venedig, die durch Brücken miteinander verbunden sind

Göksu: »Die süßen Wasser von Asien« am Ostufer des Bosporus

Gül Baba: »Rosenvater«; legendäre Gestalt

güneş: *türk.* Sonne

hamam: türkisches Bad

Han: *auch:* Khan *oder* Chan; Titel der osmanischen Sultane

Han Gazi el Muzaffer: »siegreicher Held des Krieges«. Lebte von 1430 bis 1481; herrschte von 1444 bis 1446 und von 1451 bis 1481. 1453: Eroberung von Konstantinopel

hanım: Anrede »Frau«, dem Vornamen nachgestellt

Hazerfen Çelebi: legendäre Gestalt, die zur Regierungszeit von Sultan Murat IV. (1623–1640) mit einer Art Flugapparat vom Galataturm nach Üsküdar geflogen sein soll

Hazret-i Ali / Hazret Ali: Ali, der Ehrwürdige – Kalif von 656 bis 661

Hippodrom: Platz vor der Sultan Ahmet Moschee in Istanbul; »At Meydanı«

hisar: Zitadelle

Il Gazettino: Name einer italienischen Tageszeitung

Il Redentore: Erlöserkirche auf den Giudecca-Inseln, ab 1577 von Palladio erbaut, 1592 geweiht

İsrafil: Erzengel, der nach islamischer Legende am Jüngsten Tag die Trompete blasen wird

İstiklal Caddesi: Boulevard in Istanbul

İznik: Kleinstadt und Distrikt im Regierungsbezirk Bursa; ursprünglich Nicaea

Janitscharen: »Neue Truppe« (*türk.* yeniçer); die aus der Auswahl von Jugendlichen verschiedener Konfessionen und Nationalitäten, der sogenannten »Knabenlese«, hervorgegangene Elitetruppe des Sultans

Kadıköy: Stadtteil Istanbuls auf der anatolischen Seite des Bosporus

Kandilli: Stadtviertel Istanbuls auf der anatolischen Seite gegenüber von Bebek

Kanlıca: Stadtviertel Istanbuls auf der anatolischen Seite

Kanunî: »Der Gesetzgeber«; Beiname von Süleyman I., dem Prächtigen, Sultan von 1520 bis 1566

kanunî: *türk.* gesetzlich, legal

kapı: *türk.* Tor

Kappadokien: westlich von Kayseri in Mittelanatolien; Tuffsteinregion mit zahlreichen Kirchen und Einsiedeleien (seit dem 8. Jahrhundert)

Karaca-Ahmet-Friedhof: großer Friedhof in Üsküdar/Istanbul, benannt nach einem Gelehrten aus dem 16. Jahrhundert, der als Heiliger gilt

Kasımpaşa: Stadtteil Istanbuls zwischen dem Goldenen Horn und Beyoğlu, benannt nach dem Wesir Güzelce Kasım Paşa aus dem
16. Jahrhundert

Kelime-i Şahadet: islamisches Glaubensbekenntnis

Kerbelâ: Ort im Irak mit der Grabstätte von Mohammeds Enkel Hü-
seyin

Kıpçaken: ethnische Gruppe in der Türkei

Kırkağaç: Kleinstadt in der Gegend von Manisa in Westanatolien, die
für ihre Honigmelonen berühmt ist

Kostantiniye: osmanischer Begriff für Konstantinopel, aber auch für den
Teil der Stadt, der durch das Goldene Horn vom Stadtteil Galata
getrennt wird

köfte: Klößchen aus Hackfleisch

Kumkapı: Stadtteil von Istanbul

kuyu: *türk.* Brunnen

Legenda Aurea: auch »Legenda sancta« genannt; Sammlung von Geschichten der Heiligen, von Jacobus de Voragine, Erzbischof von
Genua, im 13. Jahrhundert verfaßt

Levi, Carlo: ital. Schriftsteller, Maler und Arzt. Lebte von 1902 bis
1975. Verfasser des Berichts »Christus kam nur bis Eboli«, 1945 erschienen, dt. 1947

Leylâ und Mecnun: berühmtes Liebespaar; s. Fuzuli

lodos: *türk.* Süd-, Südwestwind

lokanta: *türk.* Restaurant, Lokal

Longhi, Pietro: Maler des gesellschaftlichen Lebens Venedigs seiner
Zeit. Lebte von 1702 bis 1785

Loredan, Leonardo: 1501 bis 1521 Doge von Venedig

Mantegna, Andrea: Venezianischer Maler; Schwiegersohn von Jacopo
Bellini

Matera: Hauptstadt der Provinz Matera in der Landschaft Basilicata
(bei Potenza). Dom aus dem 13. Jahrhundert; Sitz eines Erzbischofs

medrese: islamische Hochschule für Theologie, Jurisprudenz und Literatur (in der Türkei bis 1924)

Mesnevi: umfangreiches Lehrgedicht, Hauptwerk des Mevlâna Celâlet-
tin Rumî (1207–1273), Gründer des Mevlevi-Ordens und einer der
bedeutendsten Dichter der islamischen Welt

Mevlevi: Angehöriger des Ordens der Tanzenden Derwische

Moda: Stadtviertel Istanbuls auf dem anatolischen Ufer

Mohammed Mustafa Sallallahu Aleyhi ve Sellem: Beiname des Propheten Mohammed

Muallâ, Fikret: türkischer Maler; lebte von 1903 bis 1967. »Dostlara
mektuplar – Briefe an die Freunde«, Istanbul 1995 (postum)

Mudanya: Ort am Golf von Gemlik in der Gegend von Bursa

Mulino Stucky: Mühle auf der Insel Giudecca

Murano: Stadt in der Lagune von Venedig; Herstellung von Kunstglas
seit dem 13. Jahrhundert

Murat Han Gazi: Sultan Murat II., »siegreicher Feldherr«; herrschte von
1421 bis 1444 und 1446 bis 1451; Vater Mehmets II.

müezzin: Rufer zum Gebet

Otağ Tepe: Hügel in Istanbul

Padişah: osmanischer Sultan

Pantokrator: *griech.* Allbeherrscher, eigentlich Gottvater. In der byzantinischen Ikonographie: Christus auf dem Herrscherthron

pastırma: stark gewürztes, getrocknetes oder geräuchertes Dörrfleisch

Paşa: osmanischer Titel für hohe Verwaltungsbeamte

Pax tibi, Marce, Evangelista meus!: *lat.* Friede sei mit dir, Markus, mein
Evangelist!

Piazzetta: Platz vor dem Dogenpalast

Pictor Nostri Domini: *lat.* »Maler unseres Herrn« – Ehrentitel für Maler
der Republik Venedig im 15. Jh.

Pinturicchio, Bernardino: ital. Maler; lebte von ca. 1454 bis 1513

Pirckheimer, Willibald: *auch* Pirkheimer. Geboren 1470 in Eichstätt, gestorben 1530 in Nürnberg. Humanist; Freund Albrecht Dürers

Polyptychon: Flügelaltar mit mehreren Seitenflügeln

Prokuratien: *Procuratiae Vecchie* – langgestrecktes Gebäude in der Nähe
des Uhrturms auf dem Markusplatz in Venedig, das im frühen
16. Jahrhundert für die Prokuratoren von San Marco, die höchsten
Staatsbeamten der Republik nach dem Dogen, erbaut wurde
Procuratiae Nuove – 1582 von Scamozzi, einem Schüler Palladios,
erbautes Gebäude auf der Südseite des Markusplatzes

puttana: *ital.* Hure, Straßenmädchen

Rakı: Anisschnaps; meist aus Trauben, aber auch aus Feigen oder Pflaumen gewonnen

rio: in Venedig: Kanal bzw. Straße am Kanal entlang

Rumelihisarı: Festung, 1452 erbaut, und Vorort Istanbuls auf der europäischen Seite des Bosporus

Ruskin, John: englischer Schriftsteller und Sozialforscher, lebte von 1819 bis 1900

Saadi: persischer Dichter, lebte von ca. 1213 bis 1292

Sacra Conversazione: »Heiliges Gespräch« – Gemälde von Giovanni Bellini, um 1487/88; gängige Bezeichnung für Darstellungen der Muttergottes mit Heiligen, ohne daß tatsächlich eine Unterhaltung zu erkennen wäre

salep: aus den Knollen des Knabenkrauts mit Milch oder Wasser gekochtes, süßes Getränk

Sarayburnu: Serailspitze in Istanbul

Saz: türkische Langhalslaute

Scuola: *lat.* »Schule«; hier: venezianische Institution, etwa seit dem 13. Jahrhundert

Scuola di San Giovanni Evangelista: venezianische Institution, ursprünglich im 13. Jh. gegründet; Bauwerk, das über die Jahrhunderte vielfältige Veränderungen erfahren hat und stark von der Renaissance geprägt ist. Zahlreiche Gemälde im Innern, u. v. a. von Domenico Tiepolo. Aufbewahrungsort der Reliquie des Heiligen Kreuzes

Serenissima Republica: Beiname der ehemaligen Venezianischen Republik; »durchlauchtigste« bzw. »ehrwürdige« Republik

Sıtkı, Cahit: türk. Dichter (auch unter dem Namen Tarancı bekannt); geboren 1910 in Diyarbakır, gestorben 1956 in Wien

simit: ringförmiges Gebäck, Kringel

Siyah Kalem, Mehmet: 64 Bilder des »FatihAlbums« im Topkapı Serail sind mit »Siyah Kalem – Schwarzer Stift« signiert, ein sagenumwobener Maler des 14./15. Jahrhunderts

Sous les toits de Paris: Unter den Dächern von Paris – Titel eines franz. Chansons

Spanische Grippe: İspanyol nezlesi – Epidemie 1918/19 in Istanbul

Stabat Mater: Stabat Mater dolorosa
juxta crucem lacrimosa
dum pendebat Filius.

Christi Mutter stand mit Schmerzen
bei dem Kreuz und weint' von Herzen,
als ihr lieber Sohn da hing.

Geistliches Lied; Text vermutlich aus dem 14. Jahrhundert. Mehrfach vertont. Dt. Übersetzung: Schott, Anselm: Das vollständige
Römische Meßbuch, Freiburg 1949

sucuk: spez. türkische Wurstsorte

Sulukule: Stadtviertel in Istanbul

Şeyh: Scheich; Oberhaupt in arabischen bzw. islamisch geprägten Ländern im politischen, aber auch im religiösen Sinn

telero: *ital.* narratives Wandgemälde im Großformat; venezianischer Begriff für Kompositionen auf Leinwand, die zu erzählenden Zyklen
verknüpft wurden und gegen Ende des 15. Jahrhunderts die Wand-
dekorationen ablösten

Tevfik, Neyzen: türkischer Satiriker, geboren 1879 in Bodrum, gestorben 1953 in Istanbul

Tiepolo, Giovanni Battista: Maler und Radierer; lebte von 1696 bis 1770

Tintoretto: d. i. Jacopo Robusti; Meister des venezianischen Manieris-
mus. Lebte von 1518 bis 1594 in Venedig

Tizian: d. i. Tiziano Vecelli, Meister der Hochrenaissance; vermutlich
1489/90 in Pieve di Cadore geboren und 1576 in Venedig gestorben

Tommaseo, Nicolo: italien. Schriftsteller, lebte von 1802 bis 1874

topik: armenisches Gericht; eine Art Klößchen aus Kichererbsen, Zwiebeln und Sesamöl

Tophane: Stadtteil von Istanbul

Topkapı-Sarayı / Serail: Palastanlage der Osmanen in Istanbul

traghetto: Fährboot in Venedig

tramezzino: *ital.* Sandwich; belegtes Brötchen oder Baguette

Trastevere: Stadtteil von Rom

Turkolimano: auch Paschalimano genannt; Hafenviertel im Piräus,
Athen

Türk Deniz Yolları: türkisches Seefahrtsunternehmen

Üsküdar: Teil Istanbuls auf dem anatolischen Ufer des Bosporus vaporetto: *ital.* Dampfer

Veli, Orhan: bzw. Orhan Veli Kanık; türk. Dichter, lebte von 1914 bis 1950

Vendramin, Andrea: Doge Venedigs von 1476 bis 1478

Veneziano, Paolo: Maler; italienisch-byzantinischer Stil. Lebte etwa in den Jahren 1333 bis 1360

Veronese: d. i. Paolo Caliari, lebte von 1507 bis 1573

Villehardouin, Geoffroi de: um 1150 auf Schloß Villehardouin bei Bar-sur-Aube geboren; 1213 in Thrakien gestorben. Teilnahme am 4. Kreuzzug. Verfasser des ersten bedeutenden französischen Geschichtswerks: »Conquête de Constantinople – Die Eroberung von Konstantinopel«

Voragine, Jacobus de: s. Legenda aurea

Yağkapanı Kapısı: Tor zum Fettmarkt

Yeni Cami: *türk.* »Neue Moschee« im Istanbuler Stadtteil Eminönü

Yenikapı: Stadtviertel von Istanbul

Yeni Rakı: »Neuer Rakı« – Markenname, siehe: Rakı

Yunus: Yunus Emre, türk. Mystiker, der im 13./14. Jahrhundert lebte

Zemzem-Brunnen: heiliger Brunnen in Mekka

Inhalt

Nedim Gürsel
DER EROBERER
Roman
Aus dem Türkischen
von Ute Birgi
1998. 338 S. Ln.
ISBN 3‚250‚60012‚1
Meridiane 12

Ein in Paris wohnhafter türkischer Schriftsteller verbringt mit
Frau und Freunden den Sommer in einer alten Villa am Bos‚
porus. Aufs neue ist er begeistert von seiner Heimatstadt Istan‚
bul und vor allem von Fatih Sultan Mehmet II., dem Eroberer
von Konstantinopel, und dessen ausschweifendem Leben.

Nedim Gürsels erster Roman erzählt aus der lebenssprühenden
und bewegten Geschichte Istanbuls, der sagenhaften Stadt
zwischen Orient und Okzident, und führt den Leser durch
die Hohe Pforte in die farbenprächtige Welt osmanischer Sul‚
tansmacht.

»Nedim Gürsel ist einer der seltenen türkischen Schriftsteller,
die etwas Neues in unsere Literatur eingebracht haben. Unter
ihnen ist er der originellste.« *Yaşar Kemal*

Ammann Verlag